—超好看的励志分

爸妈不是我的佣人

李丹丹◎编著

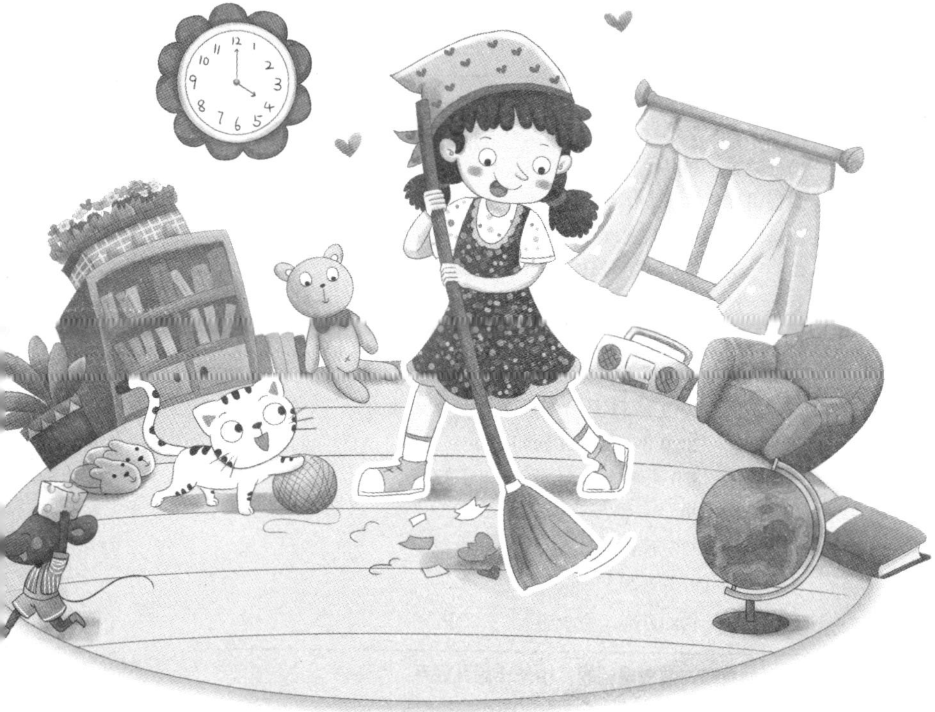

民主与建设出版社

图书在版编目（C I P）数据

爸妈不是我的佣人 / 李丹丹编著 . -- 北京 : 民主与建设出版社 , 2019.11

（好孩子励志成长记）

ISBN 978-7-5139-2687-4

Ⅰ . ①好… Ⅱ . ①李… Ⅲ . ①习惯性—能力培养—青少年读物 Ⅳ . ① B842.6-49

中国版本图书馆 CIP 数据核字 (2019) 第 269540 号

爸妈不是我的佣人

BA MA BU SHI WO DE YONG REN

出 版 人　李声笑
编　　著　李丹丹
责任编辑　刘树民
封面设计　三石工作室
出版发行　民主与建设出版社有限责任公司
电　　话　（010）59417747 59419778
社　　址　北京市海淀区西三环中路 10 号望海楼 E 座 7 层
邮　　编　100142
印　　刷　三河市天润建兴印务有限公司
版　　次　2019 年 11 月第 1 版
印　　次　2020 年 1 月第 1 次印刷
开　　本　880 毫米 ×1230 毫米　1/32
印　　张　30
字　　数　756 千字
书　　号　978-7-5139-2687-4
定　　价　198.00 元（全十册）

前　言

每一位父母都希望自己能培养出一个有出息的好孩子，然而随着孩子慢慢长大，父母们发现他们的这个愿望几乎是一种奢望。我们先不说那些不听话的孩子，父母难以管教。就是听话的孩子，他们的存在，也仅仅是为了获得老师的表扬、家长的奖励或是为了迎合其他长辈的种种期待，并不能算是真正意义上的“好孩子”。

换句话说，这类父母眼里的“好孩子”，其实早已失去了自我，他们只是活在大人为他们预设的期待里。这种好孩子是不真实的，他们只是在讨大家的“好”，是在为家长而活。我国社会目前这种培养孩子的方法，忽略了孩子的天性，束缚了孩子的自由成长，是对孩子不负责任的一种表现。

父母若想改变这种教育，真正对孩子负责，就要让孩子首先对自己负责，这是做人底线。没有对自己负责精神，何谈对别人负责，对家庭负责，对社会负责？

让孩子对自己负责，实际上是为了唤醒孩子的自我意识，把他们和别人分开，使他们懂得尊重自己，懂得珍惜自己的生命。同时，还要让孩子明白，犯了错误就得承担相应

的责任，并由此付出代价；知道自己成长过程中所要做的一切都是自己的事，比如上不上课，这与老师无关，与家长无关，与别人无关，只和他自己有关。

只有真正教会了孩子对自己负责，使他们知道自己现在该干什么，将来要做什么，心中有目标，奋斗有方向，实施有动力，并且踏踏实实，勤奋努力，永不懈怠，这样的孩子，才能算是好孩子，长大后才有可能成为有用之才。

那么，怎样培养真正意义上的好孩子，如何使他们健康成长呢？为了解答大家的疑惑，我们特地编辑了本套“好孩子励志成长记”丛书，包括《爸妈不是我的佣人》《做个内心强大的自己》《勇敢的做自己》《做个受欢迎的自己》《办法总比问题多》《再见了懒惰》《管理好自己的情绪》《我不再小气》《爸爸妈妈，我爱上了读书》《坏习惯，请走开》十册书，分别讲述了如何培养孩子良好品德、怎样提高孩子情商智商、如何培养孩子学习精神、怎样养成孩子独立生活能力等问题。可以说，是培养孩子成长的百科全书。

本套丛书综合国内外教育专家的最新成果，精心编撰，细心打磨，文字精炼，事例典型，能使每一个致力于孩子成才的父母，每一位为教育孩子成长苦恼的家长都可以从本套丛书中发现适宜教育孩子的不同方法和诸多措施，是一套家庭教育的优秀读本，适合不同年龄段孩子的父母学习和珍藏。

目　录

提高自我管控的能力

青少年随着心理独立性和成人感出现的同时，自觉性和自制性也得到了不断加强。在与他人的交往中，往往心理上希望自己能够随时自觉地遵守规则、尽到义务，但是，在客观上又往往难以较好地控制自己的情感，缺少自律性，有时还会鲁莽行事，使自己陷入既想自制，却又容易冲动的矛盾之中，形成自身感觉非常难以承受的心理压力。

自制力就是自我管控的能力，是我们达到预期目的的有效途径。有了自制力，我们规划事情才有实施下去的动力，否则一切将无从谈起。

自制力包括两个方面：一是自我激励，以提高活动效率，二是战胜自己的弱点和消极情绪，实现活动的目的。其实，这两者是相辅相成的。

缺乏自制力的青少年很容易冲动。俗话说得好，冲动是魔鬼，对于青少年来说，冲动是青春的陷阱。从心理学来说，冲动是指感情上突然而来的激动，或是突然来临的内心欲望，或是某种雄厚的推动力。

冲动往往是一种刺激，激发人的思想，使人匆忙采取行动，在事前常常都来不及做任何思考或判断。因此，冲动所产生的行动往往会有矛盾，甚至不切实际，还会表现出与本意并不一定相配的行为，因此总是会在事后后悔不已。这是我们青少年在心智还不成熟的阶段应该克服的心理不良状态。

很多青少年朋友，因为父母、亲属或他人的一句话就轻生，因为生活中遇到一些不如意的事就产生自杀的念头；有的在学业与情感上受到挫折就心灰意冷，没有了活下去的勇气；还有一些青少年因为一时冲动而做出放纵的事来。

在我们生活中，青少年常常发生的打架斗殴就是在冲动的

情况下发生的。仅仅因为一件小事或一句口角，一时冲动便起心伤人。其实青少年应该要知道，不良的行为都要付出沉重代价啊！

因此我们青少年，要学会用自制抵抗冲动，学会不管做什么事都要三思而后行，若是只凭自己的一时意气用事，就会造成不堪设想的后果。当你的判断不够准确或没有得到事

实证明时，要有耐心地等待一段时间，多加考虑思索一番，千万不要草率行事。

冷静是美丽的智慧珍宝，它出自忍耐与自我控制；冷静是成熟的人生结晶，它出自于对事物规律的透彻了解。一个冷静的人，不会在任何事面前大惊小怪或感情用事，而会在波涛汹涌中如礁石般纹丝不动。保持冷静，就会拥有遇事不惊和泰然自若的幸福人生。

因此，我们青少年要正确地认识自己，特别是要正确地认识理智行动的意义，对培养我们的自制力来说，这是很重要的。一定要学会冷静，这样才可以控制自己的情绪，才能使自己不至于犯下不可原谅的错误。

冲动的情绪其实是最无力的情绪，也是最具破坏性的情绪。尤其是青少年的情绪发展波动性大，心理承受能力差，情感比较脆弱，遇事容易冲动，因此，应该采取一些积极有效的措施来控制自己的冲动心理。

我们要学会调动理智，以控制自己的情绪，使自己冷静下来。当我们在遇到较强的情绪刺激时，要学会强迫自己冷静下来，镇定地分析一下事情的前因后果，然后再采取适当的表达情绪或消除冲动的行为，尽量使自己不陷入简单轻率或鲁莽冲动的被动境地中。

比如，当你被他人无聊地嘲笑或讽刺时，倘若你怒火大发，反唇相讥，则很可能引起彼此争执不休，那么怒火越烧越旺，自然也就于事无补。但是如果此时你能够提醒自己冷静一下，采取理智的办法，用沉默作为抗议的武器，用寥寥

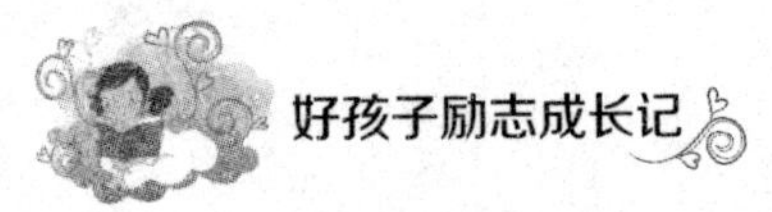

数语正面表达自己受到了伤害，指责对方的无聊，反而会使对方感到十分尴尬、无地自容的。

我们还要学会使用暗示转移注意法。让自己感到愤怒的事，大多是伤害了自己的尊严或切身利益，使人一时很难平静下来，所以当你感到自己的情绪十分激动或快要无法控制时，就要及时采取暗示或转移注意力等办法进行自我放松，鼓励自己克制冲动的情绪。

一个人的情绪常常只需要几秒钟到几分钟就可以平息下来。但是如果不良情绪不能得到及时转移，就会变得更加强烈。我们青少年，平时还可以进行一些训练，培养自己的耐性。可以结合自己的业余爱好与兴趣，选择几样需要耐心、静心和细心的事情来做，不仅可以陶冶性情，还可以丰富业余生活。

我们培养自制力要有针对性，就是说要针对自己某种弱点、某种行动中的某种消极心理活动来训练。要培养自制力，应当先对自己作一番解剖，找出自己在某些活动中常犯的毛病，然后选择适当的训练方法，通过训练，在实践中矫正许多不良的心理状态。

比如，如果你常在某项活动中因自身心理方面原因而招致失败，你可以选择对抗训练的方法。即让自己在想象中再三置身于曾使自己失败的情境中去，锻炼自己，克服弱点。

如果你失去自我控制或自制力，此时的生理心理往往会处于紧张状态。可以通过松弛训练，学习如何消除紧张，由此提高自控力。

紧张状态会伴随肌肉紧张、呼吸急促、心跳加速等过程，松弛训练就可有意识地控制这些过程，获得生理反馈的信息，从而控制和调节自身的整个身心状态。

意念可以控制并调节我们的心理状态，自制力在很大程度上就表现在意念控制上，其作用就表现在促进自己积极行动中。往往积极的自我暗示能使自己获得信心，进而提高自制力，而消极的自我暗示却正好相反。

其实，我们青少年应该在许多方面学会自制，只有这样，我们才会抵制各种诱惑而始终坚持既定的目标，才更容易在同学中建立良好的人际互动关系，从而为自己寻求更加广阔的发展空间，才更有可能做到自我负责，并获得良好的自我发展。

做一个诚实守信的好孩子

诚信，顾名思义，指的就是诚实守信。诚实就是忠诚老实，不讲假话，不歪曲事实，不隐瞒自己的观点，光明磊落，处事实在。守信就是遵守诺言，讲信誉，重信用，履行自己应承担的义务，从而取得他人的信任。诚实守信是真、善、美的统一，是我们一切美德的基石。

在青少年成长的历程中，诚信是一种可贵的品质，它让我们赢得更多人的尊重！人无信不立，诚信对于个人来讲，是立世的准则。

“人而无信，不知其可也”、“千里赴约，言之有信”这些都是千古佳话。作为青少年，我们必须懂得，诚信是一种人生的境界。诚实又是力量的一种象征，它显示着一个人的高度自重和内心的安全感与尊严感。青少年朋友，我们来看一个关于诚信的故事吧：

一鸣常常沉迷于电视节目中，不能自拔。一次周末，他去奶奶家，就因为只顾看电视，他没写作业。

怎么办？一鸣忐忑不安地走在回家的路上，心想：今天作业一点没动！回家肯定会挨妈妈的“竹笋炒肉”。

只顾着看电视，作业却孤零零地放在那儿。况且，一鸣还和妈妈说好了，到奶奶家一定完成作业。

一鸣就想：那就撒个谎呗！他眉头一皱，又想：如果谎言被揭穿了怎么办？到底是要瞒天过海还是老实招供？两个完全不同的想法在我的脑海里交织着，他的心如同一团乱麻。

最终还是那撒谎的念头占了上风。一鸣决定，就把上周的作业指给妈妈看，她不仅不会批评他，或许还会让他看会儿电视呢！

“作业呢？”果然，一鸣前脚刚刚跨进家门，妈妈就向他讨作业。

一鸣只好信誓旦旦地说，“写了。”

“真的吗？”

“自己看！”一鸣指了指上周的作业，自以为面不改色地说，可他的心却向一只兔子，怦怦直跳，我脸上闪过一丝慌乱。

妈妈的眼神朝一鸣直射而来，像X光探头那样，把他的五脏六腑都给看透了。

“好，”妈妈说，“那我就问问你奶奶，看你有没有写！”一鸣脸上故作镇定，心里却想：完了！谎言最终会被揭穿啊！我真不该撒谎啊！

妈妈拨通了电话，她开始笑着聊了几句，脸色越来越严峻，只“哦”了一声就“啪”地一下挂掉了电话。一鸣知道东窗事发了。

“你奶奶说你一点也没写，真是可恶，你不仅没写作业，还谎话连篇！”妈妈几乎是在吼叫，连天花板上的墙漆都要掉下来了。她还拿了棍子，一鸣的眼泪夺眶而出。

一鸣站在阳台上，看着月亮，心想：我为什么要撒谎呢？写了作业坦荡荡的，也不会像现在那么郁闷。如果我没有撒谎，或许妈妈还会原谅我，可撒谎了就是错上加错。

人不信一时，则不信一世。如果有一次不诚信，就会失去被人对你的信任。一鸣失魂落魄地回到屋里，又想：一个人没了诚信，又怎能让人相信自己。他顿时明白了，诚实乃做人之本。一鸣下定决心不再撒谎。

虽然一鸣现在还会犯错，但他学会了坦然面对错误。他终于学会了诚信，明白了谎言总是会被揭穿的。他想，自己一定要扶正心中诚信的种子，学会言而有信。

我们在学校读书是人生重要的求知阶段，在学习过程

中，可能会犯上不少错。其实，在学业中犯错并不可怕，可怕的是文过饰非、隐瞒错误的侥幸心理。实际上，只要是犯了错误想要掩盖，说谎、考试作弊等，迟早会被人发现。“若要人不知，除非己莫为”，说的就是这个道理。

诚信是中华民族的传统美德，这种美德的核心就是真诚，它是每个人人生道路上不可缺少的伴侣。作为中学生的我们，作为中华民族的接班人，我们应该发自内心地问过自

己：我诚信吗？我们能够挺起胸膛，拍着胸脯说“我从没做过有违诚信的事”吗？

有些同学让我们大失所望：为了玩电脑，他们可以欺骗父母；为了考试成绩好，他们可以作弊抄袭，不择手段。这样既欺骗了老师，欺骗了家长，欺骗了同学，同时也欺骗了自己。失去了诚信，也就失去了做人的准则，分数再高，又有什么用呢？一切都是徒然！所以我们要对自己的言行，时时做深刻的反省！诚信，是一个人，一个企业，乃至一个国

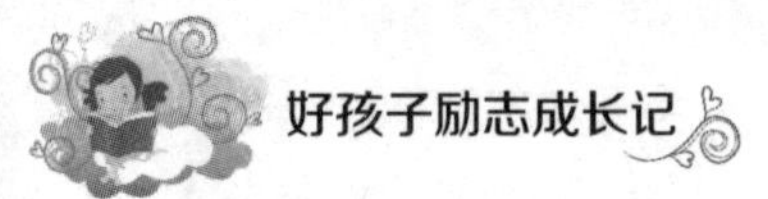

家最基本的要求。只有诚信，才能让世界更加美好，做到了诚信，我们将发现，青草绿树，白云蓝天，花香鸟语，无垠的大海，广阔的沙漠，坦荡的草原，美丽无处不在；花开花落，云卷云舒，月圆月缺，美丽尽在其中。

但是失去了诚信，我们的社会将一片混乱，如果人与人之间失去了信任，那人与人之间怎能合作？国家怎能发展？社会怎能和谐？失去了诚信，一切将如纸上谈兵，毫无意义。

诚信是人类一种具有普遍意义的美德，在世界各国都重视公民诚信教育的传统。诚实守信是一种比任何东西都珍贵的品质，它在一个人的内心深处熠熠生辉。

诚信是最重要的人格，因为诚信，所以一诺千金。在任何情况下，都不能把诚信抛在脑后，诚信是青少年朋友健康成长的重要养分，应该从我做起，从此刻做起，对所有人以诚相待，做个诚实守信、敢作敢当的青少年。

青少年如果不守诚信，那么，就会养成不诚实的坏习惯，将来走入社会也会跌跟头，这绝非偶然，而是无数偶然堆积成的必然。如果你不想让这些偶然最终变为必然，那么，你就要学会诚实守信。

在日常生活当中，青少年朋友一定要做到以诚待人，只有这样才能获得他人的信任。生活在他人的信任之中，会让人心境开阔，心情愉快，会有种成就感，满足感。时刻遵守以诚待人的原则，是做人最起码的准则。

诚信是做人的一种境界，它以大义和超越为精神的根基，是生活的真谛。有了它，才有了“君子一言，驷马难

追”。它能超越人生的困苦失落和尔虞我诈，从而追求真正意义上的自我人生价值，并以此为目标，没有一丝的虚伪和急功近利。

或许我们没有美丽的外表，但我们不可以没有诚信，因为诚信会使我们的心灵世界变得五彩缤纷；或许我们无法拥有太多的物质财富，但我们不可以不拥有诚信，因为诚信是我们精神上最宝贵的财富；或许我们无法成为万人敬仰的伟人，但我们不可以缺乏伟人所拥有的诚信，因为诚信将会使我们活出自己的伟大。

青少年朋友，诚信是我们人生的伴侣；是我们生命的灵魂；是我们人生的精神支柱。我们要坚守诚信，让诚信成为我们人生的导航灯。

养成遵守时间的习惯

老师，我妈妈早上起床迟了，做早餐晚了半个小时呢！

老师，我家的闹钟坏了，晚了10来分钟。

我是走来的，上学路上没有碰上公交车，所以来晚了。

老师，上学路上我想起练习本没有带，便回家去取了。

这些都是我们经常为自己上课迟到找的理由，你是不是也经常这样呢？在这个金钱至上的社会里，一般人只知道爱惜外在的金钱，却渐渐地忘记了时间对人生的重要性。

时间就是生命，是用钱买不回来的，浪费别人的时间等于图财害命。青少年时期是我们一生中最重要的时候，所以，守时对于我们青少年来说，更为重要。

守时是一个好习惯，它是指遵守规定的时间。守时虽是一种行为，但它却能琢磨出一个人的人格。当你等了很长时间时，别人迟到了，你一定很生气。所以，我们应该守时，这样会赢得别人的信任。如果总是不守时，我们将变得越来越懒，甚至在生活中处处遭遇失败。不守时是坏习惯，我们应改掉它，争取做到永远守时。

然然永远不会忘记那一天，那天她没有守时，迟到了。前天晚上下了一场大雪，清早，然然还在做着美梦时，突然传来了妈妈的喊声："然然，起床了，你快迟到了！"

然然睡眼蒙眬地看了眼闹钟，才6时20分。他懒洋洋地说："这才几点？让我再睡会。"然后又迷迷糊糊地睡着了。但然然再次醒来时，闹钟上的时针已经指到了7，而分针指到了11。

她揉了揉眼睛，确定没看错时立即跳了起来，穿好了衣服向外奔，这时才发现裤子穿反了，没办法，只得重新翻工。急匆匆地吃完了饭，拿了一包牛奶，背起书包，就冲出了家门。

好不容易等到了一班车，她急忙挤了上去，看见和她同校的好朋友金璐。但是，车子走到了半路，因为积水太多，然然乘坐的车不得不改路线。可是，也没有避免堵车事件的发生。

哎，为了早些到学校，只能跑过堵车地方，再等车去学校。然然以百米冲刺速度向前冲去，在人群中来回穿梭。跑了一会儿，她气喘吁吁了。

她跑了好长时间，才跑到了1路车车站了，看到了一辆与1路车相似的车便上了车。然然看着这班车行驶的方向不对，就连忙跑到了司机叔叔的旁边，喘着气地说："叔叔，请问这是几路车？"

司机叔叔简洁地说："2路！"

她心想："完了，坐错车了！"

到了站，她们只能往回跑，好不容易坐上了1路车，直奔学校。但他们赶到学校时还是迟到了。

来到教室门口，然然尴尬喊了声"报告"。同学们的目光"刷"的一下全都投向了她，一个个的脸上都露出了不同的表情，有的幸灾乐祸，对她指指点点；有的十分吃惊，嘴巴张成了字母0形；有的为她惋惜，同情地看着她……

然然看着老师，只见老师沉默了一会，严肃地说："怎么回事？现在都几点了？"她站在门旁，听着老师的批评，不禁脸红了起来。

守时，就是遵守约定的时间。守时能够保证正事有充足的时间去做，不守时的人做任何事情都会觉得没有充足的时间，最终就会面临着生存的危机。

守时是一种素质，德语中有一句话，"准时就是帝王的礼貌"。古今中外，凡是有成就的人物都具有严格的时间观念。

现代生活的快节奏，呼唤着人们的时间意识。守时，理应是现代人所必备素质之一。但是，不守时的情况经常在我们的

身边发生。如果一个人跟你约好的时间，他人没到，你会怎么想？是不是有一种被耍弄的感觉？虽然现代的通信工具给我们的生活带来便捷，但有些人依然不能做到守时、准时。

守时就是遵守承诺，按时到达约定的地方，没有例外，没有借口，任何时候都得做到。即便你因为特殊原因不得不

失约，也应该提前打电话通知对方，向对方表示你的歉意。

这不是一件小事，它代表了你做事的素质和做人的态度。如果你对别人的时间不表示尊重，你也不能期望别人会尊重你的时间。

在我们的生活中，时常会有这样的事情发生。我们都不喜欢和别人约好的时间却不出现的人。有些人跟别人也许在一个小时前说好的事，一个小时后却会临时变卦，这样的人就是对自己的不信任。明知道自己有事，还要约别人，这样的人只能失去别人的信任。

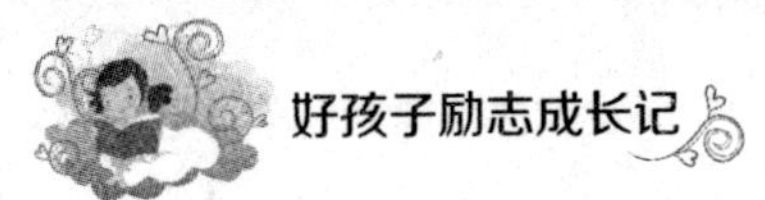

约好的时间不能到，迟到的时候就会说出一大堆理由。为什么在出门前不做好计划再出门呢？也许有人会说这样的生活太累，只是一个约见，需要作好这样和那样的打算吗？可要是对方在约好的时间不准时出现在约见地点，你会怎么想？

守时不仅体现出一个人的观念，更能体现出这个人的道德修养。我们在不同的场合切记做到守时。早到就等于守时，也不要早到很久，会给别人一种不好的感觉。世上有太多意外，搭车会迟，等电梯也会迟，所以时间一定要充分预备。

时间就是生命，时间就是金钱。别去为了省下了几块钱而误了与朋友的约定；别为了睡个懒觉而误了学校的规定。“黑发不知勤学早，白首方悔读书迟。”省下了钱，睡完懒觉时，你会发现你的损失不只是钱财与精神上的烫伤，更多的会是你一辈子的后悔。

逃避责任是一种无能表现

每个人都渴望成功，但在人生的道路上又尽是崎岖和坎坷.当失败摆在你面前时，你会怎么办？是放弃？是逃避？还是……不，朋友，请迎难而上！

失败并不可怕，可怕是失败后选择放弃。那是懦弱、无能的表现。有一位登山家严肃地说过：“对于风雨，逃避它，只会被卷入洪流；迎向它，却能获得生存。”

所以，当我们遇到困难的时候，应该迎难而上，而不应做一只缩头乌龟。亲爱的青少年朋友，我们来看一则小故事吧：

“做事要迎难而上，不要逃避困难！听——到——没——有！”唉，又来了！真烦。

有一段时间，馨源总是逃避困难。试飞航模飞机时，总是因为怕摔坏飞机，不敢第一个飞，后来，一听到“飞机”二字就会害怕。

上奥数课，总是因为怕回答错问题，不敢举手发言，结果一听到“奥数”二字就紧张。……

唉，这种事太多了。所以，上面那句从馨源那说话“言辞重复，喋喋不休”的老妈那张嘴中夹杂着怒火，

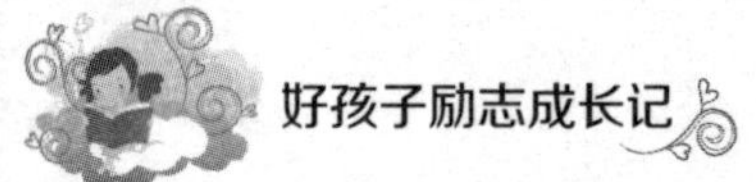

以800分贝高音喷出来的话我已听了不止一次。

唉，你还别说，老妈的这句话对她的启示挺大呢！在第N次听到老妈“喷”出这句话后，她下定决心，一定要迎难而上，不要逃避！

下午就有航模课，让我在航模课上大显身手吧！馨源终于盼到航模课了。同学们像往日一样排好队，老师又问：“谁愿意第一个飞？”

馨源抿了抿嘴，缓缓举起了手。老师一愣，说：“馨源十分勇敢，她飞完后，大家都鼓掌！”

她的自信心一下子树立起来了。飞的时候，她才知道，原来第一个飞也没什么难的呀！

又要上奥数课了！哦，今天讲“和倍问题”，这个问题妈妈以前给她讲过。“谁把和倍问题公式背出来？”老师问。“让我试试吧！”馨源边想边举起了手。“对！”老师听完她的回答赞许地点点头，她的心中乐开了花。

妈妈的话她永远铭记在心：“要迎难而上，不要逃避困难。”

有一句名言：“时间顺流而下，生活逆水行舟。”人在生命的历史长河中，难免遇到什么困难。实际上，困难一直是与人为伴的，气候灾害、地质灾害和其他灾难不时发生，无论多么幸运的人也避免不了和困难打交道，最起码，每个人都要面对生老病死的考验。人们都渴望成功，而成功的人士都有不平凡的经历，他们的成功都是克服了一个又一个困难走过来的，古今中外，几乎没有例外。

曾经有一个年轻人找两位著名人士请教，其中一人是登山专家，另一人则是资深船长。他首先问登山专家："在爬山时，如果遇上暴雨，该怎么办？"

专家回答道："应该往山顶上走。"

年轻人很诧异："山顶上的风雨不是更大吗？"

专家解答道："山上的风雨固然大，却不会危及生命，一旦下山，就极有可能被泥石流掩埋，所以一旦爬山遇上暴雨，必须迎着风雨向上攀登，为的是你的将来，你的生命。"年轻人若有所思地点点头。

年轻人又去拜访那位船长，他问道："船长先生，如果您遇上一场大的风暴，您会怎么去做呢？"

船长回答说："我会以最高速度向风暴驶去。"年轻人不解，船长问："如果是你会怎么做？"

年轻人脱口而出："当然是掉头返航啦！"

船长摇摇头，说：

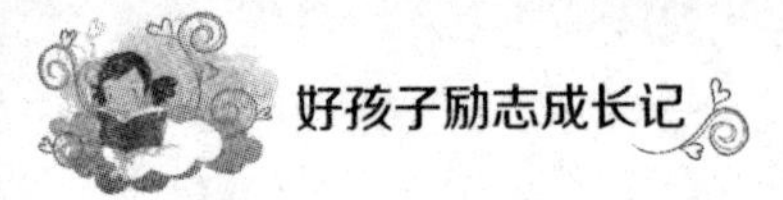

“不行，风暴迟早会来。”

年轻人再次猜测：“不然调转船头90度避开风暴，怎么样？”

船长微笑着解答道：“如果这样的话，不但避不开风暴，还会使船受损面积最大，是相当危险的！”

船长的一番话使年轻人陷入沉思……

突然，他开心地大叫起来：“我终于明白了！面对困难，跑也没用，躲也没用，因为它迟早会抓住你。唯一的方法就是迎难而上，勇往直前！”

是啊，在人生路上，困难不可避免。既然不可避免，那我们就不该逃避、不该抱怨，就应该以坦然、积极乐观的态度对待困难。面对困难还应该树立不怕吃苦、不畏艰险的精神，面对长期的困难，耐心和坚持不懈的精神就显得特别重要。

困难并不可怕，可怕的是不能以正确的态度面对困难，在困难中使人倒下的往往不是困难本身，而是消极悲观的态度，是缺乏战胜困难的勇气和信心，是没有坚强的意志。

既然困难和逆境可以使人走向成熟，那么我们就不该白白地吃苦，要认真对待困难，勤于思考，一定会有所收获。

困难是一扇窗，面对它我们看到的是希望之光。蚕只有冲破厚厚的茧才能获得自由，蚌只有接受细细的沙才能孕育珍珠。动物尚且能面对困难，我们人类的勇气又到哪里去了呢?

困难总在你即将看到成功时出现，这正是它令你放弃的损招。只有善于思考，通过各种途径找到困难的突破口，才

能较轻松地战胜困难。当贝多芬患上耳聋时，人们都认为一颗音乐之星陨落了。但贝多芬却用牙齿咬住铁棒，凭借铁棒触击钢琴的音键听到了自己演奏的乐曲。贝多芬面对困难仍能清楚要分析困难，找到解决困难的办法，难怪他说出了“苦难成就天才”的至理名言。

面对困难，要有坚持不懈的精神。镭的发现者居里夫人就是历经困难后才获成功的。当初，居里夫人的家庭条件不好，她却坚持实验，买材料的钱用完了，她和丈夫就砸锅卖铁换钱坚持实验。面对追债者的污言秽语，邻居们的讽刺，她没有放弃，她决心要跨过身前这道困难的墙。最后，她还是成功地发现了放射性元素——镭。是坚持不懈的精神让居里夫人跨越困难，赢得世人的赞许与尊敬。

人生就是在无际的大海上行驶的一叶扁舟，困难就是突如其来的风暴、海啸等灾害。面对困难，我们要有自信，努力奋斗，抗击困难，坚持不懈，才会到达成功的彼岸！

说到一定要做到

“拉钩上吊，一百年不许变。”这是每个人儿时都会的一句话。当你对别人许下承诺的时候，别人都会憧憬着承诺实现那一天，但并不是每个人都能实现对别人的承诺，所以在许下承诺的时候一定要想清楚，想想自己能做到吗？

如果不能，那就请你不要对别人许下承诺，免得让人白白期盼。在生活中，每个人都有失信的时候，但有些人却对此不以为然，却不想想，这时被许诺人心里会多么失望。

青少年朋友，当别人对你失信时，你也不好受吧！所以推己及人，一定要对别人守信。这里有一个小故事，大家来看一下吧：

“与朋友交，言而有信。”小瑞虽然懂得这句话的含义，却体会不到它真正的意义，如今她

明白了……

邻居家的孩子阳阳与小瑞同龄，有一天，她们约好了下午1时到图书馆见面，由于小瑞的粗心，把见面的时间记成2时。阳阳足足在图书馆等了一个小时，小瑞看出她虽然没说什么，但她很不开心。之后的几天里，她一直没有理小瑞。

有一次小瑞妈妈出门买菜恰好碰到了她，问她："你怎么不理我家孩子啦？"

阳阳就把那天小瑞晚到图书馆的事告诉了我妈妈。

妈妈听后说："与朋友交往，言而有信的道理她应该懂啊。没事，阳阳别伤心，我会教育她的。"

妈妈回家给小瑞讲道理。小瑞当时什么也没听进去，只是责怪阳阳怎么这点儿小事就告诉我妈妈，等妈妈讲完了，小瑞立刻去找阳阳，对她发起火来，说："别胡闹了！我都向你承认错误了，再说，我也不是故意晚来的！"

阳阳也生气了，大声说："你不守信用，还怪我吗？"她俩谁也不理谁，不欢而散。

妈妈得知后，换了一种方式教育小瑞，她找了个时机对小瑞说："快过年了，明天妈妈下班早，下午4点钟，你去商场门口等我，给你买一件新衣服。"

第二天，小瑞按时来到商场门口等妈妈，可是令小瑞吃惊的却是——妈妈整整迟到了一个小时，真不守信用，小瑞气得撅着嘴，当时就想再也不理她了。

可是妈妈笑着对小瑞说："你知道等人的滋味了吧，那天你让阳阳苦等一个小时，我也叫你理解阳阳为什么对你发火啦，我故意来晚的。"听了妈妈的话，小瑞恍然大悟，知道这是妈妈的良苦用心啊！

妈妈接着说："与朋友交往，言而有信，更何况阳阳是你最好的朋友，就更不能失信了。弟子规中说：凡言出，信为先。就是说，说话做事要把诚信放在第一位，回去向阳阳道歉，请她和你明天再去图书馆，看看谁再失信！"

通过这件小事，使小瑞明白了，"与朋友交往，言而有信"的真正意义，知道了守诚信的重要性，诚信二字往往体现在生活小事上，你可能从未注意它，和朋友在一起，如果你守诚信，才能得到朋友的信任！

有位名人说：一个人严守诺言，比守卫他的财产更重要。所谓"一言既出，驷马难追"，人一旦把话说出口，就一定要说话算数，不能再收回。一个人不管是做人还是做事，都要做到诚实守信。

当然，我们每个人都可能失信，但应怀着抱歉的心情向被许诺人道歉，说出自己的为难之处，而不是不把它当回事，更不是忘了承诺，还用别的理由来搪塞。

古往今来，凡是品德高尚的人，都是说话算数的人。做人必须言而有信。只有有了诚信，人才能在社会立足，才能使他人信服，才能得到别人的尊敬。言而有信之人是做人最起码的原则。

英国政治家福克斯以其言而有信著称。他的父亲，曾给小福克斯上了生动的一课，给他的心中留下一个不可磨灭的印象。福克斯家的花园里有一座旧亭子，他的父亲想将其拆除，并在较为开阔处另建一座。小福克斯从住宿学校回家度假，正巧赶上工人在拆迁亭子。

福克斯很想亲眼看一看亭子是怎样拆除的，所以他打算迟些天返校。父亲却要他准时到校上课，父亲答应将亭子的拆迁推迟到来年假期。于是小福克斯就离家返校了。

父亲想，学校里儿子忙于学习，慢慢地会把此事忘掉。于是，儿子一走，他就让人把亭子拆了，在另一处盖了一座新的。谁想到儿子却一直把亭子这件事记在心头。

假期又到了，小福克斯一回家，就朝旧亭子走去，谁知旧亭子已经不见了。早餐时，他闷闷不乐地对父亲说：“你说话不算数！”

父亲听后大为震惊，严肃地说：“孩子，你说得对，我错了，我应该改。言而有信比财富更重要。纵有万贯家产也不能抵消食言给心灵带来的污点。”说罢，父亲随即让人在原地盖起了一座亭子，再当着孩子的面将其拆除了。

诚实守信，是为人之本。诚实守信是做人的起码要求，是一个人立身处世之本，也是维系人与人关系的重要纽带。如果离开了诚实守信这一基本准则，人们之间的交往就很难延续下去。可是，我们怎样才能养成说到做到的好习惯呢？以下几点需要我们注意：

在答应别人的要求之前认真想一想，看看自己是否有能力、是否愿意满足对方的要求。如果认为自己的条件还不具备，就不要轻易答应对方。

凡是自己已经答应做的事情，就要认真去做。我们青少年有时因为考虑问题不周全，可能会遇到困难，那也不要轻易放弃，可寻求成年人或同伴的帮助，把事情做好。

有时承诺对方的可能是一件很小的事情，那也要认真去做，不能认为小事情忽略了没关系。因为人的文明程度是体现在方方面面的。如果已经答应了的事情确实难以完成，也不要找种种借口加以逃脱。应该向对方说明原因，用诚挚的态度向对方表示歉意，在今后尽量避免类似的情况出现。

诚实守信，说到做到。看似简单，做起来并没有那么容易。诚信就如一张金名片，人只要诚实守信，有社会责任感，就一定会受到社会的尊重。人只有拥有诚信，才有望走上成功大道。在现代社会，信用成为衡量一个人的基础。只有那些“言而有信”的人才能够得到别人信任，才是获得成功的基石。相反，那些“言而无信”之徒是怎么也不会得到别人信任的。

“言而无信，行之不远。”许多事实都可以证明，制假售假、坑蒙拐骗者，他们可逞一时之快，得一时之利，但必以东窗事发、身败名裂而告终。从古至今，没有一项事业能够建立在无诚无信的沙滩之上。只有信守承诺才能最终通向成功。信用仿佛一条细线，一旦断了，想要再接起来就是难上加难。所以，青少年朋友，我们不妨从身边的小事做起，播种诚信，我们得到的绝不仅仅是朋友的信任，还有值得信赖的整个世界。

别为小事自寻烦恼

“知足无烦恼，布衣乐终身”。这是一句戏文，却也道出了一个有益人生的哲理。不是吗？知足的心态、和谐的心境、灿烂的笑容、愉快的心情，比什么都重要！

我们是不是经常看到这样类似的情景呢？

> 温暖的阳光下，草坪上躺着一群玩儿累了的孩子。有的敞开衣服有说有笑，有的则用衣袖擦汗，大口大口地喘着气。孩子们无拘无束、单纯快乐的笑容感染了每一个人。仔细观看每个孩子的笑脸，每个孩子的笑脸都灿烂如花。

孩子之所以能够快乐，原因不就在于生活的单纯、思维的简单？不刻意地追求，不刻意地索取，也不刻意地塑造形象，更不会刻意地记住别人的不好，即便是挣玩具打架了，十分钟不到又成了好朋友。这群孩子，也许还不懂得快乐是什么，但他们已经选择了快乐，便成了快乐的真正拥有者——快乐使者。

聪明的犹太人说：“这世界上卖豆子的人应该是最快乐

的，因为他们永远不担心豆子卖不出去，假如他们的豆子卖不完，可以拿回家去磨成豆浆，再拿出来卖；如果豆浆卖不成，可以制成豆腐；豆腐卖不成，变硬了，就当豆腐干来卖；豆腐干再卖不出去的话，就腌起来，变成豆腐乳。”

犹太人还说：“还有一种选择：卖豆子的人把卖不出去的豆子拿回家，加上水让豆子发芽，几天后就可改卖豆芽；豆芽如卖不动，就让它长大些，变成豆苗；如豆苗还是卖不动，再让它长大些，移植到花盆里，当作盆景来卖；如果盆景卖不出去，再把它移植到泥土中去，让它生长，几个月后，它结出了许多新豆子，一颗豆子现在变成了很多豆子，想想那是多划算的事！”

一颗豆子在遭受冷落的时候，都有多种精彩选择，何况一个人呢？人至少应该比一颗豆子坚强些吧？那么，你还有什么好忧虑的呢？

有科学家对人的忧虑进行了科学的量化、统计和分析，结果发现，几乎100%的忧虑都是毫无必要的。

统计显示，40%的忧虑是关于未来的事情，30%的忧虑是关于过去的事情，22%的忧虑来自微不足道的小事，4%的忧虑来自我们改变不了的事实，剩下4%的忧虑来自那些我们正在做着的事情。

所以，每当你忧心忡忡的时候，每当你唉声叹气的时候，不妨把你的烦恼写下来，然后在科学家们的分析中为自己的烦恼归类：它是属于40%的未来，30%的过去，22%的小事情，4%的无法改变的事实，还是剩下的那一个4%？

快乐是自找的，烦恼也是自找的。如果你不给自己寻烦恼，别人永远也不可能给你烦恼。人活一世，看似长久，实则只有三天——昨天、今天、明天。昨天，过去了，不再烦

恼；今天，正在过，不用烦恼；明天，还没到，不必烦恼。如此看来，没有什么是值得你烦恼和忧虑的，有的，只是简简单单的快乐！青少年朋友，让我们来看一个故事吧。

穆罕默德和阿里巴巴是好朋友，在一次玩耍的争抢中，阿里巴巴打了穆罕默德一耳光，穆罕默德十分

气愤地跑到沙滩上写道：某年某月某日，阿里巴巴打了穆罕默德一巴掌。

还有一次，当穆罕默德快要跌落山崖时，阿里巴巴及时拉了他一把。穆罕默德十分感激，于是在石头上刻道：某年某月某日，阿里巴巴救了穆罕默德一命。阿里巴巴十分不解。

穆罕默德告诉他："我把我俩之间的不快与误会写在沙滩上，是让它在海水涨潮时就消失得无影无踪；我把我俩之间的快乐和友谊刻在石头上，是希望它能和石头一样永恒不朽。"

穆罕默德是一个聪明人，他选择了快乐，于是快乐也就选择了他。

故事中的道理，是不是很简单：快乐在于自己的选择。只要知足，不奢望生活过多给予，就会与快乐结缘。简单生活，是一种态度。一杯清水，也能折射出七色的彩虹，忘记烦恼，人生处处都是灿烂阳光。

然而，我们发现，烦恼并不是那么容易忘记的。因为，人的生命一旦降临后就面临着生存问题。

当你有思维能力时，当你在漫漫人生路上，不断成长，不断追求，不断完善自己一生的过程中，将承受具有一定普遍意义的压力：社会环境、学习压力、工作压力、个人成就、人际关系以及个人生活，压力无处不在。

所以即便我们向往的是平淡如水的简单生活，也将面对诸如此类繁多的压力，压力产生烦恼而建立在烦恼之上，忘记自己的烦恼是不太可能的。世上很多的事物是说不清道不明的，正如这些烦恼。可是，你别忘记，人的欲望虽无尽头，但生命却是有尽头的，属于你的每一段时光却是唯一的，虽世事变幻，人生如海涛一时起一时伏，但追逐完美人生将永无止境，这就是漫漫人生路。

人不是神，人不是生活在安徒生的童话故事里的，更不是生活在神话传说世外桃源虚构的世界里。既然人不是神，便有七情六欲，七情是人情感的表露，六欲则是各种欲望需要实现，归根结底，人就生活在精神与物质追求的压力之中。

作为平凡人，既然做不到如佛一样境界，但也不可做懦弱无能的人，烦恼是人的附属品，压力将会伴随人一生！压力能让徘徊者迈出坚定的步伐，能让失败者鼓起再战的勇气，能让落后者奋起，能让成功者清醒。

如果说，人一生的发展是不易反应的药物，那么压力就是一剂高效的催化剂，它不是鼓励人成功，而是逼人成功，让人没有选择不成功的余地……

人生面临了两样东西，一样是物质，一样是精神。简单生活是一种追求自然的精神，是一种追求纯真的物质生活方式，可以理解为人性的回归，从心所欲不逾矩。

“储水万担，用水一瓢；大厦千间，夜眠六尺；黄金万两，一日三餐。”人的欲望是无止境的，但人的需求量是有限的！如果人追求简单生活，渴望的不过是一份简单的幸福而已，压力就会减轻很多，因为烦恼不会捉弄人，而是人自寻烦恼！亲爱的青少年朋友，让我们听一首梁咏琪的《简单生活》的歌，舒缓一下我们紧张的神经吧。

我想要过种平平淡淡的生活，
没有人来唠叨，没有人操心，
说走就走。唉呦！
随我流行就是种快乐，啊哈！
随我高兴就是种快乐,啊哈！
把行李变成面包,头发乱糟糟，
……
给我简单的生活，
给我简单的生活，
我只要过简单的生活。啊哈！

善于发现自身优点

自爱就要学会发现自身的优点，并自觉做到扬长避短，只有这样，才能让自己的人生价值得到实现，让自己的生活更幸福，更有成就感。

我们一个人诞生下来，不可能是完美的人，也永远成不了完美的人。所以当别人在一个方面成功了，而自己却怎么努力都成功不了，不要自责自己没用，更不要自卑，认为自

己太笨。

这些仅仅说明你的长处不在这里，所以要理智地放弃避开，也就是避己短。去寻找自己所在行的，充分发挥，也就是用己长。每一个人都有自己的优点，哪怕是“小”优点，关键

是怎样认识自己，创造性地发挥自己的优点，永不言输。

富兰克林说：“宝贝放错了地方便是废物。”这是说在某一方面很有用的东西，用错地方，就毫无用处了。人也一样，有的人明明精通某项技能，却从事自己并不擅长的工作，英雄无用武之地，岂不悲哉！

经营自己的长处，是许多成功人士的成功之道。众所周知的比尔·盖茨，没有完成哈佛大学的学业就去经营电脑公司，他善于利用自己的长处，从而取得了巨大成功，成为世界首富。

经营自己的长处就像投资业绩优异的公司，稳赚不赔。兴趣是动力，长处是优势，二者兼而有之，做事岂能不全力以赴，披荆斩棘？

反之，如果站错了位置，用自己的短处做事，恐怕就会前途坎坷了。因为有了弱点，信心必然不足，信心不足，必然心存顾虑，而有了顾虑就无法全力以赴。当然，并不是说那样做一定不能成功，但肯定会事倍功半。

有一个80与20的原则。就是用80%的时间去做只能见效20%的事情，不如用20%的时间去做可以见效80%的事情，这不正说明扬长避短的好处吗？

也许有人认为“避短”是懦弱的表现，其实不然，“扬长避短”正是对自身的正确评估，能最大限度地实现自身价值。试问，谁会放着富矿不开采，而费尽心力地开采贫矿呢？正因为人各有所长，在各个领域有突破和创造，社会才会快速地发展。

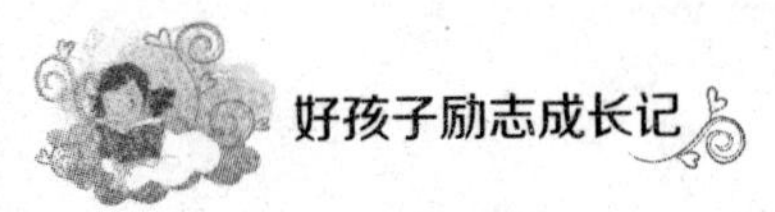

尺有所短，寸有所长，善于发现和经营自己的长处，会使自己的人生增值，为社会创造更多的财富。历史上这样的例子不乏其人，我们来看两个例子吧。

大仲马中学辍学后来到了巴黎，一度混到贫困潦倒的地步。他让父亲的同学帮他找一份吃饭的工作。父亲的同学问大仲马："你有学历吗？"

他说："没有。"

父亲的同学问："你有什么技术？"

他回答："没有。"

父亲的同学又问："你能干装卸工作吗？"

大仲马说："体力不行。"

父亲的同学说："那你填个求职登记表吧！"

大仲马就认真地填写了一份求职登记表。父亲的同学一看说："你的字写得很好，这就是优点啊！"

"这也是优点？"大仲马认识了自己的优点，后来成了一个伟大的作家。

我国著名作家史铁生，当知道自己因病造成双腿瘫痪，回到家中一度绝望。老师去看他，他沮丧着说自己是个废人了。

老师说：你的作文当年不是很好吗，在家学着写啊！史铁生看到了自己的优点，试着投稿，后来成为著名作家。

俗话说，人最大的弱点是不能认识自己。也就是说，有的人看不到自己的缺点，有的人看不到自己的优点。看不到自己缺点的人大多不能进步，而看不到自己优点的人有着潜在的发展空间，这样的人一旦认识了自己的优点，甚至能由绝望变为有了希望，他将很可能成就自己。

一个人来到世间都有一定的优点：你会画画，他会编织；你有体力，他有智力；你眼力很好，他听觉过人；你有

文凭，他有水平；你精明，他肯干；你能从政，他能经商，你能科研，他能制造；你是“千里马”，他是“老黄牛”，如此等等。

老虎靠凶猛，猫咪靠温柔，长颈鹿隔墙摘果，猴子会上树饱腹，雁能飞翔，鱼能游水。这就是各有各的优点，就怕自己把自己的优点放弃了而自暴自弃。

学会扬长避短，选择你所喜欢的路去走，也许你就是一

位天才。女子偶像乐队S.H.E中的Selina（任家萱）曾经说：她的父亲很反对她走这条路，父亲一直希望她能上大学，但是她偏偏选择了从艺这条路，她成功以后，父亲也渐渐地支持她了。

所以，请相信，你也一样，只要你学会扬长避短，选择自己喜欢的路，你也能够成功。

人各有异，但是每个人有每个人的优点，发挥我们自己的所长，是我们走向成功的必要条件。人生的路有很多条，站在岔路口的我们，不要犹豫、不要彷徨，要选择一条真正属于我们自己的路，选择一条我们最擅长的路，请相信，只要我们学会扬长避短，天生我材必有用！

那么，应该怎样认识自己的优点、优势和弱点、劣势呢？首先要常常进行自我总结，一个人首先要了解自己。

我们可以从过去的经历中总结：我曾怎样发挥自己的优点，什么时候收获了怎样的成功，制胜的因素在哪里？那么优点可能就在那里。我在什么时候遭遇到了怎样的失败，失败的原因又在哪里？那么也许这就是弱点、劣势所在。

这样的自我总结往往可以让我们很容易地发现自己的优点、优势和弱点、劣势。不断地总结，不断地积累经验，不断地吸取教训，只要做到这三点，我们不说一定能做到知己知彼，百战百胜，起码我们能充满自信心地认真地做好自己能够做好的事。

青少年朋友，让我们从现在开始，不断发掘自己的优点和长处吧！

任何时候都不能放弃

人要懂得自爱，就不能自我放弃。放弃了自己，还谈什么爱护自己。所以，我们一定要相信自己。人的一生不可能一帆风顺，多多少少总会有一些坎坷和波折。世界上之所以有强弱之分。究其原因是前者在接受命运挑战的时候说：“我永远不会放弃。”后者说：“算了，我承受不住。”

人生都会遇到各种困难和挫折，不轻言放弃，是对自己的责任，也是对父母和社会的义务。下面我们来看一个高考落榜生不放弃自我的故事吧。

每个6月都有一种心悸的感觉。一个个黑色的6月都会勾起一些失落的记忆，每个6月都有在莘莘学子身上看到当时的自己。

当今天坐在写字楼里转动着思维，靠知识换取生活的所需时，我想说的是：都是因为我没有放弃自己，没有放弃自己才没有淹没在生活低谷。

当年那种落榜时的窘境历历在目。知道了落榜的消息之后，所有关心我的亲朋好友找无数的理由安慰我，开导我。同时也含蓄地告诉我，没考上大学同样可以选择另一条路——一条降低人生理想的现实之路。

老生常谈的道理可以罗列出一大堆：条条道路通罗马，山不转水转，还有颇具禅理的“山重水复疑无路，柳暗花明又一村”，等等。

但是，落榜的内心感受又有谁能够理解？知道别人无非是告诉我，事已成定局，再悲伤也没有什么用了，还不如忘记过去，重新再来。

因为家庭原因，我不可能在第二次高考失败后再

来一次重读。父母虽然没有什么怨言，但是从他们长满老茧的双手，皱纹越来越多的脸上，作为长子的我看到了他们生活的不易。在他们面前我若无其事地说笑，只有一个人的时候才会有失落的情绪。

但是，总有一种声音在默默提醒我：不要放弃自己，放弃自己才是真的穷途末路。

父母再三考虑过之后还是决定让我去读自费大学。去了那所并非我所愿的学校选了自己喜欢的专业。自费读书的学习生活没有多少甜美的记忆。

在老师的眼里，我们是有钱人家来体验学校生活的；在那些公费生眼里，我们是他们的手下败将。也许是挫折教会人成熟，那时的我异常得成熟，没有去理睬这些现实，而是拼命地学好专业知识，并且把所有的课余时间都用在了学习写作上。

我深知学习的机会来之不易，根本不会去电影院、歌舞厅，却在图书馆一待就是一天半天的。一年后我就凭所学的专业知识和固有的美术底子谋了好几份兼职的设计工作，所得报酬除了支付生活费，还买了不少自己喜欢的书。

在写作上也有了尝试后的成功，写的小短文不仅在学校的校刊上经常发表，还在一些专业的刊物上发表。越来越多的荣誉接二连三地飞来时，老师、同学也换了一种眼光来看我了。

毕业之后的我已经全然没有了高考落榜时的那种不自信，已经有了一份胸有成竹的平静，空闲时用写作充实生活。回首再看落榜的窘境多了些清醒，落榜不是失败的开始，它只是人生路上的一次考验。

落榜的朋友们，要挺住！落榜真的不算什么失败。重要的是在落榜的日子里，要保持理智，在别人的经历中，在大道理里攫取一点对自己有用的东西，去重新点燃自己。不要被人生中的一次失意而羁绊你年轻的脚步。

落榜对于我们大多数青少年来说，是人生中遇到的第一件大事。但是这并不足以成为我们自我放弃的理由。可以说，只要活着，就永远不能放弃自我，这是一个基本责任。只要能够不断努力生活下去，只要有信心有勇气，只要有一颗善良乐观的心，就一定会获得幸福的。

一位音乐家，失去了最宝贵的听觉。但是在这种情况下他对自己热爱的事业丝毫没有放弃，用自己的勇气抵抗命运的打击，创作出了令人惊叹的乐曲。他的名字全世界的人都知道。他就是失聪的音乐家——贝多芬。

美国著名小说家海明威的自杀给后人留下了许多争论。但无论如何，从某一方面讲，这样做是无意义的。因为一个连自己最宝贵的生命都可以放弃的人，在生活中又怎么能有勇气去接受命运的挑战？如果什么事只要失败过就不干了，那么人生的意义何在?

永远不言放弃是一种坚定的信念、执着的追求，也是一种可贵的自信。永远不言放弃是一种幸福，也是一种自豪。一个健全的人可以幸福地说："我拥有健康和快乐"。一个残疾的人也可以自豪地说："我的心脏没有放弃跳动，我没有放弃生活。"

当你想要放弃时，不妨想想，也许阳光就在转弯的不远处，如果此刻放弃就永远不会有成功的希望，那就对自己

说：挺住，成功源于坚持。

亲爱的青少年朋友，现在让我们来听一首名为《永远不要说放弃》的歌曲吧。

……

不要灰心，留给自己一线生机，
请你相信，
生命中充满惊喜。
只要你不放弃，
永远不要说放弃。
也永远不要再逃避，
永远不要说放弃，噢！
……

关爱自己的身心健康

自爱首先要爱惜自己，要善待自己的健康。西方哲人叔本华说：“在一切幸福中，人的健康胜过任何其他幸福，我们可以说一个身体健康的乞丐要比疾病缠身的国王幸福得多。”

从本质上说，关爱自己就是对自己负起责任。别人无法为你的健康和快乐负责，也无法为你真正融入环境帮忙，更无法为你不走歪路打保票。一个人只有真正担当起自己生命“责任人”的角色，才会用道德、意志规范自我，确保始终走在正道上。否则看似聪明，实是伪聪明。

为他人牺牲，表面上与爱惜自己相悖，其实不然，我们选择牺牲，或是因为这些人对我们太重要，我们深爱着他们，没有了他们，我们的人生将滑入黑暗的深渊，永无明媚的阳光与动人的色彩。或是因为我们选

择了流星的美丽，烟花的灿烂，在牺牲的瞬间，让世人看到了我们生命之花的绽放，于是短暂化为了永恒。

一个连自己都不爱惜的人，我们无法想象他能爱惜他人，那是因为在他的人生哲学里，没有什么值得珍惜，也没有什么值得追求。他们掌控不了自己人生航船航行的方向，混混沌沌地随波逐流，像蒲公英一样任由风将它吹向某个未知的地方。他们毫无主见，一直生活在别人的影子里，唯独不曾活出自己的精彩。

相反，我们爱惜自己，恰恰是为了爱惜他人，我们幸福快乐，于是爱我们的人也有了幸福快乐的理由，这与我们所爱的人幸福快乐，我们也有了幸福快乐的源泉一样，因此，无论是为了爱我们的人，还是为了我们所爱的人，我们都应该爱惜自己。

爱惜自己永远不能等同于自私自利，自私自利从来就不是爱惜自己的代名词。相反，自私自利正是在封闭自己，扼杀自己，我们每一个人都有自己生活的一个圈子，人，只有作为群体中的人才能成为人，才能称之为人，而自私自利正是在将自己与他人割裂开来，爱是一种相互的情感，有爱的付出才有爱的收获。

当一个人没有了所爱的人，也必将失去了爱他的人，这样的人如果还立于世间，那么他与行尸走肉又有何异呢？正是从这个意义上讲，自私自利正是在将我们的各种真情，比如友情，亲情，作为殡葬品与我们自身一起埋葬。

因为爱惜自己，我们拒绝堕落。我们是如此爱惜自己，就不要沉沦，就像我们不忍心将一块清纯的玉投入污水泥潭中一样。我们爱惜自己，于是面对周围消极颓废的空气，我们便有了免疫力，“对自己负责”使我们不被传染。不要人云亦云，不要随波逐流，我们走自己的路，我们只想做我们自己。

是的，或许在别人眼中，我们很普通，微不足道。但对于我们自身，对于那些深爱我们的人来讲，我们很重要，不可替代。而一个人最伟大与不平凡之处就在于他的特殊与不可替代性。天地虽大，但找不出第二个自我。我们是如此的特殊，有什么理由不爱惜自己呢?

因为爱惜自己，我们学会了宽恕自己，给自己解除思想上的束缚。一个永远生活在愧疚与惭愧中的人，一个永远生活在回忆与过去的人，是可悲可怜可叹的。因为他不懂得宽恕自己，不懂得给自己解除思想上的束缚。

无论过去走过的路有多么艰辛，导致过去的失败与过错是必然的还是偶然的，是主观的还是客观的，从根本上讲，都是我们自己选择的，不要怨天尤人，命运从来就没有弃婴，在向我们关闭一扇门的同时又为我们打开了一扇窗。

不要老对自己说：“如果……我就不会……”似的假设句式。过去的永远成为过去，我们所能珍惜与把握的只有现在。昨天的荒废只是警诫我们不要让明天成为今天的昨天，也不要让今天在愧疚自责之中成为昨天，以至于明天的我们又将为今天的碌碌无为而愧疚自责。

爱惜自己，对自己好一点吧，我们不必将理想与目标定得像天上的星辰一样遥不可及，也不应将理想与目标定得近在眉睫。要爱惜自己，就千万不要像下面这位英年早逝的青年那样。

我有一位同学英年早逝，突然地离我们而去。他曾是那样的优秀，出类拔萃，卓尔不群。大学里，他不仅学业优秀，且人缘特好，乐于助人，一直被我们推举为班长，而且还是母校篮球队的绝对主力，尽管他的身高不足1.7米。

他不仅是女生的偶像，也是男生的榜样。跨出校门我们虽各奔东西，也不常联系，在我们大多数同学还在基层打拼时，他已主政一方，肩负起了更多的责任。

他，是如此的优秀出色，却得到死神的眷顾。他，带着自己的遗憾，我们的扼腕，决然地走了，一声招呼都不打。

葬礼时，我们都去了。送完他最后一程，他的妻子向我们哭诉，他纯粹是累死的。一个“累”字，好生可悲。我们常劝自己劝别人，活着不要太累

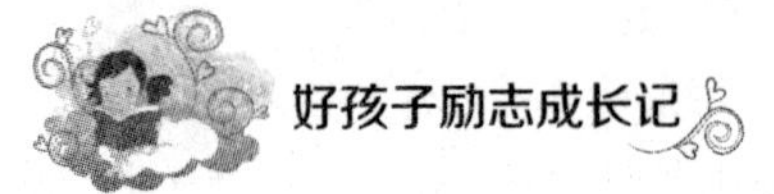

了，但又不甘人后，宁为玉碎不为瓦全，我们又常常言不由衷，物质生活的丰富多彩，太多的欲望，又如何能避开“累”？为名累，为财累，为权累……

所有这些，人人都明白，人生其实就是生不带来，死不带去的一生，可就是挡不住诱惑。同学的突然辞世，于我，虽说不上大彻大悟，但可以说震动很大，最起码明白了我们一定要关爱自己。

关爱自己是一种自我释放、自我调节、自我塑造的行为方式，也是一种积极健康的生活态度。可是现实中，却有太多的人不知道关爱自己，不会自己给自己减压，因此才出现了文中累死的青年，这样的例子在现实中并不少见。据调查显示，我国每天都有因为压力大而猝死的现象。可见，关爱自己是多么的重要啊！

关爱自己的人，必定懂得如何充实自我，笑对生活。庸人用物质享受麻木自我，智者用精神追求支撑生活。在花花绿绿的大千世界里，在忙忙碌碌的日常生活中，在追名逐利的凡俗夫子旁，智者全然不见自己生活的清贫，全然不见自己遇到的挫折，而是以一颗积极进取的心，一头扎进工作和学习中，充实着自己的每一天。他们的人生，在追求中充实，在乐观中升华。这，才是关爱自己、实现生命价值的最好方式。

青少年朋友，生命可贵，青春难再，成长不易，请善待你自己，善待每一天，让生命之树缀满香甜的果实，让成长的路上开满艳丽的鲜花！关爱自己，活得糊涂一点，大事明

白、小事糊涂，不要斤斤计较、太过精明。这就是一种不让自己活得郁闷的聪明活法。

关爱自己，做一个乐观的人，不看重输赢得失，不抱怨不平现实，每天进步一点点就心满意足。关爱自己，我们要学会安慰自己，宽容自己，成全自己，给自己更多的时间和空间，发展和完善自己，让自己生活得充实，幸福。

关爱自己，不要让自己活在痛苦的回忆里，不要让自己凡事患得患失、后悔不已，不留遗憾，要对得起自己。做事岂能尽如人意，但求无愧我心。

关爱自己，请一定牢记：一辈子好短，真的要好好疼爱自己。一辈子好累，真的不要苛求自己。有了健康，一辈子才好美，才会使自己有一个精彩的人生。

千万不要沉溺网游

网络游戏有利有弊，适当的娱乐能帮助我们缓解学习上的压力，但过度游戏也会导致许多负面效应。所以，我们一定要小心网络成瘾，不要沉溺其中，不能自拔。

沉溺网游不但不能起到舒缓压力的作用，相反只能对我们的身心健康造成伤害，一味沉迷，是不自爱的表现，是对我们自己的不负责，也是对我们父母的不负责。

青少年朋友，让我们来看一个小学生对自己沉溺网游的反思吧。

记得三年级的时候，我在同学的帮助下，申请得到了一个QQ号，我别提有多高兴啦！同学在空间里又帮我添加了QQ农场这个游戏，她教我玩，我觉得特别好玩。这是一个能种菜、偷菜、卖菜等好玩的游戏，我高兴得不得了，天天都玩游戏。

有一次，我早早地起来，偷偷打开电脑，玩起了QQ农场。吱呀一声，妈妈突然间打开了门："你怎么在这玩电脑？现在才六点半！"

我尴尬地"嘿嘿"直笑。

从此以后，我再不敢早起来玩电脑了。可是，我对电脑有一种强烈的欲望，当看到"可摘"这个词时，总是会笑出声来，看到别人的菜可摘时，我都迫不及待地点击摘下。

妈妈曾经不止一次对我说："玩物丧志，你要是这样玩下去，成绩肯定会落后！"

我不信，我很认真地做作业，可脑子里总是浮现我的农场。终于有一次，我受到了教训。

那天，老师宣布明天要考试，我心想：一定能考出好成绩来！可一回到家，又不由自主打开电脑，专心致志地玩起了QQ农场。

第二天，考试时，脑子一片空白，很多都不会，我绞尽脑汁，就是想不出答案。此时的我像热锅上的蚂蚁团团转，迷迷糊糊就交了卷。

什么？我才得81分！试卷发了下来，我傻了眼，看看平时和我成绩差不多的同学，97分！我再也忍不住，泪水直在眼眶里打转转，模糊了视线……

回到家，我走进房间，闷闷不乐，郁郁寡欢，习惯性地打开电脑，打开了QQ农场。看着茁壮成长的菜，想想81分的考卷，我似乎听到了它的阵阵冷笑："哈哈！知道我的厉害了吧？我可是不好惹的，谁老玩我，就会像街上的小混混一样，玩物丧志，他们曾经也玩电脑游戏，看见了吧？哈哈哈哈……"

我狠下心来，把植物全都铲除，关了电脑，发誓再也不玩这农场了。从此以后，我就真的再也没玩，就连看都没看一眼，因为玩物丧志，玩物丧志啊！

网络这个虚拟的世界吸引了无数的青少年，甚至不少的成年人也沉迷其中。其实，上网并不是只能给我们带来坏处，只要合理利用，也能给我们的生活带来不少好处。

不说别的，我们每天做完作业，可以在父母的监督下，上上网查查资料。将平时写的一些文章传到网上，请大家发表评论，共同提高写作水平，还可以把自己的心情写下来，与大家一起分享自己的喜怒哀乐。

甚至在QQ上和好友聊聊天，听听音乐，偶尔也玩玩网络小游戏，开发智力，丰富课余生活。只要是在大人的监督下，合理的安排上网时间，上网还是有好处的。

但是，我们同时一定要认识到，合理利用网络资源和沉

迷网络游戏有着根本区别。沉迷网络游戏的同学常常是每天作业还没有完成，就在没有大人的监督下长时间玩网络游戏，甚至逃课去网吧上网，结果不但成绩一落千丈，而且视力严重下降。身心健康都受到极大的损害。

据调查显示，最受青少年欢迎的游戏类型依次为：角色扮演类、第一人称射击类、冒险类、赛车类、智力类，他们经常玩的游戏有美国的《反恐精英》、韩国的《传奇》、中国台湾的《大富翁》、日本的《生化危机》，等等。这些游戏都是让游戏玩家身临其境，在虚拟社会漫长的体验过程中获得升级，获得成就感，从而越玩越想玩，直到难以自拔。

网络游戏大多以“攻击”、“战斗”、“竞争”为主要成分，未成年人长期玩砍杀、爆破、枪战等游戏，火爆刺激的内容容易使其模糊了道德认知，淡化了游戏虚拟与现实生活的差异，误认为这种通过伤害他人而达到目的的方式是合理的。

一旦形成了这种错误观点，未成年人便会不择手段，欺诈、偷盗甚至会对他人施暴，这不但会在网上而且有可能会在现实生活中发生。

作为当代的青

少年，我们应该提高自己的判断力，客观地面对网络游戏。网络游戏费时费力又费金钱，不少人为了一时的快乐毁了一辈子。沉迷于虚无是可悲的，回到现实中来吧，在现实中来找到自己的天地，众多的悲剧不能再重演，不要让自己在后悔与虚无中度过一生！

告别网络游戏！我们才会发现，原来自己曾经是那么傻，被一个虚拟的不存在的世界左右了那么久。

离开了网络游戏！我们才会明白，原来在无比神奇的网络里，还有那么多的事情可以去做。

我们终于可以不用整夜地陪电脑作战了，我们可以让我们的眼睛变得轻松起来。别了！网络游戏！我们曾经迷恋得发了狂的传奇世界。别了！网络游戏！亲爱的朋友，让我们用理性思考，选择属于自己的网络生活吧！

远离香烟，吸烟有害健康

吸烟被喻为21世纪的瘟疫，是一种慢性自杀行为。对社会来说，吸烟是室内空气污染的主要来源，吸烟导致疾病和过早死亡，造成大量劳动力的丧失和医疗费用的增加。

“吸烟有害健康”，早已成为我们的常识。吸烟不仅是不自爱的表现，而且是在危害别人的健康。烟明明是“臭”的，兜售烟者人却把它叫作“香”烟，而且这香烟，不仅名不副实，而且害人不浅啊！

朋友们，我们先来看一个中学生吸烟成瘾的故事吧。

程芳是一名初三学生，她的烟龄有两年多了。“第一次吸烟是初一时，我看到两个男同学在偷偷吸烟。当时觉得很好奇，就想尝试一下。”

在这种好奇心驱使下，程芳偷偷从爸爸的烟盒里拿了一根烟。趁着爸妈不在家，她和班里另外一个女同学在家中的洗手间点燃了第一根烟，看着嘴里冒出的烟，程芳觉得吸烟是件很好玩的事。

渐渐的，她吸烟的次数多了起来。每次吸烟，她都在和老师还有爸妈进行一场“暗战”。担心父母发现，她的烟很少带回家，“每次我都是委托男同学给我买上一两根，多了容易被发现”。

除此之外，担心爸妈闻到烟味的程芳，每天口袋里都有口香糖，甚至还会带着大蒜。抽完烟后，她会仔细地除掉烟味再回到教室和家中。直到现在，程芳的父母和老师都未发现她的这一行为，这样的感觉也让程芳觉得“很刺激”。

不过，学校曾开展过多次让学生远离吸烟的活动。活动中那些触目惊心的吸烟者的肺部照片让程芳胆战心惊。“特别害怕自己的肺有一天也会变成那样，太恶心了。”

尽管当初吸烟的好奇心已经没有了，尽管有时也会刻意减少自己吸烟的次数，但程芳说：“现在已经养成了习惯，有时还是很想有那种背着爸妈吸烟的刺激感觉。我知道吸烟不好，可我不知道该怎么摆脱这些困扰。”

曾几何时，吸烟是男性的专利，时至今日，一些女性也涉足其间，难以自拔，程芳就是其中的一个。她最初只不过是为了寻求一种新鲜刺激，没想到却上了瘾不能自拔，可见香烟真的是碰不得啊！许多人感觉手夹一支烟，摆个造型，感觉自己很酷。其实在这个“酷”的过程中，你知道又有多少危害呢？现在就让我们来数一数吧。

科学研究表明，一支小小的香烟含有4000多种化合物，

其中主要含有焦油、尼古丁和一氧化碳等。焦油中含有几十种致癌物，可使吸烟者患上多种疾病；尼古丁是使人成瘾的毒物，一支烟中的尼古丁可以毒死一只小白鼠。

香烟对人的呼吸系统、心血管系统、神经系统、消化系统有很大影响，是慢性支气管炎、支气管哮喘、肺气肿、高血压、冠心病、脑血管疾病的主要致病因素。

据调查，吸烟者患冠心病的可能性是不吸烟者的3倍。吸烟可诱发多种癌症，如肺癌、咽癌、喉癌、口腔癌、食道癌，等等。其中肺癌病例中，85%是吸烟的结果，吸烟量越大，患肺癌的可能性越大，如每天吸10支～20支香烟者，患肺癌的可能性高出不吸烟者17倍，若每天吸烟40支以上，则患肺癌的可能性高出不吸烟者60倍！女性青年吸烟还可导致不育、早产、流产、月经紊乱、痛经、宫颈癌，等等。

据世界卫生组织报告：全球每年都有300万人死于与吸烟有关的疾病；我国每天有2000人因吸烟而死亡。我国烟民的数量正以每年2.1%的速度增长。如果按目前的状况持续下去，到2030年我国每年因吸烟而导致死亡的人数将高达200万人。

吸烟对青少年的影响更大。青少年正值生长

发育旺盛时期，机体各系统、器官和组织还比较娇嫩，各种功能都还不够稳定，对外界的不利因素的抵抗力较弱，人体细胞对致癌物质更加敏感，因而吸烟对青少年身心的损害更大，吸烟所致疾病，在青少年身上会产生更为严重的后果。

青少年吸烟可直接导致脱发、听力下降、身体矮小、记忆力衰退，严重影响青少年的身心健康。

青少年的支气管与成年人相比较直，当烟雾中有害物质进入呼吸道时，很容易进入细支气管和肺泡，使肺组织遭到

损伤，从而削弱呼吸道的防御能力。据报道：吸烟青少年患咳嗽、痰多、肺部感染的比例，比不吸烟青少年多得多。另有资料显示，开始吸烟年龄越早，患肺癌的危险性越大。

再者，烟草中的一氧化碳，与血液里的血色素亲和力极强，因可使人处于缺氧状态，从而破坏了脑神经细胞的正常功能，导致头痛、失眠、注意力不集中、记忆力减退和理解能力变差。此外，吸烟的青少年身体素质也较差，主要表现为抗病能力低下，如易患流感和痢疾等疾病。

况且吸烟既违反了《中学生日常行为规范》，也不符合青少年学生的身份。父母绝不希望看到自己的孩子成为一个骨瘦如柴，精神萎靡的香烟受害者！

由此可见，吸烟对于我们来说，是有百害而无一利的。在此，我们不妨看一个“老烟民”的忠告吧。

郑菲今年16岁，是一名高一年级学生。她第一次吸烟是在中考结束后的一次同学聚会中。

“当时因为大家要分开了，我中考的成绩不怎么理想，所以那次聚会的时候，心里挺郁闷的。”郑菲说，当时班里一位男同学递给她一根烟，对她说：“别烦了，吸一根吧，让那些烦恼跟着烟飘走吧。”犹豫片刻，郑菲还是将烟接了过来。

“吸第一口时，心跳得特别厉害，还是很害怕，毕竟知道吸烟不是好事，更何况我又是女孩子。”第一根烟，郑菲只吸了几口，就在咳嗽声中将烟掐灭了。

郑菲说，因为担心回家被妈妈闻出来，她吃了三条口香糖。不过，从那以后，每当有什么心事时，郑菲就会习惯点根烟来“消愁”。可郑菲发现，吸烟并没帮自己解决烦恼，反而让自己更忐忑不安。

“其实说实在的，吸烟根本就没法消愁，但是不知道为什么，每次有什么不开心的事，总会习惯性地想到吸根烟，其实我也讨厌这个习惯。”

因为不敢当父母和老师的面吸烟，郑菲总煞费苦心地寻找能偷偷吸烟的场所。学校女厕，家里的地下室……这种感觉让郑菲觉得自己像个“贼”一样，让她感到很别扭。

在好友的劝说下，郑菲在这个学期作出了决定：“我要彻底与烟说拜拜了，女孩子夹根烟，总觉得怪怪的，况且每次看到爸妈时，真有点做贼心虚的感觉。”郑菲还对自己的同龄人提出了忠告：“一定要拒绝第一根烟，吸烟的感觉糟透了……”

禁止吸烟，控制烟害是世界的潮流，是现代文明的体现！学校的制度可能约束住我们在学校里不吸烟，但要彻底远离香烟、拒绝烟草还是要靠我们自己的认识和坚强意志。

不要喝酒，喝酒会伤身体

华灯初上，某重点中学旁的小酒馆里，学生模样的青少年鱼贯而入。坐定以后，便旁若无人地点酒点菜。数桌酒席一字排开，其后气氛之热烈，令很多路过的人注目。

但谁也不会想到，这只是一位初中二年级的学生在为庆祝自己的生日而举行“盛大招待会”，赴宴者也多系他的学兄学妹。不一会儿就“觥筹交错”起来。在座的其他吃客们也多是熟视无睹，并无一点惊讶表示。席间不仅上了果酒、白酒，还有“红塔山”在其间“腾挪跳跃”。

这样的场面你是不是很熟悉呢？是的，像这些青少年喝酒的事例可算是举不胜举。也许有人会拿出少量饮低度酒并不一定有害来搪塞，但要知道，这是对成年人说的，对于青少年来说，少量也是有害无益的。而且，现实情况往往是一旦开始喝酒，就不是少量低度，而是大量高度了！

朋友们，让我们来看一个真实的事情吧。

“来，再喝一杯，迎接平安夜！”2011年12月23日晚上，历城区彩石镇商业街双彩大酒店一个包间里，20多个年轻大学生趁周五晚上没课，相聚庆祝平安夜和圣诞节的到来。

可是让他们没想到的是，大家正酒酣耳热，一个壮实的男生却倒地不起，他这一倒下，就再也没能起来。

据该酒店一名员工介绍，晚上大概6时多，附近一所大学来了20多个学生，有男生有女生，要了楼上的201包间，把包间里的两个大桌都坐满了，他们看上去很开心。

当时客人很多，他们一共要了4箱啤酒8瓶白酒，后来退了一箱啤酒，又要了瓶白酒，这样他们共要了3箱啤酒和9瓶白酒，这里面男生女生都有，女生可能不喝酒或者喝得少，这些酒应该大部分被男生喝了。

20多名大学生喝酒，一名男生当场猝死。平安夜，缘何变得不平安？都是喝酒惹的祸！近年来，学生喝酒过量猝死的新闻屡屡见诸报端，已经不是什么新鲜事，真是让人悲叹！

综观今日青少年喝酒行为的现状，我们还可以发现这样一些显著特点：

一是青少年接触酒年龄越来越呈低龄化趋势。生活在今天的少年儿童，家庭疼爱、社会关心，往往容易形成“小皇帝”的性格特点。

随着家庭物质生活的逐步改善，酒已是人们接待宾客、迎亲送友必不可少的日常生活消费品。那些“小皇帝”们便常常对自己“领地”内的这些有诱惑力的东西行使“支配权”。

据调查显示，小学生在入学前就接触过酒的占90%以上，江苏宿迁市三棵树乡就曾有一个4岁的儿童因酗酒而身亡。在学龄前儿童中便有一支可观的酒民的队伍，也难怪中小学里这种现象愈演愈烈了。

二是由隐秘走向公开。以前的青少年喝酒一般都受到较多的制约。而在各种观念日新月异的今天，我们的整个社会、家庭对这一问题的观念也显得更加开放了。

随着中小学生互相庆祝生日风气的日渐蔓延，搞生日聚会，以酒助兴也往往得到家长们的认可了。甚至在学校中选上了先进，当了班干部，也有下酒馆庆贺的。所有这些，都促使青少年喝酒迅速地由隐秘走向公开，并由以前的个体“单兵”现象较多地转化为“集体活动”的形式。

三是青少年的喝酒行为还常常和追求高档联系在一起。尽管中小学生是纯粹的消费者，无独立的经济能力，但对他们的调查却发现，他们喝酒的“档次”更明显地比他们的祖辈、父辈要高出一截。其“锋芒”所向，确实能让老一辈们汗颜。不过，如此的“长江后浪推前浪”就实在不是什么好事了。

四是青少年的喝酒行为还常和其他品德不良相联系。很多品德不良的行为并不是单独存在的。有关资料表明，喝酒行为

比较严重的多系学校中的“差生”和其他“问题儿童”。

由于有其他品德不良行为，因此青少年容易受喝酒行为的感染，而有喝酒行为的青少年更易产生其他违法犯罪行为，这二者之间往往不易区分因果。因此，我们在研究青少年的喝酒行为时，必须联系其他品德不良行为进行综合研究。

此外，当今青少年的喝酒行为还呈现多样化的发展趋势。不仅有其他品德不良的青少年有这种行为，还有许多被人们视为“保险系数很大”的学习优秀的青少年也卷进了这

一旋涡。

那么，为什么青少年会产生喝酒行为呢？其实不外乎以下的原因：

青少年对喝酒的危害认识不足，存在无所谓或侥幸心理。不少青少年对喝酒的种种危害不以为然，认为“某人吸了一辈子烟，喝了一辈子酒，不也身体挺棒嘛！”因而对喝酒持无所谓态度。

有的青少年也知道喝酒的危害，却又心存侥幸，以为厄运不一定就降临在自己头上。他们不知道，以侥幸和无所谓心理看待喝酒的问题，终是要以自己的身体健康为代价来“交学费”的。

有的是好奇心理作怪。青少年的好奇心极为强烈。他们对一些自认为新奇、好玩的事物，特别是大人不让干的事，有一种力求弄清怎么回事的心理倾向。他们看到大人喝酒，觉得好玩，也想试一试。一位中学生说：“我爸爸喜欢酒，家里常有开瓶的，我就偷偷地试着喝，谁知道就上瘾了。”

还有“大丈夫”、“成人感”的心理。不少青少年认为，会喝酒似乎是男子汉大丈夫应该有的“嗜好”和“引以为自豪的事情”。这在中学生身上表现得更为显著。

这一时期的青少年有一种渴望独立的“成人意识”，常常模仿一些成人的言语行动。于是，为了表示自己有“男子汉的气质和风度”，他们便毫不犹豫地投身到喝酒的潮流中去了。

从众、争胜心理作祟。青少年的是非观念还不很明确，意志力也不够坚定。当几个伙伴聚在一起你一杯我一杯地喝起酒时，虽然有人不想喝，但为了不“搞特殊”，只好服从大多数人。这是从众的心理。另外，争强好胜，不甘示弱，又是青少年的一大特点。一位初二学生说：“我本来不敢喝酒，因为酒喝下去滋味并不好受。可有一次与人吹牛，比谁能喝酒，结果第一次喝就喝得大醉。”

当然，也有许多外部因素的影响。不过说到底，还是自己想要喝酒，没有真正认识到喝酒的危害，更没有管住自己。相信如果真正了解了喝酒的危害后，就不会再为自己喝酒千方百计辩护了！

尽管酒的种类很多，但其所含的主要成分都是酒精。酒精对人的肝脏的损害最为严重。因为酒精主要在肝脏内消化吸收，酒精能引起肝硬化。因此，国外有人把酒精称为“肝毒剂”。

据统计，酗酒者受乙肝病毒感染的机会比不喝酒者高了3倍多，患肝癌和肝硬化的危险也多3倍以上。同时，由于酒精对肝脏的损害，会引起弱视症，并加重视觉器官方面的疾病。

酒精对人的胃脏也产生严重损害。当胃内酒精浓度占10%时，可刺激胃酸的分泌；如胃内酒精浓度达到20%以上，就会使胃酸的分泌和胃的活动受到抑制；若胃内酒精浓度达到40%，就会严重刺激胃黏膜，发生急性酒精胃炎。长期喝酒的人还会患慢性胃炎和十二指肠溃疡。

酒精对神经系统也有麻痹和抑制作用，更可以造成酒精中毒。由于大脑受到抑制，整个神经系统就会失去控制。轻者，各种器官功能紊乱，活动不协调，感觉迟钝，降低做事的效率；重者，还会出现昏睡现象，甚至危及生命。要知道，我们血液中的酒精浓度达到每100毫升有400毫克以上时，是可以使呼吸中枢麻痹，致人死亡的。

而对处于青春发育期的青少年来说，喝酒的危害要远远大于成年人，它不仅使青少年稚嫩的内脏组织器官受到严重损害，还会干扰睾丸、卵巢的正常发育，即便是酒精度数较低的啤酒、果酒，由于青少年在一起举杯相聚，适量的尺度

一般较难掌握，所以都是不适宜的。

青少年的大脑功能还很不完善，神经系统发育尚不成熟，喝酒会使人头晕、头痛、注意力涣散、情绪不稳、记忆力减退等，影响青少年的学习成绩。

青少年的食道、胃黏膜细嫩，管壁浅薄，对酒精高度敏感，喝酒会影响胃的内分泌，易引发胃病。

青少年的肝脏分化尚不完全，肝组织也较脆弱，酒精对

肝脏有直接的毒性作用，喝酒会影响肝脏的正常解毒功能，甚至引发肝脾肿大、酒精性肝硬化。

青少年的骨骼正处在生长发育阶段，喝酒会使体内矿物质代谢发生显著变化，影响机体钙的吸收和利用，导致骨量异常，容易引发骨质疏松和骨折。青少年的生殖器官正处在发育期，喝酒会使生殖器官的正常机能衰退，性成熟的年龄较正常人推迟2～3年，影响青少年正常发育。

特别需要指出的是，青少年控制自己行为的能力本来就比较差，再加上酒的刺激，产生感情冲动而做出违法犯罪的傻事的可能性是非常大的。这种的例子也是屡见不鲜的。

还有不少青少年由于染上喝酒的坏习惯而自己又没有固定收入，为了满足自己欲望，往往去偷、去骗、去赌甚至勒索小同学，以致由此坠入犯罪的深渊。

可见喝酒对于我们青少年的健康有着多么大的危害啊！所以，我们一定要拒绝喝酒。

养成良好的饮食习惯

随着社会生活水平的提高，外国文化的渗透，青少年的饮食习惯发生了很大的改变。饮食中营养摄入不均衡、吃过多的零食和垃圾食品是最严重的问题。

许多青少年早餐只吃一两块面包，甚至只喝一瓶饮料，喜欢去肯德基等洋快餐店进食，过多食用油炸食品。这样忽视早餐，应付午餐，随意进餐，必将对身体的发育造成严重的影响。

在日常生活中，我们经常看到有些青少年因为饮食问题，出现胃痛，学习不能集中精力，身体过胖或过瘦等情形。这里有一个真实的案例，让我们看看吧。

詹元是年仅13岁的小男孩，身高1.55米，体重却达到67千克。按照标准体重公式，他的体重超过正常同龄男孩标准体重10多千克。

读小学的时候，詹元喜欢上了学校外面小摊上的烤肠和牛杂，吃上瘾的时候，他每天上课都会想着外面的牛杂。

读初中后，詹元又恋上了麻辣烫，旧城和新城的麻辣烫店都去过一遍。

由于詹元是家里的独生子，从小爷爷奶奶就宠爱有加，尤其在吃的方面毫不吝啬。

一般情况下，詹元的早餐是一个鸡蛋、一个小包子、一碗豆粥；十点钟多的时候吃一个进口苹果或杧果，再加一小杯牛奶；午餐一碗汤、一碗青菜、一碗饭；午后一碗粥、一定量的水果或坚果；晚餐一碗汤、一碗青菜加一碗饭；晚上睡觉前喝一瓶牛奶和一小瓶AD钙饮品。

家人原以为孩子长大后会瘦下来，谁知道压根儿就没瘦过。詹元现在苦恼极了。

詹元的肥胖故事你是不是非常熟悉呢？也许你自己在饮食习惯上就和他有很多相似的地方吧！当然你可能没有像他那样成为一个小胖墩，但是这并不代表你是健康的，更不代表你的饮食习惯不需要改良。

青少年时期是行为习惯、生活方式形成的关键时期。饮食行为对其身体、智力发育和健康起着重要作用。良好的饮食行为不仅有利于当前的健康，如预防肥胖、缺铁性贫血、龋齿等，而且可能对成年后一些慢性疾病如心脏病、肿瘤、脑卒中、糖尿病、骨质疏松等的预防起到重要作用。我们青少年不良的饮食习惯和行为主要包括以下几个方面：

一是电视佐餐，食不知味；二是偏食肉和蔬菜，很“受伤”；三是零食当正餐，上课昏昏然；四是润喉片当糖，口

腔“遭殃”；五是过多食色素超标的食品，慢慢损害健康；六是常光顾街边小食摊，不知不觉潜伏疾病；七是饮料当水，摄入过多的糖和食品添加剂；八是不喝牛奶，身体营养不良；九是烧烤好吃，摄入过多，付出的代价太大。

青少年朋友，现在反思一下，你是不是有以上这些不良的饮食习惯呢？如果有一项或两项，特别是有多项的，就一定要注意哦！那么，我们应该如何养成良好的饮食习惯呢？以下几点我们应该能够做到的。

一是坚持每天吃好早餐。早餐能给身体提供全天1／3的能量和营养素，保证充足的血糖供应，是上午学习的重要保障。如果不吃早餐或早餐的质量不好，不仅会影响身体正常的生长发育，还会影响整个上午的学习效率，尤其是上午第一二节课即出现饥饿感。

良好的早餐一般包括：谷类及薯类，如玉米粥、小米粥、红薯粥等；动物性食物，如猪肉包子、肉夹馍等；奶及奶制品或豆类，如牛奶、酸奶、豆浆等；蔬菜和水果，如菠菜、

小白菜、苹果、橙子等。

二是坚持喝奶，有益健康。除不含膳食纤维外，奶类几乎含有人体所需的全部营养素。牛奶中含有的蛋白质是一种优质蛋白质，可提供25种氨基酸，是最接近人体需要的，并且含钙量很高，每100克牛奶可提供钙125毫克，吸收利用率很高，是青少年补钙最好的天然食品。

三是吃清淡少盐的食物。儿童青少年时期食用过咸的食物，成年后患高血压的可能性大于食用清淡食物的人。世界卫生组织建议，每人每天食盐摄入量要少于6克为宜。所以，要少吃酱油、味精、咸菜、香肠和熏肠制品等高盐食物。

四是少吃西式快餐。西式快餐的制作方式以烤、炸为主，这些食物不仅能量高，而且维生素、矿物质含量也相对较低。如果经常吃西式快餐，发生肥胖的可能性很大，而肥

胖又是引起高血压、糖尿病、心血管疾病的重要危险因素之一。所以，青少年要少吃西式快餐。

五是少吃方便面和油炸食物。方便面多为油炸形式，主要成分是碳水化合物和脂肪，只能提供微量的维生素、矿物质和膳食纤维，很难满足青少年生长发育的全面需要。一般情况下，一袋或一碗方便面含盐5克左右，常吃有增加发生高血压的可能性。

另外，油条、油饼大多数是植物油经反复高温使用炸制而成的，经常食用这些食物不利于身体健康，因此，青少年一定要少吃方便面和油炸食物。

六是每天喝足量的白开水。白开水是最好的饮料。它不但可以调节体温，促进新陈代谢，而且还能增强免疫功能，提高抗病能力，尤其是习惯喝白开水的人不容易产生疲劳。所以，青少年每一小时左右喝一次水，每次200毫升左右，记住千万别等到感到渴了再喝。此外，需要提醒大家，每天喝水量不要少于1200毫升至1500毫升。

七是不喝或少喝可乐型饮料。可乐型饮料大多数都含有咖啡因，而咖啡因有干扰记忆的作用，并且它所含的小苏打可中和胃液，影响食物消化和吸收；同时，糖含量过高，多饮可能引起肥胖和龋齿。

八是合理选择零食。零食虽然可以提供一定的能量和营养素，但是所提供的能量和营养素远不如正餐全面均衡，并且常吃零食或吃零食过多会降低食欲。所以，尽可能少吃或不吃零食。

另外，如果实在离不开零食，那么，吃零食也有讲究，以下几个方面需要注意：要选择营养价值高的零食；要选择含糖少的零食，以防止龋齿的发生；要选择含脂肪少的零食，以免发生肥胖；不要把过咸或腌制的食物作为零食；吃零食的时间切忌在饭前一小时以内；吃零食的量不要过多，以免影响正餐；水果、含糖量低的糕点，花生、核桃、牛肉干或豆腐干等适合做零食，而巧克力、糖果、口香糖、话梅、炸土豆片、炸土豆条、冰激凌、膨化食品等不适合做零食。

青少年朋友，祝愿你们都养成良好的饮食习惯，把自己的身体养护好。只有这样，我们才能健康成长，做自己想做的事，干自己想干的宏图大业。

要有自我保护的意识

生命是盛开的花朵，它绽放得美丽、舒展、绚丽多姿；生命是精美的小诗，清新流畅、意蕴悠长；生命是流淌的长河，奔流不息、滚滚向前。生命，属于我们只有一次。我们要珍视生命，就要学会生存，学会自我保护。

自我保护是我们青少年维护心理平衡的一种自发性行为，即通过压抑、补偿、文饰和升华的手段改变对心理紧张的主观感受，掩饰不能接受的内在冲动和虚拟现实环境的危险，用以减少痛苦以及对痛苦的意识，达到心理平衡的行为反应。

自我保护意识是我们每一个青少年都应该具有的，它对于我们的生存发展都有极其重要的意义。青少年朋友，现在让我们来看一个小女孩自我保护的故事吧。

一个星期四的下午，放学后我高高兴兴地往家走去。当我走到居委会时，看到前面在修路，于是我绕道而行，从另外一条小路走回家。

走着走着，忽然听见一个声音："小妹妹，你放学啦？"

我抬头一看，一位陌生的中年男子出现在我的面前。“嗯，放学了。”我随口回了一句。

“我是你爸爸的同事，你不认识我了吗？”陌生人笑眯眯地对我说。

我抬头看了看他，心里在回忆那些我见过的爸爸的同事，“我这有几粒好吃的糖给你吃。”说完他拉住我的手，拿出几粒糖给我。

我心里在想，这个人我没见过呀，他是认错人了？还是……我灵机一动问道：“您也是开卡车的吗？我爸爸今天开车去哪了？”

“对！对！你爸爸开车出去了，叫我来接你”。说完陌生人剥了一粒糖，想往我嘴里塞。

“是坏人，我爸爸根本不是开车的。”我心里一下子紧张起来，怎么办？平时在电视中和报纸杂志上看到过不少坏人骗小孩的案件，今天被我遇见了，怎么办？他手里的糖肯定有问题，我决不能吃。

“我是不吃糖的，难道我爸爸没和您说过吗？”我急中生智地说。

“噢，我忘了。”陌生人无奈地把糖放进袋里，“我带你去见你爸爸。”他拉着我的手说道。

我慢吞吞地走着，大脑却在高速运转着，平时爸爸妈妈教过我很多自救自护的方法，杂志上也有好多这方面的文章。对了，我有办法了。

“每次去爸爸那里，我都会帮爸爸买包烟的，我们去小店买好烟就去爸爸那儿。”我笑嘻嘻地对陌生人说。“那好吧，要快点，你爸爸在等你。”看着他那自以为是的样子，我不禁暗暗在笑：你上当了。

陌生人拉着我的手来到小店，这时，我指着远处迎面而来的男子说道：“爸爸，你怎么回来了。”

一旁的陌生人脸一下子紧张起来，紧紧拉着我的手也突然松开了。我对陌生人说：“爸爸回来了，我们过去吧！”

“不，不，我有事先走了。”只见他惊慌失措地说道，然后往后面跑去，一眨眼就不见了踪影。

这件事告诉我们，不要吃陌生人的食物，当遇见坏人时，要保持冷静，正确运用自己的智慧与坏人周旋，以达到自我保护的目的。

自我保护是我们必须学会的，不会自我保护，等于身边没有了替你阻挡危险的“保护伞”，等于没有了安全感。所以，一个人，特别是像我们这个年纪的青少年，一

定要学会自我保护。那么，我们应该怎样加强自我保护呢？以下几个方面的建议也许对你有些用吧。

一是要树立“敌情观念”，头脑里要绷紧安全防范这根弦。要通过各种形式和途径，提高青少年对社会状态的认知程度，明了社会治安的复杂情况，懂得世界上有阳光，也有黑暗。要学习和掌握一些如何摆脱困境的技能，借鉴一些青少年如何机智勇敢地虎口脱身的方法，在自己万一遭遇到不测时，能够沉着应付、机智逃生并寻机报警。

二是要学习和掌握保护青少年的法律、法规知识，学会运用法律武器保护自身的合法权益。目前，我国针对未成年

人的保护法律主要有：《中华人民共和国民法通则》、《中华人民共和国义务教育法》、《中华人民共和国未成年人保护法》、《中华人民共和国预防未成年人犯罪法》和《中华人民共和国刑法》、《中华人民共和国刑事诉讼法》等。这

些法律分别规定了未成年人依法享有民事权利，受教育权利和其他应享有的保护权利，等等。

三是不要轻易相信陌生人，了解父母亲的上班规律，家中有无贵重物品等，更不能随便将陌生人带到家中。即使陌生人声称是自家亲戚，父母的朋友等，应先同家长取得联系加以证实。如果觉得此人可疑，就要设法告诉老师和民警。

四是一些离家外出的孩子，不要轻信他人的花言巧语，特别是类似带你“找工作”、“开眼界”的话，更不能轻易跟着去，一些青少年就是轻信花言巧语，跌进陷阱，被骗、被拐、被害的事例很多。

五是夜间如果需要出门，最好要求成年人做伴。节假日和同学、朋友相约去玩，要明确告诉家人要去的地方，并能保持电话联系。未成年人身上不要带过多的钱财，衣着打扮要尽量朴素大方，不要过于华丽，否则，就容易成为受害目标。

六是不要同社会上行为失常和有劣迹的人员来往，接触过多必然会染上恶习，甚至自觉不自觉地加入这些人的圈子，有的则会被胁迫做坏事。不要去游戏厅、歌舞厅、网吧等公共娱乐场所。玩游戏的害处尽人皆知，不但耗费钱财，浪费时间、精力，耽误学习，而且还容易引发打架斗殴，无故伤害等事端。

需要特别指出的是，我们青少年一旦遭受不法侵害，要及时大胆地向老师、家长和公安民警反映情况，揭露违法犯罪人员，切不可胆小懦弱，将屈辱装在心中。

青少年朋友，让我们一起唱一首自我保护歌，从现在开始学会自我保护吧。

我问妈妈什么是自我保护？
远离危险就是自我保护。
我问爸爸什么是自我保护？
应对紧急就是自我保护。
我问老师什么是自我保护，自我保护？
遵守法规就是自我保护。
我问自己什么是自我保护？
我和危险说再见，妈妈笑了。
我问自己什么是自我保护？
我学会从容应急，爸爸笑了。
我问自己什么是自我保护，自我保护？
我自觉遵守法规，老师笑了。
……

不要让毒品毁了我们的青春

身为青少年的我们，正值花季，面对陌生的东西，我们总是想去探索、研究，却从未想过事情发生后的结果。想要有美好的人生，就必须远离毒品。

毒品是万恶之源，罪魁祸首；它毁掉了多少家庭的温馨，又扭曲了多少人性，更可恶的是它毁掉了多少花季青少年的梦，使这些本该芬芳和鲜艳的花朵过早地凋零。

当今世界上存在着大量吸毒者。毒品就像魔鬼一样吸附他们。害人，毁坏家庭，祸国殃民，它是人类社会一大公害，人们对它深恶痛绝。

由吸毒造成的个人、家庭悲剧不断发生，有的人因吸毒毁掉了健康与生命，有的人因吸毒倾家荡产、妻离子散，有的人因吸毒走上了犯罪道路。尤其值得注意的是，毒魔之爪正无情地伸向了成长中的青少年。

青少年朋友们，让我们来看一个小故事吧：

有一名16岁的女孩子，因和爸妈怄气而离家出走，在附近的一家歌舞厅里疯狂地喝酒，在这时，一名男子递给了她一杯酒，说："尝尝我这个，我这个比你那酒喝下去更刺激。”

那女孩听完后，也没有什么戒备地喝了下去。喝完后她感到很兴奋，随着音乐的劲爆，她走进舞池，疯狂地甩着自己的头。她并不知道这是毒品摇头丸起的作用。

随后的一段时间里，她就迷恋上了这个舞厅，每当看到那个男子递给她那杯酒，她就像看到了荒漠里的一滴水。她也曾想不去喝那杯酒，可她控制不了自己，极力地想喝那杯酒。

后来，父母发现了她的异常，送她去医院后才知道，原来自己的女儿竟染上了毒品，他们只好眼里含着泪把她送进了戒毒所。

毒品，是每个人都不敢靠近的一种东西，因为人们都知道，一旦靠近了它，就不能再舍它而去，会对它上瘾，所以许多人都畏惧地躲开了。但有些人会对毒品感到好奇，这种好奇心能促使他们坠入深渊。要知道，一旦染上了毒品，就无法自拔！

毒品分很多种类：有海洛因、摇头丸、冰毒等，这些都能危害人们的身体健康，甚至还危害其家人，导致严重的后果，也给社会带来不安。

毒品作用于人体，使人体体能产生适应性改变，形成在药物作用下的新的平衡状态。而一旦停掉药物，生理功能就会发生紊乱，出现一系列严重反应，医学上称为戒断反应，

会使人感到非常痛苦。

用药者为了避免戒断反应，就必须继续定时用药，并且不断加大剂量，最终使吸毒者终日离不开毒品。

吸毒不仅对个人造成巨大伤害，对家庭和社会都有严重的影响。家庭中一旦出现了吸毒者，家便不成家了。吸毒者在自我毁灭的同时，也损害自己的家庭，使家庭陷入经济破产、亲属离散，甚至家破人亡的境地。

毒品活动加剧诱发了各种违法犯罪活动，扰乱了社会治安，给社会安定带来了巨大威胁。而无论用什么方式吸毒，对人的身体都会造成极大的损害。

吸毒首先导致身体疾病，影响社会生产；其次造成社会财富的巨大损失和浪费；同时毒品活动还造成环境恶化，缩小了人类的生存空间。还有不少青少年对“摇头丸”充满好奇，于是抱着好玩的心态去尝试，刚开始好像不会上瘾，但尝试一段时间后，潜入体内的毒品开始不断发作，使他们痛不欲生，于是不得不大量购买毒品，来弥补自身的空虚。

有些青少年尚在读书，为了购买毒品，就不断地欺骗家人的钱财，来买毒品吞吃。据专家分析说，每年有许多青少年为了购买毒品而走上一段不可挽回的道路。

有些青少年由于跟潮流、时尚而吞吃摇头丸，也许他们认为这是好玩，但是其后果其实十分严重。珍惜自己，就要懂得保护自己。毒品就犹如一个深渊，跌进去就不可能再回到过去，即使以后多么后悔，也没办法了。

世界上没有“后悔药”，要想不后悔，要想拥有美好的人生，就必须远离毒品，千万不要抱着好奇的心理去尝试任何陌生的东西，要为自己的身体健康着想，要为养育自己的辛苦的父母着想，不要做出既伤害别人，又伤害自己的事。

面对毒品，我们必须拒绝。想要拥有美好的人生，就必须远离毒品，不要再走上一条无可挽回的错路。

青少年是祖国的未来，正处在身心发育成长的关键阶段，心理防线薄弱，好奇心强，辨别是非能力较弱，加之对毒品的危害性和吸毒的违法性缺乏认识，最易受到毒品的侵袭。

因此，我们要时刻筑起一道坚固的心理防线，保持清醒的头脑，绝不让毒品这可怕的恶魔靠近我们的身体、靠近我们的家人、靠近我们的同学和朋友。

生命是美好的，毒品是万恶的，“珍爱生命，拒绝毒品”已成为全人类、全社会的共识。为此，我们广大青少年朋友们要切实做到远离毒品，像下面这首歌曲中唱的那样：

年轻人总好奇去把毒品摸，
一时快乐烦恼全都被摆脱。

事业像毒烟化为泡沫，
妻离子散被世界冷落。

过来人奉劝你别把毒品摸，
醉生梦死中把岁月蹉跎。
生活如流水平淡中度过，
莫让青春如花般掉落。

吸毒害了我，吸毒害了我，
毁了前程毁了幸福。
毒品猛于虎撕裂了全部，
不要被它的诱惑而迷住。
……

每天保持充足的睡眠

我们青少年正处于花季的年龄，在许多人心目中应该是最无忧无虑的一群。可是，青少年朋友，你知道吗？全国妇联公布的一项调查却显示，我国青少年睡眠普遍不足。

睡眠作为生命所必需的过程，是机体复原、整合和巩固记忆的重要环节，是健康不可缺少的组成部分。人的一生中有1/3的时间在睡眠中度过。如果人4天不睡觉就会死去，可见睡眠对于我们有多么重要啊！

睡眠对于我们青少年的重要性是不言而喻的，可是由于种种原因，却往往得不到我们的重视。现在就让我们来看几个真实的案例吧。

一名男孩子在高考前来看医生，他说，为了提高学习成绩，他每天只睡5个小时，现在时常头痛、头晕，还很烦躁，如果医生能把这些症状给治好，他还准备再缩短一些睡眠时间来努力学习。

还有一名女孩子，学习成绩一直排在班级里前三名，可是到了初三，她的学习成绩下降了很多，她暗下决心，一定要刻苦学习再考进前三名。于是，几乎每天把所有的时间都用在了学习上，甚至晚上都不睡觉。起初，她妈妈非常高兴，夸孩子知道刻苦学习了。可是一个月过后，她的学习成绩不但没有提高，反而越来越下降了。

一个南京某高校的大学生，平时酷爱网络游戏。长假期间没有回老家，就每天泡在网吧，早上六七点钟就开始打游戏，一直熬夜打到凌晨两三点，困了就躺在椅子上睡一会儿，每天就睡三四个小时，饿的时候就啃啃方便面，水都很少喝，真的达到了“废寝忘食”的地步，几天下来这个大学生身体严重透支，最终眼前一黑，一头栽倒在电脑前。

睡眠是人的基本生理功能，对体力的恢复和智力的发育有至关重要的意义。一定的睡眠时间可以使身心保持自然的平衡，睡眠也应“顺其自然”，如果刻意缩短睡眠时间，就破坏了这种平衡，会产生各种隐患。

睡眠不足可导致精神不能集中，记忆力、注意力及理解力衰退，学习效率低下，影响青少年的机敏度；长期睡眠不足还会导致内分泌和神经功能紊乱、心理异常等，如心慌、胃肠功能紊乱、血压波动、情绪不稳、焦躁、心烦意乱等表现，这都会对学生的身心健康造成严重影响。

生理学研究表明，少年儿童的生长主要在睡眠时完成，深夜22时至凌晨1时是生长激素分泌的高峰期，如果错过这段深度睡眠的时间，细胞的新陈代谢将受到影响。

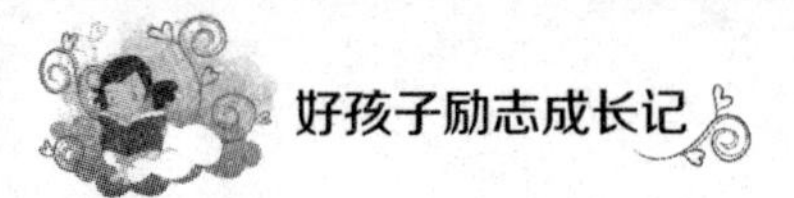

对正处于身心都在发育阶段的青少年来说，睡眠不足，就是不可修复地透支他们的青春和健康。国外一家研究机构多年的跟踪调查显示：孩子的睡眠与他们的智力发展紧密相关，那些每晚睡眠少于8小时的孩子，有61%学习跟不上，39%成绩平平。而每晚睡眠在10小时左右的孩子，只有13%学习落后，76%成绩中等，11%成绩优良。

所以，我们可以不夸张地说，睡不好就是不健康，缺乏良好的睡眠就缺乏激情——学习和工作的激情、创造的激情、生活的激情，因此睡眠不足将影响一生。

那么，我们应该如何改善我们的睡眠呢？以下几个方面需要引起我们的注意。

一是保证睡眠时间。人类最佳睡眠时间应是晚上10时到清晨6时，老年人稍提前为晚9时到清晨5时，儿童为晚8时到清晨6时。处于发育期间的青少年至少要保证7~8个小时的睡眠时间。但是，由于学业负担和丰富的感受性，青少年为了学习“开夜车”或为娱乐牺牲睡眠时间的情况非常普遍。

这就要求青少年有良好的时间管理策略，对时间的分配进行规划，并有较强的处理事务和自制能力，才能保证最佳睡眠时间及准时入眠。

二是做好睡眠准备。睡前忌进食、饮用刺激性饮料、情绪过度激动、过度娱乐与言谈，保证心情的平稳与安适。

三是要注意睡姿。身体睡如弓效果好，向右侧卧负担轻。研究表明，“睡如弓”能够恰到好处地减小地心对人体的作用力。由于人体的心脏多在身体左侧，向右侧卧可以减

轻心脏承受的压力，同时双手尽量不要放在心脏附近，避免因为噩梦而惊醒。此外不要蒙头大睡或张大嘴巴，睡觉时用被子捂住面部会使人呼吸困难，导致身体缺氧；而张嘴吸入的冷空气和灰尘会伤及肺部，胃部也会受凉。

四是努力营造适于睡眠的环境。睡眠时光线要适度，周围的色彩尽量柔和，通风但不能让风直吹，尽量防止噪声干扰。由于一部分青少年可能生活在集体宿舍，因此营造好的睡眠环境也需要青少年发挥人际沟通与协调能力，使得不同生活习惯的人都能大致协调同步。

五是选择舒适的睡眠用品。舒适睡眠的第一要素，是要选择一个适合自己的好床垫，因为好的床垫不仅可以有效支撑身体的压力，还可以缓冲在睡眠中因为翻身造成的震动。睡前要摸摸床垫上是否有异物，有的话要拿掉；其次床垫不能过硬，因为床垫过硬会磨损脊椎，对脊椎发育影响甚大。

青少年朋友，你已经知道应该怎样睡眠了吧！现在让我们一起来欣赏一首许冠杰的《催眠曲》，美美地睡个觉，给我们的身体好好充下电吧。

……放心安睡，抛却一切莫挂虑。
轻抹去眼中的泪，此际尽忘掉顾虑。
轻抹去眼中的泪，此际尽忘掉顾虑。
人浮在世好比满天星，明亮或暗数不清。
……放心安睡，抛却一切莫挂虑。
轻抹去眼中的泪，此际尽忘掉顾虑。

谨以此书，献给那些充满小毛病并努力想改变坏习惯，在成长中烦恼和在痛苦中磨砺的青少年。

成长的确是一个艰难痛苦的蜕变过程，有的孩子成长或许非常顺利，有的孩子成长或许很不容易，愿您在成长中学会成熟，走上铺满鲜花的美好成长之路！

好孩子励志成长记

——超好看的励志分享——

我不再小气

李丹丹◎编著

民主与建设出版社

图书在版编目（CIP）数据

我不再小气 / 李丹丹编著 . -- 北京 : 民主与建设出版社 , 2019.11

（好孩子励志成长记）

ISBN 978-7-5139-2687-4

Ⅰ . ①我… Ⅱ . ①李… Ⅲ . ①心理交往－能力培养－青少年读物 Ⅳ . ① C912.11-49

中国版本图书馆 CIP 数据核字 (2019) 第 269518 号

我不再小气

WO BU ZAI XIAO QI

出 版 人　李声笑
编　　著　李丹丹
责任编辑　刘树民
封面设计　三石工作室
出版发行　民主与建设出版社有限责任公司
电　　话　（010）59417747 59419778
社　　址　北京市海淀区西三环中路 10 号望海楼 E 座 7 层
邮　　编　100142
印　　刷　三河市天润建兴印务有限公司
版　　次　2019 年 11 月第 1 版
印　　次　2020 年 1 月第 1 次印刷
开　　本　880 毫米 ×1230 毫米　1/32
印　　张　30
字　　数　756 千字
书　　号　978-7-5139-2687-4
定　　价　198.00 元（全十册）

注：如有印、装质量问题，请与出版社联系。

前　言

每一位父母都希望自己能培养出一个有出息的好孩子，然而随着孩子慢慢长大，父母们发现他们的这个愿望几乎是一种奢望。我们先不说那些不听话的孩子，父母难以管教。就是听话的孩子，他们的存在，也仅仅是为了获得老师的表扬、家长的奖励或是为了迎合其他长辈的种种期待，并不能算是真正意义上的“好孩子”。

换句话说，这类父母眼里的“好孩子”，其实早已失去了自我，他们只是活在大人为他们预设的期待里。这种好孩子是不真实的，他们只是在讨大家的“好”，是在为家长而活。我国社会目前这种培养孩子的方法，忽略了孩子的天性，束缚了孩子的自由成长，是对孩子不负责任的一种表现。

父母若想改变这种教育，真正对孩子负责，就要让孩子首先对自己负责，这是做人底线。没有对自己负责精神，何谈对别人负责，对家庭负责，对社会负责？

让孩子对自己负责，实际上是为了唤醒孩子的自我意识，把他们和别人分开，使他们懂得尊重自己，懂得珍惜自己的生命。同时，还要让孩子明白，犯了错误就得承担相应

的责任，并由此付出代价；知道自己成长过程中所要做的一切都是自己的事，比如上不上课，这与老师无关，与家长无关，与别人无关，只和他自己有关。

只有真正教会了孩子对自己负责，使他们知道自己现在该干什么，将来要做什么，心中有目标，奋斗有方向，实施有动力，并且踏踏实实，勤奋努力，永不懈怠，这样的孩子，才能算是好孩子，长大后才有可能成为有用之才。

那么，怎样培养真正意义上的好孩子，如何使他们健康成长呢？为了解答大家的疑惑，我们特地编辑了本套“好孩子励志成长记”丛书，包括《爸妈不是我的佣人》《做个内心强大的自己》《勇敢的做自己》《做个受欢迎的自己》《办法总比问题多》《再见了懒惰》《管理好自己的情绪》《我不再小气》《爸爸妈妈，我爱上了读书》《坏习惯，请走开》十册书，分别讲述了如何培养孩子良好品德、怎样提高孩子情商智商、如何培养孩子学习精神、怎样养成孩子独立生活能力等问题。可以说，是培养孩子成长的百科全书。

本套丛书综合国内外教育专家的最新成果，精心编撰，细心打磨，文字精炼，事例典型，能使每一个致力于孩子成才的父母，每一位为教育孩子成长苦恼的家长都可以从本套丛书中发现适宜教育孩子的不同方法和诸多措施，是一套家庭教育的优秀读本，适合不同年龄段孩子的父母学习和珍藏。

目　录

做一个心胸宽广的人

古人云："泰山不让土壤，故能成其大；河海不择细流，故能就其深。"意思是说：泰山之所以有这样的高度，是因为它不拒绝任何渺小土壤的堆积；河海之所以有这样的深度，是因为它们不拒绝任何细小溪流的汇入。泰山与河海正是由于具有宽容性，才形成了如今的规模。

可见，万事万物要想在自然界中有一个立身之地，一定要具有宽容性。宽容是一种美德，是一种海纳百川的大度，是对他人的释怀和善待。它就像催化剂一样，能够化解矛盾，使人与人之间和睦相处。

我们经常说："心有多大，舞台就有多大。"的确，纵观古今中外，凡是成大事的人，必定有宏大的志向；凡是有宏大志向的人，必定有宽广的心胸。一个人的心越宽容，舞台就会越大，人生就会走得越远。

高考临近，某中学需要借用考场，学生不得不放假5天。考虑到假期较长，各科老师在放假前都给同学们发了一份卷子，要求学生在家认真完成。

返校后第一节课是数学课，王老师开始检查试卷，个个过目，课堂气氛顿时紧张起来。有的学生没带试卷，有的学生没有全部完成，有的学生卷子是空白的。

当王老师检查到李红时，发现了问题：这份试卷是另一个班同学张燕的，可能是李红借来的。是当众点破，还是先弄清情况？王老师选择了后者，平静地问道："这份试卷是你的吗？"

李红怯怯地回答："是的。"

第二天上午课间操，李红来到王老师的办公室，她先问了几道难度较大的数学题，然后胆怯地拿出一份数学试卷，轻轻地说："王老师，这才是我的试卷，已经做好了。"说话时脸涨得通红，慢慢低下了头。

王老师听后，亲切地说："昨天你犯了一个错误，今天又主动来承认错误，两者互相抵消，知错就改，你仍然是一名好学生。其实，昨天我在课堂上就看出了破绽，因为班里每个学生的字我都能认得出来，我在等你来找我啊！"

气氛一下子缓和了许多，接着，李红说了她未完成作业的担心和昨晚的思考，渐渐地她的脸上露出了微笑。最后，她高高兴兴地回教室去了。

我们试想一下：如果那天王老师当众揭穿李红，她会无地自容，不仅自尊心可能受到极大的伤害，而且以后难以面对全班的同学。而王老师的宽容让李红不仅找回了自尊，还鼓足勇气承认了错误。

但是，无原则的宽容则是可不取的。宽容是有限度的。宽容也要讲究方式，宽容不等于纵容，宽容不能放弃尊严。如果不闻不问，放任自流，这样的宽容就变了味，成为错误的帮凶。

对于青少年来说，宽容是一门必须要学习的课程。青少年之间的友谊原本是很单纯、美丽的，它凝聚着我们的思想、情感。但在其中难免会出现冲突、摩擦，往往就是一

些鸡毛蒜皮的小事，断送了一段美好的情感、一段纯洁的友谊。

其实，这些不愉快的结果，只是青少年不懂得宽容别人、谅解别人所造成的。宽容是一种美德、一种修养，也是衡量一个人层次高低的标准，能够给别人一个改过自新的机会，同时也让自己少了一些烦恼。学会了宽容，人世间便会多了几分温暖。

退一步海阔天空

古往今来，凡有大作为、有大成就的伟人，都是胸怀开阔，能宽容别人的人。真正的强者，都能用宽容的态度来善待别人。

智者在遇到困难或感觉自己受到不平等待遇时，会说："没关系，我知道别人不是故意的……""人都会有失误，我不能责怪别人……"而愚者则只会大吼大叫："怎么搞的，这点小事都办不好！我不会原谅你的……"

通常智者都宽容大度，与愚者的锱铢必较形成了鲜明的对比。当然，宽容大度换来的会是感恩戴德，而斤斤计较、

锱铢必较得到的却是恼怒愤恨。

1. 用宽容来化解危机

人生在世，需要宽容的地方很多，很多误解和矛盾是无法避免的，如果心中没宽容，生活只会是处处充满危机，如同负重登山，举步维艰，最后，还会堵死自己的路。

宽容也门一种处世的学问。宽容地对待他人，一定能得到许多意想不到的收获。

下面几个小故事，说的就是这个道理。

孔子的学生子贡曾问孔子：“老师，有没有一个字，可以作为终身奉行的原则呢？”孔子说：“那大概就是‘恕’吧。”“恕”，用今天的话来讲，就是宽容。

三国时期的蜀国，在诸葛亮去世后任用蒋琬主持朝政。他的属下有个叫杨戏的，性格孤僻，讷于言语。蒋琬与他说话，他也不答。

有人看不惯，在蒋琬面前嘀咕说：“杨戏这人对您如此怠慢，太不像话了！”蒋琬坦然一笑，说：“人嘛，都有各自的脾气秉性。让杨戏当面说赞扬我的话，那可不是他的本性；让他当着众人的面说我的不是，他会觉得我下不来台。所以，他只好不作声了。其实，这正是他为人的可贵之处。”后来，有人赞蒋琬“宰相肚里能撑船”。

与他人相处时，要理解对方，宽容彼此不同的习惯。只有这样，我们才能拥有良好的际关系，彼此能融洽相处。

2. 得饶人处且饶人

古时，蔡州褒信县有一个道人，他的棋艺特别精湛。每逢下棋，总是让人先下，即使这样，他也从来没输过。道士自鸣得意，作诗云："烂柯真诀妙通神，一局曾经几度春。自出洞来无敌手，得饶人处且饶人。"

当时，"饶人"本指让人一步棋，发展到如今，"得饶人处且饶人"已成为表示尽量对人宽容忍让的成语。

人的一生很短暂，也就几十年的光阴，有多少有意义的事值得我们去追求，与其在不断的"斤斤计较"中浪费时间，倒不如心存一份宽容，"得饶人处且饶人"，与人一份宽容也是与己的一种仁厚。

我们在与别人交谈时，一定要学会克制自己，不能总想在嘴巴上占别人的便宜，否则时间长了，朋友就会逐渐疏远我们。在日常生活、学习中，有些人总是为一些小事争得不亦乐乎，这样的人，永远不会受人欢迎。

在日常生活中，一定要做到得饶人处且饶人，留一点余地给他人，给对方一个台阶下。否则，会让更多的朋友疏远自己。因为，在生活中，每个人都会有难堪的时候、做错事的时候、有求于人的时候，如果这时我们处在有理的一方、

得势的一方、管束人和裁决者一方，我们会怎样做呢？我们是有些得意，刻薄刁难，还是给人家一个台阶，放人家过关，不为难对方呢？

不同的人可能有不同的做法。一般来说，心胸狭窄的人总是喜欢为难别人，他们不愿意帮助别人，也不宽容或原谅别人。有时他们甚至会乘人之危，落井下石，这是很不好的。

其实，将心比心，宽容别人，不难为别人是一种美德。

凡事不斤斤计较，“得理也饶人”，给自己留条退路，让对方有个台阶下，为对方留点面子，这样，等到对方得理时，就会同样也给你留面子。要知道“得饶人处不饶人”，事事求胜不仅容易引起别人忌妒，有时候还会影响我们与他人之间的关系。所以，我们青少年要培养自己宽容的胸怀，才能与周围的人建立良好的人际关系。

忌妒人是一种小气的表现

忌妒是一种较普遍的社会心理现象，是一种影响团结，使力量内耗、损己害人的消极心理，它在人际交往中往往起着消极的作用。表现为别人在某方面优于自己，并认为可能由此危及自己的利益而引起忌恨与不满，这种情绪往往不是正面流露，大都是旁敲侧击；忌妒心理极欲排除别人优于自己的方面以解除心头的愤恨，从而达到心理上的平衡。

忌妒心，从本质上说是看到别人取得成功而产生的不适应感，是既不能正确评价自己，又不能正确评价他人的不健康心理。

具有忌妒心理的青少年，往往看不到别人的优点、长处，而总是挑剔别人的毛病，甚至颠倒黑白，弄虚作假，这对人际关系有着十分大的威胁。

小真和小陶两个人从小是好朋友，一直到上高中。由于小真长得比较漂亮、性格开朗，而且学习又好，所以班里的许多同学都愿意和她做朋友。而小陶长相、学习也不亚于小真，只不过是性格有点内向，所以在班里得不到和小真同样的“待遇”。

像小陶这个年龄段的人，喜欢拿自己同周围人进行比较，开始注意他人对自己的评价和对小真的评价。小陶感到委屈，心想为什么她能得到那么多同学的青睐而我却不能，心里越想越气。慢慢地，她便忌妒起小真来，而且开始疏远她，决定不再和小真做朋友，而小真却不知道小陶为什么要疏远她。

从故事中可以明显看出，小陶由于自己对朋友的忌妒而失去了最纯真的友情。她的这一行为不仅影响了自己的心情，还缩小了自己的交际圈，最终受损失的还是她自己。青少年时期很容易因一些如身体或学习上的原因而产生忌妒心理。

1. 青少年时期产生忌妒的原因

（1）青春期心理。忌妒心理并非天生就有，而是在后天的条件下逐步形成的。随着人不断地成长，青春期是一个自我认定的时期。青少年正是从这个时期开始发现自己内心世界，在此期间，青少年喜欢同周围人进行比较，开始注意外界对自己的评价和对别人的评价。

同时，他们的自尊心也明显增强。但由于其身心发育不成熟，他们最容易犯的毛病就是自我评价过高，自尊心过强。如果教师、家长引导不力，他们就会误入妄自尊大、唯我独尊的境地，人也会逐渐变得虚荣起来。这种唯我独尊、追求虚荣的心理很容易与尊重别人的心理产生冲突，变得不懂宽容待人。

（2）不适当的教育方式。有的家长常对自己的孩子说他在什么方面不如某某，使孩子以为家长喜欢别人而不爱自己，由不服气而产生忌妒的心理。

（3）自尊心过强。对于能力较强的青少年来说，会因为自己经常得到肯定而形成一种“惯性”，如果有一次没受到“重视”和“关注”，就容易产生忌妒的心理。

2. 如何克服忌妒心理

（1）认清忌妒。一个人不服输是进步的动力，但事事在人前，样样不服输，却是不可能的。人无完人，想通这一点，就会驱除忌妒的困扰。此外，忌妒的结果往往是损害别人，贻误自己。思想上深刻认识了，对其危害性了解了，才会在行动上与之决裂。

（2）自我驱除。忌妒是一种突出自我的表现。无论什么事，首先考虑到的是自身的得失，因而引起一系列的不良后果。若出现忌妒的苗头时，我们应该自我约束，摆正自身的位置，努力驱除忌妒心态，这样，就会变得“心底无私天地宽”了。

（3）要胸怀开阔，要有容人之量。俗话说："宰相肚里能撑船。"要心宽如海，宽容大度，才能消除忌妒。各人有各人的长处，不能因为自己有所短而害怕别人超过自己，你的成绩也不应该成为别人进步的障碍。对同学任何方面的进步要抱赞赏的态度。良好的心态，是一个人健康心理的反映。

（4）加强修养，克服私心。忌妒的发生是个人心理结构中"我"的位置过于膨胀。应有意识地多读一些情操高尚、内容丰富的书籍，加强思想修养，学会理智地对待事物。

（5）看到自己的长处，化忌妒为动力。一般而言，忌妒心理较多地产生于周围熟悉的年龄相仿、生活背景大致相同的人群中。因此，必须采取正确的比较方法。当别人在某些方面超过我们时，我们可以有意识地想一想自己比对方强的地方，这样就会使自己失衡的心理天平重新恢复到平衡的状态。

严于律己，宽以待人

“严于律己、宽以待人”，很多人都把这句话视为金玉良言，不但用来自我反省，而且还用来激励他人。

严于律己要求自己做一个负责任的人，对学习负责、对生活负责、对社会负责，同时还要对他人负责。宽以待人是一种美德的体现，它不仅体现了博大的胸襟、宽广的胸怀，更体现了一种高贵的自信，同时它还是一种难得的团队合作精神。我们青少年只有以更高、更严格的标准来要求自己，才能够在学习和生活中取得进步和发展。

有这样一个故事：

一位哲学家在海边目睹一条船遇难。船上的水手和乘客全部溺死了。他痛骂上苍的不公，只因为一个罪犯正好乘坐这条船，竟然让众多的无辜者受害。

当哲学家正陷入这种苦恼之际，他发觉自己被一大群蚂蚁围住，原来他站的位置距离蚂蚁窝不远。这时，有一只蚂蚁爬到他身上并咬了他一口，他立刻用脚踩死所有的蚂蚁。

天神在这个时候现身，并用他的拐杖敲着哲学家的脑袋说："你既然以类似上苍的方式对待那些可怜的蚂蚁，难道你还有资格去批判上苍的行为吗？"

人是感性的动物，对待事物、处理事情往往以看到的表象，依照自己的价值观和思维模式来判断，因此对待别人与要求自己就有了双重的标准。表现在日常生活中，一方面是用放大镜来观察他人的行为，说三道四，评头论足；另一方面却又放纵自己，对自己毫无标准可言。殊不知，我们在用放大镜对待别人的同时，别人也会用放大镜对待自己，由此产生的冲突可想而知。

在我们身边，有一些青少年时常抱怨学校缺乏一种和睦的、融洽的人际关系，抱怨同学之间缺少相互关爱、相互帮助的氛围，但是自己从来没有尝试主动关心别人，帮助别人。事实上，当我们主动问候对方，对别人微笑时，我们的

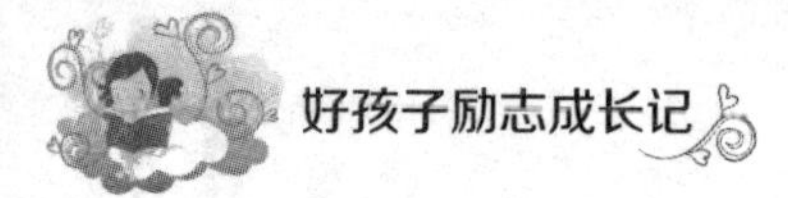

同学一定会回报自己同样真诚的问候和微笑。

俗话说得好："如果你想要别人怎样对待自己，你就要怎样对待别人。"改变我们身边的气氛很简单，从今天开始，只要我们在上学时主动地对他人点头致意，微笑着大声说出"早上好"这句话，放学时再真诚地说声"明天见"，那么，我们一定会得到同学回应我们的友善与关心，让我们的心情变得更好！

严于律己、宽以待人，是我们青少年在成长的过程中必须要学会的交际法则和自我约束能力。"严于律己"是一种严谨求实的学习态度，是一种积极向上的精神；"宽以待人"是一种谦逊有礼的风貌，是一种胸怀宽广的品质。只有做到这两点，才能真正体现出一个人完美的精神风貌。

严于律己要求我们对待自身要严格认真、一丝不苟，不论做什么事情，都要力求做到最好，尽自己最大的努力宽以待人要求我们做事问心无愧、坦坦荡荡，在先人后己的同时，还要学会换位思考，宽容地对待他人。只有把严于律己和宽以待人有效地结合起来，才能够成为优秀的人才。

宽容他人，快乐自己

有一位名人曾讲过这样一句话："生别人的气，就等于拿别人的错误来惩罚自己。"

宽容待人能化解矛盾。人的一生总是坎坷的，在这一生之中我们难免会因为一些事与别人发生争执。有的人认为自己是正确的，便毫不客气地与对方进行"交锋"。直至双方争执到面红耳赤；直至争执到对方理屈词穷、哑口无言时才肯罢休；如果是男生，也许还会大打出手。然而，结果又会怎样呢？也许两位同学多年建立的深厚友谊从此就出现了裂痕，严重的也许会发展到反目成仇。

这又何必呢？如果在事情发生之前，有一个人能主动宽容对方，主动向对方说声“对不起”，事情也许会有所改变。这样，你这种宽容待人的大度也许还会感化别人。这岂不是两全其美？

宽容待人能让人团结和睦。一个家庭有了宽容就会变得其乐融融；一个集体有了宽容就会变得团结友爱；一个国家有了宽容就会变得繁荣昌盛。古时，我国就已经有宽容待人这种美德的典范。像蔺相如，他为国家的利益着想，宽容廉颇对自己的百般刁难和侮辱，从而感化了廉颇，使得两人能齐心协力为国家做出贡献。

宽容待人等于快乐自己。宽容待人是一种幸福，是一种发自内心的快乐。当我们宽容别人时，也许我们是强制住自己心中的怒气。但是，当我们看到别人感激的眼神和幸福的笑容时，我们的怒气也就会随之远去，取而代之的是我们愉快的心情。因为我们用大度去宽容了他人，我们让别人有了灿烂的笑容。这就是真正的快乐！

其实学会宽容待人并不难，只要我们细心去积累生活中的点点滴滴；只要我们在生气时冷静想一想；只要我们用一种宽容大度的态度去接受别人，那么久而久之，日积月累，我们自然就会发现，宽容是一股神奇的力量，它能让天下人都露出灿烂的笑脸。

在溺爱、娇惯中长大的我们，大都以自我为中心，不管发生什么事情，首先考虑的是自己的感受，很少去考虑他人的感受，心胸比较狭隘，经常会因为一点儿鸡毛蒜皮的小事与他人发生矛盾、争执，更谈不上理解和宽容他人了。

心理研究小组曾经对中小学生做了一次抽样问卷调查，其中有这样一个问题："当你讨厌的同学需要你的帮助，而你有能力帮助他时，你会帮助他吗？"调查结果显示，表示愿意帮助的小学生、初中生和高中生的比例分别是59.8%、41.7%和37%。

还有这样一个问题："对于过去欺负过你或严重伤害过你的人，你会怎么办呢？"调查结果显示，有将近24%的学生表示很难原谅或绝不原谅，只有29.9%的学生表示会原谅，剩余的孩子则表示会原谅但不会忘记。

从这份调查结果中可以看出，从小学阶段到高中阶段，愿意帮助讨厌的同学的人数是递减的；有将近1/4的孩子不会原谅曾经欺负过或伤害过自己的人，还有将近一半的孩子虽然从表面上原谅了对方，但是却仍会记在心里。而更可怕的是，有的孩子受到了伤害，不仅无法原谅、宽容他人，而且

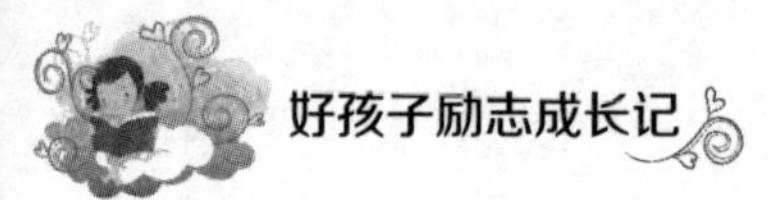

还会产生怨恨心理，甚至想办法报复他人。

曾经有这样一则新闻报道，黑龙江省东宁县某中学的一名学生，曾经获得学校“四小发明”的一等奖。有一次，某位同学欺负了他，他感到自己在其他同学面前丢了面子，便产生了报复心理。于是，他研制了一个“邮包炸弹”，将那位欺负自己的同学的双手拇指和脸部炸伤。

同学之间发生矛盾、摩擦是不可避免的，完全可以通过正常的途径来解决，怎么会产生如此强烈的报复心理呢？当我们将来走上社会，可能会面临更多矛盾、冲突，如果大家都不能相互谅解和宽容对方，那社会就不会安定、团结。

当我们无法宽容他人，并且以报复的心态去面对时，就会陷入无休止的烦恼之中，最终导致仇恨越来越深，既解决不了问题，又会堵死前进的道路。事实上，只有以一颗宽容的心去面对，才能化解矛盾，才能使前进的道路越来越宽广、越来越顺畅，而自己也会变得更快乐。

宽容就像一缕阳光，给我们带来了快乐、温暖，还有积极向上的人生态度。我们一旦拥有了宽容心，就具有了人际交往的一种大智慧，自然会赢得其他同学的喜爱和尊重，人生也会变得更精彩、更有意义。

海纳百川，有容乃大

宽容是藏在内心深处的爱心体谅，是一种智慧和力量。中国有句古话：“海纳百川，有容乃大。”宽容不仅是对生命的洞见，还是一种文明的胸怀。宽容是一种非常珍贵的情感，它主要表现为宽大有气量，不计较或追究，也包括对别人过错的原谅。

这种情感对于我们个性的健康发展，以及对良好人际关系的建立有着非常重要的意义。富有宽容心的青少年往往心地善良，性情温和，惹人喜爱；而缺乏宽容心的人往往性情

怪僻，易走极端，不易为人亲近，因而人际关系往往不好。

杨丽是一个脾气暴躁、容易生气的人，朋友很少，这令她时常感到孤独寂寞。有一次做课间操，解散后，她被同班的一个同学踩了一脚，那个同学赶紧向杨丽道歉，连声说："对不起，真的很抱歉，踩疼你没有？"还从口袋里拿出一包餐巾纸递给杨丽。

可杨丽不但没有理会对方诚恳的道歉，还说："你眼睛瞎了吗？这么大一个人站在你面前你看不到，真讨厌！"骂完后，杨丽又瞪了对方一眼，便愤愤地准备离去，这时周围的同学都愣住了，踩着她脚的那位同学被骂得满脸通红。

杨丽听到同学小声说了句："犯得着这么生气吗？只不过踩了一下脚，并且别人马上赔礼道歉了，她这人真小心眼儿！"

杨丽听完后就一直想不通，明明是别人踩了自己，可为什么大家还指责自己呢？

故事中杨丽之所以不被大家所理解就在于她的不宽容，如果她不反省一下，还一直这样下去的话，她的交际一定会受到严重的影响。忍让宽容是我国的传统美德。古语说的“得饶人处且饶人”“吃亏是福”“退一步海阔天空”等，均是这种精神的体现。

可是，现在的社会里，我们很多青少年似乎不懂得宽容的含义，常常“得理不饶人”。在日常生活中，青少年往往对于家人所犯的错误更容易大动肝火，或者说更容易因为看不惯家人的某些做法而发脾气，这种行为真是让人痛心。为什么就不能对家人宽容一些呢？

俗话说：“家和万事兴。”而宽容就是“家和”的根基。是父母把我们带到了这个世界上，给了我们温暖，是兄弟姐妹伴着我们度过了青春年少期，一起编织了梦幻般的童年，无论我们面临怎样的困难，遇到怎样的挫折，始终都是家人在为我们鼓气，我们发脾气的时候有没有想到过这些呢？

所以，对家人宽容一些吧，宽容能让家庭成员相互信任和团结、相互理解和包容，从而使家庭变得更加和睦。宽容父母的唠叨，宽容他们稍显落后的生活习惯，把这种宽容延伸到家中的每个角落。

宽容我们情同手足的兄弟姐妹，这份血浓于水的亲情将更加弥足珍贵。对家人多一些宽容，那我们便拥有了一个能

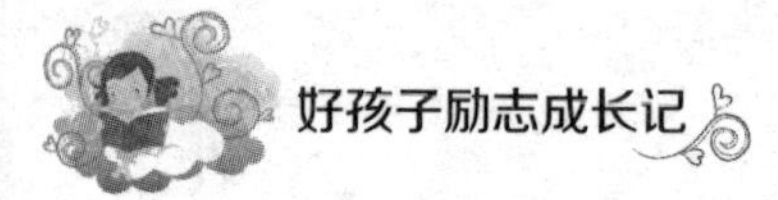

遮风避雨的港湾，风雨来临之时，我们就可以放心地躲在里面，一切烦恼就请将它留在港湾之外吧。

除了对家人宽容，还要对朋友宽容。正处于意气风发的青少年朋友，总是很容易偏激、暴怒、盲目行动，甚至“疾恶如仇”，不懂得珍惜和朋友之间珍贵的友谊，屡次因为冲动而和朋友闹得不可开交，这些都是幼稚的表现。所以，请时刻记住：学会宽容、善待他人。宽容是一种品质，令人钦佩敬仰，它不仅象征成熟，更代表了一种境界。青少年朋友，我们更应该具备这种品质，让自己稚嫩的心变得更加成熟稳重。

人生在世，能有一个志同道合的朋友相伴一生，这是多么的难能可贵！所以有句话说“财富不是一生的朋友，但朋友却是一生的财富”。虽然可能会发生争执，但都是建立在彼此真诚的基础上，有时候争吵还能让我们共同进步，所以对朋友要采取宽容的态度，因为一点小事就牺牲友谊，不是太不值得了吗？

对朋友多一些宽容，友谊之树才不会在时间老人的脚步里褪色，心灵之花也不会在季节的变幻里荒芜。朋友的指责、朋友的规劝，以及朋友的犀利言辞，只不过因为他想要帮助我们改掉身上的缺点。即使朋友真的做错了什么，但只要心是真诚的，就应该宽容他。

给朋友多一次宽容，就是给自己多一次机会。通过这一纽带，才会让我们更加同心协力地携手并进。不管以后的路是艰难还是困苦，总有一个人在身边陪伴着我们，这难道不是一种幸福吗？

宽容是一种救赎

宽容待人是一种美德，更是一种挽救。学会宽容待人能让我们快乐每一天，学会宽容待人能让我们与别人更好地相处，学会宽容待人能让我们活得更精彩有力。

麦德卢是17世纪中叶的意大利著名画家，他年轻时有相当长的一段时间，都只是在威尼斯的一家画廊

里做仿造世界名画的画师。相对来说，仿造显然比创作来得更轻松一些，尽管那可能随时会被各地的著名画家们告上法庭。

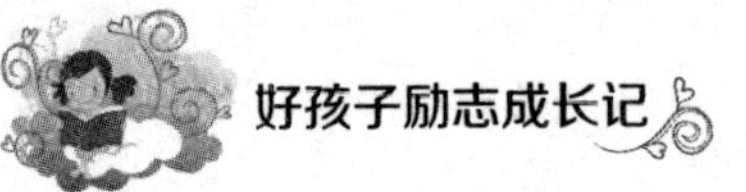

一天，麦德卢正在自己的画廊里仿造一幅名叫《提水的妇女》的世界名画，这幅画是西班牙画家迭戈·委拉兹开斯在3年前画的。

一天，麦德卢正对着印刷品仔细地画着，从门外进来一位外国游客，站在麦德卢的身后静静地看着他作画。威尼斯是一座美丽的城市，有许多国外商人或游客会来这里，也有许多人会从街上走进来观看他画画，麦德卢对此早已司空见惯。

当麦德卢把画中那位提水的妇女画出来以后，这位外国游客带着一丝失望的神色说："那一桶水是很重的，妇女的身体应该要更倾斜一些才对！如果想卖出更高的价钱，您必须要撕掉重新画！"

麦德卢觉得那位外国游客说得有些道理，于是就撕了那张画纸重新画了起来。这一次，他把画中那位妇女的身体画弯了一些，但那位外国游客似乎依旧觉得不满意，皱着眉头说："这位妇女站在房子里面，水的颜色应该更深一些才对！为了能卖更好的价钱，您必须要重新画！"

麦德卢惊叹于这位外国游客观察和欣赏的能力，于是决定重新画。三个小时后，麦德卢完全按照这位外国游客的提议把这幅世界名画仿造了出来，简直达到了可以乱真的效果。

"非常感谢您的意见，现在这画看起来果然很不错，它一定可以卖一个好价钱！”麦德卢说。

“是的，我也非常开心！这样子既不会太糟蹋我的声誉，又能为您带来高的收益！”这位外国游客说。

“您的声誉？”麦德卢不解地说，“很冒昧，但我不得不问一声，您的名字是？”

“迭戈·委拉兹开斯。”这位外国游客说。

麦德卢没有想到，眼前这位对画异常挑剔的游客竟然是画家本人。让他更意想不到的是，画家在说完后就要转身离开画廊。麦德卢有些诧异地问：“您不打算让法院制裁我吗？”

迭戈·委拉兹开斯笑笑说：“生活是艺术的土壤，虽然您只是在仿造艺术，但我依旧不希望因为艺

术而威胁到您的生活！”

迭戈对艺术的严谨入微和对他人的宽容大度让麦德卢羞愧不已。从此后，他再也不仿造别人的画作，

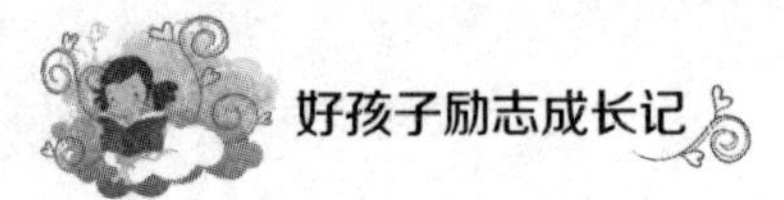

而把更多的精力用在了真正的艺术创作上，最终成为了意大利著名画家。

正像多年后麦德卢在自传里写的那样："是迭戈的宽容挽救了我！如果他选择让我受到法律的制裁，那我在艺术上就永远不会有什么成就。"宽容会带来心灵的升华，有时甚至会创造奇迹。宽容要做到以下几点：

（1）容忍别人的缺点。青少年朋友应该明白，人人都有缺点和不足，要欣赏、学习别人的优点，宽容别人的缺点。因为自己也可能有令别人讨厌的缺点，多一点包容也就是多给自己机会与别人好好地相处。世界上没有相同的两个人，每个人都是不一样的，所以要学会容忍。

（2）把复杂的事情简单化。作为青少年，如果与一个性格特别执拗的同学在一起，两个人都不懂宽容的话，那么矛盾就会越来越深。其实，这样的朋友也没有别的毛病，只是性格太执拗。要想包容他，我们就必须把复杂的问题想得简单一点，否则的话冲突会越来越激烈。

（3）不要记仇。仇恨会蒙蔽人的眼睛，仇恨就是人心里长的一个毒瘤，它会随着仇恨的增长而在体内长大，仇恨的人不懂得如何宽容、善待他人。

（4）善于理解别人。他人无意或过失伤害了自己，不予计较和追究，原谅、宽容他人的错误和过失，哪怕是他人故意刁难。要多站在对方的角度考虑问题，善于理解他人，这样才能更好地宽容对方。

简单的人轻松快乐

什么是快乐？这个问题就像是哲学里“人为什么要活着”的永恒命题一样，可能永远找不到答案。不得不承认，很少有人发自内心地去感受快乐，很多时候，嘴角的笑容只是为了掩饰自己复杂的内心世界。这个世界其实很简单，只是人心变得很复杂。所以心简单即会快乐。

生活是极其美好的，享受生活并不是富人的权利，无论你处于什么样的困境里，即使你只是一个乞丐，也有权利享受生活。因为这是人与生俱来的权利，除了自己，任何人都不能阻止你快乐。

可是为什么有很多青少年都感觉不到快乐呢？生活在父母的宠爱之中、朋友的关怀之中、老师的帮助之中，还有什么理由不快乐呢？拥有那么多的爱，为什么总是要紧锁眉头呢？即使曾经受伤，曾经受挫，也不能阻止我们去享受生活啊！亲爱的朋友，让我们一起来看看大山里孩子们的快乐吧！

大山里有一群小孩，他们的父母都到外地打工去了。他们每天都要翻山越岭走很远的路去打水，然后在一个简陋的房子里一起做饭吃。

虽然吃的全是些粗粮和青菜，但是他们的脸上却总是挂着笑容。他们每天都快乐地结伴去破旧的教室读书。他们拿着摘的草药换来的一角、两角的零钱去很远的小镇买期待已久的《新华字典》，然后满足而又高兴地回家。

这是多么简单的一种快乐。青少年朋友们，想想那些大山里的那些孩子，我们不知道要幸福多少倍呢！所以放弃心中那些无谓的烦心事吧，做简单的人，将自己的生活化繁为简，相信我们一定能够获得快乐的。因为态度决定了我们的生活，快乐只与简单的生活同行，所以我们要把生活过得简单一些，不要把它复杂化了，这样就会发现生活原来如此美好。

很多青少年过早就发出感叹："累。"其实对于每个人来说，快乐并非遥不可及。只要简单生活，就能快乐地过好每一天。智者的简单，不是贫乏或者贫穷，而是达到一种去繁就简的境界。"放下就是快乐"，只要你心无挂碍，对什么都看得开、放得下，那么，快乐的白云就会飘荡在你的头上，快乐的鲜花就会绽放在你的身旁。

所以要想获得快乐，那就选择简单的生活吧！我们无法改变纷繁的世界，但是我们可以把握自己的心态。做任何事情不要勉强，不必追求极致。当然，凡事细心，这是好事，但不要过于小心，要不然就会造成思维局限，把本来简单的小事复杂化，使自己为琐事而疲惫。每个人的精力都是有限的，如果思想被局限在某个旋涡中，必定会失去很多快乐。

青少年朋友们，如果我们不能改变生活，那就改变我们自己对待生活的态度吧。很多时候，我们因为忙所以乱，因为乱所以烦。相反，因为想得少，所以简单；因为简单，所以才会快乐！拥有快乐人生，就要"一切从简"。

请舒展紧皱的眉头

积极乐观的人就像太阳，照到哪里，哪里就会有光明；走到哪里，哪里就会充满温暖。积极乐观的人总是给别人带来快乐。不是生活没有阳光，而是因为我们总是低着头，所以看不到阳光。世间不是没有绿洲，而是因为我们的心是沙漠，所以找不到绿洲。

苹果公司创办人乔布斯在美国斯坦福大学的演讲中，与同学们分享了他生命中的三个真实的故事："从贵族学校自动退学""被自己创办的苹果电脑公司开除""被医生诊断患胰腺癌。"

他说，"自动退学"是他最棒的决定，因为后来他转学了，学有兴趣的学科；"被苹果公司开除"是他最棒的遭遇，因为他后来重新创业，推出《玩具总动员》；"患胰腺癌"是他最棒的提醒，因为手术成功后，他懂得了生命的真谛。

不难看出乔布斯对于生活总保持乐观的心态，即便几经坎坷，他依然笑对生活。或许，正是他这种对生活乐观的态度使他带领苹果团队克服重重困难，不断推陈出新，带给世人一次又一次的精神冲击，让苹果成为当代不可或缺的流行符号。

所以，我们青少年也要保持积极乐观的心态，因为生活本来就充满了风险和挑战。我们必须要明白，不是每件事情都会有好的结果。痛苦、失败在所难免，但是好的方面总会比坏的方面多。当我们用积极的心态去面对的时候，就会发现，会有另外一种情况展现在我们的面前。

对于青少年来说，我们每一个人都应该用积极乐观的心态去面对生活中的每一件事，并且要勇于挑战自我。我们青少年从小就应该培养这种乐观积极的心态，因为这对青少年成长是很重要的。做一个拥有积极心态、乐观向上的人，这样就会少一些抱怨、少一些痛苦，多几分洒脱、多几分幸福……

任何事情都是具有两面性的，青少年朋友们要努力向积极的一面看。因为对于青少年来说，保持积极乐观的心态是迈向成功的基石。

有一个小孩，有一天，他抱着比自己还高的大提琴，迈着轻快的步伐走在走廊里，显得十分高兴。

于是一个长辈问道："孩子，你这么高兴，是不是刚拉完大提琴啊！"

他的脚步并没有停下，说："不，我正要去拉。"

后来他成了一个非常著名的大提琴家。

这个孩子之所以能成功，是因为他把音乐当成一种享受，而不是一种负担，所以他轻松快乐地去拉琴。相反，现实生活中，有很多事情，我们只是看到它的困难和枯燥，却未从长远的角度去看它的价值。譬如学习，很多青少年都觉得学习是一件没有任何乐趣可言的事情，所以没有努力地把精力投入学习中去。

相反，那些把学习当作快乐之事的人，却在学习中获得了无限的乐趣。所以不论何时何地，作为青少年，我们应该端正自己对生活、对学习的态度。凡事采取积极的思维，积极的语言，积极的行动。哪怕是一个积极的微笑，一个积极的手势，或者一次积极的暗示，都会有助于我们形成积极乐观的心态。

心宽快乐自相随

法国一位文学大师曾说过："世界上最宽阔的是海洋，比海洋宽阔的是天空，比天空更宽阔的是人的胸怀。"拥有宽阔胸怀的人，能包容人世间所有的喜怒哀乐、酸甜苦辣。只有敞开自己的胸怀，才会快乐。宽容是让人拥有快乐的一种方式。

很多时候不是烦恼太多，而是我们的胸怀不够开阔，其实，世界上幸福的人，不是拥有的太多，而是计较的很少。不是我们的烦恼太多，而是我们的胸怀不够开阔。敞开胸怀，就会发现，原来世界这么美好！

有这么一个故事：

从前有一位著名的哲学大师，在他的众多弟子中，有一个弟子经常牢骚满腹，怨天尤人，不是抱怨别人对他不好，就是抱怨饭菜不合口味。

哲学大师为了开导这个小肚鸡肠的弟子，就叫他到市场中去买盐。盐买回来之后，大师吩咐这个每天都不快乐的弟子抓一把盐放在一杯水中，然后喝掉它。“味道如何？”大师问。

这位弟子皱着眉头说：“咸得发苦。”大师又叫他抓一把放在缸中，再叫他尝尝味道，弟子说：“有一点点咸。”

大师又吩咐弟子把剩下的盐都放进附近的湖里，然后又叫这位弟子去尝，这个弟子捧了一口湖水尝了

尝。大师问道："什么味道？"

"好像一点咸味也没有。"弟子答道。

哲学大师教导这个弟子说："一个人生活中的不快和痛苦，就像这盐的咸味。我们所能感觉和体验的程度取决于我们将它放在多大的容器里，所以，当我们处于痛苦时，请保持开阔的胸怀。"

是的，你的胸怀就是你生活中的容器。在成长的道路上，青少年会遇到很多的烦恼和困惑，当你感觉命运对你不公的时候，当你感到不尽如人意的时候，你就要不断地放宽自己的胸怀。因为在宽广的胸怀里，一切不快和痛苦都显得那么微不足道；在宽广的胸怀里，你将会感觉到快乐。

世间万物中，大海之所以能成其大，就在于它有一个宽广的胸怀。同样，人也应该有一个宽广的胸怀，这样才不会被世俗困扰和烦心。只有这样，才能拥有快乐的心境，从而快乐地生活。

当你以宽广的胸怀去面对这个世界时，你就会有另外的一番感受，何必让自己的心处在阴晦之中呢？给自己的心开一扇窗，让阳光进来。当明媚的阳光抚慰你时，你会有一种别样的感觉，那就是拥有了阳光心态。

敞开胸怀，放飞心灵，亲爱的青少年朋友，请放宽胸怀吧，让所有的不快即刻消失，我们的整个灵魂也会随之振奋起来。

学会掌控自己的情绪

有句名言说：我们无法拯救这个苦难的世界，但我们可以选择快乐地活着。快乐是自己内心的一种感觉，不是由别人来控制和决定的，它是可以选择的，不管在什么时候，我们始终有这个权利。只要我们愿意，快乐会伴随我们直到永远。我们自己的心情自己可以掌控。

世界台球冠军争夺赛在美国纽约举行时，选手路易斯·福克斯的成绩远远超过其他对手，也就是说他再得几分就会稳坐冠军宝座。然而，就在他准备比赛时，一件意外的事情发生了。

有一只苍蝇落在了台球上，此时路易斯·福克斯只是挥手赶走了苍蝇，然后伏下身准备击球。可是当他将目光落到主球上时，那只苍蝇也落在了主球上。

在观众的笑声中，路易斯·福克斯又去赶苍蝇，他的情绪也受到了影响。可是这只苍蝇似乎故意要跟他作对，他一集中精神准备击球，苍蝇就又回来干扰他，这使得场下的观众大笑不止。

这时，路易斯·福克斯的情绪已经坏到了极点，他已经失去了冷静，愤怒地用球杆去打苍蝇，可是却不慎碰到了台球，被判为击球，从而失去了一次机会。

当时他的对手约翰见此情景，信心大增，最终超过了路易斯·福克斯，登上了冠军宝座。比赛结束后的第二天，人们在河里发现了路易斯·福克斯的尸体，他投河自杀了。

从这个故事可以看出，路易斯·福克斯由于无法控制自己的情绪和心情，所以输掉了比赛，还丧失了宝贵的生命。可以说，他并不是缺乏赢得冠军的实力，而是心理不够成熟，不懂得如何驾驭自己的情绪，被一些小事影响了心情，

从而情绪失控。

现实生活中，很多青少年也是因为不懂得控制自己的情绪而给自己带来了无尽的烦恼和痛苦。有些人因为过分注重别人的评价而变得疑神疑鬼、闷闷不乐，甚至自卑。其实大

可不必这样，自己就是自己，不必过于在乎别人怎么想、怎么看。要做自己情绪的主人，自己的快乐自己做主。

青少年朋友们，当发现自己的情绪无法控制时，不妨尽快离开刺激情绪的环境，或想一想明智的人在这种情境中会扮演怎样的角色，或设想自己已解决了一个难题且处在喜悦中，或向有同情心的人倾诉自己的想法。

如果你不能控制自己的情绪，反而被情绪所控制，那么就不会有成功的希望。宣泄对于抚慰一个人的心灵创伤来说是极为有益的。人总是有喜怒哀乐，遇事不顺心，发一通脾气，冒一顿火，亦算不得大错。但凡事有个“度”，应当把自己的情绪限制在无害的范围之内，不能因发怒而伤害自己或他人。

如果有了烦恼，应尽量克制自己的情绪，并将注意力转移到学习、娱乐或其他感兴趣的方面，这样就不至于越想越别扭、越想越伤心。凡事一味固执，肯定烦恼重重；能伸能

屈，能进能退，自然轻松自在。如果有了烦恼，应主动地找知心朋友谈心，发泄郁闷，消除紧张的心理。可与朋友讨论有意义的问题，转移注意力，遗忘痛苦。若我们得到朋友的劝告，就能开阔思路，更理智地对待不良情绪。若我们受到朋友的鼓励，就会产生战胜不良情绪的勇气和信心。

青少年要善于控制自己的情感，约束自己的言行，对盲目冲动和消极情绪的高度自制是成功的重要因素之一。有了烦恼，如果只盯着烦恼，就会使自己更加烦恼，倘若勇敢地去与烦恼抗争，那么烦恼就会消失。

那么，怎样做自己情绪的主人呢？

第一，当我们有情绪时，首先应该接受情绪带给我们内心的那一种感觉，想想在这种情绪下可以做什么、不可以做什么，心情不好时避免做重要的决定。

第二，心情不好时，我们可以尝试用一个词汇把这种情绪表达出来，如痛苦、愤怒、焦虑、紧张、恐惧、惭愧、悲伤等，在准确地表达出这种情绪以后，我们就会自动去寻找解决的方案。

第三，认识负面情绪的价值和意义，并加以运用，使自己处理不良情绪的能力能够得到一定的提升，比如有的人看到狗以后会感觉恐惧，其实恐惧并不全是坏事，它可以影响我们的防御机制，让我们在危险的时候保护自己。

第四，当我们内心有情绪时不要忍着，那样会造成心情不稳定，也不要逃避，而要想一些积极有效的方法，如使自己忙碌或其他的方法来避免不良情绪的困扰。

第五，要学会幽默。幽默是一种特殊的情绪表现，也是人们适应环境的工具。具有幽默感，可使人们对生活保持积极乐观的态度。许多看似烦恼的事，用幽默的方法应对，往往可以使人的不愉快情绪荡然无存，从而变得轻松快乐起来。另外，要培养和保持良好的情绪，做情绪的“主人”，拓展健康的兴趣爱好，树立远大的志向也是很重要的。我们应当做到以下几点：

一是写下来。把心中的不快诉诸笔端，是一种很好的宣泄方式。人的一生中会留下许多记忆，无论是喜是悲，时隔数年或数月，当你翻开日记本或以前写过的东西，就会回忆起以前的心事，能看到自己成长的脚印。

二是动起来。一个人情绪低落时，往往不爱动，越不动，注意力就越不易转移，情绪就越低落，容易形成恶性循环。这时可以进行跑步、急走，或打球等活动，这样低落的情绪很快会被竞技的兴奋所取代。

三是自我暗示。有时，引起你情绪不好的原因很难排除。这时候，你就先接受它，然后进行自我暗示。常用的自我暗示的方法就是自我鼓励。例如对自己说：“我是最坚强的！”这种积极的暗示能够调节情绪。

总之，青少年在自己情绪不好时，应找出自己情绪不好的原因，努力排除它。当你情绪不好的时候，你要问一下自己：“是什么使自己不高兴？”然后想这件事是否真的有那么重要。即使它真的很重要，你也应该保持健康心态积极面对，完全没有必要被它困扰。

为已拥有的而开怀

有的人总是认为，世界上最珍贵的东西是得不到的和已经失去的。于是，拥有的想放弃，没有的想拥有，也许这就是生活。但生活也同时告诉我们，有些东西可能失而复得，如金钱、地位等，有些东西一旦失去，便不会再有，如健康、青春、生命。

好景不长在，好花不常开。生命对于每个人来说只有一次，已经逝去的犹如作废的支票，而得不到的就像期票。所以，现在所拥有的才是你实实在在的财富。

有四个年轻人，他们很幸运地得到了上帝的垂青。上帝说他们可以搭上一趟能够实现愿望的列车，去选择自己的将来。“愿望列车”一共有四个停靠站，分别是金钱站、亲情站、权力站和健康站。

他们可以根据自己的愿望选择一个停靠站，经过努力后，在这方面的发展就会特别顺利，直到成功，而其他方面则会相对弱一些。

于是，四个人便带着自己的梦想做出了选择。第一个人在“金钱站”下了车，第二个人在“亲情站”

下了车，第三个人在“权力站”下了车，最后一个人在“健康站”下了车。30年过去了，他们四个人不约而同地来找上帝倾诉。

第一个人说：“感谢上帝，我现在非常有钱，可以说富可敌国。可是年轻时为了挣钱，我几乎透支了青春，身体出现了很多毛病。而且由于常年在外经商，备受冷落的妻子也离我而去，工作的繁忙也让我疏忽了对儿子的管教，他现在好吃懒做，成了扶不起的‘阿斗’。我觉得很不幸，现在我能否用我的钱把那些幸福买回来？”

第二个人说：“我现在很幸福，有一个和谐美满的家庭，父母健康长寿，妻子温柔贤惠，儿女懂事孝顺。可是我也有很多烦恼，我没有过多的钱让操劳了一辈子的父母过上更好的生活，我的妻子从来没有享受过戴钻戒的快乐，儿女的单位也不是很好，而且他们为了结婚买房都欠了好多债。现在，为了让我的家人更幸福，我能用亲情来换金钱和权力吗？”

第三个人说：“我现在大权在握，虽然很多人都在我面前说讨好我的话，但是我知道在背后他们对我却是恶语谩骂。我身体上的毛病一大堆，遇上别人请吃饭不去还不行，不然会被别人说成是‘有点权力就摆谱’。若我坚持按原则办事，亲戚会说我六亲不认，朋友会说我不讲义气；若我徇私舞弊，心里又觉得不踏实，说不定还有牢狱之灾。现在，我多想拥有健康和亲情呀！”

最后一个人说：“我身体健康，从来没有去过医院，这一点让别人非常羡慕。可是我的妻子总是说我不求上进，没有魄力，像我这样一辈子也别想过上开私家车、住别墅的日子。我非常烦恼，我能不能用我的健康交换金钱和权力呢？”

上帝听了这四个人的倾诉后，指了指天空中自由

自在的小鸟，又指了指在笼中欢快跳跃的小鸟说：“其实人就像小鸟一样，天空中小鸟的快乐在于，它选择了自由，选择了与生活中的困难做斗争；而笼中小鸟的快乐在于，它选择了安逸的生活。所以，快乐源于自己的选择。”

看了这个故事，人们不禁深思：路，是自己选择的，也是自己走出来的。可是现实生活中，很多青少年就像故事中的四个人一样，很少感觉自己的生活是快乐的。实际上，快乐不快乐在于你如何看待自己的选择。选择是人生中的一大难题，没有人能替你解决这一难题，这需要靠你自己来解决。只要别让世俗的尘埃蒙蔽了眼睛，你就会发现，快乐其实就藏在我们身边的每一个角落，唾手可得。

有个哲人曾这样说过：“人性中最可怜的一面就是：我们总是梦想着天边的一座奇妙的玫瑰园，而不去欣赏今天就开在我们窗口的玫瑰。”也就是说，人总是企盼得到自己没有得到的东西，而对自己现在所拥有的一切却不那么珍惜。可是事情往往是这样的，拥有时不珍惜，一旦失去后，就后悔不已。

“我们很少想到我们有什么，可是总想到我们缺什么。”有位学者曾用这句话强调人们要珍惜自己拥有的。每个人都拥有让别人羡慕的地方，也许你自己觉察不到的某些东西，正是别人渴望拥有的。一切的拥有都是美好的和令人向往的，每个人都应当珍惜自己所拥有的。只有珍惜现在拥有的你才能拥有希望，拥有快乐。

保持一颗平常心

青少年朋友，你有烦恼吗？也许你会说：有很多呢。其实，世间本无事，庸人自扰之。那么，作为青少年，我们该怎么做才能不扰乱自己呢？那就要保持一颗平常心。

平常心，表面上看起来是简单的三个字，但在现实生活中，却是人人都难以超越的一道坎。因为很多人并不懂得什

么是真正的平常心，也并不知道如何才能保持一颗平常心。

朋友曾经问卡尔：“卡尔，你为什么事情发愁呢？”他的忧虑实在太让人觉得不可思议了：他觉得自

己太瘦了；他觉得自己在掉头发；他怕永远没办法赚够钱来娶个太太；他认为自己永远没办法做一个好父亲；他怕失去他想要娶的那个女孩子；他觉得自己现在过的生活不够好；他很担忧他给别人留下一个不好的印象……

总之，太多太多的担忧了。最后，他因忧虑而得了胃溃疡，无法再工作了。

于是，他就辞去了自己的工作。可是，在他辞去工作之后，他的内心愈来愈紧张了，最后像是一个没

有安全阀的锅炉，里面的压力终于到了令人难以忍受的地步。

后来，他回忆起当时的感觉时说："如果你从来没有经历过精神崩溃的话，祈祷上帝让你永远也不要有这种经历吧，因为没有任何一种身体上的痛苦，能够超越他自己精神上的那种极度的痛苦了。

“我精神崩溃的情况，甚至已经严重到了没有心情与我的家人交谈。我控制不住自己的思想，充满了恐惧，只要有一点点声音，我就会吓得跳起来。我躲开每一个人，常常无缘无故地哭。

“我每天都感到痛苦不堪，觉得自己已被所有的人抛弃了——甚至上帝也抛弃了我。我真想跳河自杀。”这是他当时内心的一种感受。

后来，卡尔经过一番深入的思考之后决定到佛罗里达州去旅行，希望换个环境能够对他有所帮助。他上了火车之后，父亲交给他一封信并告诉他，等到了佛罗里达州之后再打开看。

卡尔到佛罗里达州的时候，正好是旅游的旺季，因为在旅馆里订不到房间，他就在一家汽车旅馆里租了一个房间住了下来。

他想找一份差事，可是没有成功，所以，他把时间都消磨在海滩上。卡尔在佛罗里达州时的心情比当初在家里的时候更难过。后来，他想起了父亲给他的那封信，于是决定拆开，看看父亲到底写了些什么。

父亲在信上写道：“儿子，你现在离家1500千米，但你并不觉得有什么不一样，对不对？我知道你不会觉得有什么不同，因为你还带着你的有麻烦的根源，也就是你自己。

无论你的身体或是你的精神，都没有什么毛病，因为并不是你所遇到的环境使你受到挫折，而是由于你自身对眼前的各种情况的想象造成了你的这种状况。总之，一个人心里想什么，他就会成为什么样子。在你了解了这一切之后，就回家来吧，因为你已经医好了自己。”

此时的卡尔忽然觉得自己第一次能够很清楚且理智地思考，并发现自己真的是一个傻瓜——他曾想改变这个世界和全世界所有的人——而唯一真正需要改变的其实是自己。

青少年朋友们，这个故事告诉我们，我们内心的平静，我们从生活中所得到的快乐，并不在于我们在哪儿、我们有什么，或者我们是什么人，而只是在于我们的心境如何，与外在的条件没有任何的关系。由此可见，拥有一个好的心境是多么重要。如果拥有一颗平常心，生活中的一切都不会左右我们的情绪。

李嘉诚最大的快乐就是一个人在公园里转转。比尔·盖茨最大的快乐就是和妻子、孩子一起到小餐馆吃饭。这些我们在日常生活中最常见的事情，却成了他们最大的快乐。由此可见，真正的快乐源于一颗平常心。

保持一颗平常心，就要做到不因为外界事物的好坏或喜或悲，不因为自己的幸福或不幸而产生过于激动的情绪。也就是对待任何事物都宠辱不惊，去留无意，这样生活才能更加平静。

平常心是一种境界，有位哲人曾说：“本来无一物，何处惹尘埃。”这种超脱物外、超越自我的境界正是对平常心最好的解释。我们所要拥有的是一种积极的心态，用一颗平常心看待各种事情，这样每时每刻都能感到快乐，没有忧愁。

当厄运袭来时，唯有保持平常心，才能以冷静的态度去迎接挑战。因为良好的心态可以战胜任何艰难、挫折和压力。心态是我们真正的主人，它能使我们走向成功，也能使我们遭受失败。成功属于那些有平和心态并不断付诸行动的人。

生活就像大海一样，有时风平浪静，有时浪高风急。无论成功与失败，都要平静面对，不要让胜利冲昏头脑，也不要让失败影响情绪，学会用乐观的心情、美好的想法，突破重重阻碍，使自己不再因为困难而退缩，不要因为悲伤而失望，要时时刻刻保持好心情。

所以在日常的生活中，青少年要时刻保持平常心，失败的时候不气馁，成功的时候不骄傲，这样才能一步步迈向成功。

青少年要学会感受生活中的点滴，让充满压力的生活变得轻松些、自在些，放松自己的心情，释放自己的身心。要学会保持一颗平常心，因为保持一颗平常心，就能拥有宁静，走进心灵的阳光地带。

培养自己的积极心态

作为青少年，我们在现实社会中，难免会遇到这样或那样的矛盾、困难和问题，比如学习成绩不好、家庭和个人困难等。遇到这些问题时，以什么样的心态去面对，不同的人有不同的答案，得出的结果也大不相同。以积极的心态去面对，就能正确对待，妥善处理，获得新的机遇，有所作为；以消极的心态去面对，就会感到社会不公或心理不平衡，从

而对自己失去信心，也失去了快乐。

小丽和小华是一对非常要好的朋友。她们在一个

班学习，并且考上了同一所高中。升入高中后，由于教师的教学方法发生了变化，她俩对学习表现出不同的态度。小丽虽然感到老师的教学方法跟以前的老师不一样，但她很快调整自己的心态，慢慢地适应了新老师的风格。

而小华，从一开始就十分不适应，导致学习成绩下降，从初中时的全年级前几名落至现在的141名。她痛苦地说："17年来我第一次感到自己的无能，每当看到父母期望的目光，我就非常难过，不知如何做才能达到父母的要求。如今，苦闷、烦恼、忧愁、气愤充满头脑，我看见书就又恨又怕，真想把它扔掉。"

在遇到矛盾、困难和问题时，如果我们只是一味采取消极的态度和不平的心态去看待和处理的话，那就会对社会、对人生产生不满情绪，从而导致认识上出现偏差和错误，进而影响自己原有的正确信念，形成恶性循环。

由此可见，消极情绪是十分有害的，需要我们青少年予以重视。我们要下功夫克服消极情绪，以积极的心态面对一切。我们青少年要以积极的心态来面对生活和学习，这样有助于培养积极乐观的情绪。我们应当把握好自己的情绪，做情绪的主人。

积极的心态会使青少年感到幸福，并且懂得人生的意义。如果此时你正为自己处于情绪的低谷而悲哀，如果你还为自己的胆小卑怯而烦恼，那么，请将这些丢到一旁，重新

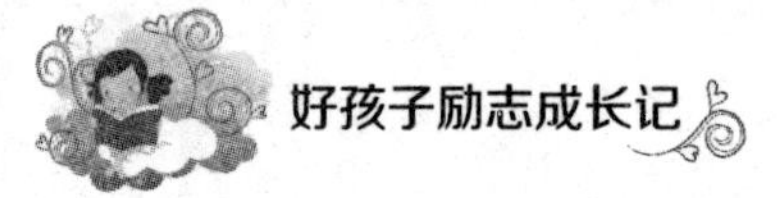

培养自己的积极心态。下面这些方法可为大家提供帮助。

第一，重新塑造自己心中的偶像。这样可使你的言行像你心目中所希望的那样。积极心态的培养与行动密切相关，没有行动，任何想法都是空谈。

你心目中的偶像可以是一个人，也可以是一类人。可以是具体的，也可以是抽象的。在你的头脑中树立积极乐观的形象，在做任何事的时候，告诉自己，所做必须与心目中的形象相一致。

第二，把自己看成成功者。大多数青少年遇到令人沮丧的事情时，整个身心都沉浸在痛苦之中。如果此时你对自己大叫一声："我不是失败者，我是以后的胜利者。"你的精神将为之一振。

第三，学着用美好的心情去感染别人。许多人喜欢带着快乐的心情去和别人交往，把快乐传递给别人，这样的连锁反应既能让自己感觉到快乐，也能让别人变得快乐。因此，尝试着改变自己的心情，当你用微笑告诉别人你的心情时，别人同样会以微笑回报你。

第四，要学会给予和奉献。给予和奉献是人类的一种美德，但你想到过给予和奉献会激发你的热情吗？给予和奉献能够体现一个人的道德品质，也能体现一个人的社会价值。同时，给予和奉献能带给人愉快的心情。当你帮助别人时，自己的心情也会变得愉快。

第五，要心怀感激。生活中多一分抱怨就多一分烦恼，当我们以感激的心情面对周围的人和事时，心也变得很宽。

有一位哲人曾说过："在这个世上，没有任何人应该为你做什么事。"因此我们要心怀感激之情。

第六，不要经常说消极的话。经常抱怨的人总喜欢说一些"我真累""我真痛苦""我好郁闷"之类的话，这种消极词语会消磨你的自信和激情。

第七，常常进行自我激励。当你胆怯的时候，学会给自己打气，如"别害怕，一定会过去"。当你遭遇失败的时候，告诉自己："别灰心，胜利最终属于我。"当你犹豫不决时，给自己强行下一个命令："拿出你的魄力，别再磨磨蹭蹭的。"自我激励是一个持续性的过程，只有坚持到底，心态才会完全转变。

我们青少年要在现实社会生活中始终保持平常心、进取心，从而使我们的学习和生活更加快乐、更有价值。

培养自信的心理

在生活中，有许多人都不敢去追求成功，不是因为他们追求不到成功，而是因为不自信导致他们在心里默认了一个高度，这个高度常常在他们的潜意识中暗示：成功是不可能的，这是没有办法做到的。

“心理高度”是人们无法争取伟大成就的根本原因之一。我要不要跳？能不能跳过这个高度？我能不能成功？能有多大的成功？这一系列的问题都取决于自我暗示。

事实上，一个人在自己生活经历中如何认识自我，在心里如何描绘自我形象，也就是他认为自己是个什么样的人，成功或是失败的人，勇敢或是懦弱的人，在很大程度上将会决定他的命运。或许渺小，或许伟大，这都取决于人们的心理态度如何，取决于人们能否靠自己去奋斗争取，也就是要有自信心。

要知道，自信心是一个人做事情与生活下去的支撑力量，没有了这种信心，就等于自己给自己“判了死刑”。

在这个世界上，只有自己才是自己最强大的敌人。很多时候，我们都是被自己的失败心理打败的，而不是被别人打败的。因此，我们要创造自信的自我，以此赢取成功。

在2012年的奥运赛场上，我们看到了许多因为不自信而失败的例子。我国女子举重53公斤级的选手周俊，因为年龄小，缺乏参赛经验，导致她在奥运赛场上表现极不自信。在报名成绩上，她不仅远远低于对手，被分到无望夺冠的B组；而且在比赛中，她也极不自信，连续3次没有举起第一把要的重量，以致在举重比赛中交了白卷，让中国在这个项目上与奖牌无缘。

相反，我国游泳女选手叶诗文，尽管年龄也不大，但是她有着极强的自信心，在游泳比赛中，接连摘得两枚金牌，让世界为之震动。她的自信发挥了重要的作用。

每个人都有一件至珍至贵的东西，那就是自信心。美国思想家爱默生曾说："自信，是使人走向成功的第一秘诀。"如果说你真正建立了自信，那么你就已经迈向了成功的大门。自信会使你创造奇迹。

古往今来，每一个伟大的人物在其生活和事业的旅途中，无不是以坚强的自信为先导。

拿破仑就曾宣称："在我的字典中，没有不可能的字眼。"这是何等豪迈的宣言。正是因为他的这种自信，激起了无比的智慧和巨大的潜能，才使他成为横扫欧洲的一代名将。

基恩博士是美国著名的心理医生，他常常对人讲这样一个故事：

在一个公园里，几个白人小孩正玩得高兴。这时，一位卖氢气球的老人推着小车进了公园。白人小孩一窝蜂地跑了上去，每人买了一个，兴高采烈地追逐着色彩艳丽的氢气球。

在公园的一个角落，蹲着一个黑人小孩，他羡慕地看着白人小孩在嬉笑玩耍，他不敢和他们一起玩，因为他们是白人，而他是黑人，他没有自信与白人小

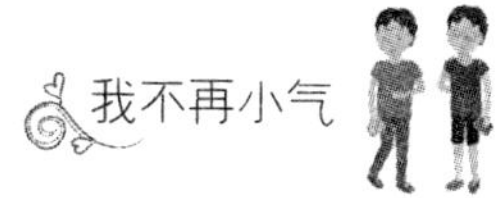

孩一起玩。

白人小孩高兴地到别的地方去玩了。当他们的身影消失后，黑人小孩怯生生地走到老人的车旁，用略带恳求的语气问道："您可以卖一个气球给我吗？"

老人用慈祥的目光打量了他一下，温和地说："当然可以。你要一个什么颜色的？"

黑人小孩鼓起勇气说："我要一个黑色的。"

满脸沧桑的老人惊诧地看着小男孩，然后给了他一个黑色的氢气球。黑人小孩开心地拿过气球，小手一松，黑气球在微风中缓缓升起，在蓝天白云的映衬下，黑色的气球成了一道别样的风景。

老人一边眯着眼睛看着气球升起，一边用手轻轻地拍了拍小孩的后脑勺，说："记住，气球能升起，不是因为它的颜色和形状，而是气球内充满了氢气。一个人的成败不是因为种族、出身，关键是他的心中有没有自信！"

那个黑人小孩便是基思博士自己。

只有相信自己，才能激发进取的勇气，才能感受生活的快乐，才能最大限度地挖掘自身的潜力。

自信，是一种感觉。人们拥有了这种感觉，才能怀着坚定的信心和希望，开始伟大而光荣的事业。自信能孕育信心，你能通过充满自信的活动使别人对你和你的意见产生信心。

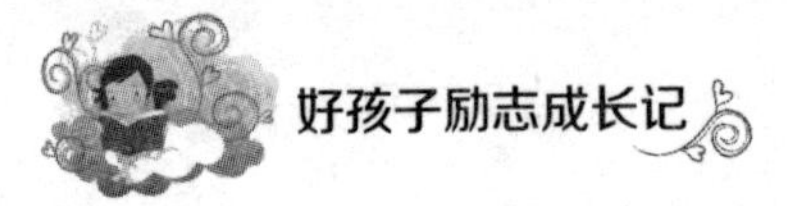

生活中的很多问题、困难，其实是来源于你的信心不足，你一旦获得了信心，很多问题就会迎刃而解。自信能使我们保持最佳心态，使我们增强进取的勇气。

自信，是一种美妙的生活态度，即便你说："我这人不想干什么大事，只想生活得快乐。"殊不知，想要生活得快乐，也要有自信。

人生的道路漫长，生活难免会有风雨坎坷，如果我们被困难和挫折所压倒，怀疑自己的能力，被自卑感所控制，我们就会觉得生活充满痛苦，前途黯淡无光，如此我们就会成为生活的奴隶，失去生活的乐趣；相反，在我们取得了一定成就，恢复了自己的信心后，就会感觉到自己有驾驭生活的能力，生活美好，未来光明，整个人生也会因此而充满了快乐。

其实，站在山顶和站在山脚的两个人，虽地位不一样，但在各自的眼中，对方却一样的渺小。所以，在生活中显赫也好，平淡也罢；尊贵也好，卑微也罢，这些都不是最重要的。最重要的是要拥有自信的态度，若我们每个人都真正建立了自信，那世界就会充满美好。

挖掘潜力的最佳法宝就是自信，我们只有坚定地相信自己，才敢于奋力追求，实现自身价值，才敢于去做事，才会激发自己的潜能。自信并不是一句空话，也不是自欺欺人。每个人都有非常充足的理由相信自己。

现代心理学、人类学都已证明人类存在着无穷的潜能。早期学者认为，一个正常人只运用了自身潜能的一半。后来的研究发现，一个正常人只运用了自身潜能的10%。现代权威的看法是正常人只运用了自身潜能的2%~5%。

这也就是说，那些最成功者，也只运用了自身潜能的5%；最失败的人，只要正常，也运用了自身潜能的2%。他们之间的差距不会超过3%。

苏联学者做了一个非常形象的说明：如果一个正常人发挥了自身潜藏能力的一半，那么他将掌握40多种语言，学完几十门大学的课程，可以将几个人高的全套百科全书背得滚瓜烂熟。既然我们都有如此巨大的潜能，那为何不能相信自己，尽最大可能挖掘自身的潜能呢？

300多年前，建筑设计师克里斯托·莱伊恩受命设计英国温泽市政府大厅。他运用工程力学的知识，

根据自己多年的工作经验，巧妙地设计了只用一根柱子支撑大厅天花板。一年后，市政府权威人士进行工程验收时，却说只用一根柱子支撑天花板太危险，要

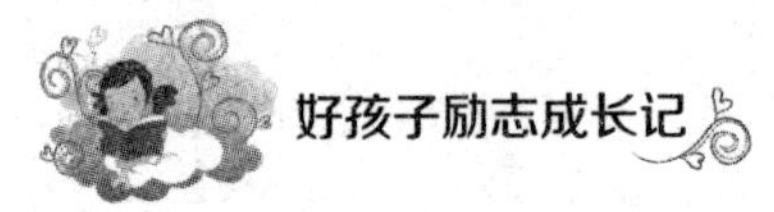

求莱伊恩再多加几根柱子。

莱伊恩坚信只要一根坚固的柱子足以保证大厅的安全，他的“固执”惹怒了市政官员，险些被送上法庭。莱伊恩很苦恼，如若坚持自己原先的主张，市政官员肯定会另外找人修改设计；如果不坚持的话，又有悖自己为人的准则。

莱伊恩在纠结了很长一段时间后，终于想出一条妙计，他在大厅里增加了四根柱子，不过这些柱子并没有和天花板接触，只是装装样子而已。

就这样300多年过去了，这个秘密始终没有被人发现。直到前些年，市政府准备修缮大厅的天花板，才发现莱伊恩当年的“弄虚作假”。

当消息传出后，世界各国的建筑专家和游客云集，当地政府对此也不加掩饰，在新世纪到来之际，特意将大厅作为一个旅游景点对外开放，旨在引导人们崇尚和相信科学。

莱伊恩并不是最出色的建筑师，但无疑他是一个很伟大的人，这种伟大表现在他始终坚持自己的原则，创造了自信的自我，自信使他拥有了勇气，勇气使他获得了人生的伟大成功。

我们每个人都不完美

人们常说："金无足赤，人无完人。"这句话的哲理非常深刻。我们每个人都是不完美的，我们需要正视自己身上存在的毛病和缺点，只有这样，你才会不断完善自己，不断地快乐进步。

生活不可能完美无缺，也正因为有了残缺，我们才有梦、有希望。当我们为梦想和希望而付出我们的努力时，我们就已经拥有了一个完整的自我。

生活不是一场必须拿满分的考试，生活更像是一个赛季，最好的球队也可能输掉其中的几场比赛，而最差的队也有自己闪亮的时刻，我们的所有努力就是为了赢得更多的比赛。当我们能继续在比赛中前进并珍惜每场比赛，我们就赢得了自己的完整人生。

我们不要求事事都顺心如意，但求问心无愧。现实生活中，没有任何一样事物是完美的，包括我们自己，得到的越多，失去的也就越多。因为种种原因，生活也许会带给我们很多不如意，可只要自己尽力了，自己问心无愧了，也就足够了。无论何时我们都应记住：这世间没有完美，无论人或事，我们能做到的，只有尽量向完美努力，因为这样的生活

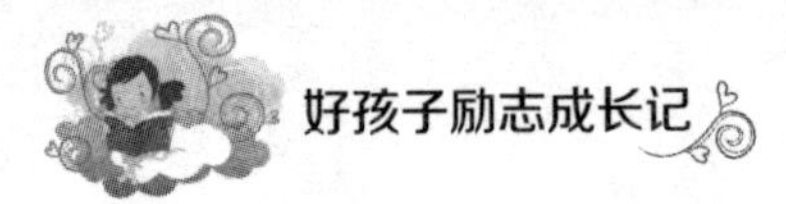

才会有意义，而不是非得到完美不可。

生活中，有很多人在追求完美，为了这两个字，不惜殚精竭虑，往往在经过一次次的试探后，才发现原来它根本不存在，充其量也只是人们生活中的一个可有可无的点缀品，为之奋斗，总是让他们吃尽了苦头。很多时候，他们总是过后才发觉，为了一个“最完美”，却遭受了自己本不该有的烦恼与痛楚。

完美与梦想不同，因为它太不真实；完美与美酒不同，因为它太无味；完美不像下棋，因为它不能重新来过；完美不像谜，因为它太通俗易懂了；完美不等于完美。时间不会有完美，而我们能做到的就是在无法悔过的时候去努力，在无法成功的时候去拼搏，在无法忘记的时候去遗忘！

完美，总是让人们那么期待，而这个期待却是没有尽头的，没有结果的，因为世界上根本就没有完美，如果有，也不过是虚幻之中的假设。追求完美的人，注定不堪一击，因为他们从来都没有想过完美是怎样的一种定义。

世间没有完美，任何事物都不例外。认识自我，是不以己之长，比人所短；也不妄自菲薄，顾影自惭。要知道，这世间没有完美，所以，每个人都要快乐地做好不完美的自己。过于刻意地追求完美，只会白白给自己增加更多的伤痛。

人的一生，不可能事事皆尽人意，也不可能事事完美。追求完美固然是一种积极的人生态度，但如果过分追求完美，而又达不到完美，人就一定会变得浮躁。过分追求完美反而会适得其反，变得没有一点完美可言。

“完美”，是一个颇具诱惑力的口号，却也是一个漂亮的陷阱，很多人就是这样一步步跌进“完美”的误区里，只不过这种误区出现时，常常以美丽的面貌向人们招手，以良好的状态开始作为引导，然后被逞强、虚荣所代替，心理上渐渐地磨出了老茧，而自己却还深陷其中，浑然不知。

人人都希望完美，但这只能追求而不能指望。最完美的人在悼词里，最完美的爱情在小说里，最完美的人生在梦想里。

一位七旬老人，一生孤独地流浪。

路人问他：“为何不娶妻成家？”

老人答道：“我在寻找完美的女人。”

路人反问：“那么，你流浪这么多年，就没有遇见一个完美的女人？”

老人悲伤地回答：“我曾经遇到一个。”

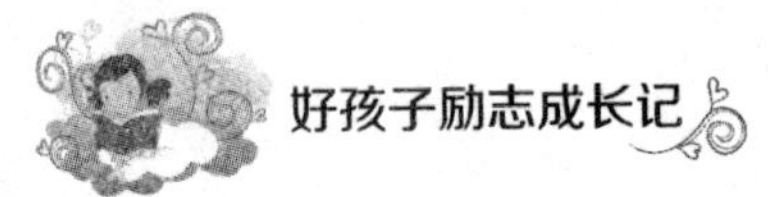

“那你为什么不娶她？”

老人无奈地说：“因为她也在寻找一个完美的男人。”

这个小故事讲出了一个道理：不管是谁，假使一定要寻找完美，那么，一辈子也寻找不到。世上没有完美的东西，“完美”只是虚构，凡事尽力就好，不要强迫别人或自己做做不到的事。要求越高，失望越大。

世界上根本就没有完美的东西，完美了反而是一种缺陷，有缺陷的东西才真正完美。人生更是如此，没有遗憾的

人，并不真正快乐。所以追求完美，其实应该是一种去接近完美的心态。

埃及的狮身人面像，由于拿破仑进军时被炸掉了一块鼻子，每当人们看见它的时候，总会抱着猜想的态度：它的鼻子是什么样子的呢？或许正是因为残缺的鼻子狮身人面像，

才会吸引大量的游客。

美神维纳斯，也是因为残缺的双臂而闻名于世，不知道有多少著名的雕塑家想修补她，可是他们无论做出怎样的手臂，维纳斯看起来都不如没有手臂的时候顺眼，这就说明了残缺有时也是一种美。

被人们公认的音乐天才贝多芬，年轻时就双耳失聪，上帝似乎也嫉妒这个年轻人，给予了他不公平的待遇，但是贝多芬没有被困难吓倒，双耳失聪反而激励了他，使他创作出了绝世音乐。面对残缺贝多芬没有退缩，反而勇敢地面对，也正是这残缺创造了一个音乐的天才。因此，残缺有时也是美的。

世界上没有完美的事物，更没有完美的人。可是人似乎生来就有一种追求完美的欲望，从呱呱坠地，在泪水中诞生，我们就发誓要把这哭声转化为获得完美时的欢乐。

看看周围的人们，天天都为了追求完美而不断努力，可是没有一个人觉得够完美了！这种追求就像中了大奖再去买彩票似的，周而复始！然而，人们却没有静下心来认真想一想，什么事都会像人想的那样美好吗？有好多人在追求完美的同时就已经失去了很多完美所不可缺少的元素。所以，不要刻意地去追求完美。

别让虚荣毁掉理智

很多人小时候都读过《白雪公主》这个童话故事，白雪公主的继母有一面神奇的魔镜，可以知道世界上谁是最美的女人。当这个恶毒的继母知道自己不是最美的女人，而白雪公主最美的时候，她对白雪公主进行了残忍的报复。这就是虚荣心在作祟。

虚荣心是一种表面上追求荣耀、光彩的心理。虚荣心重的人，常常将名利作为支配自己行动的内在动力，总是在乎他人对自己的评价。一旦他人有一点否定自己的意思，便认为自己失去了所谓的自尊而觉得受不了。

虚荣心是对荣誉的一种过分追求，是道德责任感在个人心理上的一种畸形反映，是一种不良的心理品质，其本质是利己主义的情感反映。

每个人多多少少都有点爱慕虚荣，每个人都不喜欢自己在任何方面低人一等，在一定限度的道德与法律范围之内的虚荣心是可以理解的，可是一个人过分虚荣，往往会从某种个人动机出发，追求一种暂时的、表面的、虚假的效果，甚至弄虚作假，欺诈行骗，完全失去了从行为的社会价值来评价自己行为的能力，其行为目的仅仅在于取得荣誉和引起普

遍注意，得到周围人的赞赏和羡慕。

一只雄孔雀的长尾闪耀着金黄和青翠的光芒，任何画家都难以描绘。它生性忌妒，看见其他羽毛华美的鸟就追逐它们。孔雀很爱惜自己的尾巴，在山野栖息的时候，总要先选择搁置尾巴的地方才安身。

一天下雨，雨水打湿了它的尾巴，捕鸟人就要到来，可是它还是珍惜地回顾自己美丽的长尾，不肯飞走，最终被捉住了。

这个故事巧妙地比喻了一些人为了没有意义的虚荣不惜牺牲自己的生命和自由。

当今一种普遍存在的虚荣是对名的“变态”追求，它会使社会形成不务实的浮夸之风，使个人丧失生活的基础，从而陷入钩心斗角之中，因为一个人的虚荣心和另一个人的虚

荣心是不能共存的，只有互相伤害。这样的故事古今中外举不胜举。虚荣貌似看重荣誉，但实际上是对道德荣誉的一种反动。虚荣的人为了表扬才去做好事，对表扬和成功沾沾自喜，甚至不惜弄虚作假。他们对自己的不足想方设法遮掩，不喜欢也不善于取长补短。

虚荣心重的人外强中干，他们不敢向他人袒露自己的心扉，怕给自己带来沉重的心理负担。虚荣在现实中只能满足一时，长期的虚荣会导致不健康因素的滋生。

实际上，虚荣心很强的人的深层心理是心虚。表面的虚

荣与内心深处的心虚总是在斗争着。因此，有虚荣心的人至少受到来自两个方面的心灵折磨，一是没有达到目的之前，为自己的不尽如人意的现状所折磨；二是达到目的之后，被唯恐自己的真相露馅的恐惧所折磨。因此，他们的心灵总是痛苦的，是没有幸福可言的。

有虚荣心的人为了夸大自己实际的能力，往往采取夸

张、隐匿、欺骗、嫉妒，甚至违法的手段来满足自己的虚荣心，其危害于人于己于社会都很大，我们极有必要克服虚荣心。虚荣心是可以通过自我调适来克服的：

第一，正确理解权力、地位、荣誉的内涵和人格自尊的真正意义，端正自己的价值观与人生观，努力追求真、善、美。

第二，要本着清醒的头脑，面对现实，实事求是，从自己的实际出发处理问题，摆脱从众的心理困境，克服盲目攀比的心理。

第三，过分追求荣誉，显示自己，会使自己的人格扭曲。崇尚高尚的人格可以使虚荣心没有机会抬头。同时，还要正确看待失败与挫折，必须从失败中总结经验，从挫折中悟出真谛，树立正确的荣辱观，塑造健康的人格。

第四，学习良好的社会榜样。从名人传记、名人名言中，从现实生活中，以那些脚踏实地、不图虚名、努力进取的革命领袖、英雄人物、社会名流、学术专家为榜样，努力完善自己的人格，做一个实事求是、不自以为是的人。

第五，对不良的虚荣行为进行自我心理纠偏。

如果一个人已出现自夸、说谎、嫉妒等病态行为，可以采用心理训练的方法进行自我纠偏，这种方法源于条件反射的负强化原理。就是当病态行为已出现或即将出现时，给自己施以一定的惩罚，如用套在手腕上的皮筋弹自己，以起到警示作用。久而久之，虚荣行为就会逐渐消失，但这种方法需要我们有超人的毅力与坚定的信念才能收到效果。

妒火是心灵的炼狱

嫉妒心是一种不良的心理，一位名人曾说过，“嫉妒是诸恶德里面最大的恶德”。嫉妒心是青少年学习与生活中的蛀虫，是破坏青少年间友谊与团结的腐蚀剂，其危害性非常大。

首先，它不利于我们学习进步，对人对己都是不利的。本来在学校中刻苦学习、勇于冒尖、敢当先进，这都是青少年学生的优良心理品质，但由于那些嫉贤妒能的人视他们为眼中钉、肉中刺，百般挑剔、极力贬低，使得一些青少年不敢在集体中冒尖。

其次，它破坏人际关系，影响团结，削弱集体的凝聚力。一个人深切地嫉妒他人时，可能会不择手段地散布流言、恶语伤人、挑拨离间、打击报复、互相倾轧，从而恶化整个集体的人际关系环境。

最后，它增加了嫉妒者内心的痛苦。嫉妒者比任何不幸的人更为痛苦，因为别人的幸福和他自己的不幸，都将使他痛苦万分。嫉妒者由于不能正确对待别人的进步与成绩，错误地认为别人的进步就是对自己的贬低，于是，在心理上自然产生一种痛苦的感觉。

这种消极的情绪反应长久下去将对人的身心健康十分不利，会引起多种心理问题与疾病。此外，嫉妒心不仅给嫉妒者造成痛苦与心理失重，同时也给被嫉妒者造成一定的打击。由此可见，嫉妒心是一种极其有害的心理，我们不可等闲视之。

有一个人，非常嫉妒他的邻居。他的邻居越是高兴，他越是不高兴；他邻居的生活过得越好，他越是不痛快。他每天都盼望他的邻居倒霉，或盼望邻居家着火，或盼望邻居得什么不治之症，或盼望下雨天雷能劈死邻居家一两个人，或盼望邻居的儿子夭折……

然而每次他看到邻居时，邻居总是活得好好的，并且微笑着和他打招呼，这时他的心里就更加不痛快，恨不得往邻居的院里扔包炸药，把邻居炸死……

就这样，他每天折磨自己，身体日渐消瘦，胸中

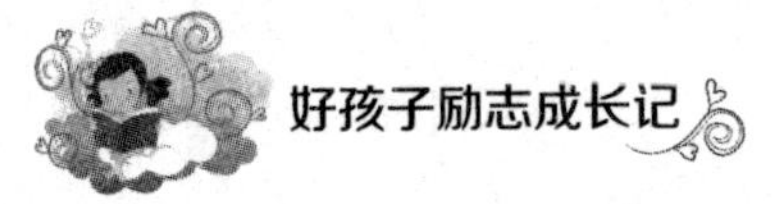

就像有一块石头堵得慌，吃不下也睡不着。

终于有一天，他决定给他的邻居制造点晦气，这天晚上他在花圈店里买了一个花圈，偷偷地给邻居家送去。当他走到邻居家门口时，听到里面有人在哭，此时邻居正好从屋里走出来，看到他送来一个花圈，忙说："这么快就过来了，谢谢！谢谢！"

原来邻居的父亲刚刚去世。这人顿觉无趣，"嗯"了两声，便走了出来。

这个故事中的那个人就是出于嫉妒，把自己置于一种心灵的地狱之中，折磨自己，但折磨来折磨去，却一无所得。

嫉妒是心灵的地狱。嫉妒的人总是拿别人的优点来折磨自己。别人学习好他嫉妒，别人长相好他嫉妒，别人身材高他嫉妒，别人风度潇洒他嫉妒，别人有才华他嫉妒，别人富有他嫉妒，别人当上干部他嫉妒……

德国有一句谚语："好嫉妒的人会因为邻居的身体发福而越发憔悴。"所以，好嫉妒的人总是在40岁时脸上就写满50岁的沧桑。要克服嫉妒心理，可以从以下几个方面着手：

第一，客观认识自我和他人。每个人都有优势和不足，既要看到自己的长处，同时也要正视自己的缺点，学会扬长避短，发掘并开拓自己的潜能，不断提高自己，力求改善现状，开创新局面。同时，要善于发现他人的优点，乐于接受他人，与人为善，并以此作为人际关系的准则。

第二，克服虚荣心和过分自我的心理倾向。自尊心追求的是真实的荣誉，而虚荣心追求的是虚假的荣誉。对于嫉妒心理来说，要面子、以贬低别人来抬高自己正是一种虚荣和空虚心理的表现。具有嫉妒心理的人往往非常自我，不能客观看待他人的成绩，总把他人当成是自己的威胁，他们只有跳出"过分自我"的圈子，才能摆脱痛苦。

第三，密切交往，加深理解。许多嫉妒心理是由误解产生的。嫉妒者误认为对方的优势会对自己造成损害，从而耿耿于怀。所以，我们要敞开心扉，主动接近朋友，加强心理沟通，避免产生误会，如果已经产生了误会也要及时、妥善地加以消除。

第四，学会公平竞争。竞争是激励人奋进的过程，而不是为了战胜某一个人，太过于看重结果，很容易引发不择手段、破坏规矩的恶性行为。我们要明白凡是竞争总有输赢，不要把目的只放在输赢上，而应该把重点放在过程上，从中发现输或赢的道理，体会竞争的乐趣，保持健康的心态。

阳光总在风雨后

有一首歌，相信大家都听过，就是《阳光总在风雨后》。这里面的歌词很让人有所感悟，“阳光总在风雨后，请相信有彩虹。”确实是这样的，我们青少年要在成长的过程中经历很多挫折很多风雨，如果没有办法积极面对，那么我们怎么能茁壮地长成一棵栋梁之材呢？

在人的一生中，成功之路并不是畅通无阻的，难免会遇到一些挫折，面对挫折和困难，心态积极、乐观向上的人会接受挑战、应对挫折，无论做什么事都会以愉悦的心情对

待，自然就有成功的机会，也可以说已经成功了一半。而消极悲观的人，总是怨天尤人、夸大困难，结果只能是碌碌无为，从而使自己的人生路走向下坡，掉进失败的深渊。

刘小平是独生子，聪明活泼，讨人喜欢，上初中时他的成绩非常好。父母对他要求严格，同时也非常爱他。然而，天有不测风云，在他中考前，父亲被诊断出了癌症，不久就去世了，母亲也因悲伤过度，卧床不起。一个原本幸福的家庭顷刻间土崩瓦解。刘小平无忧无虑的生活一下子变了颜色。他忍着巨大的痛苦参加完中考，结果可想而知。

看到要好的几个同学都进了重点中学，他灰心失望，伤心不已。随后，在亲戚的资助下，刘小平进入当地一家职业中学成为了一名职高生。在新学校里，刘小平虽然也认真学习，但他像变了一个人似的，常常独来独往，并不愿意与任何人交流。

他的这种反常态度很快被新班主任发现。新班主任李老师了解到小平的家庭情况，便经常找他谈话。

李老师对小平说："我们每个人成长的路上都会遇到很多很多的挫折和困难，但是，我们要相信，阳光总在风雨后，敢于面对困难和挫折，我们未来的生活才会充满阳光。而且，我相信，你的父母也希望你能够快乐地活下去，而不是永远闷闷不乐！"

在老师的帮助下，刘小平终于重新恢复了从前的快乐，他不仅很快学会了专业知识，而且还经常帮助别的同学。一学期下来，刘小平被光荣地评上了“三好学员”。在领奖台上，他告诉其他同学说：“同学们，请相信，阳光总在风雨后……”

人有旦夕祸福，月有阴晴圆缺，人生不如意之事十有八九。在现实生活中，每一个青少年都随时面临着困难、风险、挫折与失败，勇敢的人感恩挫折，失败的人抱怨命运多舛。美国小说家海明威说过：“人可以被毁灭，但绝不能被打倒。”在生活中，只要能够勇敢地去做，不管成功与否，总会有一些收获的，最重要的是拼搏奋斗的过程。

对于新一代的青少年来讲，勇于挑战困难的精神本身就是一种人格魅力，更何况是在逆境中挑战困难与挫折。要相信“梅花香自苦寒来”，没有河床的冲击，便没有钻石的璀璨；没有地壳的底蕴，便没有金子的辉煌；没有挫折的考验，也便没有不屈的人格。

在人生的道路上，谁都免不了碰上这样那样的挫折和困难，关键是如何对待它。法国小说家巴尔扎克说过：“苦难，对于天才是一块垫脚石，对于能干的人是一笔财富，对于弱者是一个万丈深渊。”

因此，挫折和苦难是信念、意志和能力的试金石；信念坚定、勇于接受挑战的人，能够紧紧地扼住命运的喉咙，从挫折和困苦中汲取成长的智慧，把人生路上的绊脚石变成垫脚石，最终成为人生的赢家。

没有过不去的火焰山

相信青少年朋友都看过《西游记》，大家都会被唐僧师徒四人执着的劲头所感动。《西游记》中有一章就是讲“火焰山的故事”。后来人们经常用“没有过不去的火焰山”来形容人们在面临困境和坎坷的过程中的一种态度。

如果一个人，跌落进一个黑暗的枯井里，在外援无法及时到达的情况下，是痛苦等待，还是想方设法自救？面对难以抗拒的命运，面对艰难险阻，是自怨自艾，还是自强不息？在现实生活中，不用到处寻找就能知道答案，我们需要做到的就是不怕困难，永不放弃！

永不放弃的例子不胜枚举，为了照顾生病的老母亲，大学生张尚昀白天外出打工，挣钱为母亲治病，晚上守着母亲挑灯夜读。美国总统罗斯福也是一位面对苦难坚强不屈的人。

1882年1月30日，富兰克林·罗斯福出生在纽约哈得孙河畔一个显贵的家庭里。命运赐给他的是英俊的容貌、善良的性格和聪明的天赋。

他14岁进入著名的格罗顿公学学习，4年后来到哈佛大学，并于1901年加入共和党人俱乐部，开始了自己的政治生涯。也正是这一年，他的堂叔西奥多·罗斯福成了美国历史上最年轻的总统。本来他的人生道路看起来是一帆风顺的，可是不幸最终还是降临到他身上。

1921年夏天，罗斯福带全家在坎波贝洛岛休假，在扑灭了一场林火后，他跳进了冰冷的海水，因此患上了脊髓灰质炎。高烧、疼痛、麻木以及终生残疾的前景，并没有使罗斯福放弃理想和信念，他一直坚持不懈地锻炼，企图恢复行走和站立能力，他用以疗病的佐治亚温泉被众人称之为“笑声震天的地方”。1924年，他又拄着双拐重返政坛，并在1928年成为纽约州州长。

政敌们常用他的残疾来攻击他，称这是罗斯福终生都不得不与之搏斗的事情，但是他总能以出色的政绩、卓越的口才与充沛的精力将其变成优势。

首次参加竞选，他就通过发言人告诉人们：“一个州长不一定是一个杂技演员。我们选他并不是因为他能做前滚翻或后滚翻。他干的是脑力劳动，是想方设法为人民造福。”依靠这样的坚忍和乐观，罗斯福终于在1933年以绝对优势击败胡佛，成为美国第32届总统。

在人生的道路上，他们选择了独立和坚强，选择了责任和担当。因为他们深深地明白，只要脊梁不弯下，就没有闯不过的坎；只要精神不垮掉，就没有解不开的难题；只要头脑不毁弃，就没有过不去的火焰山。

苦难显才华，好运隐天资。当我们向苦难和挫折俯首称臣的时候，常常错过了历练自己的机会。

对于逆境厄运，当代青年不应自嗟自伤，而应该像先贤教导我们的那样，学会对自己说：这没有什么了不起，坚持奋斗，生活总会好起来的。如果广大青年朋友们都能像上面提到的张尚昀那样，无论如何艰辛，都能承担责任，自重自尊，战胜困难，永不言弃，我们的理想必定会实现。

笑看失败是一种精彩

人们常说："失败是成功之母。"每一次成功的背后，都有无数次失败的支撑。在这个世界上，每个人都喜欢成功，不想失败。可是生为世人，需要为自己的追求而奔波四海，在这个过程中，多多少少地总会遇到一些棘手的问题致使你失败，也许你会因此而丧失信心，因此而一蹶不振。

青少年朋友，你此时的心灵、情感、梦想正在开始萌发，生活中的烦恼和迷茫就像是一夜之间从天而降。这时的你可能正被极度的自卑、沉重的压力、青涩的情感等困扰着，也许正想着如何逃避。其实，面对这些，最重要的是调整好自己的心态，勇敢地去面对，方能闯出属于自己的一片新天。

古人云："不经一番寒彻骨，怎得梅花扑鼻香。"失败是每个人都会遇到的，关键是你要怎样正确地看待失败，从失败中吸取经验和教训、把失败当作成功的阶梯，在这样的勇敢者面前就永远不会有失败；反之，被失败压垮或在失败中消沉，失败将紧随于你，使你的人生一事无成。

所以，面对失败，不要害怕，一切都可以重新开始，希望就在前方。保持一种乐观的心态看待失败，只有这样你才能永远立于不败之地。

人活世间，我们所走的历程，大部分是由层层叠叠的挫折、失败所堆积起来的。其实，失败都是常事，很多人都是在起落不定、得失无常中，感受着皆大欢喜、痛心疾首。或许我们很迷惘，或许我们很堕落，但在迷惘和堕落后，必须要恢复理智，好好面对现实、应变生活。

林肯是美国第16任总统，他出生时家境贫寒，终其一生都在面对挫败：8次选举8次都落选，两次经商

两次失败，甚至还精神崩溃过。好多次，他本可以放弃，但他并没有如此，也正因为他没有放弃，才成为美国史上最伟大的总统之一。以下是林肯进驻白宫前的历程简述：

1816年，刚刚7岁的林肯和他的家人被赶出了居住的地方。

1818年，林肯9岁的时候，母亲去世。

1831年，经商失败。

1832年，竞选州议员，但落选了；想就读法学院，但进不去，还丢了工作。

1933年，他向朋友借钱经商，但年底就破产了，接下来他花了17年，才把债还清。

1834年，林肯再次竞选州议员，这一次他赢了！

1835年，订婚后就快结婚了，但爱人却死了，因此他的心也碎了！接下来的一年，林肯精神几乎完全崩溃，卧病在床6个月。

1838年，林肯想争取成为州议员的发言人，但没有成功。

1840年，林肯再次争取成为选举人，仍然失败了。

1843年，参加国会大选，他又落选了。

1846年，再次参加国会大选，这次他当选了。前往华盛顿特区，表现可圈可点。

1848年，他寻求国会议员连任，可惜失败了。

1849年，想在自己的州内担任土地局长的工作，被拒绝了！

1854年，林肯竞选美国参议员，结果落选了。

1856年，在共和党的全国代表大会上争取副总统的提名得票不到100张，又失败了。

1858年，林肯再度竞选美国参议员，又再度落败。

1860年，当选美国第16任总统。

“屡败屡战，越挫越勇”，用这8个字用来形容林肯真是一点也不为过，他的一生是在接踵不断的磨难中度过的。但他都挺了过来，最后他获得成功。

还有一个年轻人的故事是这样的：

有个年轻人去微软公司应聘，而该公司并没有刊登过招聘广告。见总经理疑惑不解，年轻人用不太娴熟的英语解释说自己是碰巧路过这里，就贸然进来了。

总经理感觉很新鲜，破例让他一试。面试的结果

出人意料，年轻人表现得很糟糕。他对总经理的解释是事先没有准备，总经理以为他不过是找个托词下台阶，就随口应道：“等你准备好了再来试吧。”

一个星期后，这个执着的年轻人再次走进微软公司的大门，可惜这次他依然没有成功。但比起第一

次，他的表现要好得多。而总经理给他的回答仍然同上次一样："等你准备好了再来试。"

就这样，这个年轻人先后5次踏进微软公司的大门，最终被微软公司录用，后来他努力工作，成为公司的佼佼者。

由此可见，没有输过的人，不算赢家。事实告诉我们：失败是人走向成功不能缺少的经历，失败是人必须学习的一件事，不要用"不可能""不行"来否定自己，更不要害怕失败。挫折是暂时的，鼓起勇气，去战胜新的困难，去迎接新的明天。

只有仔细回味把握人生挫折，才能真正领会人生的乐趣；只有敢于挑战艰难挫折，才能真正地改变自己的命运；有成功与失败，有输有赢，才是完整的人生。也只有在战胜了人生挫折以后，才能使自己变得更加强大，真正走向成功。

而那种自甘堕落的态度只是对失败的一种逃避。身处挫败之中就必须以最大的勇气去作拼搏。

人生的困难和挫折对每个人来说，都是难得的考验。越是抱有远大理想的人，越会遇到更大的困难和失败。困难和挫折是自己的一面镜子，只有照到你，你才会看清自己、认识自己，从而得到进一步的成长。正如一位哲人所说：失败是人生中的引路灯，是指明成功方向的大坐标。

人的一生不可能是风平浪静的，总会或多或少地遇到一些阻止自己前进的障碍物。至于是搬开石头继续向前走，还是绊倒在一块石头上不起来，完全在于自己的态度。

同样是一次失败，有些人开怀大笑，认为那是自己最成功的事情，因为他很清楚，同一种错误他不会再犯第二次，所以他们总以“失败是成功之母”为座右铭；另一部分人，面对失败便心灰意冷，不断地回想着自己的失误，生活在回忆的阴影之中。

不经历风雨怎能见彩虹！失败是迈向成功的垫脚石。人在一个生命周期的轨迹里，必定要亲身经历多次失败，必定要经常品饮失败的苦酒，必定要时常抚摸失败的心灵创伤。一个人的一生，没有经历过失败的一生，是不完整的一生，是不成熟的一生。此时此地的失败不代表彼时彼地的失败，今天的失败不代表明天的失败。用这种泰然处之的心态对待失败，就会不停止地奋斗和努力，最终获得成功。

困难面前更要乐观

当你看到只有半杯咖啡时，你会怎么想呢？你会说“我还有半杯咖啡”，还是会说“我只有半杯咖啡”？“还有”“只有”仅一字之差，但表现出的却是完全不同的人生态度，一个是积极乐观，一个是消极悲观，而结果注定就是一个成功，一个失败。

在人的一生中，成功之路也不是畅通无阻的，乐观者因积极的心态，所以总是可以保持清醒的头脑，在危难中找到转机；悲观的人即使给了他机会，他的眼里也只看得到危难。

有一个美国女孩，在她小时候因一次意外，眼睛受了重伤，最终导致双目失明，但庆幸的是通过手术，她还能通过左眼角的小缝隙来看这个世界。面对生活给予的“礼物”，上帝赋予自己残缺的身体，她没有因此而悲观，不仅接受了现在的自己，而且更加坚定了要活下去、要活得更好的信念。

她很喜欢和小朋友们一起玩跳房子的游戏，为解决眼睛看不到记号的问题，只有努力把每个角落都记在脑子里，然后快乐得像个正常人一样。凭借着一股子韧劲，后来她去一个乡村里教书，在教书之余，她还在妇女俱乐部作演讲，到电视台里做谈话节目。

双目的缺陷并没有影响她的人生，相反，她以积极乐观的态度、努力奋斗的毅力获得了明尼苏达大学的文学学士及哥伦比亚大学的文学硕士学位。

她所著的自传体小说《我想看》在美国轰动一时，成为畅销名著，激励了无数人的斗志，她就是波基尔多·连尔。她曾这样说："其实在内心深处，我对变成全盲始终有着一种不能言语的恐惧感，但我也深知，这种恐惧不会给我带来一点益处，我只有以一种乐观的心态去面对这一切，激励自己，才能最大限度地改变现状。"

也正是她这种乐观的心态，不仅成就了她辉煌的人生，也使她在52岁时，经过两次手术，获得了高于以前40倍的视力，又一次看到了美丽绚烂的世界。

人们总是认为，个人的成功依赖于某种天分或某种优越的物质条件，但青少年却从波基尔多·连尔的身上看到积极乐观心态所带来的力量。试想，如果她在失明后自暴自弃，终日活在对老天不公平的抱怨中，还怎么去支配和控制自己的人生，又怎么能拿出勇气去克服困难，面对更残酷的命运？

随着信息时代的来临，社会的竞争也越来越激烈，对于

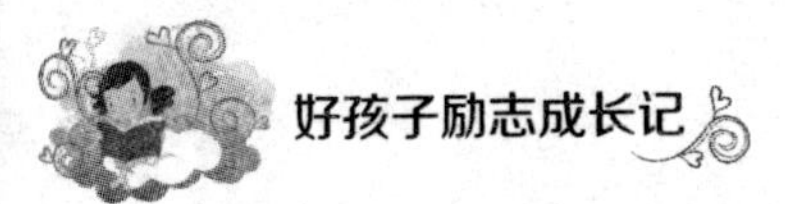

肩负使命的青少年来说，也将要面对更多的压力与挫折，用怎样的态度去对待生活也决定了日后会有怎样的未来。

生活中很多失败，并不是因为我们能力不行，而是由于自己的悲观。所以说困难并不可怕，只要你能乐观地看待所面临的一切，你就能站在巨人的肩膀上，获得比顺境更为强大的力量，看得更高走得更远。

渴望人生的愉悦，追求人生的快乐，是人的天性，每个人都希望自己的人生是快乐、充满欢声笑语的。快乐是一种积极的处世态度，是以宽容、接纳、愉悦的心态去看待周边世界的。

生活也是由哭与笑、风雨与彩虹、成功与失败组成的。而乐观与悲观，就像是阳光与阴影一样存在于我们的生活中。如何拥有乐观的心态，每天微笑着迎接风雨和彩虹，面对现实，面对困难和挫折，是我们青少年掌握人生命运所必须思考的问题之一。

面对现实，以及面临生存的挑战，怎样才能使自己的心理保持乐观的心态，使乐观成为不可或缺的维生素，来滋养自己的生命呢？

对于我们每一个青少年朋友来说，乐观两个字都是说起来容易做起来难。英国思想家伯特兰·罗素曾说过：“人类各种各样的不快乐，一部分是根源于外在社会环境，一部分根源于内在的个人心理。”

也就是说悲观随处可以找到，但要做到乐观就需要智慧，必须付出努力、敢于面对现实，才能使自己保持一种人

生处处充满生机的心境。

人们可以通过自身的努力去改变自己的生存状态，也可以通过自己的精神力量去调节自己的心理感受，让自己达到最好的状态。要拥有乐观的心态，必须让自己的眼光停留在积极的一面。就如太阳落山后，伴随着黑夜的来临，也还可以看到满天闪亮美丽的星星一样。

世界是向微笑的人敞开的。乐观是人快乐的根本，是困难中的光明，是逆境中的出路。乐观能让你收获果实，收获成功，改变现状。

以不同的心态去看待身边的事物，就会收到不同的效果。乐观的人总是能从平凡的事物中发现美。其实，生活中从来都不缺乏欢乐，只要你用心体会。正如一位智者所说的那样："一个人感兴趣的事情越多，快乐的机会也越多，而受命运摆布的可能性便越少。"

青少年朋友应该努力让自己拥有积极进取的阳光心态，乐观地对待生命中的风雨，发挥自己的优长，激励自己的热情，挖掘自己的潜能，昂首挺胸地走在光明大道上，接受生命的洗礼。

狂风暴雨之后的彩虹才会更美丽，只有经历破茧的痛苦，身体才能发生蜕变，所以请乐观地面对吧，明天会更美好，成功就在不远处。

谨以此书，献给那些充满小毛病并努力想改变坏习惯，在成长中烦恼和在痛苦中磨砺的青少年。

成长的确是一个艰难痛苦的蜕变过程，有的孩子成长或许非常顺利，有的孩子成长或许很不容易，愿您在成长中学会成熟，走上铺满鲜花的美好成长之路！

好孩子励志成长记

——超好看的励志分享——

做个受欢迎的自己

李丹丹◎编著

民主与建设出版社

图书在版编目（C I P）数据

做个受欢迎的自己 / 李丹丹编著 . -- 北京 : 民主与建设出版社 , 2019.11

（好孩子励志成长记）

ISBN 978-7-5139-2687-4

Ⅰ . ①做… Ⅱ . ①李… Ⅲ . ①人际关系—能力培养—青少年读物 Ⅳ . ① C912.11-49

中国版本图书馆 CIP 数据核字 (2019) 第 269529 号

做个受欢迎的自己

ZUO GE SHOU HUAN YING DE ZI JI

出 版 人	李声笑
编　　著	李丹丹
责任编辑	刘树民
封面设计	三石工作室
出版发行	民主与建设出版社有限责任公司
电　　话	（010）59417747 59419778
社　　址	北京市海淀区西三环中路 10 号望海楼 E 座 7 层
邮　　编	100142
印　　刷	三河市天润建兴印务有限公司
版　　次	2019 年 11 月第 1 版
印　　次	2020 年 1 月第 1 次印刷
开　　本	880 毫米 ×1230 毫米　1/32
印　　张	30
字　　数	756 千字
书　　号	978-7-5139-2687-4
定　　价	198.00 元（全十册）

注：如有印、装质量问题，请与出版社联系。

前　言

每一位父母都希望自己能培养出一个有出息的好孩子，然而随着孩子慢慢长大，父母们发现他们的这个愿望几乎是一种奢望。我们先不说那些不听话的孩子，父母难以管教。就是听话的孩子，他们的存在，也仅仅是为了获得老师的表扬、家长的奖励或是为了迎合其他长辈的种种期待，并不能算是真正意义上的“好孩子”。

换句话说，这类父母眼里的“好孩子”，其实早已失去了自我，他们只是活在大人为他们预设的期待里。这种好孩子是不真实的，他们只是在讨大家的“好”，是在为家长而活。我国社会目前这种培养孩子的方法，忽略了孩子的天性，束缚了孩子的自由成长，是对孩了不负责任的一种表现。

父母若想改变这种教育，真正对孩子负责，就要让孩子首先对自己负责，这是做人底线。没有对自己负责精神，何谈对别人负责，对家庭负责，对社会负责？

让孩子对自己负责，实际上是为了唤醒孩子的自我意识，把他们和别人分开，使他们懂得尊重自己，懂得珍惜自己的生命。同时，还要让孩子明白，犯了错误就得承担相应

的责任，并由此付出代价；知道自己成长过程中所要做的一切都是自己的事，比如上不上课，这与老师无关，与家长无关，与别人无关，只和他自己有关。

只有真正教会了孩子对自己负责，使他们知道自己现在该干什么，将来要做什么，心中有目标，奋斗有方向，实施有动力，并且踏踏实实，勤奋努力，永不懈怠，这样的孩子，才能算是好孩子，长大后才有可能成为有用之才。

那么，怎样培养真正意义上的好孩子，如何使他们健康成长呢？为了解答大家的疑惑，我们特地编辑了本套“好孩子励志成长记”丛书，包括《爸妈不是我的佣人》《做个内心强大的自己》《勇敢的做自己》《做个受欢迎的自己》《办法总比问题多》《再见了懒惰》《管理好自己的情绪》《我不再小气》《爸爸妈妈，我爱上了读书》《坏习惯，请走开》十册书，分别讲述了如何培养孩子良好品德、怎样提高孩子情商智商、如何培养孩子学习精神、怎样养成孩子独立生活能力等问题。可以说，是培养孩子成长的百科全书。

本套丛书综合国内外教育专家的最新成果，精心编撰，细心打磨，文字精炼，事例典型，能使每一个致力于孩子成才的父母，每一位为教育孩子成长苦恼的家长都可以从本套丛书中发现适宜教育孩子的不同方法和诸多措施，是一套家庭教育的优秀读本，适合不同年龄段孩子的父母学习和珍藏。

目　录

学会倾听，释放善意

有位哲人曾说过这样一句话：“上帝给我们两只耳朵，却只给我们一个嘴巴，意思是要我们多听少说。”这句话真切地告诉我们一个与人交往的法宝，那就是倾听。

心理学方面的研究证明，越是善于倾听他人意见的人，人际关系越是融洽。从某种角度来讲，倾听比话语更有力量。这种力量源于你对对方的尊重。为什么这么说呢？因为倾听本身就是对对方谈话的一种褒奖方式，耐心倾听等于向对方传输“你是一个愿意倾听他讲话的人”的信息。对方一旦得到了这种暗示，就会很自然地对你产生好感和信任。

一位著名学者曾说：“成功地交谈一点儿秘密也没有……专心致志地听人讲话这是最重要的。什么也比不上注意听是对谈话人恭维了。”

就人性的本质来看，我们每个人当然更为关心自己。每个人都喜欢讲述自己的事情，喜欢听到与己有关的事情，所以，我们要想使人喜欢我们，欢迎我们，那就请在滔滔不绝地表达自己时，别忘了用耳朵去听一听。

1. 辅以肢体语言

有些时候，我们的舌头或许能够说谎，但我们的行动绝对骗不了人。人们往往在不知不觉中把他们的意识和感觉像打电报似的发送出去，他们自己甚至也不知道。因此，我们都是在聆听及观看“完整的人”。

所以，真正的倾听要我们积极地用肢体语言表达出自己的关注。这些积极的肢体语言包括交谈过程中要保持面带微笑，千万不要显出心不在焉或很不耐烦的样子。

我们还要经常看对方的眼睛，尽可能以柔和的目光注视着对方，但不要自始至终盯着对方，同时也可以不时地说“好的”“对”等语言来表示自己在认真倾听。倘若对对方所谈到的内容比较感兴趣，可以先点点头，然后再简单地表明一下自己的态度，最后再说“请继续说下去！”这样会使对方谈兴更浓。

倾听的时候，我们的身体不妨稍微前倾，这会鼓励对方谈下去。千万不要做看表、修指甲、打哈欠等动作以免影响对方讲话时的心情。人人都希望自己讲话能引起别人的注意，否则，他还有什么兴趣讲话呢？

2. 不要急于下结论

在倾听的过程中，不宜过早做出结论或判断。当我们对某一事件下了结论时，就会产生对该事的判断，这时以自我为中心的思想就会发生作用，导致自己不再认真倾听他人的话语了。况且，当我们未听完对方的全部话语就下了结论，这时所得的结论往往是错误的结论。这不仅影响双方相互交往，还可能会伤害到对方。因此，我们要等到说话者完整地传递了信息之后，再做出判断。

3. 体会对方的情绪

其实，在人际交往的过程中，我们不仅仅要学会理解他人的情绪，还必须感受和体验他人的情绪。在别人高兴的时候可以与他分享快乐，在别人痛苦、失落的时候同样要与他分担痛苦和失落，这种用心与人交往的表现必然会赢得他人的好感。

4. 不轻易打断讲话

我们常常听到这样的话："你让我把话说完，好不好？""你先听我说完，好吗？"不难感觉到，这样说话的人心里肯定不舒服，觉得受到了伤害。如果我们是好的听众，那么就要改正中途插话的毛病。

即使我们不同意对方的观点，或者我们只是想强调一些细枝末节，想修正对方话中一些无关紧要的部分，或者想说完一句刚刚没说完的话，或者我们感到不耐烦，但这些都不是打断对方的理由。这时，不妨让自己的心安静下来，等到对方的讲话告一段落时，再表明自己的看法。这样一来，我们既能得出正确结论，还能让对方体会到我们对他的尊重。

5. 听出弦外之音

我们常常有这样的经验，就是许多话不便或者不能直说，往往会通过暗示来表达。别人也一样，我们应该意识到这一点。其实，听出弦外之音，表示你是一个善解人意的人。比如你正在和朋友聊天，忽然来了新客，朋友对你说：“这个朋友是我多年不见的同学，好久没有和他见面了。”这时，你就应该听出这句话的弦外之音，他是想你应该离开了，免得你朋友想与新客细谈，又怕怠慢你，左右为难。

记住，一个善解人意、知趣的人是有修养、有知识的人，在社交活动中当然受欢迎了。如果你还是很难去倾听，那么，请抱着学习的态度对待倾听。人们为什么都喜欢听权威人物讲话呢？就是因为能学到东西。因此，把每次倾听都当作一次学习的机会，这样你就能保持一个积极的态度了。

把快乐分享出去

如果现在你拥有六个苹果，你会独自把它们吃完，还是愿意把其中的五个给他人分享呢?

如果不与他人分享，你也就只能吃这六个苹果而已。如果你与他人分享，看似你现在吃亏，但实际上你却能得到他人的友情，当他们有东西时，也自会与你分享，你就可能得到另外五种不同的水果，五种不同的味道，这样还吃亏吗?

人性的自私和狭隘是分享的主要障碍之一。只想自己的人就会像故事中的乌鸦一样，并不能如愿以偿得到他想得到的东西。由此看来，懂得与人分享才是一种大智慧。与人分享并不意味着自己失去什么，相反会收获友情、知识和快乐。

学会分享吧，当你主动与别人分享本属于自己独有的一份东西时，当你提出对双方同样有利的建议并付诸行动时，常常能赢得别人的好感，从而为双方进一步交往打下基础。而那些只习惯于独自享受、自私的人是很难得到人们欢迎的。

1. 分享有形的东西

拿出自己的东西，如糖果、玩具、衣服、照片什么都可以，跟你的玩伴、同学一起去分享，你会觉得这些东西更有价值，更值得你去拥有，就像花园里漂亮的花朵，如果开在

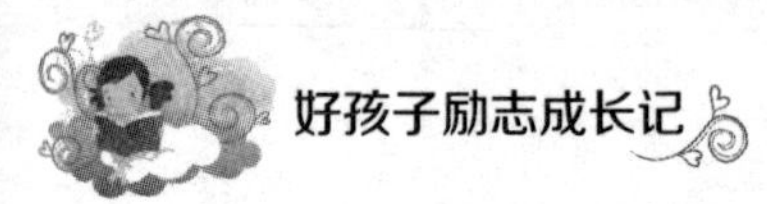

深山里就没人知道它有多灿烂了。

2. 分享成功

喜爱篮球运动的同学，大多很崇拜“篮球飞人”迈克尔·乔丹。乔丹在结束自己的篮球生涯的时候说过一段话；“在别人看来，我站在篮球世界的顶端，每当听到这样的赞美，我都感到惶恐。我所取得的任何成绩都是和队友们以及教练一起努力的结果，还有赞助商和每一个支持鼓励我们的球迷，荣誉属于你们每一个人，我只是幸运地作为代表，一次次地领取奖杯。”

也正如他所说的，乔丹在每一场比赛时都和队友团结一致，去争取胜利，取胜之后他总是和队友、教练拥抱，和大家一起分享成功的喜悦。

可以说任何一个成功者的背后，都会有默默支持他、帮助他的人。假设你在奥数比赛中获得了第一名，你的成功不仅仅来源于自己的努力，还有老师的教诲，父母的支持，同学之间的相互交流……因此，当你取得成绩的时候，不要忘了与人分享自己的成功，感谢所有曾帮助自己的人。

3. 分享快乐

有位哲人曾说：“一分忧愁与人分享之后你将得到1/2的忧愁，一分快乐与人分享之后你将得到双倍的快乐。”

与人分享的过程其实就是一个放大自己快乐的过程。是的，没有人愿意听无休止的抱怨，但是，没有人不愿意与人分享成功与快乐。当我们把我们的快乐传递给身边的每一个人时，收获到的就是双倍的快乐。

乐于分享快乐的人，一定是一个受人欢迎的人，因为大家知道，只要他到来，就会给人带来好的消息与笑声。试想，这样的人，谁不愿意与他交往呢？反过来，如果一个人不懂得与人分享快乐或是成功的消息，那么他本人也必定是寂寞的。

4. 分享知识和方法

在学习和生活中，很多人都表现得有点自私，不愿与别人分享自己好的学习方法或经验，害怕别人进步超过自己。但是大家想过吗？越是这样，我们越失去强大的竞争力，因而无法获得更大的进步。

就像分享苹果一样，如果我们把一个好的机会拿来与人分享，那么收获到的成功同样也是两倍，这样的事情我们又何乐而不为呢？

比如，当我们发现了一种更好的解题方法，当我们找到了另一种更好的复习资料，我们都可以拿来与同学一同分

享。这样的分享，并不会使我们失去什么，反而会促进与他人之间的交流和学习，使我们更快地成长。

因此，当我们在独立钻研的同时，别忘了大方地与大家分享自己的新发现、新成果，相互磋商，彼此分享。很多时候，分享能让人领先一步。除此之外，青少年还要学会分担他人的痛苦和任务……

青少年朋友们，懂得分享就要有豁达的心胸、坦诚的态度、感恩的心态。学会分享是人生一笔宝贵的财富，将分享变成一种习惯，必将受益终生。

多多绽放你的笑容

微笑是世界上最美的语言，虽然无声，但最能打动人。在我们成长的道路上，必不可少的一件东西就是微笑。微笑能够给人随和、快乐的感觉。诚挚的笑容中能表现出善意，让人产生信赖感。也能化解人与人之间的仇恨……

某杂志曾刊登过一篇题为《星期一早晨的奇迹》的文章，讲述了一个关于微笑的故事：

公共汽车在行驶，车上的乘客都沉闷地坐在自己的座位上。虽然这些乘客每次乘车几乎都会见面，但大家宁愿自己看自己的报纸，也不说一句话。

这时，突然响起一个声音："注意！注意！"大家都伸长脖子看有什么事。"我是你们的司机。现在，你们全都把报纸放下，转过头，面对你旁边的人，露出你的微笑。"

令人惊奇的是，大家都按照司机的话做了。这难道是"群众性的本能"吗？

这时，司机又说话了："现在，跟着我说——早安，朋友。"大家跟着说了，虽然声音很轻，很不

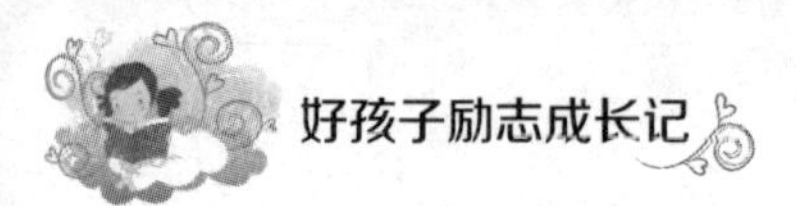

自然。说完了，大家都情不自禁地微微一笑，气氛一下子变得轻松起来，大家彼此间的界限顿时消除了，有的人又说了一遍，有的人还握握手。许多人大笑起来。

司机没再说什么。他也无须再说。车厢里一片谈笑声。乘客们心情愉快地开始了新的一天……

这就是一个司机在一群陌生人中创造的奇迹。这就是微笑的力量。对于青少年来说，在所有的交际语言中，微笑是最有感染力的。微笑看似简单，实际运用起来并不简单。真正打动人心的微笑至少应是下面这样的。

1. 笑得自然

自然的笑，是一种内心愉快的不自觉的流露。即使在笑完了之后，恢复原状时，脸上仍留有笑意。而演技般的笑容是在笑后马上变成严肃的脸。对于这种不自然的变化，明眼人一看就知道是假笑。它会给人一种极不自然的、做作牵强的感觉。因此，要注意不能为笑而笑，没笑装笑。

2. 笑得真诚

微笑既是我们愉快心情的外露，也是纯真之情的奉送。真诚的微笑让对方内心产生温暖，有时候还可能引起对方的共鸣，使之陶醉在欢乐之中，加深双方的友情。

3. 笑得合宜

就像说话要看场合和对象一样，微笑也要分场合和对象，否则就会适得其反，例如在比较严肃的场合，自然不宜微笑。当你同对方谈论一个严肃的话题，或者告知对方一个不幸的消息时，或者是我们的谈话让对方感到不快时，也不应该微笑，或者要及时收起微笑。

4. 笑得适度

微笑是向对方表示一种礼节和尊重。但是如果不注意程度，微笑得没有节制，就会让人有不舒服的感觉，引起对方的反感。

微笑的基本特征是笑不露齿，笑不出声，既不是掩盖笑意压抑喜悦，也不是咧嘴大笑。它的实质是愉悦的心情、平和的心态的自然流露。所以笑得得体，笑得适度才能充分表达友善、融洽的感情。

青少年朋友们，回想一下，你们身边的那些交际高手，哪一个不是笑容可掬呢？所以，即使你不善言谈，感觉拘谨、腼腆，只要露出微笑，仍能吸引很多人。

用真诚换取真心

人与人相处贵在“真诚”二字。有了真诚，就可以化猜忌为理解；有了真诚，就可以化怀疑为信任；有了真诚，就可以化隔阂为融洽；有了真诚，就可以将愁容转为笑脸；有了真诚，社会也将会变得更加美好。

生活中，我们有时会这样抱怨：“我都已经向他道歉了，但他还是不肯原谅我，真是太小气了！”“我只是说尽量帮他的忙，事情没有解决，他竟然还怪我没有尽力，太不地道了！”“我为了帮他的忙，浪费了大量的时间和精力，

可是他却没有表示出一点感激……”当我们这样抱怨的时候，是否想过我们在做这些事情的时候，是否是发自内心地去做了？

俗话说：“种瓜得瓜，种豆得豆。”只有展现真实的自我，才会收获别人的真诚。因为人们无意识中在遵守“人际关系互惠”原则，你表露真诚的程度，会得到相应的回报。所以，如果你想得到别人的真心对待，首先要真诚地对待别人，并向他人抱以友好的态度和微笑。

1. 亮出自己的缺点

坦率是最能体现出一个人真诚品质的方法。坦率表现在许多方面，但这里所说的坦率，主要指的是对自己要诚实，要坦诚率直、如实地展现自己，而不是以一种不真实的形象来自欺欺人。

我们大多数人都有在交往中掩饰自身弱点的习惯，害怕自己的缺点被别人看到，影响自己在别人心中的形象。其实这反而得不到对方的喜欢。

有心理学研究表明：人们并不喜欢一个各方面都十分完美的人，而恰恰是一个各方面都表现优秀而又有一些小缺点的人最受欢迎。所以你不用太在意自己的缺点。

2. 真诚地关心对方

人们只有在知道了你是否关心、了解他们之后，才会真心地待你。无论你有什么本领、特长，受教育程度有多高，都不如给予对方真心实意地关怀更能给人留下深刻的印象。

了解和记住别人的情况，是有效地关心别人的方式，因为这能让对方感觉到自己很受重视，进而喜欢上你。在这方面，拿破仑堪称是榜样。

据说，拿破仑能叫得出手下全部军官的名字。他喜欢在军营中走动，遇见某个军官时，都会叫出他的名字跟他打招呼，谈论他参加过的某场战斗或军事调动。他还不失时机地询问士兵的家乡和家庭情况。

拿破仑的做法让他手下的人大吃一惊，他们的皇帝竟然对他们的个人情况知道得一清二楚，竟然这么关心自己，重视自己。因此他们对拿破仑非常忠心。

关心别人，对他们表示出自己的兴趣，不知不觉中我们就赢得了他们的真心。另外，言语得体也是真诚的一种表现。我们在和对方谈话的时候，要在措辞、口气上注意营造出真诚的气氛。同时，我们还要保持谦逊的态度。桀骜不驯的人让人难以接近，并且很容易冒犯他人。所以我们必须以谦逊的姿态和他人沟通交往，才能体现出真诚的态度，传达出真诚的情感。

总之，我们在和别人打交道的时候，无论是同龄人还是年长的人，无论是我们熟悉的人还是陌生人，都需要有真诚的心。如果我们人人都能真诚友善地对待他人，我们收获的也将是真挚的情谊。

让信任伴你我同行

有这样一句名言："信任可以产生让人惊奇的力量。"一个黑人小男孩就用自己的行动证明了这句话。事情是这样的：

这个黑人小男孩在一艘轮船上做杂工。在一次出海中，小男孩不慎掉进了波涛汹涌的大海中。他大声地喊救命，可是一个浪头过来淹没了他瘦小的身影，眼看着轮船渐渐变得模糊，但小男孩并没有放弃。当他想要放弃时，老船长那慈爱的眼神突然出现在他的脑海里。他觉得船长一定会来救自己的。

终于，船长发现小男孩失踪了，当他断定小男孩

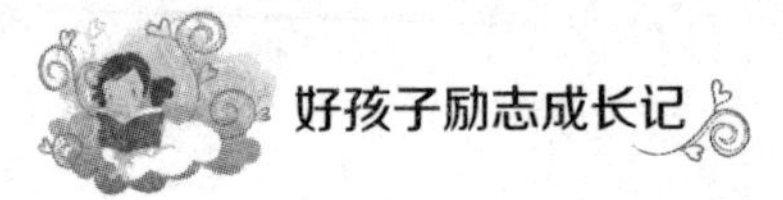

是掉进海里的时候，立刻命令掉头去找，可所有的人都认为时间已经过去那么久了，男孩不可能有生存的希望。老船长犹豫了一下，当有人说为一个黑人孩子很不值得时，船长大怒，决定回去找。

就在小男孩快要沉下去时，船长赶到救起了孩子。孩子醒后，老船长轻轻地问："孩子，你是怎么坚持这么久的？"

小男孩微笑着说："我知道您一定会来救我的！"听到这里，老船长泪流满面："孩子，是你救了你自己，我为我那一刻的犹豫而感到耻辱……"

这个小男孩相信老船长一定会救自己，所以在他将要绝望的时候又有了生存下去的勇气。一个人能被他人相信是一种幸福。但是，现实生活中，真正懂得怎样去信任别人，又如何取得他人信任的人真的是为数不多。那么，我们怎样才能获得他人的信任，同时又去信任别人呢?

1. 不要乱猜疑

有猜疑之心的人，总是疑神疑鬼，无中生有，认为人人不可信，不能交。看到别人背着自己讲话，就疑心人家在说自己；一看到同学径直走进老师办公室，就疑心人家打自己的小报告。

其实，人与人交往最重要的就是彼此信任。因此，青少年必须克服乱猜疑的习惯，用信任感来替代猜疑心，对人信任，避免自扰。

2. 加强自身修养

我们要注重自身修养，善于自我克制，做事必须诚恳认真，建立起良好的信誉，还应该随时设法纠正自己的缺点。要做到言必信，行必果，与人交往时必须诚实无欺，这是获得他人信任的重要条件。

3. 学会换位思考

在和他人交往的过程中，学会换位思考是我们建立友谊、赢得对方青睐的重要方式之一。因为换位思考意味着理解对方，站在对方的角度看问题。特别是和朋友产生误会的时候，进行换位思考还是我们有效化解矛盾、维持友谊的良方。

4. 利用互惠心理

心理学的研究表明，交往关系中的互惠行为能够强化双方的信任。如果你在别人眼中是个小气鬼，你不妨尝试着表现得大方些，这能促使你进入互惠的人际互动循环中。

这里的大方不仅仅是指物质或金钱，还包括大方地分享自己的成就与经验等。这样的大方往往让我们更容易获得他人的信任。另外，真诚地待人，勇敢地承担自己的责任都能增强别人对我们的信任。

青少年一定要记住，信任是人际交往的基础，是人与人之间最美丽的语言。一个信任的眼神可以化解矛盾，一种信任的口吻足以让人刻骨铭心。从现在开始，就让信任伴随我们一起成长吧！

尊重他人，赢得人缘

尊重他人是与人顺利交往中最重要的一个基本因素。一个不懂得尊重他人的人，绝不会得到别人的尊重。在人与人之间的交往中，待人、处事的态度往往决定了别人对你的态度。这一点，青少年尤其要懂得。在生活和交往中，我们要做到尊重他人就要做好下面几点。

1．尊重不同意见

每个人都有自尊心，如果你对他所说的话能够表示同意，这就是尊重他的意见，他会在无形中把自己抬高，并且自然对你产生好感，愿意和你做朋友。

反过来，你不能对他表示同意，这显然是站在和他对立的地位，你是他的敌人而不是友人，他能不和你为难吗？所以在说话的时候，这一点你应该要加以注意。

因此，青少年一定要记住，不要争强好胜地说这样的话："好，我证明给你看。"

这句话等于是说："我比你更聪明。我要告诉你一些事，使你改变看法。"这是一种挑战。我们不妨试着用委婉的方式去提醒对方，这既尊重了对方，又表达出了自己的意见，不是更好吗？

2. 平等待人

所谓平等待人，就是要做到对任何人都没有区别，对所有的人都一视同仁。这要求我们对那些有权有势的人不谄媚，也要求我们对那些困穷的人不歧视，还有，对那些身有残疾的人更不能瞧不起，而要以平等的态度来对待他们。

平等待人是尊重他人的前提。正如一位作家所说："对一个有优秀才能的人来说，懂得平等待人，是最伟大的品质。"

中央电视台主持人崔永元在采访美国前教育部长威廉·贝特时，发现他的别墅很豪华、很气派。他心想，住这么好的房子，这位部长家的那些邻居，不是达官就是显贵。

出于职业的敏感和习惯，崔永元采访完这位部长，就随意地问起她的邻居都是什么人。

部长笑着说："我的邻居，左边住的是一名修下水道的水管工，右边住的是一名超市营业员，他们住

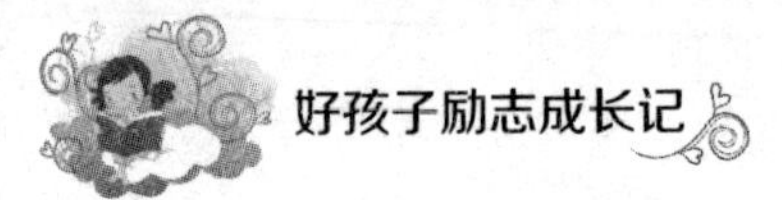

的房子和我们是一样的。唯一不同的是，左边人家的下水管道从来没有堵塞过，而我家的下水道却常常堵塞；右边人家下班后，可以从超市顺便买些菜回来，而我下班后，却还要到超市去买菜。他们虽然都是蓝领，但收入并不低，与我这个部长收入不分上下，社会地位很高。”

崔永元疑惑地问：“你家下水管道堵塞了，不能请那个修下水道的邻居到你家来修一修吗？你是一位部长啊！”

这回轮到这位部长惊讶了，她说：“这是绝对不可以的。因为他有他的维修单，有他排的顺序和计划，不管你是教育部长还是总统，必须要排队，排到你才是你，而且是有时间约定的。我没有任何特权指令他为我做什么。”

部长言犹未尽，继续说道：“他们都是有一技之长的人才啊，比我聪明多了。如果我从部长的位置下来了，还真的不知道能干些什么。”

当崔永元一行从部长家出来时，正好看到部长的水管工邻居驾驶着一辆奔驰小汽车回家。他从车上下来，看到部长送客人出门，很亲切、很自然地和部长打着招呼。

看了这个故事你有什么感想呢？为那位部长的品质竖大拇指吗？是的，我们的确应该为她竖大拇指。因为，她教给

了我们一个道理：要真正做到尊重他人，首先必须要平等地对待身边的每一个人。

青少年朋友们，如果你能以平等的态度与他人沟通交流，对方会觉得受到了尊重，从心眼里赞美你，对你产生好感。与之相反，如果你表现得居高临下、盛气凌人，那么，别人会感觉到自尊心受到了伤害，就会拒绝与你交往。

歧视的结果是人与人之间的远离，心与心之间的隔阂，如果你想很好地与人相处，就一定要平等待人。

3. 维护他人自尊

每个人都是喜好赞扬而厌恶批评，这是人类自尊的表现。在人际交往中，凡是弱点、缺点、污点，一切不如别人之处都有可能成为沟通中的忌讳。因此，你千万不要去踏这个“雷区”。一般来说，与人交往时一定要注意以下几种情况，以免伤害他人的自尊心，破坏了友谊。

第一，尊重他人的隐私。尊重朋友的隐私，意味着尊重对方独立的人格。朋友之间的关系需要我们精心维护，而不

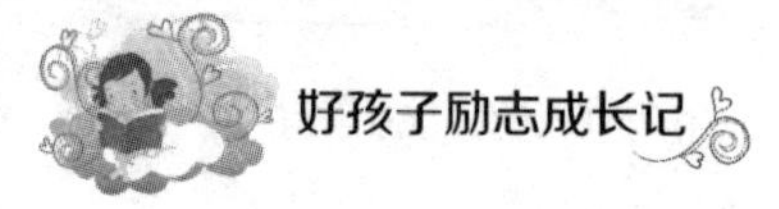

是肆意妄为，加强修养很有必要。

第二，不要拿对方的短处、缺点说事。人人都有爱美之心，不幸的丑陋者和残疾者大多都有自卑感，不愿听到跟自己的短处有关的话题。因此，跟人说话时要先了解对方的情况，避免“触痛”对方。

第三，不要揭短。每个人都有弱点，有失意之事，痛悔之事。如果你总用这些事去“调侃”他们，是很不道德的。即使是无意中的冒犯，也有可能影响相互之间的关系。

第四，不要乱传谣言。古人说：“谣言止于智者。”青少年就要做智者，同时，更不能在背后说人坏话，因为这不但会让我们失去好人缘，还可能伤害到对方。因此，我们很有必要管好自己的嘴巴。

4. 尊重别人从小事做起

在生活中我们要学会尊重别人。对自己的同学不取笑、不揭短，以诚相待，是对同学最起码的尊重，是建立纯真友谊的基础。回到家时与父母打声招呼是一种对长辈亲人的尊重，是对亲人辛勤养育的珍贵的抚慰。上课专心听讲是对老师辛勤劳动的尊重。在食堂就餐后，把椅子、餐具放好是对食堂师傅的尊重。征得同意后，再拿走人家的东西也是一种尊重。诚恳地为自己的过错道歉，认真地说一句“对不起”，同样是对别人的尊重……

如果你不尊重别人，有什么资格指望别人来尊重你呢？俗话说：“得人一尺，敬人一丈。”学会了尊重别人，你一定会得到别人的尊重，同时也会在生活中获得更多的快乐！

你是受欢迎的人吗?

一般来说，只要我们养成良好的交往习惯，在生活中我们就是讨人喜欢，受人欢迎的人。由于各种因素的不同，我们受欢迎的程度也各不相同。那么，大家属于哪一类型呢?做完这个测试，就可以得知了。

1. 你看不看报上的社会新闻?

2. 你肯不惜一切招待朋友吗?

3. 你真正喜欢孩子吗?

4. 你喜欢跟人聊天吗?

5. 你自己运气坏而朋友获得成功的时候，你是不是真的替朋友高兴?

6. 你和别人一道消费，是不是一定要人家平均分摊费用?

7. 你常向别人借东西吗?

8. 你是不是爱向别人吐露自己遭遇的挫折以及个人的种种问题，找别人诉苦呢?

9. 有时你会与朋友谈论一些他们不感兴趣的话题，只因为这些话题引起你的兴趣吗?

10. 你是否觉得你的三位最好的朋友都不如你？

11. 你总是独自进餐吗？

12. 你是否自动地、不经思考地随便表示意见？

13. 在路上，别人向你打招呼："你好啊！"你会停下脚步，认真回答他们吗？

14. 用公用电话打电话时，你总是说个没完，让其他人在一旁等得着急吗？

15. 你是否把自己喜欢的画片挂在自己卧室的墙中央？

16. 告诉别人一件事时，你是否喜欢独占谈话时的话题，并且将细枝末节都说得很清楚？

17. 你认为自己说话毫不避讳的态度是对的吗？

18. 你跟朋友约会时，是否让别人等你？

19. 你是否发现朋友的短处，就要求他们改进？

20. 你喜欢拿别人开玩笑，丝毫不顾别人的心情、自尊吗?

21. 在打牌类游戏时，你喜欢把牌散开再合起来并不停地反复吗?

22. 你认为中年人恋爱是愚蠢可笑的吗?

23. 你确实不喜欢的人，超过七个吗?

24. 不到每个人都很疲倦，你就不会告辞吗?

25. 你讲话是不是常常用“坏透了”“气死人”“真要命”一类的字眼?

26. 电话接线员和商品推销员会惹你发脾气吗?

27. 你讲的故事或逸事总是又长又复杂，别人耐下心来才听得进去吗?

28. 你坚持要朋友阅读你认为有趣或值得一读的东西吗?

29. 你遇到不如意的事，是否会精神沮丧、意志消沉呢?

30. 你是不是常常当面批评家里的人或好朋友?

31. 你言而无信吗?

32. 你爱好音乐、书籍、运动，别人不喜欢，你是不是觉得他面目可憎、言语无味?

计分方法：

1题～5题：选择“是”记1分，选择“否”记0分。6题～32题，选择“是”记0分，选择“否”记1

分。将各题得分相加得测验总分。

解析：

统计你的得分，得分愈高，表示你愈受人欢迎。

32分——“万人迷”

这是最高的分数，也是理想的分数。如果你得了32分，这表示你有良好的处世方法，非常受别人的喜爱和欢迎。恭喜你，你是个“万人迷”呢！

21分～31分——受欢迎

你也是一个很讨人喜欢的人呢！你懂得尊重他人、关心他人，真诚善良，你的身边有很多朋友。

20分以下——“讨厌鬼”

你的人缘不是很好，有时候你甚至有点令人讨厌。别人喜欢你往往是建立在你喜欢他们、承认他们的价值的前提之下的。

所以，你需要检查一下自己的所作所为了。你要学会喜欢和赞美别人。“爱人者，人恒爱之；敬人者，人恒敬之。”请记住这句话吧！

谦虚是人生第一美德

谦虚是一种美德，自大为一种罪恶，人生在世一定要谦虚而不谦卑，自信而不自大。“谦虚使人进步，骄傲使人落后”，这句广为流传的话只怕连三岁的小孩子都能够倒背如流。翻开历史的画卷，我们可以看到许多仁人志士、文人墨客，都是由于谦虚而在事业上有所成就，他们的名字载入史册，被后人永远留念。

著名的大发明家诺贝尔，可以说是功德无数，他一生给人们留下了数百项重大发明，他把自己的所有遗产都捐献了出来。后人用这笔钱创立诺贝尔奖，这

不仅让他名垂青史，更成为惠及全人类的伟大义举。

按理说，像这样一位伟大的人物，是应该给自己写一部像样的传记传世的。世界上很多人都热衷于给自己树碑立传，诺贝尔给人们留下了这么多伟大的发明，为人类作出了这么大的贡献，他完全有理由让后人来歌颂他的丰功伟绩。

诺贝尔的哥哥认为，弟弟一辈子为了发明创造，也没有成家，没有享受过一天轻松的生活，应该写一部传记留给后人，让人们记住他。他强迫弟弟停下手头的工作给自己写传记。诺贝尔拗不过哥哥，只好给自己写传记。

在自己的传记中，诺贝尔写道："阿尔弗雷德·诺贝尔的主要美德：保护指甲干净，从不累及别人。主要过失：没有家室，脾气坏，消化弱。仅仅有一个愿望：不要被别人活埋。最大的罪恶：不精神。生平主要事迹：无。"

令我们难以想象的是，为我们留下众多发明的诺贝尔竟然认为自己没有什么事迹，他认为自己和平常人没有什么不一样。相比诺贝尔，那些热衷于给自己树碑立传的人，该是多么汗颜和无地自容啊！

谦虚是一种美德，它有巨大的感召力，能够吸引人，提升自己的品格。我们都有这样的体会，在人际交往中愿意和态度谦虚的人沟通，而疏远骄傲自大、盛气凌人的人。所

以，作为青少年，我们一定要向谦虚的人学习，正确地看待和审视自己，这是为人处世的大智慧。

谦虚做人，就是不招摇，不在别人面前显示自己，凡事都做到心中有数，自己有本事也是在最恰当的时候拿出来，即使成功也不骄傲。谦虚的人，会被人们认同和喜爱。作为青少年，我们该怎么做一个谦虚的人呢？

首先，客观认识和评价自己。一方面，我们要正确认识自己的地位和力量，不要骄傲自大；另一方面，要善于把自己放到大环境中去评价，意识到个人的力量是微小的，所以要保持谦虚的心态。其次，要保持一颗坦荡的心，既不因自身的长处而骄傲，不因自身的短处而气馁，也不因别人的优点而忌妒，不因别人的不足而嘲笑。最后，要培养自己永不满足的精神。要知道，知识的海洋浩瀚无边，即使穷尽毕生精力也只能掬起一朵浪花，但在不断自我超越的过程中，人生会变得更加充实，自身价值会得到不断提升。

自负只会让大家远离你

我们都知道，在学习和生活中，要随时保持自信，但如果过分地自信，就是自负了。

自负是过于自信或过高地评估自己的能力，是一种不切实际、自高自大的心理表现，这种现象往往会使人言谈举止狂傲自私，瞧不起人。

自负，对于还不是很成熟的我们来说，是很常见的状况。虽然，在适当的范围内，自负可以激发我们的斗志，树立必胜的信心，但是，过于自负，也容易造成骄傲自满，目光短浅。这种不正常的性格表现将严重影响我们的健康成长。

美国一位哲学家曾说过："自负是一个人要除掉的恶习。"可见，自负对人是有百害而无一利的，一般说来，有自负心理的青少年大多数表现在独生子女或是家庭条件较好的青少年身上。

这些青少年，总会在自我陶醉中度过每一天，他们一般看不到他人的优点，总会看重自己的利益，不会顾及他人，更不会关心他人，对人不够热情，好像每个人都该为他服务，结果落得形单影只，不但会给自己造成负面影响，还会影响自己的学习、生活、人际交往和心理健康。

那么，我们的自负心理到底是怎样产生的呢？

首先，对自己有片面的认识。有自负心理的青少年往往掩盖自己的缺点，夸大自己的优点。事实证明，如果我们只看到自己的优点，而对自己的缺点视而不见，往往容易产生自负的个性。

其次，生活过于顺利。有关研究表明，在生活中遭受过挫折和打击的人，很少会产生自负的心理。但是，我们青少年从小就生活在一帆风顺的环境中，老师、父母的宠爱、夸赞和表扬都会让我们觉得自己“真了不起”、“我就是最棒的”，这样就很容易形成自傲、自负的性格。

自负是每个人都会有的弱点。心理学认为，自负大多是由于我们对自己认知的过分膨胀。目空一切、心高气傲、自以为是的人，常常会被自己过分膨胀的自信冲昏头脑。

“虚胖的自信”就是自高自大，它不但欺骗了自己，还常常会伤害别人。因此，克服自负心理，已成为我们刻不容缓的事。那么，我们应该怎样克服自负心理，让自己谦虚一些呢？

第一，要提高自我认识。我们青少年要全面认识自我，既要看到自己的优点和长处，也要认清自己的缺点和不足，千万不可一叶障目，不见泰山。应该明白，我们每个人都有自己的独到之处，都有别人所不及的地方，同时也有不如人的地方。与人比较，不能总是拿自己的长处去比别人的不足，不能把别人看得一无是处。

第二，要善于接受他人的批评。有人曾这样说：“接受批评是根治自负的最佳办法。一个人无论什么时候都要虚心接受批评，尤其是成长中的年轻人。”

一般来说，有自负心理的青少年是最不愿意改变自己的态度或接受别人的意见的，其实，这是一种错误的做法。为了改变我们的自负心理，我们可以在做事时征求一下其他人的意见和看法，这样通过别人的友好提醒，很快就会改变我们过去固执己见、唯我独尊的心理。

第三，要善待身边的每一个人。有自负心理的青少年一般都目空一切，总觉得自己是最优秀的，这是自恋的表现，对身心健康极不利。

要想彻底地克服这种不好的心理，我们必须要做到心中有他人、处处为别人着想，尊老爱幼，善待身边的每一个人，还要取他人所长补自己之短，不断地充实、完善自己，努力克服自负，让自己变得谦虚。

第四，要保持谦虚的传统美德。有自负心理的我们要凭

一颗谦虚的心与别人建立友好的人际关系，这是我们个人自觉成长的开始。古人云：“谦受益，满招损。”我们可以有豪气万丈，但绝不能过分自负，就算自己有超人的才识，也要虚怀若谷。我们要以发展的眼光看待自负，既要看到自己的过去，又要看到自己的现在和将来。辉煌的过去可能标志着我们过去是个英雄，但它并不代表着现在，更不预示着将来。

俗话说，“自知者明”，“人贵有自知之明”。无知有两种表现，一是盲从，二是狂妄。所以，自负有时会表现为狂妄自大。因此，我们每一位青少年都应该明白，自负会影响我们的生活、学习和人际交往，严重的还会影响心理和身体健康。只有克服自负的弱点，让自己保持谦虚的性格，我们才能拥有一个健康、美好的未来。

那么，从现在起，青少年朋友，让我们一起做个谦虚的人吧！

不要把骄傲当成习惯

骄傲心理是指高估自己、低估别人而引发的一种傲慢自负的心理。这样的青少年往往虚荣心较强，只爱听表扬、夸奖的话，不能挨批评，不爱接受别人的意见。在竞赛活动中，只能赢，不能输，稍有挫折，就容易失去心理平衡。

俗话说："虚心使人进步，骄傲使人落后！"骄傲的人始终认为自己是十全十美的，他们总是喜欢教训他人，从不考虑自己，容易自以为是，目中无人，固执己见，最终会面临失败的结局。

作为青少年，最让我们骄傲的事情无疑是考试成绩了，

下面我们一起来看看关于小丽同学的故事吧!

小丽是某中学初二(3)班的学生,在新学期开学时,她以数学100分、语文88分、英语90的好成绩取得了全班第一名。

小丽认为数学考了满分,所以,她就开始骄傲并开始过于放纵自己。到了期末考试时,她迅速地把数学卷子做完,又马虎地检查了一遍,就坐在那里等待着考试结束的铃声。

去领成绩单时,小丽没想到的是,在她那数学卷子上竟然打了一个鲜红的88分,她不敢去直视那张卷子,脑子里一片空白。

后来想起当时考试时的样子,小丽后悔莫及……

那么,是什么让小丽考试失败的呢?是卷子太难吗?不对。其实应该是她的骄傲和自满。作为青少年,我们应该明白,盲目骄傲自大的人就像井底之蛙,视野狭窄,自以为是,会严重阻碍自己继续前进的步伐。

在学习上,知识是无边的海洋,如果一时一事领先就忘乎所以,恰恰是自己知识不够、眼界不宽的表现。“满招损,谦受益”,作为青少年,我们应该克服自己的骄傲心理,多向那些能在取得成绩后仍能保持谦虚奋进的人学习,让自己也成为一个能够处处谦虚的人!

首先,我们要多看到自己的不足。许多青少年由于看不

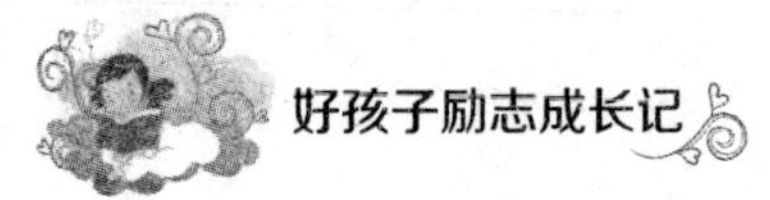

到自己的不足，做某件事成功了就沾沾自喜，觉得自己很多方面都比别人强。常言道：天外有天，人外有人。如果我们能经常发现身边的强人，并且看到自己的不足以及与强人的差距，这样就会变得谦虚了，自然骄傲也就远离自己了。

其次，要树立远大的理想和抱负。理想是人生前进的动力和目标。胸无大志的人，很容易为一点小成功便沾沾自喜，裹足不前，这是不可取的。而胸怀大志的人，无论何时他都会正确对待自己的成功，绝不会为一点小胜利而停止不前，反而会为更大的成功努力前进。

最后，我们还要学会辩证比较。骄傲的人总是多看到别人的缺点和短处，不善于与人进行比较，但是却对自己的优势和长处沾沾自喜。所以我们在生活中要掌握辩证比较方法，既要用自己的长处与他人的长处进行比较，又要用自己的短处与他人的长处进行对比。这样，我们才能更好地看见自己的不足，让自己随时保持谦虚。

保持空杯心态去学习

有这样一个故事：

古时候，有一个佛学造诣很深的人，听说某个寺庙里有位德高望重的老禅师，便去拜访。老禅师的徒弟接待他时，他态度傲慢，心想：我是佛学造诣很深的人，你算老几？

后来老禅师又十分恭敬地接待了他，并为他沏茶。可在倒水时，明明杯子已经满了，老禅师还不停地倒。这人不解地问："大师，为什么杯子已经满了，还要往里倒？"老禅师说："是啊，既然已满了，干吗还要倒呢？"

禅师的意思是：既然你已经很有学问了，干吗还要到我这里求教？这就是"空杯心态"的故事哲理。它最直接的含义就是一个装满水的杯子很难接纳新东西，要将心里的"杯子"倒空，将自己所重视、在乎的很多东西以及曾经辉煌的过去从心态上彻底清空，只有将心倒空了，有新东西才能放进来，才能拥有更大的成功。

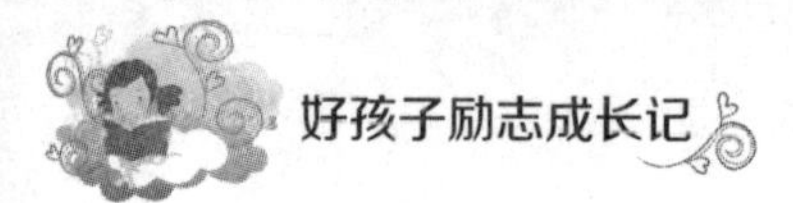

每一个人要想应对时代和环境的变化，须随需应变、以变应变，要求我们具有空杯心态。做事的前提是先要有好心态，如果想学到更多学问，提升能力，就要把自己想象成“一个空着的杯子”。

空杯就是要把自己“当笨人看”。人无完人，任何人都有自己的缺陷，都有自己相对较弱的地方。也许我们的数学成绩已经十分优秀，但却并不能保证自己的语文、英语和数学一样优秀，因此，作为青少年，我们要在学习中随时保持这种“空杯心态”，去吸收现在的、别人的、正确的、优秀的东西。如果我们不去领悟，不去感受，不去学习，仍然高枕无忧地躺在过去成功的经验之上，那将是很可怕的结局。

有这样一句充满智慧的哲言：“认识你自己。”认识自己很重要，认清自己是非常困难的，否定自己更是难上加难。否定自我需要胸襟、需要坦诚、需要胆魄，还需要真正的空杯心态，只有否定自我才能超越自我。因此，我们青少年要真正做到“空杯”，必须做好以下事项。

一是得意之时最易忘形，但我们不能忘形。一般说来，我们在得意时最容易自大和骄傲，觉得自己很了不起，甚至会以自我为中心。但这样的话轻则让人厌恶，重则会成为众矢之的，所以一定要警惕。

二是要学会总结经验教训。总结经验教训事实上就是对自我行为的一种反省。如果我们青少年学会了经常总结经验和教训，就已经学会了自觉地进行反省，这对我们的人生会有很大的帮助。

三是要处理好“听”和“说”的关系。学会倾听，多听少说。倾听有利于思想的交流、信息的交换，是一种很好的学习。美国前总统克林顿曾说：“我每次讲话什么都学不到，只有在聆听时才能学到很多东西。”

作为在学校的青少年，我们先不要急着去表现自己，要多听少说，低调、谦虚、好学，才会有利于得到老师和同学的喜爱和尊重。

四是要处理好“说”和“做”的关系，少说多做。孔子说：“君子欲讷于言而敏于行。”这告诉我们，要成为一个

君子，就要积极行动，而不是信口开河。

事实上，作为一名学生，我们懂得的知识本来就不多，因此我们就更应该抛弃天下事我“无所不知”的心理，放下“以我为主”的架势，从身边的小事做起，踏踏实实静下心来学习、做事。

五是要自己承担做错事的后果。自己承担做错事的后

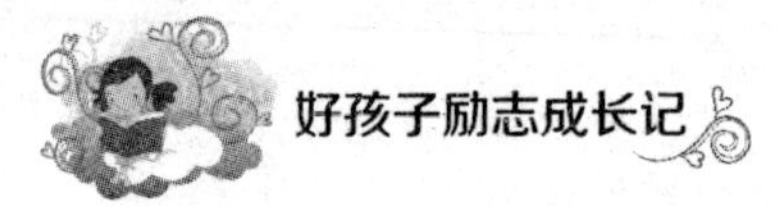

果，可以使得自己增强责任心，更使得自己认识到错误，并反省自己的错误，从而不再犯相同的错误。

最后，要磨炼出“空杯”心态，“归零”心态，要勇于将过去的荣誉、成就“清零”处理，陶醉在过往的功劳簿上必将作茧自缚。

作为一名在校学习的青少年，我们要懂得辩证地思维，在取得成绩之时，考虑自己的不足之处；在失败时，总结教训、感悟成长；对待自己，要发扬“吾日三省吾身”的精神，不断自我修炼和完善；对待他人，要敬畏、宽容，用宽大的胸襟去包容身边的人。

青少年朋友，请记住，“三人行必有我师”，在学习生活中，我们要随时保持好问好学的态度，虚心向周围人请教，这样才能获得更多的新知识，并让自己的性格更完美！

做一个聪明的谦虚者

谦虚是我们中华民族的传统美德。从小父母和老师就教育我们要做一个谦虚的孩子。为了能在谦虚中进步，我们怀着一颗谦逊的心，不断地告诉别人："我不行……这不算什么……离老师的要求还差得远呢……"渐渐地，谦虚成了我们的一种习惯，甚至成了一种自我贬低，那么，这样会造成什么后果呢?

宋成是某所职业学校的学生，在暑假里，他想找一份暑期工挣钱为父母分忧。经朋友推荐，他去参加了一家网络公司的招聘。在最初的笔试中，宋成凭着自己扎实的基本功，丰富的专业知识，远远领先于其他竞争者。

大家都认为这份工作非宋成莫属，但事情最后却出人意料。在最后的面试中，宋成表现得一如既往地谦虚，哪知正因因此，他痛失良机。

在面试时，宋成被问道："你觉得你的英文水平怎么样？"

他回答："还行。"

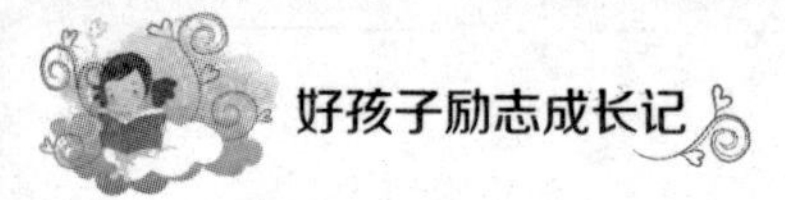

主考官又问："你能胜任这份工作吗？"

宋成回答："应该可以吧！"

几个回合的问答，宋成都是如此谦虚，结果主考官对宋成产生了缺乏实力和自信的不良印象。这样一来，宋成的应聘就失败了。

故事中，宋成的失败让人感到惋惜，但是这又能怪谁呢？要怪只能怪他自己太过谦虚，让人觉得他没有自信、没有实力，即使他再有才华，别人也不知晓，又怎么能看重他呢，即使他的能量有人知晓，但是他畏畏缩缩，显得不自信，别人也难以认可他，他又怎么能在竞争中获胜呢？

由此可见，谦虚是美德，但不要过分，否则将事与愿违，悔之晚矣！我们每个人都应具有谦虚的美德，但是不必过谦。不必过谦，就是在进行自我评价时，要实事求是地对自己进行正面的评价和肯定，尤其在国际交往中，不必表现得过于谦虚，甚至自我贬低，而应表现出足够的自信，但也不要自吹自擂，自我标榜。正确的做法应该是好就是好，不好就是不好，要实事求是。

聪明的谦虚者，在谦虚时会把握住一个"度"，一是没有表演性质；二是不矮化自己，三是没有贬损第三方的含意。对于青少年来说，在与同学和朋友相处时，千万不要过分谦虚，要落落大方地回答说"是"，这样才不会失礼。那么，我们应该在哪些场合中做到谦虚有"度"呢？

第一，当朋友赞美自己时，一定要记住落落大方地道上一声“谢谢”。这么做，既表现了自己的自信和见过世面，也是为了接纳对方。在此刻，我们没有必要羞羞答答，也不必假客气，说什么“哪里，哪里”。

第二，当有人夸奖我们学习好时，同样要大大方方予以认可。千万不要小里小气，极力对此进行不必要的否认。

第三，当需要进行自我介绍，或者对自己的学习、生活进行介绍时，要敢于并且善于实话实说。对于自己确实存在的长处，要正面说明，并勇于认可，不可坐等对方主动找上门来发现自己的优点和长处。不敢肯定自己，不会宣传自己，往往会造成自己交往的困难。

第四，当自己同朋友交往时，一旦涉及自己正在忙什

么、干什么的时候，无论如何都不要脱口而出，说什么自己“瞎忙”“混日子”。那样的话，倒真是有可能被对方看作不务正业之人。

第五，请朋友吃饭时，应当在介绍席上菜肴的过程中，有意识地说明：“这是这里最有特色的菜”，“这是这家菜

馆烧得最拿手的菜”。只有如此，才会令对方感到备受我们的重视。

第六，向朋友赠送礼品时，既要说明其寓意、特点与用途，也要说明它是为对方精心选择的。务必不要画蛇添足地说什么：“这件礼品不像样子”，“实在拿不出手”，“没来得及认真挑选”，“这是自家用不了的”。此类“过谦”的说法，必会大大地降低礼品的分量。

在前面的故事中，如果宋成的回答能充满自信——“我想我很适合这份工作”，那他一定能得到这份工作，但是就因为说话过于谦虚，他错过了良好的就业机会。

因此，我们青少年应该想想自己在生活中的一些事情，是否也有过于谦虚的时候，如果有，一定要改正，因为我们的过谦行为会直接影响自己和朋友之间的关系；如果没有，要继续发扬，从而使自己身边的人也做一名谦虚有度的完美之人。

多向他人求教

我们有些青少年会有一个通病——心高气盛，恃才傲物，总以为自己是鸿鹄，别人都是燕雀，眼光总是高高在上，根本不把周围的一切放在眼里，直到有一天，被眼前的门框撞了头，才发现门框比自己想象的要矮得多。

要想进入一扇门，必须将自己的头低得比门框更矮；要想登上成功的顶峰，就必须低下头弯起腰做好攀登的准备，即不耻下问，虚心向别人求教。

放眼望去，凡是能够登上顶峰的人们，不论是在舞台上发表演说还是乘机出访，总是微微低着头俯视脚下的人群，因为他们站在高处。而他们脚下成千上万的人们，总是高高抬起头向上仰望，因为他们站在低处。

举世闻名的发明家——爱迪生，他完全是靠自学成才的，他学习知识和创造发明的重要法宝就是“问”。他在一生中，不管是学习还是做实验，以及日常生活中，从没有停止过发问，提出“为什么”已成为他做事时的一种习惯。

有一天，他在路上碰到一位朋友，看见他的手指关节肿了，便问道："你的指关节为什么会肿呢？"

"我也不知道确切的原因是什么。"

爱迪生追问道："为什么你自己都不知道呢？医生也不知道原因吗？"

"有啊，不过每个医生的说法都不尽相同，但是有多半医生认为是痛风症。"朋友说。

"为什么他们会认为是痛风症呢？什么才是痛风症啊？"

"他们告诉我说这是尿酸积液在骨节里。"

"既然他们知道病因，为什么不从你骨节中取出尿酸来呢？"

"他们认为尿酸是不能溶解的。"

"为什么？我不相信。"爱迪生为了证实自己的想法，立刻跟朋友告别，回到实验室进行试验。他排好一列试管，每只管内灌入不同的化学液体，每种液体中都放入数颗尿酸结晶。两天之后，他看见有两种液体中的尿酸结晶已经溶化了。

其实，每个人的认识都是有限的，所以，作为青少年，我们不应把问"为什么"当作一件羞耻的事。要像爱迪生一样，做个敢于虚心向他人提问的人，这是一种博采众长的学习方法，也是一种提高自身的学习方法，它还体现了一个求学者应有的度量。

比尔·盖茨曾经说过："即使你是一个天才，你也不可

能一通百通。”一个聪明的人，他的聪明之处在于不耻下问，虚心地向他人求教。

在我国有这样的俗话：“低头是稻穗，昂头是稗子。”所以，对于成长中的青少年来说，我们应该记住：不论什么时候，都要虚心向他人求教，做到学无止境。只有这样，我们才能不断汲取到各种有益身心的营养，并在它们的滋养下最终成为栋梁之材。

要知道，问，没什么大不了。很多人会觉得把面子丢掉了。其实，面子是别人给自己的限定和束缚，我们完全可以不去理会，记住一句话，面子是这世界上最不值钱的东西。相信只要我们在提问之前把自己完全倒空，虚心地、真诚地去向他人请教，别人都是会愿意告诉我们的，而此刻我们的虚心就会成就我们的成长，让我们在未来的路上走得更好！

你是一个谦虚的人吗

从很小的时候起，我们便被反复告知要做一个谦虚的人，那么，请问问你是一个谦虚的人吗？请跟着我一起来回答下面的这些问题吧！

1.一旦你下了决心，即使没有人赞同，你仍然会坚持做到底吗？

2.你认为你是个绝佳的朋友吗？

3.你去超市购买物品时，如果店员的服务态度不好，你会告诉他们的经理吗？

4.你对自己的外表满意吗？

5.你认为自己的能力比别人差吗？

6.你是个受欢迎的人吗？

7.你认为自己很有魅力吗？

8.你有幽默感吗？

9.你喜欢自己的学习环境吗？

10.你懂得搭配衣服吗？

11.你能顺利地与人合作吗？

12.危急时，你很冷静吗？

13.你不常欣赏自己的照片吗？

14.别人批评你，你会觉得难过吗？

15.对别人的赞美，你持怀疑态度吗？

16.你总觉得自己比别人差吗？

17.你认为自己只是个寻常人吗？

18.你经常羡慕别人的成就吗？

19.你为了不使他人难过，会放弃自己喜欢做的事吗？

20.你会为了讨好别人而打扮自己吗？

21.你勉强自己做许多不愿意做的事情吗？

22.你喜欢任由他人来支配自己的生活吗？

23.你认为你的优点比缺点多吗？

24.在聚会上，只有你一个人穿得不正式，你会感到不自在吗？

25.你经常希望自己长得像某某人吗?

评分标准：

1题～12题，答“是”1分，“否”0分。

13题～25题，答“否”1分，“是”0分。

解析：

15～25分：说明你对自己信心十足，明白自己的优点，同时也清楚自己的缺点。不过，需要注意的是，如果你的得分将近25分的话，别人可能会认为你很自大、狂傲，你不妨在别人面前谦虚一点，这样人缘会更好。

9～14分：说明你对自己颇有自信，但是你或多或少会缺乏安全感，对自己产生怀疑。你不妨提醒自己，在优点和长处各方面你并不输人，要看重自己的才能和成就。

8分以下：说明你对自己显然不太有信心。你过于谦虚和自我压抑，因此经常受人支配。从现在起，尽量不要去想自己的弱点，多向好的一面去考虑；先学会看重自己，别人才会真正看重你。

奉献爱心，乐于奉献

人生的价值在于奉献，乐于奉献的人常为别人着想！奉献爱心，能体现自己的人生价值，更能让自己的心灵得到洗涤。在这个纷乱复杂的世界里，唯一能够让大家团结在一起的便是爱心。

青少年是一个年轻又充满活力的群体，我们的爱心一定更具有号召力和感染力，所以我们更应该用自己的行动来让世界充满爱。青少年应该明白奉献爱心的价值和意义，哪怕是用自己微薄的力量向社会付出仅有的一点热量，也能发挥出神奇的作用。

乐于奉献，是每个青少年人生中的必修课!

对于处在困境中的人们，一次爱心的援助，带给他们的不仅仅是帮助，更是生活的温暖和未来的希望，在给受助者提供物质帮助的同时，我们更是传递了爱心，拉近了心与心的距离。施予爱心是一种生命价值的集中体现。

心存感动，才能让爱心飞扬。而拥有爱心的人才会充满对生活的热爱。热爱他人就是善待自己，爱心的回报有时候超过了金钱的价值，甚至能挽救人的生命。

2004年年末，正值印度洋海啸发生不久，一天一对年轻的夫妇来到青岛市红十字会，他们说替朋友为灾区捐款五万元，但不愿意留下姓名。经过反复追问，他才说那就叫“微尘”吧，他说：“我们本身做的这个事情就像微小的尘粒一样，这并不是多么大的事情。”

事后工作人员一查，发现他们已经使用“微尘”的名字进行过多次大额捐款：“非典”时期捐款两万元，新疆喀什地震捐款五万元，为白血病儿童捐款一万元，向湖南灾区捐款五万元……那么他们到底是谁呢?

2005年，青岛一家报社在新年的第一天开通热线寻找这对热心人。两天过后，寻人热线并未收到任何有效的线索，但在寻找的过程中，一个又一个“微尘”出现了：数名大学生拿着自己的生活费赶到街头募捐点，他们说自己是“微尘”；一名白发苍苍的老人拿着退休金走进市红十字会办公室，在募捐花名册上留名“微尘”；一位母亲抱着3岁的儿子，向募捐箱里塞进压岁钱，这位母亲说：“他也当粒小微尘。”

一直到现在，青岛市红十字会收到的上千万笔捐款中，很多捐助者都写下了同一个名字——微尘。

默默无闻、不图回报的“微尘”，在青岛越来越多，从一个人慢慢发展成一个爱心群体，由一个群体成为一种普遍的风气。微尘，已经成为青岛的爱心符号。

献出爱心的这些人们各有各的缘由，有的是同情弱者，有的是乐善好施，有的是想为社会做些事情，但不管其出发点是什么，结果都是最好的。得到这些爱心的人们的生活也因此变得幸福起来。

所以爱心的付出并不求回报，青少年们，大家有看到他们因为得到我们的帮助而幸福地生活吗？能感觉到我们因付出爱心而日渐充实的心灵吗？一定有，真的！因为我们在施予爱心的同时，也正在体现着自己生命的价值。

爱心对一个人来说，是一种精神，是一种境界。“爱是一种能力，而不是对象，爱是一种主动行为，它包括责任、尊重、了解、照顾……”

爱心是要传递的。我们不仅仅因贫而助，更要因爱而助人。爱心会让我们懂得生命的价值。

不同的人有着不同的命运，有的人生来就衣食无忧，而有的人却食不果腹；有的人整天生活在幸福之中，而有的人却在遭受着灾难的折磨。

那么，我们为什么不去帮助他们？帮助他们重新找到应有的幸福呢？也许我们的力量是有限的，可是最重要的是付出爱心，哪怕只是在精神上安慰他们一下也好。

也许你今天能给予别人的帮助，是你的心而非你的钱，这也不要紧，有爱心是最重要的。青少年朋友，你可以少买一件你并不是十分需要的物品，你可以用自己的爱心去帮助灾区或者在你身边遭遇困难的人。

爱心是人生中最宝贵的东西，拥有无私“爱心”的人是善良的人。

在这个世界上，没有人必须为谁做什么，也没有人必须要做什么，很多时候爱心行动是一种自觉自愿的行为。如果每一个人都拥有爱心，都愿意以爱心去面对生活，面对工作，面对朋友，那这个世界将多么美好啊！

拥有一颗爱心，常怀感激之情，就如同在心中点燃一盏灯。灯的光芒，足以温暖冰冷的心灵，足以赶走沉寂的黑暗。拥有爱心，学会感激，就如生活在一个温馨浪漫的家园里，足以让你享受甜甜的梦、浓浓的爱。所以，青少年们要用自己的爱心去温暖身边那些需要爱的人。

爱是无价的，爱也是不易言表的，爱需要我们自己去体味。只有付出了爱，才会收获爱的芬芳，只要我们真心地想着他人，那就会收获他人的爱心。

爱心是每个人都需要的，如果没有爱心，那么外表看似充实的生活其实非常空虚，人生就没有真正的价值了。拥有一颗爱心会让你感受到人间的真情所在，让你的生活充满绚丽色彩。因此，青少年朋友在成长的道路上一定要充满爱心，对人对己都要一样。要时刻记得：奉献出自己的一份爱心，人生才会更加美好。

用爱温暖周围的人

著名作家罗曼·罗兰曾说："爱是生命中的火焰，没有它一切会变得黑暗。"

有人说：爱是理性的太阳，温暖着人群，照耀着世界，爱是感情的江河，浇灌着今天，滋润着未来。爱是无微不至的关心。

现实生活中，我们青少年应该多给别人一点关爱，有时候，长久的怨恨就在充满真诚的微笑中消散了。给别人一点关爱吧，也许一句微不足道的话语，就可以让荒芜已久的心田中绽放绚丽的花朵。俄国一位作家也曾经说："爱一个人，意味着要为他的幸福而高兴，还要为他能够更幸福而去做需要做的一切。"

一个从战场归来的士兵从旧金山（圣佛朗西斯科）打电话给他的父母，告诉他们："爸爸妈妈，我回来了。可是我有个不情之请，我想带一个朋友同我一起回家。"

"好啊，我们欢迎他！"他们回答，"我们会很高兴的。"儿子又继续说下去："可是有件事我想先告诉你们。

他在战争中受了重伤，少了一条胳膊和一条腿，他的家人不愿意接纳他，他现在走投无路了，我想请他来和我们一起生活。”

“儿子，真的好遗憾，也许我们可以帮他找个安身之处。”父亲接着说，“儿子，你知不知道自己在说些什么？像他这样的残障人会给我们的生活带来很大的负担。我们还有自己的生活要过，不能就让他这样破坏了。我建议你先回家，然后忘了他，他会找到属于自己的一片天空的。”

听到这里，儿子挂上了电话，从此以后他的父母就再也没有他的消息了。

过了几天，这对父母接到了来自旧金山警局的电话，警察告诉他们，他们亲爱的儿子已经坠楼身亡了。于是他们伤心欲绝地飞往旧金山，在警方的带领之下辨认儿子的遗体。令他们震惊的是，儿子居然只有一条胳膊和一条腿。原来先前儿

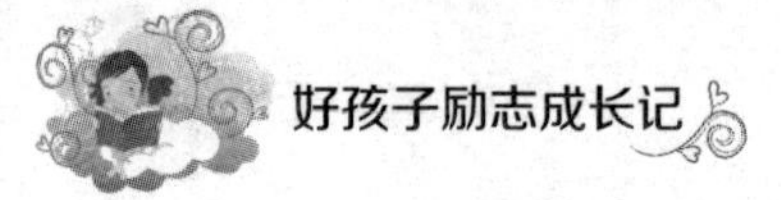

子所说的朋友正是他自己。

爱是人的一种基本需要，生活中缺少爱必然会给人带来烦恼等一系列消极情绪。

我们常常会发出这样的疑问：爱是什么？其实，爱是关心，爱是理解，爱是无私的奉献。

人的一生不能没有爱，有了爱的生活才是美好的生活。我们应该爱自己的亲人、朋友，更应该去爱周围的人，爱整个社会和全人类。

倘若一个父母只爱自己的孩子，却丝毫不关心、不爱其他的人，对其他的人表现得很自私，甚至残忍。这就是一种自私的爱，也可以说是一种虚假的爱，同时，这种爱也是一个悲剧。我们应该丢弃这种狭隘的爱。

爱是真诚的、纯洁的。爱可以让秃枝长满鲜果，爱也可以让受灾的群众重新唱起欢乐之歌。

爱是一种无私的奉献，爱是纯洁而美丽的，爱是宽容又和谐的……总之，只要你真心付出爱，就可以拥有别人给予的爱。

奉献他人，收获快乐与满足

蜡烛有牺牲自己的奉献精神，它愿意传递光明，愿意不断燃烧下去，直至成为灰烬，温暖周围的一切。

每一个正直善良的人都是一支蜡烛，他们愿意为人类的美好、祖国的昌盛、企业的兴旺、家庭的幸福去做出一番事业，不断奉献自己，释放出“耀眼的光芒”。

绿叶的一生虽然短暂，可是它的整个生命都在尽其所能地为别人着想，为别人服务。春季，叶子刚刚发芽，嫩绿的外衣给大地带来春的消息，把沉睡已久的大地装点得生机盎然；夏季，枝繁叶茂，浓密的叶子成为人类天然的保护伞，

阻挡了强烈的紫外线；秋季，老叶悄然落下，给来年的新叶提供了表现自我的舞台；冬季，叶子融入大地，为树木今后的成长提供了养料。

它不求名，不图利，默默无闻地为别人奉献了自己短暂的一生，这种精神多么可贵呀！正因为具有这种精神，它短暂的生命才变得光辉灿烂！

奉献是一种精神，奉献是美好的，也是美丽的，具有奉献精神的人在“给予”别人的同时，自己也在收获着快乐。

刘爷爷年近七旬，一个傍晚，他骑着自行车过马路，由于车筐里东西过重，自行车突然散架，他连车带

人摔倒在地，爬不起来。此时正是下班高峰期，路上车多人多，但不少路人不敢上前搀扶。

据刘爷爷回忆说，当时来了一个穿校服的女学生，她见状，立即上前将他扶起，并把散落的东西捡起来。

等他缓过神来时，这位学生就离开了。

但过了几分钟，她又回来了，叫来一辆三轮车，将散架的自行车抬上三轮车，送刘爷爷回家。刘爷爷问她叫什么名字，她婉言拒绝后离开了。

接下来的一个月，刘爷爷对此一直念念不忘，很想当面感谢她，于是，他便写信给附近的几所中学，希望能找到这位“活雷锋”。

几所学校收到刘爷爷的来信后，通过学校官方微博发布寻人信息，希望大家一起寻找，学生们也在微博上纷纷转发、评论。最终，这位“活雷锋”在大家的帮助下找到了，她就是某校高三年级的张小莉。

得知找到学生后，刘爷爷特意来到学校，当面向张小莉表示感谢。张小莉也告诉老人，这是一件很普通的事，也是她应该做的。

没有火柴自我燃烧的奉献，哪来蜡烛“燃烧自己，照亮别人”的美誉；没有根甘愿伸向泥土，许下永不见阳光的诺言，哪来一棵棵参天的古木；没有鲜花自我结束芳香的奉献，哪来枝头的果实累累……当你取得成功时，不要忘记，你的成功源自别人的奉献。

很多人都认为，自私是这个世上一切不幸的根源。那些贪欲强的人，往往为了满足自己永远不满足的“胃口”，绞尽脑汁，不停地去投机钻营，到头来却发现自己是被关在自建的监狱中的囚犯，伴随着自己的只是失落与悲伤。

因此，只要是我们能够奉献力量的事情，就不要吝啬自己的力量。不断地奉献自己，只会让我们变得更加有力量，而不会损失一丝一毫，我们在为别人送去快乐时，也为自己带来快乐。

赠予别人要慷慨些，那样，我们完全可以心安理得地享受善意带来的快乐。行善是美丽的，感恩也是美丽的，行善和感恩都是让人快乐的。让自己生命的能量化作亮光，既照亮别人，也让自己在光明里前进。

“润物”是一种奉献：牺牲自己，滋润他人。“无声”表明奉献时的情态：只在乎所出，不在乎所得。难怪杜甫喜春雨，少古今贤人都把春雨的这种精神融合到自己的为人处世之中。

奉献是一种美，是一种生命的感动。如果人不懂得奉献，还有什么资格去追求美呢?

青少年朋友，成为什么样的人全由自己的行为决定。只有乐于奉献，才能使自己的精神得到净化，使整个人生更加完美。相信，只要我们辛勤耕耘，乐于奉献，我们的明天将变得更加灿烂、辉煌，我们的生命也必将在奉献中得到升华，我们的人生也因奉献而美好。

生命的目的在于爱人

每个人的生活中，爱是一个不可缺少的重要元素。它就像蜜一样甜，像薄荷一样润喉，像春雨一样润心，像盛开的鲜花一样赏心悦目……在爱的海洋里，人们很容易陶醉其中。世间的爱有许多种，母爱是伟大的，父爱是豪迈的，朋友之爱是热情洋溢的……在人一生中会或多或少品尝许多种爱，有时人对爱的理解因渴求不同也就有所不同。其实，让世界充满爱是人类永恒的追求。

“让世界充满爱”这句话给人的启迪的确很深，因为在我们身边，父母的关爱，朋友的友爱，集体的温暖，无不使我们感动。

让世界充满爱，让我们爱每一个人、每一个生命！其实在我们的生活中，爱，永远是我们亘古不变的话题，这是因为爱的确在平凡的生活里给了我们太多的感动。

1991年，何平出生在浏阳市澄潭江镇吾田村。她的母亲患有脑膜炎后遗症，后来发展成间歇性精神病，经常几天不回家。父亲患顽固性支气管炎多年，1986年因车祸切除了脾脏，基本失去了劳动能力，还经常吐血，只能在花炮厂制引线。

父母治病要用钱，懂事的何平从五六岁开始，就跟村里的婶婶、婆婆学挣钱。上学后，何平依旧利用课余时间插引线、卷筒子。吾田小学校长何荣春老师，至今还记得每学期开学交钱，何平都会交来皱巴巴的一沓小额钞票，“都是她打工挣来的”。

何平12岁那年，弟弟何君出生了，但不久弟弟便被诊断患有先天性心脏病。2008年8月，弟弟心脏病突发。因为此前为了凑父亲的医疗费，何家早已借债数万元。为了让唯一的弟弟长大成人，何平到处打听能不能给弟弟免费治疗。

后来，她听说省慈善总会联手湘雅医院推出了一个免费治疗的项目，何平便一次次打报告，只身一人到省慈善总会，终于申请到了为何君免费手术的机会。

上大学时，弟弟一直是何平的牵挂。一次回家时，何平看到弟弟面黄肌瘦，连续几周重感冒，而且还有些自闭倾向。何平便带弟弟去检查，发现弟弟身体状况很不乐观，如果再不加强营养，会影响身体和心理发育。

要不带弟弟上大学？敢想敢做的何平很快用真诚打动了湖南科技大学附属小学的负责人。转学手续很快办好，而且学校免去了他们的学杂费，姐弟俩搬进了小小的家。

从此，何平利用课余时间一边做家教挣钱，一边学习，并照顾弟弟。她每天的日程安排得满满的：早上6点起床，自习一小时，招呼弟弟起床，早餐后送弟弟上学。中午接弟弟去食堂吃饭，打扫校园卫生半小时。晚上陪弟弟去图书馆学习，等到帮弟弟洗完澡、洗完衣服后，自己再看书，一般凌晨1点左右才睡。

除非父亲生病住院需要人照顾，何平基本不回家，因为觉得路费贵，也怕影响当家教。除了两人的开支外，何平每个月都要寄钱回家，以给父母看病、生活。

2008年7月31日，何平随意翻看着报纸，一则新闻吸引了她的注意。新闻里说一个男孩的妈妈得了重病，但因家庭贫困，男孩准备辍学打工，希望得到社会救助。

何平想到了自己的经历，毅然从自己的3000多元存款中分出了一半，亲自送到男孩家里。

1600元钱，对于还在上学的何平来说，无疑是个不小的数目，而何平却将这笔钱捐给了一个素不相识的人。面对记者，何平说，如果没有别人的帮助，爸爸和弟弟也得不到及时的救治，所以自己会尽力帮助需要帮助的人。

生命的目的在于爱人。我们做人到底拥有多少成功和快乐，这要取决于我们到底付出了多少爱，又有多少人在爱我们。何平做到了，她在奉献的同时也得到了大家对她的关爱。做人最可贵的是爱，爱的力量是巨大的，因为它能到达才智难以到达的彼岸。

爱人者，人恒爱之；敬人者，人恒敬之。爱是一种活动的情感，不是静止的东西。爱是我们生活中一种很特殊的经验，要想拥有它，最佳办法是把它施舍给别人。

诚如法国一位哲学家所说：“我们每个人都有很多的同

情、很多的爱心，这比维持我们生存所需要的要多得多。我们应该把它施舍给别人，它会使生命开花。”

当我们走过泥泞，走过坎坷时，留下的不是痛苦和辛酸，而是从关爱中感受到的甜蜜与温暖。爱，似石上的清泉，涤荡着人的灵魂；爱，似一缕清风，吹拂着人的心灵；爱，似皎洁的月光，柔柔地、亲切地洒满人间。

我们的爱心，可以装饰别人的梦，也能教会别人如何去爱。若我们每个人都能尽自己所能为这世界奉献自己的一片爱心，那么这个世界将会少了许多忧伤和怨叹！

因为有爱，我们的世界变得温暖，爱，让我们的生活充满激情。让我们去创造一个美好的世界，向身边需要帮助的人伸出援手，让爱荡漾在我们的身边。

热爱生活吧，相信未来会更加美好，让我们共同期待这世界充满爱，让爱驻留在我们每一个人的心灵深处。

盖茨“裸捐”的启示

微软公司创办人比尔·盖茨在接受英国广播公司访问的时候表示，他将把自己580亿美元的财产全数捐给名下的比尔与美琳达·盖茨基金会，一分一毫也不会留给自己的子女。

比尔·盖茨“裸捐”的壮举，给我们上了非常具有震撼意义的一课。比尔·盖茨的“裸捐”给我们青少年带来了重要的启示，主要有以下三点：

第一，该如何拥有正确的财富观？比尔·盖茨曾经说过这么一句话，捐献名下的财富，不仅是巨大的权利，也是巨大的义务。他的富豪同胞钢铁巨头安德鲁·卡内基也说：“在

巨富中死去是一种耻辱。”

石油大王洛克菲勒则称，多挣钱为的是多奉献。相信人们如果能理解这种价值取向，就会明白比尔·盖茨“裸捐”其实是再正常不过的事了。几乎每一个倾心于慈善的富豪都有这样的认知。

第二，该如何对待财富代际转移？古语说：“黄金满盈，不如遗子一经。”然而，很多富豪却并没有这样的概念，更多的富豪将毕生建立的商业帝国悉数传给子孙。有学者在对一些富豪做调查的过程中发现，家产越多，越希望孩子接班。虽说对于这种财富代际转移法谁也不宜置喙，但是，正如比尔·盖茨所说的，将财富全部留给子女，肯定不是“最能够产生正面影响的方法”。

第三，该如何保证善款得到善用？比尔·盖茨的“裸捐”，不仅是一种无私奉献精神的高度体现，而且也表明了他对基金会的高度信任。我们知道，为了保证善款能用得其所，比尔·盖茨夫妇不仅为基金会制定了许多规定，还明确表示欢迎外部监督，甚至鼓励举报者直接向司法机关检举。

以上三点对于我们来说是非常好的启示。

在比尔·盖茨看来，捐献巨额的财富既是公民的权利，也是公民的义务。孟子在很早的时候就说：“达则兼济天下。”作为新一代的青少年，我们要知道人生的价值在于奉献，奉献是用爱心铸就的一道彩虹，五颜六色，清新靓丽，带给人们温馨与快乐。让我们投身到乐于奉献的团体中吧，从现在做起，从自身做起，在奉献中体会幸福的真谛！

奉献自己，快乐他人

苏联一位著名的教育家曾说："对人来说，最大的欢乐、最大的幸福是把自己的精神力量奉献给他人。"

索取的幸福是短暂的，奉献的幸福是长久的。太阳的价值在于给大地带来无尽的光明和温暖，大地的价值在于给人类提供生息的空间和资料，那么，人类生存的价值何在呢？人的价值在于奉献，对大自然的奉献，对人类自身的奉献，人们在奉献中体现自身的价值，体会幸福的真正含义。

奉献，一个多么伟大的字眼，一种多么高尚的行为。它使孤寂的心灵重新获得希望，使寒冷的冬夜变得如春天般宜人。但有些人却把奉献当作绊脚石，以索取为荣，以索取为乐。

虽然这些人暂时可以得到一点蝇头小利，但却永远失去了人生真正的欢乐，也失去了自身的价值。他们已沦为吃喝的机器、玩乐的木偶，他们的生命早已在贪婪地索取中化为腐朽。因为，人生的意义在于奉献，幸福的真谛在于奉献，而非索取。

人生时时处处充满奉献。革命先辈的满腔热血是悲壮的奉献，英雄人物的舍己为人是伟大的奉献，老师对我们的谆

谆教诲是无私的奉献。

虽然我们无法像农民一样挥汗如雨，耕耘收获；虽然我们无法像工人一样开动机器，炼铁织布；虽然我们不能像战士一样戍边抢险，报效祖国，但是，我们可以努力学习，帮助同学，为集体做贡献，将来成为对社会有用的人。

正如有位哲人所说："人只有为自己同时代的人的完善，为他们的幸福而工作，他才能实现自身的完善。"

这些事情并没有见义勇为、舍己救人的事迹那么感人至深，甚至不足挂齿，但是却让我们感受到主人公那默默无闻、无私奉献的精神，因为周围的人因他的奉献而感到幸福、感到快乐。所以，他的人生是有价值的、有意义的，同时，他也是幸福和快乐的。

曾几何时，人们终日被"人活着究竟是为了什么？""活着有什么意义？"之类的问题困扰着，找不到人生的坐标，碌碌无为地过完我了自己的一生。这样的人生是平庸的人生。

爱因斯坦曾经说过："衡量一个人的价值，应当看他贡献了什么，而不应当看他取得了什么。”是的，人生的价值是给予而不是得到，是奉献而不是索取，这就是我们提倡的无私奉献的精神。

有些人把奉献作为自己人生的座右铭，视奉献为荣，以奉献为乐，在奉献中体味人生的幸福，在奉献中体现自己的人生价值，这样他们的价值将会得到社会的认可。

“不以善小而不为，不以恶小而为之”，把奉献作为自己人生的目标，甘于奉献，乐于奉献，必定会在奉献中实现自己的人生价值。

丛飞，出生于辽宁的著名歌手，1992年从沈阳音乐学院毕业后到广州闯荡，两年后到深圳发展。1994年8月丛飞应邀参加在重庆举行的一次失学儿童重返校园义演，从此开始了他长达11年的慈善资助。

当时，36岁的丛飞，唯一的职务是深圳市义工联艺术团团长，这是一份没有薪水的社会工作。作为一名职业歌手，丛飞以唱歌为生，但他又是一名五星级义工，10年来为社会进行公益演出达300多场，义工服务时间达到3600多小时。

作为一名著名歌手，丛飞的商演频繁，他本可以过上富裕的生活，但他倾其所有，累计捐款捐物300多万元，资助贵州、湖南、四川等地贫困山区的183名贫困儿童，自己却一直过着非常清苦的生活。

丛飞先后被授予“中国百名优秀青少年志愿者”“深圳市爱心市民”“深圳市爱心大使”等荣誉称号。2005年5月丛飞被确诊患有胃癌，进入深圳市人民医院接受治疗。5月27日丛飞在病房中宣誓加入中国共产党。2006年4月20日丛飞离开了我们，年仅37岁。

丛飞生前曾多次表示：“帮助别人是一种快乐，只要给我生命，我就要给别人带来快乐。”

我们一直在追求幸福，追求快乐，然而，幸福源于奉献，快乐也来自奉献。能否奉献与财力无关，与能力无关，而是取决于一个人自身的意愿。如果谁说自己没有奉献的能力，那就想想丛飞吧！如果谁说自己不能带给别人快乐，那就想想丛飞那灿烂的笑容吧！

让快乐在生活中蔓延

微笑是人类面孔中最动人的一种表情，是社会生活中美好而无声的语言。微笑来源于心地的善良、宽容和无私，表现的是一种坦荡和大度。微笑是成功者自信的表现，是失败者坚强的表现。微笑是人际关系的黏合剂，也是化敌为友的一剂良方。

人人都渴望别人对自己微笑。当人们遇到挫折、心情不佳时，最想看到的就是微笑，最想得到的就是温情。尤其对于青少年来说，在遇到了困难或者挫折的时候，最需要的就是一个真诚的微笑。因为微笑如同伸出的温暖的手，能帮助他们走出痛苦的泥潭。

青少年们不妨笑口常开，用微笑去缓解紧张的情绪，让他人从我们甜美真诚的微笑中获得轻松和愉悦。所以我们每个人都要学会微笑。

第一，要笑得自然。微笑是发自内心的，是美好心灵的体现。这样才能笑得自然，笑得亲切，笑得得体。要注意不能为笑而笑，没笑装笑。

我们需学会在陌生的环境里微笑。对待陌生人，我们该多一些真诚和友善。当我们学会了微笑，我们就不会感到疲惫和紧张，我们的心情也变得轻松而愉快。当我们学会了微笑，我们在陌生的环境里感到的不再是陌生与冰冷，而是融洽和温暖。学会微笑，就学会了怎样在陌生人之间架起一座友谊之桥，就掌握了一把开启陌生人心扉的金钥匙。

第二，要笑得真诚。微笑既是自己愉快心情的外露，也是纯真之情传递的表现。真诚的微笑让对方内心产生温暖，有时候还可能引起对方的共鸣，使之陶醉在欢乐之中，从而加深双方的友情。我们要学会微笑，因为微笑是顺利交往的良方。在交往中微笑，在微笑中交往，微笑为交往助兴，交往为微笑生辉。学会微笑，因为只要你对他人微笑，一定会得到积极的回应。

第三，要在合适的场合笑。微笑并不是不讲条件的，也并不是可以用于一切交际环境。它的运用是很讲究的。当你

面带笑容时，你的心情不会差到哪里去。当你面对一个笑容满面的人时，你也很难不对他报以微笑。面对微笑，人们会觉得自己受到欢迎、心情舒畅，但对人微笑要看场合，否则

就会适得其反。学会微笑，因为一个微笑可以给人以亲切的感觉。无论你们过去是否相识，只要给人以微笑，一定会立即得到他人的微笑。在微笑中，双方走得更近；在微笑中，彼此得到了亲切的感觉。

第四，微笑的程度要合适。微笑是向对方表示礼貌和尊重。但是如果不注意程度，笑得放肆、过分，没有节制，就会让人有不舒服的感觉，从而引起对方的反感。

第五，微笑的对象要合适。对不同的交际对象，应使用不同含义的微笑来传达不同的感情。对于性格孤僻的人，如果你能立即给予微笑，他也会学着微笑；如果你能在微笑中与他促膝谈心，一定可以了解他们的内心世界。

学会微笑，因为一次交流从微笑开始，可以营造和谐的氛围。在交流中，首先带头微笑，一定能带动他人微笑；在交流中，大家都微笑，气氛一定会和谐、美好。我们应该微笑着面对人生。

不要猜疑别人

现实生活中，很多人都有猜疑、不信任他人的不良心态。猜疑是人性的弱点之一，历来是害人害己的祸根，一个人一旦掉进猜疑的陷阱，必定时时神经过敏，事事捕风捉影，对他人失去信任，对自己同样心生疑窦。由此可见，猜疑不仅损害正常的人际关系，还损害自己的身心健康。

青少年的多疑心态，往往体现为通过“想象”把生活中发生的无关事件凑在一起，或者无中生有地制造出某些事件来证实自己的成见，或者将别人无意的行为看成是对自己怀有敌意的行为，没有足够的依据就怀疑别人对自己进行欺骗、伤害、暗算，要弄阴谋诡计，甚至把别人的善意曲解为恶意，在人际交往中，猜疑无异于自筑鸿沟，严重时还有可能与对方反目成仇。

在日常生活中，我们常会遇到一些猜疑心很重的人，他们整天疑心重重、无中生有，认为人人都不可信、不可交。比如，看到几个人背着他讲话，就会怀疑是在讲他的坏话；别人对他态度冷淡一些，又会觉得别人对自己有了看法等，他们总觉得别人在背后说自己的坏话，或给自己使坏。

喜欢猜疑的人总是特别留心外界和别人对自己的态度，

有时别人脱口而出的一句话他也会琢磨半天，努力发现其中的“潜台词”。这样的心态使他不能轻松自在地与人交往，久而久之不仅自己心情不好，还会影响到人际关系。

有这样一个故事：

> 有一个人丢失了一把斧子，他怀疑是他的邻居偷了。他开始留心观察，觉得邻居走路、说话、神态都像是偷了他的斧子，他肯定邻居就是小偷。
>
> 但是，没过多久，他竟然在自家地里找到了斧子，之后再观察邻居，觉得他说话、走路、神态竟全然不像小偷的样子。

为什么这位丢失斧子的人会对同一个人做出两种截然不同的判断呢？这就说明猜疑是一种主观的想象和推测，它不是以客观事实为依据的。喜欢猜疑的人通常有以下几个特征：

一是缺乏健康的心理。别人善意的、正常的言行他们常常会歪曲地去理解。例如别人赞扬他，他会怀疑是在挖苦、讥讽他；别人批评他，他又会怀疑是攻击他；别人不理他，他又怀疑别人是在孤立他。过度的猜疑使其心胸狭窄，无法接受别人对他的正确评价。

二是思想过于主观。他们总是戴着“有色眼镜”去观察别人，用别人的举动来验证而不是修正自己的看法，因而常常歪曲事实，对别人产生怀疑。

三是对自己缺乏信心。他们总要以别人的评价来作为衡量自己言行的标准。当别人的态度不够明朗时，他们就要从不利于自己的方面去猜疑，自寻烦恼。

很久以前，有一个三口之家：爸爸、妈妈，还有他们年幼的儿子，另外还有一条忠诚的狗，他们亲密无间，以打猎为生，过着美好的生活。每当夫妇二人外出打猎时，狗就在家看护着他们的儿子，从不懈怠。

有一次，他们刚回来就被眼前的景象惊呆了——儿子不见了，只看到那条满嘴是血的狗。他们突然有一种天塌地陷般的悲痛：无比信赖的朋友背叛了自己，它吃掉了自己的儿子！愤怒之下爸爸举枪杀了那条猎狗。

这时，儿子从床底下爬了出来，哭叫着说："爸爸，你走后，有一条大蟒窜到屋里，我好怕啊！幸好有我们的狗保护我，它们开始打架。后来，可怕的大蟒终于被它咬死了。"爸爸非常后悔，于是就建了一座塔来纪念他忠实的朋友。

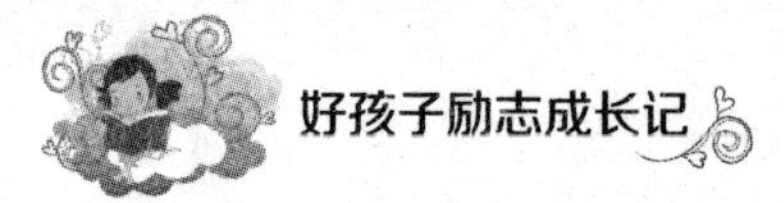

很多人喜欢听信流言，不做调查分析，最后做出了错误的判断。任何时候，猜疑都是人际关系的大敌。它会破坏朋友间的友谊，疏远同学间的关系，影响自己的情绪。

疑心太重的人，总怕别人争夺自己的所爱、所求、所得，怕别人损害自己的利益，终日疑神疑鬼，顾虑重重。如果你总是对别人不放心，那么别人还能对你坚信不疑吗？虽然说“防人之心不可无”，但是如果时时提防、处处疑心，永远都不会有知心朋友。

猜疑心重的人总是起疑心，对人对事不放心，小心过甚。当人有了猜疑之心，其对待朋友、看待事物，就不能从客观情况出发，进行合乎逻辑的判断、推理，而是凭借一些表面现象，主观臆断，随意夸大，进而扭曲事实，得出一个不切实际的结论，或者无中生有，把幻觉当真，把一些毫无关系的现象也当作事实材料，生拉硬拽来做证据。

自古以来，不知有多少人因为猜疑疏远了朋友，失去了友谊。猜疑不仅害己还害人。由猜疑导致的悲剧数不胜数。因此只有摒弃它，才能赢得朋友，才能迎来良好的人际关系。

那么，如何才能摒弃它呢？喜欢猜疑的人，要开阔自己的心胸，加强自身的修养，培养开朗、豁达、大度的性格。对于需要澄清的事实，诚恳同别人交换意见；鸡毛蒜皮的小事，不要过分地计较。不必过于在乎别人的态度与说法，“未做亏心事，不怕鬼敲门”“走自己的路，让别人去说吧！”这些话都是鼓励人们心胸坦荡、豁达开朗的。

人的一生，受他人的议论是在所难免的，只要时时检点

自己的行为，相信别人也不会跟自己过不去。对于似是而非的流言，不要偏听偏信，要理智分析对待，静观事情的变化，不能感情用事。有些人一听到流言，就暴跳如雷，“说风就是雨”，迫不及待地找上门去讲理争辩，可有时往往因为缺乏调查研究，找错了说理对象，反倒使自己十分尴尬被动。

过度地猜疑是自己折磨自己。“杯弓蛇影”的典故就是很好的例证。正所谓“天下本无事，庸人自扰之”，一个人如果疑心太重，到头来只能是自讨苦吃。

相信每个人都有猜疑别人的时候，有时疑心是人在社会生活中保护自己的正常心理活动，但过于疑心和过于敏感就是不正常的了。

青少年朋友们，人生在世，我们总是要与别人打交道。如果总是充满了猜疑，那是不可能在这个世界上很好地生活的。生活中，多一分信任，就多一个朋友，多一道交际的桥梁，也多一点成功的筹码。

好东西要与人分享

有位哲人曾说过："看一个人的价值，应该看他贡献了什么，而不应当看他取得了什么。"人生活在这个世界上，无时无刻不是与他人共同分享着：分享太阳温暖的光芒，分享星星闪烁的光辉，分享鲜花芬芳的味道，分享四季的变化和秋天的果实，分享音乐的悠扬，分享理想的浪漫和现实的丰富……要分享及能分享的实在是太多了。学会分享，你就能进入快乐的城堡。

有一个村庄里，一个果农经过长时间的研究培植了一种皮薄、肉厚、汁甜而少虫害的新果子，为此吸引了不少果贩子前来购买，这为他带来了不少的收入。

村里的人们看到他的新品种卖得很好，就想借他的种子来种，可被果农拒绝了。果农想：所谓物以稀为贵，如果大家都种这种果子，那定会影响自己的生意。

到了第二年，果农发现自己果子的质量大不如往年，很多人都不再买他的果子了。果农查找了所有的种植环节，但都找不到原因，只好去咨询专家。

专家到他的果园调查后对果农说："你种植的环节都没有问题，但如果你想让果子像原来一样好，就必须在附近地区都种这种产品。"

果农迷惑不解地看着专家。专家说："由于附近种的果子还是旧品种，而只有你种的是改良品种，在开花授粉时，新品种和旧品种一杂交，你的果子自然就变质了。"果农听了恍然大悟，于是把自己的新品种分发给乡邻，大家都有了好收成，不仅自己获得了财富，也帮助乡亲们获得了财富。

人们常说："施恩于人共分享""赠人玫瑰，手留余香"。美酒再好，一个人独享终究是乏味，只有与人分享，才能体会到更多的快乐。与人分享，是一种境界，更是一种智慧。与人分享自己的成功经验，会让更多的人成功；与人分享一项科学发明，会让一个行业蓬勃发展。分享爱，分享劳动，分享喜悦乃至分享痛苦，在与人分享时，你的物质财

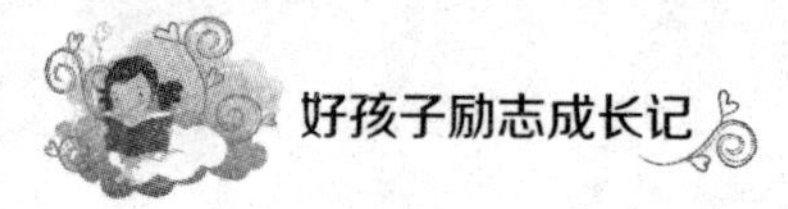

富、你的经验、你的思想，都得以深化、升华。

所谓“独乐乐，不如众乐乐”，我们青少年应该学会分享，把自己的东西主动拿出来，让大家共享。分享能将温暖和快乐传递给他人。在疾风骤雨中，与陌生人同享伞下的一片晴空，他的笑脸会如雨后的彩虹；取自家院中的一些井水，让左邻右舍在停水时也能遍尝甘甜，那么你家的院子里会充满欢声笑语。

与人分享快乐，你的快乐会加倍；与人分享幸福，你的幸福就会加倍；与人分享成功，你就会获得更多的成功。分享如同四月的阳光，温暖人的心房，拉近人与人之间的距离，何乐而不为呢？只有懂得分享的人，才是天底下最快乐的人。懂得与人分享，才是人生的真谛。

当你拥有六个苹果的时候，你会独自把它们吃掉呢，还是愿意把其中的五个让他人分享呢？如果你独自享用，你也就只能吃这六个苹果而已，如果你与他人分享，你就得到他人的友情，当他们有东西时，也会与你分享，你就可能得到另外五种不同的水果，尝到五种不同的味道。

懂得与人分享是一种大智慧。古人早已懂得“财聚人散、财散人聚”的道理，与人分享并不意味着自己失去什么，相反会收获友情，也会收获快乐。正如有位哲人所说的：“一分忧愁与人分享之后你将得到1/2的忧愁，一分快乐与人分享之后你将得到双倍的快乐。”与人分享的过程其实就是一个放大自己快乐的过程。

有一位年轻的编辑很有才华，他写的文章很受读者的喜欢，他与同事间的关系也很融洽，刚进杂志社的第一年就得了大奖。但他慢慢地发现，社里的同事，不管是上司还是同事，总是有意无意地针对他，他为此很是苦恼。他找到一位同事，想从他那里得到答案。

原来，这位年轻人获奖的作品，虽然他的贡献最大，但也有很多同事参与其中，并提供了帮助，他在获奖后，除了上级单位颁发的奖金之外，上司也给了他一个红包，还在公司里表扬了他。但他却没有感谢上司和同事的帮助，而是将所有的功劳归于自己，独享荣誉。

聪明的人懂得借与他人分享好东西之际，拉近自己与他人之间的关系，从而，为以后的发展打下基础。而愚蠢的人，往往在独享功劳、独享荣誉、独享快乐的时候，给自己带来想不到的麻烦。

多一点幽默，多一份快乐

在生活中，大家都喜欢和幽默的人在一起，因为无论走到哪里，只要有幽默的人在，绝对不会冷场。幽默在人际交往中的作用是不可低估的。美国一位心理学家说过："幽默是一种最有趣、最有感染力、最具有普遍意义的传递艺术。"

在现代社会中，每个人都愿意和幽默的人交朋友。在人们的生活中，需要幽默的存在，可以说如同鱼需要水、树木需要阳光一样。幽默感，是每个人应具备的素质之一，更是我们青少年应具备的一种为人处世的能力。

1．幽默是生活中的彩虹

幽默，是缓解紧张的人际关系的安全阀，可有效地缩短彼此间的距离，使人们从容地摆脱人际交往中的困境。幽默是健康生活的调味品，可使我们将内心的紧张和重压释放出来，促进身心健康。

幽默的语言，能使社交气氛轻松、融洽，有利于交流。人们常有这样的体会：在疲劳的旅途中、焦急的等待中，一句幽默话、一个风趣的故事，能使人笑逐颜开，疲劳顿消。

从某种角度来说，幽默是缓解紧张局面的灵丹妙药，是随机应变的有力武器。但幽默并不是低级趣味，使用低俗的、笨拙的、肤浅的、油滑的、尖刻的言语不是幽默，耍滑头、出洋相，也不是幽默。幽默让人在笑的同时有所感悟，幽默的语言要高雅且风趣。

俗话说熟能生巧，使用语言也一样，尤其是在开玩笑之时，比如说："我一人吃饱，全家不饿"，让人一听就明白说的是过独身生活。作家马克·吐温说过："戒烟最容易了，我就戒过200多次。"人们一听就会明白，他说的是老也戒不掉！这种说法意思明白，又很滑稽，显然都是经过艺术加工的，是创造性的语言，而这自然是出于智慧，这就是幽默。

2. 幽默是生活中的智慧

幽默，是一种健康的品质，也是当今人们应该具备的一种素质。那么，我们青少年应当怎样培养自己幽默谈吐的能力呢？

首先，要有渊博的知识和宽阔的胸怀，对生活充满信心与热情。其次，要有高尚的情趣、丰富的想象、开朗乐观的性格，这样才能成为幽默风趣、自然洒脱的人。因为幽默的语言是自然而然流露出来的，并不是想破了脑袋才蹦出来的一句话。幽默的运用要服从于思想、情感的表达，若仅以俏皮话、恶作剧来弥补幽默的不足，换取廉价的笑，则是浅薄的。幽默是日常语言的巧妙组合，以深入浅出为特点。

有这样一个故事：

一天，一位老师一进教室就看到了"老师说话向小鸡”这行字，老师明白这行字的意思，却装作什么也不知道，反而充满善意地说：“哎呀，这是哪位同学把咱班的同学说成小鸡了呢？如果把‘向’字改成这个‘像’字，恰好指出了老师身上的缺点，老师说话可不想‘像小鸡叫’。因此，老师一定要改掉这个毛病。谢谢给我提意见的这位同学，并且希望大家以后多给老师提意见。同时，希望这位同学努力学习，可不要再把老师这一个‘小鸡’误说成全班同学都是‘小鸡’。好，现在我们开始上课……”

从这个小故事可以看出，幽默的语言不仅反映出老师随和的个性，还显示出其聪明智慧及随机应变的能力。但需要注意的是，幽默既不是毫无意义的插科打诨，也不是没有分寸的卖关子、要嘴皮。幽默要在入情入理之中，引人发笑，给人启迪，这需要说话者有一定的素质和修养。

在与人打交道的时候，幽默是润滑剂，能使人际关系活跃起来。幽默是创造力的一种表现，使用幽默需要智慧，需要有广博的知识、敏锐的洞察力、丰富的想象力以及优雅的风度和自信、乐观的情绪。

在人际交往中，青少年有时难免会处于尴尬难堪的气氛中。这时幽默的言语便能帮助青少年摆脱困境，使气氛变得轻松和缓。幽默感并非天生的，掌握了以下三个法则，你也能轻松地说出令人倍感幽默的语言。

第一，要保持快乐的心态。一个好的心态是产生幽默感的前提。忧郁、烦闷、焦虑、愤怒是与幽默感无缘的。

第二，要时时处处有审美感。你只有进入了审美的角色，才能挖掘出生活中的喜剧元素。

第三，要善于运用艺术手法。比喻、双关、夸张、对照、谐音等手法，往往能产生幽默的效果。

青少年朋友要明白，在人际交往中，机智风趣、谈吐幽默的人往往拥有更多的朋友。大家都不愿同动辄与人争吵，或者郁郁寡欢、言语乏味的人交往。

幽默可以说是一种润滑剂，它使烦恼变为欢畅，使痛苦变成愉快，将尴尬转为融洽。所以，让自己变成一个喜欢幽默的人，让自己变成一个懂得幽默的人，让自己也能说出幽默的话，这样，你的生活一定充满快乐。

一位著名的哲人说过："在我的成长过程中，幽默是生活中的七彩阳光，没有它，就没有我五彩缤纷的童年，也没有我欢声笑语的家庭。"事实确实如此，幽默感是一个人高贵的品质之一。和有幽默感的人在一起，你会感到轻松自在，会感到他身上表现出来的智慧。

谨以此书，献给那些充满小毛病并努力想改变坏习惯，在成长中烦恼和在痛苦中磨砺的青少年。

成长的确是一个艰难痛苦的蜕变过程，有的孩子成长或许非常顺利，有的孩子成长或许很不容易，愿您在成长中学会成熟，走上铺满鲜花的美好成长之路！

好孩子励志成长记

—超好看的励志分享—

再见了懒惰

李丹丹◎编著

民主与建设出版社

图书在版编目（CIP）数据

再见了懒惰 / 李丹丹编著 . -- 北京 : 民主与建设出版社 , 2019.11

（好孩子励志成长记）

ISBN 978-7-5139-2687-4

Ⅰ . ①再… Ⅱ . ①李… Ⅲ . ①习惯性－能力培养－青少年读物 Ⅳ . ① B842.6-49

中国版本图书馆 CIP 数据核字 (2019) 第 269520 号

再见了懒惰

ZAI JIAN LE LAN DUO

出 版 人　李声笑

编　　著　李丹丹

责任编辑　刘树民

封面设计　三石工作室

出版发行　民主与建设出版社有限责任公司

电　　话　（010）59417747 59419778

社　　址　北京市海淀区西三环中路 10 号望海楼 E 座 7 层

邮　　编　100142

印　　刷　三河市天润建兴印务有限公司

版　　次　2019 年 11 月第 1 版

印　　次　2020 年 1 月第 1 次印刷

开　　本　880 毫米 ×1230 毫米　1/32

印　　张　30

字　　数　756 千字

书　　号　978-7-5139-2687-4

定　　价　198.00 元（全十册）

前　言

每一位父母都希望自己能培养出一个有出息的好孩子，然而随着孩子慢慢长大，父母们发现他们的这个愿望几乎是一种奢望。我们先不说那些不听话的孩子，父母难以管教。就是听话的孩子，他们的存在，也仅仅是为了获得老师的表扬、家长的奖励或是为了迎合其他长辈的种种期待，并不能算是真正意义上的“好孩子”。

换句话说，这类父母眼里的“好孩子”，其实早已失去了自我，他们只是活在大人为他们预设的期待里。这种好孩子是不真实的，他们只是在讨大家的“好”，是在为家长而活。我国社会目前这种培养孩子的方法，忽略了孩子的天性，束缚了孩子的自由成长，是对孩子不负责任的一种表现。

父母若想改变这种教育，真正对孩子负责，就要让孩子首先对自己负责，这是做人底线。没有对自己负责精神，何谈对别人负责，对家庭负责，对社会负责？

让孩子对自己负责，实际上是为了唤醒孩子的自我意识，把他们和别人分开，使他们懂得尊重自己，懂得珍惜自己的生命。同时，还要让孩子明白，犯了错误就得承担相应

的责任，并由此付出代价；知道自己成长过程中所要做的一切都是自己的事，比如上不上课，这与老师无关，与家长无关，与别人无关，只和他自己有关。

只有真正教会了孩子对自己负责，使他们知道自己现在该干什么，将来要做什么，心中有目标，奋斗有方向，实施有动力，并且踏踏实实，勤奋努力，永不懈怠，这样的孩子，才能算是好孩子，长大后才有可能成为有用之才。

那么，怎样培养真正意义上的好孩子，如何使他们健康成长呢？为了解答大家的疑惑，我们特地编辑了本套“好孩子励志成长记”丛书，包括《爸妈不是我的佣人》《做个内心强大的自己》《勇敢的做自己》《做个受欢迎的自己》《办法总比问题多》《再见了懒惰》《管理好自己的情绪》《我不再小气》《爸爸妈妈，我爱上了读书》《坏习惯，请走开》十册书，分别讲述了如何培养孩子良好品德、怎样提高孩子情商智商、如何培养孩子学习精神、怎样养成孩子独立生活能力等问题。可以说，是培养孩子成长的百科全书。

本套丛书综合国内外教育专家的最新成果，精心编撰，细心打磨，文字精炼，事例典型，能使每一个致力于孩子成才的父母，每一位为教育孩子成长苦恼的家长都可以从本套丛书中发现适宜教育孩子的不同方法和诸多措施，是一套家庭教育的优秀读本，适合不同年龄段孩子的父母学习和珍藏。

目　录

敢于正视自己的缺点

缺点是我们每一个人都有的，即使是再优秀的人也难免会有些缺点。有缺点并不可怕，可怕的是不敢正视自己的缺点。连正视自己缺点的勇气都没有，还怎么谈改正自己的缺点呢？

说出自己的缺点，其实一点儿也不会损害我们的面子。我们应虚心听取他人的意见，一旦发现自己的不足就应及时改正，让自己变得更优秀。

朋友，让我们来看一个小故事吧：

靠近街道的屋里坐了几个人，正无聊地批评他人的道德品行。坐在红色沙发上的这个人眉飞色舞地说："其实，刘明的道德品行还算可以，只是我实在受不了他的两项缺点，一个是容易发怒，另一个则是做事老是冒冒失失的。"

其他几个人听见他的这番批评，也都发出赞同的声音，附和说："没错，他是这个样子！"

但是，就在这时，刘明正好经过门外，听见众人居然聚在一起批评他，忍不住冲了进去，大声怒吼着："你说什么？"

接着，刘明抓住沙发上的这个人，用力挥了一拳。旁边的人见状，纷纷上前阻止："你为什么乱打人？"

刘明气呼呼地说："你说，我什么时候喜欢发怒了？又什么时候做事冒失了？居然在背后胡乱批评我，当然该打！"

此时，刘明的后面，忽然传来了一个嘲笑声："哦？你不爱发怒吗？你做事不冒失吗？你看，你现在的举动，不是刚好证实了这一切吗？"

一位哲人曾告诫我们说："也许你会忽略自己的缺点，但如果人们指出你的缺点，你还是视若无睹的话，那就表明你的判断力有待加强。"

你是看不见自己的疏失，还是不愿承认自己有缺点？想要提升自己的人生境界，就必须先战胜自己的缺点。每个人都会有缺点，而且有些缺点往往是人们不自知的。只有知道自己的缺点在哪里，你才能尽快改正这些缺点，既战胜自己，也让对手没有机会超越。

除了知道缺点，面对缺点外，最重要的还是如何克服缺点，战胜自己。贝多芬、张海迪、霍金等人的故事众所周知，他们努力地克服自己的不足之处，向命运发起挑战，最终获得了成功。

事实上，每个人都有自己的优点和缺点，都有自己的

长处与短处。不要总拿别人的长处来比自己的短处，别人也有短处。只要注意克服自己的心理障碍，积极发挥自己的长处，就能干出成绩，增强自身的自信心，抛掉自卑的心理包袱。

我们虽然不能像屈原、司马迁、阿炳、张海迪、史铁生、霍金那样杰出，但我们同样可以用自己的勤奋劳作，做一个对社会有益的人。

青少年朋友，抛却消极和自卑吧，没有阳光的日子，就享受阴凉和雨雪；没有明月的夜空，就欣赏恒星和流星；没有茶，白开水喝着也爽口。

坦然面对自身的缺点，要拿出任何厄运都不能奈何你的勇气和信心，这样生活中就会充满阳光。其实很多时候，只要你用心去感受，你就会发现老天在给你一些遗憾的同时，

会在别的方面给你很多。

你有很爱你的父母、很关心你的老师、很体贴你的朋友、聪明的大脑、良好的成长环境等。所以用心去发现身边的美丽事物，你会觉得自己其实还是很幸福的，又有什么理由要自卑呢？

那些缺陷和不足，其实跨过它们并不难，但那是在你对它们微笑、心胸坦然的前提下，如若反之，那么它们就会越积越多，使得你都不敢面对它们了。

亲爱的朋友，让我们从现在开始认识自己的缺点，勇敢正视自己的缺点吧！

没有人能不犯错误

有的人因为虚荣心，有了错误也不愿承认，这样做的结果只能是自毁名誉。当错误发生时，解决它的最好方法是及时认错，只有这样做才能挽回名誉，赢得他人的尊重。

承认错误虽然是一件好事，但愿意承认错误的人终究很少，心理学家高伯特说过，人们在不关痛痒的事情上才“无伤大雅”地认错。这话虽然说来不胜幽默，但到底是令人遗憾的事实。

许多人不愿承认自己的过错，这是避免麻烦心理的一种自然反应。而有些人明知自己有错而不愿承认错误，因为他们认为那是一件很丢脸的事情。

事实上，能承认自己错误的人，往往会得到别人的谅解，并给人以谦恭有礼、勇于负责任的良好印象。有时候，当你勇于承认错误时，别人为了减轻你的不安，反而会不自觉地为你辩护。

主动承认错误，本身就表现出了你的勇气与责任感，往往会收到意想不到的效果，更能赢得对方的好感与信任。所以，当我们错了时，就要迅速而坦诚地承认，因为用争议的方法，绝不会得到满意的结果，但用让步的方法，收获会比

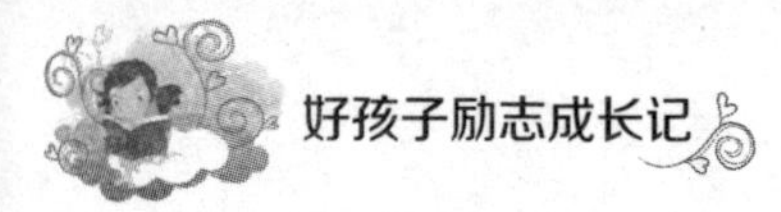

预期的多得多。

人非圣贤，孰能无过？青少年朋友，犯了错误就坦率地承认，不让错误继续蔓延下去，这才是明智的做法。

一位哲人说："认错是一种美德。"很多人都愿意指出别人的错误而拒不承认自己的错误，我们为何不反其道而行之，勇于承认自己的错误，成为智者呢？

朋友，我们来看一个勇于认错的小故事吧：

早晨，爸爸妈妈都出去工作了，小明和小丽待在家里做功课。他们做完了功课，感到很无聊，想要玩球，但是爸爸说过不能出去，只能待在家里。

妹妹说："不然我们玩捉迷藏好吗？"

哥哥说："好主意，我们就这么办吧！"

他们决定好了，哥哥来捉妹妹。哥哥蒙着眼睛数到20后就马上去找妹妹。但是，哥哥一不小心撞破了鱼缸。

他们急得像热锅上的蚂蚁，不知该怎么办。玻璃碎片掉满地，鱼缸里的水也流了出来，里面的鱼都是爸爸花很多钱买回来的，万一死了，爸爸一定会狠狠地骂他们一顿的。

他们又怕被玻璃碎片弄伤，于是赶快穿上鞋子，拿了一个水桶，里面装满了水，把鱼儿放进桶里。

爸爸下班回来，一开门就看到他的鱼缸破了，十分生气。小丽和小明马上向爸爸认错。

爸爸说："好吧，你们知错能改，我原谅你们。"

这则小故事告诉我们一个简单的道理："要敢于承认错误！"犯错其实不可怕，可怕和可悲的是犯错后不敢正视、不敢承认。

诚然，认错是痛苦的，并不是每个人都能事后认错。青少年在犯了错误之后，要勇于承认错误、承担责任。我们不怕承认自己的错误，不怕一次又一次地改正这些错误，这样，我们才会进步。

承不承认错误是态度问题，不是一个人的能力问题。能够承认自己的错误是青少年自信的一种表现方式。有时候，承认自己的错误和进行道歉也许不能从根本上解决问题，但承认错误和道歉是青少年正视问题、反省错误、解决问题的第一步，也是敢于承担的开始。

青少年在生活中要敢于承担责任，承认错误不仅是青少年改正错误的开始，它同时也代表了一种高尚的精神。

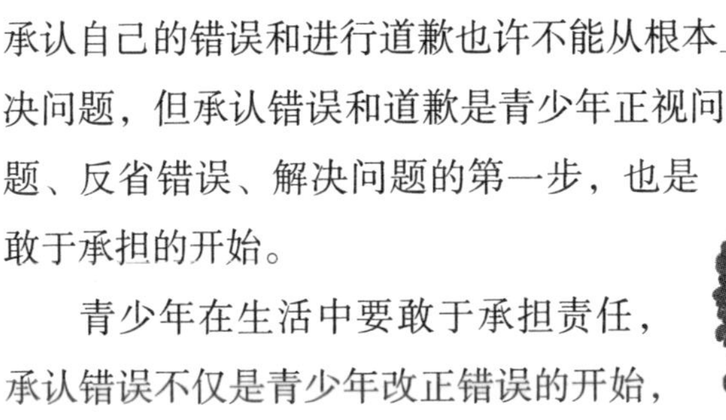

这里有一则能生动地诠释承认错误是一种高尚的精神的事例：

有一天，华盛顿想试试父亲前几天买来的那把新斧头是否锋利，就来到家里的大果园里，抡起斧头把一棵小樱桃树砍倒了。

那天吃过晚饭后，华盛顿的父亲很严肃地把全家人召集到一起，他看着每个人，质问道："是谁砍了我的樱桃树？你们知道这棵樱桃树是我花了多少钱才买来的！"

大家你看看我，我看看你，有的说："不是我。"有的人在私下小声议论。这时只有华盛顿坐在一边，低着头没有说话。他被吓坏了，万万没想到自己闯了大祸。

“该怎么办？我要不要说实话呢？”华盛顿感到父亲严厉的目光在看着自己，家人也像在议论自己。他很犹豫，真想藏起来，躲过这个难堪的时刻。

经过一番思想斗争之后，他看看父亲，站起身说：“爸爸，我要鼓起勇气承认错误。樱桃树是我用斧头砍倒的。”大家都吃惊地望着华盛顿。

父亲听后愣了一会儿，随后很快露出了笑容。他高兴地说：“好孩子，你承认错误的这种精神比樱桃树更有价值！”

勇于认错，看起来简单，但在现实生活中，却是一件不容易做到的事情。认错，就意味着要对所犯的错误负责，要承担错误所引发的一切后果；承认错误，就会给自己的精神、物质等方面造成一定的损失。

在当今一些过度看重物质利益的人中，认错成了他们习以为常加以回避的事，他们把眼睛始终盯在自己一时的小利上，面对错误，总没有承认的勇气，更没有改正的决心。

其实，犯了错，你认与不认，明眼人都看得见、辨得明，该担的责任和后果，你终究逃避不掉。

关键是，错误当前，要看你是勇敢承担、主动改正，还是拒不认账、最终受到被动追究。两种不同的方式，反映了两种不同的处世态度，也会带来两种不同的后果。对于我们青少年来说，当然是推崇前者。

认错是一种胸怀。有的人会说，认错会让人觉得没有面子。其实恰恰相反，勇于认错正是一种敢于担当的博大胸怀和铮铮铁骨的具体体现。

中国历史上的思想家们，都把能主动认错看成做人所必须具备的胸怀和骨气，都极力倡导和赞赏自觉认错的崇高境界。人活在世上，应该心胸宽广，无私无怨。假如心里有一点小小的阴影，那也必须自觉认识并主动地清除。

人只有平心静气地反省自己，承认自己的过错，才不至于重犯过去的错误；只有刚烈正直，才能成为一个顶天立地的伟人。能否主动认错，能体现出一个人的胸怀是否宽广，为人是否正直，做人是否有骨气。

认错是一种美德。勇于承认错误，就是勇于承担责任。一个不愿意认错的人，必定是一个没有责任感的人。中华民族是一个有责任感的民族，勇于承担、敢于负责是我们民族的传统美德。

认错也是一种修养。现实生活中，我们稍加注意就可看到，一个敢于认错的人一定是个有修养的人；一个有修养的人，必定是个勇于承认自己错误、有担当的人。反之，一个没有修养的人一定是个不愿认错、更不敢担责的人。

认错更是一种智慧。有人说过：“一个不会认错的人一定是一个愚蠢的人。”暂且不说这句话是否完全正确，但可以肯定的是，不会认错绝对不是聪明之举，至少可以说是目光短浅。

从表面上看，承认错误，可能要担起因认错而带来的一切责任，会给自己带来一时的不利。但长远地看，认错既可

以避免重犯错误，使自己的人生之路变得更为顺畅，也能使别人看到你的坦诚、你的光明磊落、你的敢做敢当，从而更多地得到别人的信任，使你得到更多的支持和发展空间。

大凡智者，绝对不会有错不认、知错不改。古时就有“吃一堑，长一智”的说法，说的就是有了错误，只要充分认识到错误，勇敢地承认和担当，并认真地加以改正，这样，错误就会成为上进的阶梯，给自己增添处世的智慧，就会变坏事为好事。这是古人对生活经验的哲理性概括，对我们有着重要启示。

伟大的文学家莎士比亚说过这样一句话：“一个人有了过错，只要能诚实地认识并改过自新，这就是福气。”莎翁这个“认错是福”的观点，也从一个侧面说明了认错是一种智慧。有错不怕，只要我们充分认识、勇于面对、及时改正，我们的路就会越走越顺，前进的步伐就会越走越快。

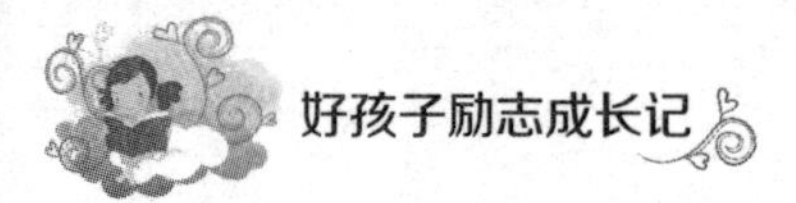

古语“人非圣贤，孰能无过”，说的是人并不都是圣明贤达之士，总会有过错的。实际上，即使圣贤，他们也不认为自己没有过错。又说，“智者千虑，必有一失”，这是说人再聪明，也有犯错误的时候。

说到底，只要是人，不管你是什么样的人，你都会有过错。既然过错是难免的，那我们就应该学会勇于认错，主动改错，从而少犯错。

勇于认错作为每个人都必须具备的基本素质，应该成为我们的自觉行动，更应该变成我们开拓进取、不断前进，推动人生走向辉煌的一种动力。

如果只是认错而不改正，那是徒劳的。从另一个角度来看，敢于承认错误并加以改正，也是某种程度上的自信，只有敢于承认不如人，才能胜于人。

改正错误需青少年培养开阔的胸襟、豁达的心境。青少年能够具备改错的能力，才能够算是自己主宰自己。要真正做到，而不是让自己停留在后悔、烦恼上，更不能文过饰非。改正错误，是青少年在任何时候都可以而且必须遵守和施行的原则。

敢于承认错误的人是一个值得欣赏的人，是一个诚实的人，是一个值得信任的人。陶行知老先生曾有这样一副对联：“千教万教，教人求真；千学万学，学做真人。”青少年在错误面前，要勇敢认错，知错就改。

不要随便否定自己

随着青少年身体的快速生长发育，心智往往与身体不能平衡发展。许多青少年朋友因为不能适应这种新的变化，往往容易轻易否定自己的一些正确的思想主张，其实这是一种自卑心理。

青少年朋友，为什么否定自己呢？有几千条理由来说明为什么有人否定自己：因为他们太高或太矮，太胖或太瘦；因为他们头发太多或太少；因为他们不够聪明；因为没有得到他们认为重要的人的承认和重视；因为他们肤色黑或黄；因为他们有残疾；因为他们体弱多病；因为……

只要我们愿意，我们还能列举很多，我们有无数个要否定自己的理由。可是，朋友，你知道吗？要不想让困难挡住你，最有效的办法，就是不要轻易否定自己。

现在，让我们来看一个小故事吧：

高考落榜后，小天选择了参军。他从小身体不太好，来到部队后，尽管训练很刻苦很自觉，但成绩一直上不去。

小天急得很，却没有什么好的办法。后来，他请教了身边的一些战友，他们有的说他身体弱，有的说他身体协调性差，有的干脆说他不是当军人的料，有人甚至说他矫情。

小天心里有疙瘩，整个人都蔫了。一天晚上他站夜岗，碰巧是八班班长蒋华带岗。蒋班长对新兵从不训斥和责备，就是批评人也和风细雨的，新兵都喜欢找他倾诉烦恼。当时，小天就把心中的困惑一股脑儿地告诉了他。蒋班长一边巡逻一边给他讲了一个大黄蜂的故事：

“曾有几位动物学家一起探讨并得出一致结论：凡是会飞的动物，其形体必须是身躯轻巧而双翼修长的。正说着，一群大黄蜂飞临现场。

“看着大黄蜂肥胖、粗笨的体态再配上一对短小翅膀，动物学家顿时面面相觑。于是，他们去请教一

位物理学家，物理学家也觉得不可思议，因为根据流体力学的原则，大黄蜂应该是飞不起来的。

“无奈之下，他们又请来一位社会行为学家。社会行为学家幽默地说，答案很简单：大黄蜂必须飞起来，否则它只能被淘汰出局，死路一条。”

最后，蒋班长说：“困难是有的，但你需要做的，就是向大黄蜂学习，不轻易否定自己，向自己突围。”

从那时起，小天像是吃了“定心丸”一样，打消了消极的念头，安下心来学习、体会动作要领，苦练军事技能。

半年后，小天成了一名素质过硬的训练尖子，第二年，他也当上了班长。

青少年朋友，我们每个人都是一座有待开发的金矿，千万不要轻易否定自己。我们唯有鼓起信心，全力以赴地迎接挑战，才能开发潜能，超越自我。蜗牛和雄鹰，一样能到达金字塔的顶部，大黄蜂和小蜜蜂，一样能拥有高远的天空。

青少年朋友，随便地自我否定是个坏习惯，是不自信的表现。所有否定自己的人都有一个共同点，他们臆想出一个标准，并以此来衡量自己。他们深信，对自己的判断是完全正确的，而别人也是这样看待他们的。

结果是，他们一遇到那些可能让别人看出他们的自卑的场合，便退避三舍。当他们与其他人在一起时，便感到局促不安，产生心理障碍。

这样的人犯了一个错误。他们将自己的行为、外貌或特点同其他人的行为、外貌或特点混为一谈。如果他们患了丘疹、长了个大鼻子或者牙齿上有一个洞，他们就会觉得自己一无是处。

他们自怨自艾，当举止欠妥时，就认为自己是一个粗野的、令人讨厌的人。他们没有将自己作为人的价值同其行为分离开，而是将两者等同起来。

例如，你考试不顺利，只能说明你的成绩不好。如果你因此就认为自己是一个没有用的人或者感到自卑，那就完全错了。

假如人们只是判断自己的行为，就是说将其行为分为好或坏，那他们几乎不会有什么心理问题。只有人们将对自己行为的判断延伸到对他们个人的判断，而且还认为，一个犯错误的人在其他领域也是一个完全没有用的人时，他们才会产生严重的心理障碍。

千万不要这样想！你始终要将自己行为的价值同你作为人的价值区别开来。你可以对自己的行为下断语，但是不要对作为人的你下断语。

如果有可能改掉你的错误和弱点，你就要努力为之。如果你还没有能力战胜自己的弱点，你可以承认自己是一个有错误的人，但是不要对自身妄下断语。

在生活和学习中要多肯定自己，相信自己。每一个成功的人都有很强的自信心，他们既会在自己内心里相信自己，也会在公众面前表现出这样的自信心。

成功学的研究成果表明，自我否定是导致人失败的重要因素，它致使青少年不自信，对其成长发展极为不利。如果连自己都不相信，还能相信什么呢？

被别人否定，不被认同，这并不可怜，可怜的是自己也认同别人的否定，成为否定自己的帮凶。做事不被看好，长相不是那么令人满意，生活节奏比别人要慢一拍……年轻的我们，有这样的苦恼，其实并不可怕。

就像成功地塑造了“哈利·波特”形象的英国女作家乔安娜·凯瑟琳·罗琳，她曾失业、离婚，并靠救济金生活过，从小到大，她在别人的眼里一直是个普普通通、戴着眼镜、相貌平平的女孩，直至《哈利·波特》被大家追捧后，人们才认识了这么一个不起眼的她。

很少有人能一开始就被所有的人看好和认可。

曾经有位画家，在成名之前，也有过不被认同的亲身经历。他临摹了一幅名人的画挂在街上，请人用笔勾出画中的败笔，一小时后取回去一看，整幅画被画满了勾，他伤心极了，还发誓说以后再也不作画了。

他的妻子见此情景，跟他说："你再画一幅同样的画吧，就当送给我作为今年的生日礼物。"他答应了妻子的要求，很快地画好了另一幅一模一样的画。

他的妻子把那幅画又拿到了街上，请路人用笔勾出画中生动巧妙之处。没想到，原先被视为败笔的地方却又被另一些人认为是画得出色之处。

后来，这个人成了有名的画家。每次想起这件

事，他便提醒周边的人说："不要让别人的负面评价影响自己，我们不能做到让每个人都满意，只要做到让自己满意就好了。而即使一开始就被看好和认可了，只要我们稍有不慎，没有达到人们所期望的样子，他们还是会指责。"

对待指责和负面评价，我们正确看待了，就能激发自己的斗志，如果因此而失去自信，否定了自己，其结果，只能是使自己迷失了方向。

生活在这个竞争激烈的社会，每个人都铆足了劲往前冲，唯恐自己落于人后。没有人可以保证自己一辈子永远领先，被所有人崇拜和赞赏，所以，大可不必丧失信心，也千万不能自己先否定了自己。

同时，要相信失败来得越早越好，成功的人生就是由一个个失败夯筑而成。当很多人打击我们，试图击倒我们的时候，我们一定要记得自己肯定自己。

"别人长得比我漂亮，但我比她温柔；别人比我聪明，但我比他勤奋；别人现在比我过得好，但我有一天也会比他过得好……"

学会自我欣赏、自我鼓励，我们一定会让那些不看好我们的人对我们刮目相看。

每个青少年都有迷茫的时候，当一切变得晦暗时，人就开始畏缩起来，迟疑着不敢往前一步。然而，当自信的那盏心灯点亮，一切又恢复正常了，乐观和自信的性情再度发挥鞭策的作用，仿佛有一首伴行曲，鼓舞着青少年奋斗不息的心。

自我否定这个坏习惯只会把青少年引向失败，这是显而易见的。自我否定是一种消极的自我评价或自我意识。

自我否定的青少年往往过低评价自己的形象、能力和品质，总是拿自己的弱点和别人的强项比，觉得自己事事不如人，在人前自惭形秽，从而丧失自信，悲观失望，不思进取，有的青少年甚至就此沉沦。因此，青少年能否克服自我否定心理是一个重要的问题。那么，青少年要怎么样才能远离自我否定呢？

首先，要客观地了解自己，正确评价自己。爱自我否定的青少年不妨将自己的兴趣、嗜好、能力和特长全部列出

来，哪怕是很细微的东西也不要忽略。你会发现很多都是需要在生活中坚持的，根本没有必要否定。

其次，在想自我否定时转移注意力。不要老是关注自己的成败得失，而应将注意力和精力转移到对自己成长有益的事情上去，从中获得的乐趣与成就感将强化你的自信，驱散你自我否定的阴影，从而慢慢改变你爱自我否定的习惯。

最后，还要用行动向自己证明自己能行。看一件事有没有价值，根本用不着进行什么深奥的思考，只要做好了它就有价值。

因此，你可以先选择一件自己最认同的事情去做，做成之后，再去找下一个目标。这样，每一次成功都将强化你的自信心，弱化你自我否定的习惯，也会使你渐渐远离自我否定的坏习惯。

朋友，自信就是走自己的路让别人去说的那份潇洒；自信就是不屑埋没于庸俗尘世的声音，这种穿透了世俗的音律如一抹雨后的彩虹，它在空中画过一条美丽的弧线托起我们奔向未来。坚持相信自己，远离自我否定吧！

用行动代替抱怨

人们在遇到挫折的时候，似乎已经习惯性地抱怨上天对自己的不公。很少有人会想到，与其在一边抱怨，不如想想如何摆脱这样的困境。

过去的一切都已成为故事，识时务者为俊杰，挥别过去才能攀越巅峰；过去已成为历史，把历史甩到身后，才能去开创更灿烂辉煌的明天。

放弃过去，开始行动，才能感悟更精彩的明天。一旦开始行动，每天都是精彩的，每天的阳光都是新的，都是灿烂的。

亲爱的朋友，我们要学会接受失去的事实，用积极的心态来面对一切，行动起来。不管人生有怎样的得与失，也一定要让自己的生活充满光彩，而不是为过去的事抱怨、难过。一味地抱怨、难过只会让我们在原地踏步，解决不了任何问题。

青少年朋友，我们来看一个年轻人是如何用行动代替抱怨的吧：

有一位在校的大学生，发现大学里的教育制度存

在着很多弊端。其实这并不新鲜，许多同学都和他一样有着相同的看法，但是大多都是私下抱怨两句也就罢了！

起初，这位大学生也同其他同学一样，经常抱怨。但当他发现这根本起不到任何作用的时候，他决定行动起来。

于是，这个年轻人向校长提出建议。但是，他的建议没有被校长采纳。于是，他决定自己办一所大学，自己当校长，来完善大学的教育制度。

然后，年轻人开始想，办大学需要很多钱，至少得100万美元，这些钱去哪里找呢？如果等到毕业再去挣的话，等自己挣到那么多钱时，已经晚了。

于是，年轻人就每天冥思苦想如何能拥有100万

美元。同学们都笑他，说他有神经病。但这位年轻人根本就不在意别人的嘲笑，他相信自己一定可以筹到这笔钱。

终于有一天，他想到了一个办法。他打电话到报社，说他准备明天举行一个演讲会，题目叫《如果我有100万美元》。

第二天，年轻人的演讲吸引了许多商界人士参加，面对台下诸多成功人士，他在台上全心全意、发自内心地说出了自己的构想。

最后演讲完毕，一个叫菲利普·亚默的商人站起来，说："小伙子，你讲得非常好。我决定给你100万美元，就照你说的办。"

就这样，年轻人用这笔钱创办了亚默理工学院，

也就是现在著名的伊利诺伊理工学院的前身。而这个年轻人呢，就是后来备受人们爱戴的哲学家、教育家冈索勒斯。

我们周围不乏这样的人：事情办不成，却喋喋不休地抱怨，把一切不利因素扩大化，似乎自己有天大的本事，却容不得自己去施展，一副“天将降大任，却时不助我”的凄惨样。殊不知，正是因为这种态度，他们才成了一事无成的人。

其实，抱怨只是浪费时间，与其去责怪别人，不如先做好自己的事情。抱怨不仅于事无补，还让自己心情更糟。不如在现实的基础上行动，在有限的条件下，努力做到最好。

可是，现实中却有太多的人一直生活在无休止的抱怨之中。一个国际研究组织曾在25个经济发达国家进行一项名为“你是否每天都感到快乐”的调查，结果显示，60%以上的人的回答是否定的。其中20%的人认为自己“每天都不快乐”，60%的人常常生活在抱怨中。

事实上，上天是公平的，给谁的也不多，给谁的也不会少。所以，当一个人开始产生抱怨心理的时候，他完全是在跟自己过不去。

这世上没有谁比谁差多少，没有翻不过的山，没有过不去的坎儿，只要你不抱怨，认真地想解决问题的办法，拥有一颗平和的心，勇敢地面对自己，面对自己的内心，面对自己的人生，那么，你一定会活得很精彩。

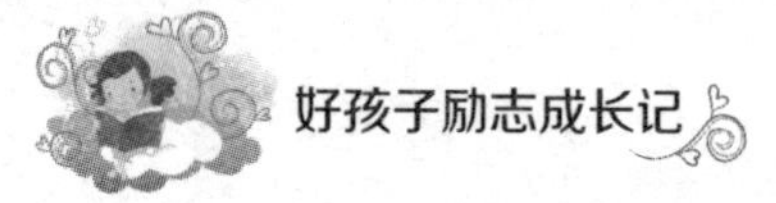

霍金就是一个典型例子。21岁的他，患上了少见的绝症，这无疑是他人生道路上的最大打击。但他没有停留在抱怨中，而是继续走他的路，用行动证明一切。

就这样，霍金坚强的意志征服了科学界，同时也让他取得了辉煌的成就。霍金身上折射出的不屈的精神和不怨天尤人的生活态度，永远值得我们学习，永远鞭策着我们前进！

萧萧秋风中，我们抱怨玫瑰凋谢得太早；思乡旅途中，为迟来一步而远去的客车，我们也抱怨过。由于有了这些抱怨，我们丧失了斗志，丧失了激情，不思进取，不求上进，我们的生活中没有了希望，没有了阳光，我们把自己锁在迷雾重楼之中，走不出自己给自己编织的牢笼，仿佛周围的风景只是给别人欣赏的。

走过去，前面风景更好；抬起头，世界更加美丽。不要让抱怨挡住自己幸福的双眸，不要让抱怨使自己错失成功的机会。抱怨不会给我们机会，更不会给我们成功。

一个寺院里有个特别的规矩：每到年底，寺里的和尚都要对住持说两个心里最想说的字。

第一年年底，住持问一个新和尚最想说什么，答曰：“床硬。”

第二年年底，住持又问那个和尚最想说什么，答曰：“食劣。”

而第三年的时候，那个和尚竟然没有等住持问话就说出了“告辞”二字。

住持望着那个和尚的背影说：“心中有魔，难成正果。”

住持所说的“魔”，就是新和尚心里无休无止的抱怨。像新和尚这样的人在现实生活中有很多，他们总是怨气冲天，牢骚满腹。他们从来感觉不到社会和别人为他们所做的贡献。这种心里只有抱怨的人，不会有所成就。

一个人的态度决定他的选择，而选择决定他的人生。因此，永远不要带着抱怨的情绪去面对生活，即使生活给你的是艰难与困苦。

改变对人生的态度，你就可以将艰难与困苦踩在脚下，提升自我。抱怨并不能改变一个人的命运，只能使人更加颓废；抱怨只能繁衍过去的不幸，加重人的负面情绪和不满情绪。

抱怨不仅是人性的迷茫，更是人性的溃疡。不要抱怨太多，不要盲目地去羡慕别人，“与其临渊羡鱼，不如退而结网”，放下抱怨开始行动，耕耘好自己的一方田地。

朋友，不要抱怨你的专业不好，不要抱怨你的学校不好，不要抱怨你住在破宿舍里，不要抱怨自己太穷或者长得太丑，不要抱怨你空怀一身绝技没人赏识你，现实有太多的不如意，放下抱怨，开始行动。

为什么抱怨的人会说活得很累？因为他只看到了自己的付出，而没有看到自己的所得。一个人的处境是苦是乐全凭自己判断，这和客观环境并没有直接关系。

你的爱好就是你的方向，你的兴趣就是你的资本，你的性情就是你的命运。各人有各人理想的乐园，有自己所乐于安享的世界。乡下人进城感到好奇，城里人下乡觉得新鲜，这都是短暂的。如果你不能适应生活，不能调整心态，你永远都会有烦恼，不论是在乡下，还是在城里。

如果你想排解愤世嫉俗的习气，想让自己心平气和，就不要抱怨，不要逃避现实。生活是主观的，多数人爱挑剔爱抱怨，拒绝接受现实的遭遇，却不明白在自己满腹牢骚、激动不安的时候，更会做出错误的决定。

你可能在为赶不上车子而抱怨，为什么不为能搭上下一班车而庆幸呢？如果你埋怨自己每天总要为了上学赶路，为什么不为自己拥有一双健康的腿而庆幸呢？有的人一辈子也干不成一件事情，因为其只知道抱怨；有的人即使处于逆境也不怕，其采取行动来解决问题，结果成功了。

亲爱的朋友，你就是你自己，好好地接纳自己，接纳生活，别人是别人，别人得到了是因为幸运也好，努力也罢，都不必羡慕，更不必妒忌。只有依照生活的本质，采取积极的行动，才能真正理解生活。

在面对任何艰难困苦、挫折打击时，都应该拥有一种平

和的心态，遇事不怒、不惊，态度温和，不怨天、不尤人，始终保持一颗平和的心，那么，这也是一种成功的人生。

亲爱的朋友，就在你抱怨的时候，也许，机会已从你身边悄然溜走了。真的，一切都不值得你去抱怨，你要这样想：一切都可以是你成功的阶梯。

大海如果失去了巨浪的波动，就失去了雄浑；沙漠如果失去了飞沙的狂舞，就失去了壮观；人生如果只为求得两点一线式的一帆风顺，那么，生命也就失去了应有的魅力。

因此，作为青少年，要杜绝生活中的一切抱怨，从现在开始，从脚下开始，积极行动起来，只有这样，我们才有可能走向真正的成功。

敢于挑战沉重的压力

大自然赋予了我们神奇的生命力，同时也给我们带来了永不停息的压力。压力从生命诞生开始，就与人们形影不离，从某种意义上说，我们无法从根本上消除压力的存在。

但是，压力也给不同的人赋予了不同的意义，压力是懦弱者不可任意逾越的鸿沟，是开拓者激发动力的源泉。因此，一个人要想取得成功，就不能逃避压力，要经得起挫折的锤炼，并勇敢地向压力发起挑战。

青少年朋友，让我们来看一个勇于挑战压力的故事吧。

著名生物学家童第周，出生在浙江省鄞县的一个偏僻的小山村里。由于家境贫困，小时候一直跟父亲学习文化知识，直到17岁才迈入学校的大门。

读中学时，由于他基础差，学习十分吃力，第一学期期末平均成绩才45分。学校令其退学或留级。在他的再三恳求下，校方同意他跟班试读一学期。

此后，他就与路灯为伴：天刚蒙蒙亮，他就在路灯下读外语；夜晚熄灯后，他在路灯下自修复习。功夫不负有心人，期末考试，他的平均成绩达到70多

分，几何还得了100分。

这件事让他悟出了一个道理：别人能办到的事，我经过努力也能办到，世上没有天才，天才是用劳动换来的。之后，这也就成了他的座右铭。

童第周就这样变压力为动力，不断向前，最终成为一个有名的科学家，为人类做出了巨大的贡献。由此可以看到，压力对于我们的发展具有重要的作用和意义。

英国大作家柯林斯的故事也足以说明这个道理。他读中学时，同寝室一个凶暴而爱听故事的学生每晚都用鞭子逼他不停地讲故事，稍有不满便用鞭子抽打他。

为了逃避鞭打，柯林斯每天用心观察周围的事物、构思故事情节并积极揣摩，久而久之，练就了出色的讲故事的本领，以后顺利写出了《月亮宝石》《白衣女人》等名篇。

上海的一位中学生，在国际竞赛中获奖了，在介绍学习经验时他谈到，在备考期间主动迎合老师的压力，对他的成功起了不可低估的作用。

既然压力对于一个人的发展具有推动作用，那是不是说，压力越大越好呢？当然不是。

压力过大会让人产生不快乐、抑郁、焦虑、痛苦、不满、悲观，以及闷闷不乐的感觉，觉得生活毫无情趣，自制力下降，人会突然发怒、流泪或是大笑，独立工作能力下降，平时好动的人变得懒惰，平时好静的人变得情绪激动，原本随和的性格突然暴躁易怒，对感官刺激无法容忍和回避，对音乐、电光、家庭成员或他人的交谈声等突然感觉无法容忍。

压力大容易使人与人的矛盾冲突增多，影响学习效果，使人变得健忘、倦怠、效率降低。

心理压力过大的人会变得冷漠而轻率，他们仍然能够处理小问题和日常活动，但不能面对他们担忧的重大问题，无法做出正确的决策，进而易做出草率的行为。

我们来看一个压力过大的事例。

在教室里，教授举起一杯水，问道："大家知道这杯水有多重吗？"同学们回答各异。

只听教授说道："它有多重不重要，重要的是你举杯的时间。一分钟，即使杯子重400克也不是问题，轻而易举。那么，举一个小时，即使它只有20

克，我想你也会手臂酸痛的。那么，举一天呢？恐怕就需叫要救护车了。同样的一个杯子，举的时间不同，结果也就不同。”

我们每个人都会有同这杯水一样的压力。如果你一直将它扛在肩上，它就会变得越来越重，迟早有一天，你会承受不了，不堪如此重负。你应该做的是，把它放下，先让自己休息一下。

我们每个人都不可能生活在真空里，工作、学业、生活

或多或少都会带给我们压力，但我们应当意识到这是普遍现象，压力每个人都有，只是大家感知的程度、对待的态度不一样罢了。

压力是坏事，也是好事，这要看我们从什么角度去看，

去分析。对待压力的态度很重要，甚至决定一个人的人生。如果我们感到生活与工作没有任何压力，那表明我们很可能是目标感欠缺、动力羸弱的人。

我们有些青少年喜欢得过且过，无所事事地打发着人生，白白地蹉跎了岁月。这样生命的意义将大打折扣，这样的人生将缺乏许多色彩。

压力本身就是我们生活和工作的调味剂。面对环境的变化和刺激，我们应该努力去体验快乐，积极适应，生命有时因压力而丰富。挺过去，你一定会体会到别样的精彩！

我们必须有适量刺激，才能更好地生活。刺激过度或不足，人都无法适应。适当的压力既有利于肌体平衡，也有利于心理健康。压力能够激发我们采取行动，促使我们去做某些事情。我们的生活需要冒一些风险，我们需要承受一些压力，以确保我们从生活中获得一些东西。

既然这样，我们就别再浪费精力去阻止压力进入学习、工作、生活了，应该试着以积极的态度迎接压力，并将其转化为动力，这才是根本。否则，我们在压力之下便会丧失信心，失掉勇气，没有了斗志，被压力所吓倒，被压力所蒙蔽，被压力所征服，被暂时的困难吓退了勇气，被面临的困境消磨了精神，被眼前的艰险击垮了信念。

压力面前采取什么态度，关系到我们一个人的人生哲学与人生的价值。只有勇于面对压力，善于把压力化为动力，我们的人生才会异常丰满，我们也才能充分体会到生命的意义。反之，如果我们只会逃避现实，不敢直面压力，我们的

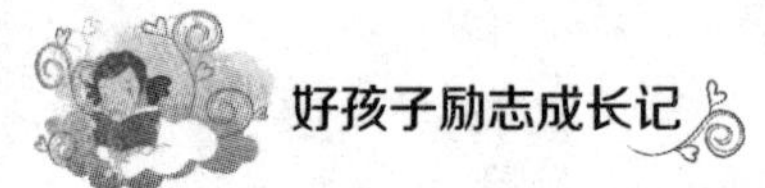

人生必将黯淡，我们的生命必将缺乏光彩。

对待压力的最好方法，就是正视它，并适时地放下它，然后再精神抖擞地举起它，给自己一个焕发精力的时间。

具体来说，要想变压力为动力，首先要做的是减轻“负载”。一般来说，人之所以压力大就是因为身上的负担过重造成的，可以通过写下你所看重的和你所背负的责任来进行比较，然后分清轻重缓急，放下那些不重要的，做到轻装上阵。

要变压力为动力，就要正确看待自己，要明白超人只存在于科幻剧和影片中。每个人都有自己的极限，来认识、接受你自己的“有限”，并且在达到你的限度之前停下来，减少不必要的压力。

当压力大到已经产生压抑的感觉时，找我们信赖的朋友或者心理辅导老师诉说我们的感受，直接减轻我们压抑的感觉，这有益于我们客观、冷静地思考和计划。

另外，我们还要注意饮食习惯，当我们处在巨大的压力之下时，我们常趋向于过量饮食，尤其是一些只会使压力增加的、不利于营养吸收的食物。均衡地摄取蛋白质、维生素、植物纤维，有利于代谢糖分、咖啡因和多余的脂肪，这是减轻压力和其他的影响所必需的。

还有，我们需要确保一些必要的体育锻炼，因为这能使我们的身体更健康，并且有利于消耗掉多余的肾上腺素。要知道，肾上腺素能引发压力和伴随而来的焦虑，所以，必须注意！

挑战自卑，做最好的自己

自卑是我们成功的敌人，是我们生命的绞索，似阴影般地遮蔽了阳光与鲜花，也遮住了我们的心灵。它使我们变得胆怯、懦弱，经不起生活的风吹雨打。

自卑是因为过多地自我否定而产生的一种自惭形秽的情绪，也是一种自尊的体现，当人的自尊需要得不到满足，又不能恰如其分、实事求是地分析自己时，就容易产生自卑心理。

自卑是我们心理不健全的体现，当我们的自卑心理形成时，就会从怀疑自己的能力到不能表现自己的能力，从怯于与人交往到孤独地自我封闭，甚至看不到自己的长处，不敢发挥自己的优势与人竞争，往往阻碍自己的发展。因此，我们应该挑战自卑，做最好的自己。我们要大声告诉自己："我可以！"

可是我们许多青少年朋友却因为这样或那样的原因，存在着程度不一的自卑心理，我们应该如何挑战自卑，克服自卑，成为一个自强的人呢？下面这个故事也许对我们有所启发。

我既没有骄人的外貌，也没有横溢的才华。在公共场合，我总是沉默寡言，很少发表自己的意见，总认为我的意见可能没有价值，说出来，别人会笑话我，还是别说为好。一直认为自己是只丑小鸭，而且永远变不成白天鹅。

偶尔从报刊上看到一则有趣的故事：

妈妈带儿子去动物园看大象。大象拴在矮矮的木桩子上，儿子的脑子里就产生了疑问：“妈妈，这么

大的象，一定很有力气，可是它为什么不挣断这细细的链子逃跑呢？”

妈妈告诉他：“这头象刚来到这里的时候还很小，当时就被拴在这小木桩上。它当时很想挣断链子跑掉，可是由于力气小，每次都失败了，于是就失去了

挣脱链子的信心。尽管它一天天长大，但不知道现在自己有很大的力量，用力挣一下，就能逃脱。它不敢这样想，当然也就不会这样去做，因而只好永远被锁在这里，老死在这里了。”

看完故事，对照自己，我明白了，原来是低估了自己，对自己缺乏信心。因此我下定决心改变我自己，克服自卑心理。

当然战胜自卑，不能流于口头，必须付诸实践，见于行动。于是我开始以实际行动改变自己。诸如：课后主动和同学攀谈，课堂上敢于大胆回答问题，并提出自己的异议。面对别人不屑的目光，我学着傲然面对。

一次特殊的经历，使我彻底从自卑的阴影中走了出来。

那是一个风和日丽、阳光明媚的早晨，语文老师进教室就说：“同学们，下周开展一项‘我来当老师’的活动，谁想尝试一下讲课，自愿报名。”

老师话音一落，班里就炸开了锅，沸沸扬扬。我犹豫了一下站起来说：“老师，我可以讲吗？”

老师用疑惑的目光看了我一会儿后坚定地说：“好。”讲课那天，我信心百倍地走上讲台。可是，面对同学们的嬉笑，我的额头开始冒汗，两眼不敢直视他们，“同，同学们……”

“哈……”教室里炸开了锅。

我的眼泪都快流出来了。突然，我见到了老师充满期待和信任的眼神，我鼓足勇气。

“同学们，今天我们来学习……”渐渐地我不再害怕，不再发抖，开始正视同学们充满了鼓励、羡慕的眼睛。我滔滔不绝地讲了下去，甚至连自己都惊讶：我哪来的这样好的口才？

“好，这节课就上到这里。同学们如果有疑问请下课来找我，急盼赐教。”我深深鞠了一躬，俨然一副老师的样子。同学们爆发出热烈的掌声，我便在这掌声中陶醉了……

这节课就好像是老师刻意为我安排的，它像一道闪电，驱走了我心中的阴影，我的性格从此变得开朗，我的生活不再是索然无趣，而是充满了阳光。

学校举办辩论会，我站在了队伍的最前列，课后，为一道题的答案正确与否，我和同学们争得面红耳赤，我再也不自卑了……

看完这个故事，我们是不是有所启发呢？其实，自卑并不可怕，只要我们像故事中的“我”一样，就能一步步地克服自卑心理，找到自我。

青少年朋友，让我们从认识自卑开始吧！自卑是一种心理不健康的表现，是影响青少年身心健康成长的大敌。

自卑是阻止我们成功的桎梏，它让我们在交往中缺乏自信，它让我们缺乏胆量，畏首畏尾，没有自己的主见。

自卑者总是能不停地找出优秀者的优胜之处，然后拿它们同自己的薄弱环节相比。于是，站在球场上看到别人动作灵活，我们便为自己笨得像牛而黯然神伤。比起优等生，我们总是记不住繁复的定理，在不算复杂的逻辑演绎中，我们感到头晕脑涨。

可是，我们为什么不告诉自己“我也有长处”？

一个高中生说，无论在车站等车，还是走进教室，他总是觉得有许多人在盯着他，挑剔他。为此，他处处不自在，坐卧不安，站立不稳，走路时也不自然。

淹没在这种情绪中的原因是综合性的，这是自卑青年的共同特征。如果无力改变穿戴陈旧的不合体的服饰，留自己不喜欢的发型，我们就会怀疑别人在嘲笑自己土气。如果认

为自己不漂亮，驼背、脖子长或腿短，也会感到周围的人把自己当成了怪物。但实际上，这些幻觉不难破除。如果我们提醒自己："不必太在意。"我们就会像一般人一样，恢复常态。

如果我们的理智更进一步地告诉自己说："没人注意你！"我们便会更加轻松。

事实也是如此，人们的眼睛通常是落在最美或最丑的事情上的，最容易忽略的恰好是一般的人和事。我们没有穿绫罗绸缎，也没有麻布加身，既不是美人，也不是丑八怪，因此我们身上没有过于吸引人的东西。

至于我们的内心世界，只有我们自己才会知道。此外，我们可以多交些朋友，与他们时常往来，或者坚持几种高强度的竞技锻炼，最终会连根去除那些怕人知道的心病。

自卑者信心不足，一旦遇到挫折，情绪会更加低落。我们常常羞于放声开口，来表达自己的思想。在开会或上课时，自卑的人不敢坐在前排，不敢在大庭广众之下行动自如。就连敲别人门的时候，也惴惴不安。别人无心的一句话，会让我们想上很长时间。但是，如果我们不想与公众生活脱节，我们就该催促自己说："不妨试试看！"

最关键的是，我们一定要明白："错了没关系。"如果我们强求完美，情况会很糟。假如放弃尽善尽美的标尺，我们反而会得心应手。青少年朋友们，让我们携起手来，向自卑说"Bye Bye"吧！我们要相信，美好的未来属于我们充满自信的新一代。

轻松地过好每一天

紧张是我们人体在精神及肉体两方面对外界事物反应的加强。好的变化，如取得好成绩、受到表扬、升学；坏的变化，如成绩不好、受到批评；都会使我们紧张。

我们紧张的程度常与生活变化的大小成比例。紧张使人睡眠不安，思考力及注意力不能集中，头痛，心悸，腹背疼痛，疲劳。普通的紧张都是暂时性的，突发性的紧张则是一种恐惧感。

与紧张紧密联系的是焦虑。焦虑是指一种缺乏明显客观原因的内心不安或无根据的恐惧，是我们遇到某些事情如挑战、困难或危险时出现的一种正常的情绪反应。

焦虑通常情况下与精神打击及即将来临的、可能造成的威胁或危险相联系，主观表现出紧张、不愉快，甚至是难以自制的痛苦，严重时会伴有植物性神经系统功能的变化或失调。

我们青少年由于日常生活学习的压力，会经常受到紧张和焦虑的困扰，让我们的生活不能轻松，心情不能愉快。朋友，我们来看一个故事吧。

小玲是某中学高一的学生，平时比较内向。随着期末考试的临近，她感觉压力重重，变得过度敏感，神经极度紧张，坠入了痛苦的深渊，不能自拔。

有一次，小玲一夜睡不着，当时也没当一回事，第二夜，睡得挺好，但是第三夜又睡不着了，她就开始害怕，开始紧张，突然想到自己的妈妈曾经失眠的痛苦。后来小玲对声音特别敏感，睡觉时听到呼噜声，或是空调声都会觉得害怕，觉得耳朵老是吱吱响，心跳就会加速。虽然白天她还是能维持较好的心情，但是有时候还是会突然想到自己的睡眠问题。

这种情况持续4个多月了，先是心理上的不适，后来导致了身体疾病。每天脑袋都昏昏沉沉的，而且夜里睡不好觉，精神萎靡，她意识到自己心中的焦虑

在一天天地加重，并且已经开始影响到了她的生活。

为了早一天走出困惑，她走进了学校的心理咨询室，在老师的帮助下开始调整自己的心态，她要好好地生活，不做紧张焦虑的“奴隶”。在心理咨询师的细心指导下，她已经恢复了往日的朝气与自信。在学期期末考试中，她还取得了好成绩。

她说：“没有了紧张焦虑的困扰，我变得轻松了，做事效率也高了，也有了足够的自信。”她还说：“紧张焦虑不是不可能消除的，只要你有信心，紧张焦虑一定会远离自己。”

小玲的遭遇让我们看到了考前紧张对她的影响，不过由于她及时发现并进行了处理，最终战胜了紧张焦虑，并取得了理想的成绩，真是值得高兴的一件事啊！

面对紧张焦虑最好的办法，并不是告诉自己“别紧张”，因为“情绪如潮，越堵越高”，抵抗、排斥紧张只会让它越来越猖獗。正确调整紧张焦虑的情绪，可以从以下几个方面入手：

（1）是要认识到紧张焦虑是难免的

美国前总统林肯被称为伟大的政治家。林肯出生于一个农民家庭，他曾是一个内心自卑却又渴望成功的人。他当上美国总统后，复杂的政事令他患上了较严重的抑郁症。他常常失眠，精神紧张，甚至对生活感到绝望。

但是后来他却在没有心理医生帮助的情况下调整了过

来，因为他喜欢上了做一件事情，那就是剪报。他每天都会剪下报纸上人们对他的赞誉之词，然后揣在口袋里。

在每一个重大会议召开之前，在每一次情绪紧张的时候，他就会掏出一张纸片，然后给自己鼓劲。将别人的鼓励随身携带，以舒缓紧张的情绪，这个完成美国南北统一大任的总统一直到去世都保持着这种习惯。

在围棋界，赵治勋被日本人称为“棋圣”。这个棋圣也有自己的怪癖，那就是在激烈的对弈中撕废纸和折火柴杆，他通过这两种方式来舒缓自己的情绪。因此，每当他出场比赛时，总要求工作人员为他准备一大堆火柴和废纸，一边折火柴杆、撕废纸，一边运筹帷幄。比赛结束后，细心的人们总会发现，他的座位旁边满是折断的火柴和撕成长条的废纸。

无论多有成就、多杰出的人，都未必能完全摆脱紧张的情绪。特别是在当今这个竞争激烈的社会，紧张焦虑更是每个人都需要面对的问题。不过，看那些名人们，对付紧张焦虑各有自己的一套妙法，这些对我们是不是也有一定的启发呢?

（2）是与其仓皇逃避，不如直面人生

要知道，紧张焦虑并不一定是坏事情。紧张焦虑可能是动物所共同演化出来的特质，在早期弱肉强食的生物圈里，逃避被吃掉，是延续物种繁衍很重要的因素。一只紧张的老鼠先祖，可能比一只不太紧张的长毛象，更能逃避猎食者的吞噬。

紧张焦虑是来自被毁灭的恐惧感，这种恐惧感造成各种生理上的反应，如发抖、流汗、肌肉紧张等，而荷尔蒙在这个过程中，扮演着重要角色。这种特质延续至今，似乎没有

减弱的趋向。

紧张与恐惧是有利于生物，但也会给生物带来很多困扰，如有些生物在面对恐惧时，反而会紧张得跑不动。很多生物对恐惧的反应就是逃避，不敢面对问题并解决问题。

当我们抓一只小白鼠时，大多拉它的长尾巴，小白鼠害怕就往前冲，我们就越要抓；若有一天，这只小白鼠突然开窍，不再逃避，反过来看看谁在抓它，并且回头来咬人的手指，抓的人一定会松手。

其实古人早就有许多对策，例如英国有一个谚语：遇到强敌，若不能逃跑，就面对战斗。因此，最好的态度，就是面对恐惧，冷静分析问题，找出解决的办法。

（3）是要能容纳小的紧张

对紧张带来的小动作，如果不是特别令人讨厌，就像看

待感冒时打喷嚏一样接受它们吧！台球大师奥沙利文的小动作纷繁多样，挤眉弄眼、咬指甲等都是他的招牌动作，他对此坦言是自己紧张所致，人们因此而更觉得他平易近人。所以，这些小动作只要自己坦然也没有大碍。

（4）是学会安慰自己

关键时候容易捅娄子的人，大多有类似“一考定终生”或“一面定终生”的想法。这时需要找各种证据来冲淡目标的重要性，比如“谁谁谁没考上也不是一事无成，谁谁谁考上了也不是一劳永逸”。最后，对结果持“谋事在人，成事在天”的态度，如告诉自己“升学考试成功与否，不仅与自己的能力有关，更取决于报考学校录取量的多少”。

而对那些由紧张衍生出的成瘾或回避问题，除了求助于专业人士，平时紧张时还可以放松一下肌肉，喝点水，做做深呼吸，去趟洗手间等，以身体上的放松来促进心理上的平稳。另外，闲暇时多体验“慢生活”，让心理恢复弹性，也能给紧张时提供一些可供想象的“画面”。

总之，当紧张的情绪反应已经出现时，我们就应该坦然面对和接受自己的紧张，应该想到自己的紧张是正常的，很多人在某种情境下可能比你更紧张。

不要与这种不安的情绪对抗，而是体验它、接受它。千万不要让自己陷到里边去，不要让这种情绪完全控制住你，正视并接受这种紧张的情绪，坦然从容地应对，有条不紊地做自己该做的事情。

人生就要越挫越勇

参天大树的树干上有虫蛀的印记，小草的嫩叶上也会有践踏的痕迹。无论我们青少年是大树还是小草，总要经过挫折的历练方可成才。

我们每个人都希望自己能够成功，不一定要像高楼大厦般地巍然屹立，即使做一颗小小的石子埋在泥土中铺成道路亦是很好。在成功的路上，每个人或多或少都会遇到挫折，当我们面对挫折时如何应对呢？是畏缩不前，还是越挫越勇？那当然是后者，将挫折化为前进的动力，迎难而上。

青少年朋友，让我们来看一个小姑娘傲视挫折、越战越勇的故事吧。

那天，我坐在琴凳上，弹一首温馨的曲子，琴声初始时很轻柔，好像一个仙女在翩翩起舞，我沉浸在音乐里——那是一片一望无际、充满生机的青草地，那里只有我。我轻轻地闭上眼睛，啊，多么舒适惬意呀！我静静地感受着阳光的温暖。风，拂过耳畔，扬起发丝的感觉。好棒呀！

琴声一会儿又低沉下来，就在这一瞬间，草地突然消失，一切都消失了，怎么了？

哦，是我中间断了一个地方，我又弹了一遍，可恶，还是断了！怎么办？指法太难了！还练吗？

我开始焦躁了，练就要耗费大量时间！算了，我从头再来一遍，没准儿能过呢？

抱着这样的侥幸心理，我从头开始弹了。可恶！又断了，又是这儿！

我心烦意乱，停止了练琴，随手拿起书架上的书翻阅起来，不经意间，我看到了孙中山先生说过的8个字“一往无前，越挫越勇”，这8个字刺痛了我的心。

唉，失败乃成功之母啊，坚持不懈就一定会成功，这是我从小就明白的道理，怎么忘了呢？仔细

想想，爱迪生在设备被一场大火严重毁坏，损失惨重时却说："灾难有灾难的价值，我们的错误全部烧掉了，现在可以重新开始。"这是何等的勇气和胸襟啊！

居里夫人在一间夏不避燥热、冬不避寒冷的破旧棚屋内从事脑力加体力的劳动，耗费了将近4年时间，坚持不懈，终于从几十吨铀沥青矿废渣中提炼出1／10克纯镭盐，她需要怎样的勇气和毅力啊！

不！我也行！想到这些，我又坚定地坐在了钢琴旁边，反复练着刚才断了的地方，虽然有时候也还会错，有时候还会急，但是我坚信，一定会弹好，一定会成功！

"一往无前，越挫越勇！"我越是失败，就要越勇敢，越坚定！果不其然，20分钟后，那个我所谓的"害群之马"就被破解了。

人的一生也许会遇到很多挫折，最简单的办法就是静下心来，仔细想想该怎么克服它；而不是变得焦躁，讨厌它，把它看成一道怎么也爬不过的墙。

这样，你不仅不能克服它，还会让一个个小小的挫折影响了你的一生；如果，你把挫折当作一湾浅溪，轻轻地跨越它，坚定地朝着自己的目标前进，你就会越来越有经验，越来越有勇气！

现如今，我们青少年大多生长在优越的生活环境中，就

像参天大树下的一株小草，从来没有经历过风吹雨打，所以应对挫折的能力也十分微弱，学习或生活中的一点点困难就足以将我们打倒。

再加上我们青少年的身心发展都不成熟、不稳定，一旦被打倒就很容易出现情绪上的波动，极度地悲观失望、自暴自弃，有些人甚至为此付出了宝贵的生命。

作为21世纪的青少年，面对挫折，我们唯有张开双臂，勇敢面对，越挫越勇，才能使自己永远立于不败之地。挑战人生中的挫折，才能让自己更强大。挫折是一个人走向成功不能缺少的，不要用“不可能”来否定自己，更不要害怕挫折，敢于挑战艰难困苦，才能真正地改变自己的命运。

我们青少年是祖国的未来，肩负着重大的使命，更要具有一种和挫折斗争到底的精神。不要因为一次考试的失利，而耿耿于怀；不要因为自己出身贫寒，而感到自卑；不要因为遇到阻碍和干扰得不到满足，而表现出消极心态；不要在苦涩的泪水中蹉跎、惆怅、忧伤。即便前面是暴风骤雨、电闪雷鸣，只要我们有满腔热血、斗志高昂，就一定能迎来东方冉冉升起的太阳。

挫折，也是一种幸运。挫折对于一个人来说，是一把打向坯料的锤子，打掉的应是脆弱的铁屑，铸成的将是锋利的刀剑。对于我们青少年来说，挫折不仅是一种磨难，更是一个学习和锻炼的好机会，就像那扑鼻的花香一样，只有经历过严寒才能向世人展示它的芬芳。人又何尝不是如此呢？只要能够保持乐观的心态来看待挫折，希望就永远存在，一切

都可以重新再来。

战胜挫折，有时不是硬攻，而要智取。要在挫折中吸取营养，充实自己。爱迪生在研制蓄电池时说过“每当我失败一次，就知道一种方法行不通”。在他看来，比面对4万多次失败的毅力更重要的是总结经验教训。

人生路漫漫，许多未知的挫折还在前方等着我们去挑战，如果我们冷静地分析后能够勇敢地冲上前去，也许，不用拆除，这堵墙便会消失得无影无踪。

青少年朋友，在困难面前，我们要越挫越勇！只有这样，成功才能离我们越来越近。如果有了这样的勇气，我们就可以骄傲地大声宣布：让暴风雨来得更猛烈些吧，我们是真正的勇士！

天空不总是灰色的

盒子里有一块面包——这是事实；盒子里就剩下最后一块面包了——你一边撅着嘴一边叹气；盒子里还有一块面包呢——我看到你微笑了！这可真是三种心态，三种世界啊！

由此可见，不易改变的是这个世界，可以改变的是我们的心态。面对同一扇门，有人悲观于门内的黑暗，有人却乐观于门内的宁静；有人悲观于门外的风雨，有人却乐观于门

外的自由。悲观与乐观，世界大不同。

青少年朋友们，我们来看一个双胞胎兄弟的故事。

有这样一对性格迥异的双胞胎，哥哥是个彻头彻尾的悲观主义者，弟弟是天生的乐天派。

一次，他们的父母希望改变他们极端的性格，在圣诞节前夕为他们准备了两份不同的礼物：给哥哥的是一辆崭新的自行车，给弟弟的却是一盒马粪。

到了圣诞节，哥哥先拆开了礼物，接着哭了起来："你们知道我不会骑车，外面还下着这么大的雪。"

就在父母想办法哄哥哥高兴的时候，弟弟好奇地打开了礼物盒子，屋子里顿时充满了马粪的味道。出人意料的是弟弟竟然高兴地跳了起来："快告诉我，你们把马藏在哪儿了？"

美好的事物在悲观者的眼里不再美好，讨厌的事物在乐观者的眼里也不再讨厌。

其实很多时候，事情的结果取决于我们的心态，心里充满阳光，整个世界都是明亮的；心里满是乌云，整个世界都是阴暗的。

悲观者说："希望是地平线，即使看得到，也永远走不到。"

乐观者说："希望是启明星，即使摘不到也能看到曙光。"

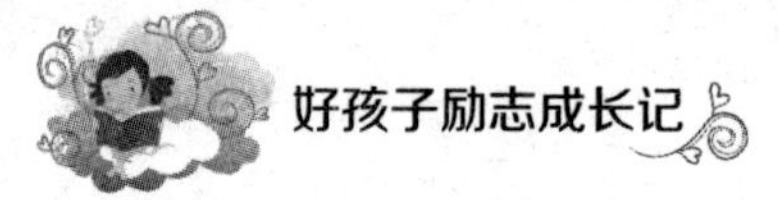

悲观者说："如果给我一片荒山，我会修一座坟墓。"

乐观者说："如果给我一片荒山，我会种满山的绿树。"

悲观者说："风是浪的帮凶，会把你陷入无底的深渊。"

乐观者说："风是帆的伙伴，会将你载到成功的彼岸。"

对于一些事物的看法，悲观者和乐观者有着截然不同的两种态度，一种是积极的，一种是消极的。面对人生，我们又该如何选择呢？

面对人生的挫折坎坷，你选择退缩，甘愿做一个懦夫，遭世人所鄙视，还是选择勇敢地站起来，找出不足和缺陷，重整旗鼓，以一个崭新的姿态屹立于世界东方？

面对他人对你的误解，你是耿耿于怀，处处给他人找碴儿，以解心头之恨，还是选择以一颗平静、沉稳、宽容的心去找他人解释清楚，从而成为一对友谊更加深厚、彼此更加爱护的朋友？

面对世俗的眼光，你选择逃避，永远蜷缩在属于自己的狭窄的小天地里，还是选择以自己的努力，向世界显示你的观点，以你的成果，打破这世界所有陈腐的观念？

如果让我选择，我会选择后者。因为，一个人只要具有了这些精神，友谊之花就会为他而开放，成功之花就会为他而绽放。在这样的一个世界里，他会活得很快乐。

在漫长的人生旅途中，谁都有陷入困境的时候。有的人从困境中走了出来，找到了光明的未来；有的人陷入困境，自暴自弃，无法自拔。这就是悲观和乐观的巨大区别！

人的一生会面对许多的挫折，需要不断地战胜自己，不

断地克服困难，才能度过艰难的时期。然而，面对困难，面对迷茫，有的人成功了，有的人却失败了。其实，那些成功的人之所以成功，是他们用自强不息的意志战胜了一条又一条的崎岖之路，才得以冲出困境的天空。

实验失败了，有人说：1000次的惨败，你该收手了吧！爱迪生却告别悲观：1000次的失败起码告诉我1000种材料不能制作灯丝。终于在他的坚持下，灯泡发明成功了！他若没有告别悲观，那人类不知还要在黑暗中摸索多少年。

细胞衰竭老死了，有些人悲观地躺在床上自怨自艾，等待别人的照料。伟大的科学家霍金却告别悲观，独自坐上轮椅，用僵硬的手指敲打鼠标，探索着那未知的世界。他若没有告别悲观，又何以成为一位用意志创造奇迹的伟人呢？

受到别人的嘲笑与羞辱，有人独自在角落默默哭泣，而

李阳却顶着骄阳大声地说“英语”。他告别悲观，用这种近乎疯狂的行为创造了“疯狂英语”。

女孩周周从小失去双亲，14岁那年爷爷去世了，随之好心的姑姑也失去了帮助她的能力。似乎全世界都抛弃了她。那一夜，她把一切泪水都留给了过去。告别了悲观，她要好好地活下去，14年前，她自卑、孤僻，甚至想过轻生。而今天，她阳光、自信，她曾这样说：“勇敢是悲伤的恩赐。”

小草被狂风压弯了腰，可它告别悲观、风雨后重新振作，面向朝阳；鱼儿被江流冲离了港湾，可它告别悲观，逆流而上，最终在故乡快乐地生活；云朵被风儿吹散，可它告别悲观，重新聚拢，为大地降下甘露……

俄国作家契诃夫的文章《生活是美好的》，教我们不要

悲观地看世间万事，要善于适时地满足现状；还应该很高兴地感到：“事情原来可能更糟呢。”例如你该高兴你不是拉长途马车的马，不是旋毛虫，不是猪，不是熊，不是臭虫……如果你这样想，生活岂不是很美好？

在告别悲观的路途中，勇气是必不可少的。

悲观与乐观是有区别的，那就是：乐观者在每次危难中都看到了机会，而悲观的人在每个机会中都看到了危难。

面对同一扇门，你会懦弱地无从选择、犹豫不前吗？你会悲观地恐惧、不安吗？告别悲观吧！也许你无法改变世界，但你可以摒弃悲观的心态，直面挑战与磨炼。

青少年朋友，让我们告别悲观，学会乐观吧！正如开篇面对同一块面包那样：哇！盒子里还有一块面包呢！让我们开心地大笑吧……

困苦让你变得更强大

不经历困苦的人，不知道自己有多强大。面对它时只要你能拿出勇气去努力面对，你就能把它变成你成功的垫脚石。我国有句古话：“艰难困苦，玉汝于成。”这句话向我们诠释了一个道理：只有经受住各种考验才会取得自身的不断进步。纵观古今中外，我们所知道的那些成功人物，那些为人类进步、社会发展做出过贡献的人，没有一个不是从残酷的考验中走过来的。

由此可见，困苦并不能成为我们放弃自己的借口，只要努力奋发，我们也能取得成功。

“人生不如意事十之八九”，总有面对困难的时候。而当这一切来临的时候，有的人陷入恐慌、焦虑、悲痛之中无法自拔。

但有的人却相信总有一条路是属于自己的，不抛弃，不放弃，努力地走了下去。只有勇往直前的人才能在努力后得到成功，驻足的人只能一直在原地痛苦着。

如果没有双臂，你会做什么？如果失去了一条腿，你能走多远？如果只有一只眼睛，你的世界又会怎样……这些不幸的人生假设，台湾传奇画家谢坤山都遇到了。

16岁那年，谢坤山因触高压电而失去了双臂和一条腿，后来又在一次意外中失去了一只眼睛。然而，就是这样一个看似极端不幸的人，却成了台湾家喻户晓的快乐明星。

他的故事被拍成了电视剧，美国《读者文摘》杂志也用十几种语言向全世界的人们介绍他的事迹和经历。

谢坤山用自己“传奇般”的磨难经历向世人阐释了一个道理：不管遭遇到什么，其实我们拥有的永远比失去的多！所有的困难都是暂时的！

“天有不测风云，人有旦夕祸福”，每个人都会遭遇困难，但在困难面前，每个人走出的路却是千差万别的：有的人路越走越窄，有的人路却越走越宽。

那么，当你的眼前出现困难时，你该以怎样的态度去驾驶生命的小舟？是让它乘风破浪，驶向彼岸，还是让它却步不前？

当然是尽你所能地向前进！用一种坚韧的意志，拿出你非凡的勇气，以百折不挠的精神去面对。只要你能做到，相

信你终会在“山重水复疑无路”中见到“柳暗花明又一村”的，你不仅会冲出困境，还会目睹“会当凌绝顶、一览众山小”的壮观。

亲爱的青少年朋友，你们应该知道，每个人都会遇到

困难，不管是在学习上、工作上，还是生活上，关键看我们如何去面对，怎么去克服。要获得成功，就要学会勇敢地面对，就要在困难中找方法，找出路。有思路，才会有出路；有思路，才会取得更大的发展。

青少年朋友们，一定要记住，困境面前不是没有路，而是你没有发现路，如果你能尽己所能地冲过去，那么你就会惊奇地发现原来出路就在自己的脚下。

一个成功的人并不是生下来就很聪明、很能干，而是在困境中仍对未来抱有希望，对自己不失去信心，不断努力，不断奋斗，自强不息的结果。

困境中是最能激发自己斗志、挖掘自己潜力的时候。那时的我们是多么地渴望证明自己，而这会让我们拼命地努力要证明自己。在这样的努力中，人的潜力会被一点点地挖掘出来。而这时的我们是不是也该感谢困境和挫折？是它们让我们发现了自己的潜力原来还有这么大！

青少年朋友，请努力证明我们在困境面前也是一样的坚强，让所有的困境都在我们的努力下化为乌有，让我们成为个在挫折面前勇往直前的强者。笑对一切，感恩一切，用行动把挫折一个个赶走，那时成功之光就会洒向我们。

抱怨是弱者的表现

朋友，我们要想成功，就得靠自己勇往直前的奋斗来实现；但在前进的途中，我们不可避免地会遇到挫折、困难，或者失败。此时，我们不能一味地去抱怨生活，抱怨命运，抱怨他人，因为抱怨绝对不是成功的良药，只要我们不屈不挠地努力，就会让自己更加自强，最终走向成功。

抱怨不会给我们带来任何帮助，也解决不了任何问题，反而会成为我们前进路上的绊脚石。成功从来都不属于那些抱怨的人，只有我们用实际行动一步一步往前走，才会有成功的希望；否则，你只能在原地踏步。

青少年朋友，你要是不相信，请看下面故事中两个人的不同经历吧。

张维和向柯从职校毕业后，他们一起在一个工地上干活。张维整日怨天尤人，看什么都不顺眼。而向柯好像天生不知道发愁似的，他总是很快乐，每件事情他都觉得很有趣。

比如这天，两个人坐在一起吃午餐，张维打开饭盒，又唠唠叨叨地抱怨道："唉！又是米饭加白菜……我最讨厌吃的就是米饭加白菜了。"

第二天，两人又在一起吃午餐，张维仍然是一边打开饭盒一边抱怨：“今天天气真糟！天啊！怎么又是米饭加白菜？为什么我总是要吃这种讨厌的东西呢？”

第三天，向柯特意多准备了一些豆腐，午餐时请张维品尝。

张维说：“谢谢你，你看，你的午餐每天都不太一样。可我太不幸了！日复一日都是米饭加白菜！我真的受够这种日子了！”

向柯实在忍不住了：“嘿，老兄，你为什么不叫你家人给你做点其他好吃的？”

张维好像没听懂向柯的话，愣了半天，满脸疑惑，这才说道：“你在讲什么啊？我的午餐都是我自己准备的。”

“啊？”向柯惊诧地说，“那你怎么不准备点别的呢？”

“唉，我觉得那样很麻烦呀。”张维显得无可奈何。

向柯只好摇摇头，不知道说什么好。两个人还是按部就班地干自己的活。张维总是牢骚不断，一边干活一边抱怨。而向柯总是对工作中的技术问题充满兴趣，甚至对其他的工作，也一有空就在旁边观摩学习。

有一天，老板的朋友来工地考察，在工地上与工人攀谈起来，他问张维与向柯：“你们怎么看待自己的工作？”

张维好像终于有机会好好地抱怨一下了，他没完没了地说道：“要不是混口饭吃，谁干这活啊！整天码砖砌砖，累得一身臭汗，也挣不了几个钱！”

向柯却说：“您别看我们的工地现在看起来只是一堆钢筋水泥和砖块，等它建好以后，它会是全市最高、最漂亮、最有特点的建筑了。想到这里，我就很兴奋！不信你就等着瞧！等它建好以后，你可别忘了，这么漂亮的建筑也有我的汗水呢！”

老板的朋友不由得笑了，他对这家公司的老板说：“你千万不要忽视那个叫向柯的小伙子，他一定很有前途！他适合做一些更有价值的工作。”

自然，后来的故事没有什么悬念：向柯的老板注意到了向柯，提拔了他，还送他去参加专业培训。几年之后，向柯已经成为这家公司的副总了。可张维仍然干着砌砖的活，也仍然每天不停地抱怨着。

不同的人生态度，最终导致了不同的结果。现实生活中，我们常常会听到有人抱怨命运不公、机会不等，这起不了任何作用。

我们都应该非常清楚，一个差学校不会因为你的抱怨，就会变成一个好学校。客观是不会以你的主观意志为转移的。与其抱怨，不如奋发。

抱怨甚至有一种特殊的“功能”：把负面的事情统统吸引到你的身边。如果你的思绪总是围绕着痛楚、悲惨、孤单、贫穷和倒霉来展开，那么，强大的“负面能量”就会把你的命运引向凄惨或不如意的境地。

相反，如果你总是谈论或者想象美好的事物，你就会不自觉地用健康、快乐、平安等情绪来暗示自己，从而强化自我的“正面能量”，使你的生活越来越快乐顺畅。

既然这样，那么，青少年朋友们，我们为什么老是跟自己过不去呢？为什么不想想我们怎样在现有条件下发挥自己的主观能动性呢？

确实，我们不能抱怨太多。要是你每天抱怨你的薪水微薄的话，你永远没有可能加薪，因为你把精力都集中在薪水上，而没有考虑如何把工作做得更好；同样，如果你每天都抱怨学校太差的话，你永远不可能读好书，因为读书需要全身心投入。

在这个社会上永远不可能有完美的条件，自强而成功的人生是人类自己创造出来的，没有任何捷径可走；世间也没有真正意义上的障碍，我们所谓的障碍，只不过是自己内心的障碍。而只有放下抱怨这道障碍，你才能逐渐自强起来，才可能会成功。

过去的一切都已成为故事，昨天都已成为过去，让昨天随风飘散，告别过去才能攀上巅峰；过去已成为历史，把历史甩到身后，才能去开创更灿烂辉煌的明天。放弃过去，跨越征程才能感悟更精彩的明天；跨越征程，每天都是精彩的，都是新的，每天的阳光都是新的，都是灿烂的。

人们常说“上善若水”，青少年要想放下抱怨，就要学水的智慧。那么，水有什么样的智慧呢？你看，水在前进的路上，遇到山，它选择了绕过去；遇到平原时，它选择漫过去；

遇到一张网，它选择渗过去；遇到……

水总是很明智，不论遇到任何困难，它都懂得放下一切抱怨，继续前行。因为它十分明确自己的目的是前进，而不是一味地抱怨，所以一遇到阻碍，它就选择一种方法去解决，然后勇往直前，直至回归大海。

放下抱怨才能继续寻找前进的路；所以青少年无论在什么时候，都要学习水的精神：在前进的道路中，不管遇到什么样的困难，都不要把时间浪费在毫无意义的抱怨上，而是

应该想办法去解决。

或许，你也对学习、生活中的困难抱怨过，但不妨学习一下水的精神：放下抱怨，重新寻找自己成功的路，从而让自己真正地强大起来。

生活中，你得到的和付出的是成正比的。遇到了挫折、困难，想办法解决是最明智的选择；如果解决不了，也不要

一味地抱怨。前进的船不是靠抱怨撑其远行的，它需要的是你努力地滑动桨，你用了多少力，它就行多远，但无论你抱怨多少，它都不会有丝毫的移动。

放下抱怨，不断去努力吧！记住，不管事情多糟糕，只要努力，我们就有扭转局势的能力；而你用怎样的态度去面对，就注定你会有怎样的人生。只有以自强的信念，并努力坚持到底的人，才是最终站在生活之巅的人。

抱怨的人总是说生活不公平，其实，生活给予每个人的都一样，没有谁会十全十美；自强的人生就在于一个人遇到挫折的时候，能够克服抱怨心态，继续前行。

亲爱的青少年朋友，与其让时光在抱怨中流失，不如让我们用自己的努力去改变它，做一个真正自强的人吧！让我们不再抱怨，开始为幸福行动吧！

勇于从失败中站起来

所谓失败，是指一个人全心全意地做一桩事，最后却没有成功的情况。如果说成功是我们优点的发挥，那么，失败就是我们缺点的累积。

成功的滋味是甜蜜的，失败的滋味却是苦涩的。不过，失败的滋味虽然苦，但是在苦中也会有一些甜意的。而且，苦中的甜，往往更加美味，正如成语先苦后甜、苦尽甘来等，就是这个意思。

人们交口称赞的往往是那些成功者。其实，有些失败者更值得我们去称赞，因为他们付出了比成功者还要多的努力，凭借自己顽强的毅力，从失败中站了起来。

亲爱的青少年朋友，请你一定要记得，人生最大的成就是从失败中站起来。朋友们，让我们来看一个小男孩从失败中站起来的故事吧：

记得有一年，爸爸从市里回来，特意给我买了样东西，那就是当时孩子们中间最流行的滑板。

于是，爸爸便带着我去和平路步行街学滑板。一路上我欣喜若狂，心想："这滑板一定好滑。"

到了那儿，我急忙踩上去，可没想到刚上去，就“扑通”一声，摔了个屁股墩。

第二次爸爸牵着我的手和我并排走，可我滑着滑着就超过了爸爸，正当我得意忘形的时候，只听见“扑通”一声，又摔了个嘴啃泥。

此时的我有点丧气了，大声说：“怎么这么难啊！不学了。”

爸爸沉着地说：“孩子，摔几下就让你灰心啦，‘失败是成功之母’，不经历点儿磕磕碰碰的，怎么能学会啊！”

听了爸爸的教诲，我便认真起来，经过我反复的练习，终于掌握了滑滑板的技巧，熟练地滑起来。当时我“一蹦三尺高”，真是比吃了蜜还甜。

通过这次学滑板，我懂得了一个道理，那就是无论做什么事情，只要不怕失败，坚持不懈，就一定能成功。

人生之路是曲折的，只有品尝过苦涩和艰辛，经历过泪水和汗水的洗礼，才能铸就一个大写的人。只有不断地从失败中吸取教训，才能一步步地走向辉煌。

有这样一个故事：有一个步行的人，因为路不平而摔了一跤，他爬了起来，可是没走几步，一不小心又摔了一跤，于是他便趴在地上不再起来了。

有人问他：“你怎么不爬起来继续走呢？”

那人说：“既然爬起来还会跌倒，我干嘛还要起来，不如

就这样趴着，就不会再被摔了。”

你一定认为这样的是非常可笑和可悲的，因为他被摔怕了，所以不敢再站起来继续往前走，因而他也就永远无法到达他的目的地。

印度著名诗人泰戈尔曾说过：“如果你因失去太阳而流泪，那么你也将失去群星。”所以失败了并不可怕，可怕的是失败后的沉沦，而那些失败后能成功的人正是以他们坚毅的性格、坦然的心理，面对失败潇洒地挥挥手，报以微笑，然

后继续默默前行。要知道，人最大的光荣不是永不跌倒，而是跌倒后还能站起来。

朋友，你肯定见过一种叫作“不倒翁”的玩具吧！“不倒翁”的重心在下面，所以无论你怎么推它、捅它，只要一松手，它立刻又会直立起来，因此，它永远都不会趴下。人

生正是这样，由于不断地经受磨难，人才能变得更坚强。我们从失败中学到的东西，远比我们从成功的经验中学到的东西要多得多。

对我们来说，即使是最难堪的失败，也不是单独来的。失败的背后，必然跟随着生机和希望，就像四个季节里面，寒冷的冬天过去，必然就是春天一样。

可是，我们往往只看到眼前的失败，却看不到失败背

后的生机和希望。要知道，漫长的黑夜过去，就是黎明的到来。

请问，在人生道路上，有谁没有跌倒过？有谁没有失败过呢？人生就如一条布满荆棘且崎岖不平的道路，我们时常都会摔跤，有时还会一不小心跌个四脚朝天，甚至会头破血流。

换句话说：一个人不可能没有失误，但是除了会导致丧失生命的失误，许多的失误并不是那么可怕的，而且大都可以转化。就像我们小时候学骑自行车一样，跌倒后，站起来，再练习，我们那时还跌得满身伤，都不怕痛，不怕辛苦地继续练习，我们现在长大了却失去了以前那种永不言败、永不认输的精神吗？

其实，跌倒不算失败，只有在跌倒后站不起来，才是彻底地失败了。要记得，面临失败时，一定要想到大树！因为大树就是一个很好的比喻。大树，当它被砍了，身上一片叶子都没有了，它还是会坚持地活下去，再长出新的枝条、叶子，重新成长起来。

所以，我们不要气馁，要记住："失败乃成功之母。"如果你认为失败是成功的一种预示，那你就已经按响了成功的门铃，再推开门，就能跨进成功的大门了。

青少年朋友，暂时的失败算不了什么！让我们从跌倒的地方爬起来，掸去身上的尘土，捂住流血的伤口，毅然前行吧！

我们要以坚忍的意志、坚强的自信去面对所有的困难和失败。生活不可能是一帆风顺的，每个人都可能有陷入低潮或遭遇失败的时候，只有在遇到逆境时仍然能保持坚定信心的人，才是真正具备成功特质的人。愿我们大家都能从失败中站起来，扬帆远航！

自强需要坚定的信念

朋友，什么是人生，什么是信念呢？我们不妨来打个比方。你见过参天大树吗？如果说人生是那参天大树，信念就是那挺立的树干。树干一倒，大树则倾；信念一失，人生则危。

信念是脊梁，支撑着一个不倒的灵魂，支撑着我们人生的大厦；信念是盏明灯，照亮着一个期盼的心灵，照亮着我们人生的殿堂；信念是个路标，指引着我们前进的方向，指引着我们人生的道路。

我们的人生离不开信念，失去信念的人生是可怕的。信念是一种精神，一种动力，而缺乏精神与动力支撑的人生，往往是着平庸、颓废、迷惘的。美国著名女作家、教育家海伦·凯勒以自己坚定的信念向成功迈出了一步又一步。让我们来看一看她坚守信念的故事吧。

在一个可怕的2月里，病魔使海伦合上了眼睛，无法看到即将到来的春天是如何的美好；使她闭塞了耳朵，无法聆听世界上的声音是如何的动人；使她的喉咙也哑了，无法诉说自己的心情是如何的愉悦或是悲伤。这时，她开始失去信念了。

一个如此不幸的人面对自己的缺陷由悲观转化为乐观。刚开始，她学会了一些手语，可以让别人清楚自己的欲望。但长时间下来，她还是承受不住不幸带给她的痛苦。

她经常发脾气，想哭却不能做到。她讨厌每天坐在轮椅上或睡在床上。她觉得自己简直就是一只被牵着线的木偶，而线的另一端是不幸的事实。

后来，她的父母通过一个叫作贝尔的博士找到了莎莉文老师。莎莉文老师担任海伦的家庭教师。莎莉文老师是海伦在人生道路上最重要的人。她为海伦找回了失去的信念，并使海伦的信念一步一步地迈向坚定。

海伦开始乐观地面对自己的缺陷与不幸。她想，其实这世界上并没有不幸，只是看你如何看待它。海伦在莎莉文老师的帮助下，学会了许多知识和做人处世的道理。

海伦写了许多关于自己生活的书，鼓励在生活中遇到不幸的人们。她证明了黑暗与寂寞并不存在。

像海伦这样一辈子只拥有一个信念的人，在找到信念以后，无论世事如何变迁，她总会泰然处之，宠辱不惊，是坚定的信念为她描绘了一幅永恒的画卷。

青少年朋友，也许你正徘徊于不知何去何从的十字路口，更不知道还要走多远才会踏上梦想的净土。除了你自己以外没有人能够帮得了你。

朋友，再次昂起你那不屈于生活的头颅，重新点燃信念的火种吧！不要因为一时的挫折而停止自己前进的脚步。

是的，没有任何人会总站在高峰极巅处一览众山小，也没有人会总在谷底品尝失落。只要矢志努力，不轻言放弃，必可穿越人生的迷途而到达梦想的那一方净土；只要能够全身心地去拼搏，定能“长风破浪会有时，直挂云帆济沧海”。努力吧！朋友。

在人生中最为糟糕的境遇不是贫困，也不是厄运，而是精神与心境处于一种不知不觉的疲惫状态。让曾有的辉煌梦想在不知不觉中悄然褪色，使自己沦为了一个平庸的人，而与周围的人互相恭维、自我陶醉着。最愚蠢的事莫过于总试图用语言来掩盖自己的渺小，让自己在自我编造的借口中逐渐滑向无底的深渊。

阴云密布的日子谁都会有，只要肯用铿锵的语言、健壮的肌肉、奔涌的血性在狂风暴雨中全力拼搏，那么，自己的天空就会永远蔚蓝与晴朗，自己的世界就会阳光普照、鲜花遍地。一个人可以为自己的失败找出一千个原因，但是没有一个原因可以成为借口与托词。

金牌和花环从来就不是撞树而死的兔子，鲜花和掌声也不是天上掉下来的馅饼。也许走了很长的一段路，脚板满是血泡，而梦想依旧遥遥无期；也许爬了很高的一座山，双手鲜血淋漓，而巅峰依旧高不可攀。

但是，只要你还在前行，那么，你就是一个英雄，即使失败了，也一样是个勇士。不必太在意最后的结果，只要尽力了，那么你就拥有一个充实的人生。梦想再遥远，也不要轻言放弃，只要肯迈出实现梦想的第一步，路，就会在你的脚下延伸。你与梦想之间的距离就会越来越短。

当我们的足迹踏着节拍，叩醒沉睡的大地，时代的花蕾就会应声怒放；当我们的双臂荡起雄风，拥抱灿烂的阳光，整个身心就会异常丰盈。

没有坎坷的人生，不一定就是完美的人生，而沉湎于苦痛不能自拔的人生却注定会以悲剧而告终。只有不吝血汗、尽情挥洒豪情的人生才是完美的人生。

让我们抬起头来，正视自己天空中的乌云与狂风，用奔涌的血性、搏击的浩气走出阴晦的世界，去开创成功、实现梦想，领略那绝美的风景吧！

亲爱的朋友们，让我们大声唱起Beyond乐队的《坚持信念》这首歌，乘风破浪吧：

一生匆匆得到几多，谁能明白知足可拥有最多。

一失足的找错理想，随时随地失去比拥有更多。

若是面对种种诱惑，尽力用信心抵抗，用实力去争取胜利。

坚持信念，迎接挑战，只向前永不倦。

紧握信念，划破黑暗，真挚诚会更光！

真正发挥自己长处

一个人生下来，不可能是完美的人，也永远成不了完美的人。所以当别人在一个方面成功了，而自己却怎么努力都成功不了时，不要自责，怪自己没用，更不要自卑怨自己太笨，这些仅仅说明你的长处不在这里，所以要理智地放弃避开，也就是避己之短；去寻找自己所在行的，充分发挥，也就是用己之长。

成功其实就这么简单！伟大发明家爱迪生就是一个例子。他在班上成绩一直都是倒数，后来就是因为他开始自己的发明生涯，才创造了一个又一个纪录，才获得了“伟大发明家”的称号。

其实，在我们身边也不乏这样的事例。朋友，我们来看一个故事吧：

豆丁是一个善良的轮滑男孩，在轮滑比赛中，豆丁滑得最快。本来他觉得自己是个战无不胜的孩子，没想到世界上还有更厉害的——虎头虎脑的大王骑着自行车闯入他们玩耍的阵地，到处撞人，豆丁为伙伴们愤愤不平。

面对这样的场面，豆丁挺身而出保护大家。可是霸道的大王仗着自己身强力壮，只许大家骑自行车。豆丁满腔怒火，但却无可奈何。

面对大王的霸道、无理，豆丁试图反抗，最终还是被大王打倒在地，可豆丁还是不服。

直到有一天，豆丁通过许多名人的故事，明白了“尺有所短，寸有所长”的道理。于是，他再次找大王比赛跑步，大王个子高、力气大，轻而易举地把豆丁甩在后面。可是，要到终点必须经过一条小河，大王是个“旱鸭子”，不敢下水，在河边急得像热锅上的蚂蚁。豆丁会游泳，他勇敢地跳进水里，游到终点，取得了胜利。

通过这次比赛，豆丁得到了大王的尊敬，不但找回了自信，还找回了朋友们的轮滑地盘。豆丁通过发挥自己的优势，终于取得了成功。

当今社会，无论我们做任何事，在辛勤付出的同时，更需要对客观事实进行了解，扬长避短，发挥自己的优势，这样才能更好地发展自我，实现人生的价值。

我们要扬长避短。不能因为自己有一点儿不足、受到小小的挫折而失去自信；更不能因为自己优点多、实力强，就去欺负别人。我们应该努力发挥出自己的长处，避开短处，使自己更优秀。

“天生我材必有用”，每个人都有自己的闪光点。我们要

发现自我的优势，并努力将其发挥得更好。要想发挥自己的优势，我们就必须全面了解自己，明白自己的长处和短处；提高自己的能力；放弃自己的劣势。

举例来讲，兔子是短跑冠军不会游泳，这是由它的先天条件决定的，即使再努力地学习也不会成功。兔子发展短跑的特长，不去学习游泳、打洞之类的薄弱项目，才能在优势项目中立于不败之地。否则，游泳没学会却把短跑给忘了，那又该怎么办？所以说，发扬长处，避开短处，才是成功的

硬道理。

聪明的人懂得扬长避短。

从电视剧《三国演义》到《雍正王朝》再到《长征》，唐国强在观众心目中的分量越来越重。凭借在《长征》中的出色表演，唐国强得到了“美菱杯”观

众最喜爱的中央电视台黄金时间电视剧演员金奖，他的演艺事业达到了又一个顶峰。

有观众问唐国强有没有信心演好《贫嘴张大民的幸福生活》中的张大民，他毫不犹豫地回答自己演不了，并说还有一些角色也演不好，比如说鲁智深等。

他表示因为每个演员由于外形、气质等天生的原因，都有一定的局限性，虽然大家都在尝试突破自

己，但不是任何角色都能够胜任的。

由此可见，扬长避短是成功的一项重要因素。一位名人曾经说过："人必须悦纳自己，扬长避短，不断前进。"

一个成功的人，他一定懂得发扬自己的长处，来弥补自身的不足；他一定能够发掘自身才能的最佳生长点，扬长避短，脚踏实地朝着人生的最高目标迈进。

"优"是一个人取得自信的源泉，也是每一个有进取心

的人追求的目标，那么如何才能达到这一“优”的结果呢？扬长补短，方显更“优”。

扬长补短，古意为吸取别人的长处，来弥补自己的不足，如今也当作发挥自身的长处，弥补自身的短处。发扬长处是让自己变得更优秀，补短也是为了让人看到自己优秀的一面，其目的是让自己变得更加优秀。

凡事都有相通之处，对于青少年来说，也是如此。在不断学习的过程中，很多青少年都有偏科的现象，也即所谓的“长”与“短”。如果任其发展，扬长不避短，必然是优者更优，劣者更劣。

试想一下，一个中学生数学是满分，而语文和英语只有三四十分，他能进入理想的学府进一步深造吗？一个成绩突出而思想道德败坏的学生能得到众人的认可吗？所以，对于每一个青少年来说，无论是学习，还是生活的其他方面，都应该学会扬长补短。

作为新世纪的青少年、祖国的花朵和未来，要让自信之花开满人生，就要学会扬长补短，使自己变得更加优秀。

愿每个人都可以全面认识自己，了解自己，发挥自己的长处，书写属于自己的灿烂未来！

用挑战赢得自强人生

人生在世，困难在所难免，有些人遇到困难就一声叹气："哎！我怎么这么倒霉！"有些人遇到困难坚强地说：我要打败你，要知道世界如此之美，我们要用美好的心灵去看世界。

生活总不是一帆风顺的，难免有些磕磕绊绊，如果你不能正确地面对它，它就会凌驾于你之上，让你无所适从。因此，我们要勇敢地面对它、挑战它。

青少年朋友，让我们来看一个关于挑战的小故事吧。

小时候，我看见邻居姐姐弹钢琴觉得特别喜欢，就向妈妈要求自己要学钢琴。刚开始学的时候，真的特别开心，可是学了几个月之后，我对钢琴的感觉慢慢有了改变。

单调的音符，枯燥的练习。当小朋友在花园里玩耍嬉戏的时候，我却要坐在钢琴前跟钢琴说话。

对于贪玩年龄的我，可想而知，渐渐地，我对钢琴产生了厌恶，练习时越来越心不在焉，有时候还想：要是谁能把我的这架钢琴偷偷地抬走就好了。

可每到这时，妈妈总是语重心长地说："卉卉，

做什么事情都要坚持，要有始有终，不要半途而废；这个世界上，没有一件事情是特别容易的，都要通过自己的努力才能做好。”

爸爸也鼓励我说：“坚持就是胜利，有些困难你只要咬紧牙关就能挑战成功，挑战自己吧！”

是呀，别人能行，我为什么不行呢？我决定接受挑战。我开始发奋地练琴，我开始用心地感受那些音乐带给我的魅力，感觉那些音符带给我的快乐。

那些小小的音符简直就像一个个可爱的小精灵，随着美妙的音乐响起，我似乎看到了狂欢节上人们疯狂发泄自己快乐生活的情形，我还看到了可爱的粉刷匠在幸福劳作的情形。

从此以后，我在钢琴面前总摆出一张笑脸，不再苦闷，不再烦恼，我喜欢在别人面前展示我的琴声，也喜欢去参加各种各样的钢琴比赛，我也越来越自信，也拥有了很多成功的体验。

小女孩从本能地讨厌钢琴，再到理智地喜欢钢琴，这是一个自我挑战的过程。最终，她胜利了，并且变得越来越自信，越来越成功。这就是挑战的魔力！

挑战，是无惧失败的信念；挑战，是美好生活的开始；挑战，是对于生命的信心；挑战，是千山万水的壮丽。一场球赛的胜利，一次考试的成功，一次自我的飞跃……都要勇于挑战。现实生活中，很多人只在乎结果，不注意挑战的过

程，最终往往让自己一败涂地。其实，胜利与失败都不重要，只要你努力过了，勇于挑战，就是胜者。

这个挑战，不仅包括挑战别人，还包括挑战自己。而且，从根本上说，我们所有的挑战对象，都是我们自己。因为只有不断地挑战自己的极限，提高自己的能力，才能在面对别人的挑战时，取得胜利。

人生最大的敌人是自己。挑战是一种动力，敢于挑战自我是一种无畏的精神。我们无所畏惧，唯一的畏惧就是畏惧自己，所以战胜了自我就征服了一切。

只有充满自信的人才能真正挑战自我。信心是一只风筝的线，失去信心的人犹如失去线的风筝，一坠千里。但这根又弱又细的线却能把你抛入高空，使你重获生机，让你有挑战自我的资本。

人的生命似洪水在奔流，不遇着暗礁、岛屿难以激起美丽的浪花。苦难是块磨刀石，它能使你战斗的武器锋利无比，在身经百炼之后一切难题都会迎刃而解。

其实成功的关键不在于人生是否一帆风顺，而在于你是不是一个敢冲撞命运、勇于挑战自我的人。

人生总有倒霉的时候，失败又何尝不是一种倒霉？然而避免这种失败的最好方法就是决心获取成功。一经打击就灰心丧志的人永远是个失败者。没有雄心壮志的人，他们的生活缺少前进的动力，自然就不能指望他们有杰出的成就。

不敢挑战自我的人永远不会给自己任何机会，即使机会来临也茫然不觉。当然，上帝不会给我们太多。就连美国著名画家迪士尼，上帝也只给了他一只“米老鼠”，然而他抓住了“它”。

是的，上帝不会给得太多，但这并不是一句令人悲观的话，它让我们懂得怎样珍惜现有的机会。既然上帝不会给得太多，那么我们只有创造性地去获取。

弱者坐失良机，强者创造时机。这就是敢于挑战自我的人的成功秘诀。敢于挑战自我的人用挑战与来袭的种种苦难周旋，他们不仅经受得住失败，同时也经受得起成功。如果你把失败当清醒剂，就千万别把成功变成迷魂汤。

敢于挑战还要把握手中的每一天。昨天已过去，明天你还不知道，所以你能把握的只有今天。在时间的大钟上永远只有两个字——现在。所以我们决不能放弃今天。即使今天是个沮丧的日子，它也是可庆幸的，因为今天是你可把握的。今天画下你生命的一道刻痕，所以最美。

人生千疮百孔，我们每个人都会遭遇许多不如意，总得靠自己挨过。常常怀疑人生若干个名词是人类虚设来安慰人的，用来对短暂、虚无、痛苦的生命做一点调剂。然而人生并不悲观，只要你能挑战自我，生命就不会只充满短暂、虚无与痛苦。

所谓靠山山倒，靠人人倒，靠自己最好！青少年朋友，我们要记住：别人只是你的一种辅助，而自己才是最重要的，自己把握自己的今天，敢于创造辉煌的明天，这才是挑战性的胜利，你才是笑到最后的人！

谨以此书，献给那些充满小毛病并努力想改变坏习惯，在成长中烦恼和在痛苦中磨砺的青少年。

成长的确是一个艰难痛苦的蜕变过程，有的孩子成长或许非常顺利，有的孩子成长或许很不容易，愿您在成长中学会成熟，走上铺满鲜花的美好成长之路！

好孩子励志成长记

—超好看的励志分享—

管理好自己的情绪

李丹丹◎编著

民主与建设出版社

图书在版编目（CIP）数据

管理好自己的情绪 / 李丹丹编著 . -- 北京 : 民主与建设出版社 , 2019.11

（好孩子励志成长记）

ISBN 978-7-5139-2687-4

Ⅰ . ①管… Ⅱ . ①李… Ⅲ . ①情绪 – 自我控制 – 青少年读物 Ⅳ . ① B842.6-49

中国版本图书馆 CIP 数据核字 (2019) 第 269527 号

管理好自己的情绪

GUAN LI HAO ZI JI DE QING XU

出 版 人　李声笑
编　　著　李丹丹
责任编辑　刘树民
封面设计　三石工作室
出版发行　民主与建设出版社有限责任公司
电　　话　（010）59417747 59419778
社　　址　北京市海淀区西三环中路 10 号望海楼 E 座 7 层
邮　　编　100142
印　　刷　三河市天润建兴印务有限公司
版　　次　2019 年 11 月第 1 版
印　　次　2020 年 1 月第 1 次印刷
开　　本　880 毫米 ×1230 毫米　1/32
印　　张　30
字　　数　756 千字
书　　号　978-7-5139-2687-4
定　　价　198.00 元（全十册）

前　言

每一位父母都希望自己能培养出一个有出息的好孩子，然而随着孩子慢慢长大，父母们发现他们的这个愿望几乎是一种奢望。我们先不说那些不听话的孩子，父母难以管教。就是听话的孩子，他们的存在，也仅仅是为了获得老师的表扬、家长的奖励或是为了迎合其他长辈的种种期待，并不能算是真正意义上的“好孩子”。

换句话说，这类父母眼里的“好孩子”，其实早已失去了自我，他们只是活在大人为他们预设的期待里。这种好孩子是不真实的，他们只是在讨大家的“好”，是在为家长而活。我国社会目前这种培养孩子的方法，忽略了孩子的天性，束缚了孩子的自由成长，是对孩了不负责任的一种表现。

父母若想改变这种教育，真正对孩子负责，就要让孩子首先对自己负责，这是做人底线。没有对自己负责精神，何谈对别人负责，对家庭负责，对社会负责？

让孩子对自己负责，实际上是为了唤醒孩子的自我意识，把他们和别人分开，使他们懂得尊重自己，懂得珍惜自己的生命。同时，还要让孩子明白，犯了错误就得承担相应

的责任，并由此付出代价；知道自己成长过程中所要做的一切都是自己的事，比如上不上课，这与老师无关，与家长无关，与别人无关，只和他自己有关。

只有真正教会了孩子对自己负责，使他们知道自己现在该干什么，将来要做什么，心中有目标，奋斗有方向，实施有动力，并且踏踏实实，勤奋努力，永不懈怠，这样的孩子，才能算是好孩子，长大后才有可能成为有用之才。

那么，怎样培养真正意义上的好孩子，如何使他们健康成长呢？为了解答大家的疑惑，我们特地编辑了本套“好孩子励志成长记”丛书，包括《爸妈不是我的佣人》《做个内心强大的自己》《勇敢的做自己》《做个受欢迎的自己》《办法总比问题多》《再见了懒惰》《管理好自己的情绪》《我不再小气》《爸爸妈妈，我爱上了读书》《坏习惯，请走开》十册书，分别讲述了如何培养孩子良好品德、怎样提高孩子情商智商、如何培养孩子学习精神、怎样养成孩子独立生活能力等问题。可以说，是培养孩子成长的百科全书。

本套丛书综合国内外教育专家的最新成果，精心编撰，细心打磨，文字精炼，事例典型，能使每一个致力于孩子成才的父母，每一位为教育孩子成长苦恼的家长都可以从本套丛书中发现适宜教育孩子的不同方法和诸多措施，是一套家庭教育的优秀读本，适合不同年龄段孩子的父母学习和珍藏。

目　录

正确处理情绪变化

进入青春期，有时候，由于生理和心理的激素刺激，我们的内心世界就像月圆月缺、花开花谢一样，会产生潮水般的情绪波动，这些情绪波动的变化会使我们的心情有起伏，脾气有阴有晴。

看看下面的故事，试想一下，我们的生活中是不是也经常出现这种情况。

珠珠养的一条金鱼死了，她心里非常难过。这时候，爸爸过来安慰她："别哭了，不就是一条金鱼吗？爸爸再给你买一条吧。"

珠珠哭得更伤心了："谁要你给我买一条？我就要原来那一条！"

爸爸觉得很生气，吼道："你怎么这么不可理喻！"这下子珠珠哭得更厉害了。

爸爸更生气了，他气呼呼地把珠珠关在卧室，一边关门，一边说："哼！哭吧，哭吧！看谁理你！"

人是有感情的动物，但感情的表现并不是体现在感情用

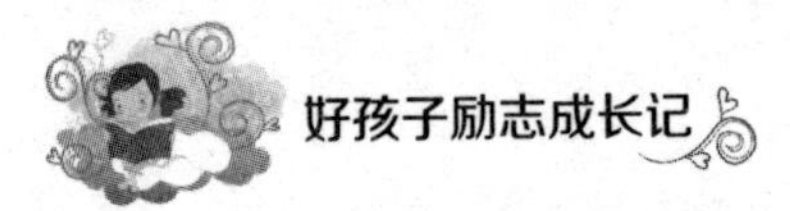

事上，如果那样的话，许多事情我们将后悔莫及。所以，我们不管遇到怎样的事情，一定要冷静，切记不可感情用事。

要知道，性格上的沉着冷静，可以使我们在危急关头静下心来，对事件进行冷静分析，然后再采取有效的方法可以使自己的心情变得更好。因此，培养自己冷静的好性格，是我们青少年的必修功课。

其实，当事情发生以后，如果我们肯冷静地考虑一下，也许会找到更好的解决办法。比如，当朋友因为某个问题与我们争吵起来，也许我们很有理由，而朋友不讲理，且对我们步步相逼，这时我们很可能压不住自己，想动手。

但冷静地想一想，如果这时我们控制住自己的感情，强制自己冷静一下或是暂时避开一会儿，等对方平静下来，再与他讲道理，那么我们既不会失去这个朋友，相反还可以表现出我们的大度。可是，假如我们控制不住自己，对朋友大打出手，失去朋友不说，还可能酿成恶果，得不偿失。

在生活当中，冷静地面对自己的情绪变化，才能使我们和周围的人愉快相处。那么，当我们想要生气发火时，应该怎么使自己冷静下来呢？

一是运用自控能力。性格培养是一个与自己斗争、较劲的艰苦的、长期的工程，如果不能控制自己，则无从谈起。因此，如果我们是一个容易发怒的人，那么在自己要发火的时候，一定要强行压制怒火，一旦自己不能控制，即使花费再长的时间也培养不了良好性格。

二是运用科学的方法。性格其实与人的生理、习惯、家

庭环境等诸多因素有关，方法不科学，往往适得其反，严重的还会引发心理或生理疾病。实际生活中要认识到性格培养不是立竿见影的事，一定要树立打持久战的思想，方法上要从易到难，步步为营，先从容易的做起，扎实打好基础，切忌反复。

三是客观的自我认识。面对事件时，我们要对自身进行深刻的反思，对自己有客观的认识，这样我们在确定目标和方法时就会有很强的针对性，简单地移花接木式地照搬别人的经验往往会失败。

俗话说，“世界上最难的往往不是战胜别人，而是战胜自己”，只要我们凡事多冷静地想想，把握好自己的情绪，就能做情绪的主人，拥有遇事冷静的态度。

沉着应对突发状况

人生是复杂多变的，在成长的路上，我们难免会遇到一些突发的状况，有的人，在面对这些突发状况时，会急得抓耳挠腮、狂躁发怒，有的人则会临危不惧，理智应对突发状况。这就是冷静与不冷静人的性格界限。我们青少年，只有具备了沉稳的性格，才能遇事不乱、稳中取胜，而狂躁的性格则常常使事情变糟。

放暑假了，即将上高中的黄平带妹妹坐火车去北京和爸爸妈妈团聚。在火车上，黄平刚走进列车上的厕所，一个黑衣男子跟着他一起挤进厕所，并反手将门锁上。黑衣男子对黄平说："快点，把你的手机和钱包给我！否则，我对你不客气！"

面对这突如其来的场面，黄平清楚地知道，厕所没有其他人，抵抗是毫无意义的，稍有迟疑，他就可能遭到杀身之祸。黄平冷静下来，把包里仅有的10块钱递给黑衣男子。黑衣男子生气地说："怎么这么少？你别给我耍花招。"

黄平急中生智地对黑衣男子说："叔叔，我身上

真没带钱，不信你可以搜。不过，我的手机和钱包都在我的座位上，要不，我去拿给你吧？”

黑衣男子觉得这孩子不会骗他，就把厕所门打开，放黄平出门，他在后面说：“那你赶紧去给我拿！”黄平出了厕所，就往前跑，并大声呼救，列车上的人一起制服了黑衣男子。

在纷乱危险的环境中，我们唯有保持冷静，尽量采取合适的解决办法，才能化险为夷。

俗话说，天有不测风云，人有旦夕祸福。在生活中，我们难免会身处险境，不知道该怎么办才好。下面这几个小技巧可以帮我们保持头脑冷静，沉着从容地去面对现实。

一是避免情绪化和过激的言辞。不论什么事情，只要发生，就会有结束，即使夜夜不能入睡，也不要说“我要垮了”、“我要死了”之类的话。我们不妨静下来，闭目养

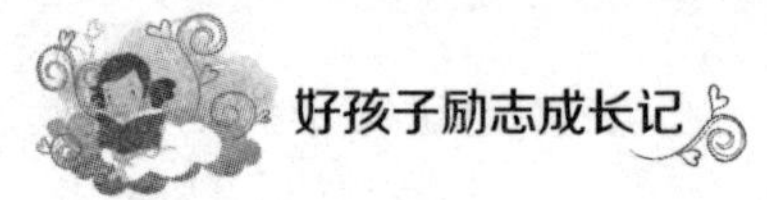

神。同样，在我们必须与别人交谈时，也要尽量保持着一种平静的、乐观的态度。

二是不要放纵自己的情绪。要记住，当面对意外状况时，自负只会使我们走向傲慢无礼，怨恨和责备别人只会激怒自己，让自己的心理失去平衡。因此，不要遇事就着急以致做出过激行为，而应该冷静下来，勇敢地面对！

三是要保持理智和清醒。每个人对突发状况的反应方式，既与个体特征有关，也与训练有关，作为青少年，平时加强自己对突发事件应付能力的训练是非常有益的。但我们很多人对此方面的训练不够重视，许多人抱有侥幸心理，认为类似事件不会发生在自己身上。其实，我们应掌握一些处理突发事件的方法，做好类似的承受压力训练，在真正面对危急时才能保持冷静，进行积极的自救。

四是要正确判断，果断决策。突发状况发生后可先进行几秒钟思考，对危险的来源、性质和正确应对方式迅速做出判断。

五是要坚持忍痛自救。如果在突发状况中不幸受伤，一定不要放弃活下去的勇气，要告诉自己，活着是最重要的事。

最后，面对突发状况，我们一定要保持清醒的头脑，有礼有节地说话、做事，不论别人说话、做事对与错，我们都不能说错话、做错事，也不能因为对方不冷静，自己也不理智，这样只会发生更大的冲突。我们要始终记住：面对突发状况时，沉着、冷静地处理才是解决问题的关键。

冷静地面对各种挫折

谁都愿意享受成功的喜悦，但是，当我们考试落榜的时候，当我们竞选班干部失利的时候，当我们某一精神支柱被摧毁的时候，我们是怎样想的，又是怎样做的呢？请看看下面玲玲的故事吧！

玲玲就读于一所普通中学，成绩总在前三名，本有希望考入区重点学校，但父母为了让她能有把握上

重点大学，不遗余力地找遍所有熟人，花了一万元让她进了重点高中。

可这使玲玲的自尊心受到了伤害，她说：“这件事的结局是我被一万元贴进了××××中学，成了一万元的附带品，如同满大街的商品被‘买一送一’了，高一的生活是黯淡的、灰色的，我始终不能忘记我是57号，是附带品，同学们都用异样的眼光盯着我，我没有了自信……”

后来，玲玲上了大学，在回忆三年高中生活时说：“由没有自信，到一点点找回自信，对我而言，有几个可作为经验之谈的重要因素：一是朋友；二是减少过强的竞争意识；三是不能放弃自己的兴趣爱好。朋友可以给我关心和帮助。过强的竞争意识只会物极必反，使人心情烦躁，而发展兴趣爱好，可以在无形之中填补思想空白，心情放松了，找到了支撑点，也就有了自信心。”

正是这样一点点的自信心的积累，玲玲终于摆脱

了自己是“附带品”的阴影，重新找回了自我。

在现实生活中，相信我们很多青少年朋友都经历过挫折。当我们不得不在各种各样的抉择、矛盾、取舍中反复踌躇，一筹莫展时，应该怎样正视自己的处境，正确对待各种矛盾和挫折呢？

要战胜挫折，就要从“别人会怎么看我”这种心态中挣脱出来，树立有利于身心发展的价值观念，提高自信心和创造力，不因成功而自满，趾高气扬，忘乎所以，也不因挫折而愁眉苦脸、恐惧社交、郁郁寡欢。要战胜挫折，就要敢于肯定自我。培根说：“一个人的幸运的造就主要还是在他自己的手里，所以诗人说人人都可以成为自己的幸运的建筑师。”

是的，我们除了自己掌握命运之舵外，还会有什么恰当的选择呢？一个人的成功得失主要在于自己，不管别人怎么贬低我们，怎么不理解我们，怎么看不起我们，我们自己首先要肯定自己，这样才能产生战胜挫折的动力。要战胜挫折，就不要畏惧失败，保持冷静，理智地分析导致挫折的原因和过程，从而找到较好的解决办法，并用笑脸迎接各种挑战。

人的一生不可能总是一帆风顺的，风华正茂的青少年将随着知识的积累、阅历的丰富逐步走向成熟。在这些过程中，大大小小的挫折将时刻伴我们左右，只有敢于和善于直面人生的挫折，冷静地对待这些困难，才能在挫折中奋飞，在拼搏中成功。

用冷处理挑战坏脾气

我们青少年处于多梦的年龄阶段，这个时候我们的情绪往往变化无常，有时候，常常会因为各种事脾气暴躁，特别是对一些不顺心或自己看不惯的事，常常容易生气或怄气，有时还会和别人争吵，说出一些使人难堪的话，这样不仅会影响与老师、同学和家人的关系，也会影响自己的身心健康。下面让我们一起来看一个坏脾气女孩的故事吧。

小杰是某中学初一一班的学生，她是家里的独生女，父母是做生意的，家庭条件还不错，爷爷奶奶、父母对她视若掌上明珠，几乎对她百依百顺，加之，她从小体弱多病，稍有不顺从就会抽搐，所以家人都尽量满足她的要求。久而久之，就养成了她说一不二的坏脾气。

在学校里，由于老师和同学都知道她有抽搐的毛病，所以也都让着她，不和她一般见识，这就更助长了她的坏脾气。不论是在学校还是在家里，小杰发起脾气来可以说是地动山摇，特别是升入中学之后，只要稍有不顺心的事，她就很难控制自己的情绪，总会拿哪个人或哪件东西出出气。

比如，在上课时，她频频举手回答问题，老师提问她时，她就眉飞色舞；老师把机会给了别的同学，她就瞪眼睛，责怪老师偏心；就连同学无意中朝她笑了笑，也会惹得她的白眼和斥责："笑什么笑？有病啊？"总之，在同学和老师的眼里，小杰就是一个大家都不愿招惹，也惹不起的女孩……

心理学上认为：乱发脾气的人通常是缺乏自控能力、意志力薄弱。这样的青少年做事喜欢随自己的性子来，不考虑后果，不懂得尊重别人的感受，要怎样就怎样，稍不顺心就大哭大闹，向周围的人宣泄自己的不满情绪。如此下去，对形成良好的性格是很不利的。

要想改掉坏脾气，首先，最重要的是要正确地认识坏脾气的危害。生活中，总要同其他人进行接触和交往，希望得到他人的好感、友情、赞赏、合作；否则，就会感到寂寞、

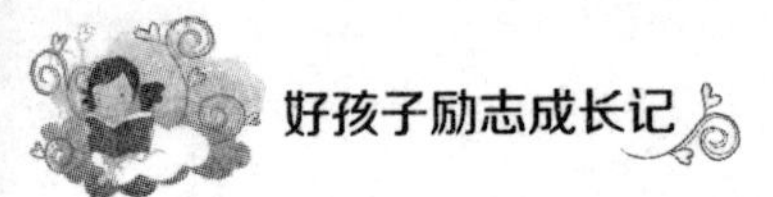

孤独，生活缺乏生气，做事寸步难行。认识了坏脾气的危害，就会从内心产生改掉坏脾气的要求。

其次，我们要加强思想修养，只有自己心中经常想到别人，尊重别人的需要、利益、个性和人格，才会对别人宽容、体贴和友爱。只有把集体的利益放在首位，才不至于意气用事，才能遇事心平气和，三思而行。

最后，要有改掉坏脾气的决心和毅力，不三天打鱼，两天晒网。做到以上三点，坏脾气是一定可以改掉的。另外，我们还要学习控制自己的情绪，不做愤怒的奴隶，学着冷静处理生活中的不如意。

那么，我们应该怎么学着冷处理自己的坏脾气呢？

一是情境转移法。遇到使自己产生愤怒情绪的事，可以选择暂时躲一躲，也可以出去走走，登山、听音乐或者找好朋友聊天，干点儿自己喜欢的事，心情就会好起来。

二是理智制怒法。在自己坏脾气要发作时，我们可以问自己：为什么生气？生气对自己有什么好处？我们可以反复地默念一句话：生气是拿别人的错误惩罚自己！

三是情感宣泄法。我们可以把心中的不满讲出来，那样会发现自己心情会爽快一些；也可以转移目标，出去运动一下，如跳绳、打沙袋等；还可以找个空旷地方唱支歌或喊几声。

我们应该明白，坏脾气不是一天形成的，改掉坏脾气也不是一件容易的事，但是我们一定要有改掉坏脾气的决心和毅力，当我们能冷静面对生活中的各种不如意时，我们的坏脾气也会在不知不觉中得到改变。

告别冲动，三思而后行

亲爱的朋友，你有没有发现一件事，进入青春期后，情绪特点常常表现为以激情为主，易冲动、易爆发，并难以控制自己。当取得好成绩时，自己会感到喜悦、兴奋；当失去最珍贵的东西时，自己又会感到惋惜、悲伤；当愿望没有达到时，自己会愤怒、失望；当和陌生人接触时，自己又会感到局促不安等。

研究证实，我们在青春期容易出现多种情绪特征，是因为进入青春期后，我们身体的内分泌系统发育迅速，日益成

熟，激活了皮下中枢神经活动的强度。如果皮下中枢神经活动过于兴奋，就会把兴奋扩散到整个大脑皮层，以致使大脑

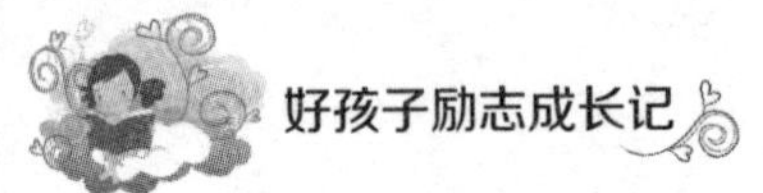

皮层的调节功发生一时的不平衡。这时，我们就容易失去理智，失去意志的控制，表现出情绪的冲动和爆发，就像下面故事的主人公一样。

天津市某中学初二学生王小波，今年16岁，他在家中是独生子，长这么大以来他一直是家长眼中的乖孩子。最近，小波突然发现自己脾气变得暴躁起来，有时因冲动还与其他同学吵架，事后仔细想想都是鸡毛蒜皮的小事，根本没必要小题大做。

在家里他也经常与父母怄气，有时父母批评他几

句，他就暴跳如雷、大动肝火，把父母气得直跺脚，但是也无可奈何。小波为自己的脾气感到很苦恼，他知道自己不对，可是事情一旦发生了，他又控制不住自己的情绪。

有一天，同桌借了小波的笔记本抄写笔记，但是因不小心把笔记本弄皱了，小波很生气，虽然同桌

诚恳地向他道歉了，但是小波还是当众把同桌骂了一顿，这一举动严重影响了他们之间的友谊，而且，小波的形象在其他同学眼中也大打折扣。小波因此事内疚了好久，他真的搞不懂自己现在怎么会这么冲动。

在我们多彩的情绪世界里，冲动是最无力的情绪，也是最具破坏性的情绪，上面故事中的小波就是因为情绪冲动，一而再，再而三地犯错。通常来说，我们青少年的冲动具体表现为：欣喜若狂，手舞足蹈；悲恸万分，痛不欲生；眉飞色舞，絮絮不休；火冒三丈，暴跳如雷；气急败坏，昏厥欲死；大动干戈，拳脚相加……

青少年率性而为，爱冲动是必然的现象。但是，由于我们正处在青春期，自己的生理发育和心理发展不平衡，人格的发展还不成熟，往往容易造成“一失足成千古恨”。因此，我们要严加防范，告别冲动，三思而后行。

实践证明，调节自己情绪最好的办法是先把自己认为恼火的事搁在一边。等自己冷静下来后，再去处理它们。其实，一个人的情商高低，是体现在自身情绪控制的成败上。控制自己冲动的情绪不只是简单的抑制，而应该采取一些积极有效的措施来调节。

第一，离开使自己冲动的现场，直到自己可以冷却下来为止。在我们想要冲动时，应该立刻强迫自己和被挑起战火的对方保持距离。可以委婉地说“现在的感觉真是奇妙，我想我还是静一静，我离开一下待会儿再回来”，或者说，

“恕我失陪一下，等我专心一点时再跟你谈”。

同样，当我们和他人意见不合时，也可以这么做。当自己的朋友心情不佳、口出恶言时，我们可以说“我现在不能跟你谈，明天再说吧”或“我得仔细想一想再回答你”。其实，世上的事情并没有急迫到连一两个钟头都不能等，离开那个环境出去散个步，做些别的事情分散注意力，冷静下来思考一下，都可以有效地平静自己的情绪。

第二，对自己说些有建设性的话。当自己想要冲动时，我们可以在心里默数到10，这招相当有效。因为从心理层面分析，实际上一个人愤怒的情绪最多维持10分钟左右，除非是有人再次把我们激怒，一般来说，10分钟后，我们可能已经平静下来了。所以在这段时间里，我们不妨听听舒缓心情的音乐，或在纸上不停地写“别打电话给他”。总之，找些可以让我们转移注意力的事来做，这对调整不良心理很有益。

第三，先问自己要怎么做，并预测结果会如何。做个结果一览表，详细列出冲动行事可能招致的后果，例如“可能会伤了友谊”或“可能会被辞退”等，预想这些结果，就不会冲动妄为。

第四，用安全的方式宣泄愤怒。把愤怒与冲动诉诸文字，写封信给自己，把所有的感觉写下来，不必在意修辞或文句优美通顺与否，而只是把造成不良心理的事件和环境描述出来，以宣泄情绪。总之，在自己想要冲动时，我们应该先保持冷静，分析事情的轻重，真正做到三思而后行，久而久之，就能让自己的性格保持冷静。

沉着应对流言蜚语

在校园里，最普遍、最具危害性的武器是什么？是谣言。

一般来说，流言蜚语总是令人厌恶。虽然某些类型的流言可能会提高某个人的知名度，但多数“爆料”的人都会给人带来伤害。更糟的是，流言通常都是在受害人的背后传播。我们大家都熟悉这样的场景——甲将关于乙的谣言传播

给所有可能对此感兴趣的人，其实谣言与真相大相径庭，就像下面的这个故事一样。

宋菲菲的学习成绩很不错，不仅如此，多才多艺的她经常在大小比赛上获奖。最近，她却在为一件事气愤

不已。班里的一个女生总在制造她的流言，连老师都相信了。因为，老师将她和班长张强的座位调开了。

宋菲菲生气地对同桌说："要不是我是学习委员，那天她那么说我，我一定抽她的嘴巴。这个大嘴巴女生，到处捕风捉影，唯恐天下不乱！"

这到底是怎么回事呢？原来，宋菲菲的父母和班长张强的父母是老同学。前不久，父母老同学聚会，就在张强家举行。菲菲的父母给她发短信，让她下晚自习后和张强一起回去，一家人可以在张强家聚齐。菲菲和张强都是班委，关系不错。她没多想，就和张强回家了。就是这件事，给她惹来了一堆麻烦：班里的大嘴巴说他俩在谈恋爱。

菲菲和自己的同学刚刚进入青春期，班里的同学现在最热衷谈论谁和谁恋爱之类的话题。这一次，事情摊到了菲菲的身上，菲菲还真受不了。一来，自己和张强都是班委，这样传下去影响不好；二来，这事一闹，张强都不敢和自己说话了；三来，老师似乎也在怀疑……菲菲越想越委屈。

前天，她无意间听到那个女生和别人议论自己和张强的事。当时，菲菲气得腿都在发抖，她真想给那个女生来个下马威，但最终还是克制住了。她假装什么也没听见，从那个女生旁边冷静地走了过去，但她的心都要被气炸了……

以后的几天里，面对流言，菲菲都采取了不理不

睬的冷处理方法，久而久之，这些流言蜚语终于不攻自破了。

捕风捉影、无中生有、搬弄是非的流言蜚语经常出现在我们的生活中。这些谣言有的是用来报复或要挟他人的，但是在更多情况下，谣言大多只不过是聊天瞎扯，一种引起别人注意或者让别人觉得自己了不起的谈资而已。因此，作为青少年，面对流言蜚语，我们要清醒冷静，一方面要不断自省，洁身自好；另一方面要及时辟谣，减少谣言的负面影响。只有这样，才不至于陷入流言蜚语的困境之中。

要知道，当我们发现自己是某谣言里的主角时，怯懦的

人会因此而方寸大乱，而一个稳重成熟的人是不会因为一点小小的谣言自乱阵脚的。不过，对我们青少年来说，辟谣并不是一件容易的事情，既治标又治本的方法才是有效的解决之道。因此，在谣言面前，我们需要这样来做。

一是要彻底了解谣言本身。在听到流言蜚语之后，尽管

我们会对此感到愤慨，但我们必须努力控制自己的情绪，保持头脑的冷静。一旦我们完全做到这一点，会对我们后面的进程提供一个很好的开端。

二是寻找流言的漏洞。寻找流言的漏洞很重要，也是彻底驳倒谣言的关键所在。同时，搜集有关的证据，包括人证和物证，为彻底打败谣言作一些必要的准备，也是使别人相信我们的基础。

三是找出流言的制造者。如果对方是个一贯的谣言制造

者，那么我们最好的办法就是当面揭穿他。攻破这些人的谣言最直接、最有效的办法就是用相关事实来证明。

四是自重和互相尊重。有时，我们身边会流传一些“非刻意编造”的谣言。这些谣言的产生完全是偶然的，可能是教室里的某人随口说了一句什么，而另一位不知情者断章取义，并一再误传，最后完全扭曲了说话人的本意。

总之，在谣言面前，如果我们能够保持冷静的态度，沉着面对流言蜚语，谣言就会不攻自破。

看看你处理事情的态度

当事情发生后，你能很快地使头脑冷静下来吗？下面就来做个这方面的测试吧！

如果你是一个魔法师，你可以把自己最恨的人变成一样东西，你会把他变成什么？

A.乌龟

B.长得很难看的王子或公主

C.蚂蚁

解析：

选A的人有点不沉着，在被逼无奈时会做出令所有人不可思议的事情。

选B的人遇事不沉着，有报复心理，小心和别人相处时令人害怕。

选C的人遇事沉着冷静，可以很适当地处理烦恼，但有时有点令人捉摸不透。

消极思想害人不浅

一个悲观、消极的人，每当在生活和学习上遇到困难和问题的时候，都不会积极主动地去面对并且加以解决。反而选择退缩，自困自忧，意志消沉。

青少年朋友，我们来看这样一个年轻人的心声和故事吧：

“我一直对自己很失望，感觉自己大学毕业后什么也干不了。办公室里其他人都在工作，唯独我闲着没事做。总感觉领导看我不顺眼，连领导的脸都不想看。可是没办法，为了工资，我还得在办公室里待着，可日子真的很难过啊！

“我已经是跳过一次槽的人了，我也知道找好工作不容易，所以我现在也不敢轻易地辞职。况且家里也不是很有钱，辞职了父母怎么办？

“我真的很爱我的父母，很爱我的哥哥妹妹，他们也都对我很好。之前上大学的时候，自己的生活就过得很节俭，也是为了给家里省点儿钱。一直想着毕业后，工作了，挣钱了，给父母些钱，让父母也能过上好点儿的日子，可没想到的是毕业后，工作极其不顺心。

“我是2010年毕业的，曾在浙江辞职过一次，不过辞职没几天又回去了，自从再次踏入那家公司之后，领导对我就极其苛刻，我也知道这不能怪他，最后我还是辞职走人了。

“如今来到西安了，离家也近，我找了一家学校上班，本该感到高兴才对，可没想到自己的想法一直很消极、很悲观，感觉自己很无能，感觉自己什么都

做不成，什么都不懂。

“上学的时候，我是个学习很好的学生，本该现在过比较好的日子才对。可如今过成了这个样子，一直对自己感到很失望。这种消极的思想持续了好长一段时间，大概两个多月了吧！一直不知道怎么才能从这种消极悲观中走出来。感觉每一天都过得很难受，很痛苦。

“看着现在这个学校的好多同事们要么在考教师

资格证，要么在考公务员，在考研，可再想想自己却什么目标都没有。悲观失望，看不到未来，不知道自己该朝哪个方向努力。

“下学期就要给学生上课了，现在好担心自己能不能把课上好。我感觉自己来到这个世界上就是个悲剧，自己过得真的很差。我究竟该怎么做才能让自己心情好一点儿，能让自己感觉乐观一点儿、快乐一点儿啊？

“别人都忙忙碌碌的有事情做，就我一个人整天在浪费时间，浪费光阴，什么都不愿意学，将来怎么办啊？我快愁死了。”

诗人汪国真说：“悲观是瘟疫，乐观是甘霖；悲观是一

种毁灭，乐观是一种拯救。”人一旦悲观，就会变得做事犹豫、畏首畏尾，不自信，甚至连日常生活都找不到半点儿乐

趣。故事中的年轻人正是这样，他的人生多么痛苦啊！

在生活、学习和日常的人际交往中，青少年不可避免地会遇到一些困难或者麻烦，从而产生一定的挫败感。比如，学习成绩落后、人际关系欠佳、被朋友误会等问题。这些挫折会使青少年心中产生一些不良的情绪，比如灰心丧气、意志低落。

此时如果不能对挫折进行正确的归因和对自己进行适当的情绪调节，就有可能使这种不良情绪造成长期的影响，使得青少年对自我的评价下降，自信心减弱，甚至会产生极其严重的悲观情绪。

如果青少年长期处于过于悲观的心理状态中，势必会给日常生活和学习带来极大的影响。越是悲观，就越自卑，越缺乏自信心。

悲观会使人精神萎靡，眼界狭窄，没有自信。悲观是扑灭理想之火的水，是事业成功的绊脚石。悲观是失望的兄弟，是失败的根源，是苦恼的要素，是烦恼的土壤。

悲观之树只能开出苦涩的花，结出烦人的果。悲观的人说，希望是地平线，就算看得见，也永远走不到；乐观的人说，希望是启明星，即使摘不到，也能告诉人们曙光就在前头。所以说，悲观的人总是看不到希望，找不到快乐，也无法抵达成功的巅峰。

如果一个人整日都完全地沉浸在一种悲观消极的情绪中，会大大影响他的工作，他更不可能有什么大的成就。相反，如果我们能够恰当地控制自己的悲观情绪，就能获得更

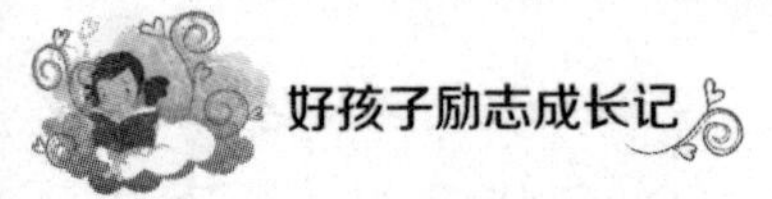

大的发展。

梁朝伟是大家早已熟悉的明星，他忧郁的眼神和成熟男人的魅力让很多人为之着迷。在一期《艺术人生》节目中，梁朝伟一直强调自己是个很悲观的人。

梁朝伟说："我觉得自己一直是一个很自卑、很害羞的人，所以才当演员，躲在角色后面很安全，否则我就去做主持人了。因为悲观，我永远只会往自己的缺点方面看，永远看不到我自己好的地方在哪里。"

但从另一方面讲，因为他悲观，所以他不怕失败。他说："如果我没有失败过，下回我就可能犯错误，而失败过就会记住自己的缺点。如果我曾经做得很好，下回这个优点自然还会存在。不过，不能整天只记着自己的优点，不然会渐渐自大和骄傲。"很明显，梁朝伟把悲观变成了一种鞭策自己前进的力量，使得他能够不断地完善自己。

所以说，悲观的性格不可怕，可怕的是不能直面现实，而只是在悲伤的情绪中不能自拔。要克服悲观，保持乐观，就不能害怕面对挫折。

面对困难，我们不能退缩，更不能放弃；面对失败，我们不能垂头丧气、灰心失望，更不能悲观；面对伤痛，我们不能让眼泪白流，我们不能因伤痛而失去勇气；面对所有事

情，我们都要乐观向上。这里有一些克服悲观消极思想的方法，青少年朋友不妨借鉴一下：

1. 注意力转移法。首先，要有意识地转移注意的焦点。当你遇到挫折，感到苦闷、烦恼，情绪处于低潮时，就暂时抛开眼前的麻烦不要再去想引起苦闷、烦恼的事，而将注意力转移到较感兴趣的活动和话题中去。多回忆自己感到最幸福、最愉快的事，以此来冲淡或忘却烦恼，从而把消极情绪转化为积极情绪。

其次，可以自觉地改换环境。如外出散步、旅游参观，

调换居住地点等。这样通过新的环境，冲淡、缓解消极的心理情绪。

2. 合理发泄情绪法。所谓合理发泄情绪，是指在适当的场合，采取适当的方法，排解心中的不良情绪。具体而言有以下几种方式：

①哭泣。当你遭到突如其来的灾祸，精神受到打击心理不能承受时，可以在适当的场合放声大哭。这是一种积极有

效的排遣紧张、烦恼、郁闷、痛苦情绪的方法。

②倾诉。当你心中积满苦闷、烦恼、抑郁等不良情绪无法缓解时，可以向父母、老师、同学、知心朋友尽情倾诉，发发牢骚，吐吐苦水。这样使消极情绪发泄出来后，精神就会放松，心中的不平之感也会渐渐消除。

③活动。当你的消极心理使情绪极度低落时，越不愿参加活动，情绪就越低落；而情绪越低落，又越不愿意参加活动。这样就形成了恶性循环，使不良情绪加重。如果适当参加一些有益的活动，或跑跑步、打打球、干干体力活，或唱唱歌、跳跳舞，就可以使郁积的怒气和不良情绪得到发泄，这样，原本十分低落的情绪就可以得到缓解。

3. 自我控制情绪法。人不仅要有感情，还要有理智。如果失去理智，感情也就成了脱缰的野马。

总之，青少年朋友，我们的人生犹如一面镜子，我们对它笑，它就会冲我们笑；我们对它皱眉头，它就会对我们皱眉头。所以在生活中，要学会保持一颗乐观开朗的心。

乐观的心态对于人生，就像阳光对于黑暗，清泉对于干涸的大地，灯塔对于航船！放下心中悲观的包袱吧！青少年朋友，没有比脚更长的路，没有比人更高的山，只要勇于攀登，就一定能够成就辉煌。

自己真的那么差吗

朋友，你是不是曾经有过自我怀疑呢？有这么一个说法，在一个可怕的世界里，当某个人自我怀疑的时候，他就会分化成两个个体，一个是原来的自己，另一个是自己怀疑自己所成的个体，然后，如果自我怀疑继续下去，那么这种裂变就不会停止。

怀疑是一堵封闭自己的墙，过分的自我怀疑更是会把人

牢牢地困在消极的思想之中。我们不难发现，那些总是自我怀疑的人，做起事来会畏首畏尾。最常见的表现是向前走一步觉得没有太大把握，就又退回原位，面对别人的意见时更是会丧失主见，无法坚定地去完成一件事情。

朋友，当你身处逆境，当你觉得自己一无是处的时候，不妨停下脚步，欣赏一下周围的风景还有那些忙碌的人们，慢慢地让自己的心静下来。

人生就如同一场马拉松比赛，就算你最初的起步慢了一拍，就算你现在的位置不如别人，在以后还有很多机会去赶超对手。在生命漫长的岁月中，耐力和毅力有时候会比机遇和聪明才智更加重要。

现在，我们不妨来看一个小故事，看一个自我怀疑者的心理咨询经历：

咨询师："这份资料是你妈妈写的吗？"

橘子："嗯。"

咨询师："可以说一下你为什么要弃学吗？"

橘子："资料上不是都写得很清楚吗？"

咨询师："我想知道你的想法，而不是你妈妈的

想法。”

橘子：“我觉得我太没用了。妈妈经常说谁家的孩子考上了哪个重点中学，而我的成绩一直都是在不上不下的水平。与其这样还不如回家做一些生意。”

咨询师：“可以告诉我你想做一些什么生意吗？”

橘子：“不知道。我只想逃离这个学校，在这个学校里面我一无是处。什么也不是，几乎所有人都比我好。”

咨询师：“那么你的体育是不是比班上学习最好的要好呢？”

橘子：“嗯！”

咨询师：“你的篮球是不是比足球最好的那个打得要好呢？”

橘子：“嗯，我班上踢足球最好的不会打篮球。”

咨询师：“你比体育成绩最好的那个学习是不是要好呢？”

橘子：“对，那个体育特别好的学习一直是倒数几名。”

咨询师：“你看，你也挺厉害的嘛！”

橘子：“是啊，不过我老觉得自己不够好。”

咨询师：“我想，是不是你的家人给你的压力有些大呢？”

橘子：“是啊，他们老是拿我和别人比较。我就是想做出一番事业给他们看。”

咨询师："每个人都有每个人的优点和缺点，你拿你最坏的和别人最好的比，效果当然不理想啦！任何有成就的人都受到过很多挫折和磨难。但是他们都有一个共同点，就是从未放弃他们的理想。可以说说你的理想是什么吗？"

橘子："我想考一所好的大学……"

咨询师："既然这样，那么你为什么又要出去做生意呢？只是想证明给你的爸爸妈妈看吗？你刚刚给我的感觉是，你想要逃离这个给你压力太大的环境。"

橘子："我其实很喜欢学习。不过他们越是让我学，我就越不想学。而且我始终追赶不上比我学习好的那些人。"

咨询师："因为你带的包袱太多也太重了。"

橘子："包袱？"

咨询师："嗯，包袱。你爸爸妈妈对你的期望，老师对你的期望，你周围的朋友互相攀比成绩，这些对你来说都是包袱，也都是负担。"

橘子："但如果我的学习成绩上不去怎么办？"

咨询师："学习成绩只不过是考核你学习效果的一种手段而已，并不是你真正价值的体现。"

橘子："那么你的意思是？"

咨询师："如果你用你喜欢的方式去学习的话，你的学习就不是为了取悦别人，而是为了充实自己。"

随后，咨询师给橘子做了一个放松诱导：

“你现在用最舒服的姿势坐在椅子上，慢慢地放松。你的脑海里慢慢地出现了一幅场景，周围的人看着你，都在对你微笑，你也用微笑回应着周围的人。当你微笑的时候，你就会变得更加的自信……”

治疗结束后，咨询师又给橘子布置了一些家庭作业，让他多做一些有氧运动，多游泳，这样会让他更好地放松，也会让他更加的自信。

治疗结束之后，当从咨询室里面走出来的时候，橘子高兴地牵起了他妈妈的手。

怀疑是一堵封闭自己的墙。过分的自我怀疑更是会把自己牢牢地困在消极的思想之中，即使是你最优秀的。

案例中的男生正是这样，他的篮球打得很棒，学习也不错，但是却经常怀疑自己不够好，特别是当父母拿成绩更好的同学与他做对比时，他的自我怀疑就更加严重了。

在我们成长的道路上，不是绝对不可以怀疑自己。适当的怀疑会加强自身的反省意识，发现自身的不足。不过在怀疑的同时，一定要知道自己坚信什么，我们是坚信事实呢，还是一意孤行地坚信自己的猜疑？朋友，要知道，过度怀疑自己，就会严重摧毁自己的自信心，导致自己的毁灭。

自我怀疑往往是自卑心理的起源，过于自卑无异于自我毁灭。有些青少年因为成绩不理想、家长责备等，长期处于自我怀疑之中，更有甚者最终竟然放弃了自己宝贵的生命。

由此可见，自我怀疑对于青少年的危害是多么大啊！

一个人在怀疑自己的同时，要思考一下自己坚信的是什么，如果坚信的是自己的怀疑，那其实是毫无意义的。有的人开始时怀疑自己不能成功，时间长了，就会坚信自己不能成功，一旦有了这样的心理，成功也就永远不会光顾。

要想成功，就不要怀疑，行动是最好的检验方法。在行动之前，谁也没有资格说自己行还是不行，只有试了才能知

道，即使没有成功，也不要后悔，至少自己没有蹉跎岁月，同时也为最后的成功打下了坚实的基础。

我们每个人都是独一无二地存在于这个世界上，都可以用自己的方式为社会做出应有的贡献。所以青少年要学会冲破自卑的束缚，尊重自己，善待自己，相信自己，切不可过度怀疑自己。

想必大家都有这样的感触，在梦中我们总是不可思议地具有极其强大的能力，几乎什么事情都能够做成。比如，同时出现在两个地方，随意转换场景和环境，穿墙而过，变成富翁和名人，克服大障碍，创造巨大的财富等。而且在整个过程中，我们似乎从来没有怀疑过自己的能力。在梦中，我们从不怀疑自己，所以所有的事情都是可能的。

可是在现实中，我们中的很多人处于清醒的状态时，却总是浪费许多的时间和精力去怀疑自己的能力。这其实是我们的一大损失。

当你心里不以为然或怀疑时，你就会想出各种理由来支持你的“不信”，告诉自己“我为什么不能”“我为什么会失败”。

怀疑、不信、潜意识认为要失败的倾向，都是失败的主要原因。所以要想成功，就必须将怀疑从生命中放逐出去，学会相信自己，创造内在的正确认知。把怀疑从你的心中统统放逐，你就会发现自身所具备的许多潜质，一切也都会变得顺利。

亲爱的朋友，我们要想突破自己，就要解除自我怀疑，打消消极的念头。成功者的思想里只有成功，没有失败。他们也会接受别人的意见，但从来不会怀疑自己是否有取得成功的能力。

我们除了在吸取他人意见时要保持谨慎，还有一点就是一定要相信自己，要有必胜的决心。只有这样，我们才能始终坚定自己的立场，保持自己的主见，不被别人所左右，找到适合自己的道路。

处于成长阶段的青少年朋友们，一味地自我怀疑不是什么明智的选择，因为它对我们没有任何好处。所有的怀疑都是浪费精力，而且干扰了我们与生俱来创造奇迹的能力。

朋友，选择自信，就选择了成功；选择自卑，就选择了失败，因为什么样的生活态度就会决定什么样的人生。让我们告别怀疑，扬帆远航吧！

不要压抑自己的情绪

压抑是一种较为普遍的病态社会心理。心理学上专指个人受挫后，不是将变化的思想、情感释放出来，转出去，而是将其压抑在心头，不愿承认烦恼的存在。青少年朋友，我们来看一个因为心理压抑，而影响到自己日常生活的故事吧：

“近半年来，不知怎么回事，我总不能安心学习，手中拿着书却老想着别的事，成绩一落千丈。我分析这可能是由家庭情况造成的。我在家里觉得自己从来没有快乐过，难以忍受母亲野蛮的态度，

所以从我懂事后从未叫过母亲，也不知现在应如何对待母亲。

“以前和小叔家的关系还不错，半年前和他们的关系也搞得十分僵了，由此影响了我学习的情绪。

“我家中有母亲和比我年长11岁的哥哥。我从小与祖父和祖母生活在一起，父亲在我大学第一学期时自杀了，我在奔丧期间未掉过一滴眼泪。父亲是家中的老大，尽管很聪明，却初中未毕业就担起家中生活的重担。我的小叔叔是大学生，母亲是农村姑娘，很厉害，经常与我的叔叔、婶婶吵架，并时常迁怒于我的父亲。父亲为人很老实，从早到晚很少说话，只知道干活，我7岁离开祖父母回到了父母身边。从那时起，母亲攻击的矛头转向了我，常因一点点小事就骂我，甚至打我。

“我学习成绩很好，经常看书到深夜，母亲就骂我是讨债鬼，一天到晚什么事情也不做。父亲为此很为难，但最后总向着母亲说话。

“上高三时，我觉得在家庭的压力下精神快崩溃了，不想参加考试了。但在小叔叔、婶婶的帮助下，我鼓起勇气参加了高考，总算获得了好成绩。因此我把叔叔、婶婶当成了亲人。

“我与叔叔、婶婶家的关系很好，他们给予我真诚的帮助，但大二寒假我在叔叔家时，叔叔因看不惯我抽烟、喝酒和只顾自己不顾别人的行为而批评了

我。我感到十分不满，与叔叔吵了起来，提前回学校了。现在我觉得世界上一个亲人也没有了，即使是以前对我比较好的叔叔也疏远了我，由此导致我的注意力不集中，学习成绩下降，心情感到十分压抑，性格也逐渐变得孤僻。”

压抑能起到暂时减轻焦虑的作用，但不是使焦虑完全消失，而是变成一种潜意识，从而使人的心态和行为变得消极和古怪。案例中的男孩正是因为过度压抑自己的情感，导致再也无法安心学习，可见心理压抑的危害性。

过度压抑的人，由于总回避自发性的欲求满足，做事情

大多听从别人的，缺乏自发性的行为。

不难看出，对别人过多地依赖、顺从，就是缺乏自发性的能力。若为其提供自由发挥的行动环境，反而会使这种人形成不自由、无所适从的感觉。也就是说，在常人认为的自由发挥创造的环境里，这种人缺乏一般行为表现能力。

心理压抑的人与外界现实发生矛盾时，不是积极地调整与外界的关系，而是退缩、回避矛盾，退回到个人的主观世界，自我克制、自我约束、息事宁人，以求得心灵上的宁静。

回避矛盾不等于解决矛盾，只要矛盾存在，就不可避免地使个体体验到不愉快的情感。这种情感与日俱增，逐渐使心理消沉下去，心理压抑者自我感觉往往是不好的。

受挫的思想与情感压抑在心头，久而久之，就会转化为潜意识。潜意识又支配人的需求和动机，例如一个事业上屡遭失败的人很想干一件一鸣惊人的事情，如制造一起事端等；又如越是被禁止的事物，人们越是想去打听其奥秘等。

心理压抑与自我克制不同。自我克制是在理智支配下，在一定场合对自己的情绪、行为进行适当的控制，这是人适应环境的一种行为表现。而心理压抑则是无论在什么场合下，对自己的情绪、思想、行为都进行过分的压制，其结果往往会导致行为的异常。因此有必要对压抑的成因进一步分析。压抑心理源于外部环境，也有个体自身的原因。

1．外部环境。从外部环境来讲，如果个体与环境不协调，有过多的挫折感，就可能产生压抑心理。这主要表现在三个方面：

①行为规范的影响。行为规范是调节、约束个体行为的行为准则。如果行为规范太多，过于严厉，或者规范与个体的接受程度相差甚远，个体极易产生压抑感。

②工作、学习与生活上的压力。人活于世必然要进行学习、工作、生活等实践活动，若这种实践与人的能力相适应，个体就能取得预想的成绩，就有成就感；若人的能力不能承担这些实践任务，或者长期超负荷地工作、学习、生活，不堪重负，个体就可能感到痛苦与压抑。如有的学生面对繁重的学习负担成绩下降，就会感到压抑消沉。

③紧张的人际关系。人际关系是指人与人之间的心理距离。人有合群性，希望自己能被他人接纳。亲密的人际关系能增强人的自信心，满足人的社交需求；而紧张的人际关系使人的精神与社会的需求不能得到满足，个人的志向处处受挫，或怀才不遇，或遭人冷遇，自然会产生孤独无援的感觉，结果可能导致个体采取回避现实的行为。

2．个体自身的原因。从主观原因来看，有以下情况易产生压抑心理：

①个体的某些身心条件较差。如生来长得丑陋，有生理缺陷，或者才能不及人等，都可能引起他人的讥讽和嘲笑。在他人的消极评价中，个体极易产生自卑感、自我否定感。有些人可能加倍努力，化压力为动力；有些人则可能感到压

抑和痛苦，变得自我封闭或自暴自弃。

②某些气质与性格更可能产生压抑感。气质是人的高级神经活动类型。按心理学上的说法，人有四种典型气质：胆汁质、多血质、黏液质、抑郁质。根据气质的特点属抑郁质的人具有敏感、多愁善感的特点，对同一事物，他们的压抑感可能比其他气质的人更明显。

性格是人对客观事物的态度和行为模式，一般而言，外向性格的人遇事往往将情感表现出来；内向性格的人则常常把情感压抑在内心，其中消极的情感会转化为压抑感。可见调整改造个人的性格、气质，对克服压抑感是十分必要的。

压抑心理会对我们青少年朋友产生许多危害，它与个体的挫折、失意有关，继而产生自卑、沮丧、自我封闭、焦虑、孤僻等病态心理与行为。我们要认识压抑心理的危害性，做好自我心理调适工作。可是，我们具体应该如何做好自我心理的调适呢?

一是要正确面对社会现实。要知道社会是一个由多元子系统组成的大系统；世上有好人，也有坏人。看待社会不能过于理想化，要看到社会成员之间实际上存在不平等的现象，存在待遇上的差距。人与人不能互相攀比，不能用自己的标准去衡量社会的公平性，而应正视社会、承认差别，努力去缩小与别人的差距。

二是要正确看待自己。遇到挫折，应先从自己的主观方面去寻找原因。勤能补拙，用自己的勤奋特长去弥补不足之处；每个人都有长短处，只要积极有为，天生我材必有用；

要停止自我比较，不要担心不如别人，要学会接受自己，确立一种自强、自信、自立的心态。

三是要多读些圣贤哲理与名人传记。圣贤名人之所以能成功，就是因为他们能从挫折中走出来。人的一生会遇到许多挫折，如何战胜挫折，到达成功的彼岸？圣贤名人们的思想与足迹能给予我们许多启示，我们不妨经常学习一下。

四是要积极做些富有建设性的工作。压抑会让人产生厌

倦、懒惰的行为。越是懒于动手做事的人，越容易发生心理危机。为了与懒惰做斗争，不妨列出一个学习、生活日程表，包括早练、读书、写作、交友、上街、娱乐等。不论大小事情都列入其中，并认真、专心地去做。

五是要主动帮助别人，乐于助人，保持精神健康。如果心理压抑者参与志愿性的工作，如社区服务或帮助邻居行动不便的老人购物，心情就会好些。你会发现只要有同情心，能够理解别人，对社会也是有价值的。

乐观地面对生活

每一个人都有年少无知、懵懂的一个阶段。你调皮，你贪玩甚至搞一些恶作剧，都是在用自己的方式认识和体验这个世界。但是在你的父母眼中，在你的亲戚朋友眼中，这样的行为是背离社会要求的，特别是和那些乖巧的同龄人相比的时候。于是，他们训斥你、批评你，把心里的那些情绪都发泄到了你的身上。

童年的你只不过是一个幼小的孩子，没有办法去承担这么大的压力。唯一的选择只有封闭自己的内心，隔绝与外界

的交流，才能够避免来自外界的影响和伤害。在你的内心世界里面，始终只有你孤独一人，别人无法走进其中，那一片心理阴影，只是你独自一人的背影。

青少年朋友，让我们来看一个故事吧：

“我出生在一个普通的农民家庭，幼年的我总是调皮捣蛋，学习成绩也不好。而我的姐姐，则是邻居眼里的好孩子，老师眼中的好学生。

“所有的亲戚朋友，都会拿我和姐姐比较，然后我就免不了要受一顿训斥。久而久之，就在我心中埋下了阴影。在我的童年经历中，我不愿出门，躲避每一个亲人，甚至过春节的时候也害怕去给长辈拜年。

“14岁的时候，我开始发奋读书，后来我和姐姐都考上了大学，而且我居然考得比姐姐还要好。我本以为这样就可以抬起头了。

“可是回到家里，面对亲戚朋友的时候，童年经历过的那种恐惧、压抑又涌上心头。在大学的生活里，这个心理阴影也一直伴随着我。

“我很少和别人交流，宁愿独自一人默默生活。后来，我考上了研究生，在家里的时候亲人对我的态度也从训斥变成了赞扬，但我始终还是沉默。

“我想摆脱这种局面，但始终没有做到。现在的我，对于学习似乎也失去了热情，失去了动力，好像每天都是混日子。感觉原来父母都是给我动力的，现在却成了压力。我该怎么面对自己的心理阴影，摆脱童年经历对我的影响呢？”

这个年轻人的人生从14岁开始，有了一个大的转变。他开始努力去争取一个更好的成绩、更好的前途。并且现在他已经是一名研究生，对于亲戚朋友来说他早就不可同日而语。可是，在年轻人的内心当中，那一个孤独的小孩一直存在着，他也一直没有打开封闭的那一扇门，让内心的那个小孩沐浴阳光，呼吸新鲜的空气，得到成长。

实际上，他已经比14岁之前的自己强大得多，也能更好地处理和别人之间的关系了。而且，外部的环境也比之前缓和了很多。所欠缺的，只是那一扇还没有打开的心门。因为门的上面，依然还笼罩着那一片阴影。

我们怎样消除心理阴影呢？我们的心，是与我们最为接近，但又是最难以控制的，我们要有坚定的信心，要相信任何心理阴影都是可以消除的，要坚信一句话“使你痛苦的，必将使你强大”，只要消除心理阴影，我们就是全新的自己。

心理阴影的产生往往是因为一些事情，你需要放下它们。当然，在放下它们之前，你需要先勇敢地面对它们，然后接受它们，最后才能做到放下它们。这样，你就在心理上形成了一个消除烦恼的过程。

你也可以尝试着去把痛苦的东西忘记，这也是帮助你走出心理阴影的方法，但切记，一定要坚持、坚持，相信任何东西、任何事情都会成为过去，你要学会去忘记。

例如，你可以闭上眼睛想象一下，你身处一个空荡的白色大房间中，这个房间非常大，你眼前有一个很密封的保险箱，你走到保险箱前，把你所有的烦恼、所有的不快，都锁到这个箱中，封好，再加上一把锁，然后你开心地转身，离开这个房间，烦恼尽消。

青少年要正确地看待自己，找出自己的缺点和不足，遇到困难和挫折时，多想一想原因，可以用什么方法去解决。

要认识到消沉、悲观于事无补，要振作精神，能解决的就解决，不能解决的则尽力忘掉。

我们要乐观地面对生活，以微笑去面对每天的人和事，胸襟要开阔，要丰富自己的知识，多交朋友，走出封闭的自我；畅所欲言，说出自己的苦恼和心里话；不要对自己要求过高，要正视现实；相信自己的能力，相信自己可以控制生活、改变生活，并能够掌握自己的命运。作为青少年要相信自己可以控制自我、改造自我，走出阴影，拥抱阳光。

克服你的自卑心理

在我们身边，有这样一些青少年，他们在家庭中总是受到冷落，得不到温暖和幸福，觉得父母和长辈们都对自己不关心，因此，他们就会觉得很自卑。

自卑是一种心理创伤，它源于人对自己的否定性看法和评价。自卑作为一种心理现象，并非生而有之，而是在后天实践中，尤其在屡受挫折后才出现的。

这种心理障碍吞噬了青少年的自信，损毁了青少年的勇气和热情，使青少年纯洁幼稚的心灵变得残缺不全。虽然成长中缺乏关爱可能会让你产生自卑心理，但是，作为青少年，你一定要努力找到自己的优点，摆脱自卑心理。

青少年朋友，我们来看一个因为缺乏家庭温暖而自卑的心灵故事吧：

小李很会读书，毕业于名牌大学，一直读到博士。她外语好，相貌端正，温婉有礼，是个很出色的人，但她有个致命的弱点：特别敏感，非常怕做错事。朋友们约好一起去买东西，因为堵车她和另外一个人来晚了一会儿，这是很正常的事情，谁都没觉得

怎么样，那个女友一句“塞车”就交代了。

可是她过不去，一个劲儿说“对不起”，好像欠了谁钱一样，搞得大家都受不了。“多大点儿事，你能不能不提了，咱就享受一下女人购物的乐趣好不好？”逛累了，大家一起坐下来吃点儿东西，她又开始解释、道歉。有个女友忍不住说：“真没看出来，你那么能干的一个人，怎么遇点儿事就跟祥林嫂似的？”

大家聊起来才知道她的敏感和自卑源于“家长专

制”的家庭环境。她父亲是个高级知识分子，架子端得很高，不苟言笑，很少与家人沟通。与孩子说话张口就是批评、指正，有时当着外人的面苛责孩子，根本不在意孩子的自尊心。客人问学习或其他问题，她得小心回答，因为客人走后父亲都要叫她过去，像对待下级那样点评“今天哪句话说错了，哪句话没礼貌”等，后来她特别怕与生人说话，总觉得自己说话错误百出。

她心底深处自卑、胆小，心理脆弱，承受力低，生活中出一点儿事她就很紧张。自己腿上碰了个青紫就怀疑是不是得了血癌；孩子肚子疼，她能联想到是不是肠梗阻，隔三岔五往急诊室跑；甚至感冒咳嗽在她那儿都是要命的病……

看了上面的这个案例，对于小李的遭遇，我们深感同情。在现实生活中，像小李这样由于成长中缺乏关爱而产生自卑感的青少年也有很多。父母和长辈的冷落使一些青少年产生深深的自卑，因此，他们不断地否定自己，贬低自己，认为自己处处不如别人，背上了沉重的心理包袱。

父母的冷落，其实不算什么，你要相信，你就是你，你

是独特的，你也有很多优点，你并不比别人差，你要努力做到最好，让父母不再冷落你。如果你一直这么自卑下去，会使自己患上严重的心理疾病，因此，你要摆脱自卑。

作为一名青少年，你应该有自己的想法，不要受别人的影响而忽略自己。你要明白，要想摆脱自卑，最重要的是要找出自己的优点。找优点，就是自我鼓励、自我强化的过程，每天看到自己的优点，你的生活就会快乐。找出自己的优点，其实是你进步的阶梯。

可以这么说，人最大的敌人就是自己，如果你自己看不起自己，那别人又怎么会看得起你呢？每个人都有自己的优点和缺点，不能只看到自己的缺点，而忽略了自己的优点。

其实，只要你用心寻找，你就会发现自己身上的闪光点。平时，你可以给自己准备一个小本子，当你发现自己有什么优点的时候就记下来，这样一来，你就会发现自己的优点越来越多，你就会很好地认识自己、肯定自己，从而摆脱自卑的包袱。

在成长中缺少关爱并不是你的错，相反，由于你缺少关爱，你会比别人更坚强。要相信，你并不比别人差，你要改变自己的心态，充满自信，这样才可以让你的生命绚丽多彩，拥有自信，你才能创造更辉煌的人生。

人是不断变化发展的，我们需要不断更新、不断完善对自己的认识，才能使自己变得更好和更完美。正确认识自己，就要做到用全面的、发展的眼光看自己。

只要你克服自卑心理，树立自信心，就能做自己幸福的缔造者。只要有了自信心，什么困难都能克服，什么事情都难不倒你，你的学业、你未来的事业就会成功。

不要让坏情绪困扰自己

厌学是青少年在学习中最普遍、最具有危险性的问题，是青少年逃避学习的一种心态。从心理学上来看，厌学是指青少年消极地对待学习的不良反应。

研究表明，学习活动是学龄儿童的主导活动，是儿童社会化发展的必要条件，也是儿童获取知识和智慧的根本手段。然而，有关调查表明，我国有46%的学生对学习缺乏兴趣，33%的学生对学习表现出明显的厌恶。

厌学是学生对学习的负面情绪的表现，主要表现为学生对学习的认识存在偏差，情感上消极地对待学习，行为上主动远离学习。厌学问题已成为阻碍学生身心健康发展的重要问题。厌学可表现为很多种形式：

有的青少年变得不爱上学，不愿见老师，甚至每到上学前，就喊“肚子疼”“头痛”等；有的青少年不愿做作业，一看书就犯困，即使在没有外界干扰的情况下，注意力也常常不能集中；有的青少年虽然也在看书，却看不进去；有的青少年不愿大人过问学习上的事情，对父母的询问常保持沉默，或者表现烦躁，或者转移话题；有的青少年上课时常打不起精神，课后却十分活跃表现为“玩不够”。

研究表明，大多数青少年的厌学和他们是否聪明没多大关系。从青少年的表现来看，厌学心理的产生与发展将直接影响他们的学习和成绩，严重的则会影响他们的身心健康。

我们经常会听到一些同学说“不想上学了”“读书没意思”，这就是典型的厌学表现。长此以往势必贻误学业。厌学的主要原因是青少年在学习过程中的消极表现和自我认识存在差别，学校、家庭及社会等外在环境的不良影响也会引起青少年的这种消极心理。那么，我们如何克服这种厌学心理呢?

1．注重学习能力的提高。很多厌学的学生一般都是由于学习能力低下，而导致学习跟不上，经常受到老师的批评、家长的责怪，以及同学们的轻视。于是他们索性经常逃学。因此，青少年首先应该注重学习能力的提高，只有学习成绩提高了，才会变得自信起来，那么学习的兴趣自然而然就会产生。

2．要注意改善自己的人际关系。人际关系差，也是青少年厌学的一个原因。有些青少年由于性格孤僻，不善交往，

人际关系自然就差；还有的青少年不善交往，经常与同学发生冲突。如果老师和同学对他们冷漠，他们就会更感孤独和不安，不良情绪比如厌学情绪就会产生。因此，这些青少年要注意改善自己的交往方式，与同学和老师处好关系。

3．发展自己的某一项特长。大部分学习成绩落后的青少年，可能有其他方面的一技之长，比如说劳动、音乐、体育等，但在强调学习成绩的学校里，他们的这些特长受到压抑，没有发挥出来。

其实特长与学习并不矛盾，众多事实表明，有特长的学生，他们的学习一般也不错，因为它们可以相互影响，由于有特长、有兴趣，他们会经常受到来自学校和家庭的表扬和鼓励，他们的兴趣也会潜移默化地移到学习方面来，从而相得益彰。所以你如果有某种特长，要尽量发展、发挥。

客观地对待批评

青少年在家庭或者学校中难免要受到批评，例如有时候，劳累了一天的家长，回到家看到孩子把玩具扔得到处都是，就会批评："赶快捡起来呀，你怎么这样不懂事呢？"如果孩子磨磨蹭蹭不加配合的话，抱怨之词可能还会升级。

除了家长对孩子的批评，老师在教学过程中批评学生也是常见现象，如上课不注意听讲、作业没按时完成、上课做小动作、欺负比他小的学生等。

面对批评，青少年可能会出现以下现象：脸上不再有笑容；常常战战兢兢，做事显得笨手笨脚；内向、胆小，不主动讲话等。

出现了这些情况表明青少年已经有了自卑心理，在自卑心理的驱使下，他们不愿意与别人交往，自卑影响他们的成长与心理健康。

现在我们来看一个小朋友的故事，看他是怎么受到批评而自卑的：

老王的儿子小明嘴甜，人很活泼。每次朋友带孩子上他家玩，小明都热情接待，请坐，倒茶，陪聊

天，很讨人喜欢。

双休日朋友又带儿子上他家玩。奇怪的是，这次却没见小明的身影。朋友和儿子异口同声地问小明去哪儿了，其母说他躲进房间了。怎么会这样？

小明的母亲说她也不知为什么，当听说客人要来时，他便钻进了房间。朋友立即敲门说："小明，叔叔和喜喜来找你玩了！"

过了很久，才传出小明的声音："我头晕，想睡觉，不想玩。"

听儿子说头晕，他的母亲就忙着要给他服退烧片，可他死活说不用服。

小明的反常行为让老王意识到，可能是上次朋友和他儿子来玩时，因小明测试成绩大滑坡，自己当着大家的面严厉批评了他，说他懒惰了，骄傲了，没理想了，总之都是批评的话，小明羞愧难当。

批评是对错误和缺点提出意见，带有否定性和贬斥性。听起来不像赞扬那样舒服。如果我们没有良好的心理素质，不能正确认识和对待形形色色的批评，就会产生逆反心理，形成不良情绪，出现异常行为或悲观情绪。

然而"忠言逆耳利于行"。恰如其分的批评，能让我们及时发现问题，悬崖勒马，纠正客观存在的缺点和错误，走向成功。

美国前总统林肯说："世人都喜欢赞扬。"但我们在学

习、生活中因种种原因，谁都难免受到批评。作为青少年，我们应该如何减小批评对自己的危害，并且将批评变成自己前进的动力呢？以下这些方面我们可以注意一下：

首先，面对批评，我们应保持良好的心态，有则改之，无则加勉。世上没有十全十美的人，每个人都是因发现并改正了自己的缺点和错误而变得更优秀的。人生免不了受批评，受批评后不要垂头丧气，自暴自弃；不要产生破罐子破摔的思想；也不必怒发冲冠；更不必耿耿于怀，恩将仇报，

产生敌对思想，甚而图谋报复。而应该冷静、大度，用谈心、运动等方式宣泄来寻求心理平衡。对于正确的批评，我们应该持欢迎态度。在日常学习和生活中，大多教育我们的人会经常成为批评者，如老师、父母。要知道，别人诚恳的正确的意见对我们是有益无害的，我们应该接受和感谢。即使严厉的批评，也应该虚心接受。即使批评方式欠佳我们也不宜斤斤计较。

其次，我们要提高自身素质，善于接受批评。我们在学习的过程中，除了学习知识外，同时还要促进自身素质的提高，以便能更客观地对待批评。在受到批评后，我们应心悦诚服地接受，分析受批评的原因，积极改正。

最后，我们应正确评价自己，磨炼自己，吸取教训，努力进取，完善自己。对那些批评错了的人也要理智对待，冷静解释，不大发雷霆、攻击报复，从而做到“有则改之，无则加勉”。

批评并不可怕，可怕的是对批评的不理解。真正的批评并不会打消一个人的自信心，相反会让他更有自信。青少年朋友，如果你能正确对待批评，成功将永远与你同在！

打开自己的心灵之门

门，可开可关；门，可成沟通的渠道也可成阻隔的高山。谁也说不清“门”究竟为什么而“设”。是敞开的心灵抑或是封闭的思想？时光隧道上有了门，便有了历史、现实和未来的界限；人们心里有了门，便有了戒备、提防和拒绝的意味。

进入青春期的我们，开始有了个人的思想、个人的理想追求，但同时也遇到了更多的困难和挫折。于是有人便麻木、愤懑、怨天尤人，紧紧地关闭了那通往幸福与快乐的心灵之门。

人生往往如此，有的人活得黯淡，并不是他的生活里没有春光，而是因为黯淡的心境，早已把朝向春光的门悄然关上。青少年朋友，你们愿意打开心门吗？我们希望走进他人的内心世界或者让他人进入我们的心灵空间吗？这里有一个关于心灵之门的小故事，一起来看一看吧。

窝在教室的一角，听着语文老师有板有眼地分析考卷，我无奈地看着手表，等着下课的到来。周围的同学

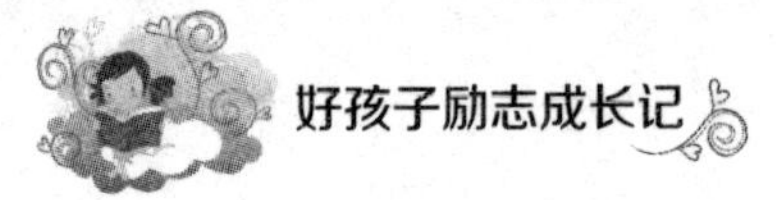

接二连三地站起来回答问题，或者因成绩好回答难题，或者因为基础太差被抽背古诗文。唯独我一直坐着，我被无意间关进了老师内心的暗角，门上还有一把永远也打不开的锁。

下了课，我又听见同学们聚在一起闲谈。数学题或者是哪位明星长得帅；又听见同学们在夸奖我们班的大队长今天穿的裙子很漂亮、很时尚；又听见相貌不好的同学在为自己的绰号争辩不休……唯独我一直保持安静，没有人来找我，我也同样没找他们。

我无意感觉到自己被关进了同学们内心的暗角，门上同样也有一把永远也无法打开的锁。于是，我开始学会在没有对话的世界生活，我好像活在自己的世界里了。不久，学校三年一届的艺术节在春天这个多彩的季节里拉开了序幕。我们班有一个诗歌朗诵表演，邻座的语文科代表极力鼓励我参加，还声称发现了一首很适合我的诗。

我本不情愿，但科代表放学时对我说的一番话让我改变了想法，她说："想想贝多芬、想想海伦、想想霍金吧！贝多芬是一个音乐家，音乐家最重要的是健全的听觉，但他却失去了。我想当时的他一定是痛不欲生的，但他把痛苦化成了毅力，终于他推开了音乐的大门。霍金呢？他是一位除了脑袋能转动以外，其他关节都静止的人。在这样的情况下，他不也实现了自己的理想吗？

海伦更是如此一位集盲、聋、哑于一身的人。她的命运让所有人都不能相信这样一个女孩能创造奇迹……你不比他们差多少啊！”

科代表说到这儿，给了我一首诗，然后转身走了。留下了深思的我，一个人发呆，发呆……

回到家，我想着科代表的话，突然想：为什么他们可以突破自己，而我不可以呢？于是，我从床上爬起来，拿起那首诗：古木阴中系短篷，杖藜扶我过桥东……不知为什么，我真的被这首诗吸引住了。

之后，我便开始非常投入地练习。语速、语调、眼神、微笑、手势，反反复复……

演出那天，我第一次脱下了黑色服装。站在高高的舞台上，望着台下的同学穿着明艳的春装，这些春装与

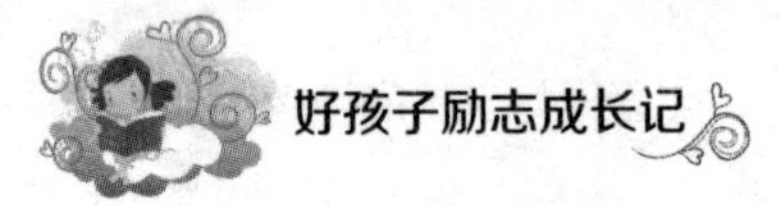

校园里的桃红柳绿相映衬，感觉温暖、明朗。我忽然想到，并不是只有黑色才属于我。于是，我笑了……

我终于知道，原来那许许多多的锁并不存在。

世人常说心有囚室，其实这也只不过是自己关住了自己吧！正如故事中的“我”，自己为自己设了心门，上了无数的锁，然后在门后痛苦地叹息、哭泣。因为这扇门，我们自卑，它加重了我们身上的重量，使我们不得不仰视别人；因为这扇门，我们孤独，我们只能独自仰望这片狭窄的天空，没有朋友，没有伙伴；因为这扇门，我们失败，在门中，我们只看到了自己，却看不到门外那五彩缤纷的世界。

因为这扇门，我们失去了很多，失去了自信，折断了翅膀，失去了友谊。既然如此，我们为什么不打开这扇门呢?

朋友，请打开尘封已久的心门吧，我们会看到窗前依旧花开花落，天外依旧云卷云舒，生命的旋律不会因我们心门的关闭而停止，依旧轻舞飞扬，就像一颗星陨落，却暗淡不了整个星空。

打开这扇门，我们会听到人生的劲歌妙律，看到大海的澎湃波涛，闻到生命那绝美奇葩的迷人芳香。放飞我们的心灵，它与我们一样向往光明，追求自由。

打开这扇门，清新的空气扑鼻而来，一幅天然的唯美画卷展现在眼前，碧绿的草地上几朵鲜黄的小花在向我们微笑，成群结队的蝴蝶在花丛中翩翩起舞，宛若一名名婀娜多姿的少女，那样欢快，那样充满阳光。

打开这扇门，看着门外来来往往的人都在欢快地交谈着，我们的脚步不由自主地向他们移动，心在向他们靠拢。我们开始慢慢地融入他们。这时，我们会发现，从前并不是人们都在远离我们，而是我们把自己封锁在这扇门内，不愿走出去，亦阻挡了别人走进我们的心！

打开这扇门，世间的万物都在向我们伸出双手，敞开怀抱，敞开知识的大门，太阳公公也毫不吝啬地洒下那温暖、

和煦的阳光。畅游在温暖的知识海洋中，才发现，原来这才是真正的世界，这就是我们想要的世界！打开心中的门吧！是雄鹰就要勇敢地争夺属于自己的那片天空；是金子就要为自己寻找发光的源泉；是花儿就要把自己的美丽毫无保留地绽放……

让我们打开心中的那扇门吧！去发现世间的美好，去感受世间的繁荣，去探索世界的奥秘！给自己一片自由的天空，做一个不一样的自己，过一种不一样的人生……

保持健康的心境

人生，就像是大海，时而风平浪静，时而波浪滔天。风平浪静的时候就好似人们平平淡淡的日子，而波浪滔天则代表着是人生路上的坎坷历程。

既然上天不让我们一帆风顺，在生活的道路上早已安排了不同程度的坎坷。我们无法逃避，也不能躲闪，那么就勇敢地面对吧。因为每个人的成功都需要不断地接受坎坷的历练。

思想家爱默生说：“困难，是动摇者和懦夫掉队回头的便桥，但也是勇敢者前进的垫脚石。”面对不幸和坎坷，我们每个人都应该勇敢地面对，把它们当作人生的一次次历练。

亲爱的朋友，我们来看一个小故事吧。

18岁的王刚高中毕业后，因为家穷，便开始了人生的闯荡。初到深圳，他连深圳的超市还没看到，就被老乡接到了灰暗的皮鞋厂里，望着眼前的剪刀、绳子、胶水，他终于发现了现实的残酷。

由于无法适应，一个月后，在主管的埋怨声中离开了那家鞋厂。第一份工作就遭遇了挫折。迷茫中，他看见一家成衣工厂在招工，他求老板收留了他。但由于不是踩机器的料，笨手笨脚地干了半个月又被炒了鱿鱼。第二份工作再次遭到了挫折。

3天后，王刚走向建筑工地求人家让他干苦力，他说他有的是力气，咬紧牙埋头苦干了一个月，领到了300元苦力钱后，他没有再走进建筑工地。

王刚拿着手里的300元不再进厂找事做，开始买蔬菜来卖。他的生意慢慢好起来，人缘也很好。半年后，他租了间房子搞起了蔬菜批发。

随着生意越做越大，他的蔬菜批发月纯收入很快就突破了万元。3年后，他的手里已经有了一笔可观的资金。3年市场的历练，让王刚对市场有了较强的洞察力。

这时，王刚回到家乡，通过市场调查发现小县城还没有上规模的超市。于是立即把蔬菜批发市场转让出去，把资金全部抽回来办了一家超市。现在，他已经有了3家超市，成了县城超市中的龙头老大。

很多人问起他为什么短短十几年就汇聚了这么多财产时，王刚笑着说："是生活给了我一次又一次的挫折。挫折是人生一笔难得的财富。你只要把一次次挫折当作你成功的垫脚石，那么，财富就会在你的人生中汇聚！"

王刚在一次次坎坷和挫折中接受了教训，学会了吃苦，学会了感恩，也学会了经营，他把挫折当成了成功的垫脚石，一直走向了成功的道路。作为新世纪的青少年，要学会在挫折中吸取教训，为自己的成功铺设道路。

青少年朋友，在我们的生命里，并非都是歌舞升平、一派祥和，总也伴随着几多不幸，几多烦恼。人生，就要是在风雨中摸爬滚打，在风雨中奋力拼搏，才不愧为一个大写的"人"字。

坎坷是摆脱束缚、摆脱贫困、战胜困难、走上成功的催化剂。人的一生大都是在坎坷中完成的。

人生不会是一帆风顺的，当我们走过一段的时候，就出现我们意想不到的挫折与坎坷，因为人生就这样，既然逃避不了，何不让它们把我们磨炼得更加坚强、更加成熟、更加稳定、更加老练，每一次的坎坷都会磨炼出一个崭新的我们。

生活的意义在于理解人生、感悟人生，让我们每个人都学会从坎坷中成长，从生活中历练，从生活中懂得善良、真

诚、知足和感恩！积极地面对生活的坎坷，乐观地生活，做一个真正幸福的人。

“自古名人多磨难。”名人之所以成功，大都经过种种磨难。他们面对磨难，不怨天尤人，不叹息沮丧；咬紧牙关、奋力抗争，用不屈不挠的精神战胜磨难，最终成为人生的胜利者。那么，作为我们青少年一代，更应该勇敢地直面逆境磨难，用它来磨炼自己奋飞的翅膀，锻炼前进的脚力，向着成功的高峰走去。

“自古英豪出贫贱，纨绔子弟少伟男。”顺境中的人容易受迷惑，他们贪图享受，不知奋进，不知道苦难为何物。而没有志向、没有进取心的人，成功对于他们来说只能是望尘莫及。

而困境中的人因更能正视自我，挖掘自己的勇气和巨大潜力，奋勇拼搏，而最终成才。逆境中的人，因为不怕坎坷和挫折，一次次与命运做斗争，最终取得了真正的成功。

青少年一代，是祖国的未来，是实现民族复兴的主力军。青少年学生的耐挫能力关系到我们民族的综合竞争力，关系到和谐社会宏伟大业的实现。正确认识挫折是每一个青少年必备的素质，也是走向成功的关键。

那么，人在遭受挫折的时候，又应如何进行调试呢？以下10种方法，不妨一试：

第一，沉着冷静、不慌不怒。

第二，增强自信、提高勇气。

第三，审时度势、迂回取胜。所谓迂回取胜，即目标不

变，方法变了。

第四，再接再厉、锲而不舍。当我们遇到挫折时，要勇往直前。我们的既定目标不变，努力的程度加倍。

第五，移花接木、灵活机动。倘若原来的目标太高一时无法实现，可用比较容易达到的目标来替代，这也是一种适应的方式。

第六，寻找原因、理清思路。当我们受挫时，先静下心来把可能产生的原因寻找出来，再寻求解决问题的方法。

第七，情绪转移、寻求升华。可以通过自己喜爱的集邮、写作、书法、美术、音乐、舞蹈、体育锻炼等方式，使情绪得以调适，情感得以升华。

第八，学会宣泄、摆脱压力。面对挫折，不同的人有不同的态度。有人惆怅，有人犹豫，此时不妨找一两个亲近的、理解我们的人，把心里的话全部倾吐出来。从心理健康角度而言，宣泄可以消除因挫折而带来的精神压力，可以减轻精神疲劳；同时，宣泄也是一种自我心理救护措施，它能使不良情绪得到淡化和减轻。

第九，必要时求助心理咨询。当人们遭遇到挫折不知所措时，不妨求助心理咨询机构。心理医生会对我们循循善诱，使我们从“山重水复疑无路”的困境中，步入“柳暗花明又一村”的境界。

第十，学会幽默、自我解嘲。“幽默”和“自嘲”是宣泄积郁、平衡心态、制造快乐的良方。当我们遭受挫折时，不妨采用阿Q的精神胜利法，比如“吃亏是福”“破财免

灾”“有失有得”等来调节一下我们失衡的心理，或者“难得糊涂”，冷静看待挫折，用幽默的方法调整心态。

人生在世，不可能时时春风得意、事事顺心。面对挫折能够虚怀若谷、大智若愚，保持一种恬淡平和的心境，是彻悟人生的大度。一个人要想保持健康的心境，就要升华精神，修炼道德，积蓄能量，风趣乐观。

人生中的各种坎坷曲折、艰辛等都是命运锤炼我们信念和意志的赐予，让我们能够在面对伤痛时不让心中落下一座伤城。那么，我们应该珍惜各种挫折与坎坷、艰辛与磨难，并学会借助它的打磨，沉淀出我们面对伤痛，让伤痛开成花的能力，锻造出更辉煌的明天。

只有一条路不能选择，那就是放弃；只有一条路不能拒绝，那就是成长之路；只有一条路不可避免，那就是坎坷之路。植物的生长不仅要呵护，也要磨炼，那样才能结出更香、更甜的果实。

鼓起勇气，战胜自我

著名思想家歌德曾经说过："如果你失去了财产，那么你只失去了一点点；如果你失去了荣誉，那么你就失去了很多；如果你失去了勇气，那么你就失去了全部！"

是啊！勇气对于我们每个人都至关重要，勇气是所有成功者具有的第一要素。在困难面前，如果没有勇气去尝试着克服它，那么我们将永远在困难面前打转，一步步走向失败，成功将与我们越来越远，更不会实现自己远大的目标和理想。

生命对于人们来说，少的是平坦，多的是坎坷；少的是美妙的乐章，多的是沉重的低音；少的是开怀大笑，多的是痛哭流涕。可是，人生的路不管是好是坏，总要走下去。

青少年作为初升的太阳，更要有一种"初生牛犊不怕虎"的精神，敢于面对，敢于挑战，敢于超越。朋友，我们是不是缺乏超越的勇气呢？那么，来看看这个故事吧。

从小我就热爱篮球，但可能由于技术不精，总会遭到别人的耻笑，所以我在篮球场上一直是一个缺少

自信的男孩子，但通过一件事让我找回了在篮球场上的勇气。这件事就发生在周四的篮球对抗赛上，三班对二班。其实在赛前我们大家心中虽然渴望着胜利，但每个人都了解二班的实力，所以我们4个篮球队主力就像泄了气的皮球一样，整个上午都闷闷不乐的。

时间过得真快，转眼间篮球对抗赛就要开始，可是我们4个心中还是没底，以至于上场都比二班慢了5分钟。当球赛正式打响时，和我对位的是一个既比我高又

比我壮的同学。在和他的对抗中我仅有的一点信心也被泯灭了，接到球时变得手足无措，更不要说投篮了。

在中场换人的时候，队长来到我身边对我说：“相信自己，你不比别人弱。”这句话使我心中起了很大的波澜，当队友传给我球时，我并没有再传出去，而是决定打打试试。

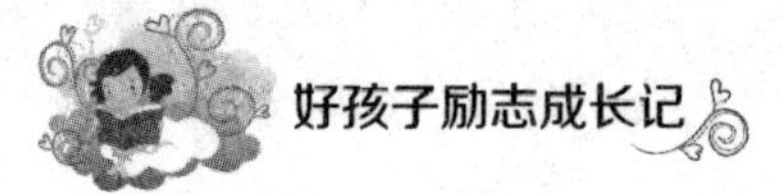

我先是晃了他一下，然后转身投篮，果然他没有跟上我的脚步，使我轻松投篮。虽说这个球在篮筐上弹了几下还是没有进，但我已经有了充足的勇气。

在接下来的时间里，我完全找回了自信，全身充满了勇气和力量。终于，在比赛结束前的1分钟，我顺利地拿到了一个3分。这样，我们班以1分的优势，获得了胜利。太好了！我超越了自己，我获得了勇气和力量。相信以后我篮球会打得更棒，我再也不会怯场了。

在人生前进的道路上，勇敢的人有勇气面对困难，绝不向困难低头，敢于千方百计地解决困难，也正是因为有足够的勇气，才能突破困境，获得成功。

的确，“放弃”只要一句话，而“成功”却需要一辈子的坚持。对于青少年来说，对生活、对未来有着无限的憧憬，但也有着无限的恐惧，这就需要我们拿出超越的勇气，勇敢地面对生活的每一天。

不管怎样，干一下，试一试！即使失败了也问心无愧。假如这样去做，就必定能从其中找到门路。

人生中真正的险境，存在于我们的心里。对危险的恐惧，俘虏了我们，让我们看不清人生的真相。只有打破自己内心的恐惧和障碍，我们才能实现自我突破，把握自己的人生。从现在起，突破自己，鼓起勇气向前冲吧！

拥有一颗平常心

平常心，即“平常的心，平静的心”。人的平常心并不是与生俱来的，它是经历磨难、挫折后的一种心灵的感悟，一种精神的升华。

只有保持一颗平常心才会豁达而不失节制，恬淡而不失执着。须知“家有千金无非一日三餐，屋有百间无非放床一

张”，人对名利的欲望是无止境的，平平淡淡才是真。

在竞争如此激烈的今天，社会为我们每个人都提供了发挥才能、展示自我的舞台。然而在这个竞争激烈的舞台上，成功者毕竟是少数。

面对别人的成功，面对别人的优秀，要想开心幸福地过

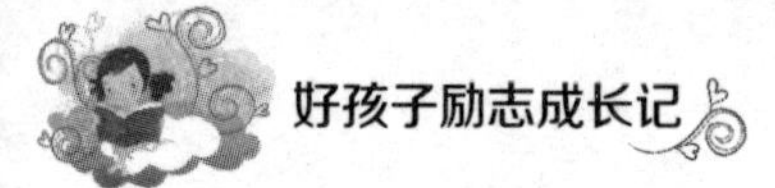

日子，就必须学会欣赏他人，必须有一颗平常心。青少年朋友，让我们来看一封考试前母亲给孩子的信吧。

昨天去你老师办公室，听到老师说你下课时也在教室学习，不是写语文作业，就是写数学卷子，总之你在课间很少出来玩。我心里很为你的精神而感动，同时又为你担心……

孩子，我想对你说，只要你努力了，考不好没什么。只要你能保持积极上进的态度就行了……

有一个叫宁珀的男孩，因为当时学习特别好，被当时的媒体誉为“天人”，上了中国科技大学少年班，但是后来他的心理发生了变化，出家了。

《卡尔·威特》中小卡尔·威特在老卡尔的教育下10岁进了大学，14岁就成为哲学博士，23岁就任专职教授，多么辉煌……但很少有人知道，小卡尔后来一直不幸福，他的婚姻很坎坷，以后他也没有做出什么成就，一生就这么过去了。为什么有这样的结果呢，因为老卡尔没有关注孩子的心理发育。

孩子，这些故事告诉我们只关注学习是不行的，你应该玩一玩，放松自己……你知道吗？人如果长期处于紧张的工作学习中，大脑中枢会相应建立起紧张思维运作模式，使人适应紧张的工作学习。如果突然停下无事可干，原来的生物钟就会打乱，心理就无所适从。

孩子，你看看瓦伦达是怎么取得成功的：美国著名的钢索杂技演员瓦伦达，在离地几十米的高空走钢索，没任何安全保护措施，险象可想而知。

但瓦伦达毫不畏惧，每战必胜。有人问他成功的诀窍，他说："我走钢索时，从不想到目的地，只想走钢索这一件事，专心致志走好每一步，不管得失。"

瓦伦达的故事告诉我们：只要以平常心对待考试，充分发挥了自己的水平就是胜利。

孩子，希望你能笑对考场，保持平常心，勿以物喜、勿以己悲，坦然面对一切可能发生的事情。

这位母亲说得真好啊！是啊，只要我们努力了，考试不好没什么。关键是我们要有一颗平常心，才能发挥出自己最好的水平，这就够了！那些因为考试而紧张得要命、睡不着觉的青少年朋友，一定要好好看看这一封信。

"世间本无事，庸人自扰之。"怎么做到不自己扰乱自己呢？就是要保持一颗平常心。

生活是一望无际的大海，人便是大海上的一叶扁舟。大海不会一直风平浪静的，所以，人也总是有欢乐也有忧愁。当无名的烦恼袭来，失意与彷徨燃烧着每一根神经。但是，朋友，别忘了保持一颗淡淡的平常心，痛苦将不再有。

每个人的前面，都有一条通向远方的路，崎岖但充满希望。不是人人都能走到远方，因为总有人因为没倒掉鞋里的沙而疲惫不堪、半途而废。所以，主宰人感受的并非快乐和痛苦本身，而是心情。

当生活的困惑袭来，请丢下负荷，仰头遥望明丽、湛蓝的天空，让温柔的蓝色映入心田。就像儿时玩得疲倦了，找一块青青的软软的草地躺下，任阳光在脸上跳跃，让微风拂过没有褶皱的心。

当层层的失意包围，请打开窗户，让新鲜空气进来，在芬芳甘甜的泥土气息中寻找一丝宁静，就像儿时，拿起蒲公英的细须，鼓起两腮吹开一把又一把的小伞，带着惊喜闭上眼睛，许下一个心愿。于是，心中便多了一份慰藉与欣喜。

当无奈的惆怅涌来，请擦亮眼睛，看夕阳的沉落，听虫鸣鸟叫。就像儿时在小院里听蛐蛐的叫声，抬头数天上闪烁的星星。于是，一切令人烦恼的嘈杂渐渐隐去，拥有的是一颗宁静的心。

保持一颗平常的心，我们会由衷地感叹：即使我不快乐，也不要把眉头深锁，人生本短暂，为什么还要栽种苦涩？我们有一颗平常的心，我们会明白博大可以稀释忧愁，平静的心能够驱散困惑。是的，没有人知道远方究竟有多远，但是打开心灵之窗，让快乐的阳光和月光涌进来，平常之心便有了一支永不熄灭的快乐之歌。

保持平常的心，我们便可以不断超越，不断向自我挑战，会诞生出奇迹。

有一颗平常的心，面对忧愁和困难我们就能坦然处之，我们会发现快乐。面对暂时的成功，我们也不会欣喜若狂。

平常心，是一种修养，一种人生的态度，是用恬淡洒脱、气定心宁的心态来对人待事，“宠辱皆忘，把酒临风”。

保持一颗平常心，就是要求我们正确认识自己，正确看待人生，使自己时刻保持一种轻松愉悦的心情，努力与周围的环境保持和谐。否则，心境就会失去平和，变得浮躁气急；生活就会失去平衡，变得纷乱无序；处世就会失去理性，变得孤僻暴戾。最终，会使自己不是在成功的掌声中变得得意忘形、目空一切，就是在失败的打击下变得心灰意冷、止步不前。

保持一颗平常心，最关键的是要对自己的人生价值有一个正确的定位。

“事能知足心常惬，人到无求品位高”，生活的辩证法也告诉我们，怀有一颗平常心，把自己作为平常人，多做一些平常人所欢迎、所称道的平常事，才能知足常乐、轻装上

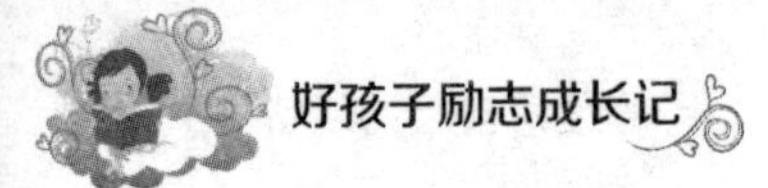

阵，创造性地开展工作，干出不平凡的业绩。

保持平常心的过程，是一个艰难甚至痛苦的修炼过程。因为要想保持一颗平常心，就必须永无休止地与私念物欲做斗争。只有战胜了私念物欲，平常心才能在自己的精神世界里悠然存在且愈加鲜活。

其实，企图占有一切的私念物欲都是妄自菲薄的，甚至最终都会适得其反。试想一下，一个人纵使权力无限，又怎能吞下浩瀚宇宙？一个人纵使腰缠万贯，又怎能世代拥有？无数个鲜活的事例告诉我们，任何形式的占有都是暂时的，永远也不可能长久。如若谁试图极度地、永久地占有，到头来往往会使自己碰得头破血流并最终失去一切。

保持一颗平常心，使自己从私念物欲中摆脱出来，宠辱不惊，淡泊明志，泰然处之，于平淡中为自己增添一份动力，于昂扬中为自己固守一份淡泊，于匆忙中适时给心灵一次释放，于喧闹中为自己找寻一片宁静的港湾，“看庭前花开花落，望天上云卷云舒”。

只有这样，才可以使自己不必为过去的失误而后悔不迭，不必为现在的失意而懊恼不已，也不必为未来的不确定而忧愁焦虑。

摆脱世俗的困扰，抛弃生活的烦忧，做到豁达而不失节制、恬淡而不失执着、宁静而不失勤谨，最终于平凡之中领悟人生的真谛，在失意之中寻得生活的乐趣，以一种平常恬静的心态去正视生活，书写生命绚丽的篇章，努力达到人生的最高境界。

珍惜拥有的幸福

作为新时代的青少年，我们生活在一个幸福的时代，我们拥有知识，拥有青春，拥有激情，然而有时我们又会埋怨命运不公，感叹生活太累。

其实，丰富多彩的生活值得我们珍惜的有许多许多，而我们往往把眼光停留在了那些我们没有的东西上，却忘记了自己已经拥有的一切。

朋友，我们先来看一个小故事吧！看看故事中的小主人公是如何为失去拥有而落泪的。

“今天，我们来上一堂作文课，叫珍惜拥有。”周老师面带微笑地说，“我们先来做一个小游戏！大家看屏幕，这是游戏规则！”

趁大家看屏幕的时间，老师叫两个同学把小纸片发下去。“大家看完了吗？现在在小纸片上写下你们最不能失去的5个人的名字吧！”周老师脸上依然有淡淡的微笑。

陶淑韵站起来说：“首先我写了妈妈，因为妈妈从我生下的那一天开始，就一直用无私的爱滋润着我……”

接着又有许多同学站起来，说出了自己写的5个人，并说出了自己写他们的理由，同学们都说得非常令人感动。接着，周老师又说：“下面，我请大家把你们写的5个人中划去一个，假如他或者她离你而去，再也不回来了。”

我写的是爸爸、妈妈、同学黄贝而、弟弟和外婆。我一次又一次地扫视这些名字，想划又下不了手，一种苦涩的味道填满了我的心，能划谁呢？划了永远也见不到了。我不能见不到养育我的亲人，于是，我狠心首先划掉了自己的同学。

后来，周老师又叫我们陆续划去了另外4个人的名字。在划去名字的过程中，我的鼻子一直是酸的，终于，在划去最后一个名字的一刹那，我的泪水流了下来。看到同学们的真情流露，周老师也不由自主地流下了热泪，她一边擦去泪水一边还不好意思地自我解嘲道：“坏了，导演也哭了，导不下去了。”

这堂课使我久久不能忘怀，我深深地懂得了：要用心去珍惜自己现在所拥有的一切，不要等失去了才惋惜。我们要好好孝敬父母，不要让“子欲养而亲不待”成为人生最大的悲哀！

人，往往如此，得到的东西不懂珍惜，一旦失去才知珍贵。于是，漫漫人生，有多少人这样慨叹：覆水难收，后悔莫及。当我们想要得到某样东西时，不要想着最后一定要得到，而要想着，如果我们得到它后会去珍惜它吗？如果不会，就请不要去将它拿到手。

如果我们会，就请我们深刻地体会得到它时做的付出、做的努力，这样会使我们感受到这个东西是用我的付出换来的，如果它失去了，就等于失去了为它付出的时间、所做的努力、所做的一切……

如果我们因为失去而流泪了，那就说明我们已经走错人生的“一步棋子”了，失去后，眼泪不会为我们找回它，当我们失去它时，我们就已经走错路了。

如果我们再继续哭泣的话，那就是错上加错了，我们应该去努力挽回，努力将“这盘棋”继续走下去，更应该去体会“珍惜拥有”这4个字，将这句话铭记于心，才不会继续走错棋……

但是，如果我们光懂得“珍惜拥有”的话，那还不够，我们还要去反省以前有多少次因为没有珍惜而失去了东西，更深刻地体会“珍惜”这个词。

人不可能什么都得到，但人也不可能什么都没有得到，既然有得到的，就要去珍惜，只有学会了珍惜，才不会因为不懂得而失去，才不会因失去而流泪，才不会因失去而后悔莫及，才不会因失去走错人生的每一步棋。

许多人总觉得自己所得无几，所失甚多。于是一味索求，只想得到自己没有的，却毫不在乎自己拥有的，不知珍惜，结果只剩下“总是在失去以后才想再拥有”的叹息。

其实，不是我们拥有得太少，而是我们珍惜得太少。当

团聚的时候，要珍惜那份快乐；成功的时候，要珍惜那份成就；当失败的时候，也可以珍惜那份深刻。

阳光雨露，鸟语花香，对每一个人都公平给予；欢乐喜悦，烦恼忧愁，却属每个人私有。生命，总是美丽的。不是苦恼太多，只是我们不懂生活；不是幸福太少，只是我们不懂把握。人必须体验失去的痛苦，才会珍惜拥有的幸福。我们感觉不到幸福，往往是因为我们就处在幸福之中，就像北

宋文学家苏轼《题西林壁》中说的：“不识庐山真面目，只缘身在此山中。”

当我们挑灯夜战时，面对那如山的作业心中暗暗恼怒时，我们要想想那些因为经济条件差而被迫辍学的同龄人们，他们多么希望能坐到教室里，听一听那让我们觉得乏味无聊的课程；当我们对父母的说教无比厌烦时，我们要想想我们的身边还有一些没有父母的人，对于这些人来说，即使是父母的唠叨，听着也是幸福的；当我们向父母抱怨买来的鞋为什么不是名牌的时候，我们要想想这个世界上还有没有鞋的人，我们有父母买的新鞋，当然也是幸福的。

每天早上醒来，呼吸着清新的空气，感受着生命蓬勃的气息，是一种幸福；和朋友坐在一起八卦聊天，开怀大笑，是一种幸福；回到家，发现父母为我们准备了香喷喷的饭菜，并对我们说一句“你回来了”，也是一种幸福……

我们已经拥有了这么多，有什么值得抱怨的呢？人，并不是非要得到很多，一束鲜花、一个会心的微笑、一句关切的问候、一缕缕淡淡的柔情、一声同情的惋惜、一滴真诚的泪水……对于一个人，都是极其宝贵的财富。

学会收敛一下自己的脾气，因为一时的冲动也许会让我们做了后悔一辈子的事；要孝顺我们的父母，父母不会永远陪着我们，即使多打两个电话，也是好的；每天开心一点，不要斤斤计较，放宽心，过去的事没必要一直放在心上；要真心对待我们的亲友，不要为了一些身外之物而丢弃了最重要的东西；更不要轻易放弃自己的生命，活着，真的很好……

珍惜我们所拥有的，不要等失去后才后悔。拥有并懂得珍惜，这样，在爱与恨、悲与伤、得与失之间，就有了一条宽敞的路。无言的微笑告诉我们：美好的情操，对生活执着地追求，不会因为风雨的侵袭而凋零，不会因为时光的流逝而淡漠！“春去春会来，花谢花会再开。”然而，拥有时不懂珍惜，一旦失去，才知道后悔、慨叹、惋惜，已经太迟了。

当生活的泉源再也流淌不出那种充满灵性的生命思绪，一颗受伤的心才带着遗憾回到自己营造已久的孤独心屋，开启思念之门，于无言的沉寂中省察自己，像荒野里一只受创伤的山羊，躲在悬崖深处的巢穴里舔着渗血的伤口。

这个世界上，只有我们自己是我们生活中的主角，只有自己能推动自己，改变自己，创造自己。

时光稍纵即逝，人生的每一个阶段、生活的每一个细节都值得我们去珍惜，去为这平凡的世界叫好，踏踏实实地去干一些平凡的事，这样，生命才能得到超越并永恒。

拥有生命，珍惜善良，志同乃道和，慷慨以助人，宽厚以待人，那么，生命就会像花一样灿烂开放。

青少年朋友，千万要记住，把握现在所拥有，就会体会到幸福。我们拥有蓝天，就该珍惜蓝天的广阔；我们拥有大海，就该珍惜大海的深沉；我们拥有高山，就该珍惜高山的奇妙；我们拥有大地，就该珍惜大地的坚实。拥有并懂得珍惜，我们就会有快乐美丽的人生！

用感恩的心对待生活

青少年朋友，在我们成长的道路上，不可能总是一帆风顺，不可能总是欢声笑语。要想过得顺心快乐，就必须学会用感恩的心去面对生活中的一切。

学会感恩，我们就能学会如何镇静地面对困难和挫败；

学会感恩，我们就能拥有一个豁达的心胸，我们就能发现生活中更多的美好，我们就会看到人生处处有鲜花。

可是，现实中，许多青少年朋友却不会感恩，不懂得感恩。朋友，让我们来看一个感动人心的小故事吧。

从前，有一个天生失语的小女孩，爸爸在她很小的时候就去世了。她和妈妈相依为命。妈妈每天很早出去工作，很晚才回来。每到日落时，小女孩就站在家门口，期待地望着门前的那条路等妈妈回家。

妈妈回来的时候是她一天中最快乐的时刻，因为妈妈每天都要给她带回来一块年糕。在她们贫穷的家里，一块小小的年糕都是美味啊！

有一天，下着很大的雨，已经过了晚饭时间，妈妈还没有回来。小女孩站在家门口望啊，总也等不到妈妈的身影。天越来越黑，雨越下越大，小女孩便独自去找妈妈。她走啊走啊，终于在路边看见倒在地上的妈妈。

她使劲摇着妈妈的身体，妈妈却没有回答她。她以为妈妈太累，睡着了。就把妈妈的头枕在自己的腿上，想让妈妈舒服点。但这时她发现，妈妈的眼睛没有闭上！小女孩突然明白：妈妈可能死了！她感到恐惧，拉过妈妈的手使劲摇晃，却发现妈妈的手里还紧紧地抓着一块年糕。

她拼命地哭，却发不出一点声音……

雨一直下，小女孩不知哭了多久。她知道妈妈再也不会醒来了，现在就只剩下她自己。妈妈的眼睛为什么不闭上呢？一定是因为她不放心我。

她突然明白该去怎样做了，她擦干眼泪，决定用自己的语言告诉妈妈她一定会好好活着，让妈妈放心。

小女孩就在雨中一遍一遍用手语表现着歌曲《感恩的心》，泪水和雨水混在一起，从她坚强的脸上滑过。

“感恩的心，感谢有你，花开花落，我一样会珍惜……”她就这样站在雨中不停地做，一直到妈妈的眼睛闭上……

在这个和谐而又美好的时代里，虽然我们拥有许多，但我们觉得不快乐不幸福。在生活中我们之所以会与快乐和幸福擦肩而过，不是因为我们无缘，而是因为我们的心灵深处缺少一颗感恩的心。

故事中的小女孩虽然失去了母亲，但她依然是幸福的，因为她感受到了母亲的爱，而且她拥有一颗感恩的心。

感恩，是一个永恒的话题，我们每个人都应该心怀感恩，因为只有每个人都心怀感恩，我们才会发现世界是如此美好，生活是如此幸福。

我们应该向我们的亲人感恩，亲人们无时无刻不在关注我们，关注我们的成长，关注我们的学习与生活，当我们要远行时，身边总会围着一团亲人为你送行，千嘱咐万叮嘱，甚至掉下离别的伤感之泪。

当我们独处异乡时，在远方总有牵挂着我们的心，他们总会在心灵的深幽处默默地为你祈祷，保佑你平安吉祥，快乐幸福。

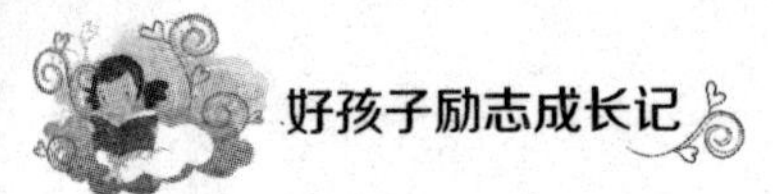

我们应该向老师感恩。老师用语言播种，用粉笔耕耘，用汗水浇灌，用心血滋润，用黑板写下革命的真理与人生的真谛。是老师把我们从懵懂带入成熟，从无知变得学识渊博，也是老师领着我们看到了天有多高，地有多厚……

我们的每一个脚印、每一次成功无不凝聚着老师的汗水和心血，在老师的目光里，我们长大了，我们成熟了，我们跨越了迷茫，我们坚定了信念，我们收获了能力和自信。

我们应该向我们的朋友感恩，每个人的一生中都有无数个与你志同道合、称兄道弟的朋友。

当我们遇到烦心事，我们可以向朋友倾诉，朋友可以为我们分担心中的痛苦；当我们遇到困难时，朋友会义不容辞地帮助我们去克服或解决困难，始终做我们坚强的后盾；当我们成功的时候，朋友也为我们感到快乐自豪，还会鼓励我们更上一层楼，始终做我们不竭的动力。

我们要对这个世界上的一切，包括一草一木感恩！

“感恩”是一种认同。这种认同应该是从我们的心灵里发出的。我们生活在大自然里，大自然给予我们的恩赐太多。没有大自然谁也活不下去，这是最简单的道理。

对太阳的“感恩”，那是对温暖的领悟；对蓝天的“感恩”，那是我们对纯净的一种认可；对草原的“感恩”，那是我们对“野火烧不尽，春风吹又生”的叹服；对大海的“感恩”，那是我们对兼收并蓄的一种倾听。

“感恩”是一种回报。我们从母亲的体内走出，而后母亲用乳汁将我们哺育。而更伟大的是母亲从不希望得到什

么。就像太阳每天都会把它的温暖给予我们，从不要求回报，所以，我们必须明白“感恩”。

“感恩”是一种对恩惠心存感激的表示，是每一位不忘他人恩情的人萦绕心间的情感。学会感恩，是为了擦亮蒙尘的心灵而不致麻木；学会感恩，是为了将无以为报的点滴付出铭记于心。

“感恩”是一种处世哲学，是生活中的大智慧。感恩可以消解内心的积怨，感恩可以涤荡世间一切尘埃。人生在世，不可能一帆风顺，种种失败、无奈都需要我们勇敢面对、豁达处理。

如果时时都怀着感恩的心去面对生活，不仅可以使心中怨恨的种子不能生根发芽，更可以让自己的整个生命过程充满温馨、快乐。

如果人人都怀着感恩的心去面对生活，便能寻找自己的快乐之源，便可以驾驭好自己的生命之舟。

我们每个人都应该学会感恩，感恩太阳的温暖，月亮的皎洁；感恩雨露的温柔，雪的苍茫；感恩高山，感恩大海，感恩树木的葱茏，花草的芬芳。

一个人如果有了一颗感恩的心，那么，他就是一个幸福的人。看到明媚的阳光，我们会感恩；品尝到一顿丰盛的午餐，我们会感恩；收到朋友的祝福，我们会感恩；受到父母的鼓励，我们会感恩。

感恩的心处处都在，幸福也自然无所不在。

谨以此书，献给那些充满小毛病并努力想改变坏习惯，在成长中烦恼和在痛苦中磨砺的青少年。

成长的确是一个艰难痛苦的蜕变过程，有的孩子成长或许非常顺利，有的孩子成长或许很不容易，愿您在成长中学会成熟，走上铺满鲜花的美好成长之路！

好孩子励志成长记

——超好看的励志分享——

坏习惯，请走开

李丹丹◎编著

民主与建设出版社

图书在版编目（CIP）数据

坏习惯，请走开 / 李丹丹编著 . -- 北京 : 民主与建设出版社 , 2019.11

（好孩子励志成长记）

ISBN 978-7-5139-2687-4

Ⅰ . ①坏… Ⅱ . ①李… Ⅲ . ①习惯性—能力培养—青少年读物 Ⅳ . ① B842.6-49

中国版本图书馆 CIP 数据核字 (2019) 第 269525 号

坏习惯，请走开

HUAI XI GUAN QING ZOU KAI

出 版 人	李声笑
编　　著	李丹丹
责任编辑	刘树民
封面设计	三石工作室
出版发行	民主与建设出版社有限责任公司
电　　话	（010）59417747 59419778
社　　址	北京市海淀区西三环中路 10 号望海楼 E 座 7 层
邮　　编	100142
印　　刷	三河市天润建兴印务有限公司
版　　次	2019 年 11 月第 1 版
印　　次	2020 年 1 月第 1 次印刷
开　　本	880 毫米 ×1230 毫米　1/32
印　　张	30
字　　数	756 千字
书　　号	978-7-5139-2687-4
定　　价	198.00 元（全十册）

注：如有印、装质量问题，请与出版社联系。

前 言

每一位父母都希望自己能培养出一个有出息的好孩子，然而随着孩子慢慢长大，父母们发现他们的这个愿望几乎是一种奢望。我们先不说那些不听话的孩子，父母难以管教。就是听话的孩子，他们的存在，也仅仅是为了获得老师的表扬、家长的奖励或是为了迎合其他长辈的种种期待，并不能算是真正意义上的“好孩子”。

换句话说，这类父母眼里的“好孩子”，其实早已失去了自我，他们只是活在大人为他们预设的期待里。这种好孩子是不真实的，他们只是在讨大家的“好”，是在为家长而活。我国社会目前这种培养孩子的方法，忽略了孩子的天性，束缚了孩子的自由成长，是对孩子不负责任的一种表现。

父母若想改变这种教育，真正对孩子负责，就要让孩子首先对自己负责，这是做人底线。没有对自己负责精神，何谈对别人负责，对家庭负责，对社会负责？

让孩子对自己负责，实际上是为了唤醒孩子的自我意识，把他们和别人分开，使他们懂得尊重自己，懂得珍惜自己的生命。同时，还要让孩子明白，犯了错误就得承担相应

的责任，并由此付出代价；知道自己成长过程中所要做的一切都是自己的事，比如上不上课，这与老师无关，与家长无关，与别人无关，只和他自己有关。

只有真正教会了孩子对自己负责，使他们知道自己现在该干什么，将来要做什么，心中有目标，奋斗有方向，实施有动力，并且踏踏实实，勤奋努力，永不懈怠，这样的孩子，才能算是好孩子，长大后才有可能成为有用之才。

那么，怎样培养真正意义上的好孩子，如何使他们健康成长呢？为了解答大家的疑惑，我们特地编辑了本套“好孩子励志成长记”丛书，包括《爸妈不是我的佣人》《做个内心强大的自己》《勇敢的做自己》《做个受欢迎的自己》《办法总比问题多》《再见了懒惰》《管理好自己的情绪》《我不再小气》《爸爸妈妈，我爱上了读书》《坏习惯，请走开》十册书，分别讲述了如何培养孩子良好品德、怎样提高孩子情商智商、如何培养孩子学习精神、怎样养成孩子独立生活能力等问题。可以说，是培养孩子成长的百科全书。

本套丛书综合国内外教育专家的最新成果，精心编撰，细心打磨，文字精炼，事例典型，能使每一个致力于孩子成才的父母，每一位为教育孩子成长苦恼的家长都可以从本套丛书中发现适宜教育孩子的不同方法和诸多措施，是一套家庭教育的优秀读本，适合不同年龄段孩子的父母学习和珍藏。

目　录

正确地认识自己

我们青少年要迈出自爱的第一步，就是要学会认识自己。可是，做到真正地认识自己并不是一件简单的事情，而是充满了人生的荆棘与坎坷。人最大的困难不是去认识别人，而是去认识自己。

当你一帆风顺时，往往高估自己；不得志时，又往往低估自己。你可能认为安分守己、与世无争是明智之举，而实际上往往被怯懦的面具窒息了自己鲜活的生命。

认识你自己！虽然这是很困难的，然而，一个人要想有一番作为的话，正确地认识自己是一个最基本的要求。

青少年朋友，让我们一起看一个认识自己的故事吧。

有一天，一个年轻人向一位老和尚推销保险，等他详细说明之后，老和尚平静地说："听完你的介绍之后，丝毫引不起我投保的意愿。"

老和尚注视年轻人良久，接着又说："人与人之间，像这样相对而坐的时候，一定要具备一种强烈吸引对方的魅力，如果你做不到这一点，将来就没什么前途可言了。"

年轻人哑口无言，冷汗直流。

老和尚又说：“年轻人，先努力改造自己吧！”

“改造自己？”

“是的，要改造自己首先必须认识自己，你知不知道自己是一个什么样的人呢？”

老和尚又说：“你要替别人考虑保险之前，必须先考虑自己，认识自己。”

“先考虑自己？认识自己？”

“是的，赤裸裸地注视自己，毫无保留地彻底反省，然后才能认识自己。”

从此，年轻人开始努力认识自己，改善自己，大彻大悟，终于成为一代推销大师。

这个年轻人就是日本保险业的泰斗原一平。当时他进入日本明治保险公司推销保险时，穷得连午餐都吃不起，并露

宿公园。

可是在老和尚的指导下，他开始认识自己，并一步步得到了提高，实现了自己的人生梦想。

在西方，“认识自己”也是一个尽人皆知的至理名言。希腊帕尔纳索斯山南坡上，有一个驰名世界的戴尔波伊神托所。这是一组石造建筑物，它的起源可以追溯到3000多年前。

就在这个神托所的入口处，文献上说人们可以看到刻在石头上的两个词，用今天的话来说，就是认识自己。古希腊哲学家苏格拉底就最爱引用这句格言教育别人。这是家喻户晓的一句格言，是希腊人民的智慧结晶。

你认识自己吗？谈何容易！一辈子不认识自己而做出了可耻可悲事情的不是大有人在吗！

今天不是还有一部分青年由于不认识自己，不理解生活在今天社会中的幸福，经受一点点挫折、打击就悲观、失望、苦恼、抱怨、彷徨，终于在唉声叹气、无所作为之中把时光白白浪费掉了吗！

认识自己！这当然是困难的。然而作为一个想正正经经做一番事业的人，对自己先要有个正确的认识，难道不应当是一个起码的要求吗？

比如说，你可能解不出那样多的数学难题，或者记不住那样多的外文单词和语法，但你在处理事务方面却有特殊的本领，能知人善任、排难解纷，有高超的组织能力；你的数理化也许差一些，但写小说、诗歌是能手；也许你分辨音律的能力不行，但有一双极其灵巧的手；也许你连一张桌子也画不像，但是有一副动人的歌喉；也许你不善于下棋，但是有过人的臂力……

在认识到自己长处的前提下，如果你能扬长避短，认准目标，抓紧时间把一件工作或一门学问刻苦地认真地做下去，久而久之，自然会结出丰硕的成果。

某位名人说过，即使是一般资质的人，一项事物钻研10年，也可以成为行家。更何况又是你自己的长处呢？

认识你自己吧！无论什么都要切切实实地做，大而无当、好高骛远的想法一定要排除。比如说，仅仅为了面子，不顾自己的特点，却不自量力地非要报考某个名牌大学的某个尖端，有什么必要呢？

我们今天的社会是丰富多彩的社会，它需要各行各业的专家和能工巧匠来大显神通。三百六十行，行行出状元。我们固然需要出色的核物理学家，但制作糕点的专家我们同样需要，二者都是高尚的、有用的人，并无高下之分。

一个人有抱负，也不是非得成为驰名世界的大科学家或大文豪不可，炒菜、做衣服、设计花布、种西红柿、开车、跳舞、收废品、捏面人、演戏、唱歌、说相声、售货、修自行车、刻图章、养鱼等，只要是社会上的一项有益的工作，做好了都能出色，成一门大学问，就看每个人的努力如何了。

我们要正确认识自己，做一个头脑清醒的现实主义者，既知道自己的优势，也知道自己的不足。我们可以憧憬人生，但要切合实际，不能好高骛远。这样才能到达理想的彼岸。

我们必须清楚自己努力的方向。无论你是一棵参天大

树，还是一棵无名小草，无论想要成为一座高山，还是一块石头，你都是一种天然，都有自己存在的理由。只要你认真地欣赏自己，你就会拥有一个真正的自我，你才会拥有信心。一旦拥有了信心就能战胜任何灾难。

古人说过："临渊羡鱼，不如退而结网。"当你认识了你自己之后，应当坚定起来，成为有韧性、有战斗力的强者，为了祖国的兴旺发达，在你具有专长的道路上一步一个脚印地走下去。

不要观望，人家已经做出成绩来了。虽然说只要开始就不算晚，但人的生命是有限的，毕竟是早比晚要好一些。你在寻找什么机会？机会不正是在你自己手里吗？

总之一句话，青少年朋友们，行动起来，正确地认识你自己吧！

拒绝不良的习惯

坏习惯之所以是坏习惯，就是因为它对于我们是有害的。拒绝不良的习惯，是一种自爱的表现。那么，什么是不良习惯呢？我们应该拒绝的不良习惯有哪些呢？我们应该怎样拒绝不良的习惯呢？这些问题都需要我们认真思考一下。

一个人无论做什么，都可能形成习惯。有的人怕干活，时间一长，就会变成习惯性的懒惰；有的人遇上稍不顺心的事就会烦恼，时间一长，就会变成习惯性的烦恼；有的人遇上一点小事就爱忧虑，时间一长，就会变成习惯性的忧虑……

通常人们只是把人的外在表现，比如走路的姿势、个人卫生、吸烟、喝酒等称为习惯，其实人拥有很多习惯。好的习惯有诚实、勤奋、热情、节俭、快乐、自信等；坏的习惯有虚伪、说谎、自卑、懒惰、忧郁、骄傲、胆怯等。说白了，这些行为也只不过是人们给习惯起的别名而已。

坏习惯是阻碍生活变得充实完美的最大杀手。为什么呢？因为习惯是一件我们不断重复的事情。一些错误我们偶尔会犯，然而我们的坏习惯是不间断的。即使是一个错误都可以拖累你的生活，你可以想象一下坏习惯能带来多大的危害吧！

青少年朋友，让我们一起来听一个真实的故事。

北京有一家外资企业高薪招聘应届大学毕业生，对学历、外语的要求都很高。应聘的大学生过五关斩六将，到了最后一关：总经理面试。

一见面，总经理说："很抱歉，年轻人，我有点急事，要出去10分钟，你们能不能等我？"这仅剩的几位大学生都说："没问题，您去吧，我们等您。"

经理走了，大学生们闲着没事，就开始翻阅经理的文件。

10分钟后，总经理回来了，他说："面试已经结束，你们全都没有被录用。"

大学生们个个瞪大了眼睛，"这是怎么回事……"

总经理说："我不在的这一段时间，你们的表现

就是面试。很遗憾，本公司从来不录用那些乱翻别人东西的人。”

故事听完了，大家想一想，能够最后参加总经理面试的这几位大学生，是从千军万马中挑选出来的，难道他们还不够优秀吗？这家公司为什么不录用他们呢？

是的，真正优秀的学生是养成了良好习惯的学生，而这几位大学生没有养成尊重他人，未经允许不乱翻他人东西的好习惯，他们没有拒绝自己的坏习惯，也因此受到坏习惯的

伤害。由此可见，拒绝坏习惯对于我们的重要性。

然而，更糟糕的是，我们通常不会意识到我们的坏习惯。我们认为我们只不过和平常一样地生活，然而我们的的确确一次又一次地在犯错。这就好像我们没有意识到我们的船有漏洞一样。因此改掉坏习惯必须成为我们生活的重中之重。一旦纠正了坏习惯，那么我们就为改善我们的生活走出

了极其重要的一步。

本杰明·富兰克林说：“一个人一旦有了好习惯，那它带给你的收益将是巨大的，而且是超出想象的。”这是他亲身体验得出的结论，我们看他是如何拒绝坏习惯的吧。

富兰克林青年时期，发誓要改掉坏习惯，养成好习惯。他给自己制订了克服13个坏习惯的计划，取得了意想不到的良好效果。比如，为了改正自己正在形成的夸夸其谈的坏习惯，他给自己选择了“沉默”，要求自己做到于人于己有利之言才谈，避免了自以为是的空谈。他为了保证有更多的时间用于学习，在计划的“程序”一条里，规定自己几点起床，几点吃饭，几点阅读，使生活有条不紊。

后来有朋友说富兰克林常常表现出骄傲情绪，他又把养成“谦虚”的好习惯列入计划，并每天记录自己努力的结果。

有时坏习惯没有彻底改变，尚未达到自己理想的标准时，就再延长矫正一周，直到好习惯代替了坏习惯为止。一个人只要改变了身上的坏习惯，就能换来带领自己走向成功的好习惯。富兰克林能成为引导美国走上独立之路的爱国者，能成为著名的科学家，能成为最受美国人尊敬的人，这与他改变坏习惯，养成好习惯分不开。

大家过去普遍认为，人最难改变的是习惯，有些权威人士也认为改变习惯是一个艰苦漫长的过程，不要期望在很短的时间内有很大的改变。

这些观点和认识说对也对，说不对也不对。对有些人来说，改变习惯的确是很难很难的事，因为他们太过于原谅自己，太过于迁就自己，太过于开脱自己，太过于娇纵自己。

要说改变不难，也真不难。有一本《完善自我》的书提到了几个对付坏习惯的方法。也许对我们比较有用。书中介绍了四条建议如下：

第一，要停止“饲养”坏习惯。我们体内有两匹“狼”，它们争斗不休。一匹狼代表了好习惯而另外一匹狼代表坏习惯。哪匹狼会在争斗中胜出呢？答案由你决定。所以停止坏习惯其实很简单：只要停止“饲养”坏习惯这匹“狼”，你就可以让坏习惯从你的生活里出局。

第二，用好习惯替代坏习惯。不再养成坏习惯虽然很重要，但这样还不够。你必须用好习惯来替代坏习惯。否则你的生活中会多出一个空档，坏习惯随时又会回到你那里。

因此要养成一个好习惯来替代坏习惯。比如，如果你有思考事情消极面的习惯，你必须通过思考事情积极面的习惯来替代。每当消极的思想出现时，就以此为契机开始思考积极的事情。又比如，你有吃垃圾食品的习惯，那么你就要开始养成吃健康食品的习惯。千万不要留出任何空档。

第三，要坚持度过最初的痛苦和不适。你要纠正一个坏习惯，最初的过程是最难的。就像宇宙飞船离开地球时需要

巨大的推动力，改正坏习惯也需要强大的意志力。就像宇宙飞船一旦脱离了地球的引力，移动起来只需要花一点点的能量，继续养成好习惯也只需要不多的毅力。

最初的阶段是最难的，但随着时间的推移将变得越来越容易。所以一旦你觉得继续改变太难的话，只要想想这样的阶段不会太久的。而你只有继续前进才行。

第四，立下“没有例外”的规矩。一旦你决心要改变坏习惯，就要坚持你的决定。不论有什么理由都不能例外。这的确不是一件容易的事情，但这个步骤很关键，如果你希望随着时间的推移能让这个过程变得容易的话。有例外就如同把太空飞船拉回地面，你需要又一次花同样大的精力让它再度升空。因此在对付坏习惯时千万小心，不要有例外。

这四条建议执行起来不容易但却十分有效。通过“饲养”坏习惯这个类比，纠正坏习惯的这些建议可归结为：停止“饲养”坏习惯，尽快培养一个好习惯。你认为怎么样呢？

养成生活好习惯

良好的习惯是对自己的真正爱护，好的习惯可以让我们身体更健康，心灵更美丽，人生更美好，感觉更幸福。

美国心理学巨匠威廉·詹姆斯有一段对习惯的经典注释：“种下一个行动，收获一种行为；种下一种行为，收获一种习惯；种下一种习惯，收获一种性格；种下一种性格，收获一种命运。”

习惯是一种长期形成的思维方式、处世态度，习惯是由一再重复的思想行为形成的，习惯具有很强的惯性，像转动的车轮一样。人们往往会不由自主地启用自己的习惯，不论是好习惯还是不好的习惯，都是如此。可见习惯的力量在不经意间就会影响人的一生。

青少年朋友们，让我们来看一个巴雷尼养成好习惯的故事吧。

巴雷尼小时候因病成了残疾而走路困难，母亲强忍住自己的悲痛。她想，孩子现在最需要的是鼓励和帮助，而不是妈妈的眼泪。

母亲来到巴雷尼的病床前，拉着他的手说：“孩子，妈妈相信你是个有志气的人，希望你能用自己的双腿，在人生的道路上勇敢地走下去！好巴雷尼，你能够答应妈妈吗？”

母亲的话，像铁锤一样撞击着巴雷尼的心扉，他“哇”的一声，扑到母亲怀里大哭起来。

从那以后，妈妈只要一有空，就帮助巴雷尼练习走路、做体操，常常累得满头大汗。有一次妈妈得了重感冒，她想，做母亲的不仅要言传，还要身教。尽管发着高烧，她还是下床按计划帮助巴雷尼练习走路。黄豆般的汗水从妈妈脸上淌下来，她用干毛巾擦擦，咬紧牙，硬是帮助巴雷尼完成了当天的锻炼计划。

体育锻炼弥补了由于残疾给巴雷尼带来的不便。母亲的榜样作用，更是深深教育了巴雷尼，他终于经受住了命运给他的严酷打击。

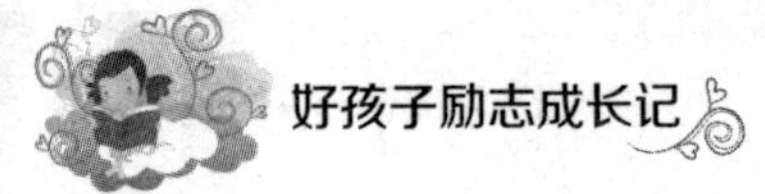

他刻苦学习，学习成绩一直在班上名列前茅。最后，以优异的成绩考进了维也纳大学医学院。大学毕业后，巴雷尼以全部精力，致力于耳科神经学的研究。最后，终于登上了诺贝尔生理学和医学奖的领奖台。

通过巴雷尼的故事，我们看到了什么？对，那就是好习惯的伟大力量。巴雷尼虽然身体残疾，但是却在妈妈的教导下，养成了良好的生活习惯，最终不但没有被残疾击倒，而且成就美好幸福的人生。由此，我们可以看到养成良好习惯，对于我们每一个人的重要性。

那么，我们需要养成哪些必要的好习惯呢？这里有一个《好习惯》三字经，我们不妨对照一下自己，看看自己已经有哪些好习惯了呢？

10个公德好习惯

爱祖国，护尊严。尊国旗，会国歌。

珍生命，爱生活。惜资源，护生态。

守秩序，遵公德。爱公物，护公社。

热公益。乘车船，要排队。不喧哗。

用网络，讲文明，有节制。

10个做人好习惯

尊师长。有自信。自行为，要负责。

做事恒。勤节约。爱时间。不说谎。
不给人，添麻烦。乐助人，你我他。
守承诺，不违约。

10个运动好习惯

爱运动，不偷懒。大自然，要常去。
常散步，常走动。运动前，作准备。
运动时，不激进。运动量，要足够。
有循环，要渐进。不断试，新项目。
体育赛，积极参。观比赛，文喝彩。

10个劳动好习惯

自己事，自己做。家里事，主动做。
别人事，帮助做。集体事，大家做。
劳动时，按程序。劳动中，要自护。
讲技巧。讲效率。劳动后，理现场。
劳动果，要珍爱。

10个阅读好习惯

图书馆，应常去。爱图书。读好书。
边阅读，边思考。做笔记，记在心。
阅读时，解课文。阅读姿，要正确。
善交流，说心得。有好书，大家看。
坚持读，不放弃。

10个安全好习惯

遵交通，守规则。远离火。远离电。

不逞能，不冲动。不参加，坏组织。

公场所，不追赶。走路时，要右行。

自我护，有意识。不要做，险动作。

不要玩，险游戏。外出时，打招呼。

10个卫生好习惯

饭便后，要洗手。早睡起，勤刷牙。

每天晚，洗脚袜。常换衣，常洗澡

剪指甲，常理发。爱眼睛，护眼睛。

不随地，乱吐痰。不乱扔，脏垃圾。

不随意，席地坐。整理好，衣和物。

10个学习好习惯

上课前，做预习。认真听。做笔记。

大胆问。细审题。查资料，要广泛。

写作业，不抄袭。反复查，及时改。

勤复习，记得牢。书写好，要整齐。

10个饮食好习惯

定量时。细嚼咽。餐饮时，不说话。

爱粮食。不偏食。走路时，勿进食。

多吃菜。少零食。多喝水，少饮料。

坏食品，绝不吃。

好习惯是我们平时每天每时每刻播种“好行为”结出的“果实”。一般来说，习惯可以在有目的、有计划的培养中形成，也可以在无意识状态中形成。而良好的习惯必然在有意识地培养中形成，也不可能在无意识中自发地形成，这是好习惯与不良习惯的根本区别。

根据美国科学家的研究，一个好习惯的养成需要21天，90天的重复会形成稳定的习惯。犹如一个观念，如果被别人或自己验证了21次以上，它一定会形成你的信念。

青少年朋友，现在让我们开始养成良好习惯吧，让我们从今天开始，坚持不懈，直到成功！

正视自己的优点和缺点

接受自己就是学会喜欢自己，就是要自爱。史迈利·布兰敦博士在《爱，或者寂寞》中说："适当程度的自爱对每一个正常人来说，是很健康的表现。为了从事工作或达到某种目标，适度关心自己是绝对必要的。"

青少年朋友，你们喜欢自己吗？不喜欢的话，对自己的哪些方面不满意；喜欢的话，喜欢自己的哪些方面？发现自己的弱点后还会喜欢自己吗？如果不能，就说明了并非完全地接受自己、喜欢自己。

那么，真正自我接纳的人是什么样的呢？青少年朋友，让我们来看一个故事。

多年前的一个傍晚，一个叫亨利的年轻人，站在河边发呆。这天是他18岁生日，可他不知道自己是否还有活下去的必要。因为亨利从小在福利院里长大，身材矮小，长相也不漂亮，讲话又带着浓厚的法国乡下口音，所以他一直很瞧不起自己，认为自己是一个既丑又笨的乡巴佬，连最普通的工作都不敢去应聘，没有工作，也没有家。

就在亨利徘徊于生死之间的时候，与他一起在福利院长大的好朋友约翰兴冲冲地跑过来对他说：“亨利，告诉你一个好消息！”

“好消息从来就不属于我。”亨利一脸悲戚。

“不，我刚刚从收音机里听到一则消息，拿破仑曾经丢失了一个孙子。播音员描述的相貌特征，与你丝毫不差！”

“真的吗，我竟然是拿破仑的孙子？”亨利一下子精神大振。联想到爷爷曾经以矮小的身材指挥着千军万马，用带着泥土芳香的法语发出威严的命令，他顿感自己矮小的身材同样充满力量，讲话时的法国乡下口音也带着几分高贵和威严。

第二天一大早，亨利便满怀自信地来到一家大公司应聘。几十年后，已成为这家大公司总裁的亨利，查证了自己并非拿破仑的孙子，但这早已不重要了。

自爱就是能够真正接纳自己，欣赏自己，将所有的自卑全都抛到九霄云外。这是我们成功最重要的前提！矮小的亨利正是接受了自己的缺点，从而成就了后来的事业！青少年朋友，这对有自卑心理，不愿意接受自己缺点的人是不是有一定的启发意义呢?

接受自己，就要能够接受自身具有的所有特征，包括身体、能力、性格等方面的特点，都无条件地接受，不会因自身的优点而骄傲，也不会因自身的缺点而自卑，更不会因他人的毁誉而动摇自己的信念。

自我接纳是人天生就拥有的权利。一个人并非要有突出的优点、成就或做出别人希望的改变才能被接纳。悦纳自己是一种心理状态，有些人虽然有生理缺陷，但很乐观；有些人虽然五官端正，却并不喜欢自己；有些人虽然不富裕，但却知足常乐；有些人虽然有钱有势，但却并不觉得快乐。自我接纳是人健康成长的前提。

一个不接纳自己的人，处处讨厌自己，排斥自己，连自己的问题都不敢正视，这怎么能引导自己向上呢？成功的规律不是说只要接纳自己就能成功，而是说不接纳自己就无法成功。

自我接受对我们每个人来说都是重要的。《面对自我的教师》一书的作者亚瑟·贾西教授在书中这样说："教师的生活和工作充满了辛劳、满足、希望和心痛，因此，'自我接受'对每名教师来说，是同等重要的。"

我们要使自己喜欢自己，和自己和谐地相处下去。接受自己，这意味着成熟。"成熟的人会适度地忍耐自己，正如他适度地忍耐他人一样。他不会因自己的一些弱点而感到活得痛苦。"简而言之就是：我们不要被情绪而左右而支配。

我们不要被自己的坏情绪带到"沟里"去，不必烦恼和忧虑。学会喜欢自己吧，就像喜欢别人那样。憎恨每件事和每个人的人，只是显示出他们的沮丧和自我厌恶。美国医院里的病人，有半数以上是情绪或精神出了问题的人。据报道，这些病人都不喜欢自己，都不能和自己和谐地相处下去。

"金无足赤，人无完人"。我们觉得某一事物不完美或对自己的人生理想无法实现时，我们就可能产生负面的情绪，因而被坏情绪所支配。例如心情郁闷，无名地担忧，等等。

因此，面对这些，我们就可能强迫性地去追求完美或成功。如果一旦不完美或不成功，那么就可能产生对自己的厌恶，甚至憎恨自己。

人不可能时时刻刻都处在特别认真的状态中，学着喜欢自己的前提之一，就是能偶尔放慢行进的脚步欣赏自己。

要喜欢、欣赏、尊重自己，这不但能培养出健康成熟的个性，也能增进与他人相处的能力。

我们也没有必要去模仿他人，一味地模仿只能是逊于其他人，每一个人都是“独特”的。因为人与人之间是有区别的，是无法复制的，所以都是“独特”的。

不模仿别人就是保持自己的本色。一个人最糟糕的是不能成为自己，不能在内心保持自我。

也许你貌不出众，也许你语不惊人，也许你没有非凡的才华，也许你没有辉煌的过去，也许你还有先天的缺陷、后天的不足，并为此而悲伤，甚至自卑、自弃。

不，朋友，请不要这样，请接受自己，珍惜自己。有位哲人曾说过：“你要欣然接受自己的长相。如果你是骆驼，那么就不要去唱苍鹰之歌，骆铃同样充满魅力。”

是啊，接受你的一切，因为你也有迷人之处。朋友，请接受自己的语不惊人，为自己的生命歌唱。用自己的真情实感，质朴纯真，去唱属于自己的生命赞歌。即使得不到别人的鲜花和掌声，也不要为此感到悲伤。至少，我们不气馁、不灰心，拥有自己的鼓舞和慰藉。因为平实的话语同样能道出人生的真谛。

青少年朋友们，接受自己吧！让我们用自己的双手为自己的生活着色、增彩。

勇于说出自己的心声

勇于表达是自爱的表现。勇于表达就是不压抑自己的情感，在需要向别人倾诉的时候，大胆说出自己的心声，让心灵得到安宁，让生活变得幸福，让人生变得自信，让身心获得最大的健康。

家家都有一本难念的经，人人都有一曲难唱的歌。遭到不公、被人误解、受到挫折、考试落榜、失去工作等，都会使人产生苦闷和烦恼。

这些苦闷和烦恼如果长期郁积在心头，就会成为沉重的精神负担，损害自己的心身健康。这时，如果能敞开心扉，将充斥在心头的苦闷、烦恼、痛苦、委屈、冤枉等，痛痛快

快、淋漓尽致地向同学、亲友甚至陌生人倾吐出来，获得别人的理解和劝导，就可以排淤化结，从而扫清心灵上的阴霾，重获心理上的平衡和人生的支点。

现代医学认为，人们遇到烦恼、苦闷的事情，会由此产生恶劣的情绪。这些恶劣的情绪如果不加以释放，长期积压心中，会引起一系列的机体变化和功能障碍，包括自主神经功能障碍、内分泌功能紊乱以及心血管系统、消化系统的异常现象发生，严重损害心身健康。

青少年朋友们，让我们看一个女孩子学会倾诉的故事吧。

你的一切一切都让我自惭形秽，除了成绩。或许，在你面前，除成绩之外，我什么都没有。你是一个热衷于交友的女孩子，自然而然的，我们相识了。

我是一个外表冷静且坚强的女孩子，虽然成绩优异，但遇事之后从来都是自己压抑着，看似淡定，其

实很难释怀。在很长一段时间内它会不时地从内心深处忽地冒出来，让我的神经高度紧张起来。最后再慢慢抚平。

我一直都认为自己掩饰得很好，在别人眼中我是一贯的坚强、冷静、淡定。从很久以前我就相信不会有人能够看出来，而我觉得也没人看出。然而，却被你轻易地看穿了。

那天，你我漫步在林荫小道上，漫不经心地说着一些无聊的话语。忽地，不知为何，记忆的抽屉一下子拉开了。一些事情纷纷冒了出来，让我有些不知所措。

倏然，慌了神，我意识到自己的失态，试图用一些动作掩饰着，可还是被你捕捉到了什么东西。

你站到我面前，看着我的眼睛，很认真地对我说："有事情就应该找个地方倾诉一下，不要再把所有秘密都埋于心底好吗？那样下去我会很担心你！"你的语气强而有力，一点也不像平时那个说话柔声细语的你。

"倾诉……担心……"心中默念着这两个词，"呵，可能吗？为什么从来不会有人这样告诉我，他们一直以为我是坚强的，我是不会被任何事情打垮的，可是，我并不是超人，我是需要别人关心的！难道她是一个例外吗？"

我不明白一切的一切，我只知道那个时候是我最无助的时候，一个小小的关心就会让我感动。我扑到你的怀中，痛哭起来。边哭边向你倾诉着很长时间以来的事情。也不知哭了多久，也不知我带着哭腔的倾诉你是否能够听懂。但是有一点我是知道的，倾诉的感觉，真的很好！

在哭过之后，我意识到自己的失态，但是你却莞尔一笑，说："原来你还有这么可爱的一面。"我不好意思地笑着。

"你笑的样子真的很漂亮，以后应该常笑哦！"你的语气中带了些许幽默。我笑着点头。

压抑了许久的情感在一瞬间释放，顿时使自己轻松了不少。那一刻，我真的觉得自己很幸福，很快乐。或许我就是这样一个容易满足的人，一点点的关心，就让我如此幸福。

从那以后，每每遇事之后，我都会毫不犹豫地找你，我们成了形影不离的好朋友。

你说，我变了，变得开朗了，变得热情了，变得不再自闭了。我说，我变了，只是因为你。谢谢你，让我学会了倾诉。

倾诉是人的一种本能，是人们感情倾泻的渠道，但许多人却因各种原因，人为地遏制了这种本能，堵塞了这个渠道，就像文中个性要强的女孩那样，从来不把自己的伤痛说给别人听。

可是事实正如这个女孩子自己的表白，她不是超人，也是需要关心的，也是需要倾诉的。因此在朋友的鼓励下，她终于倾诉了淤积在心中的情感，也获得了化解后的幸福。她对于自己的朋友是多么感激啊！

对于倾诉，就如同泄洪。堤坝内的蓄水，超过警戒水位了，必须要泄洪，否则将溃坝酿成灾害。但却有许多人，因工作压力大或出身的卑微而无端地封闭自己，无端地沉默寡言，无端地羞于开口。将溢满的“水”强咽下，内心必然会

更为痛苦，以至无法承受。

我们在报纸或者网络上会经常看到学生跳楼自杀的新闻，很大一部分原因，就是因为他们在心中淤积了太多的情感，却不会向别人倾诉，而且觉得自己没人能理解，从而积重难返，走上了人生的不归路，实在可悲可叹！

人作为高级动物，不但有感情而且感情复杂。现代社会加快了人们的生活节奏，我们为了生存和在竞争中获胜，每

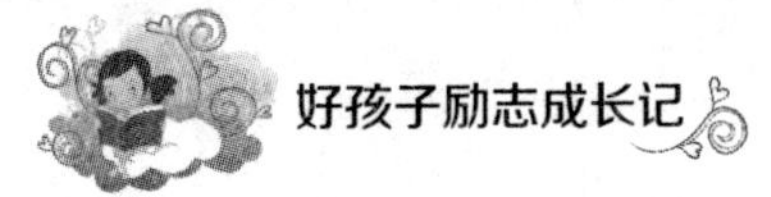

天为成功而多方努力。

遇到的人各式各样，遇到的事错综复杂，心情也会随着感觉而不断变化：成功的兴奋，失意的沮丧、痛苦的悲伤、不公的愤懑。

这些情绪长期在心里积存，并不断地产生很微妙的变化。那种压抑和郁闷产生的能量，如果不能得到有效的释放和调节，必将对心理产生不好的影响。

不只是我们人类，世间万物也是如此。花儿凋零，花瓣随风飘逝，那是花儿在对季节无声地诉说；树叶随风飘荡，那是大树对生命轮回无声诉说；叶儿花儿枯萎，随风雨融入泥土，那是大地在默默倾听；霞光挂在天边，白云飘在天际，那是天空在静静倾听。此时此境，无论是倾听还是倾诉都是一种必然，也是一种自然中的幸福。

倾诉是一种能力。每个人在人生的长河中漂流时，都会经历险滩，有平缓、有跌宕，人生的河流有时会涨满水，也会由于各种情绪不断填充而淤塞。能不能引流和疏通，则看每个人在这方面的能力了。

倾诉让人们在倾诉中获得安详宁静，释放心灵，获得心灵的慰藉，看到一个安然的世界，孤独在倾诉中化为烟云，痛苦在风中漫天飞舞、袅袅飘散……

青少年朋友，学会倾诉吧！让倾诉成为我们交友的桥梁，成为我们沟通的驿站，成为我们释放心灵的场所。

青少年朋友，学会倾诉吧！倾诉可解脱心灵的重压，排遣不良的情绪，从中获得轻松感和解脱感，使心理得到平衡。

不受别人的行为左右

自爱就要有独立的人格，就要成为自己的主人。每个人都有自己独特的生活方式，人不能和他人完全一样地活着。

不同人的生活背景、兴趣爱好、学历和行为习惯都有差异，所以，我们每个人都一定要独立自主，要成为自己人生的真正主人，不能随便被别人的评价所左右。

青少年朋友，让我们来看一个爱因斯坦的小故事吧。

爱因斯坦小时候十分贪玩。他的父亲常常为此忧心忡忡，再三告诫他应该怎样去做，然而对他来讲如同耳边风，他一直是我行我素。

16岁那年秋天的一个上午，父亲将正要去河边钓鱼的爱因斯坦拦住，并给他讲了一个故事，正是这个故事改变了爱因斯坦的一生。故事是这样的：

"昨天，"爱因斯坦的父亲说，"我和咱们的邻居杰克大叔清扫南边工厂的一个大烟囱。那烟囱只有踩着里边的钢筋踏梯才能上去。你杰克大叔在前面，我在后面。我们抓着扶手，一阶一阶地终于爬上去了。下来时，你杰克大叔依旧在前面，我还是跟在他的后面。后来，钻出烟囱，我发现你杰克大叔的后背、脸上全都被烟囱里的烟灰蹭黑了。”

爱因斯坦的父亲继续微笑着说：“我看见你杰克大叔的模样，心想我肯定和他一样，脸脏得像个小丑，于是我就到附近的小河里去洗了又洗。而你杰克大叔呢，他看见我是干干净净的，就以为他也和我一样干净呢，于是就只草草洗了洗手就大模大样上街了。结果，街上的人都笑痛了肚子，还以为你杰克大叔是个疯子呢。”

爱因斯坦听罢，忍不住和父亲一起大笑起来。父亲笑完了，郑重地对他说：“其实，别人谁也不能做你的镜子，只有自己才是自己的镜子。拿别人做镜子，白痴或许会把自己照成天才的。”

爱因斯坦听了，顿时满脸愧色。从此他离开了那群顽皮的孩子，时时用自己做镜子来审视和映照自

己，终于映照出生命中的熠熠光辉。

用别人做自己的镜子，无异于是拿别人的人生当作自己人生的评价标准，无疑这样的人生也不可能是我们真正想要的。爱因斯坦正是认识到了这一点，所以才开始找到了自己，开始了自己真正的人生历程。

每一个人都有其不同的人生目标和生活方式，自己才是自己在这个世界上最可靠的人生向导。如果一个人一生总是被他人的评价所左右，把精力全部消耗在了应付环境之中，以致没有余力去追求自己的人生理想，这有多么愚蠢啊！

我们此生不一定要干大事成大业，但一定要知道自己活着的意义，一定要对自己所走的路保持清醒的头脑。所以，请留意我们的周围是不是有这样想法的人，诸如“假如这样做，人家会怎样评价我呢？”“别人会对我有什么看法呢？”“他们该不会笑话我吧”。

这种人，让他人的评价占了主导地位，并且将其看得比自己的主张更重要，就很容易被其所左右了。如果自己的行为取决于他人的评价，那么一旦听不到了他们的赞许，必会失去动力，最终一事无成。

当然，这并不是说，一个人应该独断专行，不顾是非黑白。而是说，他人的评价，只能代表他们的看法，并不一定是真理，也不一定是神圣不可改变的。你认为有道理你就听；认为不正确就可以不去理会，主动权应掌握在你自己的手里。如果凡事都一股脑儿接受，其结果必定是失去了锻炼自我、表现自我的机会。

古人曾说："岂能尽如人意，但求无愧我心"。我们又何必过于介怀他人怎么说、怎么想呢？人的思想、环境、修养不同，看问题的方法、角度也会不同，哪能对我们的所作所为统统理解呢？

我们只要做到自己所作所为不是凭感情用事，符合自己的良心，即是说，只要问心无愧，对自己负责，对别人负责，即使别人有误解，也要在进行解释的同时，坚持下去。

他人的评价，我们可以用耳朵去听，但决不可以徘徊不前。所以，认定正确的事，就要义无反顾地做下去，千万别被他人的评价所左右！这样，就不会在"不知究竟怎样才好"的窘境中犹豫不决了。

滚滚红尘，有不少人看到别人有地位、有名誉，总想着做别人，不想好好做自己，这是多么可悲可叹的事情啊；芸芸众生，平凡也罢，不平凡也罢，做一回自己，不枉活一世，这是多么可喜可赞的事情啊！

请朋友们相信：你永远是你，只有你才能彻底改变自己的命运，从现在开始，让我们一同做自己的真正主人。为了我们不变的信仰，付出一生的心血只为一个梦：永远做自己的真正主人。那么你将必定是宇宙天地之间最可爱的伟大幸福之人。

青少年朋友，愿我们每个人践行"我也生来只为、而且长大只为：在世上做自己"。做了自己的人是不平凡的、幸福的、伟大的人！

要学会适应变化

我们提倡自尊、自爱，自强，提倡自我奋斗，但是不提倡自我封闭，更不是让我们脱离外部世界，相反，我们还应当自觉地融入人群。因为只有我们更好地适应这个社会、这个世界，我们才能够更有幸福感和成就感，也才能更好地爱护自己，健康成长。

社会生活变化万千，其中唯一不变的定律就是“适者生存”，不适应者必然惨遭淘汰。可是有些年轻人不明白这个道理，血气方刚，凭借匹夫之勇，非要拿鸡蛋碰石头，结果是事事不顺、时时受阻、处处碰壁。

青少年朋友，让我们来看一个故事吧。

有这样一位大学生，从省重点高中以高分考入矿业大学。他自认为在矿业大学做个好学生对他是一件简单的事，他沉湎于高考的分数而对周围同学努力学习不以为然，以为基础好，不需要付出艰苦努力就可以取得理想的成绩。

于是，学习没有动力，生活没有目标，学习上得过且过。第一学期期末，高等数学没有及格，但他并没有汲取教训，以此为契机认真调整，班主任、辅导员的苦口婆心的劝说，家长的忠告，他都置之脑后，

大一下来已经是红灯高照，当面临退学的残酷现实时，他深深地后悔，付出了不可挽回的代价。

社会是不断变化的，人也应该随着变化而变化，只有这

样才能更好地适应这个社会，更好地生活和获得幸福。这个大学生正是因为不懂得这个道理，不能适应大学里的新生活，因此惨遭淘汰的命运。结果当然谈不上保护自己，更对不起父母，真是可悲！

青少年朋友，请记住：调整自己与适应变化！

曾经有这么一段话：一个人在少年时期想改变全世界，青年时期想改变自己的国家，中年时期想改变家庭，在老年时，他惊奇地发现："他只能改变自己"。

地球并非是围绕着我们旋转的，因为我们不是太阳。地球有自己的运转规律，不会因为我们个人的意志而改变。但是，这并不是说我们要毫无作为，更不要妄自菲薄。

相反，这更需要我们积极适应社会的变化，因为世界正是由我们这样的无数个体组成的，无论个体的力量多么弱小，也是促成社会变化的一个部分。

朋友们，不知你们熟悉不熟悉非洲的草原：当晨曦来临的时候，狮子早早地醒了，用它强壮有力的身体练习奔跑，因为它知道：没有风一样的速度，便只有挨饿；而羚羊也深深地知道：如果它不能快速地奔跑，它只能面临被吃掉的命运。所以，要生存，就要努力。

朋友们，不知道你们见没见过麦田：麦苗努力地生长，它们不管脚下的土地是否贫瘠，也不管脚下的土地是否干旱，它们总是努力地生长，当酷暑来临时，它们总会用或多或少的果实来回报农民的汗水。所以，抱怨没有用，努力才是硬道理。

就让我们从现在开始，积极适应社会吧！托尔斯泰说："世界上只有两种人：一种是观望者，一种是行动者。大多数人都想改变这个世界，但没有人想改变自己。"

要改变现状，就得改变自己，要改变自己，就得改变自己的观念。一切成就都是从观念开始的，一连串失败，也都是从错误的观念开始的，要适应社会，适应变化，就要改变自己。

适应是一种接受，也是一种挑战。"物竞天择，适者生存"。人的一生实际上就是一个不断适应的过程。适应的问题无时不在，不可避免地存在于我们的生命历程中。

生活不可能静如止水，我们时时都会面对各种变故；生活不可能总是一帆风顺、一马平川，我们也会遭遇失败和挫折；生活不可能总是如歌行板、水乡夜曲，我们也会碰到厄运和灾祸。

当变故出现时，当失败和挫折发生时，当厄运和灾祸降临时，我们面对的首要问题便是：学会适应。

适应是一种接受。由于我们习惯于依恋昔日的安逸，怀念过去的清静，当客观现实发生变化时，我们便不愿走出昨天，直面这种现实，接受这种变化。

然而生活由不得我们，时光由不得我们，我们要生活下去，就必须接受生活中种种不愿接受的变化。接受，就是在心理上认同，情感上容纳；接受，就是走出"怀旧"情结，及早消除负面情绪，面向未来，重整旗鼓，重新上路。

适应是一种挑战。每一次适应，必然就是一次严峻的自

我考验和自我挑战，甚至是一种撕心裂肺的整合，一种脱胎换骨的磨砺：当情断花季、亲朋病故，如果我们不经过一番激烈的思想斗争和心理调适，怎么能挣脱伤感情怀?

挑战，是对自身各种弱点和缺陷的无情开火，是对意志、性格、能力、水平的综合检阅。挑战的过程就是一个战胜自我、完善自我、超越自我的过程，取得了一次挑战的胜利，我们也就实现了一种“适应”。

正是在不断的适应中，我们坚定了意志、磨炼了毅力、增强了自信、培养了才干、开拓了眼界、增长了见识、丰富了阅历，从而不断成长，不断成熟。

也正是在不断的适应中，我们咀嚼了酸甜苦辣，遍尝了人生百味，饱览了人生风景，体验了成功喜悦，从而充实了人生的内涵，丰富了生命的色彩。

自爱者才能自助

青少年朋友，我们的人生如此短暂，为什么不善待自己呢？也许你是一朵山野里的百合，也许你是一株无人问津的小草，也许你是一束伤痕累累的玫瑰，也许你是一枝散发着淡香的深谷幽兰……

不论你现在身处何方，或者你曾经走过沧海，过去的就让它随风过去，都把心收回，静下来好好爱自己，善待自己吧！

那么，究竟怎样才能算善待自己呢？有的朋友可能会说，善待自己就是吃好的、穿好的、住好的、玩儿好的。当然，这些物质层面的善待自己是应量力而行的。

但是，更重要的善待自己应该是在精神层面的，让自己快乐起来，拥有一个积极的、阳光的好心情、好心态，才是真正意义上的善待自己。试想，纵然自己拥有香车豪宅，吃着山珍海味，如果郁郁寡欢，这些东西还有什么意义呢？

一个叫无德的禅宗大师，住在汾阳太子院的时候，有一位虔诚的弟子，每天从花园里采摘鲜花到寺院供佛，不管是刮风下雨，还是数九寒冬，天天都是如此。

无德禅师非常高兴，就勉励她说："你每天都能真心地用香花供佛，真是难得。经典上记载说：常以香花供佛者，来世能得到美好容颜的福报呀！"

这位弟子听了以后，很是欢喜，就请求禅师继续开示，她说："师父呀！我每次来寺中用鲜花礼佛，感觉心里像甘露洗过了一样，又清凉，又宁静；可是，一回到家里，面对琐碎的柴米油盐酱醋茶，有时又感到焦灼不安。师父呀！请您开示我：怎么样才能在喧闹的尘世当中，保持一颗清净的心呢？"

无德禅师反问说："你知道如何保持花朵的鲜艳吗？"弟子回答："知道啊！只要每天换水，并且剪掉下面那一截泡烂的花梗，花就不容易凋谢了！"

无德禅师笑着点头说："保持一颗清净的心，也是这样。我们的生活环境像瓶里的水，我们就是花。要每天净化身心，多多忏悔反省，去除腐烂的习性，

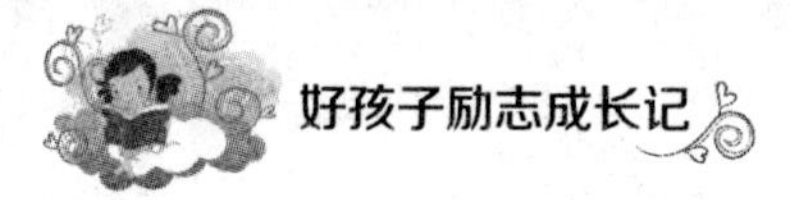

保养清净的心苗，才是礼佛的真义啊！”

弟子听了，恍然大悟，很欢喜地作揖说：“谢谢师父开示，希望以后有机会亲近师父，过一段寺院修行的生活，享受暮鼓晨钟、菩提梵唱的宁静。”

无德禅师笑了，伸指一点说：“你的呼吸便是梵唱，脉搏跳动就是钟鼓，身体便是庙宇，两耳如同菩提，言语动静举手投足之间，无处不是宁静，何必执着于寺院呢？”

是啊，作为凡人，我们生活的环境就像瓶里的水，我们就是花。我们没有必要也不可能都去过寺院的生活。那么，在现实的生活中，我们要想摆脱浮躁，消除郁闷，就应该像禅师所说的那样，经常反省自己的心态，关照自己的心灵，检查自己的精神。

世界首富比尔·盖茨在经营微软公司期间，虽然工作繁忙，要管理一个庞大的公司，但他坚持在一年中由出七天的时间闭门思过。

在这七天的时间里，他交代不允许任何人打搅自己。他这样做，就是在回顾与反省中，铲除心中的杂草，调整自己的心态，积蓄人生的力量，规划未来的事业。微软公司发展到如此大的规模，是与比尔·盖茨经营反思和改进公不开的

所以，我们在为学习和工作风雨兼程、努力拼搏的时

候，千万不要忘记呵护自己的心灵，关照自己的内心，这样才算真正地善待自己。

人的一生，来去匆匆。我们在亲人的欢声笑语中诞生，又在亲人的悲伤哭泣中离去。我们无法决定自己的生与死，但我们应庆幸自己拥有了这一生。人就这么一生，都希望有个幸福的家，每天都快快乐乐。但生活中，不是一切都尽如人意，每天我们都会遇到各种各样的困难和烦恼。

人就这么一生，有多少无可奈何，邂逅多少恩恩怨怨。可是想到人不就这么一辈子吗，有什么看不开的？人世间的烦恼忧愁，恩恩怨怨几十年后，不都烟消云散了，还有什么不能化解，不能消气的呢？

人就这么一生，我们应快乐地度过这一辈子。只要我们不丧失对生活的信心，对理想的追求，只要你去努力、乐观地对待，学习上、事业上有好的机遇，就快速反应，抓住机遇，果

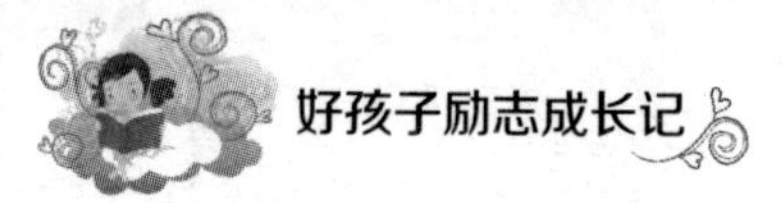

断决策，应用超人的智慧去完成自己的人生理想，因为人生短暂，时光如梭，让我们人生的每个季节都光辉灿烂。

人就这么一生，我们不能白来这一遭。所以让我们从快乐开始！做好自己想做的事，打好人生的基础。做错了，不必后悔，不要埋怨，世上没有完美的人。跌倒了，爬起来重新来。不经风雨怎能见彩虹，相信下次会走得更稳。

我们不妨这样安慰自己：该是你的，躲也躲不过；不是你的，求也求不来。又何必要费尽心思、绞尽脑汁地去占有那些原本不属于自己的东西呢？

金钱、权力、名誉都不是最重要的，最重要的还是应该善待自己，就算拥有了全世界，随着死去也会烟消云散。若我们要是这样想，我们就不会再为自己平添那些无谓的烦恼了。

亲爱的青少年朋友，让我们一起唱一首关于善待自己的歌吧。

不想活在回忆里，
却找不到地方可以透气。
谁能够把自己的经历，
从头到尾地舍弃。
……
无能为力又无法逃避，
改变不了世界就要改变自己。
一直努力且一切随意，
学会善待命运就是善待自己。

做个有爱心的人

爱心是指同情怜悯的心态，爱心还要包括相应的行动。献出自己的爱心就是要善待别人、关心别人、爱护别人。

青少年朋友，只有我们每个人都献出自己的爱心，才会让世界充满爱，也才能得到别人的爱心。所以，献出爱心，其实也是自爱的表现。

亲爱的朋友，让我们来看一个关于爱心的故事吧。

洛克菲勒年轻的时候曾经一无所有。有一天，他来到了距离家乡很远的一个偏僻小镇。在小镇上，他结识

了镇长杰克逊。

杰克逊已经年过五旬，是这个镇上唯一的镇长，从他当镇长起，镇上就一切太平。杰克逊性格开朗、为人热情，而且平易近人，更重要的是，他的心地十分善良。无论是当地人，还是来到这个小镇上的外地人，只要与杰克逊有过一定的接触，他们就会深切地感受到杰克逊的热情和善良，同时也会受到感染。

洛克菲勒和杰克逊很快成为朋友，当洛克菲勒需要帮助时，杰克逊总会想办法帮助他。

在小镇上住了一段时间后，洛克菲勒决定离开。可就在他准备向镇长告别的前几天，小镇迎来了连续几天的阴雨天气，洛克菲勒不得不继续留在这里。

小雨时断时续，每当雨滴停止的时候，洛克菲勒都会走出旅馆大门，去看看住在斜对门的杰克逊家门前的花朵。

这一天，当他走出旅馆大门的时候，洛克菲勒看到镇上来来往往的人们已经把镇长家门前的花圃践踏得不成样子了。

洛克菲勒为此感到气愤不已，他真为镇长和这些花朵感到惋惜，于是他站在那里指责那些路人的行为。可是第二天，路人依旧踩踏镇长家门前的那片可怜的花圃。

第三天，镇长拿着一袋煤渣和一把铁锹来到了泥泞的道路上，他用铁锹把袋子里的煤渣一点一点地铺

到了路上。

一开始洛克菲勒对镇长的行为感到不解，他不知道镇长为什么要替这些践踏自己家花圃的路人铺平道路。可是很快他就明白了镇长的苦心，原来有了铺好煤渣的道路，那些路人再也不用踩着花圃绕过泥泞的道路了。

最后，洛克菲勒带着镇长杰克逊告诉自己的一句话离开了那里，这句话就是“善待别人就是善待自己”。

直到成为闻名世界的石油大王，洛克菲勒依然牢牢地将这句话铭记在心中。

性格自私的人不愿意对别人付出任何关爱，所以他们永远都体会不到来自他人的友情和温暖。而那些胸襟开阔的人则始终生活在幸福和关爱之中，这些幸福和关爱既来自于别人，也来自于自己。

洛克菲勒正是因为弄明白了这个人生道理，所以他一下子从一个一无所有的年轻人，变成了一个幸福的人。这就是爱心的巨大作用啊！

爱心是一片冬日的阳光，使饥寒交迫的人感到人间的温暖。

爱心是沙漠中的一泓清泉，使身处绝境的人重新看到生活的希望。

爱心是一首飘荡在夜空里的歌谣，使孤苦无依的人得到心灵的慰藉。

爱心是一片洒落在久旱土地上的甘霖，使心灵枯萎的人得到情感的滋润。

爱心是一股撞开冰闸的春水，使铁石心肠受到震撼。爱心是一座亮在黑夜的灯塔，使迷途航船找到港湾。

爱心是一瓢纷洒在春天的小雨，使落寞孤寂的人享受心灵的润泽。

爱心是一泓流淌在夏夜的清泉，使燥热不寐的人领略诗般的恬静。

爱心是一柄撑起在雨夜的小伞，使漂泊异乡的人得到亲情般的荫庇。

爱心是一道飞架在天边的彩虹，使满目阴霾的人见到世界的美丽。

爱心是一杯泼洒在头顶的冰水，使高热发昏的人得能冷

静地思索。

爱心是一块含在嘴里的奶糖，使久饮黄连的人品尝到甘甜。

爱心是头顶温暖绚丽的阳光，使各个角落抛弃黑暗。

爱心是脚下一条条通向家的石子路，使离家的孩子感受到家的温暖。

爱心是一颗明亮北极星，使迷途的旅人找到回家的路。

爱心是永远没有国界的。

爱心与奉献同行，我们要让爱心永驻。

可是，我们发现如今很多人都已经到了麻木不仁的地步，面对别人的困难，他们毫无感觉，对于别人的帮助，他们授之坦然。冷漠和自私好比是沙漠和干旱，可以使人的心田荒芜，杂草丛生。

而爱心和奉献则是阳光和鲜花，滋润着我们的心灵，装扮着我们的美好人生，爱心的威力是巨大的，如果人人有爱心，无私奉献，生活将充满温暖，一个充满爱心的集体是温暖幸福的，一个充满爱心的社会是和谐安定的，在我们学会关爱他人的同时，我们也会得到博大的爱。

亲爱的青少年朋友，让我们一起同行，共同唱响美妙的爱心之歌。让爱心永远与我们共存吧！

乐观地面对挫折

有一位智者说过：“生性乐观的人，懂得在逆境中找到光明；生性悲观的人，却常因愚蠢的叹气，而把光明给吹熄了。当你懂得生活的乐趣，就能享受生命带来的喜悦。”他还告诉我们，“烦恼重的人，芝麻小事都会困住他；想解脱的人，天大的事情都束缚不了他。”

青少年朋友，让我们来看一个故事，看一看悲观的人与乐观的人有哪些不同表现吧。

父亲欲对一对孪生兄弟进行性格改造，因为其中一个过分乐观，而另一个则过分悲观。

一天，父亲买了许多色泽鲜艳的新玩具给悲观的孩子，又把乐观的孩子送进了一间堆满马粪的马厩里。

第二天清晨，父亲看到悲观的孩子正泣不成声，便问：“为什么不玩那些新玩具呢！”

“玩了就会坏。”孩子仍哭泣地说。

父亲叹了一口气，走进了马厩，却发现那乐观的孩子正兴高采烈地在马粪里掏什么。

“告诉你，爸爸，”那孩子得意洋洋地向父亲宣称：“我想马粪里一定还藏着一匹小马！”

又一天，父亲送给两个孩子每人半瓶饮料，悲观的孩子没有喝，因为他看到只剩下半瓶了。

乐观的孩子拿起来很高兴地说：“太好了，还有半瓶呢！”

人性的乐观和悲观，其实主要还是自己的心态问题。就好像两种性格的人走进同一片森林，悲观的人可能会说这里蚊子太多，吵哄哄的，影响了他欣赏花草的雅兴；而乐观的人可能会说这里除了美丽的花草，还有蚊子在唱歌，真是太

美妙了！

如果两个人再走出这片森林，悲观的人可能又会说无聊、郁闷和压抑之类的话；而乐观的人就会觉得四周一片明亮，自己的内心世界豁然开朗。所以在同一环境下的两种不同心态的

人，他们对事物的看法是不同的。

人活在这个世界上，不管是花草、是阳光、还是自己周围的人或事物，大家和平相处，这个世界还有什么不是美好的呢?

当我们遇到困难挫折时，只要不钻牛角尖，想方设法，再大的问题都是会解决的，要知道，悲叹是没用的。保持一种乐观的心态，如果一种方法行不通，那么换一种方式，换一个心情，说不定会在另一局面上能让我们有一个惊喜，从而获得成功。

悲观容易，乐观难。人生一世，悲观的情绪笼罩着生命中的各个阶段，战胜悲观情绪，用开朗、乐观的情绪支配自己

的生命，就会发现原来生活别有一番洞天。征服自己的悲观情绪，便能征服世界上的一切困难之事。

有人曾经说过："要想征服世界，首先要征服自己的悲观情绪。"人生在世，不如意事十之八九。如果一味地处于

不如意的忧愁中，只能使不如意变得更加不如意。“宠辱不惊，看庭前花开花落；去留无意，望天空云卷云舒。”这是一种心境。既然悲观于事无补，那我们何不换个角度，用乐观的态度来对待人生、善待自己呢？

乐观的人处处可见“青草池边处处花”，“百鸟枝头唱春山”；悲观的人时时感到“黄梅时节家家雨”，“风过芭蕉雨滴残”。一个心态积极的人可在茫茫的夜空中读出星光灿烂，增强自己对生活的自信；一个心态消极的人会让黑暗包围了自己且越来越恐惧。因此，无论何时何地、身处何境，都要用乐观的态度微笑着对待生活，微笑是乐观击败悲观的有力武器。微笑着，生命才能将不利于自己的局面一点点打开。

守住乐观的心境实在不易，悲观在寻常的日子里随处可以找到，而乐观则需要努力，需要智慧，才能使自己保持一种人生处处充满生机的心境。悲观使人生的路愈走愈窄，乐观使人生的路愈走愈宽。乐观其实是一种机智，是用坚忍不拔的毅力支撑起来的一种风景。

守住乐观的心境，“不以物喜，不以己悲”，就能看遍天下胜景，览尽人间春色。正如下面这几句诗中写的：

面对失败和挫折，一笑而过是一种乐观自信，然后重整旗鼓，这是一种勇气。

面对误解和仇恨，一笑而过是一种坦然宽容，然后保持本色，这是一种达观。

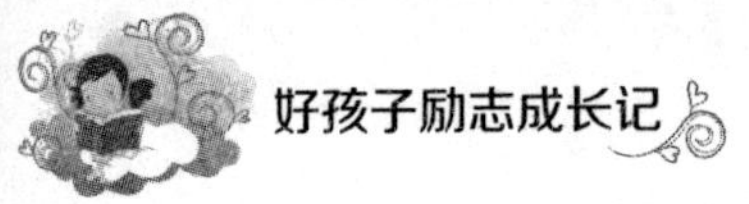

面对赞扬和激励，一笑而过是一种谦虚清醒，然后不断进取，这是一种力量。

面对烦恼和忧愁，一笑而过是一种平和释然，然后努力化解，这是一种境界。

失败和挫折是暂时的，只要你敢于微笑；误解和仇恨是暂时的，只要你达观待之；赞扬和激励是暂时的，只要你不止于梦想；烦恼和忧愁是暂时的，只要你不被它左右。

大海茫茫百舸争流，不惧逆流方显英雄本色。风雨欲来春花凋落，凭栏眺望，阳光总在风雨后。潮涨潮落，云卷云舒，闲庭信步，高扬前进的风帆，到中流击水浪遏飞舟，前方就是成功的彼岸。

别再留恋破碎的旧梦，别再沉迷于往日的幸福光环，别再计较人生的得失，别再担忧明天的天气。既然选择了前进就只管风雨兼程，微笑送走不愉快的乌云，不要让它们遮住我们的眼睛。

我们不能否认鲜花与荆棘相伴，也不能否认成功与失败并存！人生不如意之时常有一二，明媚之日常有八九。那就一笑而过轻松上路吧！能够使自己忧伤，也能够使自己快乐，这就是一笑而过的力量。

亲爱的青少年朋友，让我们从现在开始，快乐起来吧！

不要自认为强大

现在的青少年朋友生活条件相对优越，受到挫折的机会较少，很容易沉醉在没有什么现实依据的自满中，从而不能准确地判断自己的实力，这样是很不可取的。

要知道，越是没有本领的就越加自命不凡。有些青少年总是感觉自己才是天下第一，不知道天高地厚，不知道自己的斤两，其实这是一种自欺欺人的表现。

青少年朋友，适当地拥有自信会使我们在前进的路上更勇敢，但是，盲目的自我陶醉，甚至妄自尊大，只能成为人

生路上的一块绊脚石。

我们来看这样一个小故事吧：

今天，爸爸对小朋说："我要一雪前耻了！我倒要看看你在象棋上是真的有天赋，还是侥幸才赢了我两局！"

自从上次小朋在爸爸那里胜了两次后，他再也不把老爸放在眼里，狂妄地说："手下败将还想翻盘，真是痴人说梦！"于是，小朋便拿出棋盘和爸爸拼杀起来。

首先，爸爸亮出了他惯用的一招"仙人指路"，小朋丝毫不把爸爸放在眼里，来了个"当头炮"。

爸爸毫不示弱，连忙"把马挂"……

突然，爸爸灵光一闪，给小朋设下了"双环

套”，小朋自我感觉还是非常好，草草地走了一步，只听爸爸大喝一声：“将！”

小朋看一看，翻着白眼对爸爸笑着说：“切，老爸，你是老糊涂了吧？哪里有啊？”

“你就看着吧！不出三步，你就得‘牺牲’了！”爸爸扬扬得意地说。

“真的吗？咱们走着瞧吧！”其实小朋根本就没仔细看棋，因为他感觉自己早把老爸这“三板斧”搞清楚，他还能反上天？

“出车，杀马，”小朋想都没想，继续狂妄自大地发起自认为猛烈的进攻，丝毫不顾空虚的后方。

忽然，他又听到了爸爸“将军”的消息，还以为老爸又是在骗人，可往自己这边一看，已然成为死局，不知道什么时候爸爸的双车都跑来了，小朋只有举手投降。

“哎，我真是倒霉……”

“呵呵呵，不是你倒霉，而是你根本就没有专心，小小的胜利就冲昏了你的头脑，当然会失败了……”

是啊，老爸说得真是太对了，那步棋爸爸提醒小朋的时候小朋就应该看出来的，并不是很复杂的布局，可是小朋却疏忽了，真是不应该。以后再也不能这样自命不凡了。

自大容易让人盲目，因为很难从客观的角度看待他人的言行，就如同上面故事中的“小朋”，以为自己的棋艺在老爸的棋艺面前很强大，完全不顾面前的棋局，结果只能是失败了。我们每个人都有自大的时候。就好像我们许多人在听到别人做了什么不该做的事情时，就经常会说“这种事情都有，这人真是傻。”

其实，每个人都不傻，不要把别人当傻瓜，要相信每个人做事都是有他的道理的，然后再去想一个有着正常智商的人为什么会有反常的表现，这样我们才会想得更深，看问题看得更真切。

自命不凡的人是典型的盲目乐观主义者。沾沾自喜、孤芳自赏、视他人为粪土是他们的本质。他们不善于听取别人的意见，在故作高深、得意忘形中侃侃而谈，不思进取，甚至是脱离实际的纸上谈兵都能给其带来无尽的窃悦，殊不知一切都是在自欺欺人，毫无实际的意义和作用。

俗话说得好，“人贵有自知之明”。这个“明”，不仅仅是要如实看到自己的长处，同样也要分析自己的短处。世界上最大的敌人不是别人，正是自己。

不如别人时，要以真诚谦虚的心态加以请教，理性分析自己不如别人做得好的原因；比别人做得好时，要注意保持自己的优势，而不是自命不凡、妄自尊大。

有一只蚂蚁，它的力气很大，它能毫不费力地背上两颗麦粒。它所拥有的勇气也是空前未有的：它能像老虎钳似的一口咬住蛆虫，也常单枪匹马地和一只蜘蛛作战。不久它就在蚁家之内名声大起，成为了大家常常谈起的大力士。

小蚂蚁被这一切冲昏了头脑，便一心想到城市里去一显身手，到大地方去博得大力士的名声。有一天它爬上最大的干草车，坐在赶车人的身旁，像个战士一样进城去了。

小蚂蚁以为城里的人们会从四面八方赶来，事实上却不是！它发觉大家根本就不理会它，别人都忙着自己的事情。

怎么办？蚂蚁大力士找到一片树叶，它机灵地翻

筋斗，敏捷地跳跃，可是没有人在意它。所以，当它尽其所能地耍过了自己的武艺，转过头一看大家的本事也都是很大的，自己的本事在这里根本就不起眼。

无奈啊！小蚂蚁最后只能乖乖地回了家。不过，回家之后它变聪明了很多，恍然大悟时方才知道自己

的名声仅仅限于蚂蚁家族的范围而已，也懂得了“人外有人、天外有天”的道理。

其实，在生活中，也有许多像小蚂蚁这样的人，有点成绩就开始自命不凡，自以为很了不起，结果到了考试的时候，却一问三不知，就这样，他们还不知道赶快学习。

还有一些自大的人，知道自己的缺点却不知悔改。自大往往会拖我们的后腿，因此，我们千万不要因为一点点的成绩就自以为了不起，自大往往会让我们盲目而不知所措。

在同样的生活中，为什么有的青少年能够取得成功，有的人只能在原地踏步。引起这个现象的原因就有妄自尊大，妄自尊大是青少年前进的绊脚石。作为青少年一定要远离妄

自尊大。

过度的自大只会使我们既慵懒又自命不凡。那么，青少年在生活中应怎么去克服狂妄自大的缺点呢？

青少年要克服妄自尊大，就要多虚心向别人学习。建议

可以通过换位思考的方法，多站在别人的角度去考虑问题，多发现别人的优点，学会别人的长处，一点一滴地进步。

青少年要学会宽容，不要时刻都以为别人不对，要懂得认同别人。在生活中每个人都有他自己的智慧，青少年要时刻多观察别人的长处，博采众长以让自己在生活中更进步。

接受批评是根治自大的最佳办法。自大者的致命弱点是不愿意改变自己的态度或接受别人的观点，接受批评，即是针对这一特点提出的方法。

接受批评并不是要求我们完全服从于他人，只是要求我们能够接受别人的正确观点，通过接受别人的批评，改变过去固执己见、唯我独尊的形象。

“人贵有自知之明”。作为青少年认清自我并非易事。一些人会看高了自己，妄自尊大而不自量力。要正确评价自我，对自己有清醒的认识，还要善于听取别人的意见，尤其是不同意见，可作为认清自我的良鉴，要知道有句话说得好：“旁观者清，当局者迷”。

只有放远眼光，才能远离无知。盲目骄傲自满，妄自尊大，是青少年无知的表现和退步的开始。青少年应从一件件看似微不足道的小事做起，抛弃自大的缺点，默默进步，就会成就一番不平凡的未来。

千万不能歧视别人

青少年作为介于儿童与成年人之间的一个特殊群体，存在许多独特的心理现象，其中歧视心理越来越不容小觑。

青少年歧视心理，是指某些青少年受一定的客观因素的影响，内心所产生的歧视集体中弱势同学的一种心理倾向，这种心理通常可表现为语言上的侮辱性和行为上的攻击性。侵害者以此去求得一时的心理满足，丝毫不考虑被侵害者的心理感受。

必须看到，青少年的歧视心理若疯长而得不到有效遏制，就有可能形成许多暴力性的校园问题，影响青少年的健

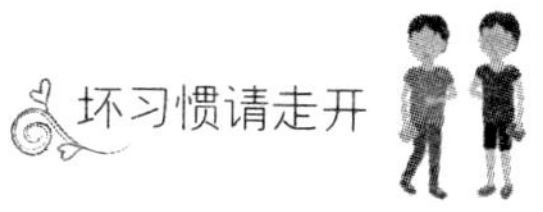

康成长。

现在有相当一部分的青少年存在歧视心理，所以我们一定要注意。亲爱的朋友，我们来看一个小故事：

小佩是一个家境不错的女孩，学习可以，相貌也过得去。就是因为这样，许多家境好、学习好、相貌好的同学便成了小佩志同道合的好友。

小佩常常对班里所谓的“穷人”们视而不见，还常常借机羞辱他们一番。于是，班上有一部分人是小佩的好朋友，一部分人是她的“敌人”。

一天，她们班又转来了一名农村女孩。她身穿红衣服，绿裤子，一看就知道是一个乡巴佬。小佩和好朋友又开始策划怎样戏弄这个乡巴佬了。

下课了，小佩走到她的座位边上，故意把她的课本弄掉。她望了望小佩，说了一句不可思议的话：“帮我捡起来。”

这回可把小佩弄急了，全班还没有一个敢对小佩说这么一句话呢！小佩本不想太过分，可她想：这是你自找的。这样想着，小佩得意扬扬地念起了：“绿配红，红配绿，配得哭，只有乡巴佬，才能配得出。”

可谁知，这个女生也是一个“厉害的角儿”，大声地念了起来：“红配绿，绿配红，花儿色，只有花仙子，才能配得出。”

小佩这回可急了，大声叫了起来："你这老农民，滚回你那山沟子里放牛去吧!"说完把这个女生的文具盒扔到了地上。

女生静静地望着小佩，小佩却突然不知该怎么办了。小佩努力地避开她那复杂的眼神，可脸却渐渐红起来了。女生冒出了一句话："我也有尊严。"

小佩听了，怔怔地望着她。

"也许你看不起我们这些'乡巴佬'，是因为我的穿着，相貌都不如你。你可以打扮得很美，很时尚，只是因为你幸运地生在一个条件好的家庭里。可是，除了这些外，我和你一样有思想，一样爱学习，一样有尊严，也应该得到尊重!"

这个女生一口气说完了这些话。此时，小佩觉得自己很渺小，想起自己以前对那些"乡巴佬"的嘲笑，她真感到后悔。

一个小佩看不起的人，教会了她如何尊重别人！在小佩嘲笑、伤害别人的自尊时，她自己的尊严也变得很小很小。从此，小佩再也不会瞧不起同学了，因为她不想失去自己的尊严。

原本应该用美好、纯真等词来形容的花季校园里，有时候也会藏着若有若无的歧视。有的同学甚至会因为遭受歧视，自尊心受到损害，自信心受到打击，因而失去对学习、对校园生活的兴趣，引发厌学，逃学等现象。

日渐蔓延的校园歧视，是花季校园里的冷暴力。在校园里，关于长相、名字的歧视是最普遍的。尤其是在学生心智发展尚不健全，体恤他人感受和自我承受能力都相对薄弱的中小学校园里，这种不经意间的歧视悄悄成为对孩子们最早的伤害。据调查，一多半的中小学生都有过因为长相、名字被起外号的经历，而其中相当多数人感觉受到了伤害，对此充满反感。

一位叫朱波的女生说，因为被同学叫“猪婆”，原本成绩优秀、喜欢校园生活的她一度对上学产生了恐惧心理，一到学校见到同学心里就发麻，就打鼓。

老师上课提问叫到她名字时，也常常会感觉同学们都在笑她。甚至升入高中后，仍然会害怕向人介绍自己的名字。

尤其是向陌生人介绍自己的名字后，对方的任何一点细微举动都会使她怀疑对方是不是在嘲笑自己的名字。

我们不能说这些带有侮辱性的称呼是孩子天生的恶意。

这可能只是一种新奇感的体现，是还不懂得关爱别人的青少年恶作剧心理的体现。

尤其是在中小学生阶段，因为年龄较小、好奇心较重、又不懂得体恤他人感受，常常出于恶作剧心理而给其他同学起外号；但是另一方面，恰恰是因为这个阶段的孩子年龄较小、心智发展不成熟，心理承受能力也较差，还不能正确处理和应对，也就更难以承受其中某些带有羞辱色彩的称呼。一个前者看来寻常的玩笑，也许就演变为对

后者来说难以释怀的创伤。

对于中小学生来说，集体生活是消解矛盾的最好容器，在集体活动中，通过同学间的友爱互助，可以把很多小的摩擦消除在萌芽状态中。而反过来，如果遭到同学孤立和排斥，缺乏集体关爱，则可能会导致学生心理逆反，抵触甚至仇恨校园生活。

亲爱的青少年朋友，如果你现在正在受到别人的歧视，不妨看这下面这片绿叶的自述：

我是一片绿叶，但请不要瞧不起我。

那花园里有骄纵的玫瑰、富贵的牡丹、高傲的紫罗兰。她们靠着那美丽的面孔傲然挺立，瞧不起衬托她们的绿叶，说绿叶只是她们的附属品。

别骄傲，任何美丽的花，离开了绿叶，只是那光秃秃的一朵，一个名不副实的光杆司令，有什么好看的，离开绿叶，甚至于根本就不能生存。

虽然绿叶不好看，但那苍翠的绿色无时无刻不在散发着清新的香味，使人的疲倦一扫而光，越看越有自然的气息，它孜孜不倦地迸发着生命的活力。

那叶面上颗颗滚动的露珠，晶莹剔透，映出叶面上的纹理，是那么清晰。让人感到叶片比那些骄纵的花儿更美丽。而说花离开了叶就不能存活，的确是真的，因为叶供给植株水分和养分，使花开得如此鲜艳美丽。

正如在社会中不能缺少鲜花，但更不能缺少绿叶，因为绿叶一样的人在默默贡献着自己的力量，让那些“鲜花”吃喝玩乐。

清洁工这份工作很卑微，风里来雨里去，晴天一身灰，雨天一身泥。但是，没有清洁工不辞辛苦的打扫，我们又如何能拥有这样干净、舒适的生活

环境呢？

整天扛着扫把，是很不好看，可那些生活优越的人在嘲笑他们时，也不想想，没有他们，整天生活在尘土飞扬的世界中，你们能受得了吗？因此，赠与她们“城市美容师”的称号完全是应该的。

我只是一片树叶，但谨此警告那些所谓的红花，别瞧不起我，只因为我是一片绿叶。

请别瞧不起我，只因为我是一片绿叶。说得太好了！无论你现在是红花，还是绿叶，看到这个自述，相信都会有新的感受吧！

每个人的身上都有值得你去学习的地方，哪怕他们连书都没读过。一个真正成功的人，决不会看不起任何人。

想得到别人的尊重，想让别人看得起你，首先你要尊重别人，看得起别人。并不是每一个人生下来就是富豪之子，就是权势贵族，地球这么大，有些事情总要有人来做。所以不要去看不起别人。

当你对别人表示尊重的时候，也必然能够得到别人的尊重；而你歧视别人，别人也不会善待你。所谓礼尚往来，在人类的社会中，你付出一分便会有一分的回报，不会多不会少，总有一天一定都会实现。

青少年朋友们，让我们从现在开始，学会平等待人，学会理解和尊重别人吧！

自夸是一种肤浅行为

时下，不少人感叹爱吹牛、爱自夸的年轻人越来越多，至于吹牛的内容，经济收入、家庭背景、学识等无所不有。一份调查显示，62.9%的受访者认为当下爱吹牛的风气在年轻人中盛行，40.6%的人明确表示“反感”爱吹牛的人。

自夸是一种肤浅。自夸的人生怕别人不知道他的一点成绩，于是有一点小成绩就呱呱叫起来。之所以呱呱叫，是因为自己分量不够，只有叫起来才会让人知道。

自夸是一种无知。要知道，山外有山，天外有天。说自己如何伟大，其实是不知别人伟大。自夸往往只会引起别人

的厌烦，而不可能真正得到别人的尊重。

自夸的人总是激情有余、理性不足，往往自己有一分的本事，却当做十分来估计和运用。自夸的人总是过高看待自己，即使在铁的事实面前，他们也总会找到狂妄的理由。

青少年朋友，我们要明白，最没有本事的人就是自夸的人了，因此，我们在平时说话也不要自夸，要低调一点。

我们来看一个小故事吧：

小时候，成成特别爱吹牛。例如：牛顿是他徒弟，爱因斯坦是他大哥。就这样一天到晚嘴里不停地吹着。很快，同学们送他一外号“喷壶”。

吹起牛来，能够达到“喷壶”的级别，足见成成吹牛本领之高超。那时成成认为这是大家在夸赞他，更加吹得不知东南西北了，但有件事却令成成改变了做法。

那是一个星期天的下午，成成写完作业，便看起了篮球比赛，看了一会儿成成便走神了，开始想起明天到学校怎么吹牛才对得起他“喷壶”这个称号。想啊想啊，突然看见姚明一个灌篮，成成顿时狂喜，喜得不是姚明为国家争分，而是他又有了一个新的吹牛计划。

好不容易挨到第二天，成成早早地起床，匆匆地吃饭，麻利地拿起书包向学校冲去。

到了学校成成便和同学们瞎吹他昨天已经想好的“台词”。可没一个人理他，他不甘心自己的“杰作”就这样不被人理睬，便走到一个同学面前说：“姚——”，刚说了一个字，后面的还没有“喷”出来，那位同学便说：“别说这个了好吗？放学后我请你吃糖。”

成成只好没趣地走开了！

到了下午，成成鬼使神差地又和那位同学吹了起来，刚说到一半，那位同学便歇斯底里地咆哮起来：“够了！你以为‘喷壶’这个称号是好的吗？是对你的赞美吗？错！你大错特错了！那是对你的嘲弄，你竟然不以为耻，反以为荣！”

成成当时一下子就愣住了，一句话也说不上来，只觉得有股说不清的滋味涌上心头。这件事对成成的触动很大，成成深深地记住了那一幕，记住了那位同学的咆哮。

一连几天，成成好好地反思了自己，终于悟出了“喷壶”这称号的含义。成成决定，不能再让自己的唾沫飞到别人脸上了。

第二天，成成向大家宣布了一则令人吃惊的消息：他以后再也不吹牛了，并为他以往的表现表达深深的歉意。至于那位曾经被他激怒的同学，现在成了他的好朋友。

结局还算完美吧！

吹牛吹到被人咆哮，也算是“本事”了！不过，这里还是要提醒青少年朋友，千万别学这位同学，连朋友都会烦啊！而且，这位同学不是自己也改过自新了吗？

喜欢吹牛其实是一种无知的表现。有一种说法是“一瓶子不满，半瓶子咣当”。

有“一瓶子”的人，水平很高，却认为自己还不满，因而很是谦虚，永不满足，认为这个世界大得很，所以自己很卑谦。他们永不停止地学习、看书、看报，订阅各种资料，参加各类培训，听各种报告，与人闲谈洗耳恭听，礼谦如同小学生。

而“半瓶子咣当”的人，他们总是喜欢喋喋不休，好为人师。他们自我感觉良好，从来都不服谁。典型症状是其言必称：“我在某某的时候如何如何，某某我认识，我与某某怎样怎样……”

一瓶子的人，以身作则，默默地影响他人，而不会主动

施教别人。

半瓶子的人，经常口吐莲花、气吞山河，大有舍我其谁的架势。半瓶子咣当的人往往一脸的虚荣，骨子里都是虚荣，他活着完全是为了向别人炫耀。

经常炫耀某方面的人，往往是在这个方面最缺乏的。他说自己怎么样，实际上，他肯定不怎么样。至少他对自己这方面并不自信。“炫耀点”，往往就是自己的“缺乏点”。

喜欢吹牛自夸的人是很浅薄无知的，这样的人往往性格偏激，经不起大风大浪，愤世嫉俗是他们受到打击挫折后的第一表现。把一切责任都推给社会、他人，而把自己供奉成

为完美的神像，总是抱有一种夜郎自大、妄自为尊的心态，殊不知自己在别人心目中是多么的无知。

还有一些平庸之辈，满足于一知半解，满足于点滴成绩，他们用富丽堂皇的话装饰自己，以讨得廉价的喝彩，这有什么意义呢？只会让别人觉得这些人浅薄无知。

一位哲学家说过：自夸是明智者所避免的，却是愚蠢者

所追求的。真正的明智者之所以不会自吹自擂，因为他知道宇宙广大、学海无涯、技艺无穷，终其一生也不能洞悉其中的全部奥秘。

喜欢吹牛的人是最没有本事的人，作为青少年要清楚地认识到这一点，即使自己真的在某些方面做得好，也不要自夸，因为比你做得好的人有很多。

吹牛有时还会成为我们前进道路上的障碍。因为喜欢自夸的人总是满足于自己已有的成绩，以为自己很聪明，产生这种心理后，就失去了继续求知或工作的动力，从而变得骄傲自大，不思进取，这样一来，就很难再进步，很难再突破

自我。

那么，我们青少年应该如何摆脱吹牛的毛病呢？

首先，青少年要善于接受批评。喜欢自夸的青少年最不愿意改变自己的态度或接受别人的意见了，爱自夸的青少年做事时可以征求一下其他人的意见和看法，这样通过别人的

友好提醒，就容易改变自己不好的心理。

其次，喜欢自夸的青少年要提醒自己，用一颗谦虚的心与别人建立友好的人际关系，这是你个人自觉成长的开始。所谓“谦受益，满招损”，你可以有豪气万丈，但绝不能自夸。就算你有超人的才识，也要虚怀若谷。

再次，青少年要全面地认识到自己的优点和缺点，不要总拿自己的优点和别人的缺点相比较。在这个世界上每个人都有自己的优势和不如别人的地方。所以，青少年要正视自己的优点和不足。

最后，我们要做到心中有他人。喜欢自夸的青少年总觉得自己是最优秀的，这是自恋的表现。要想彻底地克服这种不好的心理，必须要做到心中有他人、处处为别人着想，还要取他人所长补自己之短，不断地充实、完善自己。

改变爱吹牛的习惯需要长期的努力，爱吹牛的人要从自己擅长的小事做起，认清自我的能力。另外，这些人还可以把自己目前拥有的一切列举出来，这也有助于回归现实。

作为青少年，要充分认识到自夸的危害，摆脱自夸，不要让自夸拉开了诚实的距离，不要让自夸拉开了你与同学的关系，更不要让自夸影响你的健康成长。

青少年朋友们，让我们一起努力吧！

骄傲是无知的产物

所有骄傲的人都认为自己有学识、有能力、有功劳；而谦逊的人却总是习惯认为自己还差得很远。骄傲者也许真的有其骄傲的资本，而谦虚者真的差得很远吗?

骄傲的真正原因并非饱学，而是因为无知。同样，谦虚的真正原因也不是无知，恰恰相反，谦虚的人绝不会比别人差。谦虚与骄傲的原因在于一个人的总体修养如何，而不在于是否读了多少书、做了多少事。

骄傲心理在我们青少年朋友中极为常见，许多同学往往因为一次不错的成绩就自负起来，甚至无限扩大自己的成

绩，认为自己以后永远是天下第一。

当然，豪气冲天并非什么大问题，但如果从此陷入自负状态，不可自拔，那就是心理出问题了。

朋友，我们来看一个小故事吧：

自从小民的一篇文章在报纸上发表后，小民变得骄傲极了！好像自己就是一个小作家了，可是在寒假里发生的一件事让他不再骄傲了。

大年三十，小民和妈妈一起去外婆家过年。一进门，小民就拿着报纸自高自大地读给外公外婆听，外婆乐得合不拢嘴，可外公看了看骄傲的他，却皱起了眉头，对他说："小民，可别太骄傲了。"

可小民却把外公的话当耳边风，依然在人前王婆卖瓜自卖自夸。

过了几天，外公好像看透了小民的心思，把全家叫来开了一个会议，主题居然是"我不再骄傲了"，小民喝着奶茶，看着身旁的外公，不耐烦地说："主题有了，主人公是谁？"

外公严肃地说："就是你。"

"唉，我怎么了？"小民瞥了外公一眼。

外公朝外婆点点头，向外婆做了个手势，只见外婆快步上楼，不一会就拎着一大袋报纸和杂志下来了，小民看了看，心想：外公以前真不愧是个小学老师，还藏着这么多破玩意儿。

只见外公双手捧着那个袋子，认真地说：“你才发表了一篇文章就得意成这模样，你看看，我发表了多少篇文章？”

越翻小民越惊讶，他眼睛瞪得像两只乒乓球那么大。妈妈拿起其中的一张报纸，笑眯眯地对小民说：“你看，当初我的一篇文章和你外公的一篇文章还发表在同一张报纸上呢！”

外公也语重心长地说：“小民啊，你已是中学生了，应该知道学无止境吧，这知识就像大海里的水，天空中的云一样，无穷无尽。你这才发表了一篇文章，以后的路还长着呢……”

小民若有所思地点点头，心中暗想：外公说得对，学无止境，以后我再也不骄傲了！

骄傲心理其实与我们无知确实是密切相关，就像故事中的小民同学，在报纸上发表了一篇文章，就感觉自己是作家了，翘起了尾巴，真是可笑！

人最大最难得的优点是谦卑，而最大最可怕的缺点是骄傲。一个心灵健全的人不仅深信这个道理，而且能做到不骄傲，心存谦卑。我们必须承认，人是一个容易骄傲的动物，人一旦在某一方面取得一些优势，心灵中就会立刻滋生出骄傲来。

有些人长得好看，拥有生理方面的优势，他在众人面前就会彰显他的相貌，让人羡慕他；有些人赚得大量钱财，拥有财富方面的优势，他可能会以种种方式夸耀和表现他的富有，让人觉得他很有能耐，能占有比别人更多的钱财。

有些人掌握着一定的权势，是某个单位的领导者，他很可能觉得自己高人一等，是领头羊，没有他，别人就不能有所成就；有些人拥有比一般人更丰富的知识，拥有某个学术的头衔，他可能觉得自己已经拥有了诠释真理的能力，觉得自己有一个聪明的头脑，别人都愚昧无知，应当听从于他；有些人自认为自己品行高尚，能为别人当灵魂的导师，好教育别人，甚至因此看不起别人。

有优势，必骄傲，这似乎成了许多青少年朋友的习惯。然而，必须承认这是一个很坏的习惯。因为这些人只把目光注视在了自己的优势上，而忽略了自己的短处。事实上，真正的聪明人是不会骄傲的，比如西方伟大的哲学家苏格拉底。

苏格拉底是古希腊哲学家中最受人尊敬的一位，他不仅学识渊博，而且非常善于辨析，当时能够提出的任何问题，只要到了他的手里，没有不迎刃而解的。

但是他非常谦虚，从来不以权威自居，总是对人循循善诱，让对方自己得出正确的结论。由于博学而谦逊，苏格拉底被公认为最聪明的人，但是苏格拉底却一点也不这样认为。

他说："不可能！我唯一知道的事情是我一无所知。"

众人仍异口同声地称赞他是天下最聪明的人，并建议他到山上的神庙去占卜，看看天神的意见如何。于是苏格拉底来到神庙去占卜，占卜的结果明白无误：他确实是天下最聪明的人。面对神谕，苏格拉底无话可说了，但是口里仍然喃

喃自语："我唯一知道的事情是我一无所知。"

不仅苏格拉底是这样，牛顿与爱因斯坦等科学大师也是这样。他们在登上了科学的巅峰之后，仍然对大自然充满了敬畏之念，他们不仅具有容人的风度和接受批评的雅量，在对人的态度上也更加谦逊。

其实人世间博学多才的人，都懂得以谦卑的态度待人。只有非常无知的人才会态度傲慢、狂妄自大，藐视别人更是一种狂傲无知的表现。在现实生活中也不乏这方面的例子。

据说19世纪的法国名画家贝罗尼有一次到瑞士去度假，每天仍然背着画架到各地去写生。

有一天他在日内瓦湖边正用心画画，旁边来了三位英国女游客，看了他的画之后，就在一旁指手画脚地批评起来，一个说这儿不好，一个说那儿不好，贝罗尼都一一修改过来，最后还跟她们说了声“谢谢！”

第二天，贝罗尼有事到另一个地方去，在车站又看到了昨天的那三位妇女，正在交头接耳地讨论些什么。过了一会儿，那三个英国妇女也看到他了，就向他走过来，问他：“先生，我们听说大画家贝罗尼正在这儿度假，所以特地来拜访他。请问你知不知道他现在在什么地方？”

贝罗尼朝她们微微弯腰，回答说：“不敢当，我就是贝罗尼。”三位英国妇女听后大吃一惊，回想起昨天的不礼貌，一个个红着脸跑掉了。

朋友们啊！骄傲是人生的大敌，它会使心灵变得盲目，变得无知，变得荒谬不堪。所以，一个健全的心灵不仅不会表现出傲慢，而且会时时提防自己的心灵滋生傲慢。

傲慢不仅夸大了自我，膨胀了自我，而且歪曲了自我，使自己变得不真实。一个不真实的自我正是一个不健康的自我。自我的不健康状态不一定危害他人，但由傲慢造成的心理问题却一定危害他人。

骄傲是人生的绊脚石

青少年朋友，一个骄傲的人，总会在骄傲里毁灭了自己。盲人是真的看不见，而骄傲的人是不屑于看，拒绝看。自以为是的结果，只能是被石头绊倒。

很多青少年总是自以为自己出类拔萃，当发现自己被人认为毫不出众时，便惊讶不已。高估自己的人一定会低估他人，而低估他人者又会压迫他人。最不了解自己的人，总认为自己最了不起。所以我们要切记，愚蠢的人，才会盲目自大。

青少年朋友，不要在你智慧中夹杂傲慢。永远不要有这

个念头，即认为自己有多么厉害。虚心使人进步，骄傲使人落后。请记住这句话并认真在实践中应用，你将获益终生。

现在，让我们来看一个小故事：

一年以前，小娴还是一个骄傲自大的孩子，仗着自己天资聪颖，上课时总是不专心听讲，还自以为是自己很了不起，老师讲的内容小娴都能理解并且记下来，对待同学更是嚣张极了，从来看不起学习成绩较差的同学，更因为自己是班长而不可一世。

而那次重新竞选班委，则让小娴不再骄傲自大，有了十分明显的改变……

那是一个漂浮着橘黄色光影的美丽黄昏。同学们已经投好选票，老师正紧张地统计着。气氛十分紧张而又严肃，但小娴却是成竹在胸：这次的班长一定还是我的，担心些什么呢？小娴的嘴角不由得慢慢上扬。

激动人心的那一刻到来了，老师站在讲台上宣布："这次班长的竞选结果是李小光！"

听到这句话，小娴仿佛被一盆冷水从头顶浇灌而下，心凉了。但她只想知道，为什么会这样呢？为什么他可以当选而我却不可以呢？

老师仿佛看出了小娴的不满，便让大家一起来为小娴提意见。一听说这个消息，大家七嘴八舌地讨论起来：

“她十分自满！”

“她总是趾高气扬，真让人受不了啊！”

“她还因为某些人学习不好，从来都看不起他们。”

“她太骄傲了，我们受不了她的嚣张！”

……

听到这些话，小娴惊得目瞪口呆：原来，她居然有这么多的缺点，真是没有想到，同学们对她居然有如此多的不满，她原来这么差劲……想着想着，小娴不由得惭愧地低下了头，脸涨得通红。

老师见小娴知错了，便走了过来，语重心长地对小娴说：“谦虚使人进步，骄傲使人落后，你如此骄傲，怎能有所进步呢？作为一个班长，应该团结同学，帮助同学，你如此不可一世，又如何能够做好班长呢？”

听到老师这么说，她的脸更红了，恨不得有个地缝能够钻进去。“我错了，老师……”

“知错能改，善莫大焉。如果你能够从现在开始改正的话，那么你还是大家眼中的好孩子，还是有机会的，老师相信你，不要辜负老师的期望哦，加油！”

从此，小娴便懂得了，做人应该踏踏实实，待人应该态度谦恭，切莫骄傲自大，否则后果不堪设想。

骄傲是一剂毒药，往往让成功与我们失之交臂，到那时悔之晚矣。就像故事中的小主人公那样，因为骄傲，导致失去了同学们的支持。

谦虚使人有所成就，赢得别人的称颂，而骄傲却令人不思进取，导致不良的后果。这充分说明，虚心是取得成就的第一步。骄傲自大的后果只会让人停止不前，失去前进的动力，骄傲的人觉得自己什么都懂，不需要再学习，更谈不上努力。因此，骄傲自大者，难成大事。

一个人如果总是喜欢表现自己，处处争胜，就会给他人以压迫感，会被他人视为“侵犯”而引起反弹的力量。

相反，如果你在人群中经常保持谦让的态度，尊重他人

的利益，满足他人“自我舒张”的需要，你也就因此而得到周围人们的拥护与爱戴，从而获得支配他人的力量。

一个人若是骄慢，便会受到人们的排挤。因为自我骄慢的人，处处想与人一较高低，即会产生排除别人的心理，表

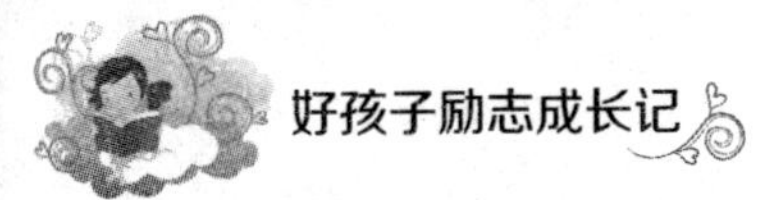

现在日常的行为上，当然也会成为别人所排挤的对象。

对于青少年来说，最容易产生骄傲自大的心理，如考试又进步了，又被老师表扬了等。面对这样的情况时，青少年大多喜欢吹嘘自己，而从来不会反省自己哪里做得还不够好。

为什么有些人取得那么大的成就却从不骄傲，而有些人取得一些微不足道的成功便沾沾自喜呢？究其原因，还是因为骄傲的人没有摆正自己的位置。

青少年朋友，大家想过没有？人类在宇宙中，是非常脆弱和渺小的，我们的生命多数都活不过百年，这在历史的长河中只是一刹那，而我们的生存，连空气、水和阳光这些基本的条件都离不开。

在飞行上，人比不上一只小鸟。

在水里，我们生存力比不过一条小鱼。

在力气上，我们比不过虎、狼、狮子。

在高度上，我们长不过一棵树。

就在我们最为在乎的寿命上，我们还不如乌龟。

我们在诸多的领域都有着太多的无奈，细细地想一想，我们有什么值得骄傲呢？

鸟儿系上铅块，飞不起来。骄傲就好比鸟儿腿上的铅块。骄傲是人生路上的一个红灯。我们对此决不可掉以轻心。

亲爱的朋友，昨天所取的成功已是过去了，而今天的我们应该更加去努力，而不是依旧沉迷在昨天胜利的喜悦中。不要让骄傲这块绊脚石绊倒我们，我们应该努力地向更远的前方驶去！

不可死要面子活受罪

人们常说“人为一口气，佛为一炷香”。这就是要面子。面子既不能不要，也不能都要。我们一定要对这个问题有一个正确的认识。否则，有时候自己要了面子，而实际上往往是丢了面子，丢了面子是小事，但是为了面子而活受罪实在是不划算的。

面子问题，说到底其实就是虚荣心的问题。在生活中，很多青少年都具有虚荣心，虚荣心理的产生往往是那些缺乏自信、自卑感强烈的人进行自我心理调适的一种结果。

缺乏自信的人，为了缓解或摆脱内心存在的自惭形秽的焦虑和压力，就会通过外在的荣耀来弥补自己的不足，缩小自己与别人的差距，从而赢得尊重。虚荣心便由此产生了。

朋友，让我们来看一个关于虚荣心的故事吧：

姐姐的公司有一个员工小王。他常在同事面前炫耀家里多么有钱，住的什么别墅、开的什么跑车，牛吹得是满天飞，也没几个人喜欢他。

某日一对夫妇来看他，拎了不少东西，守门的保安，上下打量他们一番，除了着装有点土气之外，看着倒是老实本分。

小王接到电话急匆匆地下楼接他们，保安原以为他会带这对夫妇去吃个饭，谁知小王拼命把他们往外推，让他们走。正值午餐时间，同事正好也下班了，问小王他们是谁，小王说是他的远房亲戚……

过了一天，这对夫妇又来找他了，来道个别。说话时眼里含着泪光。此时，老板正好经过，脱口就是一句："你爸妈这么大老远地来看你，你就不能带他们去吃顿饭啊！"

好事不出门，坏事传千里。公司里七嘴八舌的就传开了。后来大家从老板口中得知，小王是乡下来的孩子，是老板的老乡。

很早就出来打工，刚来城里时还算老实，做事认真，可不久染上了一些不良习气。后来经熟人介绍，来南京跟着老板做事，他倒也学乖了，不再干偷鸡摸狗的事了。

不过，小王却以自己的出身为耻，经常吹嘘自己家里多么的有钱。他好几年没回家过年了，他爸妈想他了，千里迢迢坐火车来看他，得到的却是儿子把他们往外推，称他们是远房亲戚。实在可悲啊！

虚荣，某种程度上也是一种自卑的表现，越是自己没有的，越是怕别人说自己没有。就像故事中的那个小王，因为虚荣心，伤害的不仅是自己，更是自己的父母。这样的虚荣心要不得！

其实，自己是农村里来的又能怎样呢？！城里人三代以前很多都是农村的，靠着一步步打拼才有今天的生活！把自己吹得飞上了天，别人又有几个信你呢？谁又会因此更加尊重你呢？

再者，初出社会的青少年们，吃爸妈的、住爸妈的，有什么资本去爱慕虚荣？丢了善良的本性不说，还惹了一身闲话。编织一个谎言，就不得不再用下一个谎言，去掩饰上一个谎言。

做不了有家庭背景的人，那就做淳朴的平凡人，没人会看不起有上进心的人。演员王宝强红了，因为他是有钱有权人么？做本色的自己就好，何苦打肿脸充胖子？不想让别人知道家里面的事，干脆闭口不谈，又何必谎称？

从心理学的角度来讲，虚荣心是自尊心的过分表现，人往往由于极度自卑而变得极度爱慕虚荣。在虚荣心的驱使下，往往只追求面子上的好看，不顾现实的条件，最后造成危害。

在强烈的虚荣心支使下，人有时会产生可怕的动机，带来非常严重的后果。因此，虚荣心是要不得的，青少年应当克服虚荣的心理。

通常情况下，虚荣心的产生和人的某些心理需要有关。一旦人的某些需要无法得到满足，就会通过不适当的手段来获得满足。在条件不具备的情况下，想达到自尊心的满足，就会产生虚荣心。比如，有些人家里贫穷，就吹嘘自己家里多么富裕；有些人明明办不到某件事情，却吹嘘自己有很大能耐。这其实是一种不自信的表现。

一个充满自信的人不会因为贫穷而感到羞耻，一个充满自信的人不会因为有力所不能及的事情而感到难堪，一个充满自信的人也不会因为别人一句批评的话而受不了。

相反，有自信的人会发愤努力，提高自己，锻炼自己，增强自己的能力，会认真地分析别人对自己的评论，有则改之，无则加勉。

任何人都是一步一步变得强大起来的，没有人天生就是天才，也没有人天生就不犯任何错误，况且犯错误也不能证明自己就是什么都不行，都不如别人。

一个充满自信的人会充分意识到自身的不足，并且能够正确看待自身的不足和差距，并且力求弥补自己的不足。在这种时候，这样的人决不会受不了一句批评，相反，对批评他是真诚欢迎的，哪怕是来自对手的批评。

有虚荣心理的人，多存在自卑和心虚等深层次心理缺陷，它伴随群体差异而生，表现为攀比、嫉妒，因害怕所以时常地活在恐慌中。

在人们的潜意识里，总认为别人的比自己的好，自己比不上别人。这也是人们的本性。虚荣对人的危害极大，长此以往，会造成青少年的心理扭曲。

其实，无论是伟人还是普通人，我们都生活在共同的世界上，每个人都有属于自己的优势和长处，而没有谁优谁劣，谁好谁坏之分。

我们的心理过程、心理潜力大致都是一样的，有些人能成为音乐家、画家、科学家等大师级人物，这是因为每个人的智力取向不同，机遇与自身努力不同，即使不成为什么家，一个人某方面的智力也可能会有独特于别人的优势。

青少年朋友，如果你能正视自身的不足，保持自信，付诸行动去改变自己的不足，并且善于发现自身的长处，扬长避短，你就同样可以很优秀。大可不必为了掩饰自己的某些不足而自吹自擂，给自己穿上虚荣的外衣。

青少年朋友，良好的内心修养和高尚的道德情操是遏制虚荣的磐石。有了这块磐石，我们就有了底气，就能够托起父母亲的尊严——不管他们是贫是富、是卑是尊。

谨以此书，献给那些充满小毛病并努力想改变坏习惯，在成长中烦恼和在痛苦中磨砺的青少年。

成长的确是一个艰难痛苦的蜕变过程，有的孩子成长或许非常顺利，有的孩子成长或许很不容易，愿您在成长中学会成熟，走上铺满鲜花的美好成长之路！

好孩子励志成长记
—超好看的励志分享—

做个内心强大的自己

李丹丹◎编著

民主与建设出版社

图书在版编目（CIP）数据

做个内心强大的自己 / 李丹丹编著 . -- 北京 : 民主与建设出版社 , 2019.11

（好孩子励志成长记）

ISBN 978-7-5139-2687-4

Ⅰ . ①做… Ⅱ . ①李… Ⅲ . ①自信心—能力培养—青少年读物 Ⅳ . ① B848.4-49

中国版本图书馆 CIP 数据核字 (2019) 第 269541 号

做个内心强大的自己

ZUO GE NEI XIN QIANG DA DE ZI JI

出 版 人　李声笑
编　　著　李丹丹
责任编辑　刘树民
封面设计　三石工作室
出版发行　民主与建设出版社有限责任公司
电　　话　（010）59417747 59419778
社　　址　北京市海淀区西三环中路 10 号望海楼 E 座 7 层
邮　　编　100142
印　　刷　三河市天润建兴印务有限公司
版　　次　2019 年 11 月第 1 版
印　　次　2020 年 1 月第 1 次印刷
开　　本　880 毫米 ×1230 毫米　1/32
印　　张　30
字　　数　756 千字
书　　号　978-7-5139-2687-4
定　　价　198.00 元（全十册）

前　言

每一位父母都希望自己能培养出一个有出息的好孩子，然而随着孩子慢慢长大，父母们发现他们的这个愿望几乎是一种奢望。我们先不说那些不听话的孩子，父母难以管教。就是听话的孩子，他们的存在，也仅仅是为了获得老师的表扬、家长的奖励或是为了迎合其他长辈的种种期待，并不能算是真正意义上的“好孩子”。

换句话说，这类父母眼里的“好孩子”，其实早已失去了自我，他们只是活在大人为他们预设的期待里。这种好孩子是不真实的，他们只是在讨大家的“好”，是在为家长而活。我国社会目前这种培养孩子的方法，忽略了孩子的天性，束缚了孩子的自由成长，是对孩子不负责任的一种表现。

父母若想改变这种教育，真正对孩子负责，就要让孩子首先对自己负责，这是做人底线。没有对自己负责精神，何谈对别人负责，对家庭负责，对社会负责？

让孩子对自己负责，实际上是为了唤醒孩子的自我意识，把他们和别人分开，使他们懂得尊重自己，懂得珍惜自己的生命。同时，还要让孩子明白，犯了错误就得承担相应的责任，并由此付出代价；知道自己成长过程中所要做的一切都是自己的事，比如上不上课，这与老师无关，与家长无关，与别人无关，只和他自己有关。

只有真正教会了孩子对自己负责，使他们知道自己现在该干什么，将来要做什么，心中有目标，奋斗有方向，实施有动力，并且踏踏实实，勤奋努力，永不懈怠，这样的孩子，才能算是好孩子，长大后才有可能成为有用之才。

那么，怎样培养真正意义上的好孩子，如何使他们健康成长呢？为了解答大家的疑惑，我们特地编辑了本套“好孩子励志成长记”丛书，包括《爸妈不是我的佣人》《做个内心强大的自己》《勇敢的做自己》《做个受欢迎的自己》《办法总比问题多》《再见了懒惰》《管理好自己的情绪》《我不再小气》《爸爸妈妈，我爱上了读书》《坏习惯，请走开》十册书，分别讲述了如何培养孩子良好品德、怎样提高孩子情商智商、如何培养孩子学习精神、怎样养成孩子独立生活能力等问题。可以说，是培养孩子成长的百科全书。

本套丛书综合国内外教育专家的最新成果，精心编撰，细心打磨，文字精炼，事例典型，能使每一个致力于孩子成才的父母，每一位为教育孩子成长苦恼的家长都可以从本套丛书中发现适宜教育孩子的不同方法和诸多措施，是一套家庭教育的优秀读本，适合不同年龄段孩子的父母学习和珍藏。

目　录

做人要有宽容的胸怀

我国传统儒家思想推崇“仁恕”之道，其中“仁”包含有“仁者爱人”的深邃含义，而“恕”则告诉我们“已欲立而立人，已欲达而达人”。那么，我们该如何做才能做到“立人”和“达人”呢？答案之一就是宽容。

古语说：“大肚能容，容天下难容之事；开口便笑，笑天下可笑之人。”宽容不仅仅是一种美德，一种境界，一种修养，它更是一种智慧，一种博大的胸怀，作为青少年，我们要有宽容的胸怀，这样才能使自己的性格更完美，生活更阳光。

那么，宽容究竟是什么呢？著名荷兰籍作家房龙就曾引用大英百科全书中的解释来说明：“允许别人有行动和判断的自由，对不同于自己或传统观念的见解的耐心公正的容忍。”对于我们来说，在生活中的宽容就是要原谅可容之言、饶恕可容之事、包涵可容之人。

其实宽容在有的时候，是一种为人处世的学问，因为一些坚持，也许就会造成永远的伤害。宽容地看待他人，就一定能得到许多意想不到的结果。

智者能容。越是睿智的人，越是胸怀宽广，越大度能容，因为他洞明世事、练达人情，看得深、想得开、放得下；也因

为他发现："处世让一步为高，退步即进步的根本；待人宽一分是福，利人实利己的根基。"

仁者能容。富有仁爱精神的人，也必是宽容的人。他心存恕道，"老吾老，以及人之老；幼吾幼，以及人之幼"，不苛求于己，也不苛求于人。所以，与刻薄多忌的人相比，宽容的人必多人缘、多快乐，自然也就多长寿了。

宽容是德。它饶恕所有令自己能接受或不能接受的是是非非。一个人的胸怀能容得下多少人，才能够赢得了多少人。宽容不仅是一种雅量、文明、胸怀，更是一种人生的境界。宽容他人，站在对方的立场去考虑问题，我们会发现其实生活是简单而美好的。

实践表明：宽容是一种博大，它能包容人世间的喜怒哀乐；宽容是一种境界，它能使人生跃上新的台阶；宽容是一种"营养素"，它能促使人的心理健康。从心理学角度讲，我们要想学会宽容应从以下几方面做起。

首先，要学会宽容自己。宽容自己就是不苛求自己。我们在日常的学习和生活中，当幻想与理想的天平发生倾斜时，有的青少年的心理就失去了平衡。他们过高地期待自己，不切合实际地苛求环境，都会伤害自己，造成失望乃至绝望。这就要求我们青少年必须确立合理的需要和理想，把理想和要求锁定在自己的能力范围内，始终保持着健康向上的情绪和心态。

其次，要学会宽容他人。宽容他人就是不苛求他人。在生活中，若对方达不到自己的要求，便大失所望。事实上，人生活在这个世界上，都有自身的个性与特点，强人所难本身就是

一种认知方面的错误。他人是无法按照我们的个人意愿来行为处世的。这就要求大学生在学习、生活、交友过程中正确把握自己，既不强求自己，也不苛求他人，更不把他人的评价作为自己行为的准则。

再次，要学会倾听。倾听是对他人的尊重，会满足对方自尊心的需求，赢得对方的好感，加深彼此的感情。有很多误会、矛盾都是没听人家把话说完而造成的，无论发生什么事情要学会倾听，让人家解释。

最后，要学习忘记。人难免做错事，当他人做了伤害我们的事情后，要学会忘记，让春风重新沐浴心灵；然后是多看别人的优点，使交往变得简单。与人交往要容忍同学、朋友的小缺点。人人都希望得到别人的赞扬，害怕别人的指责，所以，我们不要总是批评、指责别人，而应该试着真诚地赞扬和欣赏别人。

科学表明，一个人如果整天怀有报复心理，不宽容他人，总是苛求别人，其心理往往处于紧张状态，从而使心理、生理进入恶性循环。人生百态，不可能每个人都顺心如意，无名火与萎靡、颓废常相伴而生，宽容是脱离烦扰，减轻心理压力的法宝，是人与人心灵相通的桥梁。

事实上，宽容是通向健康的坦途，它不仅会给我们带来平静和安定，而且对赢得友谊、保持良好的人际关系以及事业的成功都是必不可少的。

因此，作为青少年，我们要选择用宽容的眼光看世界，用宽容的心态和周围人相处，这样，我们的家庭、友谊和学业才能稳固和长久！

以宽容赢得他人尊重

人们生活在同一个地球上，同一片蓝天下，这样一来，我们就会接触到形形色色的人，在和他人相处时，难免会发生磕碰和摩擦。譬如同学间的误会，朋友间的纠葛，邻里间的纷争，和父母间的争吵等。

矛盾是无处不在的，有了矛盾，重要的是面对现实，化解矛盾。若只是一味斤斤计较，便会自寻烦恼，制造痛苦，徒伤感情，甚而结成冤仇。而要想切断这痛苦的源头，唯一的办法就是学会宽容。

现代生活中，我们大多数青少年都是独生子女，是家庭中的主导成员。因此，我们在过度溺爱的环境下，会逐渐形成以自我为中心，凡事以自己的利益为目的，判断是非的标准也是根据自身的利益，这种不良的表现都是缺乏宽容、同情和尊重的心理。

这些过于偏激的思想和行为，都不利于我们的身心健康及人际交往，它会严重地影响我们健全人格的形成和发展。让我们一起来看看朱红的故事吧！

朱红是一个脾气暴躁、容易生气的人，她朋友很少，时常会感到孤独寂寞。有一次课间操解散后，她被

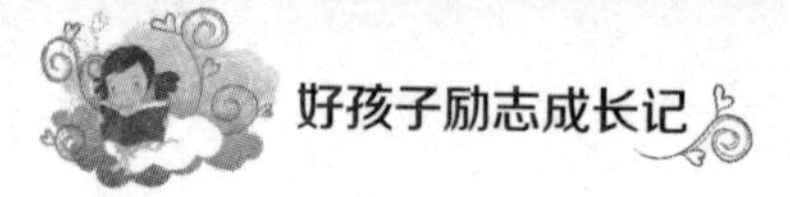

同班的一个同学踩了一脚，那个同学赶紧向朱红道歉，他点头、弯腰，连声说：“对不起，真的很抱歉。踩疼没有？”说着，还从口袋里拿出一包餐巾纸递给朱红。

可朱红没有理会他诚恳的道歉，反而说：“你眼睛瞎了吗？这么大一个人站在你面前，你也要来踩，你有病啊！”

骂完后，朱红又瞪了他一眼，便愤愤地准备离去，这时她发现周围的同学都愣住了，踩着她脚的那位同学被骂得满脸通红，朱红听到有一位同学小声说了句：“犯得着这么生气吗？只不过踩了一下脚，并且人家马上赔礼道歉了。没劲，走！”

朱红愣在那里，看着大家一个一个地从自己身边离开。

故事中，朱红之所以没有多少朋友，就是因为她脾气暴躁，容易生气，不懂得在人际交往中运用宽容来处世。大量的事实证明，宽容是建立良好的人际关系的润滑剂。如果我们能宽容别人，别人才能宽容我们。我们怎样对待别人，别人就会怎样对待我们。

法国作家雨果说：“世界上最宽阔的东西是海洋，比海洋更宽阔的是天空，比天空更宽阔的是人的胸怀。”一个宽容大度的人，必能赢得众人的好感和信任。一个人胸怀宽广，人际关系就会很融洽。人际关系处理得好，就能从中获得内心的喜乐和满足。

肖月是个相貌普通、身材一般的女孩子，她的家境不算特别富裕，但她的学习成绩很好，她的朋友很多。在生活中，她懂得用宽容的方式与人相处，因此一直生活得很快乐。

因为宽容，她不去计较生活中的小事。被人误解了，她一笑了之，仍然热情地帮助误会她的人。在学生会里，她不在乎做多做少，别人做事少了，她不抱怨，也不挑剔，而是尽可能地自己多做点，即使有人说她爱表现，她也一笑了之。同学们都愿意和她相处。但她的宽容并不是没有原则的，比如她对待自己的学习就很严格，因而她的学习成绩非常优异。

宽容是一种良好的个性品质，它体现在生活中的方方面面。对待他人宽容意味着克制和忍让。在我们的生活中常常有这样的情况：我们认为不顺心的事，别人有时却感到很合适；我们认为事情这样办可能会更好

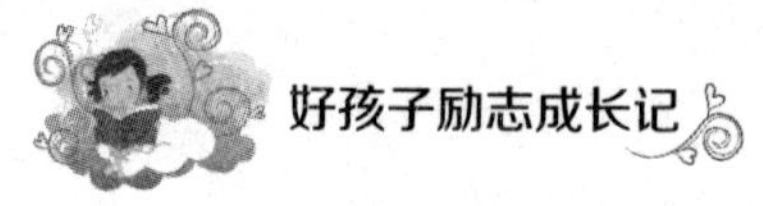

些，别人却认为那样做不好。

因而在不涉及原则的情况下，我们就需要克制和忍让，放弃一些主动权，这本身就是一种宽容。宽容还意味着平静地接受一切苦难和挫折，不加抱怨地面对一切，用真诚的友情化解敌意，用不屈的意志克服困难，用坚强的毅力忍受痛苦，用微笑去迎接生活。

俗话说："忍一时风平浪静，退一步海阔天空。"我们要立足于当今社会并取得很好的人际关系，首先就要学会宽容地对待身边的人，它不仅能健全自己的人格，还能提高自身的思想境界。那么，我们在日常生活中应该怎么做呢？

首先，是以仁爱之心对待他人。我们的生活中充满了矛盾，同学之间难免有被人误解、忌妒和被人背后议论的事情发生。如果别人惹到了自己，我们耿耿于怀，往往就会引来"以

牙还牙”式的恶性循环；反之，如果我们能原谅别人，礼让别人，“投之以桃”的话，则别人迟早会礼尚往来、报之以李的。

宽容绝不意味着无能和软弱，恰恰相反，它需要极大的力量和勇气才能做到，在宽容的背后是一颗仁爱之心。

其次，是尊重别人。人与人之间是平等、互相尊重的。然而，事实上人们对他人常常怀有某种偏见，对己和对人的态度常常不统一，因为多数人都有为自己的行为、情感等辩解的动机，因此不知不觉就把别人和自己分别对待了。

我们要承认每个人都有独立的人格，都有不受他人干预的生活方式，都有值得别人尊敬之处，在与人交往中，我们要做到不议论别人，待人礼貌，形成尊重人的习惯和态度，这样，就能自觉地待人以宽了。

总之，作为青少年，我们应该深信：宽容是朋友之间友谊的守护者；宽容是家庭和睦的基础；宽容是世界和平的根基。一位伟人曾说：“把爱拿走，世界将变成一座坟墓。”

所以，我们一定不能丢掉宽容。要让宽容成为我们与他人交往的润滑剂。在生活中，我们用宽容去架设人生的桥梁，让彼此间的心灵沟通，那么，我们的生命就会多一份空间，多一份爱心，生活就会多一分温暖，多一分阳光。亲爱的朋友，从现在起，让我们宽容地对待身边的人吧！

不怕吃亏，遇事少计较

在生活中，每个人都会有难堪的时候、做错事的时候、有求于人的时候，如果这时我们处在有理的一方、得势的一方、管束者和裁决者一方，我们会怎样做呢？

尤其是他们的那些错误或什么事情牵涉我们的利益时，甚或他们与我们有着矛盾时，我们会怎样做？是有些得意，刻薄刁难，还是给人家一个台阶，放人家过关，不为难对方？不同的人可能有不同的做法。一般来说，心胸狭窄的人总是喜欢为难别人，他们不愿意帮助别人，也不宽容或原谅别人。

有时他们甚至会乘人之危，来供自己开心，鸡蛋里挑骨头，抓住别人把柄不放，扬扬自得。而心胸豁达的人则不会计较太多，而会愿意做出退让，宁愿让自己吃点亏，也要帮助别人把棘手的事情处理好。

其实，将心比心，凡事不要太过计较，对人多一份宽容，我们才能得到更多，也才会收获更多。

有一个叫王勇的人，从小父亲就去世了。王勇和母亲相依为命，他们家虽然不富裕，但母亲从小教育王勇：做人要宽容，得饶人处且饶人。在母亲的影响下，王勇和同学以及邻居一直都相处得很好。

当王勇16岁时，母亲患了重病，临终前，母亲对王勇说：“孩子，你要学会宽容别人，这样才能使自己的路越走越宽广。要不然，你在社会上就会到处树敌，很难成功。”王勇答应了母亲，并在以后的日子里，用宽容的美德为自己的人生铺平了道路。母亲去世后，由于家境困难，王勇便辍学在家种地放牛。

有一天，他正在野外放牛。他的一个邻居慌慌张张地跑过来，东瞧瞧，西看看，然后不由分说，牵起王勇家的一头牛犊就走。王勇看见邻居牵走了自己的牛，

并不着急，也不生气。

旁边的人却看不下去了，就对他说：“那人牵走了你的牛犊，你怎么一点都不着急呀？赶紧去追回来吧！”

王勇微微一笑：“没关系，他这么做一定有什么原因。”没过多久，那个人就牵着王勇家的那头牛犊回来

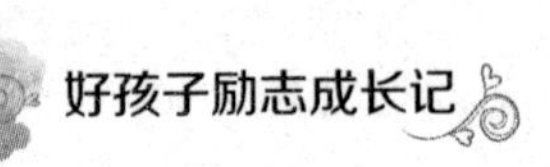

了。他十分惭愧地说："真对不起！你的牛犊，我给你牵回来了。"

王勇问他发生了什么事。那人不好意思地说："我家的牛犊丢了一头，发现你的这头牛犊长得很像我家的，所以就……不过，我后来在树林里又找到了我家的牛犊。真对不起！"王勇笑着说："没什么，你家很困难，这头牛犊就送给你吧！"

村子里还有一个人，平时爱占便宜，时常故意把牛放到王勇家的地里啃吃庄稼。王勇看到后，也不在乎，反而在收工时带回一些草来，连同那头啃吃庄稼的牛，一起送回那人家中。王勇说："你们家人多地少，顾不上照看牲口。而我家草多，就拿了些给你来喂牲口吧！喂完，我可以再给你家送些来。"

那人一听，又羞愧，又感激，对王勇说："你真是个大好人！你放心，以后我们再也不让这头牛糟蹋你家的庄稼了！"

王勇待人始终都是这样厚道，最终赢得了亲朋、乡邻的一致赞扬，大家知道他是因为家里太穷才不上学的，便联合推荐他去村庄当代课老师，挣些钱贴补家用。后来，王勇一边当代课老师，一边自学完成了高中课程，并成功地考上了国外一所学杂费全免的大学。从此，他的人生翻开新的一页。

正是有了王勇对邻居们的宽容，才有了大家对他的推荐，而后，才成全了他的大学梦。

凡事不斤斤计较，“得理也饶人”，给自己留条退路，让对方有个台阶下，为对方留点面子和立足之地，这样，等到对方得理时，就会同样也给我们留点面子和立足之地。要知道“得饶人处不饶人”，事事求胜不仅容易引起别人忌妒，有时候还会影响我们与他人的人际关系，所以在小事上求败，在大事上才能求胜。

做人成熟的重要标志是宽容，忍让，和善。当一个人把宽容当作美德发扬时，这个人也就具备了感人的魅力。因此，我们青少年也要让自己学着去宽容别人。具体怎么做呢？

首先，是对伤害了自己的人表示友好。宽容是一种博大，是一种境界，是一种优良的人格体现，因此，在与人相处时，我们对曾经有意无意伤害过自己的人要有宽容的精神。用我们的体谅、关怀、宽容对待曾经伤害过自己的人，会使他感受到我们的真诚和温暖。

这样做虽然困难，但更能反映出我们的宽大胸怀和雍容大度。也许有人会说，宽容别人证明自己太软弱，其实不是，因为宽容是坚强的表现，是思想的升华。

其次，容忍并接受他人的观点。我们每个人都希望和那些懂得容忍自己的人相处，而不希望和那些时刻要对自己说三道四、横挑竖拣的人待在一起。

就像有句俗话说的：专门找别人岔子，动辄教训别人的“批评家”估计不会有什么朋友。

再次，尊重对方的人格和优点。根据自己所确立的伦理和严格标准去要求别人投自己所好的人，谁见了都会退避三舍；而那些能容忍和喜欢别人以本来面目出现的人们，往往具有感动人和促使人积极向上的力量。因此，当我们想和朋友友好相处时，一定要尊重对方的人格和优点，容忍对方的弱点和缺陷，切莫试图去指责或改变对方。

最后，发现和承认他人的价值。容忍他人的不足和缺陷比较容易，困难的是发现和承认他人的价值，这是一种更为积极的人生态度。要记住，在人际交往中，只有既能容人之短，又能容人之长，才能显出我们胸怀的宽阔和人格的高尚。

纠正心胸狭隘的心理

亲爱的朋友，请你回忆一下，在生活中，当你受到一点困难和委屈时，你是怎么做的？当你听到老师或父母的批评时，你又是怎么做的呢？你是不是会计较很久、耿耿于怀呢？如果你的回答是肯定的，那么，请你当心自己惹上心胸狭隘之疾。

心胸狭隘会降低我们的耐心和受挫折的能力，让我们的情绪非常不稳定，甚至会演变为我们无法健康地与人交往。因此，作为青少年，我们要清楚狭隘对自己是有百害而无一利的，所以，我们要努力改变这种不良的性格。

下面我们一起来看看小露的故事。

小露学习成绩很好，人长得也不错，但就有一个毛病，心眼儿很小。这导致她身边的朋友很少，同学们都不太愿意跟她往来。

就说前天吧，小露正在桌子上好好地看书，突然，一个平时比较调皮的同学，也不知道从哪儿冒出来，一下子把她的书给抢去了，因为小露拿得挺紧，书中的一页纸被撕碎了。

小露很生气，当时就拉下脸来。任凭那个同学怎么赔礼道歉也不行，后来，她还故意把人家新买的书包给弄上了黑墨水。

其实，早在这件事之前，还有一件事也是小露做的，不过很多人都不知道。张梅是小露交往比较多的同学，两个人的关系一度非常好。

后来，因为张梅喜欢交朋友，便渐渐地与别的同学走近了，而与小露有些疏远。这件事让小露很生气，她觉得张梅这样是让自己没面子，可是她又没有办法阻止张梅跟别的同学来往。

于是，小露就悄悄地跟班里一个比较喜欢说话的女孩说了张梅的一个秘密，那是一个男孩写给张梅的信，说希望跟张梅做朋友。那时候，张梅跟小露关系很好，就跟小露讲了。这件事很快就在班里传开了，张梅受到了很大的伤害。

狭隘，说直白一点，就是小气、小心眼。这样的人往往容不得一点于己不利的事，只能接受成功不能接受失败，更受不了别人的批评指责或者玩笑。

就像上面故事中提到的小露一样，这样的人只要稍微遇到一点挫折就会承受不了，不仅会影响别人，更会严重影响自己性格的养成。

作为青少年，我们应该知道，人生在世，很多事情都是我们无法掌握的，也是我们无法避免的。如果我们的心中只有狭隘，没有宽容，生活只会是处处充满危机，如负重登山，举步

维艰，最后，还会堵死自己的路。

要知道，心胸狭隘的人，往往只听得好而听不得坏，稍遇挫折、坎坷和不如意，就容易出现过激行为，造成对自己、对他人的伤害。那么，我们青少年应该如何去克服狭隘，让自己的性格保持宽容呢？

第一，改掉自私的毛病。研究认为，狭隘大多是由自私引起的，因此，我们首先要改掉自己的自私习性．主动积极地融入同学中去，凡事多为别人着想。

当发现自己心里冒出自私狭隘的想法时，要及时转移注

意力，提醒自己。

第二，加强人生观的教育。我们生活在这个世上，就要充分地挖掘自己的潜能，为社会作贡献，给别人留下一点有价值的东西。一旦把眼光放在大事上，自己一时的得与失就算不上什么了，就会容纳和接受对整体、全局有利的人与事，眼光也会从狭隘的个人圈子里跳出去。所以，抛开“自我中心”，就不会斤斤计较，“心底无私”自然“天地宽”。

第三，远离报复心理。当发生了与自己想的不一样的事情时，哪怕是一件小事，狭隘的人都有可能会报复，认为别人伤害了自己，自己一定要还击回来，否则心理就会不平衡。这时候，我们一定要明白，伤害别人其实也是在伤害自己，与其在脑子里想方设法地去报复，不如做些别的事情，放松一下自己。

第四，确定一个积极的生活目标。作为青少年，我们应为自己确立一个积极的目标，把眼光放远一些，自己的得与失也就不算什么了，遇到事情也就不会斤斤计较了。

第五，应该开阔视野，拓宽心胸。在休闲时，我们不妨走出校园或家庭，投入大自然的怀抱中感受一下清新的空气。我们可以去看浩瀚的大海，也可以登上高山，开阔自己的视野。同时，在野外多多了解大自然的博大胸怀，以此来感染和激励自己。如果我们每个人都能有宽广的胸怀，那么人与人之间的交流也会变得美好而和谐。青少年朋友，请抛掉狭隘的心理，学会宽容，做一个心胸开阔的人吧！

设身处地多为他人着想

人的心只有拳头大，但是一个具有宽容性格人的心可以装下全世界。“人非圣贤，孰能无过”，很多时候，我们在对一件事情做出决定之前，应该首先想想别人的感受，想想此事会引起的后果以及被牵连的人的感受，这不仅能减少很多不必要的麻烦，还能使我们更加善解人意，并有助于我们形成宽容豁达的性格。

无论任何事情，牵涉的人都不可能只是一个独立的“我”，“我”和大家是相连的，所以，我们在做事前，应该首先考虑到自己牵涉的人，多想想别人的感受不是坏事。这种付出是心甘情愿的，是快乐的，为别人多想想，其实也就是对自己多一些感悟、多一分宽容。

我们来看下面这样一件小事：

一天，甜甜回家很不开心，在妈妈的询问下，她终于说出实话。原来，今天在学校里，数学老师出了一道题：一台复印机12分钟复印文件360页，照这样计算，复印720页，需要多少时间？很多同学都是这样做的：先360÷12=30（页），再720÷30=24（分钟）。甜

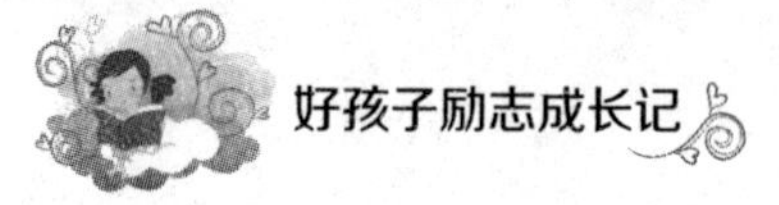

甜说老师给这样计算的同学都打了一个红钩，还加上一颗星。可是她不是这样想的，她直接这样列出算式：$12\times2=24$（分钟）。

可是，老师告诉她步骤太少。虽然答案是对的，但老师只给她批了一个红钩，没有给她加上一颗星。这让甜甜觉得非常委屈和不满。

妈妈想了一下，对甜甜说："孩子，妈妈真为你骄傲，因为你的解法的确是最简便的，但是少了一步，所以老师没有给你加一颗星。但是你应该站在老师的角度想一想，老师也有可能粗心呀，所以你应该原谅老师！这样吧，你给老师写一张纸条，明天交给他。写什么，你想一想，要有充足的理由让老师相信你的解法是好的。你不妨自我推荐一下，但要注意语气，要让老师感觉你是站在他的角度考虑问题的。"

于是甜甜动笔写了起来，之后妈妈帮忙进行了修改。第二天，甜甜把这张纸条放在作业本里交给了老师，老师看到后给她写了这样几句话："谢谢你提醒了老师，昨天是老师太粗心了。原谅老师，好吗？"

后来，老师把这个习题拿到课堂上讲了，并号召全班同学向甜甜学习。

站在别人的角度想一想，处处替别人考虑，是一种胸怀，一种博爱，一种境界，是我们作为现代青少年必备的道德素养之一。

前面的小故事中，妈妈成功地教会了孩子多为别人想一想，并让孩子在实践中感受到了“将心比心”的好处。但是，现实生活中，因为我们很多青少年都是独生子，都是在父母的蜜罐里长大的，凡事都以自己为中心，不懂得站在他人的角度去看问题。

因此，为适应现代社会，我们青少年不仅需要有丰富的知识，而且更要学会做人，学会关心别人，学会奉献，学会与人合作，这一切都离不开多替别人着想。因为只有这样，我们与他人之间才会最大限度地减少矛盾冲突，我们每个人才会真正地感受到这个大家庭带给我们的温暖。

俗话说：“种瓜得瓜，种豆得豆。”如果我们种下善因，获得的当然是善果，也就是说，如果我们常常能为他人着想，那么，在某个关键时刻，别人自然而然也就会为我们考虑。所以，从现在起，在我们紧张学习的同时，也别忘了关心自己身边的每一个人。如果我们能够这样，我们的生活就会越来越有

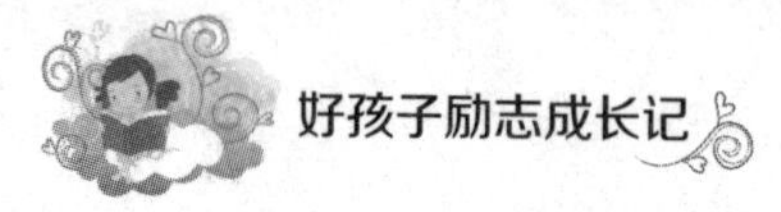

意义，我们的世界就会变得多姿多彩。

那么，在生活中，我们应该怎么去做呢？首先，多理解他人。如果我们只从自己的角度来考虑问题，世界上那些不如意的事情就可能成为随时引发矛盾的导火线。

比如：为什么妈妈总那么啰唆？为什么同学会拒绝我的好心？如果我们接下来的推理不再以自己为中心，而是把对方当作自己继续说下去，就会发现原来别人有难言之隐，有良苦用心，有为难之处，这样一来，所有的导火线都将迎刃而解。其次，多一分博大。在某些时候，也许我们会为一件事情而耿耿于怀，甚至大动肝火，这时只要站在别人的角度上思考，我们慢慢地就会心平气和，一腔怒气也会渐渐消失，从而变得更加善解人意，更加细心，更加宽容，更加和善。

当和他人有了矛盾和误解时，如果我们能设身处地为对方着想，我们就会很自然地选择宽容、选择忍让，这样，我们的委曲求全也就能感化对方，矛盾也就随之解除了。

再次，多一点信赖。为别人着想给对方带来的是方便、利益和愉快，别人自然会把我们当作朋友来看待，无形之中就会信任我们，而对我们自己而言，先前那些盲目、不释然、困惑、恼怒，都会因此消除。

总之，我们只有设身处地为他人着想，才能在无形之中化解矛盾，同时升华自己的人格。青少年朋友，从现在起，尽量理解别人吧，只有在理解他人之后，才能有真正的沟通，友谊也才能更长久，而自己的性格才能变得更宽容。

你具有宽容的性格吗

对于宽容的解释很简单，心灵广阔、对他人不严厉要求，比方说，出现和朋友意见不合的情况时，能做到耐心倾听。那么，你具有宽容的性格吗？请仔细回答下面的提问。

对下列问题作出“是”或“否”的选择。

1.有很多人总是故意跟我过不去。

2.碰到熟人，当我向他打招呼而他视若无睹时，最令我难堪。

3.我讨厌和整天沉默寡言的人一起生活、学习。

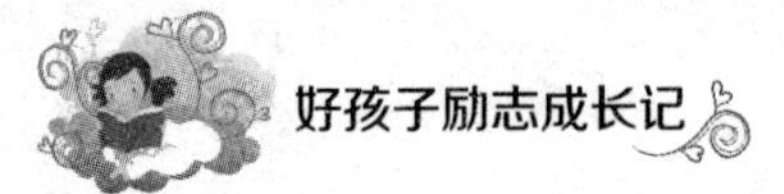

4.有的人哗众取宠，说些浅薄无聊的笑话，居然能博得很多人的喝彩。

5.生活中充满庸俗趣味的人比比皆是。

6.和目中无人的人一起共事真是一种痛苦。

7.有很多人自己不怎么样却总是喜欢嘲讽他人。

8.我不能理解为什么自以为是的人总能得到领导的重用。

9.有的人笨头笨脑，反应迟钝，真让人窝火。

10.我不能忍受上课时老师为迁就差生而把讲课的速度放慢。

11.有不少人明明方法不对，还非要别人按照他的意见行事。

12.和事事争强好胜的人待在一起使我感到紧张。

13.我不喜欢独断专行的人。

14.有的人成天牢骚满腹，而我觉得这种处境全是他们自己造成的。

15.和怨天尤人的人打交道使自己的生活也变得灰暗。

16.有不少人总喜欢对别人的工作百般挑剔，而不顾及别人的情绪。

17.当我辛辛苦苦做完一份工作却得不到别人的认可和赞赏时，我会大发雷霆。

18.有些蛮横无理的人常常事事畅通无阻，这真令我看不惯。

评分标准：

每题答“是”记1分，答“否”记0分。各题得分相加，统计总分。

解析：

13～18分：说明你需要在生活中加强自己的灵活性，培养宽容精神。

7～12分：表明你具有常人的心态，尽管时时碰到难相处的人，有时也会被他们的态度所激怒，但总的来说尚能容忍。

0～6分：表明你具有平和的心态，外界的纷繁复杂也很难左右你。

意志力是成长的基石

“有志者事竟成”。这里的“志”有“志向”及“意志”两层深意，一个人有了明确的志向后，更需要有强大的意志力去保持、去推动其不断地向目标迈进。

司马迁受宫刑仍专心创作《史记》，曹雪芹遭家道中落仍笔耕不辍……他们有一个共同点——促使他们走向成功终点的就是坚强的意志。

意志跟个人的道德修养有着十分重要的联系。

道德修养不是人的头脑中所固有的，它是人们在生活活动中认识的产物。道德修养的培养和提高是人们对周围事物的认识不断提高升华的结果。培养个人的道德修养的过程，是一个由认识到不断提高，最后内化成为行为举止的过程。在这个过程中，意志起到十分重要的作用。

对道德修养的培养，就是人对外部世界的认识、了解，并克服自身缺点，完善自我的过程。例如，乐于助人、遵纪守法、吃苦耐劳等这些高尚品德的培养过程中，都离不开意志的影响，没有坚持不懈的意志和坚韧不拔的精神来支持的话，道德修养的培养和提高是很难的。

由此可见，意志是培养和提高个人道德修养的内在因素，有了坚强的意志力，道德修养的培养和提高才有可能，缺乏坚持的意志，则很难支配调节自己的活动和行为了。另外，意志对立志成长和一生的事业工作有重要的意义。

只有坚强的意志和不懈的努力，才能成就伟大的事业，年幼时，大家对未来的人生充满了希望，每个人都有自己心中的梦想：有人想成为画家，有人想成为著名的主持人，有人想成为科学家，有人想成为运动员……

许许多多的愿望，大都会因时间的冲击而成为泡沫。北宋文学家苏轼说："古之立大事者，不唯有超世之才，亦有坚忍不拔之志。"这从另一角度说明了意志对人生事业的重大意义和作用。

下面来看一个真实的故事。

朱小梅出生于农村，长得十分乖巧，学习成绩也非常优秀。在学校经常被老师夸为榜样学生。在家里她更是一个懂事的孩子，因为家境贫困，很多生活条件都没有其他同学好。

在她八岁的那年，父亲因工地施工意外身亡，家庭的重担被母亲一人扛了起来，她和母亲生活在一间不到七平方米的小屋里，学习条件非常艰苦——她经常在昏暗的灯光下学习。

看着自己的母亲，朱小梅握着母亲满是皱纹的双手说："我不读了，我出去工作赚钱。"

母亲流着眼泪说："孩子，不管如何，你一定要继

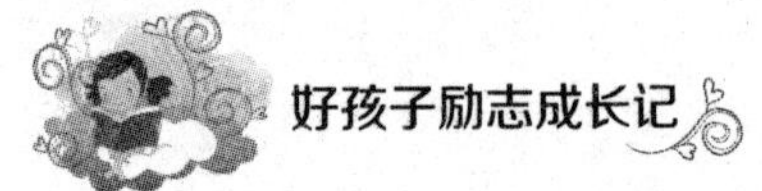

续读书，妈妈一定要供你读完大学，找份好工作。”

年幼的朱小梅在艰苦的环境中，怀着母亲的期望，以惊人的意志，努力学习，最终以优异的成绩考上了大学。大学毕业后，她找到了一份稳定的工作，并把母亲接到了城里生活。

这个故事中，小梅从儿童时代就开始经历了生活的磨难，承受了同龄人所没有承受的考验，但是，正是家庭和生活中的磨难，磨炼了她惊人的意志，并最终战胜了困境。由此可见，意志力对一个人的成长是多么的重要！

人生犹如海中行船，大海总有风浪，唯有咬紧牙关，坚持航向才能到达彼岸。如果想成就大业，就应该自觉培养自己的恒心、自强不息的品格以及顽强的意志力。

做一个意志坚强的人

意志力的强弱，决定了一个人能够走多远。世界上没有绝望的处境，只有对处境绝望的人。意志力薄弱的人，一遇到困难就会退让。所以，意志力是成就大事者的一项不可或缺的修炼。

现代生活中，很多父母都会有溺爱孩子的现象，在家庭教育上也只是紧盯着孩子的分数，而不注重非智力因素的培养，因此在客观上导致了孩子意志力薄弱的现象。

下面一起来看这样一个故事。

王宇是七年级的学生，学习成绩属于中等水平，家里的环境比较优越，而且是男孩子，很少做家务活，在学校里看到其他的同学学习成绩优秀，受到老师们的表扬，自己十分羡慕。

于是在七年级的第二学期初便下定决心，要让自己的成绩在班里也达到优秀的水平，于是便给自己定了一个学习的计划：早上6点起床早读；每天坚持课前预习；课后复习；认真完成作业；一学期下来要读四本名著。

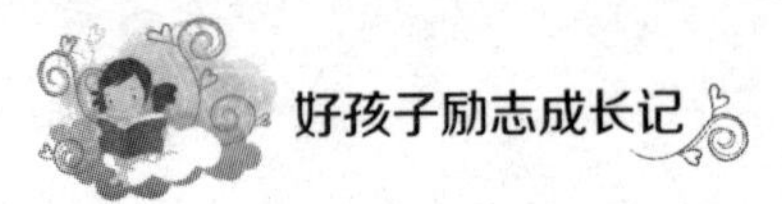

刚开始的一段时间，王宇确实是6点就准时起床读书了，而且其他各个方面都表现得很好。一段日子过去了，天气变冷了，王宇就开始每天躲在床上睡懒觉。

从此以后，不知为什么，到了6点20分都没有看到王宇早读的身影，而且每天放学回家后也没有马上就把当天的功课完成，而是待在电视机前看自己喜欢的电视节目。

作业也慢慢变得需要父母催才肯去做了。名著也看了个开头，接下来都没有看了，只摆在书柜中……

故事中的王宇就是一个典型的意志力薄弱的人。在现实生活中，很多人也都有这样的毛病。

请大家想一想：自己是一个意志力坚强的人吗？想做一个意志坚强的人吗？如果答案是肯定的，就应该从现在起努力培养自己的意志力。

1.战胜自己

磨炼自己意志力的过程，也就是不断战胜自我的过程。所谓战胜自己，就是在和外界力量的斗争中，要善于克服不利于发挥自己优势的消极因素，以增强自身的力量。

许多著名的科学家在其青少年时代并不出众，甚至在他们身上都存在不少明显的弱点。但是，这些杰出人物能正视自己的不足和弱点，并不断战胜和克服它。

2.鼓励、鞭策自己

榜样的力量是巨大的，许多先哲伟人的名言，包涵着极为深邃的哲理，给人以巨大的激励和鼓舞。因此，大家可以借此锻炼意志。每天读一读经典的名言警句，让自己能够吸收更多的精神食粮。

3.多读好书

书籍给予人们的力量是巨大而长久的，通过多读好书，可以为自己找到意志锻炼的直接榜样。高尔基说："书籍是人类

进步的阶梯。"莎士比亚也说："书籍是全世界的营养品……"为了锻炼坚强的意志，大家多去读好书吧！

4.忠于自己的诺言

一言既出，驷马难追。忠于自己的诺言，这应是一切意志锻炼者必备的基本素养。既然自己决心办到某件事，那就要尽量

努力实现自己的诺言。

当然，忠于诺言也并非不顾客观条件一味蛮干到底，如果经过努力，确实难以实现或者需要对原计划、目标进行修改调整，也不必勉强，可根据实际情况对计划目标作适应调整。在这个实现诺言的过程中，意志是同样可以得到锻炼的。

5.在困难中锻炼

温室里的花朵经不起风吹雨打，舒适的环境培养不出坚贞不屈的勇士。只有勇于拼搏、知难而上的人，才能成为意志坚强的人。事实证明，越是困难的事情，越能锻炼人的意志力。

当然，为了取得良好的效果，在克服困难时，大家必须循序渐进，一步一步来，逐渐增加活动的难度。只有适当的、经努力可以克服的困难，才能成为培养意志力的手段。

向意志坚强的人学习

有人说，人生就如同登山，只有不断地奋勇攀登，才能到达预定的目标。人天生就有“往上爬”的内在动力，也就是说，人为了生存发展，要给自己不断提出目标，不断地前进。

其实，每个人的成长道路都不是平坦的，在人们的成长历程中，会遇到许多困难和挫折，但只有具有坚强意志的人，才能跨越困难和挫折，到达胜利的彼岸。在现实社会中，具有坚强意志的人是非常多的。

我们来看一下我国残疾人艺术团的成员邰丽华是怎样凭着坚强的意志勇敢前进的。

邰丽华两岁时，因一次高烧失去了听力。从那以后，她陷入了无声世界，自己却浑然不知。直到五岁时，幼儿园的小朋友轮流蒙着眼睛，玩辨别声音的游戏，她才意识到自己与别人不一样，她伤心地哭了。

为此，父亲带她辗转武汉、上海、北京等地求医问药，只要听说哪里有一线治疗希望就不会放过，但始终不见好转。眼看要满七岁了，父母将她送入市聋哑学校学习。

在学校里，有一门特殊的课程，叫律动课。老师踏响木地板上的象脚鼓，把震动传给站在木地板上的聋哑学生。

嘭、嘭、嘭，这有节奏的震动，通过双脚传遍邰丽华的全身。一刹那，邰丽华震颤了。一种从来没有过的、幸福的体验，就像一股强大的电流，撞击着她的心。

她情不自禁地趴倒在地板上，用她的整个身体去感受这大自然中最美妙的声音，邰丽华兴奋极了。

从此，舞蹈这种和音乐密不可分的艺术深深地吸引了她。在她心中，舞蹈是一种看得见的、彩色的音乐；舞蹈是一种能够表达内心世界的、美丽的语言。

为了学习舞蹈，邰丽华付出了比常人多好几倍的辛苦。她全身心地投入她的舞蹈事业中，她将自己变成了一只旋转的陀螺，24小时中除了基本的吃饭和睡觉时间，其他一切时间都是在舞蹈。找不准节拍再练，动作不对再改，一次又一次，不断地练习……以至于小腿上留下了一道又一道青黑的伤疤。

凭着顽强的毅力和执着的努力，邰丽华开始随中国残疾人艺术团出国演出。在很多次舞蹈比赛中，评委们根本没有发现她是一位双耳失聪的残疾人。

舞蹈使邰丽华品尝到无穷的欢乐，但她知道，知识对于一个人是非常重要的。17岁那年，她给自己定下了新的目标：上大学。1994年，她如愿以偿地考取了湖北美术学院装潢设计系，成为一名大学生。

1999年，邰丽华进入湖北省残疾人联合会艺术团，2003年正式调至中国残疾人艺术团。

2004年，在雅典残疾人奥运会闭幕式上，邰丽华带领中国残疾人艺术团聋人舞蹈队表演《千手观音》。邰丽华克服残疾带来的种种困难，自强不息，刻苦训练，以自己的行动展示了残疾人的精神风貌，不断追求艺术上的提高，并在各类比赛中取得了优异成绩。

在困难面前，邰丽华没有屈服，而是通过顽强的意志力实现了自己的梦想，成为残疾人中的佼佼者。那么，应当如何培养自己坚强的意志力呢？让我们从下面几方面做起吧！

1.强化正确的动机

人们的行动都是受动机支配的，而动机的萌发则起源于需要的满足。什么也不需要或者说什么也不追求的人是

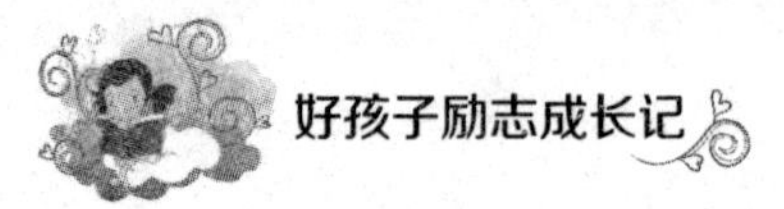

不存在的。人都有各自的需要，也有各自的追求，只是由于人生观的不同，不同的人总是把不同的追求作为自己最大的满足。

2.从小事做起

著名作家高尔基说："哪怕是对自己的一点小小的克制，也会使人变得强而有力。"人皆可以有意志力，人皆可以锻炼意志力。意志力与克服困难伴生。克服困难的过程，也就是培养、增强意志力的过程。意志力不很强的人，往往能克服小困难，而不能克服大困难。能克服大困难的人是意志力比较强的人。

小事情很多，大家可以从小事情做起逐步培养自己的意志力，例如，有的人好睡懒觉，那不妨每天睁眼就起；有的人"今日事，靠明天"，就可以把"今日事，今日毕"作为座右铭；有的人碰到书就想打瞌睡，那就每天强迫自己读一小时的书，不读完就不睡觉——只要天天强迫自己坐在书本面前，习惯总会形成，意志力也就油然而生。

3.培养兴趣

有人说兴趣是意志力的门槛，这话是有道理的。昆虫学家法布尔对昆虫有特殊的爱好，他在树下观察昆虫，可以一趴就是半天。一位诺贝尔奖获得者曾说："我经常不分日夜地把自己关在实验室里，有人以为我很苦，其实这只是我兴趣所在，我感到其乐无穷的事情，自然有毅力干下去了。"

当然，人的兴趣有直观兴趣和内在兴趣之分，但两者是可以转换的。例如，有的人对学英语兴味索然，可是，学好英语是成才的需要，对这个需要有兴趣，才能强迫自己坚持学英语。

在学的过程中，对英语的兴趣渐渐增强，这反过来又能进一步激发其坚持学英语的意志力。一个人一旦对某种事物、某项工作发生内在的稳定的兴趣，那么，令人向往的意志力就会不知不觉来到身边。

4.由易而难

有些人很想把某件事情善始善终地干完，但往往因为事情的难度太大而难以为继。对意志力不太强的人来说，在确定自己的奋斗目标、选择实现这一目标的突破口时，一定要坚持从实际出发，把握“由易而难”的原则。

徐特立学法文时已年过半百，别人都说他学不成，他说：“让我试试看吧！”他知道自己记性差了，工作又忙，所以，开始为自己规定的“指标”，只是每天记一两个生词。

这个计划起步不大，容易实现，看起来慢了一些，但能够培养信心，几个月下来，徐老不但如期完成计划，而且培养了兴趣，树立了信心，又慢慢掌握了学法文的“窍门”，以后每天可以记三四个生词了。

徐老的做法有辩证法的思想在里面。要是一开始在没有把握的情况下，就提出过高的指标，结果计划很可能实现不了，信心也必然锐减，纵使平时有些意志力的人，这时也容易打退堂鼓。

美国学者米切尔·柯达说过：“以完成一些事情来开始每

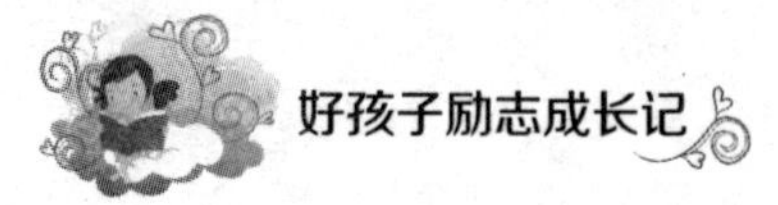

天的工作是十分重要的，不管这些事情多么微小，它会给人们一种获得成功的感觉。”这种感觉无疑有利于意志力的激发。成功是对意志力的肯定和促进。实践证明，每一次成功都会使意志力进一步增强。如果用顽强的意志力克服了一种不良习惯，那么就能拥有继续挑战并获胜的信心。

每一次成功都能使自信心增加一分，给自己在攀登悬崖的艰苦征途上提供一个坚实的“立足点”。或许面对的新任务更加艰难，但既然以前能成功，这一次以及今后也一定会胜利，正所谓：胜利时，需乘胜追击。培养坚强的意志力不可能一蹴而就，而是要在逐渐积累的过程中一步步形成。这中间还会不可避免地遇到挫折和失败，因此，必须找出使自己斗志涣散的原因，才能有针对性地解决问题。

总之，培养意志力要从基础做起，一天一点进步，大家就会在胜利的道路上不断迈进！

不要轻易放弃希望

生活不可能都是一帆风顺的——有时遇到困难，有时遇到挫折，有时遇到变故，有时遇到不顺心的事——这些都是生活中的正常现象。但是，有的人遇到这些现象时，总是心烦意乱，痛苦不堪，悲观失望，甚至失去面对生活的勇气，这其实是意志不坚强的表现。

其实大可不必如此。每一次失败都是供人们再踏上更高一层的阶梯。当然，在这个途中，人们难免会感到灰心与疲惫，但请记住世界重量级拳击冠军詹姆士·柯比的话："你要再战一回合才能得胜"。

发明家爱迪生一生中经历了无数次的失败，当年，他发明电灯时，曾经为找出一种耐用的灯丝材料做了将近8000次的试验，就连他的助手也从最初的满怀热情而变得丧失了信心，劝他不要再试验了。

但爱迪生却并未放弃，反而风趣地说道："我为什么要放弃呢？虽然我失败了近8000次，但这至少可以证明这些实验是行不通的，每失败一次就等于向成功迈进一步。"结果他成功了。

这就是爱迪生对待困难的态度。他知道从失败中吸取教训，总结经验，把成功建立在无数次失败基础之上。俗话说："守得云开见月明"，从失败中，人们更能体会到生命中最本质的东西，更能感受到人生的困难。

其实，每个人心中都有潜在的、下意识的失败感，不被这种感觉影响的人往往是最后的成功者，而被这种感觉控制住的人则难逃失败的厄运。

诚然，失败会让人痛苦，但却让人有所收获，而这种收获让人受益匪浅。正如有人说的"想要获得一千零一次的成功，就必须笑看一千次失败"，这种颠覆传统的思维方式，能使人从失败的深谷走向成功的顶峰。

巴尔扎克说："苦难是人生的老师。"其实，挫折不是教训，而是人生的经历、经验，是一笔宝贵的财富。成长的过程曲折坎坷，总是伴随着辛酸与烦恼。挫折固然会使人受到打击，给人带来损失和痛苦，但挫折也可能给人带来激励，让人警觉、奋起、成熟，把人锻炼得更加坚强。

所以，在挫折面前，大家应学会总结经验，把挫折当作是新的起点，不要因为惧怕再一次的受伤而放弃了近在咫尺的成功。

她从小就"与众不同"，因为小儿麻痹症，随着年龄的增长，她的忧郁和自卑感越来越重，甚至，她拒绝所有人的靠近。但也有个例外——邻居家那个只有一条胳膊的老人却成为她的好伙伴。老人是在一场战争中失去一条胳膊的，但老人非常乐观，她非常喜欢听老人讲的故事。

这天，她被老人用轮椅推着去附近的一所幼儿园，操场上孩子们动听的歌声吸引了他们。一首歌唱完，老人说："我们为他们鼓掌吧！"

她吃惊地看着老人，问道："我的胳膊动不了，你只有一只胳膊，怎么鼓掌啊！"

老人对她笑了笑，解开衬衣扣子，露出胸膛，用手掌拍起了胸膛……那是一个初春，风中还有着几分寒意，但她却突然感觉自己的身体里涌动着一股暖流。老人对她笑了笑，说："只要努力，一只巴掌一样可以拍响。你一样能站起来的！"

那天晚上，她让父亲写了一个纸条，贴到了墙上，上面是这样的一行字："一只巴掌也能拍响。"那之后，她开始配合医生的治疗。甚至在父母不在时，她自己扔开支架，试着走路。蜕变的痛苦是牵扯到筋骨的。她坚持着，她相信自己能够像其他孩子一样行走，奔跑……

11岁时，她终于扔掉支架。她又向另一个更高的目标努力着——她开始锻炼打篮球和田径运动。1960年罗马奥运会女子100米跑决赛，当她以11秒18的成绩第一个撞线后，全场掌声雷动——人们都站起来为她喝彩，齐声欢呼着她的名字：威尔玛·鲁道夫。在那一届奥运会上，威尔玛·鲁道夫成为当时世界上跑得最快的女人，她共摘取了三枚金牌。

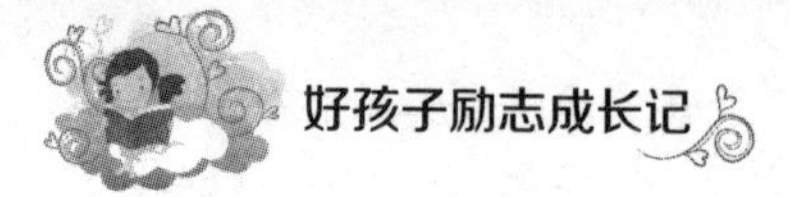

面对记者的采访，威尔玛·鲁道夫说：“任何时候都不要放弃希望，哪怕只剩下一条胳膊；任何时候都不要放弃梦想，哪怕残疾得不能行走！”。

其实，在生活中，每个人都不可避免地会遇到一些挫折与困难，对此，大家决不能低头，而应以一种积极的心态，理智、客观地分析挫折产生的原因，并采取恰当的方法来克服困难。只要自己不轻易选择放弃，以积极健康的心态去面对困难和挫折，就可以做到“不在失败中倒下，而在挫折中奋起”。

只有经历过挫折，生命才会平添一份色彩，多一份磨炼就多一段乐章，多一份精神食粮和财富。历经挫折的人，才更知道怎样去珍惜生活，更明白生活蕴含的哲理。生活因挫折而丰富，人生的体验也因挫折而深刻，生命也因此而更趋完美。

不因小事而垂头丧气

在成长的道路上，有时，我们能够很勇敢地面对大的危机；有时，我们却会被一些很小的事情搞得垂头丧气。

有这样的一幅漫画：一个登山者正倾力倒出他鞋子中的沙石。旁白说："使你疲倦的往往不是远方的高山，而是鞋子里的一粒沙子。"这揭示了一种现象：将人击垮的往往不是面临的巨大挑战，而是琐碎事情造成的倦怠。

在美国的科罗拉多州长山的山坡上，躺着一棵大树的残躯。在它漫长的生命里，曾经被闪电击中过14次，几百年来，无数的狂风暴雨侵袭过它，它都能战胜它们。但是在最后，一小队昆虫攻击这棵树，使它倒在地上。

那些昆虫从根部往树身里面咬，渐渐伤了树的元气。虽然昆虫很小，但却是持续不断地攻击。这样一棵参天巨树，岁月不曾使它枯萎，闪电不曾将它击倒，狂风暴雨没有伤害它，而一小队微小的昆虫却使它倒了下来。

试想一下，人不就像森林中的那棵身经百年的大树吗？曾经历过生命中无数狂风暴雨和闪电的打击，都撑过来了。可是却会让自己的心被小昆虫——那些烦心小事所咬噬。

1965年，世界台球冠军争夺赛在纽约举行。路易斯·福克斯十分得意，因为他远远领先于对手，只要再得几分便可登上冠军宝座了。

然而，正当他准备全力以赴拿下比赛时，发生了一件意外的小事：一只苍蝇落在主球上。路易斯原本没在意，一挥手赶走苍蝇，俯下身准备击球。

可当他的目光落到主球上时，这只可恶的苍蝇又落到了主球上。在观众的笑声中，路易斯又去赶苍蝇，情绪也受到了影响。

然而，这只苍蝇好像故意要和他作对，他一回到球台，它也跟着飞了回来，惹得在场的观众开怀大笑。路易斯的情绪恶劣到了极点，终于失去了冷静和理智，他愤怒地挥动球杆去驱赶苍蝇，不小心球杆碰动了主球，被裁判判为击球，从而失去了一轮机会。

本以为败局已定的竞争对手约翰·迪瑞见状勇气大增，信心十足，最终赶上并超过路易斯，夺得了冠军。路易斯沮丧地离开后，第二天，有人发现他自杀了……

路易斯并不是没有能力拿世界冠军，可眼看金光闪闪的奖杯就要到手时，他却暴露出了心理方面的致命弱点：对待影

响自己情绪的小事不够冷静和理智，不能用意志来控制自己，最终远离了冠军甚至生命。

这件真实的往事，的确值得人们深思：在生活中，当“苍蝇”影响自己的情绪时，该如何对待？一个人也许能处理好意料之中的大挫折、大变故，因为他已经有了足够的心理准备。但是，如果对突如其来的“小苍蝇”没有心理准备而导致情绪恶化，最终只能功亏一篑。

事实上，在生活中随时都有可能碰到这类偶然事件。遇到此类情况时，大家必须用意志来控制自己的情绪，不要受小事左右，从容应付突发事件。如果一时冲动，甚至因此而怒火中烧，那很有可能把事情弄砸，蒙受不必要的损失，最终害的还是自己。

你有坚强的意志力吗

意志是通往成功的桥梁，在学习的提高、生活的拼搏中，都留下意志的鲜明足迹。

你愿意做生活和事业的强者吗？那就应该了解一下自己意志力的现状。这里介绍一套“意志品质自我评量题”，有助于你对自己的意志状况作出判断。

以下试题共26道。每道试题可按下列情况作出判断。

A.很符合自己的情况

B.比较符合自己的情况

C.介于符合与不符合之间

D.不符合自己的情况

E.很不符合自己的情况

1.我很喜爱长跑、远足、爬山等体育运动，但并不是因我的身体条件适合这些项目，而是因为这些运动能够锻炼我的体质和毅力。

2.我给自己订的计划，常常因为主观原因不能如期完成。

3.如没有特殊原因，我每天都按时起床，从不睡懒觉。

4.我的作息没有什么规律性，经常随自己的情绪和兴致而变化。

5.我信奉“凡事不干则已，干则必成”的格言，并身体力行。

6.我认为做事情不必太认真，做得成就做，做不成便罢。

7.我做一件事情的积极性，主要取决于这件事的重要性，即该不该做;而不在于对这件事情的兴趣，即想不想做。

8.有时我躺在床上，下决心第二天要干一件重要事情，但到第二天这种劲头就消失了。

9.在学习和娱乐发生冲突的时候，即使这种娱乐很有吸引力，我也会马上决定去学习。

10.我常因读一本引人入胜的小说或看一个精彩的电视节目，而不能按时入睡。

11.我下决心办成的事情，例如练长跑，不论遇到什么困难都能坚持下去。

12.我在学习中遇到困难，首先想到的就是问问别人有什么办法。

13.我能长时间做一件重要而枯燥无味的事情。

14.我的兴趣常变，做事情常常是“这山望着那山高”。

15.我决定做一件事时，常常说干就干，决不拖延或让它落空。

16.我办事喜欢拣容易的先做，难的能拖则拖，实在不能拖时，就赶时间做完算了，所以别人不大放心让我干难度大的工作。

17.对于别人的意见，我从不盲从，总喜欢分析、鉴别一下。

18.凡是比我能干的人，我不大怀疑他们的看法。

19.遇事我喜欢自己拿主意，当然也不排斥听取别人的建议。

20.生活中遇到复杂情况时，我常常举棋不定，拿不定主意。

21.我不怕做我从来没有做过的事情，也不怕一个人独立负责重要的工作，我认为这是对自己很好的锻炼。

22.我生来胆怯，没有十分把握的事情，我从来不敢去做。

23.我和同学、朋友、家人相处，很有克制能力，从不无缘无故发脾气。

24.在和别人争吵时，我有时虽明知自己不对，却忍不住要说一些过头话，甚至骂对方几句。

25.我希望做一个坚强的、有毅力的人，因为我深信“有志者事竟成”。

26.我相信机遇，很多事实证明，机遇的作用有时大大超过个人的努力。

计分方法：

在上述26道试题中，凡逢单数的试题A、B、C、D、E依次为5、4、3、2、1分。凡逢双数的试题A、B、C、D、E依次为1、2、3、4、5分。

解析情况：

26道试题的总得分，如果在：

111分及以上，说明你意志很坚强。

91分～110分，说明你意志较坚强。

71分～90分，说明你意志一般。

51分～70分，说明你意志比较薄弱。

50分及以下，说明你意志很薄弱。

乐观地面对生活

亲爱的朋友，进入青春期，不知你是否有过这样的感觉，原本性情温和的你，不知为了什么就变得心浮气躁，甚至有点不可理喻！没错！这是因为我们的心情在作怪。很多时候，因为心情作怪，我们身边的很多事情似乎都变了味儿。

心情像是变化万千的天气，它可以晴空万里，也可以乌云密布，关键要看我们如何对待它。

有时候，我们的生活幸福或者不幸，并非因为它们是否真的会降临在我们的头上，而在于我们的心情是否乐观。乐观是战胜挫折走向成功的强大武器，它能使我们幸福、健康。

因此，我们青少年，要让自己的生活更美好，未来更精彩，首先就要做一个乐观的人，然后才能收获乐观的人生。下面我们一起来看一看弗兰西斯的故事！

弗兰西斯是A国王宫的一名外籍家庭教师，主要任务是陪七位小公主阅读英文童话，每年的收入是首相的40倍。不过，她被解聘了。在重返学校读书的那天，有二百多名记者云集在学校门口打探内幕，鉴于有协议在先，她回避了所有的提问。

一位陪同小公主阅读童话的人到底出了什么差错？人们有很多猜测。B国的一家报纸说，是因为弗兰西斯和某位王子产生了恋情，在王宫里上演了灰姑娘的故事；C国的一家报纸说，弗兰西斯是被D国安全局买通的一名特工，在传递情报时露出了马脚；A国的一家报纸说，弗兰西斯小姐合同期满，她的离开属正常解聘……总之，众说纷纭，谁也不知道哪一条是弗兰西斯被解聘的真正原因。

一年圣诞节，一封来自公主的电子邮件透露了实情。这封邮件是向弗兰西斯问候圣诞快乐的。在邮件中，小公主回忆了和弗兰西斯共同度过的快乐时光。她说："你还记得我们一起读《安徒生童话》时问你的问题吗？我们傻乎乎的，真是愚蠢至极，以至于造成

今日的离别。”原来公主们在读童话时，问了弗兰西斯这么一个问题：“谁的妻子最快乐？”

当时弗兰西斯反问了她们：“你们认为呢？”

七位小公主齐声回答：“农夫的妻子最快乐!”

“难道国王的妻子、百万富翁的妻子、政治家的妻子、诗人的妻子不快乐吗？”弗兰西斯问。

“不快乐。”七个小公主回答。

“为什么？”弗兰西斯接着问。七个小公主答不上来，她们只知道，在童话故事里，没有一个国王的妻子是快乐的，也没有一个百万富翁的妻子是快乐的。

后来，弗兰西斯给她们讲了其中原因，并告诉她们：在这个世界上，只有真正快乐的心态，才能带给女人真正的快乐。谁知这句话被人告密，第二天她就接到了解除聘约的通知。

乐观能使人幸福、健康，使人容易取得成功。相反，悲观则常导致人绝望、病态及失败，它常

常和沮丧、孤独连在一起。因而心理学认为:“要是能引导人们塑造乐观积极的性格及思想,就能预防这些精神疾病。”以癌症患者为例,思想乐观者在面对死神的威胁时仍能镇定自若,充满信心和勇气,恢复情况往往要比其他患者好。

这是因为,乐观通达的性格能令患者减少不必要的恶性病变,减少或消除复发的可能性;而悲观、忧郁和消极的性格,将极大地削弱人体内的自然免疫功能,造成恶性循环,使患者钻牛角尖,悲观厌世,破罐子破摔,根本谈不上珍重自己,也承受不起任何生活上的考验。

具有乐观性格的人,他们的眼里总是闪烁着愉快的光芒,他们总显得欢快、达观、朝气蓬勃,他们的心中总是充满阳光。

当然,他们也会有精神痛苦、心烦意躁的时候,但不同于别人的就是他们总是愉快地接受这种痛苦,没有抱怨,没有忧伤,更不会因此而浪费自己宝贵的精力。

具有乐观、豁达性格的人,无论在什么时候,他们都感到光明、美丽和快乐的生活就在身边。他们眼睛里流露出来的光彩使整个世界都溢彩流光。在这种光彩之下,寒冷会变成温暖,痛苦会变成舒适。这种性格会使智慧更加熠熠生辉,使美丽更加迷人灿烂。

那种生性忧郁、悲观的人,永远看不到生活中的七彩阳光,春日的鲜花在他们的眼里也会失去娇艳,黎明的鸟鸣会变成令人烦躁的噪音,无限美好的蓝天、五彩纷呈的大地都像灰色的布幔。在他们眼里,创造仅仅是令人厌倦的、没有生命和没有灵魂的苍茫空白。

为此，我们青少年要想生活得更精彩，就必须充分认识到乐观的巨大意义和价值，培养自己的快乐意识，在日常生活中，要积极、正确地追求快乐。

第一，学会乐观思维方式，学会调节认知。快乐，一方面取决于客观实际，另一方面则取决于认知、思维方式。如果我们觉得自己过得不幸福，就会感到不幸；相反，只要我们心里想快乐，则真的会快乐。很多时候，快乐并不取决于自己是谁，在哪儿，在干什么，而取决于自己当时的想法。

古希腊哲学家伊壁鸠鲁也说："人类不是被问题本身所困扰，而是被他们对问题的看法所困扰。"英国杰出的戏剧家莎士比亚也说："事情的好坏，多半是出自想法。"作为青少年，如果掌握了乐观思维法、光明思维法，人生万事万物都能够使我们快乐。

第二，追求豁达、乐观，瞩目生活中光明的一面。如果心情豁达、乐观，我们就能够看到生活中光明的一面，即使在漆黑的夜晚，我们也知道星星仍在闪烁。一个心态健康的人，就会思想高洁，行为正派，就能自觉而坚决地摒弃肮脏的想法，不与邪恶者为伍。

这个世界是我们大家创造的，因此，它属于我们每一个人。而真正拥有这个世界的人，是那些热爱生活、拥有快乐的人，也就是说，那些真正拥有快乐的人才会真正拥有这个世界。

第三，享受生活中每一次喜悦，让自己快乐。人是需要享受生命的。无论多忙，我们总有时间选择两件事：快乐还是不快乐。早上起床的时候，也许自己还不知道，不过我们的确已

选择了让自己快乐还是不快乐。我们大多数人一生中不见得有机会可以赢得大奖，大奖总是保留给少数精英分子的。

尽管如此，我们还是有机会得到生活中的各种小奖，如一个拥抱，一个亲吻！我们生活中到处都有小小的喜悦，也许只是一杯冰茶，一碗热汤，或是一轮美丽的落日。同时，更大一点的单纯乐趣也不是没有，生而自由的喜悦就够我们感激一生的了。这许许多多、点点滴滴都值得我们细细去品味，去咀嚼。也就是这些小小的快乐，让我们的生命更可亲，更可眷恋。

如果生命的大奖落到我们头上，请务必心怀感激。但即使它们与我们失之交臂，也无须嗟叹。尽情去享受生命的小奖吧！昨日的英雄只是今日的尘土，生命的大奖只是雪泥鸿爪，瞬间消逝，但是那些小小的喜悦却在日常生活中俯拾即是。人生的大喜毕竟少有，可是只要我们睁大眼睛与心灵，到处都可以发现那些小小的快乐的事。

真正的快乐源于知足

快乐是在内心，而不是外表。真正的快乐就是知足，发自内心的喜悦。对我们大多数人来说，人生的一个共同目标就是要快乐，就像我们小时候读到的童话故事人物一样，大部分的人都希望从此以后过着幸福快乐的日子，他们不要别的，只要享受快乐。

有这样一个故事：

有个年轻人为贫穷所困，便向一位老者请教。老者问："你为什么困惑呢？"年轻人说："我总是这样穷。"老者又问："你怎么能说自己穷呢？你还这么年轻。""年轻又不能当饭吃。"年轻人说。

老者一笑："那么，给你一万元，让你瘫痪在床，你干吗？"年轻人摇摇头说："不干。"

老者继续问："把全世界的财富都给你，但你必须现在死去，你愿意吗？""我都死了，要全世界的财富干什么？"年轻人继续摇头。

老者说："这就对了，你现在这么年轻，生命力旺盛，就等于拥有全世界最宝贵的财富，你怎么能说自己穷呢？"年轻人顿悟。

其实，快乐很简单，年轻人的烦恼也许我们青少年曾经也有过。那么，我们又是怎么做的呢？通过这个故事，我们可以知道，多想想我们自己拥有的，就会知足常乐。

在生活中，如果我们每个人都能像老者那样分析问题，那么我们都会成为乐观的人，心灵开放的人，拥有快乐生活的人。

追求快乐是人之本性，人要得到快乐，关键要有平常心。知足常乐，不知足而常怨。决定快乐的因素中，物质条件算是重要条件，但不是必要条件，重要的是心态。有知足的心态，就能常乐；不知足，一辈子都得辛劳，都得常怨。

那么，在生活中，我们该怎么做才能随时保持平常心，让自己知足常乐呢？这就需要我们做到以下事情。

第一，努力忘掉不愉快的事情。一些人之所以会产生不良的情绪，是因为他们遇到了生活中烦心的事情。所以，通过转移自己的注意力，暂时把那些不愉快的事情忘掉，才能使自己以愉快的精神状态面对身边的人。

第二，多与开朗乐观的人交谈。遇到不开心的事情很常见，这时候我们可以和积极乐观的朋友交谈，既能宣泄自己的不良情绪，又能消除原有的偏见和错误认识，学习乐观的处事方式，这是获得好心情的有效方法。

第三，掌握多种情绪宣泄的方法，比如参加娱乐项目、外出旅行、听音乐等。生活中的压力需要化解，如果它们得不到有效的释放，那么就会对我们的情绪产生恶劣的影响，所以参

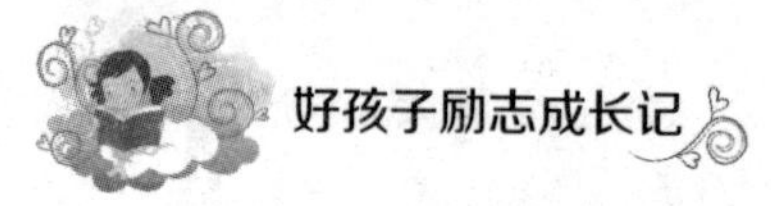

加各种活动是放松心情的好方法。

请记住，真正拥有乐观心态的人，他的性格一定是开放的，他的生活一定会富有情趣。快乐不是赚来的东西，也不是应得的报酬，快乐只是“我们思想愉悦时候的一种心理状态”。快乐不是道德的产品，就像血液循环不是道德的产品一样，但血液循环与快乐两者却都是健康与生存的必需品。

其实，我们每个人都一样，人生的自我感觉至少80%源自于“生活态度”。

如果我们发现自己有“到某个时候我就快乐了”这种心态，那么最好尽量改成让自己此时此刻享受到满足感，把注意力集中在眼前的时光，不要浪费精力为未来虚构理想。一切性情中，最难能可贵的便是善于珍惜眼前的每一刻。

放飞快乐心情

青少年朋友，在学习生活中，你有没有这样的情况：遇到一点小事，就郁郁寡欢、伤心落泪，即便是遇到开心的事也高兴不起来？这其实是一种抑郁的心理。

我们青少年进入青春期后，由于心理和生理的急骤变化，尤其是性发育带来的困惑、独立意识增强、适应社会能力的欠缺、对同伴关系的渴望和心理闭锁性的冲突以及学习压力的增强等，都会使我们产生抑郁等负性情绪。

抑郁是一种不愉快的心境体验，是长时间的心情低落，并伴随着焦虑、身体不舒服和睡眠不足等障碍造成的心理现象，这种现象具有较强的隐蔽性。

它的主要表现是心烦意乱、郁郁寡欢，有时逃学还要求调换学校等，对自己喜欢的事情失去兴趣，情绪低落，思维活动迟缓、行为和动作迟缓，上课不专心听讲，常常因疲劳而失眠、头晕胸闷不愿与父母或其他人交流，情绪严重者还会有自杀的意识和行为。

抑郁心境是指在长时间内所体验到的，占优势地位的一种抑郁情绪或抑郁心情。然而，这种隐形的抑郁会反复或持续地出现身体不适和神经失调等症状，时常出现头痛、头晕、腹

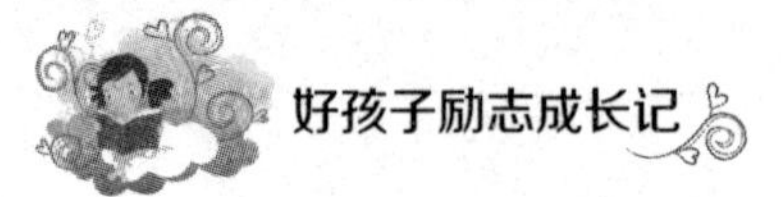

痛、胸闷、无欲望等抑郁症状，抑郁症是一种较持久、忧伤的情绪体验，它往往被躯体症状所掩盖。

据调查研究显示：青少年患心理疾病率直线上升。其中有1/5的青少年朋友都有情绪障碍，大多以抑郁为主。有关资料明确显示：青少年时期的抑郁患病率是0.4%～8.3%，男女生之间的比例为1∶2。其发病率的原因与遗传因素、青春期的生理变化、认知能力及社会文化因素有关。

青春期是抑郁的高发年龄阶段，抑郁心理严重地影响了我们健康成长。那么，有抑郁心理的青少年应该如何克服这一现象重新快乐起来呢？

第一，学会正确地发泄。有抑郁心理的我们可以把心中不愉快的事向父母或知心朋友诉说，不要把它存放在心里，这对自己的身心健康是极为不利的。如果我们的内心非常难受而身边又没有人诉说时，可以把自己关在房间里大哭一场或记日记，这些都有助于消除抑郁心理。

第二，多结交朋友。经常和朋友保持联系的人，其精神状态远比性格孤僻的人好得多，因为一个人如果生活在集体中，就会感到集体的力量，这样不仅可以增强自信心，还能减轻情绪上的抑郁。

第三，保持友善的心态，学会自我安慰。拥有一个快乐的心态能使人的神经系统的兴奋水平到达最佳状态。所以，有抑郁心理的青少年朋友们在遇到不愉快的事情时，要多往好的方面想想，用一个乐观的心态去面对一切，保持豁达、乐观的情怀，不要好高骛远，要勇敢地面对现实。

第四，积极参加运动。体育活动能够使生活丰富多彩，可以解除心理紧张，陶冶情操，开阔心胸。所以，有抑郁心理的青少年每天应适当地做些力所能及的运动，比如慢跑、散步、踢毽子、体操等，这些都有助于排解阴霾的心情。所以，适当的体育运动不仅有助于身体健康，而且还会使情绪乐观、稳定。

第五，吃一些对抗抑郁的食物。专家建议，抑郁心理的人可以吃一些对抗抑郁的食物，这些食物包括深水鱼、葡萄柚、樱桃、全麦面包等。

第六，享受美妙的音乐。当我们心情烦闷时，可以听些自己喜欢的音乐和歌曲，在优美的音乐旋律中不仅能帮我们减轻疲劳，还能给我们带来不可思议的美妙感受。

第七，克制自己。有抑郁心理的青少年朋友们要学会容忍和包容，并磨炼自己的意志。可以通过自己的意志力来消除心中不愉快的情绪，保持一个乐观向上的积极情绪，改变认知，完善自身的人格，增强面对困难和挫折的能力与自信。只有这样，才能达到根治的目的。

第八，放松解压。很多时候，我们青少年抑郁的主要原因来自学习的压力。因此，当我们学习感到疲倦的时候，要学会给自己减压，让自己放松、放松、再放松，当我们心理和身体都像水一样柔软的时候，压力也就消失得无影无踪了。

可以找一个安静的环境，让自己尽可能舒适地躺着，闭上眼睛，先从脚尖开始，吸气，在心里默念“一、二、三、四”，同时努力使脚尖绷紧。数完四个数字之后，放松脚尖，同时呼气，在心里默默地数“一、二、三、四”……按照这种方法，从脚尖到小腿，到大腿，到腹部，一直到头部，可以对每一部位反复进行训练，认真体会紧张放松的感受，这样一轮做完之后，整个人就会轻松很多。这种方式尤其适合在睡前进行，它可以让我们做一个香甜的好梦。

我们要知道，长期的抑郁会使人的身心受到严重损害，使人无法有效地学习、工作和生活。要避免抑郁或从抑郁中解脱出来，就需要正确地评价自己，看清自己的长处，建立自尊，增强自信，调整认知方式，多注意事物的光明面，扩大人际交往，多与人沟通，多交朋友，这样下去，我们才能重新找回快乐！

让自己轻松快乐起来

在我们成长的路上，充满了许许多多的未知，它们往往与我们不期而遇。因此，我们无法预知它的发生发展，也无法抵制他们的将来，这样一来，对未来的焦虑便侵袭了我们的心。

其实这种焦虑是不必要的，在成长的路上，为了我们的明天更美好，我们应该放下焦虑，让自己轻松、快乐起来。

一个人，一生有很多达不到的目标，有很多克服不了的障碍，我们千万不要因此焦虑起来。因为焦虑不仅解决不了问题，反而会让自尊心和自信心严重受挫，让失败感进一步加强，离成功越来越远。成功不属于杞人忧天、焦虑重重的人，成功只属于时刻准备轻松应对的人。

焦虑，人人都曾经历过，它是对生活持冷漠态度的对抗排挤，是自我满足而停滞不前的预防针，它可以促进个人的社会化和对文化的认同，推动人格的发展。一定程度的焦虑是有益的、可取的，甚至必要的。

但是，如果有太多的焦虑，以至于形成焦虑症，这种情况不仅不利于我们的健康成长，还会妨碍人去应付、处理面前的危机，甚至妨碍日常生活。

王芳是某中学高一的学生，前一段时间她变得相当敏感，神经极度紧张，坠入痛苦的深渊，不能自拔。由于心理上的不适，后来导致了身体疾病，每天大脑都昏昏沉沉的，夜里睡不好觉，精神萎靡，她意识到自己的心中焦虑在一天天地加重，并且已经开始影响了她的生活。

为了早一天走出困惑，她走进学校的心理咨询室，希望在心理咨询师的帮助下调整自己的心态，她想好好地生活，不做焦虑的奴隶。在心理咨询师的悉心指导下，她已经回复了往日的朝气与自信。在学期期末的考试中，她还取得了好成绩。

"没有了焦虑的困扰，我变得轻松了，做事效率也高了，也有了足够的自信。"她说，"焦虑不是不可消除的，只要你有信心，焦虑一定会远离你。"

上述事例中的王芳在面对焦虑时，不是缩手缩脚，而是勇敢地向心理咨询师进行咨询，最终找回了自信，取得了好的成绩。所以，我们青少年在面对焦虑时，也应该及时地到相关咨询室进行咨询，以早日找回自信，乐观地面对生活。

这个世界上没有让自己永远满意的事情，所以我们要放下焦虑，沉着应对，并学会消除焦虑的方法，让自己轻松快乐起来。

第一，要活着为自己，不要"看着别人活，活给别人看"。要经常问一问自己：我的生活目标是什么，我是谁，我是不是每

天有所进取？学会正确认识自己，愉快地接纳自己，以自我评价为主，正确对待他人评说，认清自我，这是放下焦虑的前提。

第二，保持情绪稳定。对突如其来的事物和一些与自己关系重大的事情，青少年朋友在开始面对它们时，生理上会发生急剧变化，心跳加快，呼吸急促，两手发抖，手心冒汗，这是由于过分紧张和恐惧引起的。

其实，适度的紧张对人是有一定益处的，它可以进一步调动人体的各种机能，使思维更加活泼，产生一种增力作用。但是过度紧张，会导致出现难以控制的心慌、不安、紧张，使思维处于抑制状态。

第三，正确估计自己，树立自信心。在日常学习和生活

为防止这种现象的发生，我们应该在思想上不过分夸大事物与个人前途得失的关系；另外，要保持良好的身体状况，不要过分疲劳，大脑过度劳累会造成头昏耳鸣，兴奋与抑制过程失调，神经活动机能减退，从而加剧心理紧张程度。

第五，正确看待自己。青少年应该学会客观地认识自己和评价自己的能力，把握好自己的方位和坐标，看准机遇，发挥

自己的作用，并不断在快节奏中提高自己的心理承受能力，在各种事件中保持心理平衡。

第六，生活要积极自主，潇洒自在，为自己寻求快乐。我们要明白焦虑对于解决问题无济于事，我们虽然没有未卜先知的能力，但却有对生活的预见性。人们往往根据自身已有的条件来预见未来的明天，当这些预见与想达到的目的不相符时，人们往往表现出焦虑不安。

焦虑使人的心情变得沉重，进而对未来失去信心。在现实生活中，我们青少年常常会因为很多事而焦虑，生活的质量不能提高，学习成绩不能提高，与父母的关系不融洽等。因此，我们青少年要培养乐观、勇敢的性格，用心平气和的态度去克服焦虑的心理，这样才能使自己真正快乐起来。

以乐观瓦解悲观

在生活中，有一个有趣的现象：同样面对一束美丽的鲜花，乐观的人看到的是美丽的花瓣，悲观的人看到的却是花刺儿；看到一片海洋，乐观的人看到的是一片蔚蓝的汪洋，悲观的人看到的却是一片伤心的海洋。同样一个事物，乐观的人看了会带来精神的鼓舞，悲观的人看了却会更加消沉。那么，亲爱的朋友，你是属于前者还是后者呢？

如果你还不能做出正确的回答，那么，我们先来看看这一个故事。

有一位父亲想对一对孪生兄弟作“性格改造”，因为他的孩子其中一个过分乐观，而另一个则过分悲观。一天，他买了许多色泽鲜艳的新玩具给悲观的孩子，又把乐观孩子送进了一间堆满马粪的车房里。

第二天清晨，父亲看到悲观的孩子正泣不成声，便问：“为什么不玩那些玩具呢？”

“玩了就会坏的。”孩子仍在哭泣。

父亲叹了口气，走进另一个房间，却发现那个乐观的孩子正兴高采烈地在马粪里掏着什么。

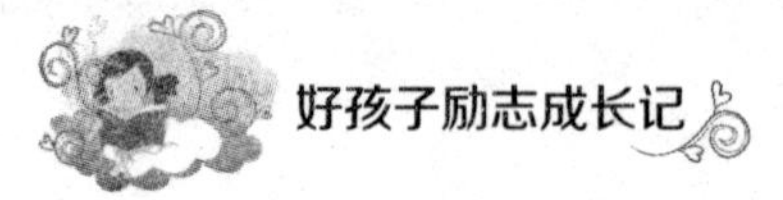

“告诉你，爸爸，”那孩子得意扬扬地向父亲宣称，“我想马粪堆里一定还藏着一匹小马呢！”

从上面的故事中，我们可以看出乐观者与悲观者之间的差别：乐观者看到的是油炸圈饼，悲观者看到的是一个窟窿。这两种人，结局大不一样。那么，青少年朋友，你会选择做哪一种人呢？

生活好似半杯水，也就是说生活原本就不完整。面对半杯水，悲观主义者也许会说：“唉，只剩下半杯水了。”意思是说生活只剩下半杯水，没有什么希望了，因此遇到任何事情都不敢再去尝试，生活也不再充满激情，甚至有的干脆放任自流，决定庸庸碌碌地过完下半生。而乐观者则会这样说：“我真幸运，还有半杯水。”

事实上，想法决定我们的生活，有什么样的想法，就会有什么样的未来。面对人生中的多次失败，大多数人最终并不是败给了别人，而是败给了自己的悲观。

生活在这个充满挑战的时代，我们青少年虽然会面对许多压力与挫折，但也有许多机会犹如黑夜里的星光般不断闪现。现代文明给了人们物质上的极大便利与享受，却也让人类的内心愈加不安与困惑，常常找不到生命的方向。

在这些面前，我们不应该再祈求会有什么世外桃源能让心灵与世无争地栖息下来，除了勇敢、乐观地面对现实之外，我们别无选择。青少年朋友，从现在起，让我们用乐观来“瓦解”悲观吧！

第一，要拥有乐观的情绪，目光就要盯在事物积极的那一面。积极的人，像太阳，照到哪里哪里亮；消极的人，像月亮，初一十五不一样。在乐观面前，一切都会不战而败，这就是乐观的力量。

第二，了解自己的心态，多出去走走，让自己全身心地投入大自然的怀抱中。利用外界的景物赶走心中的不愉快，让大自然的宁静给自己带来轻松的好心情。

第三，失败是成功之母，放弃过去的任性和执着，用积极态度为自己增强自信心，脚踏实地寻求成功的方法，有助于消除悲观的心理。

从泪水中学会微笑

对于成长之路，人们有很多形象的比喻。有人说，成长的过程就像剥洋葱，一层层地剥开，终有一片会让自己落泪；也有人说，成长是由无数烦恼组成的念珠，但需要我们微笑着把它数完；还有人说，愁眉苦脸地成长，成长的旅途必然淌满泪水，而爽朗乐观地成长，成长的历程必将笑容满面。成长，就是从泪水中学会微笑的过程！

每个人的成长过程，都在高潮与低潮的轮回浮，在四季循环往复之中，成长包含着酸甜苦辣，在成长的路上我们曾经泪流满面，也曾经笑若桃花。

既然艰辛与挫折无法逃避，困难与挑战无可避免，何不笑对成长之种种呢？殊不知，消极的流泪代表懦弱，积极的微笑才意味着坚强！

下面我们一起来读一读一个女孩的日记吧！

在我小学一年级的时候，我的父母由于种种原因离异了，这对于我来说，是多么严重的一件事啊。从那以后，我便跟着母亲一起生活。父亲很少来看我，于是我的字典里少了“父亲”二字。

虽然那时我还小，但我也知道我的生活是和别的小伙伴不一样的。放学后，他们总在身形高大的父亲“护送”下回家，而我却只能畏缩在瘦小的母亲身旁；受到同学欺负时，他们能把声色俱厉的父亲叫到学校，我却只能在母亲怀中低泣。

母亲知道我的心思，所以她总是在物质上尽可能满足我的一切要求，在精神上还不断鼓励我要坚强，虽为女孩，也不要轻易落泪。

渐渐地，我长大了，思想也越来越成熟。我告诉自己不要总认为自己和别人不一样，遇到什么不顺心的事就偷偷落泪，我应该坚强一些，学会自己面对一切，不能总是依靠母亲。

于是我在小学就学会了自己洗衣、做饭、刷碗……而这些都是我的大多数同龄人所不会做的，我便有了一份自豪感，也开始学会去发现生活的美了。

人越长越大，烦恼也就越多。来自学习上的压力，来自同学中的矛盾，特别是进入初中后，我很不适应全新的环境，我又茫然了。对于种种烦恼，我不哭出声而是把泪水流给日记。

一次，我偶然看到一篇文章，里面一句话触动了我的心弦。“单亲家庭中成长的孩子是那只飞得最高的雄鹰。”对呀，我应该是一只雄鹰，我不能丢失属于自己的那份自豪。

从此，我又学会了去面对新的困难，去用心经营我的生活，让我的生活充满笑声。此后，我的日记中溢满的更多的是笑声。

我想，我能做到这些是因为我特殊的生活环境吧。我从一个爱哭的小女孩成长为一个爱笑的大女孩，从日记中点点泪光看到片片微笑，从对困难畏缩到坚强面对，这一切都是我的生活教给我的。要做一只能飞得更高更远的鹰，就要从泪水中学会微笑。

微笑是世界上永不凋零的一种花朵，不分四季，不分南北，它会在困境之中顽强地绽放。用微笑把成长中的泪水埋葬，即使饥寒交迫，也能感到人间的温暖；即使走入绝境，也会重新看到生活的希望；即使孤苦无依，也能获得心灵的慰藉。

笑一笑，十年少，微笑可以化解苦难，给我们成长的勇气，永远微笑的人是快乐的，永远微笑的面孔是年轻的，用微笑埋葬泪水，犹如挥洒阳光清洗泥泞，普照大地，给万物增辉。

在泪水中学会微笑，可以让我们从容面对成长的坎坷，可以驱散少年的阴霾，化干戈为玉帛，可以增强信心，激发斗志，斧正思想，润清灵魂。作为青少年，在成长的路上，我们怎样才能从泪水中学会微笑，让自己快乐起来呢？

第一，学会放松。当我们感到伤心、难过时，我们可采用深呼吸的方法放松自己，即深深地吸气，慢慢地呼气，使自己的身心放松；也可以采用自我暗示的方法，如反复默念“我现在放松了，我的全身处于自然而然的轻松状态”；还可以用回忆过去成功的体验来鼓励自己。

第二，学会自我安慰。面对学习和生活中的失败和挫折，我们要面对现实，自己给自己一种安慰，自己给自己一条出路。要相信“天生我才必有用”。

人生要经历无数成功和失败，要学会不沉醉于一时成功的喜悦，也不沉沦于一时失败的沮丧，要学会以一种潇洒的态度来对待人生。当一个人追求某项目标而达不到时，为了减少内心的失望，可以找一个理由来安慰自己。这不是自欺欺人，偶尔作为

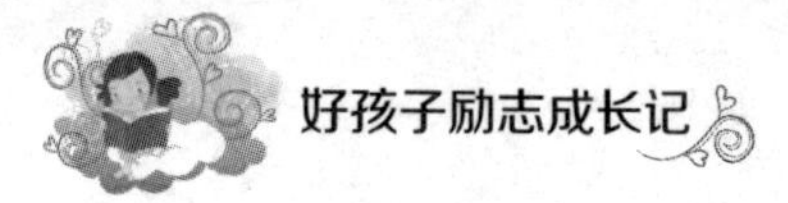

缓解情绪的方法，也是不错的。

第三，学会幽默。幽默是一种特殊的情绪表现，也是人们适应环境的工具。具有幽默感，可以使人们对生活保持积极乐观的态度。许多看似烦恼的事物，用幽默的方法对付，往往可以使人们的不愉快情绪荡然无存，立即变得轻松起来。

第四，学会转移自己的情绪。心理学认为：情绪反应是建立在高级神经中枢的暂时联系，当人们受到精神刺激时，大脑皮层就建立起一个兴奋点，如果有意识地再建立一个新的兴奋点，就可能使原来的兴奋点受到抑制。

所以，当火气上涌时，有意识地转移话题或做点别的事情来分散注意力，便可使情绪得到缓解。打打球、散散步、听听流行音乐，也有助于转移不愉快的情绪。

第五，学会宣泄自己的情绪。心理学家认为：人们不要无限地压抑情绪，而要使情绪得到适当的宣泄。由失败而引起的不愉快情绪在经历一段时间的积蓄后，最好让这种情绪得到宣泄，我们可以向知心朋友倾诉苦闷，还可以把自己的不快写进日记。

总之，我们要把不愉快的、压抑的情绪抛到身外，才会减轻自己精神上的负担，让自己真正快乐起来！

学会快乐地面对压力

随着我们一天天长大，烦恼也在一天天增多，无论是日常生活中，还是学习中，每一天，我们都会遇到各种各样的问题和不同程度的困惑。如果我们不能及时处理好这些问题和困惑的话，它们就将变成压力，影响我们的学习和生活。

事实上，有压力并非总是件坏事，适当的压力对于青少年来说，可以克服惰性，促进学习的进步和发展。压力有时可以让我们满怀希望，朝气蓬勃。

电视剧《士兵突击》中有一句经典台词："人不能太舒服了，太舒服了容易出事。"有言道，人无压力轻飘飘！一个人如果没有一点点压力，那他早晚会在安逸的环境中颓废。

但是，压力也容易使人在长期紧张的生活中产生焦虑，出现心理失衡、情绪紊乱、身心疲劳等问题。尤其对失败者而言，由于主观愿望与客观满足之间出现巨大差距，加上有的青少年心理素质本来就存在不稳定因素，往往会引起他们的情绪消沉、精神变态，甚至出现犯罪或自杀等极端行为。

那么，在充满压力的学习生活中，我们该怎样扬长避短，保持快乐心情呢？

首先，应该对压力有一个正确认识。既然有压力，就会有成功和失败。关键是正确对待失败，有胜不骄、败不馁的精神。

其次，对自我有一个客观的、恰如其分的评价。

再次，在压力中要能审时度势，扬长避短。一个人的能力、兴趣和才能是多方面的，如果在实战中注意挖掘，那么，很可能会形成“柳暗花明又一村”的新局面。

我们青少年朝气蓬勃，志向远大，要学会缓解压力，以快乐至上。比如，赏花就是一种打开心灵之窗，进行心理“按摩”的好方法。

在心烦意乱时，走到阳台上看看花、浇浇水，调整一下情绪；也可到花园之中漫步，以花为伴，观千姿争艳，赏万缕馨香，舒心爽气，心旷神怡，乐在其中。

在失意或受到挫折时，最需要朋友的关心和帮助。此时，可以找自己的知心朋友谈谈心，一吐心中的不快，朋友善意的劝导、热心的安慰会使我们体味到友情的珍贵；还可以选择散步，心理学家研究证明，短短几分钟的散步有明显消除紧张的效果。

不妨在放学后，每天抽出半个小时的时间去散步，当我们放慢脚步时，会突然发现自己因为整天忙于学习而忽略的周围的美丽景色，会发现原来生活是如此美好。

有时间可以写日记，这是一个很好的宣泄渠道。如今，由于学习任务加大，有写日记习惯的青少年越来越少了。其实，当心里有事，而又不方便对他人提起，或者受到了什么委屈，有怨恨时，都可以用日记记录下来，我们会发现，在写的过程中，情绪在不知不觉中便就会稳定下来。

另外，如果在日常的学习生活中压力比较大，我们还可以采取一些有效的方法来消除压力，日积月累肯定会达到目的。音乐疗法是治疗心理疾病的一种有效方法。

当心情沮丧、闷闷不乐时，听听歌曲，我们不仅可享受到一种美的艺术，而且可陶冶情操，激发热情，从中获得生活的力量和勇气。

还可以适当调节一下饮食习惯。比如，冬季气候干燥，易“上火”，这时要多吃水果和清淡的食物，对改善抑郁情绪会有很大的帮助。

另外，充足的睡眠对于战胜压力也至关重要。虽然学习时间紧，但还是要制订有效的时间表。这不仅可以保障每天的睡眠，而且每天在同一时间就寝，也可以保持自己的生物钟，对于缓解学习中的压力非常有帮助。

你是一个乐观的人吗

亲爱的朋友，你是个乐观主义者还是个悲观主义者呢？你是通过明丽的镜子还是透过灰暗的镜子来看待人生？做完以下这套心理测试题，你就会更了解自己。

1.如果半夜里听到有人敲门，你认为那会是坏消息或是有麻烦发生了吗？

2.你随身带着安全别针或一条绳子，以防衣服或别的东西裂开了吗？

3.你跟人打过赌吗？

4.你曾梦想过赢得彩票或继承一大笔遗产吗？

5.出门的时候，你经常带着一把伞吗？

6.你觉得自己的父母用收入的大部分来买保险值得吗？

7.你有过在期末考试之前，没有做好充分准备的经历吗？

8.你觉得自己身边的大部分人都很诚实吗？

9.进超市之前存包时，你会取出自己的贵重物品吗？

10.对于新的计划你总是非常热衷吗？

11.当朋友表示一定会还时，你会答应借钱给他吗？

12.大家计划去野餐或烤肉时，如果下雨你仍会按原计划行动吗？

13.在一般情况下，你信任别人吗？

14.每天早上，你会提早出门以防塞车或别的情况发生吗？

15.每天早上起床时，你会期待美好一天的开始吗？

16.如果医生叫你做一次身体检查，你会怀疑自己有病吗？

17.收到意外寄来的包裹时你会特别开心吗？

18.你会随心所欲地花钱，等花完以后再发愁吗？

19.上飞机前你打算买旅行保险吗？

20.你对未来的生活充满希望吗？

评分标准：

每道题答“是”得1分，答“否”得0分。

解析：

0～7分：你是个标准的悲观主义者，看人生总是看到不好的那一面。身为悲观主义者，唯一的好处是你从来不往好处想，所以很少失望。

然而以悲观的态度面对人生，有太多的不利。你随时会担心失败，因此宁愿不去尝试新的事物，尤其遇到困难时你的悲观会让你觉得人生更灰暗。

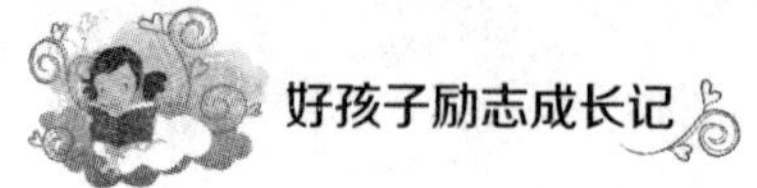

解决这一问题的唯一办法，就是以积极的态度来面对每一件事和每一个人，即使偶尔会感到失望，你也会增加信心。

8～14分：你对人生的态度比较正常。不过你仍然可以再进一步，学会以积极的态度来应付人生的起伏。

15～20分：你是个标准的乐观主义者。看人生总是看到好的一面，将失望和困难摆到一旁，但过于乐观也会使你对事情掉以轻心，所以要注意不要误事才好。

热情是迈向成功的钥匙

青少年朋友，你拥有热情吗？你知道什么是热情吗？热情是一种可贵的精神特质，它深深地根植于我们的内心，能够唤起我们内心深处神奇的力量，让人散发出炽热、耀眼的光芒，那是吸引人和感染人的魅力。热情的性格是人生最大的财富和力量之一。

一个极富热情的人，所散发的热量足以使僵化的人际关系如坚冰消融，能让更多的人注意到自己，并愿意与自己接触。在我们的生活中，只要我们能给热情以适当的阳光和水分，它就一定会"生根发芽"，成就我们美好的未来。

热情是一切成功的钥匙，也是一切希望成功的人和追求物质幸福必备的核心精神。没有热情，不论有什么能力，都很难发挥不出来。

人类最伟大的领袖就是那些知道怎样鼓舞他的追随者发挥热情的人。热情可以改变一个人对他人、工作以及对全世界的态度，也能使得一个人更加喜爱人生。

具有热情性格的人，会比常人更易将体内的巨大潜能发挥出来，这种巨大的能量将成就一个人辉煌的学业、事业。因此，如果我们想在自己的人生中有所成就，就要塑造自己热情的性格，促使自己从平庸走向卓越。

热情是人们成功的武器，只有抓紧了它，才能抓住成功。当青少年每天都能积极面对自己的学习，看到它的价值和意义，负面的情绪自然会丧失它生存的空间，毕竟我们在特定时刻只能存在一种单一的情绪，当心中感到热情时，就不可能同时感到冷漠。

然而，由于学习、生活、人际交往等遇到一系列问题，一部分青少年很难永远维持高度的热忱。

极大的热情与一般的热情是不同的，终身拼搏与“三分钟热度”是根本不一样的，有志者在不断追求成功的过程中，总是怀有极大的热情及持久的热情，因此，他们能够成功，这就是为什么有些人具有热情却又不能获得成功的原因。

热情的源泉来自于对学习、对生活的热爱，对朋友、对家人、对社会的热爱。可以说，爱是一切动力的源泉，爱可以改变一切，爱是热情之母。而热情是成功之母，成功者一定充满热情，有热情不一定成功，但缺乏热情一定不会成功。

因此，青少年只有用积极、热情、博爱和宽容的态度面对学习，面对生活，面对社会，才会更好地走向成功。

那么，应该如何才能使自己拥有热情的品质呢？这里，我们可以按照以下几点去培养自己。

第一，定一个明确目标。目标就是计划，给自己的人生确定一个我们希望达到的场景，就是给自己一个生活的目的。人只有知道自己想干什么，怎样干，人生才有意义，才会有冲劲，才会有热情，才会有干劲，也才会成功，而这个成功的过

程就充满热情。

第二，为目的而努力拼搏。一个人有了目标，有了人生方向，还需要行动。因此，作为一个想有所作为的青少年，最重要的是马上行动。

第三，正确而且坚定地照着计划去做。行动，是开始做，它只是成功的开始，如果中间放弃了，那么证明自己的内心已经没有了热情，而我们只有正确而且坚定地照着计划去做，才能

到达成功的彼岸，才能为培养自已的热情加上 分。

第四，不要盲目地制定目标。爱因斯坦有句名言：“兴趣是最好的老师。”作为青少年，我们要善于激发自身的兴趣，并根据自己的兴趣尽量收集有关的资料，这样我们就会逐渐对事物更加有热情。不要盲目或者因一时兴趣而为自己制定目标，那样的结果只能是失败，而且会把自己好不容易培养起来的热情毁掉。

第五，目标不要太遥远。遥远的东西，是人能想到，却不一定能办到的。因此，我们在培养自己热情品质之初时，不要给自己制定太过遥远的目标，而是要脚踏实地，选择实际一点的目标。

第六，拥有热情的习惯。热情是一种习惯。为了让自己拥有热情的性格，我们必须先把热情当作自己的一项习惯。比如，当我们情绪不高的时候，一定要让自己高兴起来，愉快地看看四周，使自己的言行好像已经愉快起来。只要我们模仿热情的表情，就可激发大脑皮层产生相应的脑电波。久而久之，就会形成条件反射，自己就会越来越自然地感到愉快，愿意对他人表现热情。

最后，我们还应该明白，热情，一方面取决于客观实际，另一方面则取决于自我认知。如果我们自己觉得自己不幸福，就会感到自己真的不幸福，自然就热情不起来；相反，只要心里想要热情，绝大部分人都能如愿以偿。

很多时候，热情并不取决于我们是谁、在哪儿，而在于我们当时的想法。因此，如果我们能在任何时候保持热情，那么，万事万物都能够引发我们的热情。

把热情带给身边的朋友

青少年朋友，你知道吗？一个具有热情性格的人，不论年纪大小，都会保持着一种青春的活力，对人主动热情，善于发现美好的事物，愿意把乐观的情绪带给他人，即使面对困境的时候，他也能充满力量，渡过难关，并收获和谐的人际关系。

经常和人相处，我们就不难发现，对生活充满热情的人都有着积极的心态、积极的精神状态。在人群当中，热情是用一种极富感染力的表达方式来表示对别人的支持、理解。拥有热情的人，无论碰到什么事情，都能够以积极的心态去面对、去行动。

热情的人，往往是积极的人，热情不是来自外在空间的力量，而是自信、热忱、乐观、激情在人的内心的翻转，最后有机地综合起来。它的同义词是热忱、热切、飞扬、狂喜、激动、兴奋、诚挚、激励、精神饱满和生气勃勃等。人们心中永远保持住热情，积极的精神状态就会自然而然地表现出来。

1946年，美国心理学家所罗门·阿希做了一个心理学史上著名的实验，被称为“热情的中心性品质”实验。

他在一张表中列出有关人格的七项品质，包括聪明、熟练、勤奋、热情、实干和谨慎等，给一组被试者。同时，他给另一组被试者一张表，表中与第一组七项品质几乎一样，不同的

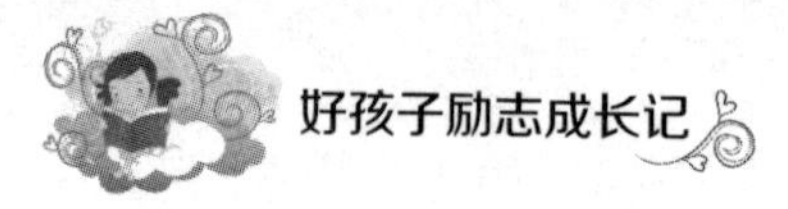

是把“热情”换成了“冷漠”。

他要求两组被试者对表中的人做一次详细的人格评定，阿希教授让被试者说明，表中这两组具有几乎相同品性的人可能具有，或者他们希望具有什么样的其他品质。

答案出来了，仅仅一个“热情”与“冷漠”的区别，具有“热情”品质的人，受到了被试者的衷心喜爱，人们慷慨地用各种优秀的品质描述他。而那个以“冷漠”代替了“热情”品质的人，遭到了人们的敌意和仇恨，被试者把各种恶劣的品质统统都罗列在他的“冷漠”品质之下。

这项实验证明，在人类的品质描述中，热情和冷漠成为人类品质的中心，它决定了一些其他相连品质的有与无，包含了更多有关个人的内容。因而，热情和冷漠被称为是中心性品质。

一个人最让人无法抗拒的魅力就在于他的热情。一个人是否热情，决定了我们是否喜欢他、亲近他、接受他。热情感染着我们的情绪，带给我们美妙的心境，让我们感到愉快和兴奋。热情能带来幸运，因为人们都喜欢和热情的人在一起。作为青少年，如果缺乏热情，像机器人一样，那么谁也不愿接近他，更不可能和他做朋友。仔细地回想一下我们身边热情的人，就不难理解，热情在社交和工作中有着多么强烈的感染和吸引人的力量。

用热情结识朋友，这是我们建立友谊关系的基础；因此，想要广泛拓展自己的朋友圈子，结识不同行业、不同领域的新伙伴，必须以热情传递温暖的情谊。

从现在起热情面对学习

在我们周围，有一些焦虑的青少年，都自称对学习没有热情，在这些青少年身上，普遍存在着一种“消极反抗倾向”，他们往往表现为自卑、淡漠，凡事均不太引得起他们的兴趣，他们给人感觉是“不负责任”或“光说不练”。亲爱的朋友，面对学习请自问一下，你拥有学习热情吗？

一般来说，青少年没有学习热情主要表现在以下方面。

一是缺乏学习兴趣。我们对某一学科有兴趣，就会持续地、专心致志地钻研它，从而提高学习效果；反之，如果我们缺乏学习兴趣，对待学习就会彻底没感觉，并且学习成绩也会越来越差。

二是没有学习动机。学习动机是推动学生进行学习活动的内在原因，是激励、指引我们学习的强大动力。在学习的过程中，我们可能会遇到各种各样的心理问题。如果不能及时解决，不仅会因此导致我们产生消极的学习态度，还会阻碍我们获得知识和智能的发展。

三是没有正确的学习方法。在态度端正、目的明确的前提下，学习成绩依然上不去，那么显而易见，是学习方法上存在问题。死记硬背，不善于融会贯通，结果自己付出大量的努力，成绩反倒只降不升，这样会严重地打击自己的学习信心，从而产生学习障碍。

四是学习态度不端正。一个学生的学习态度，一般指的是学生对学习及其学习环境所表现出来的一种相对稳定的心理状态。当一个学生没有一个端正的学习态度时，自然就会对学习失去热情。

那么，作为青少年，我们该如何培养自己的学习热情呢？首先是正确的认识学习。所谓学习，是指通过掌握某些有形或无形的新知识，并将其整合到自己已有的知识体系中。学习可以使自己的知识体系不断完善、不断充实，另外，要将学到的知识应用于现实生活中的诸多实践中。

其次是正确认识学习的意义。对青少年来说，学习是我们人生存发展的首要条件，一个人要在社会上生存并有所发展就必须认真、努力地学习。从当前社会来说，我们的学习也是关系到社会进步与发展的事。社会的发展、民族的振兴，要靠广大青少年学生发愤学习，掌握建设国家的本领。如果我们能看到自己肩负着未来的重担，并以此作为学习的远期目标，就一定有一个高涨的热情投入学习活动中去。

人生来是无知的，成长的过程需要经历很多的坎坷与挫折，会有很多的困惑和迷茫。蛇为什么蜕皮？因为它要成长。成长膨胀需要更大的空间，只有在蜕去一层旧皮的束缚之后，才有可能争取更大的空间让自己茁壮成长。

人类也一样，只有不断地学习，补充新的思想和观念，我们才能成长，这样的生命才更有活力，生活也才更有意义。一个人物质上的贫穷不可怕，可怕的是脑袋里的贫穷。没有学习的人生如同干涸的沙漠，生命里是一望无际的贫瘠与荒凉，寻找不到一丝绿色。学习的真正意义，是为了丰富自己，提高人生的境界。

当我们正确认识了学习之后，就不会在学习的过程中，迷失自己学习的目的及意义。如果我们能充分意识到它的重要性，就不会再困惑，不会再犹豫。

在知识的海洋里，自古以来就是以苦作舟，但是学习的乐趣更是用笔墨无法描述的。没有苦，就没有乐，苦与乐都是相对的。青少年朋友，我们要正确对待这种辩证关系，在无涯的学海中尽兴遨游。

谨以此书，献给那些充满小毛病并努力想改变坏习惯，在成长中烦恼和在痛苦中磨砺的青少年。

成长的确是一个艰难痛苦的蜕变过程，有的孩子成长或许非常顺利，有的孩子成长或许很不容易，愿您在成长中学会成熟，走上铺满鲜花的美好成长之路！

好孩子励志成长记

—超好看的励志分享—

爸爸妈妈，我爱上了读书

李丹丹◎编著

民主与建设出版社

图书在版编目（CIP）数据

爸爸妈妈，我爱上了读书 / 李丹丹编著 . -- 北京 : 民主与建设出版社 , 2019.11

（好孩子励志成长记）

ISBN 978-7-5139-2687-4

Ⅰ . ①爸… Ⅱ . ①李… Ⅲ . ①习惯性－能力培养－青少年读物 Ⅳ . ① B842.6-49

中国版本图书馆 CIP 数据核字 (2019) 第 269510 号

爸爸妈妈，我爱上了读书

BA BA MA MA WO AI SHANG LE DU SHU

出 版 人	李声笑
编　　著	李丹丹
责任编辑	刘树民
封面设计	三石工作室
出版发行	民主与建设出版社有限责任公司
电　　话	（010）59417747 59419778
社　　址	北京市海淀区西三环中路 10 号望海楼 E 座 7 层
邮　　编	100142
印　　刷	三河市天润建兴印务有限公司
版　　次	2019 年 11 月第 1 版
印　　次	2020 年 1 月第 1 次印刷
开　　本	880 毫米 × 1230 毫米　1/32
印　　张	30
字　　数	756 千字
书　　号	978-7-5139-2687-4
定　　价	198.00 元（全十册）

注：如有印、装质量问题，请与出版社联系。

前　言

每一位父母都希望自己能培养出一个有出息的好孩子，然而随着孩子慢慢长大，父母们发现他们的这个愿望几乎是一种奢望。我们先不说那些不听话的孩子，父母难以管教。就是听话的孩子，他们的存在，也仅仅是为了获得老师的表扬、家长的奖励或是为了迎合其他长辈的种种期待，并不能算是真正意义上的“好孩子”。

换句话说，这类父母眼里的“好孩子”，其实早已失去了自我，他们只是活在大人为他们预设的期待里。这种好孩子是不真实的，他们只是在讨大家的“好”，是在为家长而活。我国社会目前这种培养孩子的方法，忽略了孩子的天性，束缚了孩子的自由成长，是对孩子不负责任的一种表现。

父母若想改变这种教育，真正对孩子负责，就要让孩子首先对自己负责，这是做人底线。没有对自己负责精神，何谈对别人负责，对家庭负责，对社会负责？

让孩子对自己负责，实际上是为了唤醒孩子的自我意识，把他们和别人分开，使他们懂得尊重自己，懂得珍惜自己的生命。同时，还要让孩子明白，犯了错误就得承担相应

的责任，并由此付出代价；知道自己成长过程中所要做的一切都是自己的事，比如上不上课，这与老师无关，与家长无关，与别人无关，只和他自己有关。

只有真正教会了孩子对自己负责，使他们知道自己现在该干什么，将来要做什么，心中有目标，奋斗有方向，实施有动力，并且踏踏实实，勤奋努力，永不懈怠，这样的孩子，才能算是好孩子，长大后才有可能成为有用之才。

那么，怎样培养真正意义上的好孩子，如何使他们健康成长呢？为了解答大家的疑惑，我们特地编辑了本套“好孩子励志成长记”丛书，包括《爸妈不是我的佣人》《做个内心强大的自己》《勇敢的做自己》《做个受欢迎的自己》《办法总比问题多》《再见了懒惰》《管理好自己的情绪》《我不再小气》《爸爸妈妈，我爱上了读书》《坏习惯，请走开》十册书，分别讲述了如何培养孩子良好品德、怎样提高孩子情商智商、如何培养孩子学习精神、怎样养成孩子独立生活能力等问题。可以说，是培养孩子成长的百科全书。

本套丛书综合国内外教育专家的最新成果，精心编撰，细心打磨，文字精炼，事例典型，能使每一个致力于孩子成才的父母，每一位为教育孩子成长苦恼的家长都可以从本套丛书中发现适宜教育孩子的不同方法和诸多措施，是一套家庭教育的优秀读本，适合不同年龄段孩子的父母学习和珍藏。

目　录

课外读物是精神食粮

青少年朋友，你读课外读物吗？你知道课外读物对我们的学习有怎样的帮助吗？你知道我们在课外读物中学到的知识有多么庞杂吗？不要以为只要把课本的知识弄明白就万事大吉了，因为只读课本上的知识，你永远成不了最出色的学生。

在推行素质教育的要求下，进行广泛的课外阅读，成了我们青少年的必修课。课外阅读不仅可以使你开阔视野，增长知识，培养良好的自学能力和阅读能力，还可以进一步巩

固你在课内学到的各种知识，提高你的认知水平和作文能力，形成良好的道德品格。

1. 课外阅读有助于我们形成良好的品格和健全的人格

当你大量阅读富有人文精神的作品时，内心世界很容易产生震荡。一部英国儿童小说《哈利·波特》，竟然征服了全世界，连成人都不禁为小主人公的人格魅力所折服。

读中国文学、优秀中华人物事迹更有必要：从屈原“伏清白以死直”的忠诚，李白“安能摧眉折腰事权贵”的傲骨，范仲淹“先天下之忧而忧，后天下之乐而乐”的胸怀，文天祥“留取丹心照汗青”的豪情到鲁迅“我以我血荐轩辕”的赤子之心……

几千年的民族精神，在这些文字中呼之欲出。你在自己阅读课外书时，读懂其生动有趣的情节，心中再现栩栩如生的形象，体味关于爱、友谊、忠诚、勇敢、正直乃至爱国主义等永恒的人类精神，就能开启自己的内心世界，从而品味人生，升华人格。

2. 课外阅读有助于在读中积累语言

所谓“书到用时方恨少”，这“少”字的含义有二：一是读得少，二是记住得少。如果你能多读点书，多积累些词，等到自己说话、写作时恰当的语句便能呼之即出，信手拈来。“熟读唐诗三百首，不会作诗也会吟”说的就是这个道理。

3. 课外阅读有助于理解和运用知识

不少家长甚至部分老师都存在着一个认识上的误区，总觉得学生看课外书是看“闲书”，恨不得我们每分每秒都在听写、背诵其中的知识，似乎只有这样，才能提高我们的学习水平。这种想法，其实还是应试教育思维在作祟。

有这样一位理科高考状元，他在高中的3年内借书100多册，平均10天阅读1册。他的阅读面非常广泛，社会科学、自然科学均有涉及。既有新课标指定的课外读物，如《论语》《三国演义》《红楼梦》《老人与海》，也有学术类著作如《二十五史》《王阳明》《菜根谭》等，还有教辅类书籍等，当然，也少不了一些小说、散文，以及各类杂志，如《傲慢与偏见》《飘》等以及李敖、余秋雨、冰心等著名作家的作品。到高三时，他的阅读目标更明确了，既有理科的教辅书，介绍有效学习方法的书籍，还有清华等名校的介绍资料。

可见，课外阅读并不是闲书，优质的课外读物反而有助于我们理解和运用知识，对我们今后的学习很有益处。

4. 课外阅读有助于培养自主学习的良好习惯

通过大力推动课外阅读，让我们自己去获取，去探求、寻觅和掌握相关知识，从而感受读书的乐趣，激发更强烈的读书欲望，最终形成良好的学习习惯。

5. 课外阅读有助于开拓我们的思维

书读多了，思路自然开阔，思考问题的方法也就不再单一了，从这个意义上说，阅读优质的课外读物，不但能“节省”我们的学习时间，而且有利于学习潜力的深度发掘，撞击出我们内心的智慧火花，从而取得优异成绩。那么，我们该如何选择课外书呢?

第一，值而不费。读书是为了进步，为了提高自己，所以要读那些对自己有帮助的书，这样才值得，才有效。读书若只为了消遣有趣，于己无益，还是一种浪费。所以要根据自己的需要和努力方向选书。

第二，易而不难。要选择那些语言通俗、内容较浅显的读物。有许多好书，比如社会科学方面的名著、科技方面的名著，我们中小学生一般难以读懂，所以不宜选择。

第三，好而不劣。所谓好书，就是书的思想内容好、知识多、文笔好。劣书则是指那些内容不健康、文笔差、错误多的书。对于黄色书刊要坚决抵制。

第四，全而不偏。读物的范围大体有：加强思想修养的书，提高文艺素养的书，扩展知识范围的书，如科普读物、历史读物、地理读物等，配合课程学习的参考用书。

多彩活动开启智慧之门

青少年朋友，你爱参加课外活动吗？如果答案是肯定的，那么恭喜你，你已经向成功的道路又迈出了一步。

或许有的朋友对上面的话不以为然，他们就是不喜欢参加课外活动，他们觉得课外活动是在浪费学习时间。但是，人一生的学习不仅仅是通过书本，我们需要通过课外活动在实践中增强自身的能力。

课外活动是培养全面发展人才的不可缺少的途径，是课堂

教学的必要补充，是丰富你的精神生活的重要方法。课外活动是指在课堂教学之外，由学校组织指导或由校外教育机关组织指导的，用以补充课堂教学，实现教育方针要求的一种教育活动，是根据受教育者的需要以及教育教学的需要，在教育者的直接或间接指导下，来实现教育目的的一种活动。

课外活动又可以分为校内活动和校外活动。在这里，我们把校内活动和校外活动统称为课外活动。课外活动的内容广泛，接受的是直观、形象、生动、综合性、应用性的直接经验，通过活动形式接受知识、培养能力，学习方法是多种多样的，归结起来有以下四类方法。

1. 观察、考察、参观、调查、访问

这类学习方法，可对自然和社会现象进行直接或间接地了解，获得正确、鲜明、真实的第一手感性材料，以扩大视野，打开思路，为分析问题、解决问题提供事实依据。如对气象变化、环境、地形地貌等自然现象进行观察、调查；对名胜古迹、历史遗址、市场经济等进行调查访问。

观察、调查等活动在事前必须制订计划，明确目的要求、范围对象，拟订调查的提纲或观察的记载表格。

在调查访问中，要认真听取事实情况，做好记录，收集有关资料；在观察、考察时，要持续、重复地观察，记载事物发展变化的过程；活动后把搜集的材料进行分析、研究，作出结论，写出调查考察报告。

2. 制作、操作、练习、训练

这些都是动作技能的训练，是形成熟练技巧的方法。如

绘画、书法、器乐、声乐、手工制作、计算机操作和各项体育活动等，都有一定的训练法和技能形成的过程。

掌握操作技术的动作技能，有一个共同的循序渐进的客观规律，动作技能的形成有三个阶段：开始练习时是掌握局部动作阶段；经过一段时间的训练，能初步掌握完整动作阶段；最后是掌握完善、协调的熟练技巧的自动化阶段。

3. 阅读、视听、表述

阅读、视听和表述活动是通过报刊、图书、影视、广播、录音、录像等大众传播媒体去搜集各种信息，以扩展视野，增长知识；并通过讨论、辩论、讲演、写作等口头和书面的表述，以表达自己的思想、观点和各种见解。

要学会分类摘要和检索的方法，还要学会利用网络检索各种信息。

4. 实验、研究、创造发明

实验、研究和创造发明是为了探索和验证某一个问题而采取的活动方法，是较高层次的活动和学习方法。如运用小发明技法制作一项科技作品或调查、考察撰写小论文等。

实验、研究、创造发明都要有一个明确的主题，要有正确的理论和事实作为依据，得出科学的结论和结果。

总之，一个人要获得知识和本领，仅靠从书本上、课堂上获得是远远不够的。接触社会生活，让丰富的社会实践来充实和完善我们的知识，这才是正确的学习观。

写作业也要讲究技巧

一提到作业，可能很多青少年朋友感到头疼，你是不是会说："每天面对老师留的一堆作业就已经够烦的了，为啥在这里还说作业呢？"

这里想告诉你的是，你天天都做作业，但你真正会做作业吗？如果养成好的做作业习惯，可以让你的学习突飞猛

进，如果你每天花了大量的时间做作业，可是却没有取得应有的效果，那么，说明你可能还不会做作业呢。

这里教给你一些“玩转”作业的方法，你肯定会问：“作业怎么玩儿呢？做作业可要认真啊！”没错，写作业是要认真，不过技巧也很重要!

我国中科院院士、海洋工程专家邱大洪曾说过：“每次作业都要严肃认真地对待。平时做作业和考试一样，考试就和平时做作业一样。”

新战士第一次打靶，射击要领非常简单，就是目标、缺口、准星在一条直线上，但真让他射击，就不一定能打准，须经过多次练习。能打准静的目标，一旦让他打移动的目标，他又不一定能打准了。白天能打准，晚上光线暗时，又打不准了，还须进行夜间训练。

我们学生学习也是如此，通过适量的作业、练习，才能形成熟练的技能，增长聪明才智。所以，适量的作业是促进我们学生掌握知识的需要，是大脑思维发展的需要，是把知识转为能力的桥梁。

1. 写优质作业

什么是优质作业？优质作业有一个“十字”标准，那就是及时、准确、快速、规范和独立。

第一，及时。即按时完成不拖延。有的学生做作业，拖拖拉拉，占用了过多的时间。例如，本来安排好星期天下午做作业，可是有同伴来找，于是和同伴玩去了，玩完了觉得又累又饿，把做作业的时间又拖至晚饭后，晚饭后浑身又充满了倦意，即使不看电视马上去做作业，也只能应付着把作业做完。这是一种很不好的习惯。

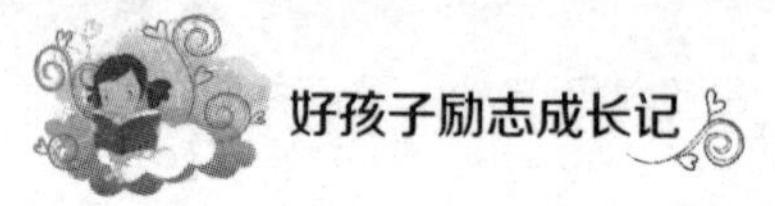

第二，准确。就是争取“一遍做对”。准确首先来源于对题目的正确分析，分析不正确，绝不会有正确的答案。其次要有认真的态度和习惯。

钱学森说过：“科学是严肃的、严格的、严密的，是不允许马虎的，所以科学技术工作者必须有良好的科学工作习惯，这种科学工作习惯不是凭空得来的。”因此，他要求青少年学生从小事做起，每一个习题、作业，每一个标点符号都要力求准确，培养“三严”的学习习惯。

第三，快速。做作业还要讲效率，不但要做对，而且要做得快。快速、高效能反映一个人思维的敏捷性，是创造型人才的重要特征。再者，现在各种考试的题量都比较大，时间紧，只有平时养成了快速解题的习惯，才能使考试顺利完成。

第四，规范。例如，解题格式要符合各类题目的要求，条理清楚，层次分明；解题步骤该要的要，不该要的不要；恰当地运用学科术语；书写字迹工整，干净利索，无漏字、错字。

第五，独立。有的学生过分依赖家长和参考书，有的学生懒于验算，这都是做作业的不良习惯。抄袭作业更是自欺欺人的做法，有百害而无一利。

还有，让老师或家长提醒后才坐下来做作业，这更是一件糟糕的事情。完成作业是自己的事，应该自己负起这个责任。

另外要注意先复习后做作业。我们常常看到一些同学，下了课，书也不看笔记也不翻，就急急忙忙地做作业。有的则是现翻书现做作业。

正确的做法应该是先复习后做作业。经过复习，头脑对

知识会更加清醒，做题也有了可靠的依据，又快又好。曾有一位高考状元谈到他的做作业法则，即先预习后听课，先复习后做作业。

“做作业时不要急于打开本子就做，一定要先认真看书，看课堂笔记，把概念搞清楚，公式自己试着推演一遍，看看有关例题中对公式如何应用、有何技巧。这样，解答问题就能做到胸有成竹，使作业错误少，效率高。”

2. 要认真审题

做作业前，我们要切实搞清当天所学知识后再动手做作业。不要一拿到题目就做，或一边看书一边做题。做作业时要认真审题，首先必须理解题意，即要弄清题目中已知什么，要求什么，进而寻找解题的思路与方法，设计好解题的步骤或编写好解题提纲。审题是否认真、仔细、全面，是关系到解题成败的关键。

同时，在做题的过程中要认真细心，来不得半点的马虎。因为如果在平时的作业中都粗心大意，养成对作业无所谓的坏习惯，一到考试时便会吃大亏甚至会带来终生的遗憾。

3. 学会检查修正

做完作业和同学对答案，交了作业等老师判对错，自己心中完全没有底，这都不是好的学习态度。应当学会自己独立地检查修正作业，这是培养独立思考能力的重要途径，也是保证作业质量不可缺少的一步。怎样检查和修正作业呢？办法很多，常用的有下面几种。

逐步检查法。即从头至尾逐步检查。如果每一步都没有问题了，也就保证了整道题的正确性，几何题一般都这样检查。对于作文，一般采取逐段修改的方法，看字、词、句用得是否准确、通顺，每段的意思是否表达清楚了，段与段之间的联系是否得当等。

结果代入法。就是将所得结果代入原式或原题看看是否合理。例如，在解方程或解应用题时，将求得的结果代入检验，就属于这种方法。

重做法。就是把题目重新做一遍。这种方法虽然呆板倒也常用。此法比较适合简单的题目。

验算法。就是利用一题多解或逆运算进行检验。

此外，对于某些带有规律性而又单一的题目，观察法往往更有效。

4. 应对难题和错题

遇到难题时，尽可能独立解决。一时想不通，可先放一放，甚至可以去做其他的作业。不少学生有这样的体验，有时放弃难题去做另一科作业，突然之间，原来的难题就有了解决办法了。

对于那些实在不能独自完成的，也可以请教老师和同学。如果有可能的话，可以再找类似的题做一遍，检验一下是否真正明白了。但是，切忌让别人替做，这样做不仅欺骗了老师，更重要的是欺骗了自己。另外正确对待作业中的错误，作业本发下来，不少同学关心的是自己做对了多少题。

其实，应该首先关心自己错了多少题，找出原因及时订正。因为作业中的每一处错误都是学习上的一个漏洞，如不及时修补，日积月累，漏洞就将补不胜补。

古人说“前车之覆，后车之鉴”“吃一堑，长一智”，这些说法是很有道理的。作业出错后能迅速改正，学习成绩就会稳步提高。

5. 学会克服烦躁心理

持续不断地做同一种事情，时间长了会感到厌烦，这种现象叫作“心理饱和”。有人做过这样的实验：同样的作业连续做20次，和一天做一次分成20天完成，两者相比，后者的效率比前者高出30%。而且年级越低，就越明显。因此，在做作业时，如果我们数学做腻了，就换做语文或外语；语文做厌了，就去看物理或化学；书面作业做腻了，就去做口头作业。有时还可以将作业和休息结合起来，使大脑原来的兴奋中心得到全面的休息后再去工作。

总之，作为青少年，我们要养成认真高效地完成作业的好习惯，进一步巩固已掌握的知识，并通过自己的努力，最大限度减少错误，从而提高自己的学习能力。

究竟怎样准备应对考试

俗话说："临阵磨枪，不快也光。"这也就是说，我们要做好复习，复习好了，就像士兵上战场前准备好了一切，打起仗来得心应手。

考前最容易犯的毛病是不能协调好各科的复习时间和复习内容。语文、英语、政治、数学、物理、化学，门门要考、门门要看，可时间就那么多，一时不免有些手忙脚乱。

应对的办法是根据时间的多少和自己各门功课的好坏，安排一个复习计划。

复习时每一个人的方法不同。但是，这时再从头到尾地、按部就班地复习，时间已经不允许了。每次考试前复习可以不看课本和参考书，而是写一份考试课程的提要，根据自己的回忆，把重要的概念、公式、难点、学习心得、解题技巧逐一写出来，按学科本身的体系排列。

当你可以把一门课的每一部分都回忆出来并写清楚，你就能感到考试有把握。然后，把写提要时发现的弱点，拿出来看看，进行重点复习；或者针对这些弱点找来一些习题自我训练一下，量要大，题要难，这样的考前复习花的时间不多，但效果往往比较好。

科学研究表明，人每天有四个高潮记忆点。

第一个是清晨6时至7时，此时大脑已在睡眠过程中完成了对头一天所输入信息的编码工作，加上没有前后识记材料的干扰，识记印象清晰，记忆效率高。此刻学习一些难记忆而又必须记忆的东西较为适宜。

第二个是上午8时至11时，此时我们体内肾上腺素分泌旺盛，精力充沛，大脑具有严谨而周密的思考能力。因此识记材料的效率很高，记忆量也较大。

第三个是傍晚6时至8时，我们可以利用这段时间来回顾、复习全天学习过的东西，加深记忆，分门别类，归纳整理。

第四个是临睡前一两个小时。这是因为这段时间发生记忆后，就不再输入其他信息，故不存在“后摄抑制”的影

响；同时，入睡后，大脑会无意识地进行信息编码整理，有利于记忆的保持和摄取。我们可以利用这段时间对难以记忆的东西加以复习。

我们青少年应根据此记忆规律，安排好各门功课的复习时间表，才能收到较好的学习效果。高效复习还要围绕一个中心内容来进行，既不要超越教学大纲，也不要离开教材范围。每次的复习量要适当，不能太多。还要注意文理交替，也就是说尽量不把内容相近的科目放在一起复习。同时要有集中的时间和安静的复习环境。我们可以制订一个复习计划，某一科的复习时间相对集中。复习时尽量减少干扰，安静的环境有助于我们集中注意力。

另外，复习前的准备工作也很重要。平时要利用零星时间，把与复习有关的书、笔记、作业试卷、参考题准备好，以便复习时可以综合比较，避免浪费时间。

当然，复习笔记不能马虎。在复习中应及时地把自己思考总结出的完整而系统的知识记下，有的可用图表。汇总起来，就是编织的知识之网。由厚厚一本书变成薄薄几页纸，既起到提纲挈领的作用，又有利于下一次复习，强化记忆的作用。

还有一点，我们青少年一定要牢记，在考试的前一天，应当舒舒服服地睡个午觉，出去玩，听听音乐，看场电影，松弛一下，这样对第二天考出好成绩是很有利的。

因为有科学研究表明，考试前的一两天再重复已复习过的东西，不但没有效果，反而会在我们心理上产生不良效应，干扰以前的记忆。

考场如何发挥才更出色

考场如战场，考试是对我们平时学习的检验，我们要想在考试中发挥出色，取得好的成绩，跟我们平时的学习和复习是分不开的。最重要的是，考试的临场发挥也很重要，很多平时学习很好的学生，有时候会因为在考场的状态不佳而名落孙山，由此可见，在考场上如何发挥好自己的全部潜力是我们最应该学习的。

1. 考试答题的六大技巧

在考试的过程中，要尽量放松，并注意运用一些考试技巧。这些技巧虽然不能从根本上提高你的成绩，但如果考试技巧运用得不够好，考试时必然要吃亏。

第一，要严格按试题要求答题。解答每一道考题前，先要看清题目的要求。如选择题，是单项选择还是多项选择，要求画什么样的符号，符号画在什么地方，是画在试卷上还是答题卡上；所有的试题必须全部答出还是只选答其中的某些部分；答案有无字数限制等。

试题前后括号内的说明性、提示性、解释性的文字也是判卷的依据之一，答非所问或不按要求答题的，往往不能得分。特别是对计算机判卷，如果不按要求严格答题，可能会没有分数。这一点，必须引起高度重视。

第二，遇到生题时不要轻易放弃。遇到难题，不要轻易放弃，而应把与题有关的知识列出并尝试做一些推理、论证，能做多少就做多少，能做到哪一步就做到哪一步，哪怕只是推进半步，也可能会有得分的机会，因为有些试题是按步骤给分的。就是说，即使这道题你并不能全部做出，你只

知道几个简单的部分，也要写上，那可能也是得分点。

第三，答题要抓住要点，不必赘述。有的同学答题时唯恐答不全，于是就把许多无关紧要甚至是错误的答案都“摊”到卷面上。其实有些题是按要点给分的，只要答案中反映出该题的要点，就会得到相应的分数，所以答题时要抓住中心问题，再拟出答题提纲，这样既能得高分又能有效地利用有限的时间。

第四，举棋不定时，坚持第一印象。考试中常会遇到一题有两个答案，而自己又不能肯定哪个是正确的情况，这时应选择先想到的那个。接触一道题后想到的第一个答案往往是我们因长期练习而产生的本能反应，选择它，正确的概率会相对大一些。

第五，书写要规范。我们必须按照标准格式答题，答案要层次清楚，条理分明，笔迹工整。整洁的答卷能给人赏心悦目的感觉。这样，在可扣可不扣分的时候，就会倾向于不扣分。反之，字迹潦草，卷面模糊，令人望而生厌，那么，在可扣可不扣分的时候，多半都会扣分的。

第六，注意利用联想。整张试卷内总会有些试题能够相互启发，解答一道题时，可能会联想到其他试题的解法或答案。

2. 常见题型答题方略

考试中，我们会碰到许多题型，这些题型，根据答案与判分的情况，可分为主观性试题和客观性试题。

主观性试题是指正确答案可用多种方式表述、判卷主要凭判卷人的主观经验和看法的试题，比如论述，分析、简答等。客观性试题是指正确答案唯一，不论谁判卷都只能给出同一个分数的试题，比如填空、判断、选择、改错、填图、释义、计算等。

常见题型有很多，各种不同的题型有不同的回答方法和技巧：

填空题。主要考知识的记忆。这种题的知识覆盖面较广，答题时，不要多填，也不要少填，填完后最好把整个句子默念一遍，看是否通顺、完整、准确。实在回忆不起来时，可根据自己的理解与经验来填空。

解释题。主要是解释专有名词、概念、词语、成语等，目的是考概念、词语的理解与记忆。答题时，要求用词准确、完整、不缺漏，一般使用课本中的标准说法。实在回忆不起标准说法时，可根据自己的理解来作答。解释不用过多过细，一般一两句话即可。

判断题。即判断一句话是否正确，主要考对知识的理解是否准确、科学。答题时，根据平时所理解的知识来判断，还可联系其他知识来辅助判断，要细心看题，找出一些错误的关键词。

改错题。做法同判断题类似，但比判断题要求高。要找出错误的地方并改为正确的。

选择题。选择题是标准化考试中的主要题型，它主要考对知识理解的准确性，一般给出三四个比较相似、易混淆的选择答案。选择题有单项选择和多项选择。单项选择只有一个正确的、最优的答案；多项选择一般有两个或更多的正

确答案，备选答案只有正确与错误之分，没有最优与最差之别，所以只要是正确的都可以选择。

计算题。它是根据给定的条件和原理、公式，通过运算求解的一类题，出现在数、理、化等科目试卷中。这类题，主要考分析问题的能力和对公式、定理的记忆情况。答题时，先要找出各种数字之间的关系，回忆应使用的原理和公式，再进行计算。计算时要细心，书写合乎规范格式，防止出现技术性错误。

问答题。要求对某个问题作出简要的回答。主要测验比较基本的知识，一般难度较小。回答时要针对问题，抓住要点，语言简洁，表述完整。

除了以上几种，还有作文题、翻译题、阅读短文回答问题、填图或绘图题、证明题等，也各有一些特殊的技巧。这里就不一一赘述了。

你真的爱学习吗

青少年朋友，作为学生，我们都希望自己能取得好成绩，然而在学习上，特别是在学习欲望上我们往往存在一些不够正确的认识，或存在一定程度的困扰。只有正确认识自己的学习动机，才能提升学习效率。

你想知道自己的学习动机如何吗？做一做下面的测试吧，它会告诉你接下来要怎么做的。注意，一定要选择你认为最符合自己实际情况的答案，难以决定时，就选择与你较接近的答案。

1．你是否想在学习上成为班级第一名？

A．不想　B．有时想　C．经常想

2．你考试获得好成绩时，是否想得到老师的表扬？

A．经常想　B．有时想　C．不想

3．你是否认为，学习上碰到不懂的地方，只要努力钻研，一定会弄明白的？

A．不认为　B．有时认为　C．经常认为

4．你是否想在和同学的学习竞赛中获胜？

A．经常想　B．有时想　C．不想

5．你是否认为，只要用功学习成绩就会有所提高？

A．不认为　B．有时认为　C．认为

6．你是否认为，只要努力学习，即使不喜欢的功课，也会变得有兴趣？

A．经常认为　B．有时认为　C．不认为

7．你在专心学习的时候，是否对周围发生的事不在意？

A．不在意　B．有时在意　C．经常在意

8．你是否认为，平时好好学习考试时就会得到好成绩？

A．经常认为　B．有时认为　C．不认为

9．你是否认为，在测验和考试期间，可以不参加运动和游戏？

A．不认为　B．有时认为　C．经常认为

10．你是否认为，学习紧张的时候，可以和同学玩？

A．经常认为　B．有时认为　C．不认为

11．你是否在疲劳的时候还想再查看一遍已经做的功课？

A．不想　B．有时想　C．经常想

12．你是否想在平时就复习好功课，以便能随时回答老师的提问？

A．经常想　B．有时想　C．不想

计分标准：

单序号题目，选A计1分，选B计2分，选C计3分；双序号题目，选A得3分，选B得2分，选C得1分。1各题得分相加得测验总分。

解析如下：

12分～21分——较弱

你的学习动机较弱，这对你是很不利的，容易使你丧失上进心，无所事事。

22分～27分——中等

你的学习动机属于中等，中等强度的学习动机最有利于我们的学习，也最有利于我们的心理健康，注意保持哦！

28分～36分——学习动机较强

你的学习动机过强，这会使你处于紧张状态，产生过度焦虑，反而会降低学习效率。你需要好好调整一下了。

谦虚才能学到知识

现在的青少年中独生子女占多数，家长们望子成龙心切。但很多家长只盯着孩子的成绩，只要考试成绩好就“一俊遮百丑”。我们也往往只看到自己的长处，对自己的长处无限夸大，对自己的弱点却视而不见。因此，很容易养成自满的毛病。

有人说得好：“一知半解的人，多不谦虚；见多识广有本领的人，一定谦虚。”谦虚的人就像美丽的花朵，开放时吐露芬芳，收敛时安静无声。山深愈幽，水深愈静，真正有学问有道行的人，真正成功和芬芳的人生，无须张扬和炫耀。

一个人缺少谦虚其实就是缺少知识，因此，我们更应该做一个谦虚的人，学十当一，常思己过。要以自己拥有过的一点成绩作为起点，谦虚待人，不然一招不慎，便满盘皆输了。

在如今的现实生活中，许多年轻人似乎忘记了“谦虚”两字，只会“半桶水乱晃”。在任何时候也不要以为自己什么都懂，不管别人怎么称赞你，你时时刻刻都要有勇气对自己说：“我是门外汉”。这是俄国生物学家巴甫洛夫的话，它被许多人当成座右铭。

历史的长河没有尽头，知识的海洋没有彼岸，唯有拥有谦虚，才能使我们不断学习，不断更新，不断提升。

自古以来，中华民族就有谦虚的美德，有许许多多这方面的格言警句启迪我们："满招损谦受益"、"三人行必有我师焉"、"百尺竿头，更进一步"，所有这些都告诉我们要不断塑造自己谦虚的品格，只有这样才能有不断汲取更多知识的力量。

生命有限，知识无穷，任何一门学问都是无穷无尽的海洋，都是无边无际的天空。所以，谁也不能够认为自己已经达到了最高境界而停步不前，因此趾高气扬。如果是那样的话，则必将很快被同行赶上、被后来者超过。

爱因斯坦是20世纪世界上最伟大的科学家之一，他的相对论以及他在物理学界研究成果，留给我们的是一笔取之不尽、用之不完的财富。然而，就是像他这样伟大的科学家，他还是在有生之年中不断地在学习、研究，活到老，学到老。

有个年轻人问爱因斯坦："您老可谓是物理学界的泰斗了，何必还要孜孜不倦地学习呢？"

爱因斯坦并没有立即回答这个问题，而是找来一支笔、一张纸，在纸上画了一个大圆和一个小圆。

对那位青年人说："在目前情况下，在物理学这个领域里，可能是我比你懂得略多一些。正如你所知的是这个小圆，我所知的是这个大圆，然而整个物理学知识是无边无际的，对于小圆，它与未知领域的接

触面小，他感受到自己的未知少，而大圆与外界接触的面比小圆大的多，所以更感到自己的未知东西多，会更加努力地去探索。”

多么好的一个比喻，多么深刻的一番阐述！从爱因斯坦身上，我们不但得到他留下的一笔取之不尽、用之不竭的物理学财富，还学到了他虚怀若谷的胸怀，谦虚好学、永不满足的精神！

不谦虚，损害的永远是自己，谦虚永不会伤害自己，只能使自己受益。要想做知识的主人，要想使自己的知识不断地更新，不断地提升自我，要想有所作为，就要永远记住这

“谦虚”这两个字！

谦虚好比是一盏灯。谦虚是人的心灵的展现，是照亮前进征途上的明灯，是我们生活中的去污剂。只要时刻保持谦虚的心态，就会看到自己的不足，看到别人的长处，在别人的长处中学到自己需要的东西，只有这样才能静下心来学

习，才会看到别人的长处。谦虚就像是一张名片。一个谦虚的人，必定是一个虚心学习的人，说话和气，待人真诚有礼貌，给人的感觉很亲近，具有亲和力。谦虚的人容易与其他人打成一片，生活中心情也很舒畅。

有了谦虚的心态，就会表现出平和的姿态。凡是谦虚的人，一般都会有一个好的生活工作环境，也都有一个好的未来。有这样的名片在手，会使人终身受益。

谦虚还是一种气质的表现。谦虚的人，内心都是平和的，表情也是平静的，没有丝毫的紧张，也没有丝毫的失落。有的只是平稳镇定，给人一种舒畅的感觉。

谦虚能表现一个人的品质。其实，一个人到底怎样是谁

也无法说清的，人与人的性格也是不一样的，可以说，谦虚也是性格的一种，说到底也是一种品质。

有了谦虚的品质，就会很容易让人产生共鸣，这种品质是美的，也是受人尊敬的，人们都喜欢谦虚的人。

无论遇到什么，都要谦虚一点，要多想一下事情好的一面，静下心来好好考虑，而不是凭意气用事。此时的谦虚就是一个好的情绪调节剂，我们要谦虚一点，认真听一听、看一看，或许事情就会有转机。

在人生的旅途中，我们不能过分自信，要学会谦虚，能够听取他人的意见，才能使人生不偏离正确的轨迹，才能学习到更多的知识，学会更多的本领。

我们要善于听取他人意见。当富兰克林还是个毛躁的年轻人时，有一天，一位教会的老朋友把他叫到一旁，尖刻地训斥了他一顿："本，你真是无可救药。你已经打击了每一位和你意见不同的人。你的意见变得太珍贵了，没有人承受得起。你的朋友发觉，如果你在场，他们会很不自在。你知道得太多了，没人能再教你些什么，因为那样会吃力不讨好，而且又弄得大家都不愉快。因此，你不能吸收新知识了，但你的旧知识又很有限。"

富兰克林接受了那次教训。他已经能成熟明智地领悟到自己的确是那样，也发觉自己正面临失败和悲剧的命运。于是他立刻改掉傲慢、粗鲁、好辩的习惯，使自己最终成为美国历史上最能干、最老练的政治家的。

我们要善于拒绝他人的恭维。高尔基有一个打算，出版到契诃夫为止的俄国作家优秀作品选100卷。

高尔基周围的献媚者很多，其中的一个在《100卷》的编辑会议上列举高尔基的作品，说到每一部作品时都添油加醋地恭维了一番。

高尔基居高临下地看着他，生气地撅起了胡子。当发言者说到他的早期作品之一，著名诗作《海燕之歌》时，高尔基打断他的话："您看来是在开玩笑，我想起这作品来就不好意思，这是一部很差劲的作品"。

当说到高尔基的几部剧本时，那人又一次恭维起来，高尔基又插话说："对不起，先生们，你们所谈的这位作者是个不高明的剧作家，除了《在底层》一部剧作以外，其他所有的，我看都不像样。"高尔基不因别人的恭维而收录自己的作品，表现出了他谦虚的品质。

谦虚的品格能使一个人面对成功荣誉时不骄傲，把成功视为一种激励自己继续前进的力量，而不会让自己陷在荣誉和成功的喜悦中不能自拔，沾沾自喜于已得之功，不再进取。

但是，道理好懂，但实行起来往往却相当难。对于我们青少年来说，学习上不谦虚、爱骄傲的同学有一个明显特点是：学习成绩起伏大。原因是他们不能正确对待自己，不能正确对待老师和同学。

他们喜欢用自己学习上的长处和别人的短处相比，喜欢挑老师的毛病，总感到自己不简单，这也就使他们很难从同学和老师身上学到人家的长处。这些学生在学习上稍微取得一点成绩就忘乎所以；而一旦碰到一点挫折又容易灰心丧气。

怎样才能在学习过程中使自己谦虚起来呢？我们不妨从以下几个方面做起：

要在学习上对自己提出更高的标准，提出经过自己一番努力才能达到的标准，使自己时时感到学习上还有很多问题需要解决；

要和比自己强的人相比，找到彼此间的差距。具体地说，要和同班的优秀生相比，和同年级的优秀生相比，和学习条件比自己差而学习成绩比自己好的同学相比，还可以和历史或现实生活中的杰出人物相比，从中找到差距。再进而想一想，别人能办到的事自己是否也能办到。

要想想要达成未来的事业，应对自己提出什么要求。这样去想，就会感到要学的东西实在太多了，而现在取得的成绩实在太小了。这样就会不断进取，就会在学习上取得更大的成绩。可以说，谦虚的品质正是使人成功不可缺少的美德。

人生有限，精力有限，这就注定了学贯古今、识穷天下对任何一个人来讲都毫无实现之可能，也就是说每一个人都存在无知和不足，那么虚心不自满就应该成为人们的一种共同心态，也就是说，每个人都应该虚心，因为只有谦虚才能学到更多的知识。

谦让是道德之花

谦让是一种修养和美德，谦让使人有着海纳百川的大度，青少年在生活中有了谦让，就拥有了清风拂面的淡定，也就拥有了快乐的生活和将来的成功。

谦让对青少年而言是一种爱，它恭逊温和，往往能让人与人之间的隔阂化为乌有，它能让相互的关系和谐融洽，它能消除彼此的顾忌，增进相互间的了解，它如同一种清澈柔

润的调剂，使人与人更快乐的相处。

青少年朋友，我们来看一个关于谦让的小故事：

每当同学们发生纠纷，班上老师都教育和劝诫他

们要学会谦让，过不了几天，班上依然纠纷不断。

但是，通过一次开展紧急演练的疏散，同学之间的纠纷倒少了不少，小奇很受启发。我学会了谦让，体会到宽容的意义。

那天早上，学校老师在广播里通知，今天中午让他们演练紧急疏散，设置了ABCD楼道，他们班疏散时要通过B道。

四、五班和六年级的同学都要从那里下楼，老师告诫大家要相互谦让，保持良好的秩序，快速下楼到达目的地。

通知的老师告诉他们，听到警报声不要紧张，只是演练，鞋带散了千万不要马上俯下身去系鞋带，先顺着人流一起下楼出去。

终于，他们等到了中午，大家都格外紧张，略微有点兴奋，紧张的是能不能在五分钟之内撤离教学楼，兴奋的是通过训练，以后应该再也不会因为地震和火灾等突发事故而发生踩踏事故了。

呜——警报响了，各班都快速排好队，在自己班门口静静地等着，等着前面的班级依次跑步下楼。

小奇看到，一班同学井然有序跑步下楼了，速度真快，比早操时大家在一起挤来挤去快多了。

他们班紧接着也下了楼，在楼道里，小奇一点也感觉不到拥挤，因为大家都记住了老师的谦让要求，不一会儿，同学们都跑到了操场上了。

虽然没有达到更加理想的速度，但他们依然很自豪，因为他们相互之间的谦让精神使他们用以平时更快的速度完成了疏散。

这次紧急疏散演练，让他们更深刻地认识了谦让两个字的意义，也让小奇学会了谦让。

谦让是中华民族的传统美德，它如同雨后的彩虹、雪中的火炉、沙漠中的甘露。谦让是人与人沟通的桥梁，更是心灵交接擦亮的愉悦火花。

“爱人者，人恒爱之；敬人者，人恒敬之。”谦让是人际交往中必不可少的道德行为，它像雨后的彩虹、雪中的火炉、沙漠中的甘露，给别人也给自己营造美丽、温馨、滋润的环境。

谦让是我们走向成功的台阶，它是我们在为人处事方面的润滑油，它是我们遭遇挫折时的推进器。谦让他人，会让你的人生多姿多彩，更会让你赢得别人的尊重。记得“赠人玫瑰，手有余香”这句话吗？谦让他人，自己也能收获很多。

英国《太阳报》曾以“什么时候最快乐”为题目进行有奖竞猜，八万封来信中，有大多数人选择了：谦让是最快乐。因为谦让会换来别人的感谢与微笑，也会给自己换来好心情。

谦让会使“大事化小”、“小事化了”，同时，别人会感激、欣赏、佩服你的谦让和大度。谦让，意味着不是“无理争三分”，意味着不去“得理不饶人”，如果无理者主动向有理

者道歉，有理者向无理者说声没关系，双方以和平的方式解决问题，那种场面不知会让多少人的心中暖意融融呢！

俗话说得好："与人方便，自己方便"，谦让不但能让你得到别人的尊敬和感激，而且会让你有更多的知心朋友，当你遇到困难时，他们会伸出无私的援助之手，这是对你谦让的最大回报。

俗语又说：退一步海阔天空。能忍让别人的无理举动，实在是一种难能可贵的精神。面对复杂多变的社会，你是否动摇过自己的谦让之心？无论有没有，你都要记住，谦让并不等于懦弱，它给予我们的是公平公正的待遇。你谦让他人，他人也会谦让于你。

上天是公平的，他可能没有赋予你金钱、智慧，但他给予了你走向它们的台阶，那就是谦让。用你的谦让之心换回

每一次的成功，用你的谦让之心去创造未来，去改变自己，去获得自己想要的成功。人若谦让，得到的是友情，是财富，更是逆境中伸出的援手。所以，朋友，请找回你那谦让

之心，永远不要抛弃它，也不要怀疑它。

有这样一则小故事：美国拳王乔路易在拳坛所向无敌。一次，他和朋友一起开车出去游玩，途中因前方出现异常情况，他不得不急刹车。不料后面的车因尾随太紧两辆车有了一点轻微碰撞。

后面的司机怒气冲冲地跳下车来，嫌他刹车太急，然后又大骂乔路易驾驶技术有问题，并挥动双拳，有想把乔路易打个稀巴烂的架势。乔路易自始至终都在道歉，那个司机直到骂得没趣了，才扬长而去。

乔路易的朋友事后不解地问他："那人如此无理取闹，你为什么不好好揍他一顿？又不是打不过他，你可是职业拳击手啊！"乔路易听后认真地说："若有人侮辱了帕瓦罗蒂，帕瓦罗蒂是否就应给别人高歌一曲呢？"

事实上，以乔路易的实力，只需不重的一拳，就可以给那个蛮不讲理的人一个深刻的教训，可是他并没有这样做，只是一个劲地道歉，以谦让的态度感化了对方。

谦让是一个人的豁达，如同一泓清泉浇灭哀怨嫉妒之火。可以化戾气为祥和，化干戈为玉帛。谦让又是一种高尚的品德。这时若别人冲撞了你，内心也会感到不安。你以谦让待人，自然会得到别人的理解与拥戴。

谦让还是一种深厚的涵养。它是一种善待生活、善待别人的境界，能陶冶人的情操，带给你心灵的恬淡和宁静。它不但可以改善自己与社会的关系，还可使自己的心灵得到慰藉与升华。作为青少年，在生活中要懂得待人谦让。

谦逊是事业的根基

“我自己只觉得好像是一个在海滨玩耍的孩子，偶尔拾到了几只光亮的贝壳。但真正的汪洋大海在我眼前还未被认识，未被发现”。一个伟大的数学家、物理学家、天文学家和自然哲学家在临终时是竟如此的谦逊。

牛顿用数载不懈的努力和虚心求教成就了自己光辉灿烂的一生，然而他却不因此沾沾自喜，他对于自己的渺小和对于世界博大的清醒认知都显示出了一种珍贵的品格——谦逊。

当谦逊在我们的身后默默地发挥着它的力量时，我们便会有不竭的动力，指引我们走向成功。谦逊恭谨，是成就我们的事业的根基，是我们成功的源泉。

青少年朋友，我们来看这样一个小故事：

谦逊是一个人的立足之本，是中华民族的传统美德，是人生成功的指明灯，一次小小的经历让小张领悟到了谦逊的内涵。

记得有一次，老师在课堂上对同学们说：“同学们，明天将进行考试，这次考试有一定的难度，大家要认真地准备”。老师的话引起了小张足够的重视，他把自己不懂的知识点认真复习搞懂，准备迎接考试。

第二天考完试，大家在一起议论考试的情况，当时小张的心里也有一点担心。但是当试卷发下来时，小张的心里一下子乐开了花，他以满分的成绩荣获第一名，而不是学习最优秀小蔡得到了第一名。

这次小张以平时只是中上的水平得到第一名，他自己一下子就“飘”起来了，开始看不起周围的同学，不断打击身边的好友，对同学说话一改过去平和的语调，凡事都认为自己很行。

在后来的几次考试中，小张都取得了较好的成绩，小张的心一下子“大”了起来，更是对周围的同

学不屑一顾，因为小张的改变，他的同学、朋友都开始排斥他，慢慢地小张成为了一个“孤家寡人”，成为同学们排斥的对象。

一次小张因为作业本写完了，跟他过去处得最好

的朋友借一本，他都不借给他。小张想：“不就一本作业本嘛，有什么了不起，不借给我，明摆着是妒忌我学习好”。

慢慢地就连和小张关系最好的李阳、李晓也远离他而去，小张伤心极了，“凭什么，为什么他们谁都不理我、不和我玩？”由于缺少同学之间的交流、互帮互学，小张的成绩一下子就一落千丈。

小张感到十分孤独、无助，心里充满迷茫，他每天一个人独来独往，心里空荡荡的。一天，小张满脑子都乱乱的，两眼充满疑惑。老师走到他的身旁，轻轻地拍拍他肩膀，笑着对他说：“小张，你怎么了？”

听到老师饱含安慰的话语，小张的眼泪一下子掉了下来，他满眼泪水地对老师说：“大家疏远我，我心里难过。”

老师听了他的话，沉默了一会儿，对他说：“你最近是不是骄傲了，什么都不在乎？你应该试着好好地跟同学们相处，这样对你、对大家都有好处”。

小张听了老师的话，又想想自己的所作所为，打击同学、看不起学习差一点的朋友、自高自大等一系列的事，他似乎想到了什么……

这时老师又对他说：“小张，做人要谦逊，只有谦逊，你才能得到大智慧”。

第二天，老师送给小张一首陈毅将军的诗：“九牛一毫莫自夸，骄傲自满必翻车。历览古今多少事，成由谦逊败由奢。”

多好的诗，老师给了他一服最好的“良药”。小张对照自己认真领会诗意，他醒了、懂了、也明白了。

此后，小张学会了谦逊对待每一个同学、朋友，他又重新拾回了往日的欢笑，因为前车之鉴，他懂得了珍惜、谦虚，学习成绩也在这次小小的教训后得到了质的提升，他十分珍惜老师给他的启示——谦逊。

在一次采访中，记者询问国际数学大师陈省身当初为什么选择了数学，陈省身回答：别的都不会，只好做数学。

无独有偶，另一个记者采访著名画家黄永玉，问他当初为什么选择画画，他的回答也是：别的都不会，只好作画。

他们所擅长的领域虽然不同，但都有一个相同之处，那就是他们尽管功绩卓著，但都十分谦逊，十分低调。

成功来自谦逊。为什么呢？庄子说：“吾生也有涯，而知也无涯。”他很明确地指出了学无止境地道理。

假如你知道的是天上的“一颗星”，那么知识就是整个宇宙，辽阔无边。一个人只有掌握了许多必要的、有用的知识，成功的大门才会向你打开。因此，我们要谦虚好学。

著名学者笛卡尔说过：“越学习，越发现自己的不足。”是啊，只有通过学习，不断扩大知识领域，扩充知识面，储蓄更多的信息，你才能真正领悟到“知也无涯”的深

刻含义。

这样，你既不会妄自菲薄，也不会妄自尊大，做到谦逊成熟，不断进取，成功便不招自来。

那么，当我们在学习上有了一定作为的时候，还要不要谦逊呢？要！因为“谦虚使人进步，骄傲使人落后。”有些人往往就是由于骄傲自大而陷入泥坑。正如前面故事中的那个青少年朋友一样。

古人说得好：“满招损，谦受益。”如果取得了一点点成绩就沾沾自喜，被眼前的胜利冲昏头脑，就会把辛辛苦苦得来的成绩毁于一旦。

在我们的学习生活中尤其不能骄傲，格言说：“虚心的人十有九成，自满的人十有九空。”我们在取得好成绩时不自满，才会更上一层楼。

成功源于谦逊，这种谦逊不是浮于表面的，它不同于在公众面前的“谦恭奉承之势”，而是一种对于昨日辉煌能够淡然处之，对于名利不趋之若骛，对于宇宙世界的博大能够

清醒认知的珍贵精神和品质。

“满招损，谦受益”、“谦虚使人进步，骄傲使人落后。”这两句话都说明了谦逊对于成长的重要性。因为只有谦逊才能让人不断地接受新思想新知识而能不断进步，骄傲自满只能停步不前。

反过来讲，见识越广就越知道自己不足，因而也就越谦逊，而坐井观天者却只为自己能观察头顶上的一方窄小天空而沾沾自喜。

谦逊是一种待人对事的态度，也是品德修养的重要体现。因为只有谦逊的人才能不傲气、少自负，尤其在成绩面前不骄不躁。只要拥有了这种品格，它便会不断地推动我们向成功迈进。

法国文学家维克多·雨果说得好“谦逊比骄傲有力量得多”。没错，心中怀揣着谦逊感恩，带着这种精神努力，才能将自己的梦想和目标付诸现实。这种宝贵的精神的确能将那些伟大的人生装点得流光溢彩，令人过目难忘。

青少年朋友，让我们永远牢牢记住吧，成功源于谦逊。胸怀谦逊之心，足踏万里之路，为我们未来的人生事业奠定良好的根基吧！

书中蕴藏着知识宝藏

随着互联网的普及，我国网民近年来大幅超过美国，跃居世界第一。这本是一件令人高兴的事，但是，却同时出现了一个让人担忧的问题——现在的青少年朋友阅读量大大减少了。

有一段时间，甚至经常有人说："读书其实没有用，看现在的许多大富商，钱挣得红红火火，但也没几个有文化

的。"还有的人说什么"造原子弹的不如卖茶叶蛋的"。

读书，真的没有用吗？非也。书籍，是知识的宝库，让我们变得博学多才；书籍，是五彩生活的万花筒，教会我们

品味生活；书籍，是大千世界的缩影，让我们看透世界；书籍，是人体中不可缺少的血液，是我们的精神支柱；书籍，是我们美好的回忆，让我们欣赏其中的魅力。

书中的知识多得像一片海洋，而我们知道的知识只像一块漂在海洋里的木头；书中的知识多得像一片大草地，而我们知道的知识只是其中最小的一棵草。

书中自有黄金屋，书中的知识胜过珠宝。书的益处，真是太多了，朋友，让我们来看一个青少年朋友是如何喜欢读书的吧：

古人说“书中自有黄金屋”，小轩也这么觉得！小轩从小就很爱看书。她离不开书，就像鱼儿离不开水一样。

在小轩三岁的时候，她就得到了一本小小的书，

它是妈妈亲自去给她买的，名叫《肥皂泡旅行记》。书的形状很有意思：是一个带着微笑的肥皂泡。书中只有图画，没有文字，但图书内容丰富有趣，让她看了就爱不释手。

小轩上小学了，逐渐地，只有图画的书已经不能满足他了。她终于开始接触有文字带拼音的书。在享受书给她带来的乐趣的同时，也让她认识了更多的文字。

小学二年级的时候，小轩又开始看起了童话。《白雪公主》、《小红帽》、《灰姑娘》和《丑小鸭》，这些故事都让她入迷。其实最大的原因就是，这些童话故事的结局往往都是正义战胜邪恶，她当时很喜欢那种感觉。

渐渐地，小轩开始看起了儿童小说，内容更是精彩、有趣。有一天三更半夜的时候，她偷偷拿着一本《淘气包马小跳》趴在阳台上，借着皎洁的月光，津津有味地看了起来。

就这样，她将那整整一本书看完了！当她想回去睡觉的时候，竟然把最重要的“证据”——书落在了阳台上。第二天早上，妈妈在阳台上发现那本书时，实在是哭笑不得。

当小轩的知识“更上一层楼”的时候，名著出现在了她的书架上。她一读起来更是“废寝忘食”。

有一次，走在放学的路上，在过马路时，小轩还

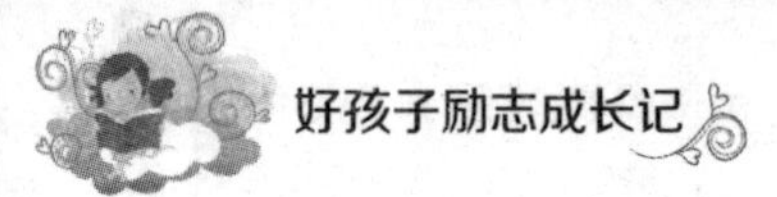

拿着一本《钢铁是怎样炼成的》在津津有味地看着。这时候，一辆车疾驰而来，与她擦肩而过。好险啊！

现在，小轩已经是一个六年级的学生了，即将告别小学走向中学。平时，要复习好功课，很难挤出一点儿时间来读书，因此，她只能在中午和晚上挤出一点儿时间来看书。

书中的内容丰富多彩，让小轩看到了五彩缤纷的世界，体会到了喜怒哀乐。有时书中的人物做出滑稽的表现让她开心不已；有时书中的人物做出那令人敬佩的行为，又让她为之感动；有时书中的人物损人利己，让她感到十分愤恨。只要捧上书，她就像坐在小船里遨游在无边无际的知识海洋里。

有时小轩看书竟然忘了时间，忘了吃饭，如痴如醉。《童话世界》丰富了她的想象力，《百分大王》提高了她的作文水平，《寓言故事》让她懂得了一些人生道理，《茶花女》等一些名著，让她领略到了大作家的风采……

虽然小轩的年龄不大，不懂得太多复杂的感情，但她曾为《红楼梦》中的林黛玉发出叹息，为《简·爱》中的女主人公最终找到了幸福而兴高采烈，更为《西游记》中的师徒四人化险为夷，最终取得胜利而欢呼雀跃。

面对这一本本好书，小轩将自己融入书中，走进人物的心里……

书籍是人类进步的阶梯，在书籍里，可以挖掘到丰富的知识宝藏。若把书比作海洋，小轩觉得她只尝到了一滴水；若把书比作花园，她觉得她只寻到了一朵花……

书的王国中有着浩瀚的知识，小轩要在这间黄金屋里找到更加丰富的宝藏！

读书，对任何人而言都是一件有益的事。高尔基说："几乎每一本书都似乎在我的面前打开了新的不知道的世界窗口。"的确，书是使人明智的财富！

读书可以开阔视野。每个人的生命是有限的，不可能对每一种事物的认知都要亲身实践，只有通过读书，才能使我们知道，美丽的星空是广阔无边的，人类的进化是经过漫长历程的，大自然是神奇而美丽的，知识的海洋是无穷无尽的……

书本中的知识可谓是包罗万象。通过读书，可以丰富知识，拓宽视野。读的书多了，自然就懂得多了，"博闻强识"也就是这个道理。

读书可以陶冶情

操。当我们心情郁闷、悲观失望时，可以翻翻那些使人在笑声中受到启迪的漫画书和童话书，你会为“灰姑娘”美好的结局而感到欣慰，为“丑小鸭”变成美丽的天鹅而兴奋不已。也可以看看科幻书，它们带你走进科学的世界，产生美好的遐想，不再感受到生活的平淡，从而使人精神焕发，信心倍增。

读书可以提升文学性情。舒婷的诗有明丽隽美的意象，缜密流畅的思维；何其芳的《秋天》让人感觉到丰收的喜悦凝聚在饱食过稻香的镰刀上；罗兰的散文如连环画，自然、清新，充满生活情趣，让我们爱不释手；朱自清的散文描写细腻，富有诗意，让我们流连忘返。书能让我们提高自己的精神境界。

读书可以提高写作水平。我们每一个人都有过为写作文而发愁的经历。读书过程中，你会欣赏到许多优美的词句，在写作时，就可以学习和借鉴，取长补短。长此以往，便会积累丰富的素材和经验，自然就能体会到“读书破万卷，下笔如有神”了。

读书可以使我们懂得更多道理。一本好书就是我们人生道路上的指航灯。当你处在人生的十字路口无法判断时，有关教育如何做人方面的书籍会使我们毫不犹豫地做出理智的判断，不为蝇头小利而动，不为艰难险阻所困，扎扎实实地走好人生的每一步，做一个勤奋、诚信、高尚的人。

读书可以增强我们的爱国意识。中华民族有着悠久的历史和灿烂的文化，四大发明、雄伟的万里长城、辉煌绝世的

兵马俑，无不让我们骄傲和自豪。然而火烧圆明园、南京大屠杀的耻辱历史，让我们知道贫穷落后是要挨打的，从而激励我们更加奋发图强，把祖国建设得繁荣富强，使历史的悲剧不再重演，让周围的人过上幸福安康的生活。

读书是一种享受生活的艺术。当你枯燥烦闷时，读书能使你心情愉悦；当你迷茫惆怅时，读书能平静你的心，让你看清前路；当你心情愉快时，读书能让你发现身边更多美好的事物，让你更加享受生活。

古往今来，人们之所以重视读书，是为了从书中汲取营养。书籍是人类进步的标志。假若你手捧着一本书，在校园的长凳上细细地阅读时，你一定会有一种满足感。

有人曾说过：“书的所有价值，其一半都是由读者创造的。”读书是一种学习的过程。一本书有一个故事，一个故事叙述一段人生，一段人生折射一个世界。“读万卷书，行万里路”说的正是这个道理。

总之，读书应成为青少年生活的一部分。书是知识的海洋，信息的仓库，是经验的总汇。大家应该学习古人的精神，挤时间读书，多读一本书，多活一种人生，多一份智慧，多一分力量。

在读中学，在读中乐，与书为友，为自己营造一个书香人生，让我们每一个人都热爱读书吧！

知识是成功的基石

青少年朋友，冥冥之中，是什么主宰着我们的命运？我们要怎样才能改变自己的命运呢？著名导演张艺谋就回答了这个问题："无论是名扬全球的科学家、艺术家，或是一个普通百姓，都是知识改变了他们一生的命运。"

是知识，让贝多芬扼住了命运的咽喉；是知识，让轮椅上的霍金成为了全世界的骄傲！

知识就是力量，是彻底改变个人命运的第一推动力。在当

今知识经济时代中，谁拥有知识、拥有才华，就等于把握住了自己命运的咽喉。知识改变命运，知识助我们走向成功。

青少年朋友们，让我们来看一个小故事：

1995年，24岁的宁波青年丁磊揣着几千块钱，孤单地站在广州繁华的街头。这里的电脑城一片欣欣向荣，很多年轻人都在寻找自己的创业机会。

此前，从成都电子科技大学毕业后，丁磊回到家乡，在宁波市电信局工作。电信局“旱涝保收”，待遇很不错，但丁磊感到一种难尽其才的苦恼。

1995年，他从电信局辞职，遭到家人的强烈反对，但他去意已定。他这样描述：“这是我第一次开除自己。人的一生总会面临很多机遇，但机遇是有代价的。有没有勇气迈出第一步，往往是人生的分水岭。”

他选择了广州。有朋友问他为什么去广州，不去北京和上海？他讲了一个笑话：广州人和上海人，其实就是南方人和北方人的比较，如果广州人和上海人的口袋里各有100块钱，然后去做生意，那上海人会留50块钱作家用，另外50块钱去开公司；而广州人会再向朋友借100块钱去开公司。

凭着耐心和实力，丁磊终于在广州安定下来。1995年5月，他进入一家外企工作。最初的日子是艰难的，他后来“精湛”的厨艺，就是那段日子“苦中作乐”的明证。

工作一年后，丁磊又一次萌发了离开那里，和别

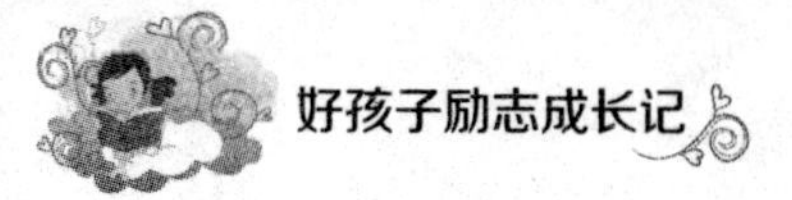

人一起创立一家与电脑网络相关的公司的念头。在当时他已经可以熟练地使用电脑网络，而且成为国内最早的一批上网用户了。

1996年5月，丁磊当上了广州一家因特网服务公司的总经理技术助理。在这家公司，他建立了中国公用计算机互联网上第一个“火鸟”网上论坛，结识了很多网友。

1997年5月，已经三次跳槽的丁磊决定自立门户，创办网易公司。1998年7月，中国互联网信息中心投票评选十佳中文网站，网易获得第一。

丁磊的成功绝不是偶然。如果没有他掌握的计算机知识，他就不可能有后来的成就。可以说，正是知识成就了丁磊的财富人生。这对于我们大家是不是有所启发呢？

从远古开始，人们不断丰富自己的知识：从油灯到电灯到无影灯，从刀剑到枪械到炸弹，从热气球到飞机到火箭……正因为人们不断丰富知识，掌握技能，才不断地在自然中生存得更好。

现在，我们能做的，就是丰富自己的知识，为祖国的繁荣昌盛而学习知识。马克·吐温曾经说过：“19世纪有两个奇人，一个是拿破仑，另一个就是海伦·凯勒。”

海伦·凯勒在19个月的时候失去了视力和听力。在这黑暗而又寂寞的世界里，她用顽强的毅力克服生理缺陷，得到许多知识，掌握了五国语言，完成了一系列著作。

海伦·凯勒在书中写道：“知识给人以爱，给人以光明，给人以智慧，应该说知识就是幸福，因为有了知识，就是摸到了有史以来人类活动的脉搏，否则就不懂人类生命的音乐!”

的确，知识的力量是无穷的，正是知识使海伦·凯勒创造了这些神话。我们每一个人，都应该像海伦·凯勒一样，用知识来充实自己，变成一个对社会有用的人。

大家听说过犹太人的故事吗？犹太人父母在他们的孩子出生时就在书本上滴上蜂蜜，让孩子去吃，为的就是告诉孩子们，看书就跟吃蜂蜜一样甜。

所以犹太人特别爱看书，曾经有人统计过，平均每个犹太人一年要看300多本书，他们从书中积累了丰富的知识。而现在世界公认犹太民族是世界上最有创造力的民族。

当今社会最注重什么？人才！因为人才是促进社会发展的动力，只有掌握了足够的知识，才能成为一个人才，成为对社会有用的人，反之，我们就很难被社会认可，终将被社会所淘汰。一个有知识的人能改变自己的命运，一群有知识的人能改变国家的命运。

知识对于一个人、一个团体、一个民族，是多么的重要！知识，是我们精神的需要，知识是无穷无尽的，在你不断汲取知识营养的同时，知识已经化为了一种力量，让你无往不胜。

在竞争日趋激烈、知识更新不断加快、科技发展日新月异的今天，对新知识的学习就更显得十分重要了。因此一辈子都要在学习中度过，是强者做人的重要法则。

一个缺乏知识的人，怎么能够成为强者，怎么能够与人较量？学习是成功的资本，这是因为无学识将无以致用，所以要做一个以知识为本的人。

在人的一生中，绝不会顺利地走向巅峰，遭遇挫折和失败是难免的，学习和提升自我的速度如何，是在这个无情竞争的社会中成败的关键。

鲜花和掌声从来不会赐予好逸恶劳者，而只会馈赠给那些风雨兼程的前行者；空谈和散漫决不会让你美梦成真，只会留下“白了少年头，空悲切”的慨叹；只有学习知识，才能到达成功的彼岸。

知识是石，敲出生命之火；知识是火，点燃命运之灯；知识是灯，照亮命运之路；知识是路，引我们走向灿烂的明天！

那么，新世纪的青少年们，赶紧行动起来，抓紧时间学习，用知识创造全新的自己，用知识创造美好的未来，续写中华民族的辉煌吧！

学习助你完善人生

今天所处的时代，是知识的时代、信息的时代、竞争的时代，更是一个学习的时代。竞争就是知识的竞争、科学技术的竞争、人才的竞争。

著名的管理大师圣吉彼德曾说过："未来唯一持久的优势，是你有能力比你的竞争对手学习得更快。"

学习是一个人们再熟悉不过的词语了，但对于许多人来

说，学习还是一个远没有解决好的问题。学习是需要人们终身面对的一个重要问题。"学如逆水行舟，不进则退"。

在这样一个激烈竞争的时代，无论是个人、企业还是国家，都在学习中赶超他人，使自己立于不败之地。学习是成

功之母，学习是通向未来道路的铺路石。

一个人只有重视学习、善于学习，不断提高自己的知识和本领，才能掌握自己人生的主动权，成就自己美好的未来。比尔·盖茨说："你可以离开学校，但你不可以离开学习。"

亲爱的青少年朋友，我们来看一个小故事吧：

在小沐咿呀学语的时候，妈妈就给她买了小朋友的学前知识套餐，包括唐诗、寓言故事、童话故事等。在妈妈的引导下，她在两岁时，已能背得滚瓜烂熟，尽管书是倒着拿的。

在五岁时，小沐已经能认字读书了，妈妈给她买了《西游记》连环画。她捧着那本书贪婪地读着书上

的每一个情节，看了一遍又一遍，简直入了迷。

渐渐地，小沐便和书结下了不解之缘。《十万个为什么》让她知道了大自然的美妙和五彩缤纷的世界，还有浩瀚的宇宙；《白雪公主和七个小矮人》把

她带到了那座神奇的小木屋，让她懂得了“不要从外表去判断一个人的美和丑，关键是看他的心灵”；《悬梁刺股》的故事，激起了她勤奋学习的火花……她爱上了读书学习。

就这样，妈妈开启了小沐人生起步的大门，读书伴她度过了纯真的学前时代，又引领她走进多彩的小学时光。

记得小时候，小沐常常缠着爸爸妈妈问他们一个又一个稀奇古怪的问题，他们常常被她问得哭笑不得：“多读书，它会给你满意的回答。”

每个夜晚，在柔和的灯光下，妈妈开始给她讲书上有趣的故事，她一边听，一边看妈妈念的字怎么读，到幼儿大班的时候，她已经能将报纸上的新闻读给妈妈听，妈妈惊奇了……

上小学了，在老师的帮助下，小沐学会如何看书，只要一有时间她就跑到新华书店，像一只贪心的小蜜蜂，在书的百花园里采集花粉。

在这里，小沐发现了一个又一个秘密：猿人是人类的祖先；恐龙高大可怕；远古时代，人们钻木取火……哦，世界原来这么奇妙！

如果没有书，人类将永远蒙昧无知；如果没有书，我们将不能生活，不能进步。小沐的成长离不开书。在书本里，她曾经被《皇帝的新装》逗得前仰后合，被《卖火柴的小女孩》感动得热泪盈眶。书，能让她思索，那里有人世的沧桑，有历史的痕迹；书，更能让她成熟，让她成长，指引她前进的方向。

俗话说："秀才不出门，尽知天下事。"读书使小沐足不出户就能感受到茫茫宇宙的无限神奇，还她使她懂得了做人的道理。妈妈说，要学会读书，要读好书。不但要读，遇到好的东西还要记下来。

小沐准备了笔记本，有时自己记，有时妈妈帮她记，记下来的东西又是一本好的学习资料，随时用得着。最近，小沐又读了一套《感恩》全集，从那里，她体会了人生的艰辛和不易，学会了关爱和感激。

有人说过："读一本好书，就是和许多高尚的人谈话。"一本好书是我们的良师益友，一本好书将使我们受益终生！

书，开阔了小沐的视野，丰富了她的生活；书，帮助她不断提高，不断进步；书，带给她幸福，带给她满足。拥有书，小沐觉得自己拥有了整个世界，拥有了美好的明天！

漫漫人生路，时常感叹时光流逝、悄然地从指尖溜走，而茫然不知所措。我们要像故事中的小主人公那样，每天好好学习，好好读书，让学习伴我们成长，陪我们进步。

学习就好比人生的阶梯，是一个循序渐进的过程，我们从未止步，一直在攀登。历来有好多名人志士都懂得如何去学习，去掌握知识，因此他们才获得惊人的成就。

美国著名汽车制造商亨利·福特曾说过：不管是30岁还是80岁，当一个人停止学习时，他就老了！

不停止学习才能保持年轻，人生中重要的事就是保持心理的年轻。所以努力学习去保持年轻！

论语中这样说：学而时习之，不亦说乎？有了学习，你的人生才能感觉到快乐，感觉到充实。

有这样一个名人，可谓家喻户晓。他就是美国著名的发明家爱迪生。他从小家境贫寒，只读了3个月的小学就失学了。

在上学的时候，妈妈常被叫到学校去跟老师谈话，因为爱迪生常常提出一些老师认为很奇怪的问题，老师认为他是一个低能儿童。于是妈妈就决定自己来教导爱迪生。

爱迪生从小就对很多事物感到好奇，而且喜欢亲自去试验一下，直到明白了其中的道理为止。他的一生都沉浸于自己热爱的科学实验当中，取得了1093项专利权。

正因这种勤于自学，对发明事物钻研的精神，善于思考的态度，他才能从别人眼中的低能儿转变成后来的“发明大

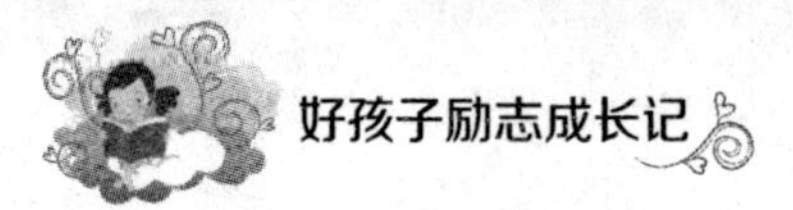

王”。他曾说过：天才是百分之一的灵感加上百分之九十九的汗水。

是的，这百分之九十九的汗水就是他不断学习的过程。他的学习过程不光有汗水还有快乐，才有如此惊人的成就。这就是爱迪生的一生，他的一生就是在科学实验中度过的，他一生都在学习和研究。

没有知识的人生是可怕的，没有学习的人生是无知的，所以让我们为人生插上知识的翅膀，努力学习吧！没有学习就没有进步，没有进步就没有发展，人生需要不断地学习。

当今社会是一个科学技术日新月异，处处充满知识的社会。现在，学习知识成了社会生活的头等大事。显然，没有知识，在社会上是寸步难行，很难立足于这个社会，更不要说服务于社会，对社会有所作为了。

俗话说：活到老学到老。如果每一个人都能把学习放在一生中的重要位置上，那么我们的社会每天就会有许许多多在不断学习的人，那么，我们怎么会愁社会不进步？怎么会愁我们的国家不强大?

为了祖国的强盛，我们要学习；为了人类的进步，我们更应该学习。为了社会的繁荣，国家的强大，民族的兴旺，为了科技的进步和发展，让我们一起行动起来，不知疲倦地学习吧！

让我们每一个人都博览群书；让我们的社会充满了琅琅书声；让我们每一个城市都笼罩着一股浓浓的学习气氛；让我们的社会成为一个实实在在的“学习型社会”。

人生需要不断超越

“超越梦想一起飞，你我需要真心面对。”一首《超越梦想》唱出了无数人敢于超越自我、超越梦想的激情。的确，超越中暗含着危险，超越需要十足的勇气。但是，没有对自我的超越就没有可能到达一个崭新的高度。

当你面对挑战时，是勇敢向前还是畏惧不前？当你面对

机遇时，是果断超越还是左右迟疑？当你面对困难时，是勇于超越还是害怕退缩？

为了让我们的生命更加精彩，青少年朋友，我们应选择前者，实现不断超越的人生。

亲爱的朋友，这里有一个勇于超越的小故事：

有一天，老师高兴地对同学们说："要进行全国绘画比赛了，希望同学们积极报名参与。"

洋洋环视四周，同学们都安静地坐着，教室里鸦雀无声。没有人勇敢地举起手，没有人鼓励自己参加比赛。

他想：人生能有几回搏，机不可失，时不再来。又细想，这次没勇气，怕困难，下次还是没有勇气，机会不就这样悄悄地溜走了吗？

不行，我要战胜缺乏信心的自己，抓住这次比赛的机会。想到这里，洋洋举起了手，报名参加了比赛。

回到家，洋洋精心地准备好绘画工具，并将各色的颜料收拾得整整齐齐。万事俱备，只欠东风。

比赛那天，洋洋自信满满地直奔考场，但是比赛开始前，他心里还是"怦怦"跳个不停。比赛在他的焦急期待下终于开始了。这次他对绘画的主题画稿已经"胸有成竹"了。但是因为紧张，他手心直冒冷汗，前几次都没能画好。

后来，他调整心态，暗暗为自己打气，终于把画画好了。经过一段时间的等待，比赛结果出来了，洋洋得了三等奖。公布结果的那一刻，他激动极了，心里比吃了蜜还甜，因为他又一次战胜了自己。

这次比赛以后，洋洋毫不犹豫地又报名参加了学

校举行的其他比赛。虽然不是每次比赛都能取得优异的成绩，但是每参加一场比赛他的自信心就更多一点，对自己的认识也就更进一步。

通过这些挑战，洋洋知道了失败时不能妄自菲薄，要看到光明；成功时不能趾高气扬，要看到不足；在困难面前不失掉信心，要保持冷静的头脑，永远不放弃自己追求的目标。

人生在勇于超越中才能得到升华，正像故事中的主人公那样，在别人都不敢报名的时候，他毅然地举起了手，抓住了这次的绘画比赛机会，不仅超越了同学，更超越了自己。

人生需要不断地超越，只有超越，才能让我们的人生充满激情，永远保持新鲜。为什么这样说呢？

美国著名的人本主义心理学家马斯洛说，人的需要由生理需要、安全需要、归属与爱的需要、尊重的需要、认识需要、审美需要以及自我实现的需要七个不同层次的需要组成。

如此一来，人的一生本也就应该是一个不断追求、不断超越的地过程，这个过程将会永无止境。这与人心不足的贪婪是不同的，这种追求本身并不是或者不仅仅是指向物质，而包含着更加丰富的内容。

这个世界上，一切都是变化的，除了运动，没有什么能够永恒。同样，人的一生，也没有什么是永恒的，永恒只存在于不断的创造和不断地超越之中。

百尺竿头须进步，即使到了百尺竿头的顶端，取得了很大的成就，也不能骄傲自满，还要继续努力，再接再厉，去争取更大的胜利。

只有不断地超越，才会取得更大的胜利。无论在学习中、生活中，只有懂得超越、会超越的人才会胜利。

但超越谁，是由自己决定。你可以选择超越自己，也可以选择超越别人。当你找到了超越目标，就要敢于超越，不管超越多少，哪怕是一点点，只要你勇往直前，永不退缩，就是自己生命中的勇者。

要知道，不是每个人都会超越的。有些人会自满，认为自己已经做得不错了，就适可而止了。其实，这是远远不够的。

想要超越自己的人，你可要谨慎一点了。自满也许会让你找不到自己的缺点，因此，也就无法进一步地去改善自

我。即使改善了，你也会有一种“差不多了”的心理，因为你没有目标，没有竞争。所以只有永不自满，永远努力奋斗的人才能不断超越自我。

如果选择超越别人，那人与人之间就能互相竞争，大家

就能共同进步，取长补短，做得更好。

不断超越，能让人越来越聪明。在睡觉前，你应该问一下自己：我今天超越了吗？其实，只有那种敢于超越，永不自满的人才能成为社会上、生活中的智者。

每个人都有不足，世界上没有一个人是十全十美的。当你自满时，当你克服不了懒惰的心理时，你就要想起这句话：没有最好，只有更好。

只有不断地去超越，生活才会充满乐趣和希望。小溪在不断超越中东流入海，竹子在不断超越中节节拔高，人生在不断超越中获得成功。

超越前人，方能展示自己的思想。前人的思想理论只是一块奠基石，只有不断超越，才能突破束缚，让自己的思想发光。

麦克斯韦超越了法拉第的“电磁感应理论”，提出了自己的“数学电磁论”，超越让他从一个新的高度来阐释自己，超越让他站在巨人的肩膀上摘到了属于自己的星。所以，只有不断超越，思想才能闪光，人生才能飘扬。

超越苦难，方能拥抱自己的梦想，苦难是人生的垫脚石，只有超越它，把它踩在脚下，梦想便只有咫尺之遥。

霍金在超越苦难后，终于让自己的思维遨游于无际的宇宙黑洞中，他就像凤凰一样浴火重生，就像毛虫一样破茧化蝶，正是在一次次的超越过程中，他实现了自己的目标，拥抱了自己的梦想。所以，只有不断超越，梦想才会实现，人生才会辉煌。

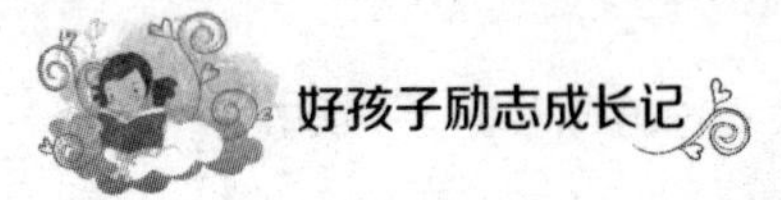

如果不是一次次的超越自我，博尔特能在赛道上风驰电掣打破自己所创的世界纪录么？如果不是一次次的超越自我，比尔·盖茨能不断开发出新的计算机软件系统而引领信息行业么？因为超越，他们不断地走出过去的自我，走向新的自我，最终走向完美的自我，所以，只有不断超越，自我才能更加完美，人生才能远航。

在竞争日趋激烈的现代生活中，“超越”意识是不可少的。只有时刻准备着超越，时刻保持超越的姿势，我们才不会被竞争所吞噬，才能在茫茫天地间占据一个原点，以此为圆心开辟自己的世界。

“白日依山尽，黄河入海流，欲穷千里目，更上一层楼。”人生也应如此，超越无止休。

冰冻三尺，非一日之寒。超越也非一日之功，任何成功的花儿都经历了奋斗的泪泉，洒遍了牺牲的血雨。

邓亚萍如果不超越，何以成为世界冠军？又岂能成为后来的奥运大使呢？奥斯特洛夫斯基如果不超越，何以凭借流血的手指“写出”生命的著作《钢铁是怎样炼成的》？美国第一飞人盖·费斯如果不超越，何以敢与癌症作殊死搏斗，最终成为“从坟墓中爬出来的世界冠军”……

所有的一切都在昭示着：只有超越，才能迈向成功之路。

想象力创造大事业

想象力对于人们取得成就的作用非常大。很多人都看过一部叫作《哆啦A梦》的日本动画片，这部动画片的作者是两个人，他们共用“藤子不二雄”这个笔名。这部动画片面市后，取得了数百亿日元的收益，深受世界各国人民的喜爱。

可是，很多人不知道，如此好看的动画片其实来源很简单。《哆啦A梦》的创造要追溯到1970年的某个截稿日，作

者家里突然闯进了一只小猫，虽然很快就要截稿了，但作者还是和小猫玩了起来，还替小猫抓虱子，而这一抓就是几个小时，等作者发现时间不够用的时候，已经来不及完成稿子了。这时作者像热锅上的蚂蚁一样走来走去，突然踢倒了女

儿的不倒翁玩具，于是他灵光一现，把猫的形象和不倒翁结合起来，就创造出了带给我们无数欢乐的《哆啦A梦》。

一个偶然闯入生活的小猫，刺激了伟大的作者，让他在无限的想象之下，创作出了一部不朽的动画片。

我们现在用电脑打字，很多人不方便使用拼音输入法，因为我国幅员辽阔，各地方言存在差异性。王永民发现了这一现象，他认为，在电脑和手机上用拼音输入汉字，实际上是在“用拼音代替汉字”，长此以往，必然使越来越多的人提笔忘字，甚至不会写字，使报纸、书籍、电视屏幕上的错别

字越来越多。他认为，造成这一严重情况的根源，就是人们把拼音字母当成了思维和书写的载体，而汉字的灵魂即笔画和结构，却蜕变成了汉字的“第二层衣服”，即变成了拼音字母的衣服。这种主客易位、本末倒置的做法，是对汉字的自我疏远，是对汉字文化的自动阉割。

在认真研究和努力之下，他创造了王码五笔字型输入法。他在多学科最新成果的基础上进行集成和创造，提出“形码设计三原理”，首创“汉字字根周期表”，发明了25键4码高效汉字输入法和字词兼容技术，在世界上首破汉字输入电脑每分钟100字大关，并获美、英、中三国专利。

如果没有一定的想象力，他是无法完成这个伟大创举的，因为我国的汉字数以万计，而英文字母只有26个，把汉字的字根和英文字母一一对应起来，是一项非常艰巨的工程，不过他做到了。他的想象力在这个过程中发挥了巨大的作用。

还有一个更有想象力的企业，就是美国的苹果公司。我们可以看到满大街的人都在用Iphone、Ipad，它们的客户遍布世界，苹果公司成为了全球最有发展前途的企业之一。

苹果公司之所以取得如此巨大的成绩，就是源于它的成员更具想象力，他们开创了平板电脑的时代，触摸屏的应用让电脑使用起来更方便，Ipad一直被各个生产厂商模仿，但是它从来没有被真正超越过。

这些例子充分告诉我们一个道理，想象力有多大，你的发展空间就有多大，你的成绩就会有多大。想象力是我们大脑智慧的体现，从现在开始，好好培养你的想象力吧！

抓住转瞬即逝的灵感

你有没有灵感的火花突然迸发的时候呢？很多发明创造都是和灵感分不开的。如果能及时地发现灵感，并且根据灵感的火花加以行动，那么，你很快可以取得一定的成就。

什么是灵感？灵感就是形成中的创造性认识刹那间在人脑中的反映，它具有突破性、新颖性。灵感是一种综合性突发的心理现象，是思维与其他心理因素协同活动的结果。

青霉素的发现者是英国细菌学家弗莱明。1928年的一天，弗莱明在他的一间简陋的实验室里研究导致人体发热的葡萄球菌。由于盖子没有盖好，他发觉培养细菌用的琼脂上附了一层青霉菌。这是从楼上的一位研究青霉菌的学者的窗口飘落进来的。使弗莱明惊讶的是，在青霉菌的近旁，葡萄球菌忽然不见了。

这个偶然的发现深深吸引了他，他设法培养青霉菌并进行多次试验，证明青霉素可以在几小时内将葡萄球菌全部杀死。弗莱明据此发现了葡萄球菌的克星——青霉素。

青霉素是抗生素的一种，是从青霉菌培养液中提制的药

物，是第一种能够治疗人类疾病的抗生素。

在弗莱明之前，至少有28位科学家报告过霉菌杀死细菌这个事实。但是，由于他们没有产生灵感，没有形成创造性的认识，因此错过了发现青霉素的机会。

灵感的形成，虽然在电光火石的一刹那间，但它与一个人的知识、经验，以及分析、综合、判断能力等有直接的关系。因此，它离不开个人长期的积累。而且，每一次灵感在形成之后，还要经过验证、充实和完善。

引发灵感最常用的一般方法，就是愿用脑、会用脑、多用脑，也就是遵循引发灵感的客观规律科学地用脑。关于愿用脑的问题，这里就不多说了，主要是“充分发挥主观能动

性”。下边分别谈会用脑和多用脑。

会用脑

凡是善于引发灵感、能够形成创造性认识的人，都很会用脑。一般人以为显而易见的现象，他们产生了疑问；一般人用习惯的方法解决问题，他们却有独创。他们的特点是喜

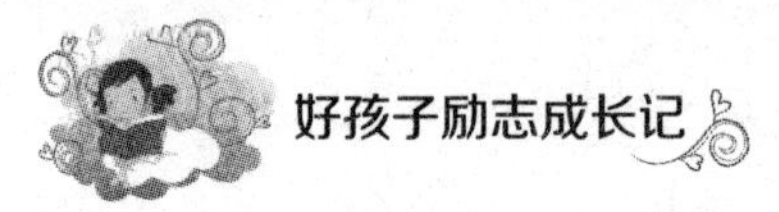

欢独立思考，遇事多问几个“为什么”，多提出几个“怎么办”，因为任何创新项目的完成，都是独立思考和钻研探索的结果。

因此，不能迷信、不能盲从、不能只用习惯的方法去认识问题，或只用有了结论的说法去解决问题，而是要从事实出发，从需要出发，去思考问题，去探索问题，去寻找新的方法、新的答案、新的结论。

多用脑

要促进灵感的产生，必须多用脑，因为人的认识能力是在用脑的过程中得到锻炼从而不断提高的。所谓多用脑，不是指不休息地连续用脑，而是要把人脑的创新潜能充分地发

挥出来。爱因斯坦对为他写传记的作家塞利希说：“我没有什么特别才能，不过是喜欢寻根刨底地追求问题罢了。”在这个寻根刨底的过程中，他最常用的方法就是用脑思考。他自己深有体会地说：“学习知识要善于思考、思考、再思考，我就是靠这个学习方法成为科学家的。”

“数字化教父”尼葛洛庞帝说：“我不做具体研究工作，只是在思考。”创立微软公司的比尔·盖茨，从小就表现出勤于思考、善于思考的特点。

由此可见，科学用脑是开发大脑创造潜能、引发灵感、形成创造性认识的最一般、最普遍适用的方法。

引发灵感时常用的基本方法有以下几种：

观察分析

在进行科技创新活动的过程中，自始至终都离不开观察分析。观察，不是一般地观看，而是有目的、有计划、有步骤、有选择地去观看和考察所要了解的事物。通过深入观察，可以从平常的现象中发现不平常的东西，可以从表面上貌似无关的东西中发现相似点。在观察的同时必须进行分析，只有在观察的基础上进行分析，才能引发灵感，形成创造性的认识。

启发联想

新认识是在已有认识的基础上发展起来的。旧与新或已知与未知的连接是产生新认识的关键。因此，要创新，就需要联想，以便从联想中受到启发，引发灵感，形成创造性的认识。

实践激发

实践是创造的阵地，是灵感产生的源泉。在实践激发中，既包括现实实践的激发又包括过去实践体会的升华。各项科技成果的获得，都离不开实践需要的推动。在实践活动的过程中，迫切解决问题的需要促使人们去积极地思考问题，废寝忘食地去钻研探索。因此，在实践中思考问题、提出问题、解决问题是引发灵感的一种好方法。

激情冲动

积极的激情，能够调动全身心的巨大潜力去创造性地解决问题。在激情冲动的情况下，可以增强注意力、丰富想象力、提高记忆力、加深理解力，从而使人产生一种强烈的、不可遏止的创造冲动，并且表现为自动地按照客观事物的规律行事。这种自动性，是建立在准备阶段里反复探索的基础之上的。这就是说，好的激情冲动也可以引发灵感。

判断推理

判断与推理有着密切的联系，这种联系表现为推理由判断组成，而判断的形成又依赖于推理。推理是从现有判断中获得新判断的过程。因此，在科技创新的活动中，对于新发现或新产生的物质的判断，也是引发灵感、形成创造性认识的过程。所以，判断推理也是引发灵感的一种方法。

上述几种方法，是相互联系、相互影响的。在引发灵感的过程中，不会只用一种方法，有时是以一种方法为主，其他方法交叉运用的。

学会了抓住灵感，当我们在灵感的火花闪现的时候，一定要注意力集中起来，不要错过自己的发现和创造，只有这样，我们才能像那些伟大的发明家一样，创造出神奇的财富！

培养你的创造力

了解了创造力之后，你是不是也摩拳擦掌，想要试一试自己的创造力有几成功力呢？在发挥创造力之前，我们还需要了解一些发挥创造力的基本法则。

添加法

在原有的事物上加一些东西或将几种事物适当组合就可能创造出崭新的东西来。例如圆珠笔加上橡皮头就成了可擦

式圆珠笔；圆珠笔杆上加上一个裁纸的刀或者一个小梳子，就成了多用笔；收音机加上录音机，便成了收录机。

现在，加了各种成分的新型牙膏不断问世，这些都是创造者采用“添加法”取得的成果。

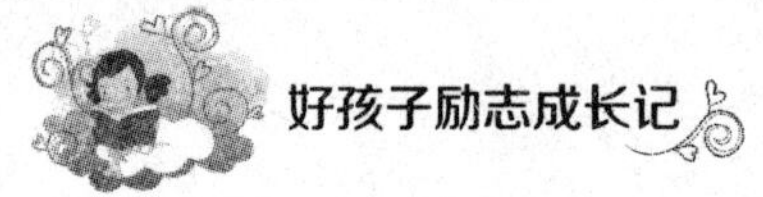

缩减法

与添加法相反，缩减法是在原有物体基础上减少某些因素的方法。如把录音或录像上的歌声抹掉只剩伴奏声，就成了大家喜爱的卡拉OK音乐；收录机携带不是很方便，于是有人想到缩一缩，做成“MP3”，风行全球；台式电脑又笨又重，于是就出现了笔记本电脑、iPad。上、中、下三册的《辞海》给读者的携带、存放、阅读带来种种不便，于是就有了“文曲星”“诺亚舟”等电子词典的问世。

改变法

改变法是对原有事物从顺序、形态、颜色、音响、味道、气味上进行改变，从而产生新的事物和效果。棉花是白色的，有人就想到培育有色棉花；把钟表的外形改一改，就变成精致的装饰钟表；以前饼干总是甜的，现在有了咸的、麻辣的，还有怪味的。

一般来说，书的每一页内容是平面的，改变一下空间形态，就会得到一本立体书；写作时，如果改变叙述方式，采用倒叙、插叙、补叙，文章内容往往更引人入胜。

替代法

替代法运用的历史非常久远。大家都很熟悉的曹冲称象的故事就体现了这种思想。当时没有能称几千斤重的大秤，要知道大象的重量，只有用同样重量的石头来代替大象，分多次称石头就可知大象的重量。

仿效法

仿效模拟在人类创造史上占据着重要的地位。模仿是创

造的基础。如模仿萤火虫发光原理制成荧光灯，模仿海豚造出快速潜艇，模仿乌龟壳的结构发明耐压的“薄壳结构”的大屋顶，模仿乒乓球运动员打出的各种性能、角度的球型制造出乒乓球发球机等。

颠倒法

颠倒法又叫“反面求索法”。正面思索得不出好结果，就从反面思索。这种方法常使人产生“出乎意料，于情理之中”的感慨。

如圆珠笔漏油的原因主要是圆珠磨损后产生了较大的缝隙。很多厂家改用耐磨的圆珠，结果装圆珠的套也要磨损，问题仍然得不到解决。有人就从反面想：既然磨损不可避免，一般写上2.5万字就会漏油，那就干脆把笔芯改小，改成

最多写2万字的笔芯不就行了吗？

再如吸尘器的发明，实际上是“吹尘器”反过来的事例。最初打扫清洁的工具是“吹尘器”，结果尘土飞扬，反而不卫生。反过来变成“吸尘器”效果就非常好。

看似简单明了的道理存在于我们最熟悉的事物中。突破习惯、改变思维方式后，不同凡响的构想、发现便应运而生。毒蛇、蝎子奇毒无比，能将人置于死地，但反过来，蛇毒、蝎毒可以用来治疗一些疑难杂症，挽救人的生命，如中医的“以毒攻毒”的疗法。

缺点改进法

世界上没有十全十美的事物，任何事物都有缺点。发现了缺点，就找到了创造发明的课题。

比如雨伞，每改进一种，就是一类新产品：最初雨伞大多是黑色，颜色单调，放在一起不易区分，容易拿错。于是，人们发挥创造力，创造出多种颜色和图案的雨伞。

雨伞太长，不易收藏和携带，人们就把雨伞改为折叠式；为

了挡住迎面吹来的雨，伞布遮住了视线，人们就改伞布为透明塑料；拿东西撑伞不方便，于是，人们发明了自动伞；打伞时再拿东西不方便，于是就有了戴在头上的雨伞；雨夜打伞行路太黑，看不清路，于是人们在伞柄上装电筒照明。这样，在不断地改进

雨伞缺陷的时候，就出现了各种各样的功能性雨伞。

通信事业也是如此，刚开始发明的电话必须要用固定的线路才能接通，后来人们觉得外出使用很不方便，于是人们发明了移动数字寻呼机，可以随时随地找到佩戴寻呼机的人。后来人们觉得这样回电话也很麻烦，所以就出现了汉字寻呼机，人们可以直接用汉字和对方进行联络，可是这样还是受到很多限制。于是人们又发明了手机。

刚开始的手机只能打电话，后来随着人们不断对手机的功能进行研发创造，手机发展到现在，不仅能打电话、发送短信，还能当镜子、照相机、摄像机、录放机，甚至还能当电脑用，手机的功能几乎让我们越来越难以想象。

专利创造法

专利创造法，是一种充分利用信息、专利的发明方法。这种方法在知识经济时代，尤其受到人们的重视。专利文献是发明人向政府有关部门申请专利时写的一种专利说明书。

按规定，在专利说明书中，必须公开发明技术，对技术成果的说明也要比一般科技文献详细，因此，对创造发明更有实用价值。专利文献每年发表全世界90%至95%的科技发明，它是创造发明的一个巨大宝库，通过它来寻求发明的设想和目标是一条重要途径。

美国有家著名的哈洛依德公司，原先是一家制造照相材料和复印机的不知名的小企业。其人员在调查专利文献时，发现了一种新的复印技术，经过研究，他们认为这是一项具有市场生命力的新发明，于是这家公司在这份专利的基础

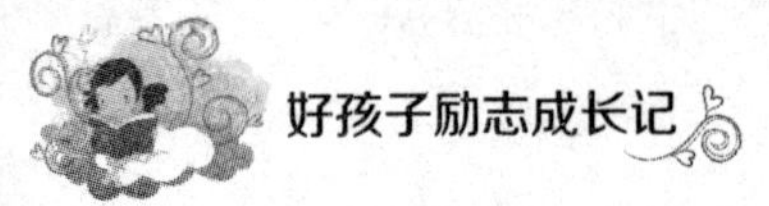

上，投入研究力量，终于发明了一种新的复印技术。

专利发明创造法在具体运用中有三种主要方式：通过专利调查进行创造发明，综合专利文献成果进行创造发明，寻找专利空隙进行创造发明。

头脑风暴法

头脑风暴法又称“集体创造法”“智力激励法”，是由美国人奥斯本于1939年提出的，它是通过小组会议，利用集体思考的途径，使思想互相激励，从而产生众多的创造性设想。

头脑风暴法的组织方法是：参加会议的人数以不超过10人为宜：主持者1人，记录者1至2人；会议时间1小时左右；会议要有明确的主题，并事先通知；会上人们可以围绕议题自由地发表意见，鼓励大家从已有的设想中寻找灵感；不允许轻易否定别人的设想、过早下判断性的定论，也不可以私下交谈或以几个人的名义发表意见；会上所提出来的各种设想，要不分大小全部记录下来。

一般情况下1小时可产生几十或几百个设想，然后进行归纳整理，从可行性和效果两方面进行评估，对于无法实行或实行后无效果的设想予以摒弃。那些全体一致通过的设想，就是集体智慧的结晶，下一步就是制订计划，转向实验，具体应用。

青少年朋友有没有学会这些创造方法呢？没有学会也没关系，我们可以先好好学习科学文化知识，打好各个学科的基础，将来就可以在这些创造方法的指引下大展拳脚、大显身手了！

锤炼你的创造力

创造力是可以提高的，也许你不知道创造力的思维技巧是什么，那么你可以学习一下这里讲的一些问题，或许会对你的创造力的提升起到重要的作用。

创造性思维，指以各种智力因素与非智力因素为基础，在创造活动中，表现出来的具有独创的，能产生新事物、新成果的高级复杂的思维技巧。创造性思维的本质特征就是开

拓和创新，即通过对已有信息进行再加工、组合、分解、重构，最后达到新发现和新突破。

学者们指出，所谓发明创造，就是观察到的事物与别人相同，构想出的事物与别人不同。创造是人类的本质特

点，没有创造，人类就不可能成为地球的主人；没有创造，也不会有中华民族的今天。为此，创造性思维就成了当今世界各国的研究热点，也成了当代每一个学生必备的思维技巧。

事实上，天才仅是以非习惯性的方式去理解事物的能力而已。当然，严格说来，前边介绍的诸多类型的思维技巧中，均不同程度地含有创造性思维因素。但是，它们的侧重点不在创造性上。我们在这里将其独立出来，专门研究思维中的“创造性”问题。换句话说，现在是特意从创造性角度来看待我们的思维过程，并从中寻找出最富创造性特征的某些思维技巧，以供我们使用。

外因训练

首先，跳出定式。妨碍人们学习的最大障碍，并不是未知的东西，而是已知的东西。尽管已知的东西可以让我们不

断认识新的东西，但是，另一方面，它也可能作为一种枷锁，妨碍我们进行创造性的思维。所以，为了求得更新和开拓，有必要跳出这种“模型”所造成的定式状态，去获得常规之外的东西。我们称这种思维技巧为“跳出定式法”。

上述技巧的主要特点是，主体在思维时，一定要努力思考：在常规之外，还存在别的方法吗？在常见的领域中还存在新的领域吗？通过“跳出定式法”的思维训练，就可以帮助我们克服思维单一、模式固化的缺点，使我们的思维更灵活、多变、敏捷、准确，拓展我们的思路，并由此寻求到更广阔的思维空间和新的角度。

其次，生疑提问。提出一个问题往往比解决一个问题更重要，因为解决一个问题也许仅是一个科学上的实验技能而已；而提出新的问题、新的可能性，以及从新的角度看旧的问题，却需要有创造性的想象力，这标志着科学的真正进步。如果你从肯定开始，必将以问题告终；如果从问题开始，则将以肯定结束。

最后，一题多解。碰到问题，不应该有了解决的办法就不再想其他的办法，一题多解往往最能发展人的思维能力和对目标的热情，也是对自身整体能力的重要考验。

俗话说得好：知一反三、熟能生巧。事实总是这样，时常锻炼自己一题多解的能力，我们往往可以在总结出经验、教训的同时，获得更有效、更快速的新问题的解决之道，更容易明白新问题的特征、变化之所在。“条条大路通罗马”，一题多解，往往可以找到最正确、最简单直接、用时最少的解决之道。有些人从不考虑他们实现目标的方法，是否最简单直接或者说是最有效、最明智的。人们常常不满足于自己的财富，却总是满足于自己的智慧。这样的懒惰是不能被原谅的，对于广大青少年来说，更要不满足于自己的智慧，应努力创造新的财富。

善于提问

学会增强问题意识。我们要多从几个角度看事物，打破常规，同样的事情，你能捕捉到大家都没留意的。有这么一句话说：凡墙都是门，只要你创新，所有立在你面前的墙都可以通过；如果不能创新的话，即使在你眼前是一道门，你也过不去。

青少年要增强创造意识，就要敢于幻想、敢于猜想、敢于联想，进而善于幻想、善于猜想、善于联想；要改变死记硬背的学习方法，要把知识活学活用，融会贯通。或许你不经意的想法，就会成就一项新发明。

内心坚强

创造不可能是一帆风顺的，我们一定会遇到许多意想不到的曲折、困难、艰险与暂时的失败。只有意志坚强的人才能战胜困难，取得胜利。所以说，一个伟大的发明家的内心一定是极其坚强的，他可以承受无数次失败，可以让每一次失败成为继续前进的动力。我们都知道爱迪生发明了电灯，可是你知道他在发明电灯的过程中，经历了多少次失败吗？

爱迪生在1877年开始了改革弧光灯的试验，提出

了要搞分电流，变弧光灯为白光灯。这项试验要达到满意的程度，必须找到一种能燃烧到白热的物质做灯丝，这种灯丝要经住热度在2000度和1000小时以上的燃烧；同时用法要简单，能经受日常使用的碰撞，价格要低廉，还要使一个灯的明和灭不影响另外任何一个灯的明和灭，保持每个灯的相对独立性。

这在当时是极大胆的设想，需要下极大的工夫去探索，去试验做灯丝的物质。爱迪生先是用炭化物质做试验，失败后又以金属铂与铱高熔点合金做灯丝试验，还做过高品质矿石等共1600种不同的试验，结果都失败了。但这时他和他的助手们已取得了很大进展，已知道白热灯丝必须密封在一个高度真空的玻璃球内才不易熔掉的道理。这样，他的试验又回到炭质灯丝上来了。

有一天，他把试验室里的一把芭蕉扇边上缚着的一条竹丝撕成细丝，经炭化后做成一根灯丝，结果这一次比以前做的种种试验都优异，这便是爱迪生最早发明的白炽电灯，也就是竹丝电灯。这种竹丝电灯持续用了好多年。直到1908年钨丝灯发明后才被代替。

我们或许经历过不少的失败，但是和爱迪生上千次的失败比起来是不是就微不足道了呢？如果你因失败而感到沮丧的时候，希望你读一读爱迪生的故事，可以立刻从沮丧中振奋起来。

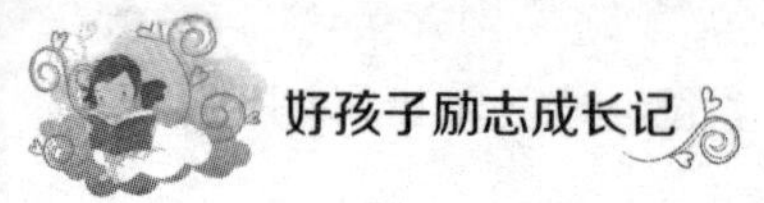

敢于质疑

“学起于思，思起于疑。”创造性思维往往是从问题开始的。善于提出问题或发现问题是自主学习与主动探求知识的生动表现，求知欲强的人，会主动地参与到学习中去，因为学习兴趣高，学习效率也高。一个人质疑的同时，能大胆地对问题提出不同的见解，不但可以培养发现问题的能力，而且也培养了创新能力。

勤于实践

“纸上得来终觉浅，绝知此事要躬行。”没有实践就不会有认识，不理解实践也不能正确理解认识。认识产生于实践的需要。实践的目的在于改变世界以满足人的需要。要改变世界必须认识世界。实践及其发展的需要是认识知识产生的根源和发展的动力。

在现代发展越来越快的社会中，实践的发展促使科学成果层出不穷，以致促成新科学的诞生。人类实践发展的无止境，决定了认识发展的无止境。

同时，实践是认识的目的。认识必须满足实践的需要，为实践服务。实践提供了认识的可能。只有实践才能提供认识所必需的信息。另外，也只有实践才能使人们获得并不断发展加工信息的能力即思维的能力。

锤炼你的大脑，增进你的创造力，除了上述的方法之外，剩下的就靠你个人的努力和摸索了，因为没有一项发明是靠别人教出来的，真正的创造力，就在于我们每个人自身的素质和努力。

创造力助你成功

你都知道哪些有趣的关于创造力的故事呢？你曾经从这些故事中得到怎样的启示呢？你知道创造力有着怎样的平凡和伟大之处吗？

看看下面这个“一毫米的价值”的小故事吧，你或许能从中得到很多启示。

美国有一家生产牙膏的公司，其产品优良，包装精美，深受广大消费者的喜爱，每年公司的销售额蒸蒸日上。记录显示，前10年，每年的销售额增长率为10%至20%。这令董事会兴奋万分。

不过公司进入第十一年后，销售额则停滞了，但每月大体维持在几乎相同的数字。董事会对此后3年的业绩增长速度缓慢感到强烈不满，便召开经理级以上的高层会议，商讨产品营销对策。

会议中，有名年轻的经理站了起来，对总裁说："我有一张纸条，纸条里有个建议，若您要采用我的建议，必须另付我5万美元。"

总裁听了很生气地说："我每个月都支付给你薪水，另外还有分红、奖金，现在叫你来开会讨论对策，你还另外要求5万美元，是不是太过分了？"

"总裁先生，请别误会，您支付我的薪水，让我平时卖力为公司工作，但我这是一个重大而又有价值的建议，您应该支付我额外的奖金。若我的建议行不通，您可以将它丢弃，1分钱也不必支付。但是，您损失的必定不止5万美元。"年轻的经理说。

“好，我就看看它为何值这么多钱？”总裁接过那张纸条，阅毕，马上签了一张5万美元的支票给那个年轻的经理。那张纸条上只写了一句话：“将现在的牙膏开口直径扩大1毫米。”

总裁马上下令给牙膏更换新的包装。试想一下，每天早晚，消费者用了开口直径扩大了1毫米的牙膏，每天牙膏的消费量多出多少呢？因为这个富有创意的决定，该公司第十四个年头的销售额增加了32%。

这个故事说明了一个小小的改变，往往会引起意想不到的好效果。当你习惯于旧有的思维模式而走不出一条新路时，何不将脑袋也“开一毫米”的口子，这样，你的创新思路换回的财富将不可估量。

青少年朋友，创造力的平凡和伟大之处就蕴藏在这些故事之中，或许你可以发现，说创造力平凡，是因为很多创造发明都是很小的一个改进，或者是很不值得一提的创意，但是这些不经意的创造，却带来了巨大的财富；说创造力伟大，它真的可以关乎一个人的成长和一个企业的兴衰。

谨以此书，献给那些充满小毛病并努力想改变坏习惯，在成长中烦恼和在痛苦中磨砺的青少年。

成长的确是一个艰难痛苦的蜕变过程，有的孩子成长或许非常顺利，有的孩子成长或许很不容易，愿您在成长中学会成熟，走上铺满鲜花的美好成长之路！

好孩子励志成长记

—超好看的励志分享—

勇敢的做自己

李丹丹◎编著

民主与建设出版社

图书在版编目（CIP）数据

勇敢的做自己 / 李丹丹编著 . -- 北京 : 民主与建设出版社 , 2019.11

（好孩子励志成长记）

ISBN 978-7-5139-2687-4

Ⅰ . ①勇… Ⅱ . ①李… Ⅲ . ①自信心－能力培养－青少年读物 Ⅳ . ① B848.4-49

中国版本图书馆 CIP 数据核字 (2019) 第 269528 号

勇敢的做自己

YONG GAN DE ZUO ZI JI

出 版 人　李声笑
编　　著　李丹丹
责任编辑　刘树民
封面设计　三石工作室
出版发行　民主与建设出版社有限责任公司
电　　话　（010）59417747 59419778
社　　址　北京市海淀区西三环中路 10 号望海楼 E 座 7 层
邮　　编　100142
印　　刷　三河市天润建兴印务有限公司
版　　次　2019 年 11 月第 1 版
印　　次　2020 年 1 月第 1 次印刷
开　　本　880 毫米 ×1230 毫米　1/32
印　　张　30
字　　数　756 千字
书　　号　978-7-5139-2687-4
定　　价　198.00 元（全十册）

注：如有印、装质量问题，请与出版社联系。

前 言

每一位父母都希望自己能培养出一个有出息的好孩子，然而随着孩子慢慢长大，父母们发现他们的这个愿望几乎是一种奢望。我们先不说那些不听话的孩子，父母难以管教。就是听话的孩子，他们的存在，也仅仅是为了获得老师的表扬、家长的奖励或是为了迎合其他长辈的种种期待，并不能算是真正意义上的“好孩子”。

换句话说，这类父母眼里的“好孩子”，其实早已失去了自我，他们只是活在大人为他们预设的期待里。这种好孩子是不真实的，他们只是在讨大家的“好”，是在为家长而活。我国社会目前这种培养孩子的方法，忽略了孩子的天性，束缚了孩子的自由成长，是对孩子不负责任的一种表现。

父母若想改变这种教育，真正对孩子负责，就要让孩子首先对自己负责，这是做人底线。没有对自己负责精神，何谈对别人负责，对家庭负责，对社会负责？

让孩子对自己负责，实际上是为了唤醒孩子的自我意识，把他们和别人分开，使他们懂得尊重自己，懂得珍惜自己的生命。同时，还要让孩子明白，犯了错误就得承担相应

的责任，并由此付出代价；知道自己成长过程中所要做的一切都是自己的事，比如上不上课，这与老师无关，与家长无关，与别人无关，只和他自己有关。

只有真正教会了孩子对自己负责，使他们知道自己现在该干什么，将来要做什么，心中有目标，奋斗有方向，实施有动力，并且踏踏实实，勤奋努力，永不懈怠，这样的孩子，才能算是好孩子，长大后才有可能成为有用之才。

那么，怎样培养真正意义上的好孩子，如何使他们健康成长呢？为了解答大家的疑惑，我们特地编辑了本套“好孩子励志成长记”丛书，包括《爸妈不是我的佣人》《做个内心强大的自己》《勇敢的做自己》《做个受欢迎的自己》《办法总比问题多》《再见了懒惰》《管理好自己的情绪》《我不再小气》《爸爸妈妈，我爱上了读书》《坏习惯，请走开》十册书，分别讲述了如何培养孩子良好品德、怎样提高孩子情商智商、如何培养孩子学习精神、怎样养成孩子独立生活能力等问题。可以说，是培养孩子成长的百科全书。

本套丛书综合国内外教育专家的最新成果，精心编撰，细心打磨，文字精炼，事例典型，能使每一个致力于孩子成才的父母，每一位为教育孩子成长苦恼的家长都可以从本套丛书中发现适宜教育孩子的不同方法和诸多措施，是一套家庭教育的优秀读本，适合不同年龄段孩子的父母学习和珍藏。

目　录

勇敢是生命的原动力

欧洲最重要的剧作家、诗人、思想家歌德有一句名言：“你若失去了财富，你只失去了一点；你若失去了荣誉，你就失去了许多；你若失去了勇气，就把一切都失去了。”由此可见，作为青少年，我们不能没有勇敢的性格和冒险的精神，否则我们将会成为胆小懦弱的人，无所作为。

学会勇敢、敢作敢当，是我们青少年应该具有的基本品质。因为我们是早上七八点钟的太阳，生机勃勃，拥有初生牛犊不怕虎的精神。所以，在成长的路上，我们不论经历了什么或者正在经历着什么，都应该明白，人生的路，总是要走下去的，在任何时候，面对任何问题，我们都要学会勇敢。

1.勇敢才更有希望

对于我们青少年来说，学会勇敢很重要。因为在成长的道路上，勇敢就是成长的强化剂。因为勇敢，所以才敢向成功大步迈进；因为勇敢，所以我们的生活才会更加的阳光明媚。

勇敢的青少年，往往不满足于已有的知识、成绩、现状，不墨守成规；他们的思维总是处于兴奋活跃的状态，他们善于抓住新的知识，归纳出自己独特的见解。

在不同的字典里，对勇敢有着不同的诠释。曾经有一位军人，在回家探亲途中赤手空拳与车匪搏斗，身受重伤。生命垂危之际，他仍高昂着头呐喊："抓歹徒！"因此，有人认为，勇敢，就是捍卫人格尊严的一个支点，有了它，即使粉身碎骨，但我们依然在人们心中树立了丰碑。

而一个学生对勇敢的诠释就完全不同了。

上课时，老师问道："苏东坡的诗句'竹外桃花三两枝，春江水暖鸭先知'中，为何鸭子最先感受到春江水变暖呢？"

这位同学回答说："因为鸭子最勇敢，只有勇敢向前的人，才能做到真正的'先知'。"这位同学的发言受到老师和同学们的赞赏，但更精彩的回答在后头。

老师问道："那么，你是否愿意做一位先知的勇敢者呢？"这位同学回答道："我愿意。因为幸运喜欢照顾勇敢的人。这是达尔文的名言，我要向他学习。"

无疑，这是一位具有勇敢品质的同学，在知识的春江里，他将会像鸭子一样，最先感知知识的"水暖"。

其实对于青少年来说，所谓勇敢，乃是通过自己的沉着、冷静和智慧，努力做到既拯救自己，又拯救别人。勇敢者的座右铭就是要学会双重的爱。随着年龄增长，青少年的体会也会不同。因此，我们要从现在做起，从自身做起，从身边的小事做起，时时刻刻来提醒自己，勇敢地面对一切。

有这么一句话：上帝为你关了一扇门，总会为你打开一扇窗。是的，不会总是透不过气的，所以请试着勇敢一点，因为希望就在前面。

2.生命因勇敢更精彩

做一个勇敢的人，勇敢而充满激情地活着；做一个勇敢、有魄力和决断力的人，成功的机会才会更大。

有这样一个故事，说是一只会变大变小的克鲁鲁狮子。克鲁鲁狮子胆小时就变小，壮起胆子时就又变大起来。其

实，我们每个人都蕴含着无穷的力量，我们应该相信自己的力量，勇敢起来，我们就可以像壮起胆子的克鲁鲁狮子一样变得很强大。

做一个勇敢的人，用自己生命的力量化解生活中的遗

憾。现在，让我们翻开字典来看一看，“勇敢”的字面解释是：“有胆量，不怕危险和困难。”与之相对立，懦夫、懒汉是不愿吃苦的，也吃不了任何的苦。他们在艰难困苦面前，在危险面前，往往望而却步，甚至吓破了胆，他们做不了勇敢的人。

古希腊哲学家德谟克利特曾这样说过：“勇敢减轻了命运的打击。”人生常常遇到许多难题，做一个勇敢的人不是一件易事。勇敢不能遗传，人并非天生就具备勇敢的品质。勇敢的获得需要培养，需要锻炼，它是在生活的基础上一点一滴积累起来的。

对于青少年来说，一定要学会勇敢，这是很重要的一种品质。正是因为学会了勇敢，所以在以后的人生道路上，不论有多少困难，有多少挫折，我们都不会害怕，更不会畏惧。因为勇敢，年轻的生命从此会变得精彩。

成功源于勇敢认错

青少年朋友，请想一想，当你不小心犯错以后，多数情况下，会是谁站出来为你承担后果呢？肯定是自己的父母或者其他长辈吧！是的，当我们犯错时，通常都会由家长站出来为我们承担后果，也许我们会觉得这是父母在保护自己。其实，这样长久下去，就会使我们丢失必备的处事能力和责任心。

作为青少年，我们要学会自己的事自己处理，对于自己的过失，更要勇于承担，这样长久地坚持，才能使自己拥有勇敢的性格，让自己成为敢作敢当的人。

美国总统里根，在自己的回忆录里讲了这样一个故事。

1920年，有一天他在院子里踢足球，不小心把邻居家的玻璃打碎了。邻居说："这是块好玻璃，12.5美元买的，你得赔。"

但是，在当时，12.5美元可以买125只鸡。他没办法，回家一五一十地告诉了父亲。

父亲强调："玻璃是你踢碎的吗？"

里根说："是。"

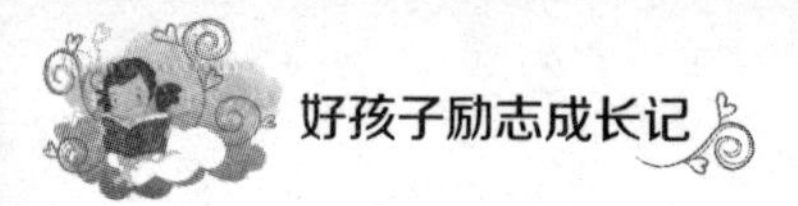

父亲说："那你就赔吧，你踢碎的就你赔。没有钱，我可以借给你，但一年后必须还。"

于是，在接下来的时间里，里根擦过皮鞋、送过报纸，辛苦地打工挣钱，终于在一年后挣够了12.5美元。里根一分不少地把它们交到父亲手里，父亲欣慰地拍着里根的肩膀说："一个能为自己过失负责的人，将来才会有出息。"

这个故事告诉我们，一个人应当对自己的过失负责。里根回忆这段往事时，曾颇有感触地说："正是这样一件事让我懂得了，责任就是要对自己的过失负责。"

里根之所以会有这么大的成就，就是因为他知道自己的过错要自己勇敢承担的道理。因此，我们青少年做错事的时候，一定要从心底勇敢地认错，不能有一点虚伪，更不要理会别人的冷嘲热讽。

承认自己的错误并不是耻辱之事，而是真挚与负责的堂正之举；同时，认错也是一种缓解矛盾、减少麻烦、重建友谊的灵丹妙药。所以，我们青少年在犯错的时候，应该勇敢地站出来说"这是我的责任"，而不是拼命为自己的过错找借口。

在人的一生中，由于这样或那样的原因，每个人都难免会有一些过失，难免会犯一些错误。面对过错，人们往往怀有恐惧感。因为承认错误、担负责任往往会与接受惩罚相联系，所以人们总会寻找各式各样的理由和借口来为自己开

脱，企图推卸责任。

但这些理由并不能掩盖已经出现的问题，这些借口不会减轻我们要承担的责任，更不会帮我们把责任推掉，甚至还可能会因此付出更大的代价。相反，如果我们主动承认错误的话，至少能够证明自己是勇敢的，而且有勇气去面对错误、承担责任。

勇于认错会让我们青少年变成一个有责任人，帮助我们走得更远，而我们的人生也会因此变得更加美好！因为社会需要有责任的人，家庭需要有责任的人，只有有责任心的人才能在日后立足于社会，有更大的发展。

我们在做错事时，一定要勇敢地承认错误，并主动担负起因错误造成的后果。从现在起，在未来的生活、学习中，我们青少年一定要对自己的行为负责，做一个对社会真正有用的人！

拿出再试一次的勇气

我们青少年朋友，正处于心理和生理发育的关键时期，这个时期，也是青少年的“心理扰动期”。为什么这样说呢？

第一，儿童时期适应不良所积累下来的问题，到青少年时期会表现得更加明显与严重。

第二，青少年是个体从儿童期过渡到成人期的关键阶段，在追求独立与建立自我的过程中，常会发生特殊的适应困难。

第三，初中阶段是人生观、世界观的形成时期，在这个时期，青少年的是非观念、处事方式、行为习惯、价值取向等都开始表现出自己的个性，而这些个性是否能够适应现实

生活，将直接影响到我们的心理承受能力和耐挫折能力。

因此，如何面对生活和学习中的困难与挫折，拥有积极健全的心态，成为困扰着我们青少年的关键问题之一。其实，对付挫折最好的办法，就是勇敢地面对它。

下面是一个真实的故事。

有这样一个不幸的男孩儿，在年仅7岁那年，不幸地患上了一种叫作“先天性进行性肌营养不良”的罕见疾病，这种病的主要症状是四肢无力。据医学专家介绍，同类患者的最长生命纪录仅为18岁。

知道了这一切，这个男孩并没有失去生活的信心，他不顾自己身体的虚弱，从2003年开始，15岁的他勇敢地和父亲一起踏上了“感恩之旅”——在全国寻访素未谋面的恩人。因为此前，当男孩得病的消息在社会上流传开时，许多好心人都向他伸出了援助之手。

父亲用一辆三轮摩托车带他走过了82个城市，共行程13000多千米，向几十位曾资助过他的好心人当面道谢。

男孩说道：“向每一位好心人说句‘谢谢’，给他们送一束鲜花，这是我最大的心愿。”

这个心愿一直伴随着他走了下去，直到2009年他走到生命的尽头。他就是2006年“感动中国”的十大人物之一——黄舸。

恐怕很多常人都难以想象，这样一个每天都在和死神赛跑的孩子，面对命运的曲折不仅没有怨言、没有诅咒，反而勇敢地微笑着给人们带去光明和希望。相比之下，那些生活无忧无虑、一遇到点小困难就轻言放弃的青少年的又情何以堪？

挫折是什么？挫折就是指人的意志行为受到的无法克服的干扰或阻碍。对于每个人来说，挫折是不可避免的。挫折是客观存在着的，它对人有弊亦有利。

对于抵御挫折能力强的人来说，挫折实际上是一种动力，它可以激发个体的意志，使自己更坚定地朝着预定的目标奋力前进，直至到达终点。在这个过程中，他们可以面对现实，不断调整自己，不断战胜困难，体验成功的喜悦，积累成功的经验，自信心因此会不断得到增强，人生价值观也会得到提升。

而对抵御挫折能力弱的人来说，挫折即是毁灭，它会把人压折了腰。他们通常表现为不能正视现实，对未来总感到失望、感到迷茫，感到无所适从，经常采取逃避行为来应付自己的处境，甚至自虐自残。

所以，我们青少年要想彻底战胜挫折，就要培养自己面对挫折的勇气和抵御挫折的能力。

只要我们拥有了这两样法宝，那么在任何困难、挫折面前，我们都可以“刀枪不入”。

那么，我们应该怎样培养自己面对挫折的勇气和抵御挫折的能力呢？不妨从以下几点做起。

1.正视挫折

不要害怕挫折，要正视它的客观存在。我们要认识到，理想是美好的，但实现理想是非常艰巨的。经受挫折是我们现实生活中的正常现象，是不可避免的，社会的进程如此，我们的个人成长也是如此。

因此，在学习生活中，我们可以选择多参加一些活动，比如组织故事会，学习名人、伟人正确对待挫折的态度，并多参加长跑、义务劳动等，逐渐培养自己战胜困难的勇气；平时还可以多做一些难题，以磨炼自己的意志，培养自己敢于竞争与善于竞争的精神，使自己在面对挫折时不气馁，然后刻苦攻关，勇攀高峰。

2.培养自信心

自信是一个人心理健康的重要标志，也是一个人生命的灵魂，是一种无敌的精神力量。而自信心则是一个人重要的心理品质。研究认为，自信和勤奋是一个人取得好成绩的两个重要因素，也是学生长大成才的必要心理品质。国家的富强、社会的进步需要人们具备这两个重要因素，同样，我们青少年的成长也需要这种自信。在激烈的学习竞争中，这种自信尤为重要。

3.培养耐受力

爱迪生曾说过："伟大人物最明显的标志就是他坚强的意志，不管环境变换到何种地步，他的初衷与希望不会有丝毫改变，并能最终克服障碍，达到期望的目的。"

所谓耐受力是指当我们遇到挫折时，能积极自主地摆脱困境并使其心理和行为免于失常的能力。如果我们具有百折不挠的毅力、坚韧不拔的意志、矢志不渝的恒心和乐观自信的精神，那么我们的抗挫折能力自然就强，对挫折适应能力也强。

总之，挫折对我们青少年来说是暂时的，但也是永远的。所以，面对挫折将贯穿我们成长的始终。但困难和挫折，对于成长中的我们来说，绝对是人生中最好的大学。因此，从今天起，勇敢地面对生活中的挫折吧，这是一种智慧，也是一种收获。

要勇于承认自己的缺点

在学习和生活中，当遇到困难时，我们常常会面临两种选择：一是勇敢面对现实，积极承担责任，化解难题；二是选择逃避，远离是非之地，做一个软弱的人。

亲爱的朋友，你会选择做前者还是后者？勇敢的青少年一定能勇敢地面对现实，做一个生活的强者。

下面我们一起来看这样一个故事。

暑假里，小伟给自己暗恋的一个女同学发了一封表白的电子邮件。

一天后，他收到了女同学的回信。这个女孩告诉小伟，自己只想好好学习，不想理其他的。小伟很失望，觉得自己很没面子，而且担心其他同学知道了这件事，不知道会怎样笑话他！这样一来，他更觉得没脸见人了。

快要开学了，小伟每天都心惊胆战，思量着自己要不要去上学。他哀求爸爸妈妈给他转个学校，可当爸爸妈妈问他原因时，他又不肯说出实话。最终，爸爸妈妈也没有同意他转学。

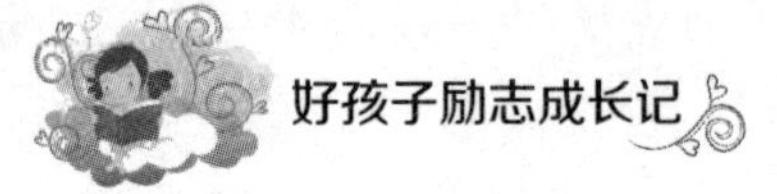

开学前几天，小伟左思右想，决定不上学了，他觉得自己实在没有脸面见那个女孩。他想放弃学业，去外地挣钱。他想，反正自己已经16岁了，都拿到身份证了，自己可以先找份工作养活自己。

小伟拿着爸爸给他的学杂费和自己以前攒下来的零用钱，买了一张火车票，去了厦门。

他在一个临海的宾馆住了下来。开始两天，他过得很开心，每天早上被海风吹醒，然后去海边逛逛，再去那些商业中心看各种漂亮的商品，感觉真的很好。

可是第三天，他就坐立不安了。虽然他给爸爸妈妈留了字条，可是难道他们不担心自己吗？还有老师、同学，他们会怎么想自己，还有那个女孩，她会不会认为自己特别没有出息?这些问题纠缠在他的脑海当中，让他寝食难安。

小伟想来想去，便给家里打了一个电话。电话是妈妈接的，妈妈一听到他的声音就哭了："小伟，你在哪里啊?你快回来，妈妈担心死了。"

小伟听到妈妈的声音，鼻子一酸，眼泪就流出来了。在妈妈的劝说下，第二天，他就买了火车票回家了。

回家后，爸爸妈妈带他去学校报到，老师和同学们都很友好。后来，那个女孩也悄悄地对他说："我现在只想好好学习，不过我们还是可以做好朋友呀！"

小伟这才发现，其实勇敢面对比逃避要好得多。

逃避从某种意义上来说，是人们自我保护的本能。逃避有时候是能够起到积极作用的，比如说，碰到凶猛动物的时候，我们的第一反应就是快跑。这种害怕的逃避心理会让我们自觉地避开危险，从而保护自己。

但多数时候，逃避只是一种消极的应对问题的方式，因为逃避并不能真正地解决问题。而且，很多问题，我们越是逃避，它们就越严重。其实，这时，如果我们能够勇敢地面对问题，敢于承担，一切都会变得更好。

在当今的社会生活中，到处都充满了激烈的竞争，当困难来临时，如果我们不能采取积极的行动勇敢面对，就会像逆水行舟一样，不进则退。

因为，对我们青少年来说，选择逃避，尽管可以暂时避开困难和危险，但是日后可能会面临更大的痛苦，它是一种自欺欺人的做法。因此，为了学业更加成功，我们应该将逆境变为自己成长的土壤，勇敢面对困难，才能让自己的未来

更加美好。那么，怎样更好地面对困难呢?

首先，我们要善于让自己的心灵得到休息。当我们感到劳累的时候，我们都想停下来休息，因为我们的身体和精神容易遭遇疲劳期，只有得到足够的休息，我们才有力气勇敢地去面对困难。所以，当我们感到累的时候，我们要及时休息。

其次，是从他人那里获得帮助或者善于借助外力化解难题。许多人选择逃避，是因为他们对眼前的困难一筹莫展，但如果我们可以获得有效的解决方法，相信没有人会拒绝尝试。借助外力，就是一种很好的解决方法。

敢于战胜心中的自己

随着年龄的不断增长，青少年会越来越在意别人对自己外貌、行为的评价。如果我们总是感觉自己这不如人，那不如人，我们就会产生一种自卑的心理，这将对我们的心理发育造成伤害，并且成为我们性格上的一个缺陷。这种心理往往与胆怯、忧伤、失望的情绪相联系，而不能和谦虚混为一谈。

事实证明，那些有强烈自卑感的青少年是很难在学习上取得好成绩的，个别的甚至会自暴自弃、悲观失望、破罐子破摔，对生活前途和学业失去信心，走上轻生或者犯罪的道路。所以，我们应该选择坚强，努力克服自卑这种性格缺陷，让自己的性格更加成熟。

1.要保持自信心

我们常常习惯以他人为镜来认识自己，如果他人对自己的评价过低，特别是较有权威的人的评价，就会影响我们对自己的认识，从而过低评价自己，例如对自我形象的不认同或者是对自己能力的怀疑，认为自己没有赢得别人尊重的本钱，于是产生了极强的失落感，原有的自信和优越感一下子就变成了自卑感。就像下面的这个故事中的小玲一样。

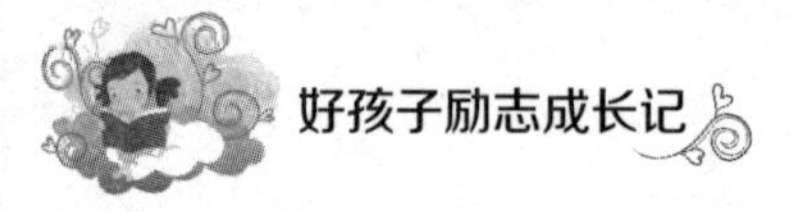

小玲是一名初三学生，她天资聪颖，对知识的理解力很强。比如，其他很多同学做作业很吃力，可小玲做起来就非常轻松，而且很少有答错题的时候，学习成绩在班里名列前茅。轻松的学习使小玲在其他同学面前很有优越感。

可是，好景不长。由于小玲骄傲自满，又不专心听课，学习成绩很快滑了下来，考试常常不及格。这时的小玲由“优越感”变成了“自卑感”，她觉得自己“没脸”见同学，整天愁眉苦脸，思想负担越来越重。由于对学习失去了信心，小玲对快要到来的升学考试也畏之如虎。

小玲学习成绩的重大变化引起了老师和家长的担忧，但无论他们如何开导，小玲就是听不进去，总觉得在同学面前抬不起头，“自卑感”使她失去了改变自己的勇气和自信。

面对这种境遇，小玲完全可以从“自卑感”中解脱出来，重拾自信。这种转换过程需要勇气和时间，也需要调整自己的心态，比如，首先从比较容易完成的事物上着手，增强自信，获得成就感，慢慢在同学、家长和老师中建立互信并赢得尊重。

2.重新改变自己

一般来说，我们青少年自卑心理的产生有很多方面的原因。比如，与成长经历特别是童年经历有关，受自己的性格特点和意志品质的影响等。

气质忧郁、性格内向者大都对事物比较敏感，对事物带来的消极后果有放大趋向，而且不容易将消极体验及时宣泄和排解，因而外界因素对他们心理的影响往往要比对其他气质、性格类型者的影响大，产生自卑的可能性也相应增大。

而意志品质更自觉、更果断和更有自制力的学生在其上进心、自尊心受到压抑时，不会变得自卑，反而会激起更强烈的自尊，及时调整自己的行动，以更大的干劲冲破压抑，努力拼出一条成功之路来。

意志较软弱的学生则正好相反，如果经过一番努力后尚无效果，他们便会泄气，认为自己不行，于是变得更加自卑。

另外，部分青少年由于出身贫寒，生活困难，与别人相

比，总觉得自己家庭经济条件太差而感到自卑。

小秦从小生活在农村，家境一般。由于成绩特别突出，他被省里一所重点高中录取，他想自己的努力总算没白费，终于有了出头的日子。

他在班上虽然成绩很好，但很羡慕城里边的同学。只要星期天休息，这些城里的同学就去逛商场或者出去玩儿，而且回来后经常向小秦讲述他们的所见所闻。而小秦由于见闻少，所以没有什么可以拿到同学面前来说的，因此他慢慢地变得很自卑，跟刚来学校时那个阳光、帅气的小秦相比简直是判若两人。

针对小秦这种自卑心理，可以从以下几个方面进行改变。

第一，改变自己的形象。在我们身边，那些心理自卑的人，通常都有说话吞吞吐吐、走路畏缩的不良习惯。因此，要改变自己的自卑，让自己变得坚强，我们可以从说话的音量、走路的姿势等入手，来改变自己的心态，洪亮的声音、昂首阔步的举止以及整洁大方的打扮能提高我们的信心。

第二，预演胜利法。当遇到困难，不敢接受挑战时，我们可以在自己的头脑中想象完成任务时的胜利情景。这种预演胜利法，对于战胜自卑中的恐惧心理，愉快地接受富有挑战性的任务，具有立竿见影的效果。

第三，发挥长处法。“尺有所短，寸有所长”，我们每个人都有自己的长处和优势，同时，也有自己的短处和劣势。如果用其所短，而舍其所长，就连天才也会丧失信心，自暴自弃。

相反，如果我们能扬长避短，强化自己的长处，就能充满信心，享受成功的快乐。因此，消除自己的自卑心理，还要善于发现自己的长处和优势，并为自己提供发挥长处的机会和条件，这也是我们克服自卑心理的关键。

第四，储蓄成功法。自信是成功的保证，自信也是建立在成功的经验之上的，科学研究表明，每一次成功，人们的大脑便有一种刻画的痕迹，当人们重新忆起往日的成功模式时，又可重新获得这种痕迹，享受成功的喜悦。

在消除自卑心理时，为了能让人们生活在成功的体验之中，行之有效的方法就是建立成功档案，将每一次哪怕是非常小的成功与进步都记录下来，积少成多，每隔一段时间就拿出来看看，经常重温成功的心情，这样能使人们信心百倍地去克服困难。

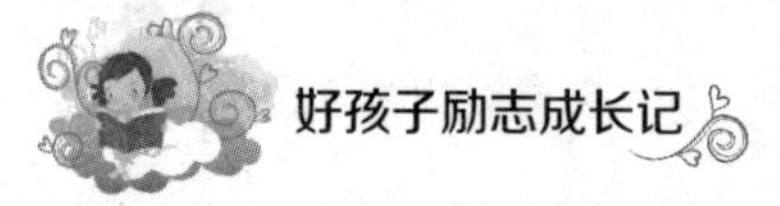

第五，洗刷阴影法。失败的阴影是产生自卑的温床。有自卑心理的青少年遇到挫折与失败比一般青少年要多得多，及时洗刷失败的阴影是克服自卑、保持自信的重要手段。

洗刷失败阴影的方法有很多，较为常见的有两种：一是家长要帮助孩子将失败当作学习的机遇，认真分析失败的原因，从失败中学习和吸取教训，总结经验；二是彻底遗忘，家长要帮助孩子有意将那些不愉快的、痛苦的事彻底地忘记，或是用成功的经历去抵消失败的阴影。

第六，逆向比较法。没有比较就没有鉴别，要认识自己就得拿别人来做比较。我们通常不提倡逆向比较，即用自己的长处去比别人的短处，但对于“羡人之长，羞己之短”的孩子来说，采用逆向，选择别人的短处作为比较的对象，对于消除其自卑心理、达到心理平衡能收到意想不到的效果。

第七，降低追求法。一位哲人说过：“追求越高，才能的发挥就越充分。”对于学习后进的青少年来说，与其空谈立志，还不如让他们适当降低追求，让大的目标分解成若干个小目标，做到一学期、一个月，甚至一个星期都有目标可寻。目标变得小而具体，就易于实现，这样一来，他们会经常拥有成功感，可以更快地进步。

作为青少年，只有当自己不再自卑时，才会拥有一个勇敢地性格。

勇敢地改变懦弱的自己

西方有这样一句谚语："失败的人不一定懦弱，而懦弱的人却常常失败。"一个懦弱的人总是害怕压力的存在，所以也害怕竞争。这样的人在对手或困难面前，往往不能坚持下去，而是选择回避或屈服，这样的人，当然就是性格懦弱者。

其实，我们每个人的心中都有一个怯弱、羞怯的我，这是正常的心理活动。但是当这种心理发展为一种阻碍，影响我们与人沟通、交流的时候，我们就必须改变自己。

只要直面自我，只要给自己足够的勇气去战胜懦弱，我们就是最棒的。要知道，在人生道路上，如果我们没有勇气，只有怯弱与害羞的话，我们的命运将会一塌糊涂。因此，青少年朋

友，要直面自我，勇敢改变懦弱的自己。

古人说："人生如棋，棋如人生。"在现实生活中，又何尝不是呢？人生就像是一盘棋，怎样去下，每一个下一步要怎样走，全由自己掌握。也许会走错棋，也许会走进死胡同，没关系，只要这盘棋还没有结束，一切还能改变。

对于青少年来说，在前进的道路上，勇于突破自我，即使是失败也是一种锻炼。要做到胜不骄，败不馁，不要永远活在失败的阴影下，勇敢地去找寻失败的原因，提升自己，战胜自己，相信自己一定能把人生这局棋走得很精彩！

刘晨从小性格就内向，自尊心也特别强，所以学习成绩一直也很好。可是，最近他总认为别人时刻都在用鄙视的眼神看他、评价他，所以他觉得自己肯定是出了什么差错。

于是，在学校里，他总是独来独往，见人就躲开，不愿理会别人。有人找他聊天、玩耍，他就面红耳赤、心慌意乱，而且说话也是语无伦次，最后导致一见人就担心害怕。

以上这个事例表明，刘晨是由于社交恐惧心理导致他不能与同学正常交往，最终陷入困境、不能自拔。这种社交恐惧是因心理紧张而造成的，只要有这种心理的青少年做到全面了解自己，树立自信心，改善自己的性格，学会与别人交流，掌握一些社交技巧……将这些落实到位，相信战胜懦弱

的心理障碍指日可待。

中国有句俗语说得好："不会战胜自己的人，是胆小的懦夫。"突破自我，需要勇气，需要顽强的生命力。作为新一代的青少年，无论是健全的身躯还是残缺的臂膀，无论是优越的条件还是困窘的环境，大胆地拿出我们的勇气和我们的胆识吧，去克服困难、克服恐惧、克服失败带给我们的消极情绪。不管是正在前行中，还是失意时，此刻不要再彷徨，不要再犹豫，对现在的我们来说，从失败中找出通向成功的途径才是最重要的。

只要勇于突破自己的防线，就等于打开了智慧的大门，开辟了成功的道路，铺垫了自己在人间的旅途，铸成了自己面对任何烦恼和忧愁的良好心态。我们青少年，要明白成功绝非偶然，它是靠艰辛的付出和耐心的积累得来的，当我们在一次次的失败，又一次次的地选择后，就会发现成功的坦途已经铺到我们的面前了。要记住，在生命中勇于突破自我、战胜自己，不放弃自己的梦想和追求，努力向前，才能让自己最终克服懦弱，让自己拥有一个勇敢的性格。

跌倒之后要勇敢起来

亲爱的青少年朋友，还记得孩提时代摔跤的情景吗？是否记得那时候的自己是怎么爬起来的？想想看自己曾一直视父母为手中的拐杖，学走路的过程中，摔倒了，总会有一种侥幸的心理：父母一定会来扶起自己，而被扶起来的我们就产生一种依赖性，不再锻炼自己的能力，更学不会坚强。这种依赖性是非常可怕的。

法国著名小说家小仲马，是文坛大师大仲马之子，他年轻时，艰辛创作，写了数不胜数的文章，但他并不透露自己的特殊身份，努力换来的只是一封封退稿信，但他从不自暴自弃，直至《茶花女》问世，轰动整个欧洲文坛，一鸣惊人。

还有，《史记》的作者司马迁年轻时周游各地，踏遍全国，为他的文学思想、历史观奠定了坚实的思想基础，后虽遭宫刑，但仍矢志不渝，历经数载，终成“史家之绝唱，无韵之离骚”的鸿篇巨制；文艺复兴时的“巨人”达·芬奇，每日画蛋，终成“正果”；而马克思写《资本论》，在大英博物馆查阅了数千种资料。

在人生这个大舞台上，我们青少年要学会勇敢地面对一切，复杂的人际关系、烦琐的事情等一系列的问题，都要自己来处理。这时候，不能再像小时候摔跤时等着父母来搀扶自己；这时候，我们要做的就是跌倒了，想办法站起来。俗话说得好：从哪里跌倒就从哪里站起来。

要知道，世上从来不曾有什么“救世主”，命运把握在我们自己手中，在挫折中奋起才是生活的“真谛”！谁不是受伤后学会了坚强？谁不是跌倒了才知道站起来的“英姿”？挫折会让我们由成长走向成熟。

青少年朋友，在我们成长的道路上，有成功也有失败，有快乐也有悲伤，但摔倒了再爬起来，仍不失为大将风度。不要躺在地上呻吟或后悔而不再起来，那样做是不明智的，因为，在生活的道路上谁也救不了我们，只有勇敢地站起来坦然面对，才是生活中真正的强者。

我们应该明白一个道理，就是人总会长大，总要离开父母的扶持去开创自己的人生。迈出“依赖”怀抱的第一步，对于我们来说，也许要经历无数次的摔跤，经历伤心失意、困

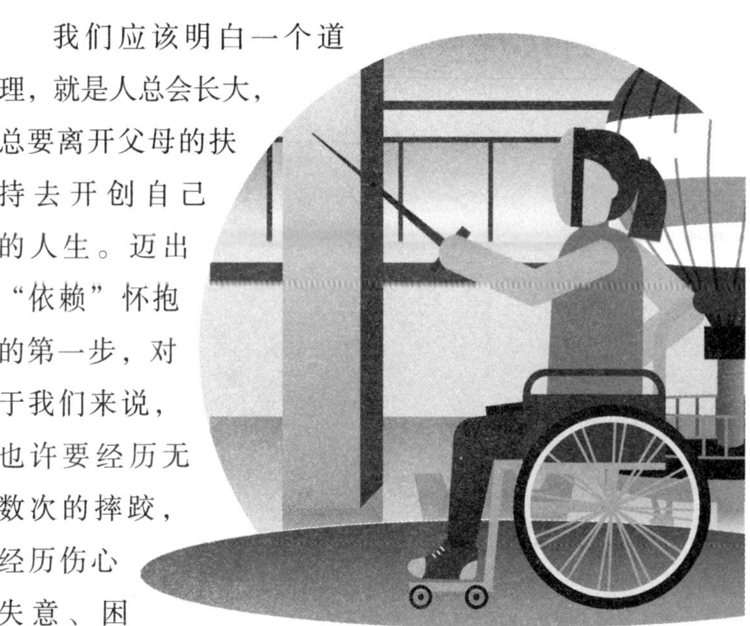

难挫折。但我们要学会勇敢地去面对现实，从“荆棘”的人生中走出来，要记着：即使摔倒了一百次，也要有勇气一百0一次站起来。

俗话说：“自古名人多磨难。”古往今来，有多少名人经历过“九九八十一难”而取得真经。他们面对逆境，不怨天尤人，不哀叹哭泣而是咬紧牙关，奋力抗争，以不屈不挠的斗争精神，战胜逆境，成为胜利者。作为青少年，我们暂且不用为“名人”而拼搏，但应从做一个“胜利者”、一个“强者”开始。在跌倒的过程中，要学会吸取经验，常言道，“吃一堑，长一智”，正是如此。

只有经历过磨炼的人，才会不怕艰辛，勇于摆脱逆境，才能走上完美的生命之路，一时陷入逆境并不意味着失败，摔倒了，站起来，勇敢地走下去！

做一个有理想有追求的人

一天又一天，一年又一年，随着时间的悄悄流逝，我们在爸爸妈妈的呵护下慢慢地长大了。在成长的路上，我们的生理和心理经历了许多变化，例如长大长高、情绪容易波动、兴趣易转移等。

其中，最明显的心理表现就是出现了成人意识，认为自己已经成熟、已经长成成人了。因而在行为活动、思维认识等方面，很多人便表现出了成人的样子。

在心理上，我们渴望别人把自己看作大人，尊重自己、理解自己。但由于年龄的不足，社会经验、生活经验及知识存在一定的局限性，我们在思想和行为上还比较盲目，做事通常带有明显的孩子气、幼稚性。

那么，我们应该怎么做，才能让自己不仅从外表上像个成人，而且从心理上也向着成人方向靠近呢？这其中就需要我们对自己的人生目标和未来有一定的规划。只有提前做好规划，我们在未来的路上才会走得更稳，我们的人生也才会变得更加辉煌。这里所说的对人生目标和未来规划的能力，就是志商，也就是青少年的立志能力。

一般来说，一个人的人生的发展规律与运行程序大概是这样的：志向→目标→梦想→欲望→性格→态度→习惯→命运。而志向与目标是决定命运的重要因素。

一个人没有志商，就等于没有目标，而没有目标的人很难取得成功。小志小成，大志大成，许多人一生平淡，不是因为没有才干，不是因为智商低，而是缺乏志向和清晰的发展目标。对青少年来说，志商是不可或缺的一种能力——我们一定要做好自己的志向定位。而做好志向定位的第一步，就是要做一个有理想有追求的人。

事实上，每个人都有自己的理想，每个人都会为自己的未来绘制出一张张美丽的蓝图。只有在青少年时代就树立崇高的理想，才能使自己的价值尽早得到发挥。

1.理想的重要性

对于青少年来说，理想是非常重要的。试想一下，当一个人步入晚年，打开自己的回忆录时，如果发现自己走过来的路是那么曲折而生动，那他肯定会为之一惊。

他也许会对自己年轻时的勇敢与智慧感到自豪，也许会对自己的愚昧和无知而感到可笑，不管怎样，他都会感到快乐和幸福。但是，如果一个人到晚年时，为自己的碌碌无为而悔恨，那将是人世间最悲哀的事情了。

人们常说："人生短暂，我们要过一个充实而有意义的人生。"有意义的人生也就是用毕生的心血去实现自己心中最美好、最远大的梦，这就是理想。

在生活中，人们经常可以看到这样的现象：有的人斗志旺盛、意志坚强、愈挫愈勇；有的人却意志薄弱，遇挫折便灰心丧气，甚至沉沦堕落。这种差别就在于是否有崇高的理想。困难、挫折总是像影子一样跟随着每一个人，只有迎着光明前行，才能将其抛在身后。

古往今来，理想之花鼓舞着众多有志之士的奋发之帆，崇高的理想激励了一代又一代的热血青年奋发向上。青少年正处于人生的关键时期，能否树立远大的理想，将会对我们的人生发展产生重大的影响。

如果把人生比作是一次伟大的航行，那么理想便是指引我们到达成功彼岸的灯塔。

一位哲人曾经说道："对于盲目的船来说，所有风向都

是逆风。"可对许多人来说，比起选择随波逐流的生活，设定一个目标是一件痛苦的事，所以他们一直迷茫地走在没有目的地的道路上。

因为迷茫，他们感到了空虚，于是他们利用所有的时间来追求享乐，参加对己对人都无益的活动。他们不停地绕着

同一个圈子，但结局并不比初时好——没有理想的磨砺与指引，毛毛虫就不可能成为破茧而出的蝶。

可见，理想可以为我们指引前进的方向，让我们找到成功的道路。理想还可以为我们的成长提供源源不断的动力——作为人生追求的目标，我们为了实现理想就要以坚强的毅力、顽强的斗志、勇于拼搏的精神去奋斗。

因此，理想便成了我们前进的动力，促使我们创造出不平凡的成绩。正如高尔基所说："一个人追求的目标越高，他的才能在发挥过程中对社会就越有益。"

作为新时代的主力军，青少年必须树立起远大的理想，只有这样才能提高自己人生的起点，并为自己的发展寻求到

无限的动力。

理想，是力量的源泉；理想，是心中的绿洲；理想，是指路的明灯，引领人们走向成功。只有树立了理想，才会有前进的目标与动力，才有可能取得成功。

2.如何树立理想

青少年应该怎样树立理想呢?

首先，要明确理想的类别。理想按其内容可分为社会理想和个人理想。社会理想是人们对未来社会制度和社会面貌的预见和希望。个人理想包括每个人的道德理想、学习理想、职业理想、生活理想等。

道德理想是对做人的标准和道德境界的向往和追求，即人们对道德人格的向往。学习理想是对学习文化和社会知识的追求。职业理想是指人们对未来工作的向往和追求。生活理想是人们对未来的吃、穿、住、行、爱情、婚姻、家庭等具体目标的追求。社会理想贯穿于个人理想之中，又是每个人全部理想的基础和归宿。青少年应有符合社会发展规律的社会理想。老一辈无产阶级革命家陶铸告诉我们：“无论在什么样的社会里，一个人的理想，是为了多数人的利益，为了社会的进步，对社会生产力的发展起了促进作用，也就是说，合乎社会发展规律，就是伟大的理想。”

同时，我们还应有符合社会规范及自身实际的个人理想。理想按奋斗的时间长短可分为长期的远大理想和近期的具体理想。远大理想是指人们在某一方面或各个方面的远大追求，往往需要人们通过较长的时间乃至终生的努力奋斗才能实现。近期理想是人们在当前一段时间内更为明确具体的追求、通过较短时间就能达到的目标。远大理想是近期理想的集合。我们既要树立远大理想，更要确定近期目标。通过

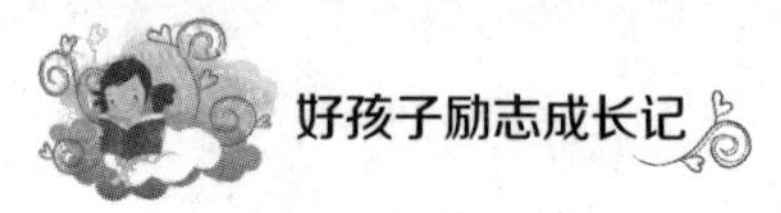

不断奋斗达到一个个近期目标，逐步实现远大理想，犹如“积小流而成江海”。

其次，要注意理想的特点。理想具有能动性。理想属于社会意识，是社会存在的反映。它对人生、对社会有着重大的指导和促进作用。理想是社会进步的助推器，是人生航程的指南针；理想是人类发展的动力源泉，是人生奋斗的精神支柱。正如有位哲人所言：“理想是指路明星。没有理想，就没有坚定的方向，而没有方向，就没有生活。”理想的能动作用对青少年是至关重要的。

理想具有可变性。世界在不停地变化，社会在不断地发展，人们的理想不能一成不变，而是应随着社会条件及个人实际活动的广度、深度不同而更新。当理想脱离了社会及自身现实而难以实现时，就应当进行调整、修正。

理想具有稳定性。社会环境和个人条件在一定时期内具有相对的稳定性，所以人们的理想也应维持一定的稳定。有了稳定的理想，才能坚定追求，毫不动摇地为之奋斗。如果理想处于随时摇摆的状态，它就不成为理想，而是空想、幻想，人们将无所适从。英国著名学者培根曾说：“毫无理想而又优柔寡断是一种可悲的心理。”有了既定的理想，就有了前进的方向。

最后，理想要切合现实的条件。确立理想要符合客观条件。客观条件是人们确立理想的外部环境。任何理想都是一定的社会经济关系和其他社会条件的产物，不可能脱离当时的社会现实。

确立理想应与当前的社会制度、国家法律、伦理道德、经济水平、家庭条件、学校环境等客观条件相适应。从发展的角度看，理想可以高于现实，但不能脱离现实，正如有位哲人所言："人需要理想，但是需要人的符合自然的理想，而不是超自然的理想。"

确立理想要切合主观条件。主观条件是人们确立理想的内在依据。每个人的理想不尽相同，主要是因为各自的条件有别。青少年在确立个人理想时，应切合自身的基础、现状、潜能、兴趣、意志、性格、情感等条件，要对自我有比较全面适当的评估，既不妄自尊大，也不妄自菲薄，依据自身的条件，确立最适合自我的理想。理想属于每一个人，但对于青少年尤其重要，在青少年时代树立远大的理想，就会使自己的一生更加有意义、有价值。

准确定位人生的GPS

GPS（Global Positioning System的缩写)是全球定位系统，在我们外出时，有了它，就可以直达目的地，不会因为不熟悉路况而迷失方向。那么人生的“GPS”又是什么呢？让我们一起来看看下面的这个故事吧！

法国著名化学家维克多·格林尼亚在受到他人的侮辱后，立志干出一番成就来，为自己的人生找到了航标。他年轻的时候，是一个浪荡公子。在一次盛大的宴会上，他邀请一位漂亮的姑娘跳舞的时候，遭到

了严词拒绝——那位姑娘怒不可遏地说："请你站远一点，我最讨厌你这样的花花公子挡住我的视线。"

这句话深深地刺痛了格林尼亚的心。在震惊、痛苦之后，他幡然醒悟，决定改变人生。

在为自己的人生树立志向后，他给家人留下了一个字条："请不要探问我的下落，容我刻苦努力学习，我相信自己将来会创造出一番成就的！"

后来，他发明了以他的名字命名的"格氏试剂"，荣获了诺贝尔化学奖。

格林尼亚的经历说明，一个人什么时候有了志向，就在什么时候踏出成功的第一步。可见，志向的重要性是不言而喻的。人们只要在心中燃起一个梦想、扬起一张风帆，摆正自己的航向，向着美好的未来前进，一定能驾驭着智慧的帆船，抵达胜利的彼岸。树立志向是人生中的转折点。人需要有自己的理想，而这个理想就促使了志向的形成。人们随着自己的理想，不断地去追逐自己的志向，然后奔着自己的志向去改变自己的生活。

在人生的旅途中，只有在人生的GPS——志向的指导下，才能沿着正确的方向前进，才能胜利地到达理想的彼岸，可见，树立志向是人生中非常重要的事情。但是，志向的实现并非唾手可得，而是需要用数年、数十年，甚至一辈子的时间去追求。然而，在现实生活中，有很多聪明的同学，但学习成绩却总是不理想，其主要的原因通常是：目标感不强。这样的同学，通常做事虎头蛇尾，不能坚持，就像下面故事中的主人公一样。

20世纪40年代，有一个年轻人，先后在慕尼黑和巴黎的美术学校学习画画。后来，他就靠卖画来维持生计。一天，他的一幅未署名的画被一个人误认为是毕加索的画而买走了。经过这件事以后，他想："我何不去模仿毕加索呢？"此后，他放弃了自己的风格，转向模仿伪造毕加索的画，一模仿就是20多年。

20多年以后，他一个人来到西班牙的一个小岛上——他想有一个家，让自己安顿下来。有一天，他再一次拿起了画笔，以自己的风格画了一些风景画和肖像画，并署上自己的姓名出售。但是，由于长期模仿伪造毕加索的画，他的画风过于感伤，主题也不明确，没有得到他人的认可。

这个人就是埃尔米尔·霍里。不可否认的是，霍里在绘画方面有独特的天赋和才华，但是，由于他没有找准自己的方向，没有找到自己的目标，终于陷进泥沼，不能自拔，并终究难逃败露的结局。最令人可惜的是，他长时间地在模仿别人的画，以至于丢了自己最宝贵的思想，在模仿中渐渐迷失了自己，再也画不出属于自己风格的作品了。

霍里错把别人的目标当成了自己的目标，最终难逃失败的结果。可见，一个目标感不强的人，是很难成功的。有人

说：“两个以上的目标就等于没有目标。”这又从另一个角度诠释出目标是需要专注的。

青少年是祖国的未来。作为青少年，在自己的人生中，大家希望扮演什么样的角色呢？是被动地由他人安排？还是自主地选择自己的人生？知道自己将驶向哪里，在生活中就会变得从容自信；知道自己驶向何方，在生活中就可以快意

纵横。明白自己的目的是什么，知道自己驶向哪里，是人生奋斗的前提，方向决定了自己的命运，影响着自己的前途。

人生最大的遗憾就是没有方向，不知道自己将会驶向哪里——这是一件很可悲的事。有志向的青少年，在人生的十字路口，要懂得去寻找自己的方向，学会自己去选择人生航程的方向。这样，在人生的道路上，他才不会害怕暴风雨的袭击，因为他知道自己将会驶向哪里，他就会有足够的勇气去面对航程中的一切艰难险阻。

追求理想不能急于求成

每个人都渴望做有志向的人、成功的人、优秀的人，只不过在物质利益的引诱下，人们逐渐失去了耐心。成功是需要储备的，储存得越充足，成功的机会就越大，也才可能走得更远。

可是，成功的路是遥远和艰辛的，路边倒下的每一个失败者都曾是在起点上充满信心、跃跃欲试的充满活力的人——起初他们对这路的尽头有无限的憧憬。

做事不可急于求成，一旦明确了自己的理想，就要按照一定的规律来行事。理想不是很快地就能实现的，是需要慢慢积蓄力量，逐步去实现的。

一位立志在40岁成为亿万富翁的先生，在35岁的时候，发现这样的愿望靠目前的薪水根本不可能达到，于是放弃工作开始创业，希望能一夜致富。

过了五年的时间，他的愿望依然没有实现。在这五年间，他开过旅行社、咖啡店、花店，可惜每次创业都失败，他的家也陷于贫困的境地。

到40岁时，他心力交瘁的妻子无力说服他重回职场，在无计可施的情况下，他妻子跑去寻求智者的帮助。智者了解情况后对她说："如果你先生愿意，就请他来一趟吧！"

第二天，在妻子的陪伴下，这位先生来到了智者的家里。这位先生虽然来了，但从眼神看得出来，这一趟只是为了敷衍他妻子而来。

智者一语不发，带他到庭院中。庭院约有一个篮球场大，尽是茂密的百年老树，智者从屋檐下拿起一个扫把，对这位先生说："如果你能把庭院的落叶扫干净，我会把如何赚到亿万财富的方法告诉你。"

这位先生虽然不信，但看到智者如此严肃，加上亿万财富的诱惑，便犹豫着接过扫把开始扫地。

过了一个钟头，好不容易从庭院一端扫到另一端，眼见总算扫完了，他拿起簸箕，转身回头准备收起刚刚扫成一堆堆的落叶，却看到刚扫过的地上又掉了满地的树叶。

懊恼的他只好加快扫地的速度，希望能赶上树叶掉落的速度。但经过一天的尝试，地上的落叶跟刚来的时候一样多。这位先生怒气冲冲地扔掉扫把，跑去找智者，质问智者为何开他的玩笑。

智者指着地上的树叶说："你的欲望像地上扫不尽的落叶，层层消磨你的耐心——只有具备足够的耐心才能听到财富的声音。

你心中有一亿的欲望，可是你却只有一天的耐心——就像这秋天的落叶，一定要等到冬天叶子全部掉光后才扫得干净，可是你却希望在一天就扫完。"说完，智者就请他们回去。

临走时，智者对这位先生说，为了回报他今天扫地的辛苦，在他们回家的路上会经过一个粮仓，里面会有100包用麻布袋装的稻米，每包稻米都有100斤（1斤=500克）重。

在稻米堆后面会有一扇门，里头有一个宝物箱，里面是一些金子，数量不是很多，如果先生愿意把这些稻米搬到智者家里，就把金子送给他当作今天扫地与搬稻米的酬劳。

这对夫妻走了一段路后，看到了一间粮仓，里面整整齐齐地堆了约二层楼高的稻米，完全如同智者的描述。看在金子的分上，这位先生开始一包包地把这些稻米搬到仓外。

数小时后，稻米搬完了，他看到后面有一扇门，于是他跑过去兴奋地推开门——里面确实有一个藏宝箱，箱上无锁，他轻易地打开了宝箱。

宝箱内有一个小麻布袋，他拿起麻布袋并解开绳子，伸进手去抓出一把东西，可是抓在手上的不是黄金，而是一把种子。

他想也许这是用来保护黄金的东西，于是就将袋子内的东西全倒在地上。但令他失望的是，地上没有

金块，只有一堆种子及一张字条。他捡起字条，上面写着：“这里没有黄金。”

这位先生失望地把手中的麻布袋摔在墙上，愤怒地转身打开那扇门准备离开，却见智者站在门外双手握着一把种子，轻声说：“你刚才所搬的百袋稻米，都是由这一小袋的种子历时四个月长出来的。你的耐心还不如一粒稻米的种子，又怎么听得到财富的声音！”

这个故事告诉人们一个道理：对于理想，要慢慢地在人

生中去追求。成功之路就好像一条漫长的旅游线路，终点是人们期待已久的秀丽的湖光山色。虽然人们已经恨不得插上翅膀飞到目的地，可是在出发前，总是要进行充分的准备。例如，最实用的地图、简便的帐篷、合脚耐磨的运动鞋、救急用的药品、食物饮料……这些必需品是否都装进了背包？这些准备，就是人们为了成功所作的各种努力。

而当装束齐备后，坐上了旅游专线车，人们通常无暇欣赏路边的风景——心中被对目的地的期待塞得满满的——但这路上的时间仍要耐心地等待。即使心急如焚，难以按捺自己的兴奋，也仍要等待……

对于每个人来说，要想成就一番大事业，急于求成是不会有结果的。只有具备耐心的人才会赢得成功与未来。

让信念在心中生根发芽

人只要有信念、有追求，就能承受痛苦，能学会适应环境。信念是人生征途中的一颗明珠，既能在阳光下熠熠生辉，也能在黑暗中闪闪发光。

可以说，信念是无坚不摧的利剑；信念是沙漠里的甘露；信念是茫茫大海上的一艘大船，承载着人们的梦想乘风破浪。

随着《哈利·波特》风靡全球，它的作者罗琳名利双收，在收获大量财富的同时，她的名字变得家喻户晓。她曾有一段穷困落魄的历史，她的成功恰恰在于她坚持自己的信念。

罗琳从小就热爱文学，热爱写作和讲故事，而且她从来没有放弃过。大学时，她主修法语。毕业后，她只身前往葡萄牙发展，后来和当地的一位记者坠入情网，并步入婚姻的殿堂，并有了唯一的孩子。

可是，这段婚姻来得快去得也快。婚后，他们分居了。

不幸的罗琳便带着女儿回到了苏格兰，栖身于爱丁堡一间没有暖气的小公寓里。

丈夫离她而去，工作没有了，居无定所，身无分文，再加上年幼的女儿，罗琳一下子变得穷困潦倒。她不得不靠领取政府的救济金生活，经常是女儿吃饱了，她还饿着肚子。

但是，家庭和事业的失败并没有打消罗琳写作的积极性，用她自己的话说："或许是为了完成多年的梦想，或许是为了排遣心中的不快，也或许是为了每晚能把自己编的故事讲给女儿听。"

她整天不停地写呀写，有时为了省钱省电，甚至待在咖啡馆里写上一天。

就这样，在女儿的哭闹声中，她的第一本《哈利·波特》诞生了，并创造了出版界奇迹——她的作品引起了全世界的轰动。

罗琳从来没有远离过自己的信念，并用她的智慧与执着赢得了巨大的成功。即使她的生活艰难，她也坚信有一天，她必定会达到事业的顶峰。

信念是什么？在很多时候，信念就是支撑人们取得成功的力量，信念就是人们身陷绝境之后永不放弃的执着追求。在生活中，要有坚定的信念在心中，想问题时不要先把困难摆在面前，一定要充满激情，敢于进取，敢于探索。

信念是这样的：别人在自己的信念中活着，自己在别人的信念中活着，然后，大家为了共同的信念走到一起，携手并进。正是因此，在生活中才会有那么多的阳光，生活才会绽放出美丽的花朵。

人的观念有时会改变，而信念是牢固的，是不会改变的。信念是一个人生活的动力，有研究表明，如果一个人的“信念系统”出了问题，那这个人在95%的行为中都会出问题，结果可想而知。可见，一个人只要有了坚定的信念，就如同拥有了开启成功大门的一把金钥匙。

在青少年时代，大家更应心存信念，把人生中可见重要的东西坚定下来，为了自己心中的所想去完成学业，追寻自己的梦想，这也就是信念对于青少年来讲尤为重要的缘故！

越是在艰苦的环境中，信念的伟大越体现得淋漓尽致。信念之所以伟大，就是会让人在任何环境下奋起！人如果丧

失斗志和力量，就可以看出这个人没有坚定不移的信念。

炎炎烈日下，茫茫沙漠里，真正救了他们的，难道是这一壶沙子吗？不！真正救了他们的是自己的信念。执着的信

念，如同一粒种子，已经在他们心底生根发芽，最终领着他们走出了绝境。

有了信念就有了追求与向往。它像逆境中扬起的风帆，带着人们驶向成功的彼岸。它能让人们在顺境中充分利用有利条件，不断向前发展；而在所有的逆境面前，坚定不移的信念更是必不可少的。

生活中，没有真正的绝境。只要一个人的心中还怀有一粒信念的种子，那么总有一天，他会走出困境，让生命开花结果。其实，人生就是这样，只要信念的种子还在，那么希望就在。

信念是值得去珍惜的。在日常生活中，大家要在心里树立起信念之旗，时常把信念当作自己追逐梦想的基石，那么自己的梦想就能在坚定的信念中不断发芽、壮大。

让梦想带我们飞翔

梦想是一个人的信仰，是人们在做事情的时候的根本动力。同时，梦想也被渲染上了浪漫的色彩。梦想是一个人心里的美好愿望的集合。它可以默默无闻，但是，它不可以被蹂躏和践踏。

梦想是成功路上的一盏明灯，它照亮人们前进的方向。如果一个人没有梦想，那他就会失去走向成功的方向。不少人每天都按照熟悉的“老一套”生活，缺少做梦的能力，从来不问自己：“我这一生究竟要干什么？”他们对自己的作为很不了解，因为他们不再做梦，不再有梦想。

如果说人生是一艘船，梦想便是指引方向的罗盘；如果说人生是一列火车，梦想便是延伸的铁轨。所以，人生不能没有梦想，梦想于人生，犹如空气于人，阳光于花草。

如果人生没有梦想，就像小溪的流水只能带走青春凋谢的花瓣；如果人生没有梦想，就像燃烧的野火已失去了生命原有的色彩；如果人生没有梦想，那么青春的活力只消失在哀叹声中。无梦的人生注定是空虚的人生，苍白的人生。

有一对兄弟，他们的家住在80层楼上。有一天他们外出旅行回家，发现大楼停电了，电梯无法使用！虽然他们背着大包的行李，但看来没有什么别的选择，于是哥哥对弟弟说："我们爬楼梯上去！"于是，他们背着两大包行李开始爬楼梯。爬到20层的时候他们开始累了，哥哥说："包太重了，不如这样吧，我们把包放在这里等来电后坐电梯来拿。"于是，他们把行李放在了20层，轻松多了，继续向上爬。

他们有说有笑地往上爬，但是好景不长，到了40层，两人实在累了。想到还只爬了一半，两人开始互相埋怨，指责对方不注意大楼的停电公告，才会落得如此下场。他们边吵边爬，就这样一路爬到了60层。到了60层，他们累得连吵架的力气也没有了。

弟弟对哥哥说："我们不要吵了，爬完它吧。"

于是他们默默地继续爬楼，终于爬到80层了！兴奋地来到家门口，兄弟俩才发现他们的钥匙留在了20层的包里。

这个故事其实反映了真实的人生：20岁之前，人们活在家人、老师的期望之下，背负着很多的压力、包袱，自己也不够成熟、能力不足，因此难免步履艰难。

20岁之后，人们离开了众人的压力，卸下了包袱，开始全力以赴地追求自己的梦想，就这样愉快地过了20年。可是到了40岁，发现青春已逝，不免产生许多的遗憾，于是开始追悔、

惋惜，就这样在抱怨中度过了20年。

到了60岁，这时才发现自己的人生已所剩不多，于是告诉自己不要再抱怨了，就珍惜剩下的日子吧！于是默默地走完了自己的余年。

到了生命的尽头，人们终于才想起自己好像有什么事情没有完成，原来，所有的梦想都留在了20岁的青春岁月之中了。

大家如果不想在走到人生尽头的时候，为没有实现自己年轻时的梦想而后悔的话，那就要趁着年轻去实现它。有了梦想，就应该为实现自己的梦想而去努力，并让梦想托起自己飞翔！

你是有理想的人吗

每个人都应有自己的理想。理想是人生的奋斗目标，展示着人生的方向和道路，体现着人们对未来的向往与追求。理想同时也体现了一个人整体的精神面貌，它是由认识、情感、意志、个性等多种心理因素共同构成的。

那么，你是一个有理想的人吗？下列题目中，每题均有两个备选答案，请根据自己的实际情况，选择一个适合自己的答案，然后再转到所要回答的下一题中去。

1.你是否常常出现银行卡透支（零用钱不够）的状况？

是→第5题　否→第2题

2.跟网友见面的时候，你们约定好手上拿一本杂志，这是一本：

时尚类杂志→第7题　文学类杂志→第4题

3.你是否有一个从小就立下的目标，并且正在为之努力？

是→第6题　否→第12题

4.最近你是否觉得状态不好，心情有些浮躁？

是→第11题　否→第8题

5.你是否常常将自己与身边朋友进行对比？

是→第6题　否→第7题

6.你喜欢推理小说或者电影吗？

是→第9题　否→第10题

7.你认为自己未来会是一个有钱人吗？

是→第10题　否→第11题

8.你喜欢喝咖啡吗？

是→第3题　否→第5题

9.如果你要插花摆在自己的房间里，你会选择以何类颜色为主？

素雅安静的颜色→第15题

鲜艳跳跃的颜色→第12题

10.平时你喜欢看爱情文艺片吗？

是→第9题　否→第13题

11.如果有一天，你发现自己再也无法达成自己的梦想，你是否会让自己的孩子来帮你完成多年的夙愿？

是→第9题　否→第3题

12.你觉得在校期间，打工的目的更多是为了：

补贴生活费，勤工俭学→第16题

拓宽交际面，认识朋友→第14题

13.你是否会为了一件心仪的名牌而努力节衣缩食？

是→E选项　否→第15题

14.对于那些附和老师的家伙，你是怎么想的？

很识时务→第15题　假惺惺的→A选项

15.朋友不停地对你抱怨你的另一好友，你认为他有什么居心呢？

对你怀有恶意→A选项

跟你没关系，只是讨厌你的那个朋友→C选项

16.如果有一天醒来，你发现自己失去了记忆，会如何处置？

翻阅自己的电话本，找朋友帮忙→B选项

不去管它，开始一种新的生活→D选项

结果分析：

A选项：或许你还很年轻吧，因为你犯了一个年轻人最容易犯的错误：把幻想错当理想。你的脑海中总是随时随刻编织着各种各样的美丽梦想，并且，这些想法是否能够成为现实对于你来说真的不是太重要。因此，你不会为了实现理想付出太多的努力，认

为只要有空的时候想一想，就能马上沉浸在幸福的氛围之中。

小贴士：偶尔还是需要从梦中醒过来的，毕竟我们始终生活在这个现实的社会中！

B选项：相较于其他类型，你还是比较爱做梦！刚开始你抱持的理想是遥不可及的，容易被人误会为妄想者。但是，经过现实的洗礼过后，你就会开始逐渐修改自己的造梦工场，使之与现实生活逐渐磨合适应。到最后，你所实现的理想与最初的梦想还是会有一定程度上的共通性！

小贴士：随着年龄的增长，你可能会舍弃一些自己认为完全不切实际的梦想。要记住，多回忆自己追梦的美好岁月，会给你一些新的启示。

C选项：你不会让理想只停留在梦想的阶段，即

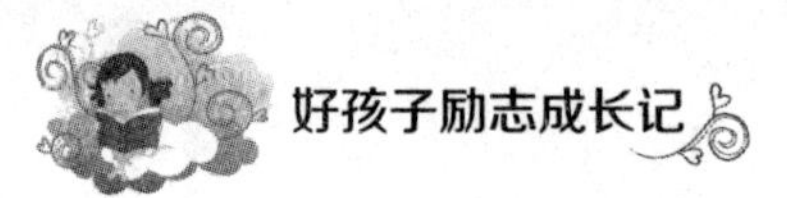

使被人认为是痴心妄想，对你而言那也是可以实现的梦。因为你早早定下了这个目标，并且有目的地去积累相关的经验，不惜代价地在现实中努力向着理想靠近。这种在不知不觉中化理想为现实的能力，常常令周围的人惊讶不已！

小贴士：做好准备，抓住机遇的概率还有50%；完全不做准备，抓住机遇的概率则是零。

D选项：你是一个有着现实目标的人，不会追求那些看似美丽却很遥远的、不切实际的梦想，甚至对那些沉溺在美妙幻想中的人嗤之以鼻，认为那是浪费时间。作为现实主义者的你了解自己的实力，但是没有更高的理想通常是因为你不愿意勉强自己去做太难的事。

小贴士：虽然太高的理想不太容易达成，但是想象力和冒险精神还是要有的，否则太过现实的人生就太无趣了！

E选项：不得不说，你是一个被欲望控制着梦想的都市“欲”人。物质欲旺盛的你把理想建立在各类商场的橱柜或者是古董行的展示架上，总之，你拼搏的动力大部分来源于拥有最多最好的物质生活。只是，这种被物欲奴役的生活在让你获得满足感的同时，也让你离最初的梦想越来越远了！

小贴士：与其克服欲望，不如培养自己的欲望。即使是虚荣的梦想，但是在培养的过程中，也许你会发现比自己预想的更高的目标和能力所在！

拥有自信才能更成功

青少年朋友们，请认真地回答下面的问题：如果你只剩下一只眼睛、一条腿，你会悲伤痛哭吗？如果你同时失去一只眼睛、一条腿、一双手，你还会继续活下去吗？如果你选择继续活下去，那么，你会快快乐乐的吗？

也许，有人会说，这个选择太难了，在生活中，如果真的发生了这样的事，那么我们必定会痛苦地度过一生。但事实上，在我们身边，只剩下一只眼睛、一条腿的人是确实存在的，并且，这位特殊的人最后还成为一位知名画家。

现在，我们就一起来看看这位奇人特殊的人生故事吧。

他的家很穷。小学毕业后，他进了工厂。16岁时，因一场工伤事故，他失去了双臂、左腿，后来又失去了一只右眼。面对巨大的不幸，他从精神到肉体都没垮掉。

出院时，母亲像照料新生儿一样照看他，一日三餐，先喂饱他，再去吃一点剩饭。为了减少母亲的担忧，也为了自己今后的生活，他苦苦思考，终于发明一套能够靠自己进食的用具。后来，他又学会了自己

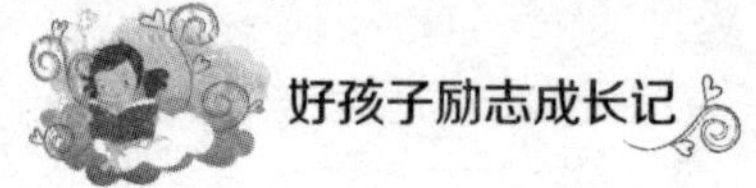

洗澡，并解决吃喝拉撒问题。

这时，他开始想到自己的未来，他想当一名作家。于是，只有小学文化水平的他开始重新学写字。可是，没有手，怎么写字呢？他告诉自己：“我可以用嘴写。”于是，他咬着笔费劲地写下了自己的名字，尽管三个字几乎重叠在一起，而且东倒西歪的，但他却为自己又跨出一步而高兴。

当他用嘴写字取得一些成绩后，又开始学绘画，想要从绘画中寻找到自己的未来。他先在一个残疾人绘画班学习，后来得到启蒙老师的指点，用自己的诚意打动了一位知名画家，并成为这位画家的学生。

从此，他每次拖着几千克重的假肢花两个多小时赶到学校，风雨不误。为了提高绘画水平，他还在24岁时去补文化课。入学后的第一次测试，他的成绩是倒数第三名。第二个月的月考，他的成绩已是正数第三名。在老师和各界朋友的帮助下，他终于成功举办了自己的个人画展。他还加入了世界口足画会，领到了奖学金。从此，他走上了真正独立的生活。

如今，他应付日常生活轻松自如，他的绘画作品得到了广泛的认同和好评。在忙碌的演讲、作画之余，他还用嘴一口一口地“咬”出了一部10余万字的自传——《我是谢坤山》。

是的，这就是台湾知名画家谢坤山的故事。试想，是什么力量让谢坤山在面对重重困难，能够一步步走得很好呢？其实，就是一种强烈的与命运斗争的勇气和自信心。

自信心是人类心理生活中基本的内在品质之一，自信心的强弱，在某种程度上决定与制约着心理压力对自身的影响。作为一种人格品质，自信心是非智力因素的重要组成部分，它对激发人的意志力、充分发挥人的智力因素和取得人生成功有很大影响。

一个有自信的人会勇于面对挑战，努力向自己定下的目标进发，追求自我实现——这样做不仅可以带来个人的成功感，个人在其他方面也能得到全面的发展，使自己更受人欢迎。相反，一个没有自信的人会逃避挑战，不敢面对失败的风险，怀疑自己的能力，使自己失去很多成功的机会。

在困难面前，要肯定自己，肯定就是力量，就是对自己充满信心；自信可以促使人自强不息，迎难而上，可以发掘深藏于内心的自我潜能。画家谢坤山就是一个强有力的实

证——因为有自信心，他能做自己想做的一切事；因为有自信心，他能“走”遍世界上任何一个想要去的角落。

自信是成功之母，自信会增强才能，使精力加倍，支撑心智。一个人的成功，不是完全依靠命运，而是在于自己坚持不懈的努力。自信，就是一个人前进的动力。只有足够的自信，人们才会在任何的困难中不屈服，在任何的环境中不

灰心，在任何的条件下都敢于创新。那么，青少年应该怎么让自己拥有自信呢？大家可以尝试下列方法。

1.挑最前面的座位坐

大家是否注意到，在教室的后排的座位总是先被坐满？大部分占据后排座的人，都希望自己不会“太显眼”。而他们怕受人注目的原因就是缺乏信心。

其实，坐在前面最能建立自己的信心。把这当作一个规则试试。从现在开始就尽量往前坐。当然，坐前面会比较显

眼，但要记住，有关成功的一切都是显眼的。

2.练习正视别人

一个人的眼神可以透露出许多有关他的信息。试想：某人不正视我们的时候，我们会直觉地问自己："他想要隐藏什么呢？他怕什么呢？他会对我不利吗？"

事实上，不正视别人通常意味着：在你旁边我感到很自卑；我感到不如你；我怕你……躲避别人的眼神通常意味着：我有罪恶感；我做了或想到什么我不希望你知道的事；我怕一接触你的眼神，你就会看穿我……这都是一些不好的信息。为此，正视别人等于告诉自己：我很诚实，而且光明正大；我非常自信，毫不心虚……

3.练习当众发言

成功学家拿破仑·希尔指出：有很多思路敏锐、天资高的人，却无法发挥他们的长处参与讨论。并不是他们不想参与，而只是因为他们缺少信心。

在会议中或者聚会中，沉默寡言的人都认为："我的意见可能没有价值，如果说出来，别人可能会觉得很愚蠢，我最好什么也不说。而且，其他人可能都比我懂得多，我并不想让别人知道我是这么无知。"这些人常常会对自己许下很渺茫的诺言："等下一次再发言。"可是他们很清楚自己是无法实现这个诺言的。沉默寡言的人越不发言，就越会丧失自信。从积极的角度来看，如果选择在会议或者聚会中尽量多发言，就会增加信心，下次也更容易发言。

重新认识自己的价值

在生活中，大家有没有遇到过这样的情况：当自己缺乏自信心时，就会缺乏上进的勇气，本来可能有十足的干劲，就会只剩下五六分甚至更少了。这样长时间下去，就会很难振作起来，甚至可能变得自暴自弃、破罐子破摔。归根结底，这种现象的发生，是内因和外因共同作用的结果。

从外因来说，主要是受到不良环境的影响，例如受到一些贬义评价、缺少成功的机会；从内因上说，可能是自尊心受损，自信心下降，又缺乏自我调控的能力。从这个意义上讲，任何人都有自尊和被人尊重的需要，而自尊、被人尊重，是产生自信心的第一心理动力。

有这样一个小男孩，从小父母双亡，跟着一个智力发育不健全的哥哥一起生活。他哥哥经常打他、骂他，不给他饭吃，有时候甚至还不让他上床睡觉。由于家庭环境的原因，他的学习成绩不好，班上很多同学都看不起他，他成了一个名副其实的后进生。

可是，自从换了一位班主任后，他的生活改变了。他的班主任了解了他的情况后，就经常到他家里

帮他收拾屋子、做饭，让他穿上整洁的衣服。

他哥哥看到班主任的做法，也转变了对他的态度。这个男孩学习有一点进步，班主任就表扬、鼓励他，他的成绩越来越好，最后竟以优异的成绩考上了重点大学。这个男孩在一篇日记里写道："我感觉在我的老师面前我是一个人，我的头上也有一个太阳。"

这个故事是多么的引人深思啊！在现实生活中，绝大多数的缺乏信心的人，其实都是受到周围人和事的影响，特别是当有缺点、有错误、学习成绩不好的时候，他们身边的人对他们的影响尤其重要。可见只有学会重新认识自己的价值，才能赢得别人的尊重，让自己自信起来！

正确地认识自己的价值，勇敢地做自己，自信起来，是每个人都应该做到的。用全面的眼光来看待自己，用发展的眼光来看待自己，相信自己一定可以做到，这样才可以在内心树立强烈的自尊感，才更有自信。

那么，应该怎样重新认识自己，让自己充满自信呢?

首先，必须相信自己的实力。在生活中，当我们觉得做了一件简单事情的时候，可能我们已经对这件事有了充分的了解，但是，这对其他人而言，可能会是一件很难处理的事情。同样，对于一些我们认为很难处理的事情，我们可能因为某些因素对自己产生不信任，对这件事无法给予解决。这时候，对我们而言，这件事就是件难事。

在遇到一些困难或挫折的时候，我们一定要相信自己的能力可以把它做好，不要否定自己。相信自己，这是重新认识自己的第一步。

其次，要表现良好的态度。当我们在努力去完成一件事的时候，一定要用积极的态度来对待，时刻保持着微笑，这是一种美好的心态，会帮助我们找到通向成功大门的钥匙。

消极被动的人总是在等待命运安排。对一件事情，他们总认为是事情找上他们，而自己无法主导或推动事情的进展；一个积极主动的人对自己总是有一份责任感，认为命运操纵在自己的手里，自己可以主导事情的发生和发展。可见，不同的心态决定着不同的人生。

最后，要改善人际关系。在生活中，沟通是门重要的人生课程。拥有了良好的人际关系，就会把自信常挂在脸上，人生也会变得非常美好了！

随时巩固自己的信心

从出世开始，人们就一直使用各种方式去吸引身边的人，让他们注意自己、赞美自己。例如，当做游戏时，人们希望得到身边的人的鼓励和赞许；当学习涂涂画画时，也渴望得到父母的称赞和表扬。

但令人遗憾的是，当上学以后，很多父母把学习成绩作为衡量孩子“成才”与否的标准，这让好表现自己的同学常常会因为自己的学习成绩不佳，或者因为没能顺利完成作业而使自己丧失自信心。

有一位老人受到小镇所有人的尊敬，因为他有一个宝盒。但他发誓生前绝不打开它。

至于宝盒里面到底藏的是什么无价之宝，除了老人的爷爷，其他所有的人都未见过。那时的他还小，为了能从爷爷的口中打听一点秘密出来，用尽了捧哄、哭闹等手段，但他的爷爷只是神秘地说：“无价之宝啊！”

到了清朝末年，有一位官吏得知此事，便劝其将宝物交出。此时的宝匣已经传到老人的父亲手里。他

谨遵祖训，婉言拒绝后远走他乡，过上了隐姓埋名的生活。后来，那位官吏还是千方百计地找到了老人的藏身之处，并威胁老人，如果不交出宝匣，要惩罚全镇的人。老人无奈，长长地叹了一口气，说自己在爷爷面前发过誓，要永远地将宝匣传下去，除非自己死了。既然它关系到全镇的人，那就让他们明天早上来看吧。至于里面到底是什么，他也不知道。

第二天，老人的房门开着，进去一看，众人都惊呆了：老人已安详地死去。官吏打开那只充满传奇色彩的宝匣，发现里面只有一卷素绢，上面写着：王者之业，唯倚自信。

“自信”就是“相信自己”，就是一个人对自己能够达到某种目标的乐观充分的估计。拥有充分自信心的人往往不屈不挠、奋发向上，因而比一般人更易获得各方面的成功。可以说，自信意味着成功了一半。

因此，我们应该激发自己的自信，勇敢地挺起自信的胸膛。那么，具体应该怎么去做呢？

1.多关注自己的优点

我们可以在纸上列下十个优点，不论是哪方面，例如细心、眼睛好看等。当我们在做某些难以完成的事情时，多想想这些优点，并告诉自己有什么优点，一定能够克服困难。这样一来，有助于提升我们从事这些活动的自信，这叫作

“自信的蔓延效应”。这一效应对提升自信效果很好。

2.多与自信的人接触

俗话说：“近朱者赤，近墨者黑。”这一点对增强自信同样有效。若常和悲观失望的人在一起，自己也将会萎靡不振。若经常与胸怀宽广、自信心强的人接触，自己一定也会成为这

样的人。为此，我们应该多与有志向、有信心的人交朋友。

3.进行积极的自我心理暗示

当面对各种难以决策的事情时，要不断对自己进行正面心理强化，避免对自己进行负面强化。一旦自己有所进步，不论进步多小，都要对自己说：“我能行！”“我很棒！”“我能做得更好！”这将不断提升自己的信心。

4.树立自信的外部形象

这些外部形象包括：保持整洁、得体的仪表，这有利于增强一个人的自信；举止自信，例如行路目视前方等；刚开

始可能不习惯，但过一段时间后就会有发自内心的自信；注意锻炼、保持健美的体形，这对增强自信也很有帮助。

5.不可谦虚过度

谦虚是必要的，但不可过度，过分贬低自己对自信心的培养是极为不利的。

6.多阅读名人传记

事实上，很多知名人士，成名前的自身资质、外部环境并不好。为此，青少年应该多看一些这方面的书籍，会知道自己其实是具备成功的条件的——这样有助于提升和巩固我们的自信心。

7.做好充分准备

从事某项活动前，如果能做好充分准备，那么，在从事这项活动时，必然较为自信，从而有利于完成这项活动。一旦这项活动做得很成功，必会反过来又能增强整体自信心。

勇于发现自己的潜力

请大家一起来做一个小的测试游戏：在一分钟的时间里，请估计一下自己最多能拍多少次手。先写下自己估计的次数，然后对照时间，来完成这个游戏吧！

好了，游戏做完了，请检查一下，自己在一分钟内拍手的次数和自己估计的次数哪个多呢？大家一定没有想到，自己拍手的次数会超出估计的次数很多吧？是的，这些超出的部分，其实就是大家的潜力。下面来看一个故事：

有一位音乐系的学生，拜了一位知名的钢琴大师学习钢琴。上课第一天，大师给这位新学生一份乐谱说：“试试看吧！”这份乐谱难度很高，学生弹得生涩僵滞、错误百出。下课时，大师叮嘱学生说：“还不熟，回去好好练习！”

学生练习了一个星期，第二周上课时正准备让大师检查，没想到大师又给了他一份难度更高的乐谱：“试试看吧！”对上一星期的课，大师提也没提。学生再次挣扎于更高难度的技巧挑战之中。

第三周，更难的乐谱又出现了。同样的情形持续着，学生每次在课堂上都被一份新的乐谱所困扰，然后把它带回去练习，接着再回到课堂上，重新面临更高难度的乐谱……他怎么样都追不上进度，一点也没有因为上一周的练习而有驾轻就熟的感觉。他感到越来越烦躁不安、沮丧和气馁……

三个月后，大师走进练习室。烦躁的学生再也忍不住了，他想向大师提出这几个月来不断折磨自己的质疑。大师没说话，他抽出了最早的那份乐谱，交给学生。“弹奏吧！”大师以坚定的目光望着学生。

不可思议的事情发生了！连学生自己都惊讶万分，他居然可以将这首曲子弹奏得如此美妙、如此精湛！大师又让学生弹奏了第二堂课的乐谱，学生依然呈现超高水准的表现……演奏结束，学生怔怔地看着大师，再也说不出话来。

这时，大师缓缓地说：“如果我任由你表现最擅长的部分，可能你现在还在练习最早的那份乐谱，就不会有现在这样的表现……”

是的，在生活中，人们往往习惯于表现自己所熟悉、所擅长的领域。但如果人们愿意回首，细细检视，就会恍然大悟：正是看似紧锣密鼓的工作挑战，永无休止、难度渐升的环境压力，在不知不觉中造就了自己今日的诸般能力！因为人确实有无限的潜力！

事实上，每个人的潜力都是巨大的，但潜力需要积极开发，才能使潜力变成实际的能力。那么，青少年应该怎样开发自己的潜力呢？

1.明确自己的优势

在做一件事之前，如果想到的是自己的劣势，那么就会给自己一个消极的心理暗示，往往就会不战而退了，但如果是想到自己所具有的优势，那么就会获得前进动力，从而带着成功的信心上路，直到最后获得胜利。

2.勇于尝试

有些时候我们可以尝试去做有一定难度的事情，这样自己的成就会大大超过自己的期望。

3.树立远大志向

古人讲“非志无以成学”“志不强者智不达”。所谓立志就是激励自己走向一条进取的、迎难而上的人生之路。人有了志向，才会对自己严格要求，才会克服前进路上的任何困难，他的聪明才智才会发挥出来。在生活中，有的人智商很高，但由于缺乏远大志向，现有的智力都不能得到彻底发挥，更谈不上开发潜能。可见，想要开发自己的潜力，先要树立远大的志向。

4.提高身心健康水平

健康的身体、充沛的精力、愉快的心情可使人的智力机能很好地发挥作用；反之，人的智力活动就会受到压抑。可见

身心健康是开发潜能的基础。要提高身体健康水平，可以从饮食、睡眠、锻炼三方面进行调整。要提高心理健康水平，需要建立和谐的人际关系。

5.学会学习

学会学习可以使人更有效地发挥出自己的学习潜能。学会学习包括全脑学习、全身心学习、科学地学习、创新学习等。如果发现了自己的优势，就要把这个优势尽力地发挥出来。那就请努力地去追求、去充分发挥自己的潜力吧！

放下自卑才能建立自信

自卑，顾名思义，就是自己瞧不起自己，它是一种消极的情感体验。在心理学上，自卑属于性格的一种缺陷，表现为对自己的能力和品质评价过低。

一般来说，自卑的前提是自尊，当人的自尊需要得不到满足，又不能恰如其分、实事求是地分析自己时，就容易产生自卑心理。一个人形成自卑心理后，往往从怀疑自己的能力到不能表现自己的能力，从怯于与人交往到自我封闭。

本来经过努力可以达到的目标，也会因为自认“我不行”而放弃追求。这样就看不到人生的希望，领略不到生活的乐趣，也不敢去憧憬美好的明天。

我们来看看下面这位同学的困惑吧！

我觉得自己很自卑，出门不论是上学还是逛街，我时常觉得周围的人都在看我、议论我。平常我一直都会待在家里，不是不想出门，是不敢一个人出门——觉得害怕。在家里还可以自己一个人待，但是在外面总觉得自己一个人什么事情也做不了，必须要朋友陪才可以。

我也在努力地使自己不依靠别人，但事实证明我没有一件事情是成功的，就连现在学习也是一样的。同学们都在认真地听课、学习，可是，我在上课的时候，总是提不起精神，一听课就想睡觉。

我觉得自己好失败，但是找不到方法解决。我也不知道自己是因为害怕而没有自信，还是因为没有自信而使自己变得胆小、害怕……

其实，人的自卑心理源于心理上的一种消极的自我暗示，即“我不行”。正如一位哲学家所说：“由于痛苦而将自己看得太低就是自卑。”这也就是人们平常说的“自己看不起自己”。我们青少年应该如何克服自卑，做一个自信的人呢？可以参考下列的方法。

1.正确认识自己，重建自信

自卑的人往往注重接受别人对他的低估评价，而不愿接受别人的高估评价。在与他人比较时，也多半喜欢拿自己的短处与他人的长处相比。越比越觉得自己不如别人，越比越泄气。自卑者应当在正确认识自己的基础上，充分发掘自己的长处，并通过发掘长处，重新树立起自信。

2.坦然面对挫折，加强心理平衡

要认识到人不可能是十全十美的，有长处，必有短处；有优点，必有缺点；有成功，也必有失败。遭受挫折与失败的时候，不怨天尤人，也不轻视自我，而要客观地分析环境与自身条件，这样才可以找到心理平衡，才可以发现人生处处是机会。

3.广泛社会交往，增强生活勇气

自卑的人多数比较孤僻、不合群，常自己把自己孤立起来，少与周围人群交往，由于缺少沟通，易产生自卑心理。自卑者如能多参与社会交往，可以感受他人的喜、怒、哀、乐，丰富生活体验；通过交往，可以抒发被压抑的情感，增强生活勇气，走出自卑的泥潭；通过交往，可以增进相互间的友谊、情感，使自己的心情变得开朗，自信心得到恢复。

自卑是消极的，自卑者应当有信心战胜自卑。一旦突破了自卑的羁绊，就会对自身的内在潜能有全新的评价，而在不久的将来，他的人生也将更加美好！

你是一个自信的人吗

对每一个人来说，自信都是非常重要的。那么，作为青少年，你是一个自信的人吗？请来完成下列的测试题，对照解析评判一下吧！

请根据自己的实际情况，对下列题目做出“是”或“否”的回答。

1.你觉得自己经常会遇到麻烦吗？

2.你觉得在众人面前讲话是很困难的吗？

3.如果可能，你将会改变自己的许多事情吗？

4.你很难做出决定吗？

5.你没有许多开心的事情可做吗？

6.你常常感到心烦吗？

7.你对新鲜事物的适应很慢吗？

8.你与你的同学相处得不好吗？

9.你的家人通常不关心你的感情吗？

10.你常常会做出让步吗？

11.你的父母对你期望太多吗？

12.你是个很麻烦的人吗？

13.你的生活一团糟吗?

14.别人通常不听你的意见吗?

15.你对自己的评价不高吗?

16.你多次有离家出走的念头吗?

17.你常常觉得学习很烦、没有意思吗?

18.你认为自己不如大部分人长得漂亮吗?

19.你常常在众人面前欲言又止吗?

20.你觉得家人不理解你吗?

21.你不像大部分人那样讨人喜欢吗?

22.你常常觉得你家里的人好像是在督促你吗?

23.你常常对你所做的事情感到失望吗?

24.你常常希望你是另外一个人吗?

25.你是不能被人依靠的人吗?

评分规则：

每题回答“是”记0分，“否”记1分。各题得分相加，然后乘上4即为总分。

解析如下：

50分以下：你不是一个自信的人，可以说，你比较自卑。

50分～70分：你的自信程度较低，有些自卑。

71分～80分：你的自信程度正常，无自卑。

81分以上：你的自信程度较高或过于自信。

不幸是人生的催化剂

日本宣布投降后的第二天，也就是1945年8月16日，玛丽·布朗太太走进位于加拿大渥太华的自家住宅，无边的寂静与空虚顿时包围了她。

若干年前，她的丈夫丧生于车轮之下。接着，与她住在一起的母亲也因病去世，更大的不幸还在后面：

“当许多钟声和汽笛声都在宣告和平再度降临的时候，我唯一的儿子达诺也猝然离开了人世。我已失去了丈夫和母亲，如今儿子一死，我在这个世界上已没有一个亲人了。”

“孩子的葬礼结束之后，我独自走进空荡荡的屋子里。我永远也不会忘记那种空虚的、无依无靠的感觉。我害怕今后的生活，害怕整个生活方式的完全改变。而最可怕的，莫过于我将与哀伤共度余生，这才是最让我感到恐惧的。”

接下去的一段日子，布朗太太完全生活在一种茫然的哀伤、恐惧和无依无助的感觉里。她迷惑又痛苦，全然不能接受所发生的一切。她继续描述道：“渐渐地，我明白时间会帮助我治疗伤痛。只是时间太空虚了，我必须做些事来填补这些空虚，因此，我再度回去工作。”

“工作使人充实起来，我也逐渐对生活再度感兴趣，如朋友、同事等。一日清晨，我从睡梦中醒过来，忽然认识到所有不幸均已成为过去，以后的日子一定会变得更好。我知道用头撞墙的举止是愚蠢可笑的，是不能面对生活的弱者的做法。对于那些我无法改变的事实，时间已教会我如何承受。”

“这种心路历程进行得十分缓慢，不是几天或几个星期，而是一年、两年，但不管怎么说，它还是发生了。”

“多年过去了，当我回过头去再看那段生活，就会感到自己这只船只虽然历经一场巨大的风浪，如今又重新驶回风平浪静的海面上。”

往往很难让我们相信为什么布朗太太这样的悲剧会发生在我们身上。因此，当悲剧发生时最好先面对它们，接受它们。当布朗太太强迫自己接受失去家人的事实时，心理上便已预备要让时间来治疗这样的痛楚。抗拒命运就像把毒药倾倒在伤口上，是无法让自己开始新的生活的。

我们面对不幸的唯一方法就是接受它。当我们的生活被不幸的遭遇分割得支离破碎的时候，只有时间可以把这些碎片捡拾起来，并重新抚平。

我们要给时间一个机会。在初受打击的时候，整个世界似乎停止运行，而我们的灾难也似乎永无止境。但苦难已经发生，时光难以逆转，活着的人总还得往前走，去履行生命计划中的种种目的。

我们只有完成了这些生命中的种种运作，痛楚便会逐渐减轻。终有一天，我们又能唤起以往快乐的回忆，并且感受到被护佑，而不是被伤害的感觉。要想克服不幸的阴影，时间是我们最好的盟友，但唯有我们把心灵敞开，完全接受那不可避免的命运，我们才不会沉溺在痛苦的深渊里难以自拔。

不幸遭遇并非都是扼杀人的刽子手，有时候，它还是促使我们采取行动的催化剂，对改善状况大有必要。它能使我们的才智变得灵敏，以帮助我们解决以前难以解决的问题。

印度的克里上纳说："人的幸福结局，并非是平淡、安稳的喜乐，而是轰轰烈烈地与不幸奋斗。”

人的生活会因“轰轰烈烈地与不幸奋斗”而变得更深沉、更多彩，也更丰盛。它会让我们挖掘出深藏在人性深处的资质。这些能力和资源只有经过大苦难、大悲大喜才会苏醒过来，为我们所用。

莎士比亚在《哈姆雷特》一剧中曾这么说过：“要采取行动以抵制困境。只有对抗，才能结束困境。”

你见过美国西南地区的沙尘风暴地带吗？你见过那些无情的沙尘暴摧毁过多少农庄、破坏过多少人的生计吗？你曾感受过那些沙尘，见过那些沙尘，并且日复一日地吞食那些沙尘吗？

下面这个故事的主角便是一个自小生活在沙尘阴影下的男孩。他今年 21 岁，家就住在沙尘暴地带内，双亲为了生存，一生都在与风暴和干旱搏斗。

父母去世之后，年轻人便担负起养家的重担。直到有一天，他们实在到了山穷水尽的地步——没有农作物可以收，谷仓里一无所有，他们就要饿肚子了——年轻人眼望着破败的农舍，一筹莫展。忽然，他 8 岁的小妹妹开门走进来，身旁还跟着她的一个好朋友。

“吉米，你可以给我 10 美分吗？”她热切地问道，“我们想到店里去买些饼干，我们每一个人需要 10 美分。”

吉米点点头——因为他想不出一个好理由来拒绝。但他没有 10 美分，搜遍了全身的口袋也找不到 10 美分。

他非常羞愧地说：“妹妹，非常对不起，我没有 10 美分。”

当天晚上，吉米翻来覆去睡不着觉，因为他永远也忘不了妹妹脸上失望的表情。在他短短的人生历程中，他曾历经不少打击——双亲去世、工人离职、沙尘暴的袭击……

但没有一次像这样——他居然没有10美分可满足自己年幼的小妹妹……这么卑微的要求……自己的生活，改善自己的人生状况。就在天色将亮的时候，他终于下定了决心，并想好了整个计划。

吉米的理想是当一名教师。但是自从双亲过世之后，他想继承双亲的遗志担负起农场的工作。现在，眼见农场一再受到沙尘暴的摧残，农场的工作已难以为继。于是第二天，吉米到镇上给自己找了一份临时工作。

从那时起，他借来许多书，每天都认真地读到深夜，以准备有朝一日能得到他真正想要的工作——当一名教员。经过不懈的努力，后来他终于在一所乡村学校找到教职。由于他努力不懈，诲人不倦，赢得了邻居的赞美与尊敬。

这是一种不幸的形式——由于一名小女孩向她的兄长要10美分——这个事件驱使吉米改变生活的方向，并且突破了困难，最后终于达到自己所追求的目标。

人生最大的悲痛莫过于生离死别，但是有时候，某些行动却可以减轻与家人分离的痛楚。这是发生在密西西比州杰克森市一位克文顿太太身上的故事。克文顿太太有3个小孩，身体状况都不好，仅照顾他们就使她颇费心机。不幸的是，有一天他的家庭医师又告诉她，说她的丈夫得了一种严重的心脏病，随时都有病发身亡的危险。克文顿太太事后回忆说：

“我听了医师的话感到非常害怕，并且开始担忧。我晚上开始睡不着觉，没多久体重便减轻了 15 磅，医师认为我是过于神经质。一天晚上，我又睡不着觉，便自问自己这么担惊受怕是否能改变状况。到了第二天早上，我开始计划自己应该做些有用的事。

“由于我丈夫颇精于木工，能亲手做出许多种家具，所以我要求他替我做一张床头小桌。他答应下来，并且花了好几个下午认真去做。我注意到这种工作带给他极大的乐趣。小桌完成后，他又为朋友做了好几件家具。

“除此之外，我们还开辟了一片园地，开始种花种菜。

我们把最好的收成都送给朋友，并尽量想出一些我们可以帮助别人的事来做。闲暇的时候，我们还坐下来讨论有关种植果树等种种计划。

“一日凌晨一点多钟的时候，我的丈夫突然病发逝世。我那时才体会到，其实最近这几年，我们一直把这可怕的压力放在一边，过着有生以来最快乐、最有意义的生活。我就是这样面对悲剧，并尽力用最好的方式来接受它，转化它。”

克文顿太太用超人的勇气和毅力来面对不幸，使她丈夫最后几年的岁月过得快乐又有意义，而她自己也因此留下一段美好的回忆。

要想摆脱不幸的阴影，最好的方法便是提升自己去帮助别人。有一位家住威斯康星州的太太，由于她把自己个人的伤痛化成力量，转而去帮助其他陷于痛苦的人，因此广受别人的敬重。这位太太的儿子是名飞行员，在第二次世界大战期间驾机迎敌，血染长空时，年仅 23 岁。

虽然这位母亲十分哀痛，却不需要别人的怜悯，她说道：“我认识许多不快乐的母亲。她们有的因为孩子得了痉挛性瘫痪的疾病；有的则因孩子精神上或心理上不健全，无法正常为社会服务。当然，还有些妇女是想当母亲却一直无法如愿。我有幸拥有一个好儿子，并且与他共度了 23 年快乐的时光。我会把这些快乐的记忆永远保留在我的脑海里。现在，我要

服从上帝的意旨，尽可能支持帮助其他需要救助的母亲。”

她真的是这么做的。她不辞辛劳地安慰那些因儿子出征而需要帮助的父母，或是出征者本人。“把自己的心思和精力用来帮助别人，你便没有时间去注意自己的烦恼。”这位母亲的所作所为正是成熟的标志，也是我们某些沉溺于苦难中的人应该学习的课程。

生命并不是一帆风顺的幸福之旅，“不幸”这个恶魔随时都可能向我们发起攻击。我们不能像鸵鸟一样把头埋在沙堆里面，拒绝面对各种麻烦。麻烦不会因此获得解决。苦难是人类生活的一部分，只有实实在在地去面对，才是成熟的表现。

不成熟的人最常犯的过错，便是遇事不敢面对，一味退缩，一味害怕。许多小孩在游戏的时候，常因自己没有胜算便拒绝玩下去，成熟的成年人便不会如此，他们会一试再试，直到成功为止。

请看康涅狄格州诺维斯市长塞门讲的一个故事，内容是有关一名男孩虽然遭遇不幸，却仍然勇往直前的故事。赛门先生在大学时代有个室友名叫杰克，是个活泼有朝气的学生，后来却戏剧性地离大家远去。以下是塞门先生的叙述：

“杰克极有艺术天分，而且是个非常热心的学生。他参加学校各种表演活动，包括幕后工作与幕前的表演。他是学校各种年度表演的总召集人，他还在乐队担任鼓手，可说是多才多艺的全能人才。

“离开学校之后，他到一家电视台工作，后来成为电视影片制作人。他极热爱自己的工作，每天都把全部精神和力气投到工作上面。

“一天，我突然接到朋友打来的电视，告诉我杰克去世了。这使我异常惊讶和悲痛。朋友告诉我杰克得了一种绝症，但他却从来没有让别人知道。从大学时代他便知道自己来日不多。我一想到杰克那时的热忱、风趣及积极参与各种活动的精神，实在唏嘘不已。从他身上，我学到了珍贵的一课：除非生命结束，否则绝不停止。”

杰克的故事使听到的人无不为之感动，也无不受到他的精神的鼓舞。他选择了最勇敢、最成熟的方法去面对难以拒绝的不幸遭遇。

上帝并不偏爱任何人。身为一个人，我们都会历经一些苦难，正好像我们也会历经许多快乐一样。

生活的磨难早晚会使我们懂得：在受苦受难的经历里，我们每个人都是平等的。无论是国王或乞丐、诗人或农夫、男性或女性，当他们面对伤痛、失落、麻烦或苦难的时候，他们所承受的折磨都是一样的。

无论是任何年纪，不成熟的人都会表现得特别痛苦或怨天尤人，因为他们至死都不明白，诸如生活中的种种苦难，像生、老、病、死或其他不幸，其实都是客观世界的自然现象，是每个人都避免不了的。

微笑着面对人生的逆境

我们都希望自己的生活中能够多一些快乐，少一些痛苦，多一些顺利，少一些挫折，可是命运却似乎总爱捉弄人、折磨人，总是给人以更多的失落、痛苦和挫折。

面对逆境，我们是选择流泪还是微笑呢？我相信，微笑是个明智的选择。一味地沉溺在悲伤中，只会让人永远痛苦。在一切事情与他的愿望相悖时仍面带微笑的人，是胜利者，因为这是常人不能够做到的。让我们来看一个小女孩是如何做到在逆境中微笑的吧。

那是一个阴冷的日子，我永远也忘不了那一天。那天，我和姐姐在房间里剪窗花。我们费了好大工夫，终于剪好了，我们开心得手舞足蹈。

就在这时，一件想不到的事情发生了。姐姐因为忘乎所以，忘记了手中的剪刀，我只觉得眼前一黑，疼痛难忍，捂着眼睛大哭起来。

惊慌失措的姐姐也被吓得哭了起来，哭声惊动了爸爸妈妈，他们跑进屋里。当知道事情经过时，爸爸抱起我疯了似的向医院奔去……

经过医生的极力抢救，我虽然保住了左眼球，但医生却告诉我，我的左眼永远没有视力了！我如同五雷轰顶！这怎么可能？我还只是一个不满 10 岁的小女孩呀，以后我怎么生活？我又哭又闹，不配合医生的治疗。妈妈用尽了各种办法安慰我，都无济于事，只好偷偷地抹眼泪。

就这样，我在悲伤中艰难地度过了一年时间。直到有一天，我在电视里偶然看了马丽姐姐的故事，她也是一个残疾人，可她却在自己的生活舞台上创造了辉煌。那一刻，我才明白，残疾并不等于残废，也同样可以有自己的梦想，自己的追求。从那以后，我不再愁眉苦脸了，每天用微笑迎接初升的太阳。

现在，我已经是一名六年级的学生了，我不但学习成绩优秀，还是班上合唱队的主力。我还有更远大的志向：长大以后干出一番惊天动地的大事业！

人生在世，都有可能遇到逆境。逆境是不可避免的，但是，如何面对逆境，如何走出逆境，甚至，将其变成我们前进的动力，才是我们需要考虑的问题。

故事中的这个小姑娘不幸失去了左眼的视力，可以说是逆境，但是可贵的是，她没有让自己永远悲伤下去，而是选择了微笑去面对，这是我们都要学习的。

人生就像在大海中航行的船只，有时候会遇到顺风；有时候则会遇到逆流，扰乱你的航向。生活中，坎坷是绝对的，顺利是相对的，一帆风顺则是少有的。人有悲欢离合，月有阴晴圆缺，这是自古以来的人生规律。关键就看我们是如何面对人生中的逆境。

人处逆境，并不完全是坏事。星星只有在黑暗中才能闪光，逆境能催人奋发，能使人更加坚强，我们须正视逆境，在生活的海洋中不断端正自己的航向，一个人一旦具有了高尚的情操和精神境界，就会心胸开阔，淡泊名利；就能老当益壮，不坠青云之志；就能自强自立，变逆境为顺境。

客观世界不会改变，需要改变的是我们的心态和眼光。面对逆境，我们与其痛苦地倒下去，还不如微笑着站起来！

微笑是不幸生活的一帖良药，保持快乐的精神，用微笑去面对生活中的人和事物，面对平凡中的每一天，你就会发现生活的美好与真谛了。在顺境中微笑，是人人都能做到的。在逆境中微笑，是我们应该学会的。因为强大的信心，才能坚持下去，才会带来形势的转变。

在逆境中保持微笑，能让你把痛苦瞬间减小，长期沉迷于痛苦的失意中只能让人不能自拔。只有微笑，能让你重新振作起来，摆脱挫折的阴影，走向辉煌的未来。

生活中，不管遇到了多大的困难，我们都要保持微笑，以平和的心态去面对。记住，假如我们转身面向阳光，身子就不可能陷在黑暗的阴影里。

学会给自己带来一份好的心情，拥有一份坦然；给他人一个微笑，就会给自己一份舒心；给他人一个微笑，就会给自己一点阳光。让自己保持微笑，面对生活，珍惜每一天吧！

谨以此书，献给那些充满小毛病并努力想改变坏习惯，在成长中烦恼和在痛苦中磨砺的青少年。

成长的确是一个艰难痛苦的蜕变过程，有的孩子成长或许非常顺利，有的孩子成长或许很不容易，愿您在成长中学会成熟，走上铺满鲜花的美好成长之路！

好孩子励志成长记

——超好看的励志分享——

办法总比问题多

李丹丹◎编著

民主与建设出版社

图书在版编目（CIP）数据

办法总比问题多 / 李丹丹编著 . -- 北京 : 民主与建设出版社 , 2019.11

（好孩子励志成长记）

ISBN 978-7-5139-2687-4

Ⅰ . ①办… Ⅱ . ①李… Ⅲ . ①自信心—能力培养—青少年读物 Ⅳ . ① B848.4-49

中国版本图书馆 CIP 数据核字 (2019) 第 269530 号

办法总比问题多

BAN FA ZONG BI WEN TI DUO

出 版 人　李声笑

编　　著　李丹丹

责任编辑　刘树民

封面设计　三石工作室

出版发行　民主与建设出版社有限责任公司

电　　话　（010）59417747 59419778

社　　址　北京市海淀区西三环中路 10 号望海楼 E 座 7 层

邮　　编　100142

印　　刷　三河市天润建兴印务有限公司

版　　次　2019 年 11 月第 1 版

印　　次　2020 年 1 月第 1 次印刷

开　　本　880 毫米 ×1230 毫米　1/32

印　　张　30

字　　数　756 千字

书　　号　978-7-5139-2687-4

定　　价　198.00 元（全十册）

前　言

每一位父母都希望自己能培养出一个有出息的好孩子，然而随着孩子慢慢长大，父母们发现他们的这个愿望几乎是一种奢望。我们先不说那些不听话的孩子，父母难以管教。就是听话的孩子，他们的存在，也仅仅是为了获得老师的表扬、家长的奖励或是为了迎合其他长辈的种种期待，并不能算是真正意义上的“好孩子”。

换句话说，这类父母眼里的“好孩子”，其实早已失去了自我，他们只是活在大人为他们预设的期待里。这种好孩子是不真实的，他们只是在讨大家的“好”，是在为家长而活。我国社会目前这种培养孩子的方法，忽略了孩子的天性，束缚了孩子的自由成长，是对孩子不负责任的一种表现。

父母若想改变这种教育，真正对孩子负责，就要让孩子首先对自己负责，这是做人底线。没有对自己负责精神，何谈对别人负责，对家庭负责，对社会负责？

让孩子对自己负责，实际上是为了唤醒孩子的自我意识，把他们和别人分开，使他们懂得尊重自己，懂得珍惜自己的生命。同时，还要让孩子明白，犯了错误就得承担相应

的责任，并由此付出代价；知道自己成长过程中所要做的一切都是自己的事，比如上不上课，这与老师无关，与家长无关，与别人无关，只和他自己有关。

只有真正教会了孩子对自己负责，使他们知道自己现在该干什么，将来要做什么，心中有目标，奋斗有方向，实施有动力，并且踏踏实实，勤奋努力，永不懈怠，这样的孩子，才能算是好孩子，长大后才有可能成为有用之才。

那么，怎样培养真正意义上的好孩子，如何使他们健康成长呢？为了解答大家的疑惑，我们特地编辑了本套“好孩子励志成长记”丛书，包括《爸妈不是我的佣人》《做个内心强大的自己》《勇敢的做自己》《做个受欢迎的自己》《办法总比问题多》《再见了懒惰》《管理好自己的情绪》《我不再小气》《爸爸妈妈，我爱上了读书》《坏习惯，请走开》十册书，分别讲述了如何培养孩子良好品德、怎样提高孩子情商智商、如何培养孩子学习精神、怎样养成孩子独立生活能力等问题。可以说，是培养孩子成长的百科全书。

本套丛书综合国内外教育专家的最新成果，精心编撰，细心打磨，文字精炼，事例典型，能使每一个致力于孩子成才的父母，每一位为教育孩子成长苦恼的家长都可以从本套丛书中发现适宜教育孩子的不同方法和诸多措施，是一套家庭教育的优秀读本，适合不同年龄段孩子的父母学习和珍藏。

目　录

没有不能解决的问题

青少年朋友，我们正处在青春阶段，精力充沛、富于理想、思想活跃，这个阶段是我们身体和心理迅速发育成熟的阶段。这一阶段，也是我们能够用青春的激情去解决我们所面临的问题的黄金时期。

我们应该知道，没有什么问题是不能解决的，只要我们渴望有所成就，敢于冲破限制和种种束缚。

亲爱的朋友，现在请你问问自己的心，你是否一直处在激情的状态之中呢？如果是，这世间还有什么“不可能”吗？让我们来看一个小故事吧：

回想起昨天晚上的一幕幕情景，她不禁在纸上郑重地写下“没有什么不可能”这几个字。

昨天晚上，她和弟弟、妹妹、妈妈等人结伴同行来到了奥林匹克广场。一路上他们说说笑笑，一会儿观赏莲池，对满池的花骨朵心生怜悯，一会儿欣赏濠河，看着清澈的河水大发感慨。夜色在不知不觉中越来越浓，而大家的兴致却丝毫不减，反而逐渐高涨。

“啊，终于到了！”妹妹大呼一声，连忙拉着弟弟向水晶舞台奔去。

她的目光也不禁落到了不远处的健身器材——高约3.5米，三层，矗立着的庞然大物。看着最上层一个个胆怯的孩子和下面不停鼓劲的大人们，她不禁苦笑，随即也想起了自己的“光荣史”——连续45分钟站在上面，瞻前顾后，始终没有胆量顺着上面的滑竿滑下去。她心里度量着：不知道今天是否能有突破。

刚想完，她就朝那个方向奔去，先把其余器械“过滤”一遍，当作挑战之前的热身运动。十分钟

后，她就迫不及待地奔向那个庞然大物。

站在庞然大物下，她想也没想，便急切地往上爬去，不一会儿就到了真正的“拦路虎”前。

看着面前弱不禁风的栏杆和下面光秃秃的防护措施，她犹豫了。身边一个个比她小很多的小孩都“哧溜溜”地争相滑下去，有的甚至勇敢地张开双

臂，她又不禁急切地想试试。可当她一走到滑竿前，又泄气了。

从上面往下看，地面似乎已变成了一个深谷，可望而不可即。她矛盾地问自己：难道今天还会重复去年的场景？怎么过了一年还是那么胆怯？

不知什么时候，妹妹已经来到了她身后，涨红了脸，似乎炫耀地问她：“姐姐，你敢吗？”面对妹妹的激将，她心里发怵却仍不愿示弱，只好连忙点头。

说到就要做到，她先伸出两只手抱住滑竿，又伸出一条腿、另一条腿，于是，她的整个人都腾空了。不知为什么，一到滑竿上，她顿时像学会了似的，急速顺着滑竿滑了下去。

不一会儿她已经落地了。再次抬头看看上方，她简直不敢相信：几秒钟前，自己做出了一件多么伟大的事情啊。正是几秒钟前她向滑竿踏出的第一步使她战胜了自己，挑战了自己的极限，同时，也使她明白：没有什么不可能，只要你敢做，你就赢得了整个世界！

“没有什么不可能”，这将成为她一生的警句。

人生中，“不可能”这个词语，只是我们为自己找的一个放弃的理由。要相信不同的做法就会有不同的结果，没有我们做不到的事情。

其实，在生活中，常常听到“不可能”之类的话语，主

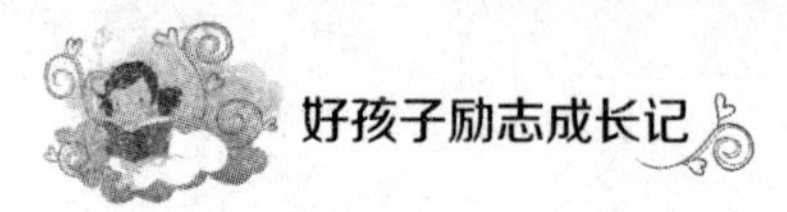

要原因是：遇到困难与挫折时不敢去闯，认为自己不行，不可能做好这件事，所以就选择了不相信自己能做到，其实这就等于放弃。

如果你改变这种想法，始终对自己说：“我肯定会做到，而且还会做得很好，因为我相信没有做不到的事。”保持炽热的激情，那么你从此就对“不可能”说再见了，你的人生中就不会再出现“不可能”这三个字了。

做一潭绝望的死水，微风吹不起半点儿涟漪，没有生命的存在，更没有未来。做一潭池塘的静水，一片沉寂，无波无纹，最后只落得干涸的命运。一旦我们习惯了平淡的日子，找不到一点儿激情的影子，在潜移默化中，就会渐渐地磨掉个性的棱角，不再向往汹涌澎湃的大海，不再追求惊涛骇浪的刺激。

朋友，不要让“无聊”“空虚”泛滥，遮住阳光明媚的蓝天。所谓“看破红尘”“人生如梦”等遁词只不过是消极者的借口。生命需要激情的支撑，生活需要梦想的点缀。拿起饱蘸激情的画笔，描绘一幅波澜壮阔的人生画卷吧！

激情是追求梦想的冲动，是渴望展现自我的内心力量，疯狂付诸行动的热血沸腾。激情并不是受困于艰难环境的产物，人并非只有陷入困厄的低谷时内心才会唤起抗争的激情。平淡的日子更应让激情涨满我们的心扉，穿越我们生命的每一个季节。只有依靠激情的挑战，才能一扫平淡的日子以及由安逸的生活滋生出来的慵懒和沉闷。

荆棘鸟扑向尖刺的那一瞬，整个大地都为之动容；《乞

力马扎罗的雪》中猎狗向前奔跑被冻僵的那一刻，便化为一座永恒的丰碑。转瞬即逝的流星留下了最闪光的回忆，凤凰在烈火中完成了最美丽的涅槃。激情成就了伟大的一生，让不可能的一切成为可能，正如一首名为《没有不可能》的歌曲中所唱的：

> 我说什么困难来都不怕，
> 我说命运就握在手上……
> 哦哦，嘿，
> 没有不可能，没有不可能……

很多事情都证明了，“不可能”只是暂时的，只是人们还没有找到解决问题的办法而已。所以，亲爱的青少年朋友，当你遇到难题时，永远不要让“不可能”束缚了自己的手脚。

有时候，只要再勇敢地向前迈一步，再坚持一下，再多给自己一些信心，也许“不可能”就会变成“可能”。成功者之所以会成功，就是因为他们对“不可能”多了一份不肯低头的韧劲

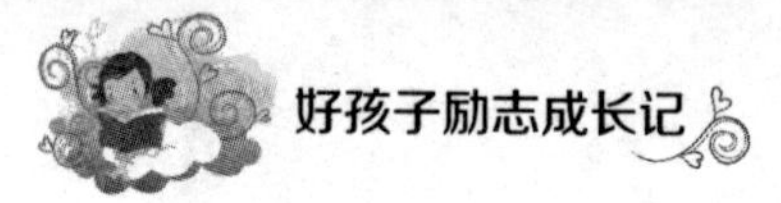

和执着。

很多人说“我不可能做成”，只是对自己没有信心，少了一份进取心，去坚持，去奋斗。如果一个人总是以“不可能”来禁锢自己，那么他注定不会有辉煌，最终将被淘汰。

如果不敢尝试，如果不肯迈出第一步，怎么会有第二步、第三步呢？没有自信，你将会一事无成；拥有了自信，你将拥有巨大的财富。

把“不可能”从我们的人生词典中删去吧，即使我们真的碰到了“不可能”，我们也应该这样想：不是不可能，只是暂时还没有找到解决问题的方法。

青少年朋友，当我们遇到困难和处于逆境时，不要害怕，不要退缩，更不能放弃。还记得电视剧《大长今》里面，长今说过的一句话吗？她说：“不管是谁，任何人都不能叫我放弃，我绝不放弃！”她就是用这种态度来面对自己的人生，最终取得了人生中真正的成功。

青少年朋友，积极进取吧！你的努力会证明你的人生没有什么不能解决的问题。

机会青睐有准备的人

亲爱的青少年朋友，你们知道吗？愚者错失机会，智者善于抓住机会，成功者创造机会，机会只留给准备好的人。世界上最可悲的一句话是："曾经有一个非常好的机会，可惜我没有把握住。"

遗憾的是，这种事情在我们许多青少年身上都发生过。其实，机会对我们所有人都是平等的，它有可能降临在我们每一个人的身上，但前提是：在它到来之前，我们一定要做好充分的准备！

我国有句古话："台上一分钟，台下十年功。"有些人常羡慕别人的机遇好，羡慕命运对别人的青睐，羡慕别人的成功，却从来没看到荣誉和鲜花背后，别人所付出的千辛万苦。

有的青少年在和成绩好的同学聊天时，经常感叹："我觉得你运气真的很好。"其实那不是运气，没有准备，怎么可能取得好成绩？其实，我们可以想想自己所取得的每一次成功，是不是都是有很多相应的准备做铺垫的呢？

有个词语叫作"厚积薄发"，只有在"万事俱备"的情况下，"东风"方能显得珍贵和富有价值。

准备，就是抱负，就是坚定的理想和执着的追求。准备，就是知识的积淀，力量的聚合和条件的创造。准备，就是机遇的捕捉，命运的把握和成功的约定。准备好比是"十月怀胎"，成功只是"一朝分娩"。做好准备是实现成功的必要不充分的条件。

没有充分的准备，奥巴马不可能成为美国第一位黑人总统，希拉里不可能成为美国国务卿；没有充分的准备，小沈阳不可能一夜走红，刘谦不可能在整个中国掀起一股魔术浪潮；没有充分的准备，在2012年的奥运会上，中国奥运健儿不可能夺得38枚金牌、27枚银牌、23枚铜牌的可喜成绩……

成功不是天上掉的馅饼，成功不是免费的午餐，成功永远不会不期而至。成功是付出的回报，成功是努力的成果，成功是心血和汗水的结晶，成功是长期精心准备的结果。

纽约的一家公司被一家法国的公司兼并了。公司新总裁一上任，就宣布了一个决定：公司所有员工都要进行法语测试，只有测试合格者才能留用。

决定一经宣布，几乎所有的人都慌了神，纷纷拥向图书馆。他们这时才意识到，不学习法语不行了。可是，有一位员工却若无其事，仍然像平常一样，下班以后就直接回家了。

同事们还以为，这名员工已经准备放弃这份工作了。但令所有人意想不到的是，考试结果一公布，这个在大家眼中肯定是没有希望的人，却得了最高分。

尽管这名员工来公司的时间不长，但他还是被公司破格在第一批留用了。原来，这名员工在大学刚毕业来到这家公司后，看到公司的法国客户很多，但自己又不会法语，每次与客户有往来邮件或合同文本，都要公司的翻译帮忙，有时翻译不在或顾不上时，自己的工作只能被迫停止。

因此，这名员工想，法语在这家公司很有用，是工作的一个基本条件，迟早要把法语作为考核和使用员工的一个重要条件。

于是，这名员工早早就开始了自学法语。这次最高成绩的取得、考试的成功，就是他提前学习的回报，是他早有准备的结果。

机会总是留给有准备的人，这是一个必然规律，这一必然规律体现了“必然”与“偶然”的内在联系，机会是“偶然”，有准备是“必然”，有准备才有机会，没有准备就没有机会，既有准备又遇到了机会，成功也就成了“必然”。

很多青少年都幻想用机会改变命运，于是做着与机会偶然相遇的白日梦，幻想它像魔法棒一样改变自己的世界。其实，这是很不靠谱的一件事。因为如果机会真的有一天与我们相遇，并帮自己实现了愿望，那前提条件肯定是我们要有充分的准备。因为机会只会光顾有准备的人啊！

有人总抱着一种扭曲的想法，当因为自身原因，使事情变得一团糟后，大言不惭地对自己说：“等着吧，等到我时来运转，机会来到时，我一定会咸鱼翻身，让所有人对我刮目相看。”

亲爱的朋友，不要迷信机会，不要把它神化，它不是万能的，它也不是许愿池，更不是阿拉丁的神灯。与其寄希望于机会，不如抱希望于自己。

朋友们，我们要知道，真正能改变世界、扭转乾坤的人是自己，而不是机会。如果自身不努力，一百个机会列队在家门口都帮不了我们。所以，不要迷信机会，机会只是一个契机、一个平台，真正的主角是我们自己。

现实生活中有些青少年朋友总是坐着等机会，躺着喊机会，睡着梦机会，成为守株待兔的人。殊不知如果这样，机会就会像满天星斗，可望而不可即，即使机会真的来到身边，他们也发现不了，更不用说去捕捉和利用了。

青少年朋友，不论你准备将来从事什么行业、什么职业，都应尽量把工作做到最好，并不时地给自己充电。这样，就算你不去找机会，它都会主动找上门来的。

在“恰同学少年”青年论坛上，主持人田红年问闾丘露薇女士：“美伊战争伊始，凤凰卫视那么多记者，为什么却偏偏让你去呢？”

闾丘紫薇的回答很简单：“因为我早有准备。早在美军还未对伊拉克动武前，我就提前办好了到伊拉克的签证。而当时卫视里所有的同事中，只有我有。办理签证又需要一两周的时间，所以我就得到了这次机会。”

其实，与其相信机会可以改变一切，不如相信自己无所不能。任何一个迷信机会的人都是弱者，只想着如何借靠别人的力量。其实，真正有力量的人就是我们自己啊！

我们都是有潜力的。我们要给自己设立一个目标，并告诉自己：“我能行！”那我们就真的行。自己才是自己真正的救星，我们的神就是我们自己。

作家梁晓声曾经道出了有关机会的秘密，他说：有的人搭上机遇的快车，顺风而行；有的人错过它，终身遗憾；有的一生都未能抓住它，默默地埋藏自己的才华。天赐良机不可失，坐失良机更可悲，一个人要学会创造机遇，用自己的聪明才智勤奋努力，不断进取，踏踏实实地耕耘，才能获得成功。

当机会敲门的时候，要是犹豫该不该起身开门，它就去敲别人的门了。在人的一生中，机会不可能一次也不降临，我们的生活中到处存在着机会，只要你留心，就会发现机会，抓住机会。

放眼古今中外，许多成功人士的成功正是因为把握住了时机。

星移斗转，唐朝已沉淀在历史的长河里；物是人非，王勃仍徜徉在泛黄的纸页间。多少时间流走了，依然冲不淡他绚烂的背影，滕王阁之宴，宾客中不乏文人雅士，为何王勃能独占鳌头？是机遇，还是幸运？都是，却又都不是。

并不是王勃有先见之明，只是他对文章的造诣已领悟得很深，无论何时何地都可以出口成章了，这能不说他已准备好了吗？机遇总是青睐有准备的人。

有时，机遇和幸运会让一个人大有作为，可真正使他大有作为的并不是机遇和幸运本身，而是他本人已做好了充分的准备。

王勃的《滕王阁序》令古今多少文人称赞，这岂是单凭机缘巧合道得尽的？古往今来，哪位成功人士不是靠自己的努力为生命抹上幸运的色彩的呢？

意大利航海家哥伦布，从小就对航海有浓厚的兴趣，20多岁时已成为一个很有经验的水手了。一个偶然的机会，他读到了一本名叫《东方见闻录》的书，从此，他一直想到东方寻找财富，后来，他带着87名水手，乘着3艘帆船，开始远航了。

人们都觉得非常新奇，有些人怀疑："他们能到东方吗？

哥伦布真是异想天开！"他们顶着狂风巨浪，历尽艰难险阻，在茫茫的大西洋海面上度过了70多个白天黑夜，终于在一块陆地上登陆了，从此开辟了一个新的时代。

因此，一个人如果缺乏敢于冒风险的勇气，就不会有成功的良机。在哥伦布之前，任何人都有发现新大陆的可能，然而他们之所以终究没有发现新大陆，就在于没有去实践。哥伦布这样做了，他成功了。

事实证明，机会不是那么容易被抓住的，并不是所有人见到苹果从树上掉下来就都能想到万有引力。那么，如何才

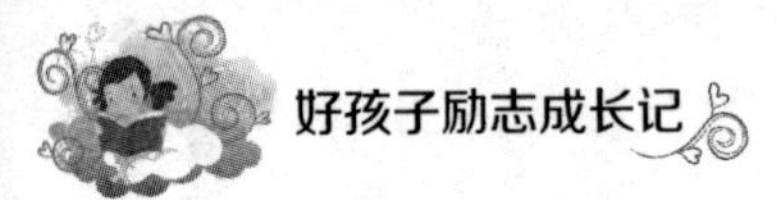

能准确地把握时机，抓住机会呢？

一个优秀的足球运动员在球场上的激烈争夺中，能巧妙地将球射入球门，不仅仅靠他的勇猛和技术水平，还要靠选定的最佳角度，准确把握战机。

机会只留给准备好的人。青少年朋友，不要有怀才不遇、生不逢时的想法。只要你是锥子，哪怕是放在口袋里，天长日久，也会冒出尖来。

哲人说："每个人都是自身的设计师。"这的确很有道理。我们没有必要狂妄地称"人定胜天"，但却一定要有勇气相信自己的命运由自己主宰，自己的生活要靠自己打拼！机会真是神奇，它给"疑无路"的人带来"柳暗花明"，让商人散尽千金"还复来"；机会却又一点儿都不神奇，因为它经常出现在我们的身边。智者能发现它、利用它走向成功，愚人往往错过它却抱怨命运的不公平。其原因就在于机会只偏爱有准备的头脑，有准备的头脑才能辨识和把握机会，有准备的头脑才有能力迎接机会。

青少年朋友，请做个有准备的人吧！机会只垂青有准备的人。请做个有准备的人吧！只有这样，我们才能抓住机会；只有这样，我们才会有机会实现我们的人生梦。让我们时刻准备着！

计划是成功的保证

好的人生离不开好的计划，成功的人生离不开成功的计划及在正确计划指导下的持续努力。我们的人生犹如大海航行，人生计划就是人生的基本航线。有了航线，就不会偏离目标，更不会迷失方向，才能更加顺利和快速地驶向成功的彼岸。

青少年朋友，我们每个人的人生都需要计划。不懂计划的人，就不能明白“磨刀不误砍柴工”的道理，只有有了计划，我们才能更具有竞争力，才能更加有幸福感！

让我们来看一个小故事吧：

15岁的菡菡想让父母给她买一条价值100元的品牌牛仔裤，但妈妈不同意，她认为小孩子穿50元一条的裤子已经相当不错了。但菡菡不罢休，仍然缠着妈妈给

她买。

这时，妈妈想了想对她说："我只给你50元，如果你真的想要这条牛仔裤的话，妈妈有个好方法，让你在一个月之内可以买到它。"

"什么方法？"菡菡兴奋地说。

"你可以用自己的劳动挣钱呀，比如你帮妈妈做家务，妈妈会付给你一定的报酬。当然，如果你能有一个详细的计划书的话，你的目标会实现得更快一些。"

妈妈很耐心地向女儿解释。于是，在妈妈的引导下，菡菡真的写出了计划书：

目标：6月15日之前买我想要的那条牛仔裤

现有的：妈妈给的50元钱所需的：另外的50元钱

步骤：

1. 每天晚上帮妈妈洗碗可得报酬3元，6月15日前可得到36元。

2. 每天晚上放学后帮妈妈扔垃圾可得报酬0.5元，6月15日前可得到6元。

3. 帮爸妈铺床，6月15日前可得到6元。

4. 每天从零花钱中省出0.5元，6月15日前可省出6元。

另外，在此期间还要注意有关这款牛仔裤减价的广告，购买时还要货比三家。

通过这次计划，菡菡懂得了要用劳动换取自己想要的东西，也学会了怎样购买东西……最重要的一点是，计划使她感到目标一点点达成的喜悦，这种喜悦让她的生活在目标和计划中越来越充实。

看，一个计划书能使一个小女孩改变多大！由此可见，计划对于我们来说，有多么重要啊！

有一对兄弟，家住在80层楼上。有一天他们外出旅行回家，发现大楼停电了。虽然他们背着大包的行李，但看来没有什么别的选择，哥哥对弟弟说：“我们爬楼梯上去！”

于是，他们背着两大包行李开始爬楼梯。爬到20楼的时候他们累了，哥哥说：“包太重了，不如这样吧，我们把包放在这里，等来电后坐电梯来拿。”于是，他们把行李放在了20楼，轻松多了，继续向上爬。他们有说有笑地往上爬，但是好景不长，到了40楼，两人实在太累了。想到还只爬了一半，两人开始互相埋怨，指责对方不注意大楼的停电公告，才会落得如此下场。他们边吵边爬，就这样一路爬到了60楼。到了60楼，他们累得连吵架的力气也没有了。弟弟对哥哥说：“我们不要吵了，爬完它吧！”于是他

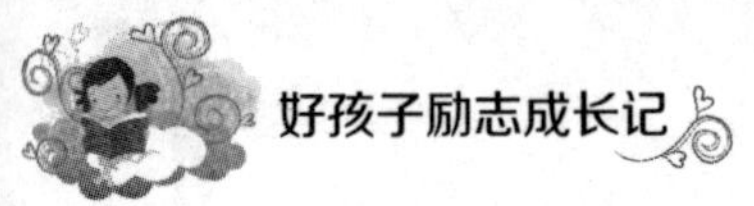

们默默地继续爬楼，终于80楼到了！兴奋地来到家门口，兄弟俩才发现他们的钥匙留在20楼的包里了。

从这兄弟俩的行动上看，他们对所要做的事情缺乏起码的计划。计划，是对未来整体性、长期性、基本性问题的思考、考量和设计未来整套行动方案。人生需要计划，计划对成功来说相当重要，它能将理想变为现实，将不可能变成可能。

李开复是一位成功的职业经理人。在微软的时候，李开复建立了中国研究院，后来改为亚洲研究院。调回微软总部工作后，李开复成了比尔·盖茨的七人智囊团成员。后来，李开复担任谷歌大中华区总裁。凭借丰富的经历，他开通了“我学网”与大学生进行交流，为他们在职业、人生计划中提供了宝贵的意见和建议，成为“思想教父”。

可见，学会计划，才能使自己成功；不善于计划，则容易使人失败。做事有计划对于一个人来说，不仅是一种做事的习惯，更重要的是反映了他的做事态度，而良好端正的做事态度是取得成就的重要因素。

专业摄影师拍照首先会用掉几卷胶片去进行拍摄。之后，他会对这些胶片进行仔细研究，尽管有很多画面都不理想，可由于他拍了很多张，所以他最终总能找出一些能够让自己满意的照片。接着他就会走进暗房，考虑如何改进那些画面效果不错的照片。他会用很多方法进行试验，比如说剪辑、曝光等，并最终挑选出几十张令自己特别满意的照片。接着他会对这些照片进行进一步检查，并从中挑选出一张最有可能让自己获奖的摄影作品送去参赛。

而那些业余摄影爱好者，那些偶尔用照相机记录一次生日聚会、一处风景，或者是一次全家郊游的人会怎么做。他们只是随便拍几张来记录最珍贵的时刻，然后焦急地等着结果出来。然而在很多情况下，他们都会对结果感到失望。在他们拍摄的几十张照片当中，有的会模糊不清，有的照了某

个人的半个脑袋，还有的拍到了别人皱眉的画面。看到这些之后，他们也许会沮丧地说自己并不是一名好摄影师。

那些偶尔进行时间计划的人和认真计划时间的人之间的区别也是如此。只是偶尔进行时间计划的人往往并没有一个清晰的目标，他们甚至根本不知道自己要做什么。

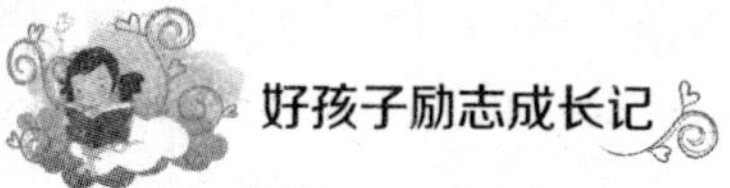

他们通常对结果不满意，认为它们根本不值得自己付出那样的努力。于是，他们开始相信自己并不善于进行计划，并最终放弃做出进一步努力的打算。

而另一方面，那些认真计划时间的人会反复斟酌自己的计划。刚开始的时候，他们的目标可能也并不清晰，慢慢地，经过不断地挑选，他们会逐渐把那些不可取的目标清除

出去，并开始形成一个比较明确的目标。然后他们会对计划中的重要部分不断修改，最终使计划的内涵更加丰富。

作为学生，我们更要学会制订计划。早晨到校，先不要忙于学习，想一想，今天需要做什么，昨天还有哪些事情没完成，做好今天的学习计划，按计划有条不紊地做好每一件事情，分清轻重缓急，哪些先做，哪些可以缓一缓，这样就不致忙乱，可能还会有时间活动和放松一下。每天放学后，回顾这一天的事情，哪些做好了、哪些需要明天补救，以便更好地完成明天的计划。

心态决定行动效率

心态的正确与否与我们个人的成就大小有着必然的联系，这就需要我们有一个积极、正面的健康心态。我们青少年需要的健康心态主要表现在以下两个方面：

在做人方面，我们要能够把别人的批评、责骂、建议等，看成是善意的，看成关爱、帮助和造就，以感恩和学习的心态，虚心听取，思考、分析并不断反省，从中吸收有利于自己进步的营养，促进自己成长。

在做事方面，面对学习、生活中的问题、困难、挫折、挑战和责任，从正面去想，从积极的一面去想，从可能成功的一面去想，积极采取行动，努力去做。

健康的心态是一种主动的生活态度，对任何事都有足够的控制能力，它反映了我们的胸襟和魄力。积极的心态会感染人，给人以力量。

我们每个人在生活中必然会遇到挫折、失败等，而越是在这种时候越是要学会自勉，控制自己。

我们青少年要慢慢学会控制自己，不要走向极端，或是陷入乐极生悲、怒而妄行、哀而不争等种种心理失衡的状态。我们要学会调控自己的心态，对现实中自己所遇到的问

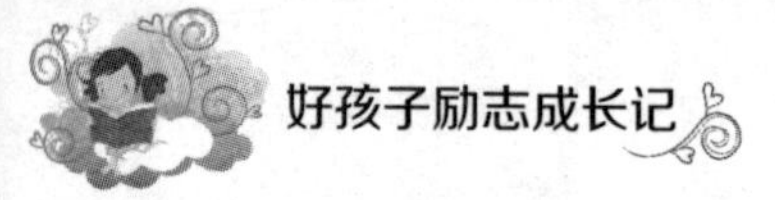

题做出比较恰当的反应，这对于我们每一个青少年都是很有必要的。关于心态的重要性，这里有一个小故事：

在赫赫有名的德国哥廷根大学里，有一位名叫高斯的学生，他才19岁，却有着难得的数学天赋。

每天，他都要完成老师布置的三道数学作业题。这一天，他又专心地投入到了数学题的解答中。前面的两道题很顺利地就完成了，可是，第三道题，却让他思考了好久。

这道题的要求是：只用圆规和一把没有刻度的直尺，画出一个正17边形。他用尽所学知识都没有得到一丝进展。直到最后，他用超出常规的方法才解答出这道数学题。

第二天一进教室，他就把作业交给了导师。导师看过第三题后，表现得十分惊奇，并难以置信地问道："这真的是你做出来的吗？"

高斯回答："是我做出来的，我用了一整夜的时间才找出答案的。"

导师激动地欢呼着，并大声喊道："你解开的不仅仅是一道数学题，而是一个有2000多年历史的数学悬案！"原来，这位导师用了很多年的时间去解这道题，最终都没有结果，而他那天只是阴差阳错地把这道题交给了高斯。

从此，高斯便被人们称为"数学王子"。多年以

后，高斯回忆说："如果拿到这道题时就知道2000年来无人能解，我也许永远也没有信心解开它。"

从这个故事不难看出，高斯的天才固然很重要，但是，心态的影响也不容忽视。正像他自己所说的那样，如果当初知道这是一道2000年无人能解的难题，恐怕他真的不可能解开了！任何成功者都不是天生的，他们成功的根本原因是开发了人的无穷无尽的潜能。只要你抱着积极的心态去开发你的潜能，你就会有用不完的能量，你的能力就会越用越强。

心态决定了我们的视野、事业和成就。如果我们抱着消极的心态，不去开发自己的潜能，那我们只有叹息命运不公，并且越消极越无能。

亲爱的朋友，也许你的梦很遥远，但也不是没有实现的可能。给自己一点儿信心吧，是山，就应该有山的坚韧；是海，就应该有海的浩瀚。

我们不能延长生命的长度，但可以扩展它的宽度。我们不能控制风向，但可以改变方向。

我们不能改变天气，但可以左右自己的心情。

我们不可以控制环境，但可以调整自己的心态。

文学家高尔基曾说过：“我的一生所主张的，就是对生活、对人们必须持积极的态度。”人的一生是一个非常短暂的过程，其间又充满了太多的风霜雨雪，作为青少年，要用积极乐观的心态来面对生活。

积极的心态是我们生活中的法宝，它可以帮助我们走向成功。如果一个人的心态是积极的、乐观的，那他就成功了

一半。著名学者拿破仑·希尔曾说过：“人与人之间只有很小的差异，但是这种很小的差异却最终造成了巨大的差异！而这很小的差异就是各人所具备的心态。心态是乐观的还是悲

观的，就最终导致了成功和失败两种结果。”

积极乐观的态度能激发我们的潜能，让我们愉快地接受意想不到的任务，接纳意想不到的变化，宽容意想不到的冒犯，做到意想不到的事情，创造意想不到的奇迹。

亲爱的青少年朋友，我们丰富多彩的人生是需要由积极乐观的心态打造的。积极的心态收获积极的人生，如果我们认为自己是幸运儿，那么我们就会成为幸运儿；如果我们定义自己是个倒霉蛋，那么也会找出各种理由证明自己是个倒霉蛋。

生命是一个过程，生活是一种体验，而积极乐观的心态就是拥有精彩人生的法宝。只要我们以积极的心态，把人生看作舞台，把自己当成导演兼演员，凭借自己的积极信念，尽情表演，体验过程，那么，我们就会拥有精彩的人生。

那么，如何才能培养积极的心态呢？可以尝试从以下几个方面做起：

一是言行举止像你希望成为的人。许多人总是等到自己有了成功的希望才去付诸行动，这些人在本末倒置。

积极的行动会带来积极的思维，而积极的思维会带来积极的人生心态。从开始就积极行动起来，去努力成为你想成为的人，心态自然也跟着积极起来。

二是要心怀必胜的、积极的想法。当你开始运用积极的心态并把自己看成成功者时，你就已经开始走向成功了。

谁想收获成功的人生，谁就要当个好农民。我们绝不能仅仅播下几粒积极乐观的种子，然后指望不劳而获，我们必须不断给这些种子浇水，给幼苗培土施肥。要是疏忽这些，消极心态的野草就会丛生，夺去土壤的养分，直至庄稼枯死。

三是用美好的感觉、信心与目标去影响别人。随着你的行动与心态日渐积极，你就会慢慢获得一种美满人生的感觉，信心日增，人生中的目标也越来越清晰。

紧接着，别人会被你吸引，因为人们总是喜欢跟积极乐观者在一起。你可以运用别人的这种积极响应来发展积极的关系，同时帮助别人获得这种积极态度。

四是使你遇到的每一个人都感到自己重要、被需要。每个人都有一种欲望，即感觉到自己的重要性，以及别人对自己的需要与感激。这是人们自我意识的核心。

如果你能满足别人心中的这一欲望，他们就会对自己也对你抱积极的态度。一种良好的局面就将形成。正如19世纪美国哲学家兼诗人爱默生说的："人生最美丽的补偿之一，就是人们真诚地帮助别人之后，同时也帮助了自己。"

做到以上几点并不很难，关键在于我们是否想做并坚持下去。我们知道，成功者与失败者之间的最大差别就是：成功者始终用积极的思考、乐观的精神和辉煌的经验支配和控制自己的人生；失败者则刚好相反，他们的人生是受过去的种种失败与疑虑所引导支配的。说到底，如何看待人生、把握人生，由我们自己的态度决定。

心动了就要去行动

有个伟人曾这样说过：不要做思想的巨人、行动的矮子。意思就是说：人，要有伟大的思想，然后还要有脚踏实地的行动。不然的话，那思想也就成了幻想，幻想最终会成为美丽的泡沫，风一吹就散了。我们青少年有理想、有梦想、有远大的目标，固然是好事，但是，行动对于青少年来说，更是重中之重。所有理想与梦想，所有目标的实现，和行动是分不开的。没有行动一切都是空谈。

行动是一切的基础，重在行动，成在行动。纵观成功者的一生，他们每个人都是行动上的巨人。朋友们，让我们来看一个小故事吧：

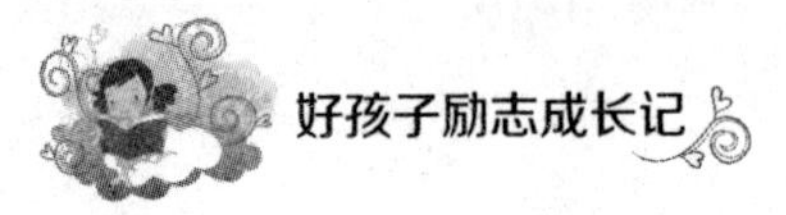

举行结业仪式这天，琳琳回到家，和妈妈正吃午饭。突然，妈妈问她："书法什么时候再练？"

琳琳若无其事地回答："张老师会通知的啊！"

"都放寒假了，还没通知你们，你应该主动打电话问问张老师。"说着，妈妈拿出手机叫琳琳打。

琳琳很不情愿，轻声嘟哝着："张老师自己会打过来的，为什么偏要打电话给张老师呢？"

"等，等，等，就知道坐着等别人，你不可以主动去问问吗？"妈妈发火了。

琳琳坐着无语……

妈妈明白了琳琳的心思，放下手机，语重心长地对她说："既然你不知道什么时候练书法，放不下心，打一个电话不就行了吗？什么问题都解决了。你说张老师自己会打来的，与其等电话，不如自己主动行动。"

妈妈的一番话让琳琳如梦初醒，不就打个电话嘛，为什么琳琳就不情愿呢？这时，她耳边又响起妈妈的话："想到远山看风景，山不能靠近我们，只有我们向前。等着站着永远不会实现梦想。只有主动，再主动，才会前进，才能登到峰顶，欣赏美丽的风景。"

想到这儿，琳琳默默地拿起手机，给张老师打了电话。挂了电话之后，她心中顿时一片释然："对呀！我们所有人都应该主动积极行动，就像我们上课发言，都要积极。看那些强者，他们最大的优点就是没有对命运听之任之，而是主动行动，成为命运的驾驭者。让我们主动吧！”

许多商场的广告中都会有这么一句话“心动不如行动”，的确，许多事情光空想是不会实现的，最重要的是付诸行动。故事中的小女孩琳琳一开始完全处于消极等待的状态，在领悟了母亲的话后，最终发起了积极主动的行动，这是值得我们学习的表现。

假如拥有百宝箱的钥匙而不去开启，则永远得不到宝藏；假如拥有登高的梯子而不去爬，则永远到不了高处；假如拥有过河的小艇而不去划，则永远到不了对岸。

这又不能不使我们联想到北宋时的神童方仲永了，他本是一个极具天赋的孩子，可却没有去行动，没有去读书，最终只落得个“泯然众人矣”的下场。

当下，我们的身边又有多少个方仲永呢？他们只满足于现在，而不开始行动，因此只能停步不前，实在可悲。

这样看来，行动就成了衡量一个人优秀与否的标准。有行动，就说明这是一个明智的人，懂得什么才是人生；不行动，就说明这是一个愚昧的人，最终只能碌碌无为。由此可见，行动不仅仅决定了一个人的命运，也决定了一个人在社会中的地位，有行动才有将来，行动是最重要的。

作为21世纪的青少年，你是否选择了磨炼人意志的暴风雨？是选择做明亮的不锈钢，还是做角落里生锈的破铜烂铁？是选择做勇敢无畏的白杨，还是做顺风而倒的墙头草？是选择做刚强明亮的金刚石，还是做那乌黑软弱的石墨？没有行动，就不会有美好的未来；没有行动，就不会有多彩的人生。

行动是一切结果之源。人生的道路不会一帆风顺，人生的道路布满坎坷与荆棘。但是，只要你有目标，只要你有为目标奋斗的切实行动，那么，你一定会收获一个令人满意的结果。行动是成功的阶梯，没有行动自然不会有成功，而行动越多自然会登上更多的阶梯，登得更高。大家都知道“千里之行，始于足下”这句话，可是很多人迈出第一步时，却常常忘了提醒自己继续下去。

要知道一张地图，不论多么详尽，比例多么精确，它永远不可能带着它的主人在地面上移动半步。任何宝典，永远不可能从它的字里行间就能读出财富。只有行动才能使地图、宝典，即我们的梦想、计划、目标具有现实意义。

亲爱的朋友，请你一定记住：你过去是什么样的，并不表示未来也是什么样，如果你想改变目前的状态，就要拿出点儿行动来。

张明是一个初二的学生，有一段时间，他的物理成绩始终提高不上去。后来，他就思考为什么，找出原因之后，他给自己定出了一个目标计划，每天做多少习题、每天预习多少功课、每天将不同类型的题目练习多少遍……

就这样，张明每天都给自己定计划，每天都按照计划行动，到了月底测试时，他的物理成绩和其他科目的成绩一样都考了90多分。

青少年朋友要明白：不要去羡慕别人的果，要去寻他身后的因。这样，才会对我们的成长有帮助。“今日事，今日毕。”永远不要把今天应该解决的事情留到明天，每天让自己行动，每天给自己一个交代，你何愁学习成绩不会提高，何愁好学校不能考上？

立刻行动吧！亲爱的朋友，从现在开始，要学会一遍又一遍，每时每刻重复这句话，直到成为习惯，好比呼吸一般，好比眨眼一样，成为一种条件反射。有了这句话，你就能调整自己的情绪，去迎接和挑战成功与失败。行动也许不会结出成功的果实，但是没有行动，所有的果实都无法收获。

珍惜时间，一寸光阴一寸金

法国思想家伏尔泰曾出过这样一个意味深长的谜：“世界上哪样东西最长又是最短的，最快又是最慢的，最能分割又是最广大的，最不受重视又是最值得惋惜的；没有它，什么事情都做不成；它使一切渺小的东西归于消灭，使一切伟大的东西生命不绝？”

这么神秘的东西，它是什么呢？正是时间！我们青少年，要明白青春是宝贵的，不要浪费自己的时间。俗话说：“一寸光阴一寸金，寸金难买寸光阴。”可见时间是多么宝贵啊！

世界上时间是最公平的。时间对任何人都一视同仁，既不慷慨地多施舍给哪一个人一秒钟，也不吝啬地少给予哪一个人一分钟。我们每人每天拥有的都是24个小时。

然而在同样的时间里，有的人能学到丰富的知识，有所收获；有的人学到的东西却少得可怜，甚至到老还一事无成。这其中的重要原因就是人们对待时间的态度不同，有的珍惜，有的浪费。

青少年朋友们，让我们来看一个小故事吧：

那一年，杰克只有14岁，年幼疏忽，对于卡尔·华尔德先生那天告诉他的一个真理，未加注意，但后来回想起来真是至理名言。在意识到这一点之后，他就从中得到了不可限量的益处。

卡尔·华尔德是他的钢琴教师。有一天，华尔德给他上课的时候，忽然问杰克，每天要花多少时间练琴。杰克说大约三四个小时。

“你每次练习时间都很长吗？”

“我想这样才好。”杰克说。

“不，不要这样，”他说，“你将来长大以后，每天不会有长时间空闲的。你可以养成习惯，一有空闲就几分钟几分钟地练习。比如在你上学以前，或在午饭以后，或在休息余暇，5分钟、10分钟地去练习。把小段的练习时间分散在一天里面，如此，弹钢琴就成了你日常生活的一部分了。”

后来，当杰克在哥伦比亚大学教书的时候，他想兼职从事文学创作。可是上课、看卷子、开会等事情把他白天晚上的时间完全占了。差不多有两个年头他一字未动，他的借口是没有时间，这时，他才想起了卡尔·华尔德先生告诉他的话。

到了下一个星期，他就把那些话实践起来了。只要有5分钟的空闲时间，他就坐下来写作100字或短短几行。

出乎他的意料，在那个星期快结束的时候，他竟积有相当厚的稿子了。

后来他用同样的方法积少成多，创作长篇小说。他的授课工作虽然十分繁重，但是每天仍有许多可以利用的短短余闲时间。他同时还练习钢琴。他发现每天小小的间歇时间，足够他从事创作与弹琴两项工作。

向时间要效益，合理利用时间就是与时间争夺宝贵的生命。“忙里偷闲”，会这样做的人，才是真正会生活的人，正如故事中的杰克。

时间是宝贵的资源。人的生命都是由一分一秒的时间组合起来的。生命对于每个人来说都很重要，珍惜时间就是珍惜生命，每个人都应好好地珍惜时间，从而创造自己的生命价值。

青少年朋友，我们的人生太短暂了，需要多想办法，用极少的时间做更多的事情。有人说，时间就像是海绵里的水，只要你愿意挤，总是有的。事实就是如此，每个人的时间和精力都是有限的，但每天却有很多的事情等着青少年们去处理，那青少年们应该怎样正确管理自己的时间呢？以下的方法不妨借鉴一下：

1. 利用好早晨的黄金时间。早晨是一天中最宝贵的时间，也难怪有“一年之计在于春，一日之计在于晨”之说，

但有些青少年却没有很好地利用一天中最美好的早晨时间，不是留恋热被窝睡懒觉，就是时间使用不当或抓得不紧，造成早晨黄金时间的浪费。

在早晨起床之前，人的大脑处于休息阶段，由于没有先前的干扰，早晨起来背记效果最好，因此，青少年在早晨应抓紧时间读书，特别是背记英语。我们要充分利用好

早晨的黄金时间，养成早睡早起的好习惯。

2．利用好课堂的时间。青少年获取知识的主要渠道在课堂，课堂40分钟十分重要，这是一个人人皆知的常识。课堂学习效率的高低是获取知识多少的关键所在，也是最终决定学习效果的首要因素。

但是，有些青少年在课堂上激情不高，反应不积极，与老师配合不密切。那么，如何才能提高课堂的学习效率，在有限的课堂教学时间内获得最大量的知识呢？

课堂上一分一秒都是极其宝贵的，要充分利用好课堂时间，必须在课前充分做好上课的准备工作，包括准备好课本、笔记本、草稿纸、笔等，甚至要把书翻到确定的地方，上课铃声一响，就要安静地坐在座位上，等待老师的到来，

同时要思考和回忆上一节课所学内容，切不可嬉戏打闹，老师到了还拿不出课本来。

3．合理运用中午的时间。中午是休息的时间，不少青少年没有认识到中午休息的必要性与重要性，把极其宝贵的午休时间浪费了。

中午不休息，一方面会使人下午精神萎靡不振，提不起学习的兴趣，久而久之会产生厌学的心理；另一方面还会使晚自习学习效率受到影响，不是打瞌睡，就是看不进去书，甚至还会影响到第二天上午的学习。

中午必须按时进行午休，哪怕睡半个小时或20分钟，都会使下午及晚间的学习效率有较大的提高。因此，青少年必须养成午休的良好习惯。

4．利用好晚自习的时间。有一些青少年朋友往往不知道如何上好晚自习，特别是初中的同学表现得特别明显。其实，晚自习对青少年来说是极其宝贵的，也是十分重要的，是一天学习中关键的一环，安排和利用好晚自习时间，是青少年必须掌握的学习方法。

晚自习课一般安排在晚上7时至10时，这段时间是人的大脑最活跃的时间之一，适合从事分析判断等活跃的思维活动。而且，此时白天所学的大量知识信息，又为大脑活跃的思维活动提供了丰富的资源。所以，晚自习的学习，适合对当天的功课进行整理复习，即完成当天作业，搞清楚所学知识是什么、思考为什么。

要确保晚自习的学习质量，青少年要解决三个方面的问题：准备、计划、执行计划。

这里的准备是指两个方面：精力和时间。首先，要保证上晚自习时仍然精力充沛，为此，建议青少年养成中午休息和下午进行半个小时的体育锻炼的好习惯。大多数青少年以前没有午休的习惯，可中午不休息，就不能确保晚自习有较充沛的学习精力。其次，要抓紧时间完成老师布置的作业。即要专心致志，杜绝三闲——闲思、闲事、闲话，不利于学习的事不想，不利于学习的事不做，不利于学习的话不说。

还要制订好计划。好的开始是成功的一半，制订好晚自习的计划就是上好晚自习的开始，计划为我们的学习提供了一个可靠的程序。晚自习的学习一要明确晚自习有哪些要做的事，二要根据要做的事安排顺序，三要落实时间分配。

5. 要及时就寝。许多住校的青少年下晚自习进入宿舍，熄灯之后就寝秩序差，就寝准备工作做不好，不会抓紧时间休息，甚至到12点还在走廊上大声喧哗影响其他同学休息，从而导致同学们的睡眠时间不足。

青少年要学会过集体生活，同宿舍的舍友要互相尊重、互相谦让；要养成开着灯也能入睡的习惯，这样才能保证有充足的睡眠时间，才能充分合理利用好每一天的时间。

6. 要学会理清事情的主次。青少年若想在有限的时间和精力内达到最好的学习效率，首先应根据事情的重要和紧迫程度，做出一个合理的安排。可以每天把重要的事情列举出来，然后有序地去完成后，再去做那些琐碎的、不紧迫的事情。

7. 要了解自己的生物钟。我们每个人都有自己的生物钟，所以每个人在相同的时间内做事的效率都是不同的。例如，有的人的最佳状态在早上，那他就可以把自己重要的学习任务安排在早上。而有的人的最佳状态在中午，就可以把重要的事情安排到中午去完成。时间安排要因人而异，不能随波逐流。

8. 要尽全力去完成最重要的学习任务。在做事时要全身心地投入，不可东张西望，边做边玩，这样会严重影响学习效率，且浪费许多宝贵时间。在任何时候，只要你专心去学习，很多问题都会迎刃而解，否则你只会一事无成。

9. 要学会拒绝。当你把精力投入某一件事情上时，如果没有特殊的情况发生，青少年应该学会拒绝眼前的其他事件。如你正在做作业，而同学叫你一起去打球，那你就应该专注地把作业做完后，在没有其他需要完成的事情时，再去和同学一起去活动。

10. 要学会制定时间表。当各科老师纷纷布置一堆作业和习题时，要学会制定出一个相应的时间表，把用于每科作业的时间做一个详细、合理的分类。

朋友们，我们的青春是很宝贵的，作为青少年，要懂得珍惜时间，学会管理时间，把更多的时间用在更有用的地方。要明白，善用时间，就是善待自己的生命。

不要拖延，今天的事今天完成

“我想去桂林，可是我有时间的时候没有钱，有钱的时候没时间……”这是《我想去桂林》歌中的咏叹。在我们的日常生活和学习中，这种心理也普遍存在。

我们许多人为自己找了种种借口，抱怨自己无法按照预定的设想完成任务、达到目标。为了化解这一难题，我们需要养成“今天的事情今天做”的习惯。

亲爱的朋友，今天的事情今天做，不要老是等到明天去做。我们来看这样一个小故事：

小林这一次又生了大病，刚好验证了上次流感来时他的话：“别人生病的时候，我就是不生病；别人一不生病了，我就生病了。”他一开始只是头晕，回家一量体温：发烧了。

于是他就躺在床上休息，边躺边思索：“明天应该可以去上课吧？唉，别想那么多了，赶紧休息吧！”但是，第二天他还是没有好，只好不情愿地去医院挂盐水了。这下好了，昨天下午的作业还没做呢，今天又有作业要补了！小林又想起那句话：当天的事情当天做完。想到“恶性循环”的后果，他连忙摊开本子，把昨天今天的作业全都补上了。

就这样，病了一个多礼拜，他才勉勉强强可以去上学了。刚到学校，抽屉里就放着一堆作业，小林叹了一口气——看来又要补喽！

妈妈的话“当天的事情当天要做完”回响在他的耳边。他赶忙摊开作业本：哎呀，糟糕，语文有两篇课堂作业，而且这两篇课文他都没有学过，另外还有习作，一篇订正的，一篇要写的；数学还好，课外的他都在家里做过了，课堂上的也都补过了；英语学了新的内容，看来得自己复习了，另外还需要听写三至四单元的内容；美术要完成两幅画；体育要考广播操，今天还有200米的考试没有参加……

一项项作业席卷而来。体育、英语、美术先搁在一边了，赶紧把语文补完吧！“当天的事情当天要做完”的念头一直在小林脑中回荡，他疯狂地移动着笔尖。

“好！这篇

作文写完了！”

“呀！笔怎么又掉了？可恶，掉到哪里去了？”

“呀！数学又有错误，赶紧！”

小林手忙脚乱地赶着作业。

最终，小林总算是在学校把数学作业搞定了。但是回到家他还是没放松。一回到家，他就拿出习作本，嘴里念叨着“当天的事情当天要做完……”说

着，就动起了笔。

夜里11点钟，他总算赶在第二天前把语文作业也搞定了！英语、美术作业也都补完了，现在他总算又恢复到了正常的学习状态，没有因为生病而落下更多的功课。

“当天的事情当天要做完”还真有用！这一天过完了，他浑身轻松，躺在床上特别舒服，不一会儿就

睡着了。看来老话还是有一定的道理的，按照老话去做，是不会错的！

古人说得好："今日事，今日毕。"可见，古人是多么注重今日的事情今日完成啊！故事中的小林很好地按照这条原则做了，所以功课完成得非常棒，即使耽误了好几天课，也能够及时补上，这非常值得我们青少年朋友学习啊！

在我们的生活中，许多青少年在做事的时候总是喜欢拖拖拉拉，今天的作业总是拖到明天去做，甚至拖到后天。殊不知作业只会越拖越多，越多就越影响完成的质量和效率。所以，我们一定要做到"当天的事情当天做完"。

可是具体应该怎样做呢？以下这些方法不妨借鉴一下：

1. 变"必须"为"愿意"。抱着"必须"要做完某事的想法是导致拖延的一个主要原因。

当你告诉自己必须做某件事的时候，你其实就是在暗示自己你是被强迫去做的，所以你自然而然地感觉到厌恶和抵触。正是因为这种不愉快的感觉，你选择了拖延。

如果你的任务有一个最后期限，那么这个期限越近，这种不愉快感就越强烈，如果你还不立即去做，那么这种不愉快感将不断增强。

要跨越这个心理障碍，就要认识并且接受这种想法：你不是"必须"去做，而是"愿意"去做。

2. 变"完成"为"开始"。总是想着要完成一些大的复杂的事情显然会导致你的拖延。如果你总是想着一定要完成一些连具体步骤都还不清楚的复杂任务时，你会感到被狠狠地打击了！这样不愉快的感觉会让你尽量地拖延。当你对自己说“我必须完成这项工作”时，你其实就在让自己倾向于拖延。如果想解决这个问题，方法就是试着想想只是开始做一小部分工作而不是总想着要把大任务做完。

想想“我现在能开始哪一小步”，而不是想“我什么时候才能做完啊”。其实坚持每次都做一点，你就肯定可以做完。假设需要清理一下屋子，一想到要清理那么大一个空间，你可能有困难的感觉，这样就会倾向于拖延。

其实你可以问问自己，如果只是做一小部分，比如写下你可以想到的10分钟内做完的简单任务，像扫一小块地，或者丢掉一两堆垃圾。不要操心什么时候做完整件事，而专注于现在能做的事。其实，如果这样做上几次时，你也许在哪一次就发现根本没有剩下多少未解决的了，这时一鼓劲就把它们做完了！

3．不要做完美主义者，做个正常人。第三种容易导致拖延的错误想法就是完美主义。要完美地完成一项任务的想法非常有可能让你根本不会开始去做，因为这种想法本身就给这项任务加上很大的压力，在这种情况下，你当然不愿意去做了。于是，你把事情拖延到临近最后期限时才开始做，这样你就可以“解脱”了。

因为现在已经没有足够的时间让你完美地完成任务了，你完全有理由对自己说：“我不把它做完美是正常的，要是我有足够的时间，我完全可以把它做得完美。”但是如果这

项任务没有最后期限呢？你会不会无限期地拖延下去？完美主义让你根本无法开始一项你想做好的事情，你能说它不是有害的？解决这一问题的办法就是把自己当作正常人，而不是圣人。举个例子，如果你准备写一篇5000字的文章，你应该放松地开始只打一篇哪怕只有100字的草稿，这非常有助于你开始——重要的是开始。

4．变“剥夺”为“夺不走的快乐”。第四个导致拖延的心理上的障碍就是把做事情联系到“剥夺”上。这就是

说，你相信投入一项事情之中会大大地剥夺你生活中的乐趣。为了完成某项任务，你是不是把本应娱乐的时间也投入了进来？这是不会带给你热情的。然而，这却仍然是很多人逼迫自己投入做事时的想法。在脑海中想象一种长期的孤独奋战而无法享受乐趣的情景，这必然会导致拖延。

克服这种想法的办法是完全相反地去想。首先保证你生活中的乐趣，然后再来安排你的任务。听起来有些不可思议

吧？但是这种想法确实会带来效率。

5．合理奖励。对于倾向于拖延的任务，你不妨给自己一些奖励。比如说，首先，选一个你在30分钟内就能完成的任务；然后，选定一项奖励，很快就能兑现的奖励；只要你投入了时间去做就可以保证得到奖励，不用管有没有取得有意义的成果。

奖励可以是选择看一段你喜欢的电视节目或是一场电影，或者好好地吃顿饭，或者和朋友出去玩等，总之是任何让你感到快乐的事。因为你所需要投入的工作时间很短，而且很快就能有一项大的奖励，这样不管这项任务多么艰巨，你都没有理由不忍受这30分钟。

你也许还会发现，你会不自觉地工作超过30分钟，哪怕是很困难的工作，也愿意做下去。往往是工作上一个小时甚至几个小时，你才意识到。

奖励就在那儿，所以你知道，什么时候只要愿意停下来，就能享受奖励。因此一旦开始行动，你便不再忧虑任务的难度而全神贯注于手头的工作。

停止工作，然后享受你的奖励，之后你可以再计划另一个30分钟的工作时间以及另一份奖励。这会让你在这项工作上享受到越来越多的快乐，也让你明白只要付出努力，就立即能获得奖励。

青少年朋友，在忙碌的日子里，我们应该懂得如何去珍惜，珍惜每一个金子般的今天，做到今日事、今日毕，这样才会获得许许多多意想不到的收获。

开始了就不要停止

青少年朋友，我们每个人都渴望成功，都在为成功而拼搏。可是，成功的道路是崎岖而漫长的，路上更隐伏着各种艰难险阻。物欲的勾诱，功利的驱使，玩乐的招引，你抵抗得了吗？数载苦索，十年寒窗，乃至一生埋下头去，你承受得了吗？

一些人退却了，只得半途而废；一些人气馁了，只得前功尽弃；一些人一曝十寒，只得一事无成。只有持之以恒的人迈着坚定不移的步伐，义无反顾，终于沐浴到胜利的光辉，品尝到成功的喜悦。

朋友，不用说做什么大事，就是我们日常的一些小事，如果没有持之以恒的精神，也很难成功。不信的话，我们来看一个小故事吧：

一个周末，小辉费了好大的劲儿才求得爸爸教他骑自行车。父子俩推着自行车来到家后院，小辉激动地对爸爸说："爸爸，开始吧！"

爸爸微微地笑了一下，然后来到他身边把稳自行车，告诉他应先蹬右脚，把稳把手，如果马上要向左倒时，用把手向左使一下劲儿；相反，如果向右倒时，就用把手向右使一下劲儿。

小辉准备好了，信心满满地坐上了自行车，把稳把手，又把脚踏在了脚蹬板上，使劲儿一蹬，嘿，骑起来了！但是，就在他高兴之际，自行车向左一偏，因为没反应过来，所以，"砰"的一声，他摔倒在了地上。爸爸跑过来扶起了他，帮他拍拍身上的土，说："幸亏没有怎么样！"

他冲爸爸笑了一下，然后继续练习。在练习的过程中，小辉一次次地摔倒，但又一次次坚强地站起来，最终，功夫不负有心人，他学会了骑自行车。

对于我们青少年而言，"水滴石穿""绳锯木断"这两个成语都耳熟能详了。其实，并非水滴有穿透石头的强劲、绳子有锯断木头的韧劲，这只是形容它们都在不断地努力，都有着持之以恒的耐心和决心。

法国作家拉罗什富科说过：取得成就时坚持不懈，要比遭到失败时顽强不屈更重要。所以，坚持是生命中最宝贵的资本。谁不为霍金的事迹所感动？谁不为他的惊世之著《时间简史》而赞叹不已？

这位因患肌萎缩侧索硬化症，被终生禁锢在轮椅上的伟大物理学家，能取得这样的成功，靠的是什么呢？勇敢、智慧、自信固然不可少，但在其中最闪耀的便是坚定的信心和远大的理想，不懈的追求和顽强的毅力，以及毫不动摇的、持之以恒的精神。正是由于持之以恒的精神，他驶向了智慧大海的彼岸，登上了科学成就的高峰。

行动贵在坚持！青少年朋友，在所有的事情中都是一样的，要持之以恒才有可能把事情做好，才有可能达到你所要达到的目的。

比方说写日记，一个人如果坚持写日记，那就是锻炼持久力的一种方式。其实写日记并不是一件难事，关键在于坚持，每天记一点儿，时间久了，积累就会多了。有时候写得多了，就会觉得没有什么好写的，这样就迫使你去寻找新东西、新感觉，让你的意识中不断地注入新的思想。看似是一件简单的事情，其实，它对你的帮助是很大的。

俗话说："不怕慢，就怕断。"慢，尚能循序渐进；断，就会半途而废。我们每个人的禀赋不一，领悟有快有慢。但是，我们一定要清楚，禀赋不能决定一切。

麦当劳的创始人雷·克洛克的座右铭是："走你的路，世界上什么也代替不了坚韧不拔的意志力。才干代替不了，那些虽有才干但却一事无成者，我们见得多了；天资代替不了，天生聪颖而一无所获者几乎成了笑谈；教育也代替不了，受过教育的流浪汉在这个世界上比比皆是。唯有坚韧不拔，坚定信心，才能无往而不胜。”

曾经有一个年轻人在屡屡遭到失败后，想停止自己的追求。这时，有人告诉他有一位智者掌握成功的秘诀，他便找到了那位智者。

智者见他一副垂头丧气的样子，于是，就看似漫不经心地抬手指示：“那边悬崖上有一棵桃子树，如果你

去给我采下桃子来，我便告诉你如何得到你想要的。”

山并不高，却极其陡峭，那小红灯笼似的桃子，看上去可望而不可即。不过，成功心切的年轻人还是按照智者的话去做了。

事情进行得并不顺利，年轻人还没爬到山的1/3，就坚持不下去，力竭而返了。在山下，他抚摸着

酸痛的四肢，心中充满悲伤。这时，朦胧月色里，依稀可以看见远处的桃子。

年轻人决定第二天再试一下。于是，他开始了第二次攀登，而且成功了。当他捧着桃子去找智者时，智者只是将桃子放到口中说："真不错，很甜呢！咦，你不是已经成功了吗？"

这时，年轻人才恍然大悟，原来成功就是悬崖上的桃子，只要你向着目标迈进，锲而不舍，就能将它采到手。而这个故事也说明，坚持是成功路上最宝贵的财富。

在生活中，时间如白驹过隙一般从我们身边溜走，当我们发现自己青春过半时，我们是只知道发出"老大徒伤悲"的感慨，还是积聚力量奋力一搏？

苍鹰在临死之前也要昂首展翅进行最后一次搏击，那么人呢？我们青少年正处于一个人生成长的关键时期，要想后在人生的道路上做出一定的成就，就要有意培养自己坚持不懈的品格，因为，这是我们以后成功的基石。

在我们身边，有许多锲而不舍、执着追求目标的成功者，他们终生奋斗。执着坚持是一种态度，一种对自己及对世界的态度。其实，要出类拔萃，就必须为自己心中的目标进行坚持不懈的追求，脚踏实地，一步一个脚印地付出一番努力。

世界上那些成就了大事业的人，他们中哪一个是凭着一

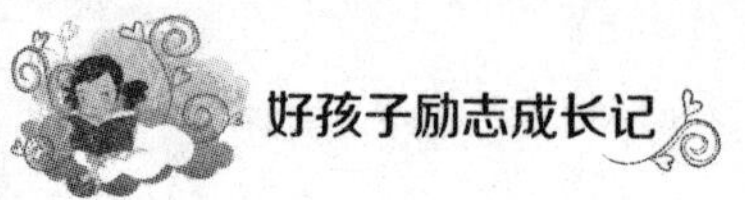

时的侥幸、一两天的心血来潮而取得如此大成就的呢？而他们中又有哪一个不是在一天天的扎扎实实、勤勤恳恳的付出中让自己最终驶向了成功的彼岸的呢？

我们青少年一定要明白，干什么都不可能一蹴而就，只有认真对待每一天、每一件事，方能滴水穿石、取得成就。不论是工作还是学习都是如此。

每一位青少年在学习或复习迎考中都应该做到有目标、有理想、有毅力、有方法；要不怕寂寞、不怕困难、不怕挫折，永不言败。只要我们坚持不懈地努力，就一定能取得成功。朋友，一定要记住：好的生活习惯、好的学习习惯、好的学习方法一定要坚持到底！踏踏实实地对待每一天，才能实现自己的目标。

托尔斯泰曾经说过一句话："人生不是一种享乐，而是一桩十分沉重的工作。"青少年朋友，我们要懂得：做人，就要做事，要做事，就应该坚持。

如果给自己订立一个明确的目标，就要持之以恒地努力，一切行动都贵在持之以恒，只有持之以恒才能够有希望靠近成功的彼岸！

微软创始人比尔·盖茨说过："所谓的奇迹，不过是坚持的结果。只有在不断地对目标的坚持中，才能实现你的梦想。"这是比尔·盖茨对成功的看法，他认为自己的成功大部分都来自于坚持。

是的，有一种奇迹叫作坚持。作为青少年，我们可能缺少的就是一份对学习的坚持。自己一旦定下了一个目标，就应该告诉自己要坚持下去，可是一旦有了时间你总是受不了玩的诱惑，于是，时间就在闲聊、逛街、游戏中悄悄溜走。因此，要坚持就要抵御种种诱惑。

人生中会在何时何地遭遇何种艰难困苦是不可预测的，然而一旦遭遇了，只要坚持下去，奇迹总是会出现的。也许并不是所有的坚持都能有令人满意的结果，但与命运抗争的本身，以及在抗争中给自己和周围的人以希望、勇气和力量的过程，不也是生命的一个奇迹、人生的一种意义吗？

不满足是向上的车轮

青少年朋友，我们从小学至中学，从中学至大学，可以说许多人都取得过多次好成绩，也获得过许多的奖项。当我们走上领奖台时，脸上如朝霞般的灿烂，心里就像吃了蜂蜜一样甜。

此时，我们可以欢笑，可以庆祝。但不要忘了这只是一个小小的成绩，我们离成功还很远。我们应该像蓝天上的雄鹰那样，展翅翱翔，飞得更高、飞得更远。

朋友，你看，一望无垠的天空中，一只雄鹰在盘旋上升。灿烂的阳光照亮了它强健的翅膀。它奋力振动着双翅，迎着风雨，乘着云雾，飞向心中的太阳。

雄鹰之所以能振翅高飞，是因为它志存高远。它没有满足于眼前的天地，而是向往着更加辽阔的蓝天。我们同样不能因现在的成绩而沾沾自喜，我们要懂得傲不可长，志不可满，满必招损。

亲爱的朋友，让我们来看一个小故事吧：

在小澄的书桌前有这样一句话："不满足是向上的车轮。"这句话是著名作家鲁迅说的，意思是说，你对自己不满足，就说明你想上进。说起这句话，还有一段来历呢。

三年级期末大考，小澄考了年级第一，那时他非常高兴，对此相当满足。回来告诉爸爸后，爸爸却说："你已经对自己很满足了吗？"

他爽快地说："考了年级第一，当然满足了。"

爸爸严肃地说："你还不能满足，因为不满足是向上的车轮，你连'终点'都没到，'车轮'就坏了，那你不是停在这里让别人超过吗？"

爸爸的训导并没有引起小澄的注意，因为他当时被胜利冲昏了头脑，根本听不进去。他还是老样子，天天玩啊、看电视啊、打电脑游戏啊，不去修那个"车轮"。

结果，四年级大考验证了爸爸的话，小澄只考了班级第五。他很沮丧。爸爸看了他的成绩单，没说什么，默默地把"不满足是向上的车轮"这句话写在了纸上，贴

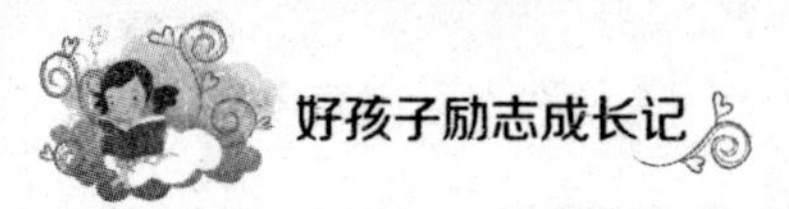

在了他的书桌前，勉励他以后照着这句话去做。直到现在，小澄一直照着这句话努力着。

“不满足是向上的车轮”这句话很富有哲理，正如有一个人问一个著名的导演说：“你最满意的一部片子是哪一部？”那个导演便毫不犹豫地说：“下一部。”

我们每一个人都有欲望，欲望不满足，我们就会拼命地去实现它。这就是一种动力，使我们慢慢地前进着。也许我们自己看不到，但别人的眼睛会把我们的行为记下来，会说：“这人跟以前不一样了。”听了这话，我们就会无比快乐，想做得更好，这又化为了一种动力，又让我们继续前进。

我们应该用积极乐观的态度去面对种种磨难。有人在失败的时候总会停下脚步，我们应该不停地、大胆地往前走，我们才会前进，才会进步。

青少年朋友，如果一个人不前进、不进步，那跟行尸走肉有什么不同呢？“不满足是向上的车轮”，我们一定要有自己的目标，不断进步。只有人类进步了，社会才会进步；社会进步了，国家就会进步。

要知道，天底下，只要我们活着，总会有我们的一个“位子”，我们一定要守着自己的“位子”，并让它越升越高！努力吧，也许我们曾经失败，但我们一定要站起来，化伤痛为力量，努力地向前！

有一个徒弟从师学艺多年，自认为把师傅的本领都学到了，就去见师傅，说：“我已经把您的手艺全学到了，可以出师了吧？”

师傅望着得意扬扬的徒弟问：“什么是全部学到了呢？”

“就是满了，装不下了。”

“那么装一大碗石子来吧！”

徒弟照师傅的话做了。

“满了吗？”师傅问。

“满了。”

师傅抓来一把沙，放入碗里，没有溢出来。

“满了吗？”师傅再问。

“满了。”

师傅又倒了一盅水下去，仍然没有溢出来。

“满了吗？”师傅又问。

徒弟脸涨得通红，这才知道学问是永远也学不完的，无论什么时候，都不能满足于现状。只有不知道满足，才能让自己不断地进步。

在学习中，有的青少年做对了老师布置的一道思考题而沾沾自喜，还有的青少年在考试中偶尔得了一次满分而扬扬得意……如故事中的徒弟一样，他们都有一种“满”的感觉，岂不知还有更多、更难的题等着他们去做，还有更多的知识等着他们去学，在知识的海洋里还有更多的宝藏等着他们去探索……学海无涯，永无止境。

球王贝利不知曾经踢进多少个好球，有人问贝利：“你哪个球踢得最好？”他总是这样回答：“下一个。”

当贝利创造进球满一千的纪录后，有人问他：“你对这些球中的哪一个最满意？”贝利意味深长地回答：“第一千零一个。”就是这样，他一如既往，永不满足，踢进了一个又一个好球；如果他存有“满”的心理，还能创造出进球一千的辉煌纪录吗？

是啊，不管是在学校读书学习的学子，还是在不同岗位上工作的人们，都应该向球王贝利学习！成绩只能说明过去，不能代表未来。

青少年朋友，让我们永远在心中树立“下一个”追求目标，步步向前，永不满足，在知识的海洋里遨游、探索吧！成功就在我们的前方。

不怕挫折才能创新

当今世界，科技进步日新月异。在这种情况下，鼓励创新、推进创新，成为实现发展进步的迫切需要。然而，干任何事情都有可能成功，也有可能失败，创新作为探索性实践更是如此。

青少年朋友，创新实不易，胜败乃平常事。因此，我们要正确对待创新之路上的挫折。对于创新者而言，成功是一种考验，失败更是一种考验。沉醉于成功的辉煌，往往可能停止前进的步伐；走不出失败的阴影，就会错过成功的机遇。现在让我们来看一个不怕失败、勇于创新的故事吧：

爱迪生在1877年开始了改革弧光灯的试验，他提出要搞分电流，变弧光灯为白光灯。

这项试验要达到令人满意的程度，必须找到一种物质做灯丝，这种灯丝要经住温度在2000℃、时间在1000小时以上的燃烧。这在当时是极大胆的设想，需要下极大的工夫去探索、去试验。

爱迪生先是用炭化物质做试验，失败后又以金属铂与铱高熔点合金做试验，还用过矿石和矿苗等共

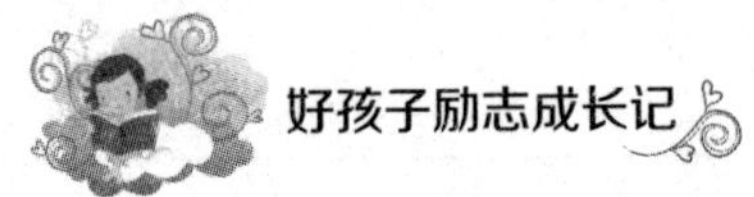

1600种不同的材质做试验，结果都失败了。但这时他和他的助手们已取得了很大进展，已知道白炽灯丝必须密封在一个高度真空玻璃球内才不易熔掉。

就这样，他昼夜不息地试验到了1880年的上半年，仍无结果。他的试验笔记有200多本，共计40000余页，前后跨越3年的时间。他每天工作十八九个小时。每天凌晨三四点的时候，他才头枕两三本书，躺在试验用的桌子下面睡觉。有时他一天在凳子上睡三四次，每次只半小时。

有一天，他把试验室里的一把芭蕉扇边上缚着的一根竹丝撕成细丝，经炭化后做成一根灯丝，结果这一次比以前做的种种试验结果都优异，这便是爱迪生最早发明的白炽电灯——竹丝电灯的雏形。这种竹丝电灯沿用了好多年，直到1908年人们用钨做灯丝后才代替它。

爱迪生在这以后开始研制碱性蓄电池，困难很大，但他的钻研精神更是十分惊人。这种蓄电池是用来供给原动力的。他和一个精选的助手苦心孤诣地研究了近10年的时间，经历了许许多多的艰辛与失败。但爱迪生从来没有动摇过，每次都能重新开始。大约经过50000次的试验，写成试验笔记150多本，他方才达到目的。

发明家爱迪生的故事启示我们：勇敢无畏，不怕挫折，是实现创新的重要条件。创新是艰难的，不可能一蹴而就，也不会一帆风顺，所以我们要有创新不言败的精神。

创新不言败就是不怕失败、勇于追求胜利。失败与成功，失去与得到，总是相对的、辩证的。有大付出，才有大收获；有大境界，才有大成就。

创新是发展的动力。在发展的实践中，失败和挫折在所难免，唉声叹气、因噎废食，只能使我们错失机遇，离成功越来越远。因此，创新就要有一种永不言败的精神和勇气。

亲爱的朋友，创新之路不可能是平坦的，面对挫折的时候，我们应该怎么办呢？这就需要我们培养面对挫折的勇气和抵御挫折的能力。那么，青少年应该怎样培养自己面对挫折的勇气和抵御挫折的能力呢？不妨从以下几点做起：

1．要正确认识挫折，树立正确的挫折观。不要害怕生活、学习中的挫折，要正视它的客观存在。青少年要认识到，理想是美好的，但实现理想的过程是非常艰难的；经受挫折是人们现实生活中的正常现象，是不可避免的，社会的进程如此，

个人的成长经历也是如此。有的人总认为生活中的挫折、困境、失败都是消极的、可怕的，遭受挫折后往往悲观抑郁，甚至丧失了生活的勇气。事实上，一个人经受一些挫折并不完全是坏事，它可以成为自强不息、奋起拼搏、争取成功的动力和精神催化剂。生活中许多优秀人物就是在挫折磨炼中成熟，在困境中崛起的。

相反，一个人如果不经历困难和挫折，总是一帆风顺，就会如同温室里的花朵，经不住风霜雨雪的考验，很容易被一时的挫折所压垮。因此可以说，挫折也是一种机会，只要

能保持积极乐观的人生态度坦然面对挫折，树立战胜挫折的勇气和信心，就一定能适应任何变化。

我们要多参加一些活动，并参加长跑、义务劳动等，逐渐培养自己战胜困难的勇气；平时也多做一些难题，以磨炼自己的意志，培养自己敢于竞争与善于竞争的精神，使自己在面对挫折时不气馁，然后刻苦攻关，勇攀高峰。

2．要改变不合理的信念。“不合理信念”的观点源于美国心理学家艾利斯的理论。他认为，挫折引起人的挫折感，不在于事情本身，而在于对挫折的不合理认识。

根据艾利斯的观点，人既是理性的，又是非理性的。人的大部分情绪困扰和心理问题都是来自不合逻辑或不合理性的思考，即不合理的信念。

个体一旦具有这种信念，就会产生焦虑、悲观、抑郁等不良情绪体验。如“我这次顶撞了领导，以后不管我做得怎样，他都不会给我好果子吃”“我吃了官司，这辈子算完了”等。几乎每个人都存在不合理的信念，这并不可怕。因为人生来就具有以理性信念对抗非理性信念的潜能。如果我们能够认识到自己的信念是不合理的，并主动调整自己的看法和态度，就可以降低挫折感，调整好情绪。

3．要冷静思考，提出问题，解决问题。面对挫折，勇敢迎接，冷静下来后，你可以给自己提出以下四个问题：“我的挫折和烦恼是什么”“我能怎么办”“我要做的是什么”“什么时候去做”。

或者可以这样想：“究竟发生了什么问题”“问题的起因何在”“有哪些解决的办法”“我用什么办法解决问题”。

当一个人能够冷静地提出问题，并寻求解决问题的方法的时候，他就开始向新的高度成长了。

4．要建立社会支持网络，主动寻求帮助。这既涉及家庭内外的供养与维系，也涉及各种正式与非正式的支援与帮助，包括物质帮助、行为支持、情感互动、信息反馈等。

在大多数情况下，一个人的社会支持网络的规模越大、密度越高，则社会支持力量越强，社会支持的心理保健功效越明显。因此，青少年应当从小学习建立一定的社会支持网络，在挫折来临时，主动求助、相互支持，这是克服困难、战胜挫折的有效方法。

5．要合理运用心理防御机制。心理防御机制是人在面对挫折时自发产生的反应，能帮助人们暂时缓解消极情绪。

常见的心理防御机制有：

转移。转移注意力，暂时摆脱烦恼，如“做另一件有意义的事来忘掉它”“想些高兴的事自我安慰”等。

宣泄。如果心中积压了许多抑郁之情，最好以合理的方式发泄出来，如找个好朋友倾诉一下或进行心理咨询。

幽默。这是一种成熟的心理防御机制。人格发展较成熟的人，常懂得在适当的场合，使用合适的幽默方式渡过难关，消除尴尬。

认同。即让自己以成熟的人自居，认定自己同他人一样，立志追求真善美，并确信自己对社会也是有价值的，借此提高个人自我价值，提高自信心。

想象。结合自身在人生旅程的位置，不断憧憬未来，提出更高的动机需求。但又不醉心于幻想，而要立足于现实，珍惜生命的分分秒秒，追求自己生命的价值。

升华。把原始的不良动机、需要、欲望投射到劳动、学习、文体活动中，抛开杂念与烦恼，执着地追求正当的目标，使精神升华。这是应对挫折最积极的态度。

6．要培养自信心。自信是青少年心理健康的重要标志，也是一种无敌的精神力量，更是一个人应具备的重要的心理品质。心理学家普遍认为，自信和勤奋是一个人取得好成绩的两个重要因素，也是青少年长大成才应具备的重要品质。国家的富强、社会的进步需要人们具备这两个重要因素，同样，个人的成长也需要自信和勤奋。在激烈的竞争中，自信心就显得更为重要。

7．要培养耐受力。所谓耐受力是指当个体遇到挫折时，能积极自主地摆脱困境并使其心理和行为免于失常的能力。积极的心理耐受力源于个人的心理韧性。

所谓心理韧性是指个体认准一个目标并长期坚持向这一目标努力，在此过程中，做事不虎头蛇尾，不半途而废，不达目的绝不罢休。如果你具有百折不挠的毅力、坚韧不拔的意志、矢志不移的恒心和乐观自信的精神，那么你的抗挫折能力自然就强，对挫折的适应能力也强。这是我们青少年走向成功的必备素质。

学会多角度看问题

我们把常规思维的惯性，称为“思维定式”。这是一种人人皆有的思维状态。当它在支配常态生活时，还似乎有某种“习惯成自然”的便利，所以不能否认它的积极作用。但是，当面对创新时，如若仍受其约束，难免会对创造力产生较大影响。

若一个人只在阳光下待着，他就很难看到黑暗；同样，若只待在黑暗中，也很难看到光明。思维也一样，如果一个人只会用一个思维模式来看待问题、处理问题，那他就很容

易走进死胡同。在观看马戏表演时我们会发现，大象往往能安静地被拴在一个小木桩上。事实上，大象的鼻子能轻松地将一吨重的东西抬起来。如果它想逃走，只需要用点儿力就能把木桩拔起！

那么，为什么它不懂得这样做呢？原来，马戏团的大象从幼年时开始，就被沉重的铁链拴在木桩上，当时不管它用多大的力气去拉，这木桩对幼象而言，都太过沉重，自然拉动不了。慢慢地，幼象长大了，力气也变大了，但只要被拴在木桩旁边，它还是不敢妄动。这就是思维定式。

长大后的大象，其实可以轻易地将铁链拉断，但由于幼时的经验一直留存下来，所以它习惯性地认为木桩绝对拉不动，也就不再去拉扯了。

反观人类，也有类似的情况。我们虽然被赋予“头脑”这一最强大的武器，但总是会受到习惯和常规思维的束缚，而经常不敢突破思维定式，因此难以找到解决难题的出路。用僵化和固定的观点认识外界的事物，有时也会带来危害。

青少年朋友，我们来看一个关于思维定式的小故事吧：

为了让学生在平时养成敢于突破固有思维定式的良好习惯，有位老师在课堂上问一位学生：“如果两个人掉进了一个大烟囱，其中一个身上满是烟灰，而另一个却很干净，那么他们谁会去洗澡？”

那位学生很不以为然地回答：“当然是那个身上脏的人！”

老师嫣然一笑说：“错！那个被弄脏的人看到身上干净的人，认为自己一定很干净，而干净的人看到脏人，认为自己可能和他一样脏，所以，身上干净的人要去洗澡。”

接着老师又问：“后来两人又一次掉进了那个烟囱，哪一个会去洗澡？”

学生回答：“这还用回答吗，是那个干净的人！”

老师又是一笑说：“又错了，干净的人上一次洗澡时发现自己并不脏，而那个脏人则明白了干净的人为什么要去洗澡，所以这次脏人去了。”

接着老师又问道：“他们如果再一次掉进烟囱，哪个会去洗澡？”

那位学生支支吾吾地迟迟说不出答案，这时，班上的学生议论开了，有人说，那个干净的人会去洗澡，有人说，是那个脏人。

后来，老师又是一笑：“你们都错了，你们谁见过两个人一起掉进同一个烟囱多次，结果还是一个干净、一个脏的事情？”

上面的故事说明，我们许多人都让固有思维定式引导我们墨守成规地解答问题，这就是思维定式对我们造成的负面影响。其实，对于日常生活中的某些问题，尤其是一些特殊的问题，要敢于打破固有的思维定式。当你在脑海中建立新的思维体系后，问题就会迎刃而解。

我们都有自己的特点，如雷厉风行、优柔寡断、慎思严谨、粗心大意等。条条大路通罗马，不过通往罗马的路各不相同，有的是高速公路，一路顺风；有的是崎岖山路，坎坷而行。我们不能简单地说，走哪条路是明智的，走哪条路是愚

蠢的，因为每个人都有一套自己的思维模式，走哪条路是由我们的固有思维模式决定的。

中国有句名言：“横看成岭侧成峰。”意思是在每个角度所看到的山峰是完全不一样的。做事情、想问题也是这样，在不同的思维模式下看问题，所得到的结果也大为不同。

当我们陷入一个模式中，并苦苦挣扎时，不妨让自己换一种思维，转一个角度，也许“山穷水尽”马上就会“柳暗花明”。面临问题时，我们不要一味地和自己较劲，如果你能换个思维方式想问题，懂得另辟蹊径，相信再难的问题也会迎刃而解。

对那些懂得变换思维方式的人来说，面对难题，他们总

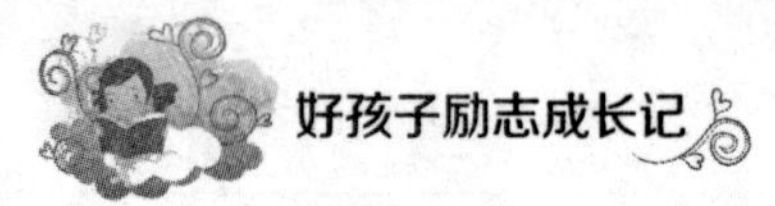

能轻松应对。有人不解其中奥妙，问他们其中的诀窍，他们会说："换一种思维想问题，再难的问题也不过如此。"

在解决问题时，我们要尽可能突破原有思维的局限，学会另辟蹊径，有时出人意料的新方法往往能收到意想不到的效果。不信？那就看看下面这个笑话吧：

一个聪明的父亲有一个夙愿，就是让自己的儿子成为世界银行的副总裁。

父亲对儿子说："我想给你找个媳妇。"

儿子说："我的事我自己办，让你帮我找，不如我自己找！"

父亲说："我为你找的这个女孩子是比尔·盖茨的女儿！"

儿子大惊，说："要是这样，可以。"

然后，这位父亲找到了比尔·盖茨。

父亲说："我给你女儿找了一个老公。"

比尔·盖茨说："不行，我女儿还小！"

父亲说："可是这个小伙子是世界银行副总裁！"

比尔·盖茨感到很惊喜，说："啊，这样，行！"

最后，这位父亲找到了世界银行的总裁。

父亲说："我给你推荐一个副总裁！"

总裁说："可是我有太多副总裁，不用你推荐！"

父亲说："可这个小伙子是比尔·盖茨的女婿！"

总裁大喜，说："这样呀，行！"

于是，父亲如愿以偿了。

这位父亲用一个一般人想不到的方法，得到了一个令人瞠目结舌的结果。故事也许很荒唐，但是他的思维方式却值得我们思考。面对难题，也许我们换一个思维方式想问题，找一个独辟蹊径的方法，难题就会迎刃而解了。

在学校长时间学习的青少年，难免会对一些事情或一些题型形成一定的固定思路，很容易形成思维定式。思维定式容易使我们产生思想上的限制，久而久之就会使我们养成一种呆板、机械、千篇一律的解题与做事的习惯。

学习中，很多人一旦发现过去用过的方法和经验不能解决现在遇到的问题时，便会理直气壮地说：“这个问题根本无

法解决！”

当被问及为什么不想想还有没有新方法时，他们也常会满脸疑惑地回答：“还有什么新方法吗？”

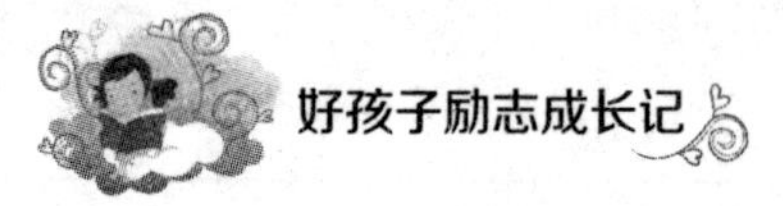

“还有什么新方法吗”，从回答可以看出，他们根本就没有寻找新方法的打算，也很难相信会有什么更好的方法。

大量的教学实践都说明，青少年之所以在平时会出现许多解题失误，都是由思维定式造成的。日常生活是多彩的、千变万化的，当一个问题的条件发生质变时，思维定式却会使我们墨守成规，难以涌现出新思维，做出新决策。

特别是当新旧问题交替出现，差异性起主导作用时，由旧问题的解决方法所形成的思维定式则往往有碍于新问题的解决。有一道趣味题是这样的：有四个相同的瓶子，在不放在一起的情况下，怎样摆放才能使其中任意两个瓶口之间的距离都相等呢？

一般情况下，许多青少年朋友都会按固有的思维模式去任意摆弄四个正立的瓶子，但却毫无头绪。要想解决这个问题就要敢于打破固有的思维定式。

原来，将其中三个瓶子的瓶口放在正三角形的三个顶点上，将第四个瓶子倒过来放在三角形的中心位置，使四个瓶子的瓶口构成一个正面体的四个顶点，答案就出来了。将第四个瓶子“倒过来”，是解这道题的关键所在。

在一定情况下，养成敢于突破思维定式的习惯是青少年学习中非常宝贵的，这是我们认识新事物、接受新知识的一种挑战。所以，青少年朋友应当在平时自觉养成勇于突破固有思维定式的良好思维习惯，从而创造出更多的奇迹。

挖掘潜能，释放能量

人们常说，是金子总会发光，可是如果我们只是一块普通的石头呢，也能发光吗？答案是肯定的。只要给它一个独特的环境并进行激发，就算是一块普通的石头也会爆发出惊人的能量，闪耀出它璀璨的光芒，这光芒就是我们潜在的能量！

潜能是以往遗留、沉淀、储备的能量。科学家认为，自然界不仅仅只有人和动物具有各种不为人知的潜在的能量，就是普通的石头也具有可开发的能量，关键是如何把它给激发出来。

为了研究某些能量是否可以通过特殊的环境激发出来，科学家们通过对宝石，如玉石、钻石等自然界矿物质进行了研究，研究结果表明，许多矿物质的形成都是通过高温、高压等各种环境激发的。

科学家们为此做了一个非常有趣的实验：把普通的硅石加入一些稀有元素，模仿火山爆发时的能量和环境，用高温高压去激发，竟然发现了一种可以储存光能的物质，也就是说它能把太阳光、普通灯光的能量储存起来，在没有光线的地方释放出光芒。

科学家根据这种能吸引能量和释放能量的物质特性，把这种合成石头称为潜能能量石，俗称发光能量石，这种合成石头受外部能量的激发，导致内部结构的变化而实现发光的功能。

更重要的是，由于它无毒、无害、无放射性，通过能工巧匠们的精雕细琢和打磨，成为一些人自我暗示潜能激发的信物。

它的出现，不仅仅是高科技的结晶，更是给了我们一个非常重要的启示：普通的石头都可以在特定的环境下被激发出潜在的能量，而变得有吸引力，何况是人？

我们每一个人，在一些特定情况下，比如生命危急时刻、亲人遇险的时候，潜能都会得到激活，做出平时根本做不到的事情！现在，我们来看一个小故事吧：

9岁的林浩是汶川县映秀镇中心小学二年级的学

生。汶川“5·12”大地震发生时，班上正在上数学课，林浩同其他同学一起迅速向教学楼外转移，未及跑出，他们便被压在了废墟之下。

此时，废墟下的林浩表现出了与其年龄所不相称的成熟，身为班长的他在废墟下组织同学们唱歌来鼓舞士气，并安慰因惊吓过度而哭泣的女同学。

后来，经过两个小时的艰难挣扎，身材矮小而灵活的林浩终于爬出了废墟。但此时，林浩班上还有数十名同学被埋在废墟之下。逃出来的林浩，立即去救压在里面的同学。

林浩再次钻到废墟里展开了救援，经过艰难的救援，他将两名同学背出了废墟，在救援过程中，林浩的头部和上身有多处受伤。

“爬出来后，我看到一个男同学压在下面，我就爬过去，使劲扯，把他扯了出来，然后交给校长，校长又把他交给他妈妈背走了。后来，我又爬回去，把一个昏倒在走廊上的女同学背出来，交给了校长，她也被父母背走了。”

连续救了两个同学的林浩，再次跑进教学楼救人时，遭遇楼板垮塌，又被埋在了下面。后来，他使劲挣扎，终于被老师拉出来。

林浩所在的班级，共有32名学生，在地震中有10多人逃生。这其中，就包括林浩背出来的两个同学。

人的潜能有着超乎寻常的力量，曾有报道说，有一个人为了逃命跳过了宽达4米的悬崖。所以说在某种环境下，在某种压力下，人的潜能就会充分发挥出来，创造出不可预知的奇迹。

林浩能够在地震中顺利逃出来，与他的潜能得到激发不无关系。古今中外，那些被世人铭记于心的成功人士，他们的灵感、直觉、念力、预知力都是潜在能力的具体表现。

人体内所隐藏的潜在力量，是一种超越时间、跨越空间的能力，有时，人们只能用奇迹或超能力来解释这种神奇的

力量。如果一个人懂得如何充分地挖掘自己潜在能力，那么他就几乎就没有达不成的愿望。

一位农夫在谷仓前面注视着一辆轻型卡车快速地开过他的土地。他14岁的儿子正开着这辆车。由于年纪还小，这孩子还不够资格考驾驶执照，但是他对汽

车很着迷，而且已经能操纵一辆车子，因此农夫就准许他在农场里开客货两用车，但是不准上外面的路。

突然间，农夫眼看着汽车翻到水沟里了，他大为惊慌，急忙跑到出事地点。他看到沟里有水，而他的儿子被压在车子下面，躺在那里，只有头的一部分露出水面。

这位农夫并不很高大，后来根据报纸上所说，他有1.7米高，70千克重。但是他毫不犹豫地跳进水沟，把双手伸到车下，把车子抬了起来，让另一位跑来援助的工人把那失去知觉的孩子从下面拽出来。

当地的医生很快赶来了，给男孩全身检查了一遍，发现只有一点儿皮肉伤，其他毫无损伤。这个时候，农夫却开始觉得奇怪了，刚才他去抬车子的时候根本没有停下来想一想自己是不是抬得动，由于好奇，他就再试一次，结果根本就抬不动那辆车子。

医生解释说，这是因为身体机能对紧急状况产生反应时，肾上腺就分泌出大量激素，传到整个身体，产生出额外的能量。

由此可见，一个人可能存有极大的潜在体力。这个故事还告诉我们另一个更重要的事实，农夫在危急的情况下产生了一种超常的力量，并不仅是肉体反应，它还涉及心智的精神力量。当他看到自己的儿子可能要淹死的时候，他的心智反应是要去救儿子，一心只想把压着儿子的卡车抬起来，而

再也没有其他的想法。可以说是精神上爆发出潜在的力量。

人在绝境或遇险的时候，往往会发挥出不寻常的能力。人没有退路，就会产生一股“爆发力”，这种爆发力即是潜能。人的潜能是多方面的：体能、智能、经验、情绪反应等。然而，由于情境上的限制，人通常只发挥了其1/10的潜能。那么潜能是什么呢？

潜能，就像一座蓄势待发的火山，虽然我们不能时时看到它的喷发，但岩浆无时无刻不在地底涌动。

潜能就像一个宽广而深邃的水库，只要你一拉闸门，它将波涛汹涌，一泻千里。潜能就是你灵魂深处的一种力量，只要你能发现它，并勇敢地展示出来，它将使你都不敢相信自己竟有如此巨大的能量。

朋友，你知道吗？每个人都是一座未开掘的金矿，是金子总会发光，努力去挖掘自己的金矿，你才能让自己此生无憾。

蜜蜂羡慕雄鹰能够搏击蓝天、自由翱翔，却没有意识到自己能传播花粉，使大自然五彩缤纷、果实累累；沙砾羡慕碧玉青翠欲滴、价值可观，却没有意识到自己能成就平坦大道和万丈高楼；丑小鸭羡慕白天鹅洁白无瑕、万般美丽，却不知道自己正焕发出独特的风采。

相反，山楂不因苹果的硕大而畏缩，于是为金秋捧出簇簇红果；小溪不因江河的浩瀚而干涸，于是唱出了曲曲欢歌；野花不因牡丹的艳丽而自卑，于是点缀了漫山遍野处处芳香。

当老年的卢梭把孤独的身影留在香榭丽舍大街，留在巴黎郊外的草丛中时，几乎所有的人都认为他已没有了风采，已完成他的登峰造极的人生而走向天国的花园。

没有人去问候这位老人，也无人去探求他那曾倾倒一代人的心底是否还闪着火花，更没有人去留意这位孤独者会留给时代什么东西。

然而杰出的才华并不因为抛弃、埋没而消失，卢梭用他充斥着生命热血的心灵爆发出了所有潜能，用哲人的思考和

想象留下了盖世无双的佳作。卢梭是一个真正认识自己、把握自己的智者，因为他知道平静的火山往往会爆发出惊人的能量。

每天都告诉自己，石头也会发光，更何况，我们是这个世界上独一无二的人，相信自己，别人行，我们也一定行！相信就是力量，一切皆有可能！

冒险能够创造奇迹

人的生命历程从本质上说就是一次冒险，朋友，如果你不敢冒风险，就会错过很多人生的重大机遇，更不会有出人头地的机会。

不要让恐惧阻挡你前进，那些希望一生都不会有风险出现的人，只能让自己的人生平淡无奇，毫无建树。

青少年是祖国的未来和希望，要使中国在风云变幻中屹

立不倒，更加繁荣富强，就要求青少年做有志向的人，在生活和学习中要敢于冒险。

海尔集团总裁张瑞敏曾经说过："如果有50%的把握就

上马，有暴利可图；如果有80%的把握才上马，最多只有平均利润，如果有100%的把握才上马，一上马就亏损。”

在现代社会，不敢冒险就是最大的冒险，胆量是使人从优秀走向卓越的最关键因素。朋友，让我们来看一个小故事吧：

刚刚毕业的张明哲就已胸怀大志，本来学校有定点分配单位，但他没有去，而是做了第一次冒险，去了深圳。但几个月过去了，他在深圳并没有混出个样儿，便跟着父母回了老家。

但他不甘心，还是想自己做一番事业，于是，他决定再到距离农村老家不远的义马市去闯一闯。

抱着这个想法，张明哲在一家私人电器销售公司找到了一份营业员的工作，所谓的营业员其实就是搬运工、送货工兼营业员，月薪400元。由于他肯吃苦，第一个月过后，老板发给他800元。

第二个月，初来乍到的张明哲的销售业绩是全公司最高的，月底拿到1500元工资的张明哲认识到自己有销售才能，更坚定了自己做生意的想法。

2001年，义马市鸿庆商贸城开业，老板带着张明哲一起到商贸城买了个商铺卖电器。但因经营不善，半年后，商铺严重亏损，老板决定卖掉商铺。机会来了，张明哲决定单干，他不顾父亲的反对，向母亲借了四万元钱买下了老板的商铺。

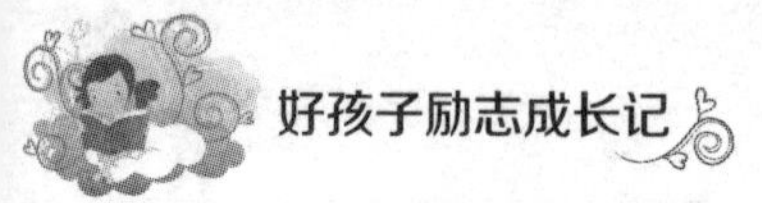

张明哲开始分析老板失败的原因："老板当年什么货便宜就进什么货，但是我后来发现并不是越便宜的产品利润越高，顾客买回家的东西用了不到一个月就到处出毛病，来来去去、左修右修，利润没了，信誉没了，回头客也没了。"

张明哲决定不再进那些劣质的低档产品，转做中高档产品。而且前来大市场的买商多是批发，所以信誉非常重要，要吸引回头客。

2004年，有了一定积蓄的张明哲在市区租赁了一间面积300余平方米的门面房，做起了超市经营，开始了他的第三次冒险。

在超市开张之初，由于缺乏店铺管理经验和现代营销知识，超市前几个月的经营一直处于亏损状态，最后甚至连进货的资金都没有了。

为了保障超市的发展，张明哲干脆把电器门市给转让了出去，以支撑超市的运营。

"电器门市的生意这么好，为什么要转出去？超市竞争太激烈，还不如把超市转让出去呢！"亲戚朋友的劝说根本无济于事，因为张明哲本身就是一个爱冒险的人。

为了扭转超市亏损的局面，张明哲又开始进行冒险。他看到一些菜农到城里卖菜时，新鲜的蔬菜深受市民的欢迎，于是决定销售蔬菜。

但考虑到进货渠道难找、购货成本高，于是他就决定“自给自足”，即自己到乡下种菜，然后通过超市销售出去。

说干就干，他到农村租赁了一块耕地，投资建成了十几个蔬菜大棚，并雇专人进行管理。

几个月后，第一批蔬菜上市了。由于是本地的无公害蔬菜，自然吸引了大批的消费者购买。进货渠道解决了，经营成本降低了，超市开始扭亏为盈，呈现出了良好的销售态势。

后来，他又承包了几十个大棚，所生产的蔬菜不仅很好地满足了自己超市的供应，而且他还与当地及周边县市的几家大型超市、商场签订了供货合同。

自此，张明哲的生意越做越好、越做越大，有了许多令人羡慕的成绩。提起自己的成功，张明哲说：“我的成功来自冒险，我的财富也来自冒险。”

卓越的人，便是在思想上或在行为上最能追求突破、最能冒险的人。有些人一生碌碌无为，就是因为他们没有勇气接受人生的挑战。要知道，如果你连尝试的机会都不给自己，成功的机会当然更不会属于你。

前怕狼后怕虎，只能让你踌躇不前，左右徘徊，不能到达成功的彼岸。因此，希望青少年朋友能够多一点儿勇气，能够

多一些冒险精神，因为，有勇气才能为自己创造成功的机会，有冒险才能使自己离成功更近一步。

比尔·盖茨在微软发展史上是个成功人物，胆识和策略姑且不说，他在任用人才方面就不拘一格。别人对犯过错误、失败过的人往往投鼠忌器，然而比尔·盖茨却用人不计前嫌。他说：“失败表明他们肯冒险。”他把这些人视为开拓事业的人才。

这似乎告诉我们，成功寓于风险之中，如果想获得成功，想干一番事业，那么具备冒险精神和承受压力的能力是

十分重要的。

我们的生活中处处都存在着种种危险：过马路要冒着被车撞倒的危险；想摘下树上的桃子，必须冒着从树上摔下来的危险。

但如果因为怕车撞而不敢过马路，怕摔伤而不敢摘桃子，这样的人能有什么出息？不愿担风险的人永远摆脱不了平庸。相反，如果青少年可以摆脱对失败的恐惧感的束缚，就能发挥出自己都难以预料的潜能。

很多人碌碌无为的原因，并不是因为没有机会，只是缺少一种冒险的精神，他们认为不可能的事，就不敢去尝试，他们害怕困难、害怕挫折、害怕有风险，于是总是在犹豫徘徊之间拿不定主意，错失一次次的良机。

青少年朋友，我们要想成为一个成功的人，一定要先摒除一味规避风险的习惯，重新拾回退化的冒险本能，进而培养自己的冒险精神。

冒险精神是人类不断前进的精神支柱，它是许多科学家研究和探索各种未知领域所必备的重要的科学精神。美洲新大陆的发现，是哥伦布海上探险的结果；镭的发现，原子弹爆炸成功，是科学家冒着生命危险无数次试验的结果。而美国毒蛇专家海斯德为了发明一种抗体，在自己的身上注射了28种蛇毒，每注射一次，他都要忍受极大的痛苦的折磨，经受一次生与死的考验。

正如福特汽车总裁菲利浦所言：“假若缺乏冒险精神，今天就没有电源、激光、飞机、人造卫星，也没有青霉素和汽

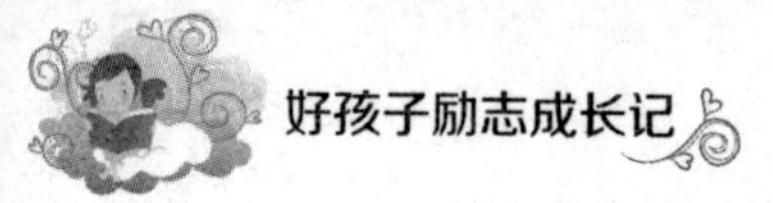

车。成千上万的成果将不可能存在。如果生活在一个没有冒险的世界里，我们必将面临重重危机。”

冒险者必须勇于承受挫折和磨炼。冒险精神不仅是一种顽强的意志，更是一种善于把握机会的能力。冒险精神不是赌徒的孤注一掷，不是意气用事的蛮干。

冒险精神将使人勇于跨越艰难险阻，取得事业上的成功。先置之死地而后生，这是超乎常人的胆色啊！当然，冒险所带来的压力可以成就一些人，却也可能摧毁一些人。

因为有些人空有冒险精神而欠缺深邃的智慧，也就是说，不能调动成功的思维，仅凭脑瓜子一时热度就匆匆置身于一种风险四伏、充满挑战的环境之中，只幻想成功，缺少科学操作，不能把握机遇。

稍有不测，他们便泄了冲破险阻的勇气，必胜的信念土崩瓦解，战胜困难的气概荡然无存。这样的冒险无疑是蛮干，蛮干能有好结果吗？

冒险既然这样危险，不冒险不行吗？当然，表面看来，不冒险似乎也过得去，但在当今这个充满竞争和讲究效率的时代，人就是生活在一个冒风险的环境之中。

如果面对困难就轻易放弃，那风险中蕴含着的新的机遇，也就与我们失之交臂，我们轻则失去成功的机会，重则被时代淘汰，这种结局，谁又甘愿接受呢？

青少年朋友们，让我们扬起探险的风帆吧，让生命航程更加精彩！

战胜自我才能成功

对于青少年来说，只要在前进的道路上，勇于战胜自我，即使失败了也是一种锻炼。要做到胜不骄，败不馁，不要永远活在失败的阴影下，勇敢地去找寻失败原因，提升自己，战胜自己，相信自己一定能把人生这局棋走得很精彩！

人生就像是一盘棋，怎样去下，每一步要怎样去走，全由自己来掌握。也许会走错棋，也许会走进死胡同，没关系，只要这盘棋还没有结束，一切转机都有可能出现。

只有勇于战胜自我，才能少一些不必要的烦恼与忧愁。战胜自己，何需等待！拿出你的勇气来，勇往直前，永远进取吧！朋友，让我们来看一个战胜自我的小故事吧：

巴雷尼小时候因病成了残疾人，母亲的心就像刀绞一样，但她还是强忍住自己的悲痛。她想，孩子现在最需要的是鼓励和帮助，而不是母亲的眼泪。

母亲来到巴雷尼的病床前，拉着他的手说："孩子，妈妈相信你是个有志气的人，希望你能用自己的双腿，在人生的道路上勇敢地走下去！好巴雷尼，你能够答应妈妈吗？"

母亲的话，像铁锤一样撞击着巴雷尼的心扉，他“哇”的一声，扑到母亲怀里大哭起来。从那以后，母亲只要一有空，就帮巴雷尼练习走路，做体操，常常累得满头大汗。

有一次母亲得了重感冒，她想，做母亲的不仅要言传，还要身教。尽管发着高烧，她还是下床按计划帮助巴雷尼练习走路。黄豆般的汗水从母亲脸上淌下来，她用干毛巾擦擦，咬紧牙，硬是帮巴雷尼完成了当天的锻炼计划。

体育锻炼弥补了由于残疾给巴雷尼带来的不便。母亲的榜样作用，更是深深教育了巴雷尼，他终于经受住了命运给他的严酷打击。他刻苦学习，学习成绩一直在班上名列前茅，最后，以优异的成绩考进了维也纳大学医学院。大学毕业后，巴雷尼以全部精力，致力于耳科神经学的研究，最后，终于登上了诺贝尔生理学和医学奖的领奖台。

你自己不愿成功，谁拿你也没办法；你自己不行动，上帝也帮不了你。只有自己想成功，才有成功的可能。巴雷尼正是战胜了自我，最终取得了成功。人生如戏，每个人都是主角，不必模仿谁，我是我，你是你。好好地活着，为自己活着，有梦想就大胆追求，失败也不要放弃。对青少年来说，真正的成功，不在于战胜别人，而在于战胜自己。

有句话说得好：“不会战胜自己的人，是胆小的懦夫。”

突破自我，需要勇气，需要顽强的生命活力。

青少年朋友，无论你拥有的是健全的身躯还是残缺的臂膀，是优越的条件还是困窘的环境，大胆地拿出你的勇气、你的胆识，去克服困难，克服恐惧，克服失败带给你的消极情绪。不管你是正在前行中，还是失意时，不要再彷徨，不要再犹豫，对现在的你来说，从失败中找出通向成功的途径，这才是最重要的。

朋友们，只要勇于战胜自己就等于打开了智慧的大门，开辟了成功的道路，铺垫了自己人生的旅途，铸成了一种面对任何烦恼和忧愁都不退却的良好心态。

战胜自己说起来容易，但是真正地做起来要比战胜别人难得多，因而战胜自己，就要有坚韧不拔的意志，要有根深蒂固的信念，要有在逆境中成长的信心，要有在风雨中磨炼的决心。

拿破仑在全盛时期几乎统治半个地球，战败后被囚禁在一座小岛上，相当烦闷痛苦，他说："我可以战胜无数的敌人，却无法战胜自己的心。"可见能战胜自己，才是最懂得战争的上等战将。要战胜自己很不简单，一般人得意时忘形，失意时自暴自弃；被人家看得起时觉得自己很成功，落魄时觉得没有人比他更倒霉。唯有不被成败得失所左右、不受生死存亡等有形无形的情况所影响，纵然身不自在，却能心得自在，才算战胜自己。

亲爱的朋友，请你一定要记住，在生命中勇于突破自我，战胜自己，不要放弃自己的梦想和追求，要努力向前！

谨以此书，献给那些充满小毛病并努力想改变坏习惯，在成长中烦恼和在痛苦中磨砺的青少年。

成长的确是一个艰难痛苦的蜕变过程，有的孩子成长或许非常顺利，有的孩子成长或许很不容易，愿您在成长中学会成熟，走上铺满鲜花的美好成长之路！